普通高等教育"十一五"国家级规划教材
新世纪高校经济学管理学核心课教材

市场营销学

（第三版）

晁钢令　主编

上海财经大学出版社

图书在版编目(CIP)数据

市场营销学/晁钢令主编．—3版．—上海：上海财经大学出版社，2008.8

普通高等教育"十一五"国家级规划教材

新世纪高校经济学管理学核心课教材

ISBN 978-7-5642-0264-4/F・0264

Ⅰ.市…　Ⅱ.晁…　Ⅲ.市场营销学-高等学校-教材　Ⅳ.F713.50

中国版本图书馆CIP数据核字(2008)第094261号

□ 责任编辑　李宇彤

□ 封面设计　钱宇辰

SHICHANG YINGXIAOXUE

市　场　营　销　学

(第三版)

晁钢令　主编

上海财经大学出版社出版发行

(上海市武东路321号乙　邮编200434)

网　　址：http://www.sufep.com

电子邮箱：webmaster @ sufep.com

全国新华书店经销

江苏省句容市排印厂印刷装订

2008年8月第3版　2008年8月第1次印刷

787mm×960mm　1/16　32.75印张　677千字

印数：33 001—39 000　定价：39.00元

第三版序言

《市场营销学》第二版出版至今已近5年，在这5年中，市场营销学术领域出现了引人注目的发展。互联网在全球的迅猛发展已使企业的市场营销策略和理念发生了重大的变化；经济全球化趋势的进一步强化也使人们对资源和市场的认知发生了根本的转变；日趋激烈的市场竞争使得顾客关系管理的重要性提高到了前所未有的地位；服务产业和服务经济的发展使该领域的市场营销问题研究成为一个不容置疑的热点；新时期下的消费行为所产生许多新的特征正在引起企业界和学术界的广泛关注；品牌资产、渠道资产、顾客资产、技术资产等无形资产已经成为企业资产的重要组成部分。2006年菲利普·科特勒《营销管理》的第12版集中反映了市场营销学术领域所出现的这些新的变化及新的成果：第一次以“价值链运行”的逻辑来部署整部教材的框架；品牌大师凯文·L.凯勒的加盟，强化了品牌资产管理的主题；详细阐述了网络经济环境下的“全方位营销”思想，并吸纳了21世纪以来许多营销学者的最新研究成果。《市场营销学》第三版的改版尽可能体现了这些新的概念和新的思想。

在这5年里，中国对市场营销学的研究和实践活动也达到了一个新的高峰。中国的企业界在面临加入WTO后国内外市场所发生的各种新的变化，正在不断调整自己的经营观念和营销战略。越来越多的企业开始以全球市场和国内市场国际化的观念来审视自己所面对的市场；顾客关系管理的思想已越来越深入人心；创立和维护自主品牌的意识越来越强烈；扩展和维护市场关系网络已成为许多企业主要的竞争手段；包括网络营销在内的各种新型营销方式正在被越来越多的企业所接受。在学术研究方面，以《营销科学学报》为代表，一些瞄准国际学术水平的优秀刊物开始问世，国内市场营销领域的高层次学术论坛频频举办，同国际市场营销学术界的交流也日益频繁，从而推动国内市场营销学术研究的水平有了质的提升，高质量的研究成果不断涌现。《市场营销学》第三版中对中国市场所出现的新变化，以及中国学术研究和企业实践方面的新气象也进行了一定的反映。

具体而言，《市场营销学》第三版所作的重大更新主要有以下一些：

一、对市场营销学理论边界的问题进行了专门的分析

长期以来，对市场营销学的学术地位问题始终有一些争议，主要表现为对市场营销学理论上的独立性和研究方法上的科学性的质疑。我们发现，这一问题若不能得到很好的解释，将会影响学生对市场营销学核心概念和学科性质的认识。所以根据我们近几年的研究成果，在本次改版中增加了对市场营销学理论边界问题的阐述，说明了市场营销学同其主要理论渊源——经济学之间的关系，从而使学生能更加明确市场营销学产生的学术背景及其独特的研究对象和理论内核。

二、对“全方位营销”的思想进行了更为详细的阐述

“全方位营销”的概念和思想实际上是菲利普·科特勒在2002年出版的《科特勒营销新论》中提出来的，在2003年出版的《市场营销学》第二版中我们已作过简单的介绍。在科特勒的《营销管理》第12版中，对“全方位营销”的思想又作了比较系统的阐述。所以在本次改版教材中我们也对这一21世纪以来市场营销方面的重要理论发展作了较为详细的阐述，并对与此相关的“内部营销”、“整合营销”、“关系营销”以及“社会营销”的理论进行了介绍。

三、对“品牌资产”的理论进行了重点介绍

如前所述，将品牌看成企业的一种无形资产已成为当前企业经营观念的一个重要变化，这不仅涉及企业品牌战略意识的增强，还影响了企业在品牌投资和管理方面观念的转变。科特勒《营销管理》第12版中对“品牌资产”的问题进行了重点阐述，甚至将其作为企业进行市场定位和市场竞争的核心问题来进行讨论，更说明了品牌资产在企业市场营销中的重要地位。所以在本次改版教材中，我们将原“品牌决策与管理”一节改为“品牌资产管理”，从资产管理的角度对企业的品牌管理问题进行了重新审视。

四、对“全球营销”的内容进行了大量充实

随着中国加入WTO和经济全球化趋势的增强，企业营销的全球观念必须随之增强。而从国际营销到全球营销的观念转变并不是很容易的，近两年来国内外在这一方面的理论探索也越来越多。为适应这一实践的发展，在本次改版教材中我们对“全球营销”这一章进行了全面的改写，在理论和实际内容方面都进行了大量充实和更新，使之更能适应当前中国企业开展全球营销在理论方面的需要。

五、导入了更多的市场营销的新思想和新概念

根据新形势下，特别是网络经济环境下市场营销学所出现的一些新思想和新观念，改版教材尽可能地进行了吸纳与介绍。如第七章中对“水平营销”概念的介绍，第

九章中对“联合品牌”的介绍，第十一章中对“互动营销”的介绍，第十三章中对“价值网络”的介绍，第十六章中对“家庭购物频道”、“视频信息系统”的介绍，以及第十七章中对“博客营销”、“3R管理”等概念的介绍都将对扩大学生对市场营销新思想、新观念的认识提供帮助。

为了方便学生查阅和学习，本次改版中对教材中所涉及的主要概念进行了英文原文的注释，并在教材的最后增加了“主要概念检索”，以便于学生能从教材中迅速查找到所想了解的概念。

改版教材坚持了反映中国市场特征和中国企业营销实践创新成果的特点，在改版中对中国市场和企业最新的数据及情况进行了全面的更新。

第三版教材的编写是上海财经大学市场营销专业教师们共同努力的成果，改版教材由晁钢令教授主编，楼尊、郭芳芳、王晓玉、叶巍岭、陶婷芳、兰宜生等参加了编写工作。他们的分工如下：

晁钢令编写了第一、二、九、十、十五章；

郭芳芳编写了第四、八、十二、十九章；

陶婷芳编写了第十三、十四、二十章；

楼　尊编写了第三、七章；

王晓玉编写了第五、六章；

叶巍玲编写了第十一、十六、十八章；

兰宜生编写了第十七章。

在教材改版的过程中，我们还听取和吸纳了上海财经大学和全国一些曾使用过《市场营销学》第二版院校的专业教师的意见，并将其中的一些宝贵意见融入了改版教材之中。

本教材很荣幸地被列为普通高等教育“十一五”国家级规划教材建设的行列，从而也增加了全体编写人员的高度责任感。我们力图使本教材能成为全国市场营销学领域最为优秀的教材之一。

晁钢令

2008年5月于上海

目　录

第一章

市场营销概述

学习目的与要求

1. 掌握市场营销的核心概念
2. 了解营销观念的基本特征
3. 了解营销行为和营销观念产生和发展的背景条件
4. 认识企业经营观念发展与变化的过程
5. 认识市场营销理论对中国经济改革与发展的意义

人类的经济活动自从有了满足自己需要之外的剩余产品，就出现了交换，从而也就产生了对于自己所难以控制的交换对象及影响因素进行研究的必要。研究的核心在于如何能按自己的理想实现潜在交换，使自己的劳动价值得到社会的承认，从而使自己的需求也能因此而得以满足。市场营销的理论和实践，说到底，就是这种研究工作的延续。所不同的是，现代社会的交换活动变得更为复杂，交换的实现变得更为困难。这首先是由于现代化的大生产和专业化分工，使交换的双方——生产者与消费者——之间的背离状况日益严重，企业很难立刻找到合适的交换对象；其次是由于现代生产力的高度发展，已使所供应的产品总量超出了消费者的需求总量，激烈的竞争，使得相当一部分产品很难实现交换；再次是由于现代的消费需求及影响因素已变得越来越复杂，不认真加以研究和把握，也会影响交换的顺利实现。市场营销学就是站在企业的角度，以实现潜在交换(或实现企业产品的社会价值)为目的，研究同实现交换有关的需求、市场、环境、战略与策略等方面问题的一门学科。

第一节 市场营销的基本概念

"市场营销"英文的原文为"marketing"。我国在引进这门学科的过程中，对其翻译的方法有好几种。而一些翻译恰恰反映了当时人们对市场营销在理解上的偏差与局限。曾经有人将"marketing"翻译为"销售学"，译者可能认为这门学科主要研究的是企业如何将生产出来的产品更好地销售出去。而我们在以后的分析中会看到这种认识是很不全面的，销售只是营销活动的组成部分之一。后来又有人将"marketing"翻译为"市场学"，但是这种译法也会使人产生误解，以为"marketing"只是单纯从客观的角度研究市场的，同企业的经营决策活动关系不大。而"市场营销学"的译法，则比较准确地反映了"marketing"这门学科是企业以市场为导向，以实现潜在交换为目的，去分析市场、进入市场和占领市场这样一种基本的特征，所以是现有的译法中比较能被接受的一种。此外，在我国的台湾，比较普遍地将"marketing"翻译为"行销学"；而在香港，则曾经将其翻译为"市务学"，其语义也同"市场营销学"比较类似。讨论这一翻译方法的意义并不仅仅是语义学方面的问题，而主要反映了对市场营销概念的认识过程。

市场营销的定义

有不少人将市场营销仅仅理解为销售(sales)，从我国不少企业对市场营销部的利用中就可以看到这一点，它们往往只是要求市场营销部门通过各种手段设法将企业已经生产的产品销售出去，市场营销部的活动并不能对企业的全部经营活动发挥主导作用和产生很大影响。然而，事实上，市场营销的含义是比较广泛的，它也重视销售，但更强调企业应当在对市场进行充分的分析和认识的基础上，以市场的需求为导向，规划从产品设计开始的全部经营活动，以确保企业的产品和服务能够被市场所接受，从而顺利地销售出去，并占领市场。

美国著名的营销学者菲利普·科特勒对市场营销的核心概念进行了如下的描述："市场营销是通过创造和交换产品及价值，从而使个人或群体满足各自的需要和欲望的一种社会活动和管理过程。"在这个核心概念中包含了需要、欲望和需求，产品或提供物，价值和满意，交换和交易，市场、关系和网络，营销和营销者等一系列的概念，如图1－1所示。[1]

1. 需要、欲望和需求

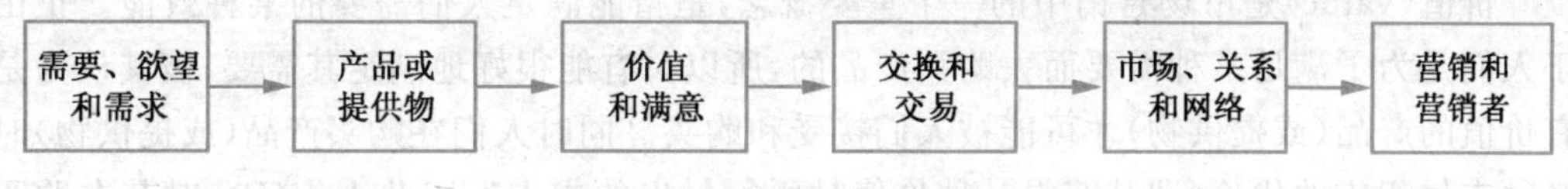

图 1—1　市场营销的核心概念

市场营销的核心概念告诉我们,市场交换活动的基本动因是满足人们的需要和欲望。这是市场营销理论提供给我们的一种观察市场活动的新的视角。实际上,这里"需要"(needs)、"欲望"(wants)、"需求"(demands)三个看来十分接近的词汇,其真正的含义是有很大差别的。"需要"是指人们生理上、精神上或社会活动中所产生的一种无明确指向性的满足欲,就如饥饿了想寻找"食物",但并未指向是"面包"、"米饭"还是"馒头";而当这一指向一旦得到明确,"需要"就变成了"欲望";而对企业的产品而言,有购买能力的"欲望"才是有意义的,才能真正构成对企业产品的"需求"。有这样的认识对企业十分重要,例如,当我们看到一个消费者在市场上寻找钻头时,会认为这个人的"需要"是什么呢?以一般的眼光来看,这个人的"需要"似乎就是钻头。但若以市场营销者的眼光去看,这人的需要并不是"钻头",而是要打一个"洞",他是为了满足打一个洞的需要而购买钻头的。那么这同前者的看法有什么本质区别呢?区别在于,如果只认为消费者的"需要"是钻头,企业充其量只能在提供更多的钻头上去动脑筋,这样并不能保证企业在市场上占有绝对的竞争优势。而如果认为消费者的"需要"是打"洞",那么企业也许就能创造出一种比钻头打得更快、更好、更便宜的打洞工具,从而就可能使企业在市场上占据更为有利的竞争地位。所以从本质上认识,企业应当提供的是对消费者某种"需要"的"满足",而不仅仅是"产品"。

2. 产品或提供物

任何需要的满足必须依靠适当的产品,好的产品将会在满足需要的程度上有很大提高,从而也就能在市场上具有较强的竞争力,实现交换的可能性也应该更大。然而产品不仅是指那些看得见摸得着的物质产品,也包括那些同样能使人们的需要得到满足的服务甚至是创意,我们把所有可通过交换来满足他人需要的事物统称为"提供物"。如人们会花几千元去购买一架大屏幕的彩电来满足休闲娱乐的需要,也可以花费同样的代价去进行一次长途旅游,以同样达到休闲娱乐之目的。而在当今的社会中,一个有价值的"主意",也可能使创意者获得相当的回报。所以如果仅仅把对产品的认识局限于物质产品,那就是经营者可悲的"营销近视症"。为顺利地实现市场交换,企业经营者不仅要十分重视在市场需要引导下的产品设计与开发,还应当从更广泛的意义上去认识产品(或提供物)的含义。

3. 价值和满意

价值(value)是市场营销中的一个重要概念,是指能满足人们需要的某种效能。正由于人们是为了满足某种需要而去购买产品的,所以只有能很好地满足其需要,被其认为是有价值的产品(或提供物)才可能被人们接受和购买。同时人们在购买产品(或提供物)时必须支付相应的代价(即其获得某种价值时所须付出的成本),因此人们还会对其在购买活动中所获得的价值和所支付的成本进行比较。当其感到所获得的价值大于其所支付的成本时,就会感到满意;反之,当其感到所获得的价值小于其所支付的成本时,就会感到不满。人们对购买和交换活动的满意与否,不仅直接影响着当前交换活动的成功与否,而且还会影响人们今后同企业重复进行交换的意向,即顾客对企业的忠诚程度。然而由于人们的需要、期望及对产品(或提供物)的价值认知是有差异的,所以其对购买或交换活动的满意度也会有所不同,这就为企业的市场营销活动带来了很大的空间。企业不仅应当尽可能为顾客提供同他所能接受的成本相适应的高质量、高价值的产品(或提供物),而且也可通过对顾客的期望及感知价值的调整和引导来提高顾客的满意度。这样才能促使市场交易的顺利实现,从而建立企业的稳定市场。

4. 交换和交易

交换(exchange)是市场营销活动的核心。人们实际上可以通过四种方式获得自己所需要的东西:一是自行生产,获得自己的劳动所得;二是强行索取,不需要向对方支付任何代价;三是向人乞讨,同样无需作出任何让渡;四是进行交换,以一定的利益让渡从对方获得相当价值的产品或满足。市场营销活动仅是围绕第四种方式进行的。从交换实现的必要条件来看,必须满足以下几条:

(1)交换必须在至少两人之间进行;

(2)双方都拥有可用于交换的东西;

(3)双方都认为对方的东西对自己是有价值的;

(4)双方有可能相互沟通并把自己的东西递交给对方;

(5)双方都有决定进行交换和拒绝交换的自由。

于是我们可以看到,需要的产生才使交换成为有价值的活动,产品的产生才使交换成为可能,而价值的认同才能使交换最终实现。我们所讨论的前几个市场营销概念的构成要素最终都是为“交换”服务的,因“交换”而有意义的。所以说“交换”是市场营销概念中的核心要素。如何通过克服市场交换障碍,顺利实现市场交换,进而达到实现企业的社会效益和经济效益之目的,是市场营销学研究的核心内容。交换不仅是一种现象,更是一种过程,只有当交换双方克服了各种交换障碍,达成了交换协议,我们才能称其为形成了“交易”(transaction)。交易是达成意向的交换,交易的最终实现需要双方对意向和承诺的完全履行。所以如果仅从某一次交换活动而言,市场营销就是为了实现同交换对象之间的交易,这是营销的直接目的。

5. 市场、关系和网络

市场(market)是交易实现的场所和环境，从广义的角度看，市场就是一系列交换关系的总和，市场主要是由“卖方”和“买方”两大群体所构成的。但在市场营销学中，对“市场”的概念有一种比较特殊的认识，其往往用来特指企业的顾客群体，如以后我们会讨论的“市场细分”、“目标市场”等概念，其中的“市场”就是单指某种顾客群体。这种对“市场”概念的认识是基于一种特定的视角，即站在企业(卖方)角度分析市场，市场就主要是由顾客群体(买方)所构成的了。

在现代市场营销活动中，企业为了要稳定自己的销售业绩和市场份额，就希望能同自己顾客群体之间的交易关系长期地保持下去，并得到不断的发展。而要做到这一点，企业市场营销的目标就不能仅仅停留在一次交易的实现，而应当通过营销的努力来发展同自己的供应商、经销商和顾客之间的关系，使交易关系能长期稳定地保持下去。对顾客关系的重视终于使“关系营销”成为一种新的概念和理论充实到市场营销学的理论体系中来。“关系营销”和“交易营销”的主要区别在于“关系营销”把研究的重点由单纯研究交易活动的实现转为研究交易关系的保持和稳定，研究顾客关系的维护和管理，我们将在第十八章中具体讨论这方面的问题。

生产者、中间商以及消费者之间的关系直接推动或阻碍着交易的实现和发展 。企业同与其经营活动有关的各种群体(包括供应商、经销商和顾客)所形成的一系列长期稳定的交易关系就构成了企业的市场网络。在现代市场营销活动中，企业市场网络的规模和稳定性成为形成企业市场竞争力的重要方面，从而也就成为企业市场营销的重要目标。

6. 营销和营销者

从一般的意义上认识，市场交易是买卖双方处于平等条件下的交换活动。但市场营销学则是站在企业的角度研究如何同其顾客实现有效交换的学科，所以说市场营销是一种积极的市场交易行为，在交易中主动积极的一方为市场营销者，而相对被动的一方则为营销者的目标市场，市场营销者采取积极有效的策略与手段来促进市场交易的实现。营销活动的有效性既取决于营销人员的素质，也取决于营销的组织与管理。这将在本教材中进行详细的分析和论述。

宏观市场营销与微观市场营销

市场营销的概念还可以分别从宏观与微观两个角度去认识。宏观市场营销(macro-marketing)站在整个社会经济系统的角度来看市场营销，认为市场营销是“引导商品或服务从生产者向消费者流动，以有效地衔接商品的供应和需求，实现社会发展目标的一种社会经济活动”[2]。宏观市场营销学强调通过宏观营销活动来调节市场供求，协调企业和社会的利益，提高市场交换活动的效率，促进社会发展和提高消费者的福利。宏观市场营销要求通过合理发挥宏观营销机构(商业机构、物流机构、金融机构、其他市场中介组织)的作用,形成社会经济系统中的买卖功能、储运功能、规范功能、金融功能、风险承担功能以及市场信息功能,创造出产品的形态效用(服务效用)、时间效用、空间效用和持有效用,以满足社会和个人在各种时间和地点所产生的各种需要,并促使整个社会经济系统得以高效率地运行。瑞德·莫约(Reed Moyer)是宏观市场营销学研究方面的代表人物,其在1977年出版了第一本《宏观市场营销学》,该书比较系统完整地讨论了市场营销在一个社会系统中所产生的影响和发挥的作用,提出了如何评价市场营销在实现社会经济系统目标中的绩效问题,并从社会伦理和法律的维度对市场营销的产品、定价、分销和促销的策略组合进行了讨论。

微观市场营销(micro-marketing)则是以个别企业为出发点和基础,讨论企业如何以市场为导向,利用其有限的资源创造出能满足消费者需要的产品和服务,并通过有效的市场活动(分销和促销),实现同消费者的交换,同时实现企业的经济利益等一系列问题。一些营销学者将微观市场营销归纳为企业应当如何在适当的时间(right time)、适当的地点(right place),以适当的价格(right price)和适当的方式(right pattern),将适当的产品(right product)销售给适当的顾客(right customer)的"六R模式"。具体表现为企业在战略层面的市场研究、市场细分和目标市场定位,以及在策略层面的产品、定价、分销和促销策略的组合。

宏观市场营销和微观市场营销有着不可分离的关系。宏观市场营销是以企业的微观市场营销为基础的,而微观市场营销的正常开展又必须以宏观市场营销为前提和背景。宏观市场营销所努力营造的良好的市场环境和健康的市场运行机制能促使微观市场营销活动的有效开展,而微观市场营销活动规范与高效的运行又是促使宏观市场营销效率提升的基本条件。但由于人们最初是站在企业的角度来认识市场营销的,因此市场营销学的理论基础最早形成于微观市场营销。所以,本教材也将以微观市场营销的讨论为主体,宏观市场营销只作为一种市场环境因素来讨论。

第二节 市场营销的形成与发展

市场营销学作为一门独立的理论学科,大致上形成于20世纪初。市场营销学的许多理论与概念主要源自于经济学,而后融入其他相关学科的理论与概念而形成一门独立的学科。同时,市场营销学又是一门应用性很强的学科,市场营销学的不少新思想和新概念还来源于企业经营活动中大量实践经验的提炼和总结。企业经营实践的发展推动了市场营销学理论的发展,而企业经营实践的发展又是同一定区域内的社会和经济环境条件的发展与变化密切相关的。19世纪末到20世纪初在美国发展起来的市场营销行为和市场营销理论就是以美国社会与经济的发展变化为背景的。在这里，我们将分别从理论与实践两个方面来回顾和分析市场营销学的发展脉络。

市场营销学的理论边界

菲利普·科特勒1987年在纪念美国市场营销协会（AMA）成立50周年的大会上曾经说过，"市场营销学的父亲是经济学，市场营销学的母亲是行为科学"。这说明了市场营销学主要起源于经济学。巴特尔斯（Bartels）也曾经指出："较之其他诸多社会学科，经济理论为营销思想的发展提供了更多的概念。"[3] 早期市场营销方面的学者基本上都是经济学家，市场营销学所研究的核心问题——"交换"，恰恰也是经济学研究的重要范畴之一；经济学关于效用与成本的理论构成了市场营销学对消费者行为研究的基础；经济学关于垄断竞争的理论导致了市场细分与差异化营销战略思想的产生；供需弹性理论、信息经济学和空间竞争经济学的理论为产品定价策略的制定提供了基础；在营销渠道分析中则把交易费用理论作为一种重要的决定因素。

但是，经济学却不能取代或覆盖市场营销学。这是因为随着人们对市场交换问题研究的深入，发现在市场交换实践中所存在的大量必须面对的现实问题，并不是都能用经济学的理论来加以解释的。正如阿尔德森指出的，"企业生存、预期和消费者行为等观念所带来的一些问题，不能在现有的经济科学范畴内加以解决。市场营销学要使自身进一步发展壮大，将市场营销上升为一门经验科学，就必须毫不犹豫地吸收并利用其他社会学科中的概念与技术"[4]。于是，以心理学、社会学的学科理论为基础的行为科学理论便被用于对市场营销问题的研究，从而使市场营销学得以从经济学中分离出来，成为一门独立的学科。

市场营销学与经济学的重要区别还在于它们在研究范畴和研究目的上的差异。经济学建立在"资源稀缺"和"经济人"理性决策的前提下，力求通过各种经济模型的建立，来追求收益最大化和成本最优化的理想目标。为此，在其研究过程中，就必须对市场经济活动中的大量复杂现象通过假设前提将其简化，从而使理想模型得以建立。这种理论上的抽象对于解释市场经济活动的本质问题和一般规律是十分重要的，也是相当科学的。然而，在企业的经营实践中，被经济学所排除或简化了的大量复杂问题则是必须加以面对，并逐一加以克服的。如何分析和解决这些问题，克服市场交换活动中的各种障碍，经济学的理论并没有给出满意的答案，这就不得不由新的学科来进行研究，市场营销学因此而诞生了。图1－2能比较形象地说明市场营销学在研究范畴方面同经济学所存在的主要区别。

在同样的"生产—交换—收益"过程中，经济学关心的是收益最大化的问题，而追求这一理想目标的假设前提是"资源充分利用"和"交换充分实现"。然而，如何才能使资源得到充分利用，并使交换得到充分实现，经济学并不能给出具体答案，这就构成了市场营销学的研究范畴。正如阿尔德森所说："市场营销所关心的对象是那些被迫进入市场寻求解

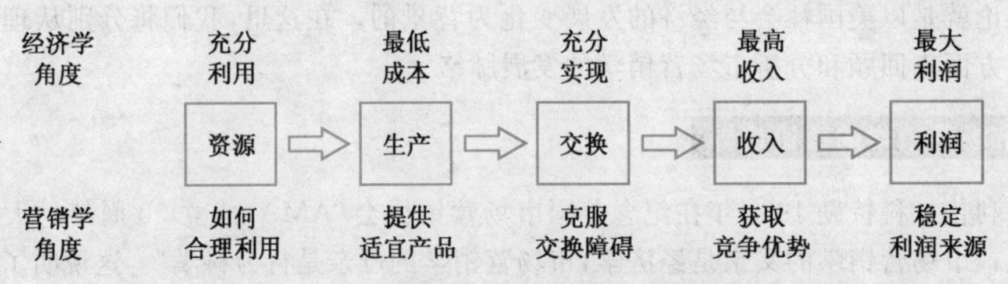

图 1－2　市场营销学与经济学研究范畴的区别

决问题的人，他们与市场本身一样不完善。市场参与者不懈的和理性的行动就是企图消除和缓解市场某些不完善因素，这种参与活动会使市场机制的调节接近理论模式。”[5] 如果说经济学的研究目的是为了说明怎样的交换才能获取最大的收益，市场营销学的研究则是为了解决如何克服各种交换障碍，使这样的交换能够实现。“市场营销学理论主要涉及两个问题：(1)为什么个人或组织要进行交换？(2)交换是如何产生、完成或被避免的？”[6] 从这个意义上讲，我们可以将经济学看成是一种“目标理论”，市场营销学则是一种“过程理论”。正如豪斯顿和贾森贝莫指出的：“经济学强调资源配置如何决定生产和分配，而市场营销学则关注在特定的资源分配条件下的交换过程。”[7] 这就构成了市场营销学与经济学之间的理论边界。

市场营销的萌芽期

尽管人们认为市场营销学的理论主要产生于 20 世纪初，但其在企业经营活动中的表现则可追溯到 19 世纪的中叶。所以一般将 19 世纪中叶至 20 世纪 20 年代称为市场营销的萌芽时期。从 19 世纪开始，随着工业革命对生产力的解放，西方的资本主义有了很大的发展。从 1879 年到 1929 年，美国的制造业得到了飞速的发展，制造业的从业人数几乎增加了一倍，实际产出则翻了一番。以名义货币价值计算，产值增加近 600％，工资增加 500％，工业增长的速度两倍于人口的增长速度。日益发达的生产力，使社会商品供应日益丰富，导致部分产品出现供过于求的现象。1825 年，西方世界爆发了第一次以“生产过剩”为特征的大规模经济危机，之后约十年就要出现一次周期性的经济危机，从而使产品销售成为企业所关心的问题。一些企业开始重视对市场的研究，并着手开展一些以市场为导向的营销活动。如美国国际收割机公司从 19 世纪中叶起，就开始了对市场的分析和研究，建立了市场定位的观念，确定了企业的定价政策，组织推销队伍，并采取了对售出的产品“包退包换”等售后服务的措施，从而大大提高了其市场竞争能力。随着企业对产品销售活动的重视，广告已成为企业促进产品销售的重要手段，1865 年美国工商界的广告费用总额约为 8 万美元，1904 年就已经超过 8 亿美元，至 1920 年更高达 30 亿美元。

企业界在经营观念和经营策略上的变化，引起了学术界的注意。从19世纪末开始，就有一些学者开始了对推销、广告等营销行为的研究。20世纪初，一些学者已开始比较系统地提出了促销和分销方面的有关理论。1905年，克罗伊西（W. E. Kreusi）在美国的宾夕法尼西大学第一次讲授了"产品的市场营销"（The Marketing of Products）的课程。提出了"市场营销"这个词。1912年，被誉为市场营销学鼻祖的肖（A. W. Shaw）在《经济学杂志》上发表了题为《关于市场分配的若干问题》的论文。3年之后，肖对这篇文章进行了修改和补充，出版了一本不满100页的小册子，强调了以市场为导向的经营观念。1916年韦尔德（Weld L. D. H）编写并出版了世界上第一部以市场营销为命题的论著——《农产品的市场营销》（Marketing of Farm Products）。1920年，彻林顿（Paul T. Cherington）编写并出版了《市场营销基础》，更为系统地详述了市场营销的基本理论，从而使市场营销学的理论体系趋于明朗。

市场营销的成形期

20世纪的20年代至40年代是市场营销理论逐渐成形的时期。在此之前，市场营销尽管已经开始受到一部分企业的重视，但是由于市场资源短缺，产品总体上供不应求的基本状况并没有大的改变，所以大多数企业对于市场营销的理论与实践并不十分关注，企业经营行为的本身尚未为市场营销理论的成形奠定基础。而进入20世纪以后，随着西方垄断资本集团的逐步形成，生产力出现了高度的发展，产品供应越来越丰富，不少产品出现了供过于求的现象。市场供应的迅速增加和有效需求的不足，使社会经济矛盾日趋尖锐，终于在1929年导致了世界性的经济大危机。1929年到1933年的经济危机造成整个西方世界商品积压、企业倒闭、市场萧条、失业上升，各资本主义国家的工业生产下降了37%，世界贸易额减少了2/3。严酷的现实使越来越多的企业感受到竞争的压力，体会到市场营销活动的重要性，从而使二三十年代成为市场营销活动在西方企业中迅速普及、市场营销理论体系基本确立的时期。

这一时期，作为市场营销活动趋于成形的显著标志是各企业纷纷成立了专门的市场营销研究机构，开始了理性化的市场营销活动。其中最早的是美国的柯蒂斯出版公司。该公司1911年就建立了商业研究部门，对市场营销活动进行了专门的研究。之后，越来越多的企业成立了类似的机构。至1937年，美国市场营销协会成立，对市场营销的研究活动趋于社会化。当时的美国总统委员会在关于"美国经济新动向"的报告中指出：企业"过去只关心满足需求的数量，而现在则关心产品的销售活动"。

同市场营销活动在企业中得到普遍应用相一致的是市场营销理论的研究也有新的发展。在这一时期，有关市场营销的文章和论著急剧增加，而且越来越趋向于对市场营销理论的系统研究，注重于市场营销理论框架的塑造，其中比较有代表性的是克拉克（Clark）

的《市场营销学原理》(1922 年),以及梅纳德(Maynard)、贝克曼(Beckman)和韦德勒(Weldler)三人合著的《市场营销学原理》。这一时期的市场营销学著作虽然已基本形成了一定的框架体系,但是就其实质内涵来看,并没有真正进入以市场需求为导向的营销观念阶段,大多数仍停留于从企业的角度出发,研究如何对产品进行宣传和推销的层次上。这也是由于当时企业的营销观念和营销实践尚不成熟所决定的。

市场营销的成熟期

市场营销学的理论与实践在 20 世纪 50 年代之后进入成熟阶段。第二次世界大战虽然是人类一次惨绝人寰的浩劫,但是由于战争的需要,一大批新的科技成果也在这次战争中诞生。战争结束以后,一大批新技术、新材料、新能源由军用转向民用,促使社会生产力水平大大提高,新产品不断涌现,市场供应十分丰富;战后的社会相对稳定,使社会消费的质量也不断提高,消费需求的多样化、层次化趋势日益明显;战后世界势力范围的划分基本确定,各国谋求市场进一步扩张的欲望只能通过新的商业竞争来加以实现。这一背景条件决定了企业必须提高自身的经营素质,进一步深化对市场营销的研究,加强营销方面的努力,提高自身的竞争实力。于是市场营销的理论和实践在第二次世界大战以后有了迅速的发展。

首先,越来越多的企业开始由单纯研究产品的宣传和销售,开始转向对市场潜在需求的发现和研究,并开始研究如何以市场需求为导向,指导企业的生产和经营活动,组织有系统的市场营销活动。美国的可口可乐公司、商用机器公司(IBM)、通用电气公司、沃尔玛零售商业公司等跨国公司和企业集团都在实践中创造出了一整套市场营销的策略和技术,为理论上的研究奠定了基础。

其次,市场营销学的理论和实践已经开始由美国向全球扩散、传播,成为世界各国企业界和学术界所关注和接受的学说,从 20 世纪 50 年代开始,市场营销学说就在欧洲广为传播,从 60 年代开始,进入了苏联和日本,特别是在日本得到了灵活的运用和新的发展。70 年代以后,东南亚地区和中国也开始引进和接受了市场营销的理论。市场营销学在全世界的广泛传播和应用,使其进一步融入了世界各国的国情与文化,丰富了其内涵,也增强了其适应性。

再次,市场营销学的学说在此期间也越来越丰富,对市场营销的一些规律性问题的研究日益深入,一些新的概念和原理不断涌现,市场营销的研究领域也逐渐扩大。美国著名营销学者菲利普·科特勒于 1987 年在美国市场营销协会成立 50 周年的大会上指出,从 50 年代以来,几乎每 10 年都会产生五六个营销的新概念,从而使市场营销学的理论体系日趋完善。在此期间,市场营销学发展的主要特征是:(1)以市场需求为导向的营销观念基本确立,“以需求为中心”成为市场营销的核心理念;(2)对市场营销的研究已逐渐从产品的研究、功能的研究和机构的研究转向管理的研究，使市场营销理论成为企业经营管理决策的主要依据；(3)市场营销的观念和策略已不局限于在企业界应用，而且已经延伸到学校、医院、教会、警察部门、公共机构等非营利组织，成为一种普遍的社会经营理念，即“大营销观念”。

在此期间，出现了一批对于市场营销学说的发展具有重要贡献的营销学者，其中，最值得推崇的是杰罗姆·麦卡锡和菲利普·科特勒。1960 年，麦卡锡和普利沃特合著的《基础市场营销》第一次将企业的营销要素归结为四个基本策略的组合，即著名的“4P’s”理论(Product，Price，Place，Promotion)，这一理论已取代了此前的各种营销组合理论，成为现代市场营销学的基础理论。菲利普·科特勒于 1967 年出版了《营销管理——分析、计划与控制》一书，从企业管理和决策的角度，系统地提出了营销环境、市场机会、营销战略计划、购买行为分析、市场细分和目标市场以及营销策略组合等市场营销的完整理论体系，成为当代市场营销学的经典著作，使市场营销学理论趋于成熟。

随着营销实践的不断发展，市场营销学理论的发展也十分迅速。麦卡锡和科特勒的著作都是每隔三年左右就重版一次，在理论上不断有所创新，如菲利普·科特勒在 1991 年《营销管理》的第 7 版中增加了“营销计划背景分析”、“竞争者分析”和“服务营销”等内容；在 1994 年的第 8 版中讨论了“营销近视”的问题，并提出了“通过质量、服务和价值来建立顾客满意度”；在 1997 年的第 9 版中，又讨论了“21 世纪营销”的新内容——“网上营销”(online marketing)；在 2000 年出版的“千禧版”中则对网络营销、电子商务等因高科技的推动而发展起来的新的营销方式作了更为全面而深入的分析；在 2003 年出版的第 11 版中，针对互联网的发展对市场和消费者所带来的影响，提出了新经济条件下的“适应性营销”的问题，并讨论了体验营销、交叉营销、病毒营销、移动营销、电子消费者、自动服务技术、关系忠诚程度等一系列的新概念；2006 年出版的《营销管理》第 12 版则在体系和内容上都有了重大的变化，由原来以“管理程序”为逻辑的框架体系转变为“以市场导向的价值链运行”为逻辑的框架体系，充分反映了近十多年来对市场营销活动的本质认识的一种理论升华。与此相应，“全方位营销”的概念被正式列入教材并进行了系统的阐述。第 12 版的另一个重大变化是对品牌资产问题给予了前所未有的重视。这不仅是由于品牌方面的著名学者凯文·L. 凯勒(Kevin L. Keller)参加了第 12 版的编写工作，而且也说明了在当前的市场环境条件下，品牌价值及品牌资产在企业市场竞争中的重要地位和作用。正如科特勒本人所提出的，市场营销的概念不是太多而是远远不足，随着市场营销实践的发展，市场营销学的理论将会变得越来越丰富。

市场营销学的研究方法

市场营销理论以克服市场交换活动的障碍，促使市场交易顺利实现为研究目标，系统研究同交易成功有关的需要产生和满足、产品开发与价值、参加交易的组织和个人行为及其影响因素、交易的过程与规律以及促使交易成功的各种策略组合。但就其理论和实践的成熟过程而言，研究的角度是在不断发生变化的。大体上有产品研究、职能研究、机构研究和管理研究等几种不同的角度。

1. 产品研究方法

20 世纪初，市场营销研究刚刚开始的阶段，营销学者们主要是通过对各种不同产品在市场交易活动中的特征分析来研究企业的营销行为的。如韦尔德最早的市场营销学的著作就是《农产品的市场营销》(1916 年)；科普兰(Melvin Copeland)在 1923 年提出了著名的产品分类理论，将所有的消费品分为便利品、选购品和特殊品，并研究了消费者在购买这些不同类别产品时的行为特征[8]；在此之前(1912 年)，另一位叫帕林(Charles Parlin)的学者就已提出过对"妇女购买商品"进行分类的思想，他将这些商品分为便利品、急需品和选购品等不同类型[9]；劳德斯(E. L. Rhoades)在 1927 年还提出过根据产品的使用特征、物理特征(易腐性、体积、价值集中)和生产特征(生产规模、生产地点、生产周期、生产方法、生产集中度)来对产品进行分类的思想。这些理论的提出强调了市场营销对各种不同类型的企业和产品的适应性，基于相当实用性的原则。

2. 职能研究方法

从企业营销职能的角度对市场营销学进行研究集中于 20 世纪 30 年代之前。肖(Arch Shaw)1912 年在《经济学季刊》中第一次提出了职能研究的思想，当时他将中间商在产品分销活动中的职能归结为五个方面：(1)风险分担；(2)商品运输；(3)资金筹措；(4)沟通与销售；(5)装配、分类与转载。韦尔德在 1917 年对营销职能也进行了研究，提出了装配、储存、风险承担、重新整理、销售和运输等职能分类。至 1935 年，有一位叫弗兰克林的学者撰文指出，已有的职能研究已经提出了 52 种不同的营销职能，但并未对分销过程中两大隐含的问题作出解释：一是哪些职能能使商品实体增加时间、地点、所有权、占有权等效用；二是企业经营者在分销过程中主要应当承担哪些职能。弗兰克林认为：在第一个问题上，主要有装配、储存、标准化、运输和销售五项职能；在第二个问题上，企业经营者主要应履行承担风险和筹集营销资本两项职能。

从职能角度对市场营销学的研究直接导致了对营销策略组合的研究。尼尔·博登(Neil Borden)在 1950 年提出的"营销策略组合"将企业的营销活动的相关因素归结为 12 个方面，包括产品、品牌、包装、定价、调研分析、分销渠道、人员推销、广告、营业推广、售点展示、售后服务以及物流等；之后，弗利又将这些因素归纳为同提供物有关的"基本因素"和同销售活动有关的"工具因素"；直至 1960 年杰罗姆·麦卡锡提出著名的"4P's"组合，实际上都继承了职能研究的分类研究方法。所以说，职能研究方法为以后占主导地位的营销管理学派的产生奠定了基础。

3. 机构研究方法

机构研究方法主要分析执行营销职能的组织及其相互之间的关系。早期的机构研究主要集中于中间商和分销渠道的组织与效率。韦尔德在他的《农产品的市场营销》一书中指出"要执行营销职能，问题是要发现最经济的职能组合"，他针对一些人对中间商的偏见指出，"用第一手资料不偏不倚地研究营销系统，将发现总体上已发展的营销系统是胜任的，而不是极端臃肿和浪费的，已发展的组织形式有恰当的实际原因"[10]；巴特勒(R. S. Butler)在1923年出版的《营销与经销》一书中强调了中间商和渠道机构所创造的地点效用和时间效用，从理论上肯定了中间商的地位；20世纪30～40年代，加入营销机构研究的人越来越多，美国宾夕法尼亚大学沃顿商学院的教师拉尔夫·布莱耶撰写了《营销机构》一书，强调了营销机构的重要性，他指出"完成执行营销职能的相关工作需要建立庞大且高度复杂的商业机构……这个机构的各个部门都涉及与营销有关的各种商业事宜"[11]；之后一些学者又对营销渠道中的"纵向一体化"问题展开了研究，考虑到了对生产和分销过程中独立营销机构的总体控制和协调，最后形成了"垂直营销系统"的理论。这实际上已经进入了营销管理研究的领域，所以说从管理角度对市场营销进行研究的营销管理学派，其理论基础仍来源于之前的产品、职能和机构研究学派。

4. 管理研究方法

从20世纪50年代开始，随着国际市场竞争的日益激烈，从企业整体角度进行营销的战略决策变得格外重要。企业要获得营销的成功，决不能仅依赖于在某一具体部门或个别行为上的努力，而更取决于企业各种营销资源的有效组合和相互支撑，于是市场营销的研究也就自然而然地进入了以管理为导向的阶段。

尼尔·博登在1950年提出了"市场营销组合"的概念，强调了从企业整体营销目标的实现出发，对各种营销要素的统筹和协调，而企业的经理就是"各种要素的组合者"，这是从管理的角度提高营销效率的重要思想。这一思想后来被麦卡锡发展为著名的"4P's"营销策略组合理论，在20世纪80年代后出现的"整合营销"理论也包含了这方面的思想。1956年温德尔·史密斯的"市场细分"理论的提出使企业的市场营销真正上升到战略规划的层次，该理论同之后的"目标市场"和"市场定位"的理论一起，共同构成了"STP"的营销战略思想，为从管理角度研究市场营销作出了重要的贡献。1960年，西奥多·莱维特(Theodore Levitt)提出了"市场营销近视症"的问题，强调了以顾客需求为导向来制定企业发展战略规划的问题，实际上是进一步明确了市场营销观念在企业管理决策中的重要地位。菲利普·科特勒于1967年出版了《营销管理——分析、计划与控制》的著作，之后不断完善，最终形成了对市场营销进行分析、计划、管理与控制的完整理论体系，使从管理角度研究市场营销的方法成为集各种研究方法之大成的基本研究方法，从而在推动市场营销理论和实践的发展方面发挥了重要的作用。

第三节 市场营销哲学

市场营销到底是什么？在最早的企业活动中，它只是表现为在某种偶然的经营活动中的个别经营技巧；大量的经营活动和经营技巧抽象出了有规律的营销策略，对营销策略的组织和实施形成了企业的营销职能；而从根本上讲，对市场营销的认识还不能仅仅停留在"策略"或"职能"的层面上，应当把市场营销看作是一种经营哲学。菲利普·科特勒在《营销管理》第8版的序言中曾经说过："毫不奇怪，今天能取得胜利的公司必定是那些最能使他的目标顾客得到满足，并感到愉悦的公司。这些公司把市场营销看成是公司的整体哲学，而不仅仅是某一部门的个别职责。"所谓"哲学"，就是人们认识问题和分析问题的基本角度和方法。从指导企业经营实践的思想观念的发展与变化来看，充分说明了市场营销是一种新的经营思想和经营观念，是企业在其经营实践的发展中对自身经营哲学的调整。实践也证明，企业在市场上的表现和业绩方面的差异，并不主要是由于策略和技巧上的差异，而更重要的是经营观念上的差异。

以企业为中心的经营观念

在早期的企业经营活动中，企业经营观念的基本特征是以企业为中心，以资源和利润为导向。这是由于当时产品在市场上主要表现为供不应求，企业在销售方面基本上不成问题，企业间的竞争主要表现为以成本为基础的价格竞争。以企业为中心的经营观念按其发展顺序来看主要有以下三种。

1. 生产观念(production concept)

生产观念是最陈旧的一种企业经营观念。以这种经营观念为指导的企业认为，获得产品的基本效用是消费者的主要目的，企业的任务就是生产并向市场提供顾客买得起的产品。提高生产的效率和降低生产的成本是经营者所关心的全部问题。企业主要以提高劳动生产率，扩大生产规模，并以此降低产品价格来吸引顾客，获得自己的市场地位，很少关注除此之外的其他市场因素，甚至不注意对产品的更新和改良。

美国福特汽车公司的创始人福特先生曾对建议其生产彩色汽车的人说过这样的话，"不管顾客需要什么，我们生产的汽车就是黑的"。因为他认为福特公司的汽车价廉物美，不愁没有销路。然而当其他公司所生产的彩色汽车开始风靡市场之后，福特才省悟到自己决策的错误。单纯的"生产观念"给他带来了很大的损失。中国在20世纪80年代之前，大多数企业奉行的主要是"生产观念"，直到80年代中期，当有些产品已出现明显的供过于求的情况时，一些企业仍在按每年递增百分之几的计划大量生产。又如缝纫机、手表、自行车等产品，30多年来产品的设计都没有大的改变。

以生产观念为导向的企业基本上是处于三种市场环境条件之下：一是产品明显地供不应求。企业将产品生产出来，总归销得出去。西方在20世纪20年代以前、中国在20世纪80年代以前的情况基本上都是如此。中国当时许多消费工业品（如手表、缝纫机、自行车、电视机）都要凭票、凭证供应，所以生产企业只须扩大生产，提高产量，而根本没必要去考虑市场销售问题。二是价格竞争是市场竞争的基本形态。这种情况下，企业竞争的主要手段是降低产品的价格，而降低价格的前提则是通过生产规模的扩大和生产成本的控制。所以企业必然以主要精力去扩大生产和降低成本。三是实行计划经济体制。在计划经济条件下，企业实际上只是政府计划的附属体，是一个严格按照计划进行生产的工作部门，资源和产品的分配不属于企业的责权范围，所以企业也无须考虑除生产之外的其他问题。

显然，在市场经济条件下，当产品的供应已相当丰富的情况下，生产观念的弊病就会明显暴露出来。从中国来看，20世纪80年代以前，上海的工业企业曾一度在全国消费工业品市场中占有1/4份额，但由于长期受“生产观念”的影响，产品更新能力差，市场营销能力弱，至90年代上海产品在全国的市场占有率已下降为6%。而在中国较早接受市场导向经营观念的福建、广东等地区，工业企业的产品在全国市场占有份额却不断扩大，形成了很强的竞争优势。这就是由于80年代以后，中国开始导入市场经济的机制，中国生产力的发展导致市场供应日益丰富，从而使生产观念面临了不可避免的挑战。

2. 产品观念(product concept)

产品观念是在生产观念基础上的发展，但仍属于一种比较陈旧的经营观念。其特征在于企业经营者不是主要靠降低成本，而是主要靠提高产品的质量来开发和占领市场。经营者认为顾客关注的主要是产品的性能、质量和特色，设计和开发优良产品是企业市场竞争的主要手段。确实，产品的品质和特色是企业争取顾客的主要因素，能注意以产品质量的改变和提高去赢得企业的市场地位比只重视产量和成本的“生产观念”是前进了一步。但是问题在于进行产品设计开发的出发点在哪里？是企业还是消费者？产品观念的局限性就在于对于产品的设计与开发只是从企业的角度出发，以企业为中心进行的。经营者认为，顾客想购买的只是产品，而并没有认识到顾客所购买的实际上是对于某种需要的满足。所以企业经营者仍只是把眼光注视着企业内部的生产领域，而没有把眼光转移出去，注意研究企业外部的市场，即所谓的“营销近视症”。

如日本有家保险箱生产公司的经理抱怨消费者没有眼光，对于该公司生产的“牢不可破”的保险箱很少有人问津。一次在对一位朋友谈起此事时，他怒不可遏，竟然抬起一台该公司的产品从五楼扔了下去，然后让这位朋友去看这一保险箱有没有损坏。然而这位朋友只是淡淡地一笑，说道：“我想您的顾客购买保险箱绝不会是为了从楼上往下扔吧？”这个例子说明了，如果不是从消费者的需要出发去开发和设计产品，自以为很好的产品可能也不会有市场。

产品观念产生的市场环境条件同生产观念差不多,但此时产品的供应已经比较丰富,出现了品种和类型上的差异,顾客对产品的选择性也开始增强,从而使企业在一定的范围内面临市场竞争,促使企业开始重视产品的改良和提高。但是只要市场上总体的供求状况仍然是求大于供,新的经营观念就很难为企业所接受。

3. 推销观念(selling concept)

当市场经济发展到一定阶段时,推销观念就必然会成为许多企业所奉行的经营观念。持推销观念的企业经营者认为,仅有优良的产品和低廉的成本并不一定会自然地吸引顾客,而必须通过企业对顾客的宣传和推销,促使顾客对产品理解和接受。推销观念将顾客看成是被动的、迟钝的,认为只有强化刺激才能吸引顾客。

当市场刚刚进入供过于求、竞争激烈的阶段时,推销观念确实产生过很强的实际效应。一些企业通过大量的广告宣传和人员推销使产品的销路有明显的上升。在20世纪三四十年代,美国的不少企业就曾在包括中国在内的全世界各地市场组织大规模的推销活动,从而使不少在美国本地市场严重饱和的产品在世界各地打开了市场。如在中国推销美孚公司的煤油时,美孚公司就曾组织了一批推销人员挨家挨户地送煤油灯,使普通的中国老百姓接受了美国人的"洋油",从而打开了一个很大的新的市场。中国在80年代改革开放的初期阶段,广东、福建等南方省市的一些乡镇企业和民营企业迫于不具有国有企业那样的市场地位,只能靠大量的推销活动来拓展自己的市场,结果使其产品很快在全国打开了销路,确立了市场地位。

推销观念同生产观念和产品观念相比,是有明显进步的。其进步主要表现为企业经营者开始将眼光从生产领域转向了流通领域,不仅在产品的设计和开发,而且在产品的销售促进上投入了精力和资本。但是推销观念仍然是以企业为中心,是以说服和诱导消费者接受企业已经生产出来的产品为目的,仍然没有把消费者放在企业经营的中心地位。再好的推销手段也不能使消费者真正接受他所不需要或不喜欢的产品,特别是当市场竞争变得日益激烈的时候,推销的效应就会逐渐递减。20世纪90年代中期,中国的消费品市场供大于求的趋势日益明显,企业的推销大战也愈演愈烈,但尽管奖售、削价活动天天可见,消费者的反应却越来越冷淡,这说明,推销观念对企业拓展市场的局限性是十分明显的。

当大量的推销活动仍不能使企业摆脱产品滞销积压、经营每况愈下的局面时,一些企业就会从市场上去寻找原因,就会考虑根据顾客的需要和市场的变化来调整自己的经营,从而就导致新的企业经营观念应运而生。

以顾客需求为中心的营销观念

营销观念(marketing concept)是以消费需求为中心的、整体战略性很强的企业经营观念，营销观念的产生和应用是对以前各种经营观念的一种质的变革，其核心是从以企业的需要为经营出发点变为以消费者的需要为经营的出发点。图1—3表示了营销观念与推销观念在出发点、中心、手段和目的等方面的差异。

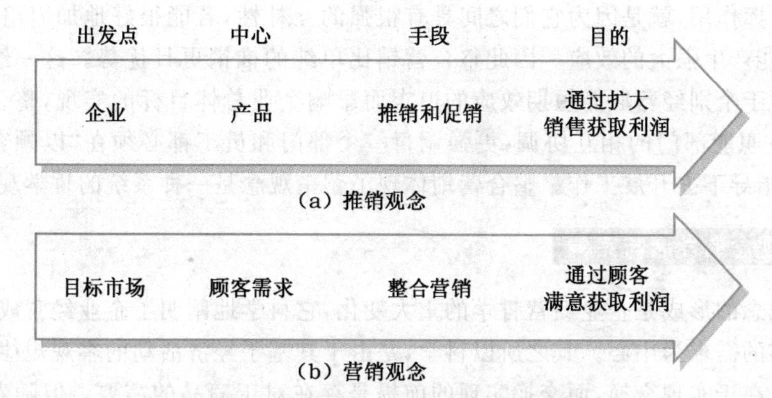

图1—3　营销观念与推销观念的主要区别

总的来讲，营销观念的基本特征可表现在三个方面：

(1)企业的经营是以顾客需求的满足为中心；

(2)企业注重于市场的占有和长远战略目标的实现；

(3)企业通过各种营销策略及各部门的整合营销来实现自己的目标。

以顾客需求满足为中心是营销观念的本质特征，这在本章一开始讨论市场营销的核心概念时已经强调了这一点。这一思想应当说是企业在经营实践中自然形成的。在市场竞争日趋激烈的情况下，以企业为中心的推销活动必然会受阻。经营者们最终会发现，真正成功的销售并不主要取决于推销的力度，而主要取决于企业满足顾客需求的程度。当顾客有可能在大量商品面前从容选择的时候，他们一定会对那些最符合自己需求的商品产生兴趣，于是企业就会逐渐重视对于顾客需求的研究。

注重市场占有和长远战略目标的实现是营销观念的又一基本特征，其不同于推销观念只注重当前产品的销售和短期利润的获取，持有营销观念的经营者认为，不顾及企业的长远发展目标而进行的盲目生产或倾力推销对企业可能不仅无利而且有害。因此，一些营销学者认为，对于企业来说，稳定的市场份额可能比高额的短期利润更为重要。20世纪70年代初，当环境污染问题还没有像现在那样受到广泛关注的情况下，日本本田公司就已经从其对市场环境的分析中预计到了未来污染问题的严重性，于是他们专门请联合国有关专家到公司作报告，并投资开发能够减少废气污染和节约能源的汽车。结果当20世纪80年代汽车废气污染开始引起人们高度重视的时候，本田的少污染、低能耗的汽车就成为畅销货。没有战略眼光的经营者是不可能获得这样的成功的。

整合营销体现了企业经营思想的整体化和系统化，它强调企业经营活动是一个完整的系统，由具备各种不同功能的经营部门所构成，各个部门的经营活动必须以实现企业的总体经营目标为核心，取得相互间的协作和协调。各种营销策略之所以都能在企业的经营活动中发挥作用，就是因为它们之间具有很强的互补性，若能很好地加以组合，共同发挥作用，就能产生强大的效应。因此整合营销比单纯的推销更具优势。这一经营思想还强调防止对于个别经营职能短期效应的追求而影响企业总体目标的实现，整合营销不仅强调企业各职能部门的相互协调，更强调每一个部门和员工都必须在“以顾客需求为导向”的思想指导下去开展工作。整合营销体现了营销观念是一种系统的哲学观念。

营销观念的发展与完善

营销观念的形成是企业经营哲学的重大变化，它科学地阐明了企业经营成功的要旨：以满足顾客的需求为中心。其之所以科学，是由于其基于经济活动的客观规律：商品生产活动的意义在于实现交换，而交换实现的前提是存在对于商品的需要。但随着企业经营实践进一步的发展和市场环境条件进一步的变化，企业的营销观念也在不断地发展和变化，其在适应新的市场环境和经营实践的过程中不断地得到充实和完善。其中有几个重要的观念是值得注意的。

1. 生态学营销观念(bionomics marketing concept)

以消费者需求为中心的营销观念，使企业建立了以市场为导向的经营指导思想，确实使很多企业的经营活动取得了很大的成功，但也有不少企业抱怨它们采取了这一观念却并不很成功，产品仍然不受欢迎，市场仍然很难打进。于是人们发现，只考虑市场需求这一面是不全面的，同时应当考虑到企业对市场需求满足的资源和能力，若不量力而行，去做自己做不到或不占优势的事情，结果还是要失败的，于是就产生了“生态学营销观念”。

生态学营销观念是强调市场需求与满足需求的资源相一致的经营指导思想，其借鉴了生态学中“适者生存”的原理。自然界中的各种生物如果能根据自身的生存能力，各取所需地寻找到所适应的生存环境和生存方式，就能生存下来，并得到持续发展；而那些无法寻找到所适宜的生存环境和生存方式，又不能调整自己生存能力的生物，则最终会被淘汰。在企业的经营活动中同样如此。无论是大企业还是小企业，只要能根据自己的资源和能力去寻找适合自己进入的目标市场，就有可能获得成功。

生态学营销观念告诉我们，企业经营者的任务就是要合理地组织自身的资源去满足相适应的市场需求。这里的“相适应”包含两方面的意思：一是企业有能力去满足相应的市场需求；二是企业在这一市场中占有竞争优势或具有相应的抗衡能力。

2. 社会营销观念(social marketing concept)

所谓社会营销观念，即企业在其经营活动中必须承担起相应的社会责任，保持企业利益、消费者利益同社会利益的一致性。企业是一种营利性的组织,处于经济循环系统之中。然而企业又不可避免地属于社会生活的一员,处于整个社会系统之中。因此,企业的经营活动不仅要受到经济规律的制约,而且也会受到社会规律的制约。随着企业经营活动的发展,企业行为对于社会的影响会变得越来越大。首先是企业的产品服务及其宣传直接影响着社会的生活方式和思想意识;其次是企业生产经营行为所产生的一些污染会对社会环境产生影响;再次是企业在国民经济中所发挥的作用会对整个社会发展带来影响。因此企业在其经营活动中必须同时兼顾企业的利益、顾客的利益和社会的利益,谋求企业同社会的共同发展。

社会营销观念也是随着企业经营实践的发展而逐步为企业所接受的。因为如果企业在其经营活动中不顾社会利益,造成社会利益的损害,就必然会受到社会公众和舆论的压力而影响企业的进一步发展;另一方面,近年来社会对于环境保护和健康消费的重视,也使得政府的政策对于有损社会利益的生产行为和消费行为的约束越来越严厉,从而迫使企业不得不通过树立良好的社会形象和主动协调各方面的关系来改善自己的经营环境,社会营销观念也因此而被普遍接受。

3. 整合营销观念(integrated marketing concept)

20 世纪 90 年代后半期,“整合营销”开始成为企业的一种新的营销观念。整合营销是指企业必须调动其所有的资源,并有效地协调各部门的努力来提高对顾客的服务水平和满足程度。当满足顾客的需要成为企业全部经营活动的中心之后,企业内部资源的协调配置就成为提高企业经营效益的重要问题。我们经常会发现,由于企业内部各部门在为顾客提供利益满足的认识和行为上的不一致,导致企业的营销目标无法顺利实现。如产品设计和生产部门会抱怨销售部门过于迁就顾客的利益而不顾公司的利益;各地销售部门为了完成销售指标而相互“串货”,破坏企业的统一价格政策;某一部门的营销行为无法得到其他部门的支持和配合等。因此,企业越来越需要加强企业内部的组织和协调,以提高营销资源的利用效率。整合营销作为市场营销的一种策略思想,是从营销策略组合的思想发展而来的。从 20 世纪 50 年代尼尔·博登最早提出营销策略组合的概念以后,曾经有不少营销学者对于企业营销策略的组合进行过归纳,其中以杰罗姆·麦卡锡 1960 年提出的“4P's”组合最具代表性。营销策略组合在理论上指出了系统协调的重要性,而整合营销则进一步强调如何通过加强内部营销,激励所有部门的团队精神,来实现这种系统协调。整合营销强调两个方面:一是企业的各部门必须围绕企业总体的营销目标加强彼此的协调;二是各部门(不仅是营销部门)的人员都必须确立为顾客利益考虑的思想观念。整合营销观念的形成反映了系统哲学理论在企业经营观念发展方面的深化。

4. 关系营销观念(relationship marketing concept)

关系营销观念强调企业的营销活动不仅是为了实现与顾客之间的某种交易,而且是为了建立起对双方都有利的长期稳定的关系。“关系营销”观念起源于20世纪70年代欧洲的服务营销学派和产业营销学派(Industrial Marketing & Purchasing,IMP),主要致力于实行顾客关系管理,通过发展长期稳定的顾客关系来建立顾客忠诚,提高企业的市场竞争力。以后,美国等一些国家和地区的学者对关系营销的思想进行了发展,开始对关系的盈利性、关系价值(顾客终身价值)、关系生命周期甚至关系资产等问题展开了研究,形成了比较完整的顾客关系管理理论(本教材第十八章将详细讨论)。关系营销观念的提出和发展使市场营销哲学有了很大的发展,其突破了交易营销的思想局限,而把企业在市场上竞争制胜的焦点放在了忠诚顾客的培养和关系资产的积累上。

进入20世纪80年代以后,有些营销学者提出了企业经营观念由以企业为中心、以顾客需求为中心发展到以竞争为中心的新阶段。其背景是进入七八十年代,寡头竞争的态势在全世界范围内基本形成,企业集团、跨国公司之间“捉对”竞争的情况十分普遍,对于那些处于激烈竞争的企业来说,竞争对手的策略变化比消费市场的需求变化对其经营活动具有更大的影响力。因为消费需求的变化对竞争双方的影响是同时存在的,而竞争对手的策略变化则可能改变双方的竞争位势。所以企业在制定自己的营销战略和策略时,往往十分注意对竞争对手的研究。进入90年代,有些学者更进一步提出了“基准营销”(bench marketing)的概念,把研究竞争对手,并以竞争对手在一些经营要素上的做法作为企业制定战略和策略的基准的经营思想从理论上加以确定,所以说企业经营观念发展到以竞争为导向的新阶段并不是没有道理的。然而,从根本上讲,取得竞争优势的关键还在于能尽早地发现和满足市场的消费需求,及时地抓住市场机会,离不开以市场为导向这一核心。所以有些人认为,以竞争为导向的本质还是以市场为导向,不大赞成单独列为一个发展阶段。

新经济时代的全方位营销观念

当世界进入21世纪之际,一个以数字化经济为代表的新经济时代开始形成,数字、网络、信息经济开始深入到社会生产和生活的各个方面,从而也对市场营销的理论和实践提出了挑战。新经济时代的主要特征是什么?学术界曾有过多种解释。而菲利普·科特勒在《营销管理》第11版中指出了新经济时代在市场中所表现出来的四种基本特征:(1)数字化和连通性。即信息技术的发展可以将所有信息的传统表现方式(如文本、图像、影像、声音等)都转化为一组以0和1的字节所表示的数据流,通过互联网在最广泛的范围内进行高速传输,从而使市场的空间范围得以无限扩大。(2)非居间化和再居间化。即互联网和网络销售的发展,使传统中间商的作用开始弱化,非居间化的趋势开始出现。然而,一批网络中间商的兴起和发展,又成为新型的市场中介,从而导致再居间化现象的形成。(3)定制化和顾客化。即在信息技术和网络技术的支持下,企业可针对各种顾客个性化的要求,对他们提供差异化的产品和服务。这种完全针对个性化需要所进行的定制化服务则形成了颇具人性化的顾客化营销。(4)行业趋同化。即在信息技术发展和推动之下,企业更容易向产业的广度和深度拓展,从而导致企业的行业界限开始变得模糊,各种行业相互交叉和相互渗透的现象日益普遍,行业趋同化的趋势开始出现。

以菲利普·科特勒为代表的一些营销学者开始对新经济条件下的市场营销哲学进行了新的探索。他们认为在新经济条件下,买方(消费者)与卖方(企业)的能力都有了新的扩张。从消费者的角度看,其获取商品和服务信息的能力大大增强,从而可供选择的范围也随之扩大,于是消费者对其需求满足的要求也越来越高,企业能否有针对性地提供个性化的商品和服务便成为争夺目标市场顾客的竞争焦点;而从企业的角度看,其获取市场及顾客信息的渠道也越来越广泛,其同顾客实施沟通的手段也越来越丰富,其市场范围因互联网的广泛覆盖而突破了狭隘的地域界线,同时也因为能与顾客进行即时的双向沟通而使按照顾客的个性化需要来实行定制化营销成为可能。基于以上的变化,他们提出了新经济条件下的全方位营销观念(holistic marketing concept),认为在新经济的条件下,企业必须把重心由"产品投资组合"转向"客户投资组合";将"客户价值"、"核心能力"、"合作网络"作为塑造市场的三大基本要素。企业应当通过由"需求管理"、"资源管理"、"网络管理"所构成的全方位营销管理来实施由"价值探索"、"价值创造"和"价值传递"所构成的"以价值为基础"的营销活动过程,其相互之间的联结与互动构成了"全方位营销"的架构(见图 1—4)[12]。

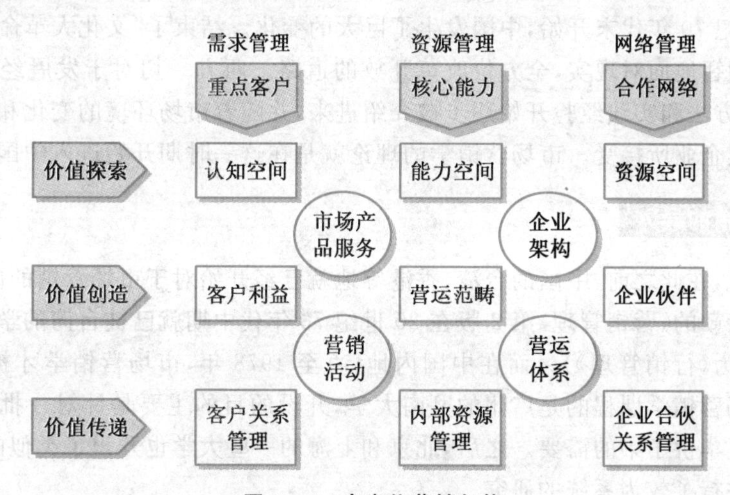

图 1—4　全方位营销架构

在这一架构中,"价值探索"、"价值创造"、"价值传递"的营销活动过程并不是一种新的表述,早在 1988 年米切尔·兰宁(Michael J. Lanning)等人就已经提出。"全方位营销”观念的主要特点表现为其将认识、开发和保持企业在满足市场需求方面的核心能力，以及积极开发、利用和维护企业的外部资源等两个方面纳入了营销管理的范畴。这是由于新经济条件下，因信息不对称而形成的相对竞争优势日益减弱，企业只有通过在核心能力方面的不断创新，才可能形成在某一领域的绝对竞争优势，从而始终保持其在该领域的领先地位。同时，还要求企业能充分利用信息网络技术所带来的与合作者沟通协调的便利性，积极开发和利用企业的外部资源，形成稳定的合作网络，以扩展企业在满足目标市场需求方面的综合能力。在这一思想的指导下，“全方位营销”强调企业的营销活动应当包含“内部营销”、“整合营销”、“关系营销”和“社会责任营销”四个方面。通过“内部营销”能够充分激发企业员工的工作热情和创新能力，从而不断提高服务顾客的水平；通过“整合营销”则能使企业的内部资源实现最优组合，取得更大的合作效益，促使企业形成更强的核心竞争能力；通过“关系营销”可以不断地推进企业外部合作网络的发展和稳固，从而能够最大限度地利用企业的外部资源；通过“社会责任营销”则可以有效地协调企业同社会各方面的关系，为企业的市场营销活动创造最为有利的市场环境。所以说，“全方位营销”观念针对了现代市场活动的宽广度与复杂性，从更高、更深的层面上拓展了营销者的视野。

第四节　市场营销在中国

从 20 世纪 70 年代末开始，中国发生了巨大的变化。结束了“文化大革命”的中国，开始真正走向理智地面对现实，全方位改革开放的道路。西方一切对于发展经济有益的思想观点、理论方法和实践经验开始逐步被介绍进来，并随着市场环境的变化和企业市场意识的增强而被企业所接受。市场营销学的理论就是在这一时期开始进入中国内地的。

市场营销的导入

准确地说，在此之前，中国的台湾、香港等地就已经开始对于市场营销的研究和实践，菲利普·科特勒的《营销管理》第 2 版在 20 世纪 70 年代中期就已被台湾的学者翻译为中文版（当时译为《行销管理》）。而在中国内地，直至 1978 年，市场营销学才被正式引入。最早开设市场营销学课程的是广州的暨南大学，开设的目的主要是针对一批港澳学生以及东南亚地区华侨子弟的需要。之后，北京和上海的一些大学也开设了类似的课程，并对市场营销学进行了较为系统的研究。

1980 年，国家经委、国家科委和国家教委（当时称高教部）同美国政府合作在大连建立了高级管理干部培训中心（全名为“中国工业科技管理大连培训中心”），主要由美国的大学教师前来授课，市场营销学作为一门主要课程在该中心讲授，1981 年 8 月，企业管理出版社将美国教授的市场营销学讲课内容正式出版，取名为《市场学》，这是中国内地公开出版的第一本市场营销学的教材，为市场营销学在中国内地的传播和推广发挥了重要作用。与此同时，中国外贸部与联合国国际贸易中心(ITC)也于1980在北京举办了两期市场营销培训班，聘请美国、加拿大等国外专家授课。同样类型的培训班又在其他地方举办过多期，对于市场营销在中国内地的推广产生了良好的影响。

至1982年，国内正式公开出版和发行的市场营销学著作已达近十种，全国一部分大专院校开始将“市场营销学”列为正式课程，中国人民大学、上海财经大学等少数院校开始招收“市场营销学”方向的硕士研究生。市场营销理论的研究先于其实践在中国内地逐渐得到了普及。正由于是理论先于实践，所以在开始这一阶段中，对于市场营销学的研究主要是以全面、系统地介绍国外的市场营销理论为主。

在市场营销的实践方面，中国内地起步较早的是广东等南方地区，那里毗邻香港，在贸易等方面同港澳地区的联系很密切，在企业的经营思想上很大程度受国外和海外企业的影响，所以在企业的经营活动中较早地融入了一些市场营销的观念和做法。如在80年代中期中国第五届全运会在广州举行时，广东的一些企业就表现出了强烈的市场竞争意识，出资几百万元在全运会上展开广告宣传，对当时中国内地的许多企业来讲，简直是不敢想象的。

国家机械工业部是中国较早主动推行市场营销观念的实务部门。由于当时产品统购包销制度的取消，机械工业部下属的一些企业首当其冲地面临困境，开始对市场销售问题给以重视。该部积极举办了各种类型的市场营销培训班，组织力量翻译出版了国外的市场营销著作，向下属各企业推广市场营销的专业知识，在国有企业推广市场营销观念方面树立了典范。

市场营销的普及与发展

从1983年开始，中国改革开放的步伐进一步加快。计划经济的管理体制和运行方式发生了很大的改变，市场对资源配置所发挥的调节作用越来越明显，企业经营自主性得到增强，市场竞争的压力也逐渐增大。特别是大量外资、合资企业开始进入中国，它们的市场营销观念和营销活动所产生的效应不仅给国内的企业形成了压力，也引起了国内企业对市场营销理论和实践的进一步重视。不少国内企业，特别是经营自主权和灵活性较强的乡镇企业和民营企业纷纷仿而效之，自觉不自觉地开始采用各种营销策略来增强自己的竞争实力，并很快显示出明显的效应。一些较早接受市场营销观念的国有企业也开始系统地组织企业的营销活动，有的还专门成立了市场部或营销部，企业对市场营销的认识明显提高。

然而，整个20世纪80年代，市场营销理论在中国只能算是处于导入和启蒙阶段，中国内地对市场营销理论普遍地接受和应用应当说还是开始于20世纪90年代。这一结论并不完全是从应用面的大小上来考虑的,而主要是根据市场营销应用所必须具备的背景条件来考虑的。如前所述,市场营销观念只有在企业面临巨大的市场困境和竞争压力的环境条件下才会被企业真正接受,而中国的大多数企业一直到90年代才真正面临了这样的环境。大面积的供大于求和"卖方市场"的局面是到90年代中期才真正形成的。这时中国的大多数企业才真正认识到了研究市场、研究需求的重要性,市场营销在此时才真正被作为一种经营思想,而不是一种时髦的标签被中国的企业所接受。更为重要的是,在80年代,中国的大多数企业,特别是国有企业,实际上还称不上是真正的"企业"。因为它们并不具备企业经营所必需的法人财产,缺乏独立自主的经营权,无法根据市场的变化去自主地调整自己的经营,因此它们也根本无法成为市场营销活动的主体。在大多数企业还不能成为营销主体的情况下,市场营销理论的普遍应用当然无从谈起。只有当进入90年代,现代企业制度的建立和推广,才使得中国企业能成为真正产权明晰、独立自主的营销主体。所以说,只有到20世纪90年代,市场营销理论才在中国进入了应用阶段。到90年代末,在中国已有了一批在市场营销活动中取得显著成效的大型企业,它们富有创新意识的营销实践已经引起了海内外企业界和学术界的重视。如中国海尔集团的营销实践已被美国的哈佛大学商学院编成教学案例。这意味着进入21世纪,中国市场营销的发展有可能进入一个更新的阶段——营销理论的本土化及创新阶段,中国的企业界和学术界将会对市场营销理论的发展作出自己独特的贡献。

实际工作部门对于市场营销的重视和普及,必然地促进了学术界和教育界对市场营销学研究的进一步深入。1982年5月,在湖南长沙市举行了有24所财经类院校参加的市场营销学教材研讨会,在这次会议上首次提出了成立类似美国市场营销协会(AMA)之类的学术研究推广机构的设想。1983年10月在西安召开了市场营销学教学研究会的筹备会议。至1984年1月,中国高等院校市场营销学教学研究会终于在长沙正式成立。这一学术团体的成立,标志着市场营销学的学术地位在中国正式得以确立,对于市场营销学在中国的发展具有里程碑的意义。在此之后,全国各省市也纷纷成立市场营销学的学术团体和研究机构,并同企业界结合起来,共同开展市场营销学的理论研究和实践活动。1991年3月,在全国各地纷纷成立市场营销学会(协会)的基础上,中国市场学会在北京正式成立。中国市场学会的成立,标志着中国市场营销学的发展已开始走理论与实践相结合的道路,并逐渐为各阶层和各方面所接受。

从1985年开始,中国各高等院校和科研机构陆续派出访问学者、留学生、研修生等去美国、日本、加拿大、澳大利亚等在市场营销学术研究方面比较领先的国家学习和研究,其中一些人首次在国外取得了市场营销学的博士学位。这些出访人员将国外市场营销学的最新理论和发展信息带回国内,进一步推动了市场营销学的理论研究和实践应用向深度和广度发展。

进入 90 年代,中国的各高等院校(包括一部分理、工、农、医甚至军事院校),都已普遍开设市场营销的课程,部分院校还设立了市场营销学的专业。到目前为止,在本专科、硕士和博士研究生等各个层次中都已有了市场营销学的研究。在各种类型和层次的经济管理干部培训班中,“市场营销学”也都是一门不可缺少的必修课程。

与此同时,大量国外市场营销学的教材和论著被翻译出版,引进中国。中国的学者们也在对市场营销学进行悉心研究的基础上,编著了大量市场营销学方面的教材和专著,在促进市场营销学普及和发展上发挥着重要作用。

中国市场营销有待走向成熟

迄今为止,虽然企业界已对市场营销学的学习和应用表现出浓厚的兴趣和高度的重视,但是在对于市场营销学的推广和应用上仍表现出明显的不成熟。

首先,大多数企业仍然停留在推销观念阶段,以推销的意识和心态来学习和接受市场营销,从而在实践活动中,仍以企业和自我为中心,以促进企业已有产品的销售为目的,在玩弄促销技巧上做文章,在很大程度上对市场营销本质观念进行了曲解和误导。如一些企业在招收推销人员时,在广告中称之为“营销人员”,从而使不少社会公众把“营销”等同于“推销”。

其次,市场营销在不少企业内并没有被看作是最高层经营者的经营理念和指导思想,并没有被看作是一种管理职能,而只是作为一种部门职能在发挥作用。企业的营销部(或市场部)往往难以对整个企业的经营活动产生较大的影响,营销部的功能不明确,从而使营销部门的作用受到很大限制,有的甚至形同虚设,或成为杂务部。

再次,很少有企业具有营销策划的意识和行为,经营的战略性很差。大多数企业仅注重短期利益而忽视长期的发展;很看重销售和利润,而忽视市场份额的占有;主要依靠自身经验进行决策,而忽视市场调研和市场分析。

此类问题的存在固然有中国企业的经营者对于市场营销学的核心概念和基本性质尚未完全掌握的一面,同时也是由于中国市场经济的环境尚不完善。大多数国有企业虽然已通过改制成为独立自主的现代企业,但仍受到政府和上级主管部门的各种行政干预,经营自主权受到很大限制;经营者的责权利尚未真正一致,经营者仍缺乏全身心投入经营及敢于承担市场风险的意识和动力;各种市场体制的配套改革仍不完善,市场机制的作用尚不明显,部门和地区的利益分割和保护主义的现象仍十分严重,公平竞争的市场环境尚未真正形成;各种社会保障体系尚未完善,企业的历史包袱十分沉重,改革与稳定的矛盾仍很尖锐。这一切都使得企业难以真正自觉地接受市场营销的理论和方法,并能在实践中得到顺利的贯彻和实行。

因此,市场营销学要在中国得到进一步的发展,除了通过大规模的宣传和培训,使更多的人理解和接受这一当代的经营管理哲学之外,还有待于中国市场经济体制得以进一步的完善。市场环境的变化,会使得市场营销的观念很快地被越来越多的企业所接受。事实上从20世纪90年代开始,中国改革开放的步伐加快,大量外资企业和国外产品的进入,使中国的国内市场开始趋于国际化。进入新的世纪,中国成功地加入了世界贸易组织(WTO),中国市场将进一步同国际市场接轨,中国企业将面临同那些搞了几十年市场营销的国外跨国公司和企业直接竞争。这将迫使中国的企业和企业家们更快地掌握和应用市场营销的理论和方法,否则就会在无情的竞争面前被挤垮,被淘汰。这使得市场营销学当前在中国的全面推广变得尤为迫切、尤为重要。学习市场营销、掌握市场营销、运用市场营销将成为当代中国企业界、学术界和教育部门的重要任务和共同职责。

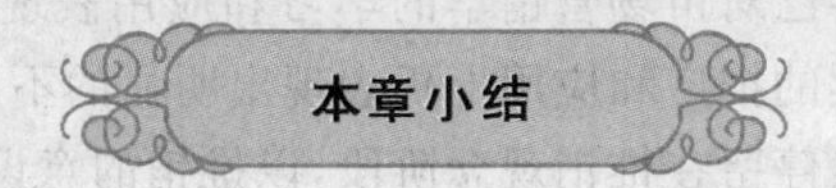

本章小结

市场营销是企业以市场为导向,以满足顾客需求、实现潜在交换为目的,而分析市场、进入市场和占领市场的一系列战略与策略活动。克服交换障碍、实现潜在交换是市场营销概念的核心内涵。发现市场需要、生产有价值的产品和提供物是为了实现交换,而一定的市场、关系、网络是交换得以实现的重要条件。

市场营销观念是在生产力高度发展、产品供过于求、竞争日益激烈的社会经济背景条件下形成的,它区别于以企业为中心的生产观念、产品观念和推销观念,具有以顾客需要的满足为中心,注重企业的长期发展战略,以整合营销为手段等基本特征。从本质上讲,市场营销学是一种经营哲学。市场营销哲学随着社会经济环境的不断变化而发展。

市场营销理论起源于经济学,但其更注重市场交换的过程研究,为此融入了心理学、社会学等其他学科的理论,从而使其得以从经济学中分离出来,成为一门独立的学科。

人们曾经从产品、职能、机构等不同的角度对市场营销展开过研究,而20世纪40年代以后开始的从管理角度对市场营销的研究,提高了研究的层次,集各种研究方法之大成。

市场营销学于20世纪70年代末导入中国内地,90年代以来,随着中国社会经济环境的变化与发展,得到了普遍的重视和应用。中国的学术界和企业界将积极开展营销本土化的研究,克服各种思想障碍,总结实践经验,为营销学的进一步发展作出贡献。

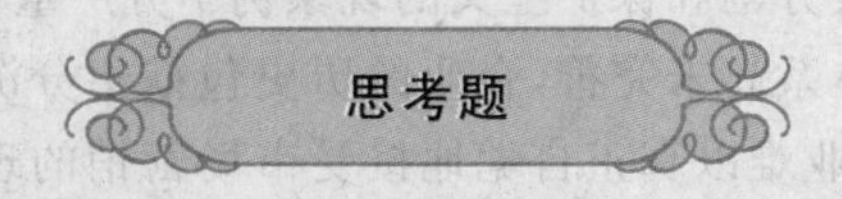

思考题

1. 为什么说市场营销不单纯是产品的推销活动?市场营销的核心概念是什么?

2. 说明营销观念与推销观念的主要区别。营销观念有哪些主要特征？

3. 如何认识市场营销的理论边界及其同经济学的联系和区别？

4. 什么是数字化时代的"全方位营销"？它有哪些主要特点？

5. 中国目前在市场营销理论的普及应用方面存在哪些主要障碍？应当怎样予以克服？

注释：

[1]Philip Kotler, *Principles of Marketing*, 10th Edition, 2004.

[2]William D. Perreault, Jr. & E. Jerome McCarthy, *Basic Marketing*, 12th Edition, 1996.

[3]Bartels Robert, *The History of Marketing Thought*, 3nd edn, Columbus, Ohio: Publishing Horizons Inc, 1988.

[4][5]乌罗·阿尔德森:《市场营销学分析体系》,载于《营销学经典》(论文集),东北财经大学出版社 2000 年版,第 32 页。

[6]Richard P. Bagozzi, "Marketing as Exchange", *Journal of Marketing*, Vol. 39(October 1975), pp. 32－39.

[7]Houston S. Franklin & Gassenheimer B. Jule, "Marketing and Exchange", *Journal of Marketing* 51, October: pp. 3－18, 1987.

[8]Melvin T. Copeland, *Problems in Marketing*, Chicago: A. W. Shaw, 1923.

[9]Charles Parlin, *Department Report* V2, 1912.

[10]Weld L. D. H, *The Marketing of Farm Goods*, New York: Macmillan, 1916.

[11]Breyer F. Ralph, *The Marketing Institution*, New York: McGraw Hill Book Co. 1934.

[12]Philip Kotler, D. C. Jain, and S. Maesicee, *Marketing Moves: A New Approach to Profits, Growth, and Renewal*, Harvard Business School Press, 2002.

第二章

企业战略与营销管理

学习目的与要求

1. 正确认识市场营销在企业中的地位
2. 了解企业战略计划与业务战略计划的内涵
3. 了解“波士顿矩阵”等战略分析工具
4. 学会用 SWOT 分析等方法来进行营销战略决策
5. 了解企业市场营销的管理过程

我们在讨论“整合营销”观念时提到，企业必须加强内部各部门之间的协调，以保证企业的总体目标得以顺利实现，这就涉及企业的营销活动同企业总体战略之间的关系。我们将在本章中讨论企业战略的含义及其形成过程，明确如何在企业战略的指导下来开展营销活动和制定营销方案。

第一节 市场营销在企业中的地位

错误的偏见

对于市场营销在企业中的地位在很长时期中是一个模糊的问题。在最初阶段，很多企业都把市场营销仅作为一种有助于产品销售增长的策略和手段，如迄今为止，中国的很多企业仍然是将营销部（市场部）同销售部合而为一的（这在西方企业市场营销产生的初期阶段也是如此）；当人们认识到以顾客需要的满足为导向的市场营销观念应当成为企业的一种经营哲学，而对企业的整体经营活动产生影响时，又出现了将市场营销的地位不恰当地提高的倾向，如有不少人认为，市场营销应当是企业决策层次的指导思想，而不是执行层次的工作。对市场营销在企业中地位认识的不正确，必定会对市场营销在企业中的运用带来影响。

组织的抵制是影响市场营销在企业中运用的主要方面。当一个企业建立了市场营销部门以后，经常会发生同其他各部门（如生产、研发、财务等）之间的摩擦。原因在于，市场营销强调企业的全部经营活动必须以市场为导向，以顾客需求的满足为核心，这就在一定程度显示出市场营销职能似乎比企业的其他职能更为重要。而当市场营销部门事实上只是一个同其他部门相并列的部门时，其他部门是难以接受这种相对重要性的认识的。所以往往会对市场营销部门所提出的对企业整体经营行为有影响的计划和方案采取消极和抵制的态度，这就使得一些营销计划和方案很难得到落实。

市场营销业绩的隐含性也是影响市场营销在企业中运用的重要原因。市场营销活动包括市场的调研分析，对企业和产品的定位，以及采用各种营销策略，而最终表现出来的则是产品销路的扩大和销量的上升。但企业产品销量的变化往往又是受多种因素综合影响的，如还有产品开发的成功，推销人员的努力等等，而其他因素看起来似乎比营销活动因素对于销售的影响更为直接，所以如果企业的经营者及其他有关人员并未真正认识到市场营销在提高企业经营效益方面关键作用的话，就很可能忽略市场营销在产品销售增长过程中所起的作用，甚至会认为市场营销活动是多余的。一些企业的经营者不愿意单独设立市场营销部门，大多也是由于其认为这是一个只有投入而没有产出的部门。

从顾客需要出发开展经营的复杂性也是企业经常会遗忘市场营销的这一基本准则的重要原因。从顾客需要出发开展经营必然要求企业广泛而深入地开展市场调研，对市场进行认真细致的分析，并在此基础上调整和改变企业的经营计划，有时还会迫使企业不得不放弃其长期经营的基本业务，投入其所不熟悉的新的领域。这一切相比于从企业已有的资源和产品出发去开展经营活动要复杂得多，困难得多。所以往往一旦企业的经营状况良好，产品销路顺畅时，就会遗忘市场营销的观念和原则，回到以企业为中心的经营方式上来。但恰恰是在这种情况下，市场营销是最能发挥作用的。因为在企业经营良好、资源充裕的情况下，投入新的市场机会的开发最容易获得成功，成本也是最低的，但许多企业往往在这种时候忽略了市场营销。而当企业经营恶化、资源枯竭的时候，做再多的营销努力，有时也是收效甚微的。所以市场营销真正能在企业经营中显示出它的神奇功效有时也是很不容易的。

正确的认识

市场营销在企业中到底应当处于怎样的地位？我们认为，首先，市场营销仍然应当是企业多种职能活动中的一种，其并不凌驾于其他职能活动之上，同企业的战略决策活动还是有区别的；其次，市场营销介于企业与市场之间，主要是通过对市场的分析和研究，发现对企业经营发展有影响的各种变数，然后引导企业以市场为导向来开展其经营活动；再次，鉴于现代企业经营活动的系统性，市场营销对企业经营的影响必然涉及其各个方面。因为以市场为导向，以满足顾客需要为中心来开展企业的经营活动，是在一定的市场环境条件下对企业经营活动的普遍要求和一般规律，企业每一个层次和每一个部门都应当建立起这样的意识。然而这并不显示出市场营销的特殊性，因为从企业财务的角度完全可以要求整个企业的人员都必须建立起成本和效益的意识；从产品研发的角度也可以要求企业的各方面都能为产品的创新和推广做出努力。图2—1显示了企业各职能部门的工作从不同的角度对企业整体经营所发生的影响。

图 2—1　企业各职能部门对企业总体经营的影响

正由于市场营销活动必然从属于企业整体经营活动，所以市场营销的决策与计划也必然服从于企业的总体战略计划。它们之间的关系可用图 2—2 来表示。即首先根据社会的分工和企业的性质确定企业的基本任务（企业的目标与宗旨）；然后根据市场的实际状况确定或改变企业的业务组合；接着根据企业的业务组合制定相应的战略计划；再在企业战略计划的指导下制定各职能部门（包括市场营销部门）的计划；在市场营销计划确定后，设计出具体的营销活动方案。从表面上看，后者必然受前者的影响，但实际上公司战略计划的制定乃至公司业务组合的确定，也必须在很大程度上依靠营销部门提供的市场分析报告以及其他部门所提供的相关资料。在以市场为导向的营销观念指导下，后者对前者的影响也会变得越来越重要。

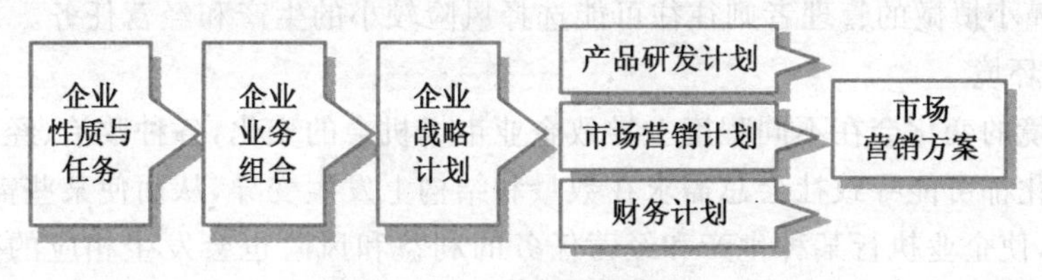

图 2-2　企业经营决策过程

第二节　企业战略计划

企业战略计划实际上是由企业任务说明、企业目标描述、企业业务组合、业务战略计划的制定等一系列工作及其指导性文件所构成的。

一、企业任务说明

任何企业的存在都是为了完成一定的生产和经营任务，离开了这些任务，企业也就失去了存在的意义。企业任务的形成可从社会和企业两个角度予以认识。

从社会的角度讲，企业的任务是由社会分工所形成的。社会的发展依赖于众多各种类型企业的生产和经营活动所提供的物质财富和精神财富。而每个企业具体所执行的生产和经营任务则是根据社会发展的总的需求，在企业利益机制的驱动之下，通过市场竞争，对社会生产的总任务加以具体分工而形成的。每一个企业所执行的生产和经营任务，通常应当与其所追求的利益相一致。如果企业能找到对其利益实现更为有利的生产和经营任务，它就会放弃眼前的任务而去执行更为有利的新任务。市场机制作为一种"无形的手"就是在不断地通过对企业利益的调整，使各类企业趋向于执行与其特征或优势相适应的生产和经营任务，从而使社会的分工日趋合理，使整个社会能稳定协调地向前发展。

从企业的角度讲，企业任务的确定一般应当考虑以下五个基本要素：

1. 企业历史

企业的发展历史可在很大程度上影响企业任务的确定，这是因为企业生产和经营的历史状况会使企业在某一领域形成自己的特征和优势，如生产、技术方面的优势，市场声誉方面的优势或是营销渠道方面的优势等等。企业自然应当根据自身特定的优势来选择企业的任务，因此必须同时尊重自己的历史。

2. 管理者偏好

企业任务的选择在一定程度上还取决于管理者的偏好。个人心理状况会影响对各种各样市场机会的评价，如好高骛远的管理者往往会选择期望利润高而风险较大的生产和经营任务；谨小慎微的管理者则往往可能选择风险较小的生产和经营任务。

3. 市场环境

市场环境的变化会在不同程度上导致企业市场机会的变化，各种政治、经济、社会、自然因素的变化都可能导致社会总需求在数量和结构上发生变异，从而使某些需求减退，某些需求增长，使企业执行某种生产和经营任务的利益和风险也会发生相应的变化。所以企业必须根据市场环境因素的变化来调整自己的生产或经营任务。

4. 企业资源

企业选择其生产或经营任务时必须充分考虑资源的可能性，考虑企业的人力、财力、物力是否能同所选择的任务相适应。因为一定的人、财、物是实现生产和经营任务的必要条件，超越了这一基本条件是什么事情也办不成的。从现代企业的角度来看，人财物的资源中还包括了技术资源的因素，因为先进技术的应用可使同样的资源产生出成倍的效益。

5. 企业核心能力

企业任务的选择应当建立在自己核心能力的基础之上，这样才有利于发挥自身的特长。尽管企业的现有资源和能力有可能使企业执行多种生产和经营任务，但是只要这种经营能力并非企业独有，就可能带来强大的竞争压力；如果这种能力不如他人，则有可能在竞争中失败。所以企业应当寻找出自己具有相对优势的某种核心能力（在资本、技术、成本、资源或是环境方面的独特优势），扬长避短，选择那些自己具有独特经营能力或相对优势的生产和经营任务。

确定和调整企业的生产和经营任务是企业开展经营活动的首要前提。企业必须时刻明确自己是干什么的，自己的服务对象是谁，自己的社会价值何在，自己的业务范围应当包括哪些。尤其是当企业经营发展不利之时，更应当重新考虑这样的问题，对企业的任务及时进行调整，以使企业积极稳步地向前发展。

不少企业还将自己的任务明确地表述在“任务说明书”上，以向目标市场、社会公众和企业成员说明企业的业务范围和奋斗目标。“任务说明书”不仅可以使公众对企业有清晰的了解，而且可以使企业的广大员工明确自身的工作价值和工作目标，在明确企业总任务的前提下，同心协力地为实现企业的总目标而努力。

好的“任务说明书”应符合两方面的要求：一是任务的目标指向性应当十分明确，不应当是空洞或模棱两可的。一般应明确地说明以下几点：

（1）企业经营的行业范围。如果企业实际上投入多种行业的经营，也必须明确其主营业务的行业范围是什么。

（2）应说明其主要产品及其应用领域。

（3）应说明企业在该领域可能投入的资源能力以及可实现的市场满足程度，还应当明确企业主要面对的市场群体和地域范围。

(4)有时还必须说明企业在相关业务经营中的地位和角色。如有些公司可实现从原材料基地建设到最终产品生产的垂直一体化经营,而有些公司只是联络产品的供应方和需求方的中介公司。

二是要强调公司的主要政策和价值观,明确公司如何处理同股东、雇员、顾客、供应商、分销商的关系以及公司对内对外行为的基本准则,以使企业员工的行为目标能趋于一致。

企业目标描述

在明确企业任务的基础上,企业应当进一步确定生产和经营的总目标。因为对于某项任务的执行,确立的目标可以是不同的。例如,目标方向的不同,企业的目标可以是销售额的增长,盈利水平的提高,市场份额的扩大,竞争地位的改变或是技术水平的更新等等;目标层次的不同,根据企业进取性的不同,其目标可以是高层次的、中层次的,或是低层次的;目标跨度的不同,企业的目标可以是全面的,也可以是某一方面或某几方面的。

在通常情况下,企业的生产和经营目标不可能是唯一的,如一个企业以摩托车的生产和经营为其基本任务,它可能以市场占有率的提高为其主要目标,而同时它必须以具体实现在几个目标市场销售额的增长为前提,并且应当考虑到最终能使企业的经营利润得以上升。因此,企业目标往往表现为一个以多种目标而构成的目标体系。该目标体系的形成应当贯彻层次化、数量化、现实性和协调性的原则。

1. 层次化

企业目标体系的层次化首先表现为构成目标体系的各个目标中应当有主有次,突出重点。如前面所提到的摩托车企业若将提高市场占有率为主要目标时,其他目标就应当服从这一主要目标,并为这一主要目标的实现而服务。如在不同目标市场销售额的增长速度就必须有利于从总体上提高企业的市场占有率。具体来说,是应当更重视新市场的开发和新市场的销售增长速度;同时只要有利于市场占有率的提高,企业的利润增长程度可以暂时放慢一些;等等。企业目标体系的层次化还表现为企业的总目标应当进行分解,可将其层层分解为能被各个职能部门和企业员工具体执行的分目标或子目标。

2. 数量化

企业的目标反映了企业执行其生产或经营任务的期望水平和期望效果,应当是可以被衡量的,所以企业的目标应当数量化。如上述例子中,摩托车市场占有率的提高若笼统表述为“使市场占有率有较大的提高”将使人感到不得要领,而若明确表述为“两年内使市场占有率提高20%”就会使目标变得清晰可辨了。与此同时,对于各目标市场销售额的增长和企业利润的实现也应当有相应的期望指标,这样就能根据企业目标制定出生产和经营计划,并对计划执行的全过程加以有效地控制。

3. 现实性

企业选择的生产或经营目标必须切实可行，必须经过努力能够实现。这就要求目标的确定不能只从主观意愿出发，而必须充分考虑客观环境的各种约束条件；同时还应当从企业的现实基础出发，如目前企业的市场地位是处于第四位，企业将自己的目标确定为经过一段时间的努力，使企业的市场地位跃居第二位，甚至第一位，这可能并不为过；但是如果企业目前的市场地位还进不了前十名，在短期内就想使企业的市场地位跃居榜首，恐怕就不太现实了。但是现实的目标，并不等于保守的目标，应当是经过一定的努力才可能达到的，这样才能使企业得以不断地发展和前进。

4. 协调性

在一个目标体系中，诸目标间应当保持协调一致，应当追求最佳的综合效益，而不是某一单个目标的最优化。如企业若企图以“最低的销售费用获得最高的销售增长率”，或在“实现最高利润的同时，占据最大的市场份额”，实际上是完全做不到的。根据系统管理的原理，在系统综合效益最优的情况下，各部分的个别效益只能是“次优”的，所以在确立企业生产和经营的目标体系时，必须考虑各具体目标之间的协调。特别是一些可能相互矛盾的目标，如：短期效益和长期效益，稳定和发展，挖掘老市场和开发新市场，增加盈利和扩大市场份额，等等。企业在确定目标体系时必须权衡抉择，有取有舍，这样才能保证企业综合效益的最优化。

企业业务组合

企业必须通过所经营的各项具体业务去实现任务和目标，这也直接影响着企业的资源配置。一般情况下，具有一定规模的企业往往会将其资源投放在几种不同的业务上，以形成自己的业务组合。因为这样就有可能有效地避免市场风险，并能保持企业有稳定的利润增长源。

（一）对业务组合的正确认识

从企业的角度去认识其所经营的业务，和从满足顾客需要的角度去认识所经营的业务，会产生相当不同的感觉，从而也会在企业进行业务组合决策时导致不同的结果。如对于电话机的生产和经营来说，从企业的角度，我们会认为这是一项“生产电话机”的业务；而从满足顾客需要的角度，我们则会认为这是一项“满足远距离通信需要”的业务。而其对决策者产生的直接影响是：当电话机供应在市场上已经趋于饱和的情况下，从企业的角度也许就会认为应当放弃“生产电话机”的业务，而转向别的业务；但从满足顾客需要的角度则又可从以下三个方面来考虑问题。

一是顾客群体的分析，如目前的电话机满足的也许主要是在办公室和家庭的顾客，而处于流动状态的顾客（如在飞机、火车或轮船上的顾客）对电话机的需要能否给以满足，因为他们也有远程通信的需要。

二是顾客需要的分析，如目前电话机主要只能进行话音通信，那么可视通信的需要是否已充分满足；电话机作为一种家庭用品，其是否能进一步满足家庭装饰的需要；等等。

三是满足程度的分析，如电话机的语音清晰度，来电鉴别与选择，来电的文字转换和同步打印等等，如何通过技术上的开发与创新来进一步提高对“远程通信需要”的满足程度。

如果有了这样的认识和思考，企业决策者也许就不会作出退出“生产电话机”业务的选择，而在发展这一业务上作更大的投入。从满足顾客需要的角度去认识企业的业务组合，体现了市场营销的基本准则。

(二)合理安排业务组合

企业必须对其业务组合进行合理的安排和规划，才能保证其资源得到合理的运用，也才能使企业在市场上始终保持有利的竞争地位。因而企业必须不断地对其业务组合进行梳理和评估，以发现其同市场发展变化的不适应之处，以及潜在的具有成长性的业务。在此基础上，应经常对自身的业务组合进行调整，合理配置有限的资源，保持业务组合与市场变化的适应性。

然而，怎样才能对企业所经营的各项业务进行准确的评价，并适当地做出调整呢？以下一些模型和工具能给我们很大的启示。

1. 波士顿市场增长—份额矩阵

企业在对其业务组合进行梳理和调整时，可以考虑利用波士顿咨询公司首创的“BCG 市场增长—份额矩阵”(BCG Growth-Share Matrix)来协助进行(见图 2—3)。

“BCG 市场增长—份额矩阵”主要是根据企业已有业务组合在市场中的不同表现来对其进行评估，以为企业业务组合进行进一步的调整提供依据。该矩阵图中的纵坐标表示市场增长率，一般以 10％为分界线，即 10％以上为高市场增长率，10％以下则为低市场增长率；横轴表示相对市场占有率，以对数尺度来表示。所谓相对市场占有率是指企业各个产品的市场占有率与同行业中最大的竞争对手的市场占有率之比。比如，企业某产品的相对市场占有率为 0.3，这表示该产品的市场占有率为最大竞争对手产品市场占有率的 30％；如果产品相对市场占有率为 3.0，这表示企业的该产品是市场领先者，它的市场占有率为名列第二位的竞争对手产品市场占有率的 3 倍。矩阵图中的 8 个圆圈代表了构成企业目前业务组合的 8 个业务单位，可根据它们各自的市场增长率及相对市场份额确定它们在图中的位置。圆圈的大小则代表了各个业务单位的销

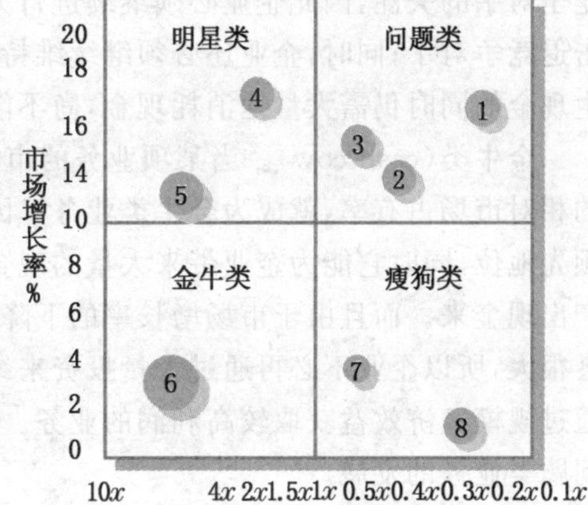

图 2—3　BCG 市场增长—份额矩阵

售额的大小,如图2—3显示:5号产品和6号产品目前是企业中销售额最大的产品。

该矩阵图的纵轴以10%为分界线,横轴以1x为分界线把整个图分成四个部分。将处于不同部分的业务单位分别称为问题类单位、明星类单位、金牛类单位和瘦狗类单位。下面就这四种类型的产品特征进行分析。

问题类(question mark)。这是市场增长率较高而相对市场占有率较低的业务单位。称其为"问题类"是由于这一类业务单位的发展前景有时很不明确:也许会很快使市场的占有率大幅度提高,从而使"问题类"业务转化为"明星类"业务;但也可能由于市场竞争过于激烈或市场需求变化太大,使该业务的市场份额很难有所上升。由于推进一项业务的发展需要企业有很大的投入,所以对处于这一位置的业务或产品就必须十分认真地加以分析,相当谨慎地进行决策,风险性较大,故称其为"问题类"业务。可以说,企业在进行开发性投资时,所面临的大多是"问题类"业务。

明星类(stars)。这是处于高市场增长率与高相对市场占有率的业务,明星类业务往往是同类市场中的领先者。对企业来讲,是最具有发展潜力的业务,所以企业会毫不犹豫地投入资源加以发展。但是,由于明星类业务的市场发展前景已经十分明显,必然会引起竞争对手的关注,因此企业必须继续进行大量的投入以求维持相对市场占有率的优势,来击退竞争对手;同时,企业还必须继续维持一个较高的市场增长率,所以明星类业务在产生现金的同时仍需大量地消耗现金,尚不能成为企业可坐享其成的业务。

金牛类(cash cow)。当某项业务的市场增长率下降到10%以下,同时继续保持较高的相对市场占有率,就成为金牛类业务。因为此时企业在该项业务上仍然保持着市场的领先地位,同时它能为企业带来大量的现金收入,就像奶牛不断挤出牛奶一样,为企业生产出现金来。而且由于市场增长率的下降,说明市场已趋向成熟,对竞争对手的吸引力不会很大,所以企业不必再通过大量投资来维护自己的市场地位。金牛类业务是企业最能通过规模经济效益获取较高利润的业务。企业可以用金牛类业务的收入来支持明星类和问题类业务的发展。

瘦狗类(dogs)。这是指市场增长率低、相对市场占有率也低的业务。企业在这类业务上不占优势,而且市场发展的潜力也不大,总的来讲,对企业的战略发展产生不了多大影响。所以除了某些特殊需要之外,企业一般没有必要保留这样的业务,以免浪费资源。

BCG市场增长—份额矩阵图的作用如下:

(1)判断企业的战略业务组合是否合理。把企业的各类业务在矩阵图上定位以后,就可以很明确地判断目前业务组合的合理与否。一般来说,不合理的业务组合就是有太多的瘦狗类或问题类业务以及太少的明星类和金牛类业务。

对于问题类产品,企业必须认真考虑是对它进行大量投资呢,还是及早摆脱出来;一个企业如果缺乏明星类业务就要引起高度重视,因为这将影响企业的发展,要仔细研究其原因;企业应当拥有相当数量的金牛类业务,如果企业没有或只具有一个金牛类业务,就可能没有足够的现金来支持其他业务的发展;企业要特别注意瘦狗类业务的存在是否有必要,如果该业务的市场增长率会回升,或者企业的产品有可能重新成为市场领先者,则有保留的必要,否则的话应予以剔除。

(2)针对不同的业务状况来确定企业的战略业务发展目标。

发展。目的是扩大业务的市场占有率,为了达到这一目标,企业甚至愿意放弃近期的利润。这一目标适用于问题类业务,因为问题类业务要上升为明星类业务就必须扩大市场占有率。

维持。目的是保持现有的市场占有率,这一目标适用于金牛类业务,只有维持住较高的市场占有率才能保证为企业带来现金收入。

收获。目的是取得眼前的现金收入,而不去考虑长期的目标。这一目标适用于衰退之中的金牛类业务以及部分问题类业务和瘦狗类业务。

放弃。目的是把企业的经营资源转移到更有利可图的业务中去。该目标适用于瘦狗类业务与发展前景不大以及发展成本过高的问题类业务。

2. 通用电气公司多因素业务组合矩阵

通用电气公司首创的"多因素业务组合矩阵"从一个新的角度对企业的各项业务进行评价。该方法的特点是,综合考虑了影响企业业务质量的多方面因素,并将这些因素归结为该业务的市场吸引力和企业在该业务方面的相对优势两个主要方面,构成业务组合矩阵。然后根据各项业务在矩阵中的相应位置来对其进行评价。

表 2—1 是通用电气公司水泵业务的相关因素。在该表中,首先将这些因素分为了"市场吸引力"和"业务优势"两大组;然后,对每个因素进行单项评价(按 1～5 分值打分);接着根据对每项因素所设定的影响权数,计算出单因素评价值;最后将单因素评价值综合为某一变量组(市场吸引力或业务优势)的总体评价值。

表 2—1 通用电气公司水泵业务的影响因素分析

项 目	因 素	权 数	评分(1～5)	评价值
市场吸引力	总体市场规模	0.20	4	0.80
	年市场成长率	0.20	5	1.00
	历史毛利率	0.15	4	0.60
	竞争密集程度	0.15	2	0.30
	技术要求	0.15	4	0.60
	通货膨胀	0.05	3	0.15
	能源要求	0.05	2	0.10
	环境影响	0.05	3	0.15
	社会政治法律	必须可接受		
		1.00		3.70

续表

项　目	因　素	权　数	评分(1～5)	评价值
业务优势	市场份额	0.10	4	0.40
	份额增长	0.15	2	0.30
	产品质量	0.10	4	0.40
	品牌知名度	0.10	5	0.50
	分销网络	0.05	4	0.20
	促销效率	0.05	3	0.15
	生产能力	0.05	3	0.15
	生产效率	0.05	2	0.10
	单位成本	0.15	3	0.45
	物资供应	0.05	5	0.25
	开发研究绩效	0.10	3	0.30
	管理人员	0.05	4	0.20
		1.00		3.40

图 2－4 是由市场吸引力和业务优势两大变量组合而成的矩阵。在此矩阵中企业各项业务所处的状况可清晰地表示出来。根据表 2－1 得出的业务评价值，我们就可以在矩阵中找到该项业务的位置。其中圆圈的大小表示该项业务总体市场规模的大小，圆圈中的缺口部分则代表企业在其中所占的市场份额。该矩阵根据市场吸引的高中低和企业业务优势的强中弱，构成了九个区域(图中分别用数字标出)。其中处于左上角的 1、2、4 号区域，由于市场吸引力较高，企业业务优势也较强，形成了最强的战略业务区域。对处于该部分区域中的业务，企业一般应采取投资和发展的战略。而处于由左下至右上对角线的三个区域(3、5、7 号)中的业务则由于或在某一组变量中表现很弱，或两大变量组优势都不明显，企业一般应采取选择或保留的战略。对处于右下角三个区域(6、8、9 号)中的业务，由于两大变量组的评价值都比较低，所以企业一般会采取收获或放弃的战略。

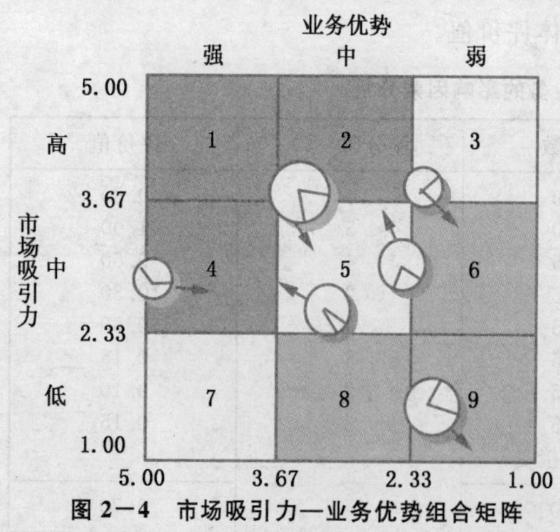

图 2－4　市场吸引力—业务优势组合矩阵

当然企业到底应当采用怎样的战略，还必须按照市场总体规模和企业市场份额等因素来决定。如即使处于左上角最好区域的业务，如果预计总体市场规模不大，企业也不一定要进行大量的投资和发展；而对于处在右下角不利区域中的业务，如果市场规模仍然很大，企业就可采用“收获”

战略，若市场规模已经急剧萎缩，企业则应尽快予以"放弃"。

对各业务单位未来发展前景的预测是十分重要的，因为这是企业制定中长期战略的主要依据。预测的情况我们也可以在该矩阵中得到表示。图2—4中同各圆圈相连的矢量的方向和长度，代表了该业务单位未来的发展前景。

由通用电气公司的多因素业务组合矩阵，我们还可推出业务风险评价矩阵(见图2—5)。在该矩阵中，分别根据市场吸引力和业务成功概率的高低构成了四大区域，由左上至右下依次为理想业务、风险业务、成熟业务和麻烦业务。在现实经营活动中，真正的理想业务是很少的，比较多的是风险业务和成熟业务，企业往往会在这两种业务中进行选择。一般而言，盈利面越大、效益越好的业务往往风险也就越大，因为这样的业务，或是需要大资本的投入，或是竞争会十分激烈；而成功概率较高的成熟业务，往往是已处于发展的后期，盈利水平比较低，竞争也会相对缓和一些。所以，进取心较强的经营者，往往有可能选择"风险业务"，而处事稳重的经营者则有可能选择"成熟业务"。至于"麻烦业务"大多企业对它不会感兴趣，但并不排除有少量的"市场弥缺者"，也会在人们所忽略的市场中取得成功。

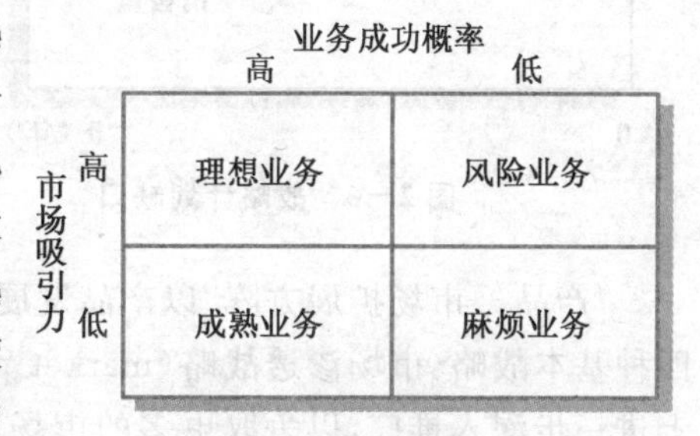

图2—5 业务风险评价矩阵

(三)业务组合的发展和调整

企业经常要对自己的业务组合进行适当的调整。这一方面是因为随着市场的发展与变化，一些老的业务市场会发生萎缩，而一些新的业务市场却会逐渐形成；另一方面是由于现有业务组合预计所能产出的销售量和利润还达不到企业发展所期望的目标，即存在着所谓的"战略计划缺口"，于是需要通过业务组合的扩展来弥补这一缺口。

企业的业务组合的扩展主要有三种途径(见图2—6)：一是在企业现有的业务领域中继续投资和发展，一般称其为"密集型成长机会"(intensive growth opportunities)；二是发展同企业现有主要业务相关的业务，一般称其为"一体化成长机会"(integrative growth opportunities)；三是在同企业当前业务无关的领域发展新的业务，一般称其为"多角化成长机会"(diversification growth opportunities)。

1. 密集型成长机会

密集型成长机会由于是在企业比较熟悉的领域进行业务组合的扩展，所以相对比较容易。但由于仍然是在从事原有的业务，很可能因为本身的市场发展空间较小，而难以使企业的销售和利润有明显的增长。一般来说，其只有在提供新的产品和开拓新的市场这两方面进行努力，由此而构成了安索夫(Ansoff)的"产品—市场扩展方阵"(product-market expansion grid)[1](见图2—7)。

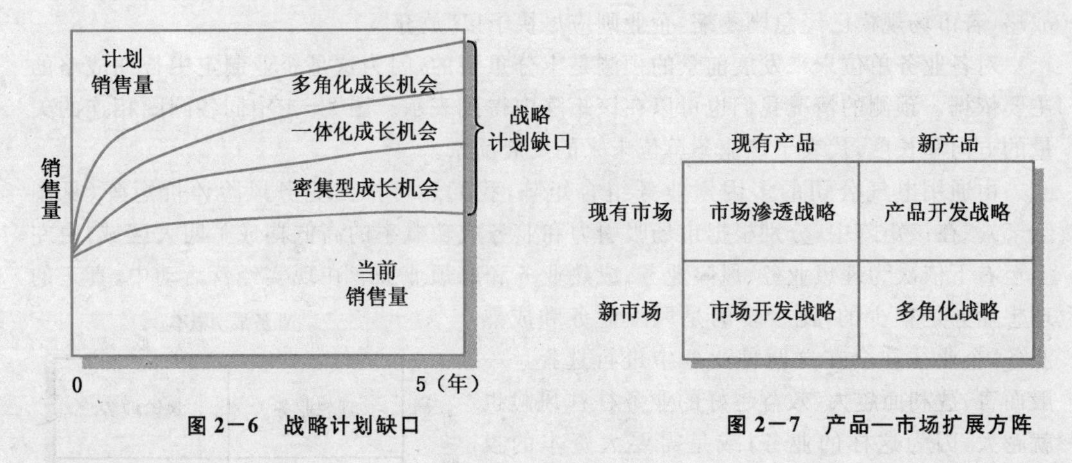

图 2－6　战略计划缺口

图 2－7　产品—市场扩展方阵

“产品—市场扩展方阵”以产品发展和市场发展的二维模型构成了企业密集型成长的四种基本战略：市场渗透战略（market-peter traitor strategy），使现有产品在现有的市场上进一步深入推广，以争取更多的市场份额；市场开发战略（market development strategy），将现有的产品推向新的市场（如进行区域的转移或消费群体的转移）；产品开发战略（product development strategy），在原有的业务领域内通过开发新的产品来满足顾客的潜在需要；多角化战略（diversification strategy），为满足新的市场的需要而开发新的产品。但由于其仍然是在原有的业务范围之内进行的多样化产品开发，所以同“多角化成长机会”还是有层次上的区别的。

2. 一体化成长机会

一体化成长机会主要是指企业可通过向所经营业务的上游产业或下游产业进行扩展和延伸，来增加企业的经营效益。企业对于一体化成长机会的开发，由于同原有业务有很强的相关性，所以成功的概率较大；而且由于通过上下游产业的一体化经营，能够很好地实施企业的整体营销战略，并能在一定程度上降低总体的经营成本，应当说是十分有利的。因此，一体化的经营战略往往是一些资本实力雄厚的企业所喜欢采用的战略。

根据企业的资源条件和发展需要不同，“一体化成长机会”的开发又可以分为向上游产业扩展的“后向一体化”（backward integration），如建立自己的原材料供应基地；向下游产业发展的“前向一体化”（forward integration），如建设自己的垂直分销网络或专卖店；还可以通过收购兼并一些竞争企业来扩大自己的销售量和市场份额，实施“水平一体化”（horizontal integration）。

企业通过开发“一体化成长机会”来扩展自己的业务组合可采用不同的做法。一种是由企业重新投资建设，建立一个全新的企业或部门；另一种是通过收购从事该业务的现有企业来扩大自己的业务组合。一般只有在企业感到从事该业务的现有企业在技术水平上已相当落后，收购改造的成本过高，或客观上不存在收购兼并的可能的情况下，才会倾向于自己重新投资建设，而大多会倾向于通过收购或兼并现有的企业来实现自己的“一体化”战略。

3. 多角化成长机会

多角化成长机会是指企业在同目前经营的业务无直接关系（如供应或销售关系）的领域去扩展新的业务。多角化成长机会也存在三种不同的扩展途径：一是以消费关联性为主的多角化，或称“水平多角化战略”（horizontal diversification strategy），其主要是指企业进一步开发同目前自身的产品或业务消费有配套和协同作用的产品和业务，如经营宾馆的企业可成立自己的出租汽车公司或旅行社，甚至可投资宾馆酒店设备的制造或流通产业。二是以资源（生产）关联性为主的多角化，或称“同心多角化战略”（concentric diversification strategy），其主要是指企业可利用现有的资源和技术条件开发和生产一些新的产品或业务，投入新的市场，如生产木制家具的企业会考虑开发木制工艺品、装饰品以及木制玩具或旅游纪念品等新的产品投入市场。三是无关联多角化，或称“跨行业多角化战略”（conglomerate diversification strategy），即企业在同目前业务的生产和消费完全无关的业务领域进行投资和开发，如家电生产企业去投资房地产业，石油公司去开发主题公园等。无关联多角化从本质意义上讲是一种资本的运作，从而也是最为名副其实的“多角化战略”。

企业在寻找新的机会进行业务的扩展，以弥补自己的“战略计划缺口”的同时，也应当主动地从一些已有的业务中转移和退出，因为如果将企业的资源和经营者的精力分散在太多的业务领域中间，有可能降低资源的利用效率、提高企业的经营成本；相反，如果企业能从一些收益相对较低、市场已呈萎缩趋势的业务中主动撤出，将资源投入发展前景和收益率更好的业务中去，根据机会成本的原理，企业将大大提高自己的资源利用效率。所以放弃和退出也是企业业务发展战略的重要组成部分。

企业在什么时候从原有业务中退出最为合适？根据以上的业务评价方法，似乎应当是在该业务已经萎缩或衰退（即进入“瘦狗类”业务状态）时。但实际上如果真的到了这样一种状态，企业要想放弃和退出已经比较困难，因为那时企业的技术和设备要想出让，就很少有企业愿意接盘，退出的成本会比较高；而如果企业能在已有业务还比较兴旺，但发展速度已经趋缓的时候“急流勇退”，由于此时愿意接盘的企业很多，企业的技术和设备可以较高的价格转让，其退出的成本往往是最低的。同时由于企业可以将潜在的竞争者滞留在看来还不错的传统业务上，就可能有充足的时间去发展更有前景的新业务。图 2－8 中的灰色区域表示了企业进行业务退出和转移的最佳时期。

从图 2－8 中我们可以看到，当业务发展接近或到达顶峰的时期应当是企业将投资逐步转移到新业务的最佳时期。因为这个时候企业能比较容易地实现业务的转让，受让者也愿意以高价接盘，企业的转让收益是最高的，从而有可能保证企业有充沛的资金投向新

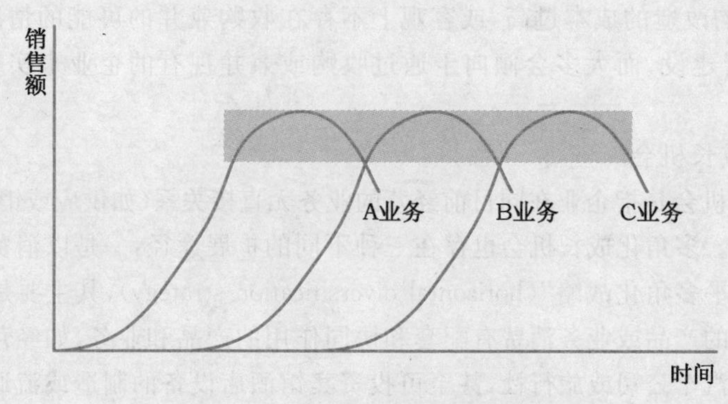

图 2—8 企业业务转移的最佳时期

业务的开发。同时，由于新业务的开发和成熟也需要有一段时间培育，若等老业务已出现衰退状况时，再进行新业务的开发，就有可能"青黄不接"，使企业的收益出现较大的波动。所以企业能在业务发展的鼎盛时期，主动进行业务的退出与转移是一种最为科学和理智的做法。当然，要实现这种理想的良性循环，必须具备两个前提条件：一是要准确地把握产品生命周期的波动规律，知道何时为业务发展的鼎盛时期；二是要积极进行市场机会的寻求和新业务的开发，以降低投资转移的风险，保证业务组合的可持续发展。

业务战略计划

业务战略计划是企业的各具体业务单位根据企业的总体战略而制定的具体的战略计划，它是直接指导企业各项业务开展的指导性文件。业务战略计划的制定不仅是一个工作程序的安排，而且具有很强的谋略性，所以实际上是企业开展某项业务的策划过程，一般包含以下七个步骤(见图 2—9)。

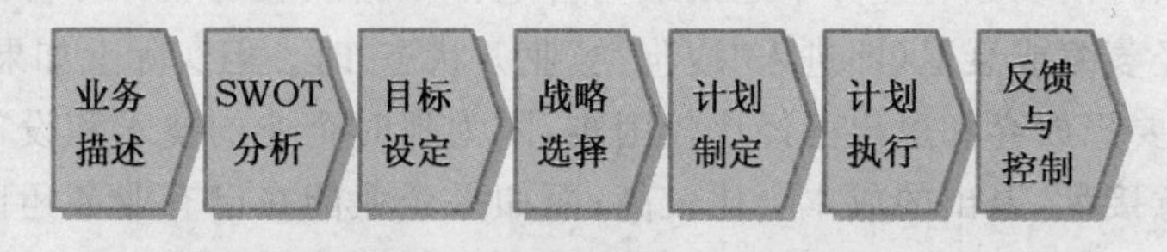

图 2—9 业务战略计划过程

1. 业务描述(业务单位任务书)

业务描述是具体业务单位对于其将要开展的某项业务的一种界定和认识过程，通常会以业务单位任务书的形式来进行描述。任务书必须明确说明本单位所开展的具体业务以及同企业总体战略之间的关系。如当一个药业公司将其战略定位锁定在中老年市场时，其保健部门的业务单位任务书就可能会将"开发适应中老年人群的高钙类保健品"界定为其具体的战略任务。

2. SWOT 分析

SWOT 分析是业务单位对其将开展的具体业务所进行的一种环境分析，并会依此来决定所采用的基本战略及战略目标。其包括开展此项业务的内部环境的分析，即优势(strenth)和劣势(weaknesses)分析以及外部环境分析，即机会(opportunities)和威胁(threats)的分析。

内部环境分析(S/W 分析)主要是通过同竞争对手(或行业平均水平)的比较，了解业务单位自身的优势和劣势，以便在业务战略计划制定中扬长避短，突出自身的优势和特色，避免在竞争中遭到失败。如在中老年保健产品的开发中，产品的功能、系列化程度、服用的便利性、品牌声誉或是成本价格，都可能成为超越竞争对手的某一因素。业务单位若能发现自已在某一因素方面所具有的优势，就可能在战略计划中将其列为发展的重点和主要方向，从而形成自身的特色和核心竞争力。

内部环境的分析还应当能够发现业务单位所存在的一些弱点，以便在业务战略计划中有相应的措施给以补救和克服。因为这些弱点往往可能成为竞争对手攻击的主要目标，若不能及时发现，有所防范，往往可能成为导致业务最终失败的致命伤。

外部环境的分析(O/T 分析)主要是通过对影响该业务的各种宏观和微观环境因素的分析，来认识开展此项业务的发展前景、市场潜力、盈利空间以及潜在风险等方面的问题。如对中老年保健品市场的分析，就可能会涉及人口的老龄化程度及其发展趋势，常见病、多发病的种类及其主要原因，人们收入水平的变化及在各种人群中的结构分布，人们生活习惯和消费习惯的变化及其影响因素，以及本土文化与外来文化的冲突与交融等各方面的问题。通过对这些问题的梳理和分析，才可能找出最有发展前景的市场机会和最佳业务。

同时，外部环境的分析还可能发现业务开展过程中所面临的风险，如原材料供应的短缺，竞争产品或替代产品的出现，市场需求状况的变化，政策的限制，突发事件的产生，甚至自然环境的变迁等都可能会对业务的发展带来影响。所以在进行业务的评价和选择时，一定要对机会和风险进行比较分析，然后才可能做出正确的决策。

外部环境分析同内部环境分析必须结合起来，这样才能使得业务战略目标和手段变得更为清晰，因为业务单位的优势和劣势都是基于一定的环境条件而言的，环境条件发生了变化，业务单位的优劣势也就会发生变化。

将优劣势分析同机会分析、威胁分析相结合，就能为业务的发展提供四种基本的战略选择(见图 2－10)。

SO 战略，为积极进取的战略。即以企业的优势去把握与之相应的市场机会。在企业的优势同所出现的市场机会相一致的情况，SO 战略的胜算把握会较大。

	优势	劣势
机会	SO战略	WO战略
威胁	ST战略	WT战略

图 2－10　SWOT 战略选择

ST 战略，为积极防御战略。即以企业的优势去应对可能出现的市场风险。在这种风险出现时，其他企业有可能无力承受，而被淘汰；企业如果在这方面具有优势，则可能因此而获得成功。

WO 战略，为谨慎进入战略。面对某种市场机会，企业可能并不具有相应的竞争优势。但如果机会的吸引力足够大，企业也可能依然要去把握。只不过通过 SWOT 分析，了解自身在面对机会时所存在的弱点，就能够对此引起足够重视，并能以相应的策略予以防护。只要准备充分，策略得当，也可能取得成功。

WT 战略，即谨慎防御战略。企业高度重视在业务发展中所可能出现的各种风险，并注意到在面对风险时所存在的不足之处，从而能使企业在事先就能做好充分的应对准备，在风险出现时，能从容面对。

企业的各业务单位通过 SWOT 分析，在四种基本战略中有所选择，就能根据基本战略去制定其业务战略计划。

3. 目标设定

在业务战略计划中也必须要有明确的战略目标，它同企业的总体目标相一致，但处于不同的层次。企业总体目标的实现是建立在各业务单位目标实现的基础上的，而业务目标比企业的总体目标更明确、更具体，从而也更具有直接指导意义。如企业的总体目标可能表现为：目标市场的定位，销售额的增长，利润的增长等等。而业务单位的目标则必须反映为目标市场提供什么样的产品和服务，在计划期内提供多少，提供哪几种类型，销售的单位数量（而不仅是销售额）以及成本水平，单位毛利率及利润总额等等，这些都是同具体的业务项目相对应的，是可度量、可操作的目标体系。

然而业务目标在目标设定的原则上同企业总体目标的制定是一样的，也必须体现层次化、数量化、现实性、协调性等基本原则，这些原则在"企业目标描述"中已作论述，这里就不再重复。

有时，业务战略目标的设定还必须有竞争性的描述，即在同样的业务领域，同其他企业相比，企业争取能达到怎样的地位，如市场占有率的大小，销售和利润的排名，品牌声誉的比较等。在市场竞争比较激烈的业务领域，这种市场竞争地位的改变对企业是至关重要的，应当将其列为重要的战略目标之一。

4. 战略选择

业务目标设定之后，必须要对采取何种业务战略进行必要的选择。目标设定是解决向什么方向发展的问题，战略选择则是解决用何种方式去实现的问题。实现目标的战略是多方面的，主要可包括以下一些战略。

基本战略。这是通过SWOT分析后得出的业务单位的总体战略,它是对其他战略具有指导意义的。这在前面已作过说明,这里不再重复。

竞争战略。这是针对不同的竞争对手和竞争环境而对业务单位所确定的竞争指导思想。根据迈克尔·波特的理论,竞争战略可分为成本领先战略、差别化战略和集中化战略等几种不同的战略。关于这些战略将会在“市场竞争分析”(第八章)中进行详细介绍,这里也不再赘述。

开发战略。在市场开发,特别是市场进入的初期,企业可采用不同的战略,如造势型、渐进型、渗透型、依附型等等,这些战略指导思想的确定,对整个业务计划的制定具有重要影响,必须在战略选择时予以明确。关于这些战略的具体内容将在“新产品开发”(第十章)中进行讨论。

布局战略。业务单位所开展业务将会在哪些市场上进行覆盖?会进入哪些区域?进入的顺序和方式是怎样的?这也是一个战略层面上的问题。如企业可以选择对市场的全方位覆盖战略,也可以选择重点覆盖或分片覆盖战略;可以采用跳跃式布局战略(即在各重要的战略目标市场,先行进入一些单位,然后再逐步扩展),也可以采用梯次推进战略(即以重点或已有的市场为基础,逐步向周边滚动发展)。这对于业务计划中的资源配置具有重要影响,也必须事先予以确定。

战略联盟。在目前市场普遍处于寡头垄断的环境条件下,越来越多的企业认识到,要想在竞争中击垮对手难度是很大的,有时甚至会导致“两败俱伤”的结局。而要在市场上保持稳定的份额和长远的利益,更可取的方式是开展企业间的合作和联盟,利用资源、市场、信息等方面的共享,来争取各企业利益的共同提升。于是在业务战略计划中,发展战略联盟也就成为业务战略的重要方面,如我国各商业银行所发展的“银联卡”业务计划,就是力图形成各银行信用卡的互通性。这样就可以使信用卡的用户感到更加的便利,从而使信用卡市场的总量能够迅速地扩大,而参与联盟的各商业银行都能从中受益。战略联盟的前提是企业在各种经营要素方面的互补性,而目标则是能使市场的总量得以扩大。因为只有把“蛋糕”做大了,参与联盟的企业才可能得到利益上的增量。

从目前的情况看,企业间的战略联盟可有多种类型,其中包括:

(1)产品与服务的联盟,即不同的企业各自生产具有互补性的产品和服务,共同来满足目标市场的需要。

(2)促销或渠道的联盟,为合作企业的产品进行促销,如在“肯德基”快餐店进行“百事可乐”的宣传和推广;利用合作企业的渠道销售产品,如上海正广和网络销售公司可为其联盟企业提供网上销售的服务等等。

(3)后勤和物流的联盟,利用合作伙伴的后勤和物流设施分销或配送企业的产品,在不同的地点分别为对方进行储存或转运等等。

(4)价格联盟,多家企业共同介入某种特定的价格合作体系,如旅行社、航空公司和宾馆共同制定针对旅游者的价格折扣计划。但价格联盟并不是指同行业的企业实行价格串通来操纵市场,那是属于违法行为,而不是合理的价格联盟。

5. 计划制定

业务单位在确定其业务战略之后,就应当制定出具体的业务计划来实现其战略。业务计划的制定必须是具体、明确和可靠的。一般应包含计划阶段、阶段目标、重点工作、成本预算和评价标准等。

计划阶段。是指将实现某一业务战略目标的过程划分为几个相互衔接的执行阶段,这样就能使业务的开展具有明确的步骤和可操作性。

阶段目标。是指对每一阶段的工作都必须设立相应的目标。阶段目标是业务战略目标的分解,各阶段的目标必须相互衔接,递次推进,最后使业务战略目标能顺利实现。

重点工作。是指在每个阶段中起核心作用的活动和任务。这是支撑业务战略目标得以实现的具体行为,也是反映各阶段特征的主要标志,是实现业务战略的基本抓手,必须在业务计划中予以明确。

成本预算。在业务计划中,由于已经涉及各项具体的业务活动,成本和费用也就能得到反映。所以在业务计划中必须对每项活动乃至整个业务战略计划的成本费用进行预算,以判断开展业务的最后成效。若成本过高,就必须对业务计划加以修正,以保证业务活动能取得理想的效益。

评价标准。在业务计划中,还应当对业务的成效提出适当的评价标准,以作为最终检验业务计划执行效果的衡量尺度。评价标准应当根据业务战略目标来制定,必须有明确的、可测量的量化指标体系,同时还应当明确评价的方法,以使评价的结果能够科学合理。

6. 计划执行

业务战略计划的执行也是业务战略计划过程的一个重要组成部分。因为战略计划的制定并不能保证战略计划的成功,在计划执行的过程中,还需要依靠有效的组织体系,高素质的人员队伍,共同的价值认知,以及良好的工作作风,这样才能使业务战略计划得以顺利实施。若计划执行人员的利益目标或价值认知同计划的制定者不一致,就有可能导致行为与计划的偏离,使计划的效果下降,甚至导致整个业务战略计划的流产。如当战略计划的制定者期望通过一次附带问卷的产品促销活动来搜集市场信息,为进一步的市场营销活动作准备时,具体执行人员因怕麻烦,而不能督促顾客将问卷答全,或在统计数据时出现重大差错,就有可能使整个业务战略计划的实施效果受到影响。

因此在业务战略计划的执行过程中,必须抓好动员、培训和激励三个环节。通过动员,让执行者了解具体行动方案的意义和实现战略目标的价值;通过培训,使执行者掌握落实计划的主要措施和行为原则;通过激励来调动执行者执行计划的主动性和积极性,从而保证计划能够得到完满的落实。

7. 反馈与控制

业务战略计划在执行过程中应当受到及时的控制，这主要依靠对各阶段执行情况的检查和反馈，以了解其与所设定的目标之间是否出现了偏离。若发现出现偏离，就应当及时地检查原因，并予以纠正。这是保证业务战略计划能够顺利执行的重要一环。

同时还必须对计划执行期间所发生的各种环境因素的变化进行了解，并及时反馈。要分析环境因素变化对计划目标实现是否产生影响及其影响程度，并在产生影响的情况下能够采取有效的应对措施，以保证计划目标的实现。有时还应当根据新的环境状况对业务战略计划进行必要的修订，以增强其对环境的适应性。因为对于企业而言，效益目标是首要的，如果计划同环境不适应，就有可能使企业的效益下降。正如彼得·德鲁克曾指出的："做恰当的事(效益优先)比恰当地做事(效率优先)更为重要。"

第三节 营销管理的基本任务

如前所述，企业的市场营销工作只是企业全部经营活动中的一部分。因此，市场营销的计划与管理也必须在企业战略计划的指导下进行，并同企业的战略计划保持一致。

当企业接受了市场营销观念之后，其全部的经营活动就会纳入以市场为导向的运行轨道，从而对企业整个经营过程也会产生不同的认识，如从传统经营观念的角度，企业的经营活动主要表现为制造产品和销售产品；而从市场营销观念的角度，企业的经营活动就可以理解为选择价值、提供价值和传播价值的过程[2](见图 2—11)。

制造产品
销售产品
设计产品
采购
制造
价格
销售
广告促销
分销
服务

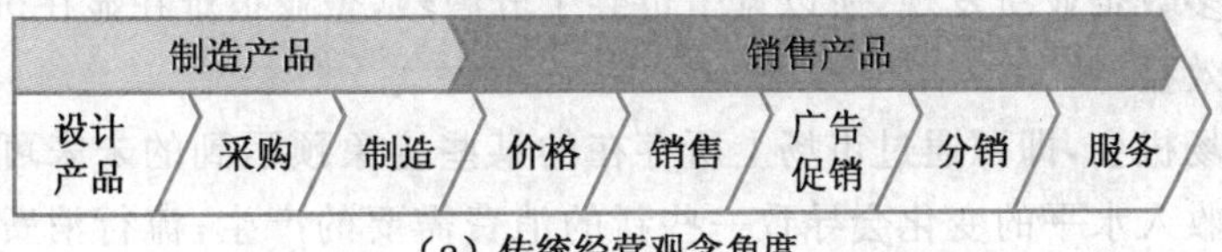

(a) 传统经营观念角度

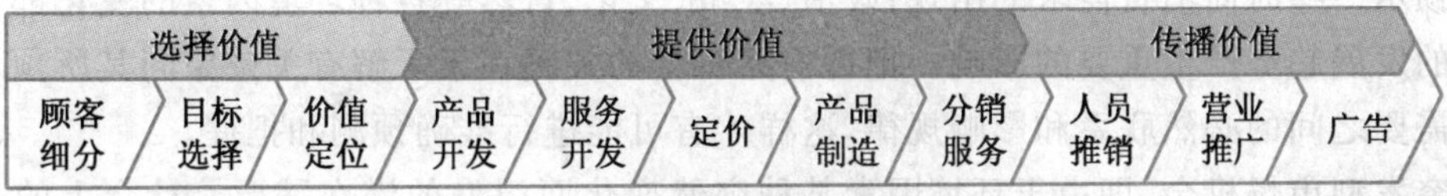

选择价值
提供价值
传播价值
顾客细分
目标选择
价值定位
产品开发
服务开发
定价
产品制造
分销服务
人员推销
营业推广
广告

(b) 市场营销观念角度

图 2—11 价值让渡过程的不同视角

从这样的角度出发，营销活动在产品生产之前就开始了。即首先要通过对市场需求的分析、市场机会的发现以及目标市场的选择，来对所提供的产品或服务进行价值定位；而产品和服务的开发、定价、制造和分销的过程则是在价值定位指导下的价值提供过程，依附于产品和服务上的价值能否为市场所接受，还依赖于人员推销、营业推广和广告等价值传播过程。所以，应当认识到市场营销是贯穿于企业经营过程始终的，营销管理也就涉及对贯穿其中的市场营销活动的全过程和全方位管理。

因此，营销管理应当包含分析市场机会、选择目标市场、策划营销战略、设计营销方案和实施营销努力五个方面。

分析市场机会

分析、评价和掌握市场机会是营销管理的首要任务，因为企业只有捕捉到适当的市场机会才能使其业务有新的发展，只有在收益较大的市场机会上进行投入，才能获取较高的经济效益。成功的企业往往是由于其善于发现和捕捉各种市场机会，从而才能不断地创造新的产品，开辟新的市场。

要很好地掌握市场机会，关键是对市场机会要有正确的认识。市场机会应当是一种消费者尚未得到满足的潜在需要。有些企业总是把暂时供不应求的产品作为一种市场机会，而等到它把产品生产出来以后，该产品却已经从供不应求转为供大于求。所以企业更应当关注的是市场中尚未有适当产品予以满足的那些需要，这样才能使企业在市场上居于领先地位并获得较大的收益。

市场机会从产生和存在的形式来看，大体上可以分为以下四种：

显在的市场机会，即已经存在于市场上的，所有企业都能看到的那部分潜在需要，大多表现为一些已有产品的供不应求。如果其存在着较大的供需缺口，那么企业可以将其作为一种市场机会去利用和开发。一般情况下，显在市场机会的开发成本相对比较低，但由于其能为大多数企业所发现，所以竞争也会十分激烈，企业很难在显在机会的开发上获得很高的经济效益。

前兆型市场机会，即可通过市场上所存在的某些迹象预示到的未来可能产生的某些潜在需要。如收入水平的变化会导致一些新的消费需要的产生；流行消费的各种诱导因素会预示一些时尚消费需求的出现；政治、经济、文化、自然等各种环境因素的变化都会对消费的发展趋势产生重要的影响。把握前兆机会的关键在于了解有关迹象同其所预示的潜在需要之间的必然联系和影响规律，这样才有可能进行准确预测和把握。

突发型市场机会，即由于环境因素某种突然变化而引发的潜在需要。社会上的某些突发事件，如战争、灾害、流行疾病等等都会使一些意想不到的潜在需要随之产生。如果企业能及时发现，并迅速予以把握，就可能带来很大的收益。而突发机会能否被捕捉，关键取决于营销者的敏感性。若缺乏对环境突发因素的密切关注和高度敏感，往往会使一些蕴藏巨大商机的突发机会擦肩而过。

诱发型市场机会，即消费者本身不能自觉意识，而必须通过营销者加以启发诱导才能发现的潜在需要。如只有当微波炉出现以后，人们才知道不生火也能煮饭；只有当一种消费观念被人们接受，人们才会采取相应的消费行为。所以当企业从技术开发或经验借鉴等角度已经形成了产品开发的创意，却发现市场上相应的消费观念和消费需要尚未产生的时候，就应当主动地对潜在的消费需要加以诱导，并使其形成现实的、可利用的市场机会。

企业要准确、及时地把握和利用市场机会，一般应具备以下三个基本条件：

一是对自身资源和能力的正确估计。市场上的潜在需要，并不是企业都能加以利用的。企业只有对自身的资源和能力有了清醒的认识以后，才可能知道应当把哪些市场机会纳入自己的视野。

二是对市场情报资料的广泛收集。市场上的潜在需要存在于大量的社会和经济活动中间，只有对社会和经济活动的各种影响要素有全面的了解，才能从中分析出可能存在和发展的潜在需要。所以对市场情报资料及时全面的掌握是发现市场机会的必要前提。

三是具有强烈的进取心和高度的敏感性。能否发现和把握有利的市场机会还取决于营销者的积极进取精神。所谓"有心处处是生意"。若没有主动寻找市场机会的强烈欲望，是很难把握住有利的市场机会的。敏感性产生于对市场机会及其变化因素的敏捷反应，而这种敏感性也是建立在把握市场机会的主动进取精神之上的。

选择目标市场

市场机会的发现使企业知道了它应当去满足什么样的需要，但要建立起企业在其将要进入的市场中的相对优势，还必须知道它应当满足哪些人的需要。这是因为对同样需要的满足，不同人群所要求的满足形式、程度和成本等是不一样的，企业只有认识了这些对需要满足方式所存在的差异，才能提供最受欢迎的满足方式，去满足一个或几个消费群体的特定需要，从而在市场中建立起自己的相对优势。这就需要对市场进行细分(segmenting)、选择目标市场(targeting)和进行市场定位(positioning)。我们将在第七章中详细讨论这个问题。

策划营销战略

企业进行了市场的选择和定位后，就必须对有关的营销战略问题作出安排，以使自己在市场营销过程中有明确的指导思想。营销战略直接受公司的业务战略计划所指导，只是在具体产品的开发上，要进行更为具体的策划和落实。对于新产品的开发、品牌的管理与经营、市场的进入、市场的布局以及市场的促销等方面都要作出具有新意和实效的战略策划，以保证企业的营销目标能够顺利实现。

同业务战略的制定一样，针对某一个具体产品和具体市场的营销战略也可以分为几个阶段，抓住几个重点，相互衔接，递次推进，最终达到将产品打入市场，并占领市场之目的。

营销战略的选择还必须从企业实际的市场地位和竞争实力出发。因为在一个寡头垄断的市场上，企业通常会处于不同的市场地位，如领导者、挑战者、追随着和弥缺者等等（第八章），企业只有从实际的市场地位出发去选择相应的营销战略，才可能取得成功。

设计营销方案

营销战略的实施必须转化为具体的营销方案。营销方案规定了营销活动的每一个步骤和每一个细节，从而可付诸于实施。营销方案中一般至少应包括以下三项内容：

具体的营销活动。包括产品的开发、价格的制定、渠道的选择、后勤的保障、人员的推销、广告和新闻宣传以及营业推广活动等等。营销计划不仅应当对各项活动作出具体的设计和安排，而且还应当强调它们之间的协调与配合，以形成整合效应。

营销的费用预算。对所要达到的营销目标，必然需要相应的营销费用的投入。营销费用的提取与控制，可依据销售额比率，也可依据达到营销目标的实际需要，有时甚至要根据竞争对手的营销费用水平，以求在竞争实力上能保持均衡。在营销费用预算时，要避免过于考虑同已有的业绩挂钩，因为有时在销售业绩不好的情况下，更需要加大营销的力度，营销费用的预算反而要求更高。

营销资源的分配。在具体的营销计划中，应当对营销资源（包括营销费用）在各项具体的营销中进行合理的分配，以形成整合营销的效果。营销资源的分配不仅要考虑在各种策略工具（如产品、定价、分销、促销）中形成合理结构，而且要考虑在不同区域市场（如北方、南方、东部、西部）中的合理分配，有时还要考虑在不同的阶段和时期中的适量投入，以形成营销活动的节奏感和持续性。

实施营销努力

营销计划的实施是营销目标实现的最终努力，再好的营销计划也只有在得到充分的实施之后才能显示出它的效果。而营销计划的成功实施则取决于一个高效的营销组织系统和一套完备的营销控制程序。

企业的营销组织可以根据企业的性质、任务的不同而有所不同。但从一般管理原理的角度讲，都会由一个处于公司决策层次的分管领导（如营销副总经理）、一个专门的职能部门（如营销部或市场部）以及一支从事营销活动的工作人员队伍所组成。营销副总经理负责公司营销职能同其他职能乃至公司决策层面的沟通与协调；营销部负责公司营销活动的策划、组织与实施；营销队伍则是开展具体营销活动的基本力量。关于营销组织系统的类型和运行方式将在第十九章中详细论述。

营销控制是保证营销计划顺利实施的重要环节，一般主要抓好三个方面的控制：年度计划的控制，即从数量和进度上保证营销计划的实施；盈利能力的控制，即从营销的质量上进行检验和提高；战略控制则是注意营销计划同环境的适应性，以及保证营销活动能促使企业总体战略目标的实现。关于营销控制的详细讨论也将在第十九章进行。

本章小结

市场营销是企业多种职能活动中间的一种，它介于企业与市场之间，主要是通过对市场的分析和研究，发现对企业经营发展有影响的各种变数，然后引导企业以市场为导向来开展经营活动。

市场营销活动是在企业整体战略计划的指导下进行的。企业战略计划是由企业任务说明、企业目标描述、企业业务组合、业务战略计划的制定等一系列工作及其指导性文件所构成的。企业应当根据环境、资源和核心竞争能力来决定自身的任务和目标，并在此基础上形成适当的业务组合。

波士顿"市场增长—份额矩阵"是正确确定企业业务组合的有效工具，其通过对各项业务的梳理、分析来决定企业最佳的业务组合。

业务战略计划是对具体业务的开展所制定的计划，包括业务描述、SWOT 分析、目标设定、战略选择、计划制定、计划执行、反馈与控制等阶段。SWOT 分析是业务战略计划中的重要环节，其通过对企业外部机会与问题(O/T)的分析，和对企业内部优势和劣势(S/W)的分析来选择适当的业务战略。

企业营销管理应当包含分析市场机会、选择目标市场、策划营销战略、设计营销方案和实施营销努力五个方面。营销计划是对企业战略计划和业务战略计划在市场营销角度的具体落实，营销计划的执行也会对企业整体战略的实现发生重要影响。

思考题

1. 如何认识市场营销部门和市场营销活动在企业中的地位和作用？
2. 说明企业战略计划和业务战略计划的过程与内涵。
3. 什么是"波士顿矩阵"？如何利用"波士顿矩阵"来决定和调整企业的业务战略计划？
4. 什么是"SWOT 分析"？如何用"SWOT 分析"来决定企业的基本战略？

注释：

[1]Ansoff，"Strategies for Diversification"，*Harvard Business Review*，Sep-Oct 1957.

[2]Michael J. Lanning，Edward G. Michaels，*A Business is a Value Delivery System*，Mckinsey Staff Paper no. 41，June 1988.

第三章

市场营销环境

学习目的与要求

1. 掌握市场营销环境的概念和特点
2. 了解影响企业营销活动的主要直接和间接环境因素
3. 理解 21 世纪营销环境的重要变化
4. 认识企业如何应对营销环境的变化
5. 了解中国市场营销环境的基本特征

任何事物的存在和发展都离不开特定环境的影响，市场营销活动也是这样。从本质上看，市场营销活动就是营销者努力使企业可控制的因素同外界不可控制的因素相适应的过程。因此，认识与分析营销环境就成为营销管理的基础和重要内容，而对环境的认识和分析过程也就是不断地发现机会和识别威胁，以选择达到企业营销目标最佳途径的过程。

第一节　营销活动与营销环境

市场营销环境的含义

环境是指事物外界的情况和条件。企业的市场营销环境(marketing environment)指的是与企业市场营销活动相关的所有外部因素和条件。这些因素和条件由企业营销管理机构外部的行动者与力量所组成,它们影响着企业管理当局发展和维持为目标顾客提供令其满意的产品或服务的能力。作为一个开放的系统,企业的所有活动都发生在一定环境中,并不断地与外界环境发生着这样或那样的交流,在从外界吸纳各种物质和信息资源的同时,也通过企业自身的活动,输出产品、劳务和信息,对外界施加影响。企业的营销活动就是这样一种促使企业内外资源发生交流的活动。

根据营销环境对企业市场营销活动发生影响的方式和程度,可将市场营销环境大致上分成两大类:直接营销环境和间接营销环境。所谓直接营销环境因其与企业具有一定的经济联系,直接作用于企业为目标市场服务的能力,从而又被称为作业环境、微观环境。间接营销环境的诸要素与企业不存在直接的经济联系,是通过直接营销环境的相关因素作用于企业的较大的社会力量,又称为宏观环境。这两种环境之间不是并列关系,而是包容和从属的关系,直接(微观)营销环境受间接(宏观)营销环境的大背景所制约,间接(宏观)营销环境则借助于直接(微观)营销环境发挥作用(图3—1)。

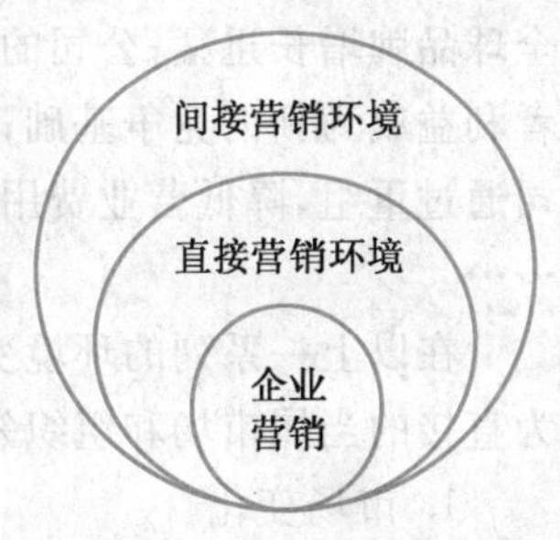

图3—1　营销活动与营销环境

营销环境具有以下一些特点:

(1)客观性。客观性是营销环境的首要特征。营销环境的存在不以营销者的意志为转移。主观地臆断某些环境因素及其发展趋势,往往会造成企业盲目决策,导致其在市场竞争中的惨败。

(2)动态性。动态性是营销环境的基本特征。任何环境因素都不是静止的、一成不变的。相反,它们始终处于变化甚至是急剧的变化之中。例如,顾客的消费需求偏好和行为特点在变,宏观产业结构在调整等等。企业必须密切关注营销环境的变化趋势,以便随时发现市场机会和监视可能受到的威胁。

(3)复杂性。营销环境是一个复杂的系统,包括影响企业市场营销能力的一切宏观和微观因素,这些彼此独立又相互作用和联系的因素涉及多方面、多层次,既蕴含着机会,也潜伏着威胁,共同作用于企业的营销决策。

(4)不可控性。相对于企业内部管理机能,如企业对自身的人、财、物等资源的分配使用来说，营销环境是企业无法控制的外部影响力量，例如，无论是直接营销环境中的消费者需求特点，还是间接营销环境中的人口数量，都不可能由企业来决定。

21世纪世界营销环境的新特点

"变化即是唯一的永恒"虽说是老生常谈，但在如今的商业环境中却是不争的事实。进入21世纪，世界营销环境发生了许多显著的变化：经济变化节奏不断加快，在工业革命期间人均生产率翻番要60年，而中国和韩国只用了10年时间；创新和知识爆炸，竞争压力不断加剧。以计算机制造业为例，只有不断地降低成本，每年以30%的速度提高产品性能，才能保持竞争力；规模生产能力和技术向低成本国家转移，企业可以在世界范围内安排生产制造；全球市场已经形成，运输、传播和金融交易的加速，导致全球贸易和投资尤其是在北美、西欧和远东三大贸易区域快速增长；通过关贸总协定(GATT)和后来的世界贸易组织(WTO)的努力，国际贸易走向自由化，但仍存在大量保留着各自地区、国家、民族和宗教特征的区域性市场；互联网和信息技术的发展推动全球生活方式的快速传播，在降低市场进入成本的同时变革着企业的经营方式，汽车、食品、服装和电子等诸多行业中全球品牌增长迅猛；公司的行为特别是对环境的影响受到更多关注，注重社会责任和相关者利益成为新的竞争基础；伴随着公司对竞争力的不懈追求，新的组织结构不断出现，公司通过重组，降低营业费用，减少组织层级，合并、创建联盟和伙伴关系等手段来建立优势……

在以上一系列的环境变化中，霍利(Hooley)等人认为，对企业市场营销活动影响最为直接的当属市场和组织领域的新趋势[1]。

1. 市场变化

市场变化体现为需求和竞争两方面。

首先，顾客对产品和服务的要求越来越高。顾客渴望以合理的价格、快捷的服务得到更可靠、耐用和个性的产品，而且长期来看，顾客需求缺乏稳定性。有证据表明，企业惟有提供卓越的顾客价值才能够取得成功。产品要是没有持续的优化和改进，"价值转移"(value migration)就会发生，即购买者会转向其他供应者。与此同时，顾客变得越来越老练，懂得商家的营销手段。企业需要以提供给顾客显而易见的高价值为基础建立差异。除非能表明产品有更高的价值，否则顾客不会轻易地为产品或服务支付高价。

其次，市场变化趋势是，竞争水平和性质发生变化。竞争更为激烈和全球化，在世贸组织的倡导下，国际贸易更为自由化。公司在国内市场中也面临着更加严峻的国际竞争，同时也能够在海外寻找到更多的机会。现代通信技术打破了时空限制，使得沟通近在咫尺。企业越来越以全球化的眼光来看待战略，从快餐、玩具、电脑到汽车等各种产品和服务都开始出现跨国细分市场。互联网在产品和服务的营销上得到广泛运用。竞争者的不断加入不仅使市场竞争更为激烈，而且使那些有幸存活下来并繁荣发展的企业也因此变得更富有竞争力。一些弱小公司则因缺乏明确的定位和足够的规模而在市场上逐渐衰弱。这意味着，不管是国内市场还是国外市场，竞争都愈发激烈了，未来的企业需要更加谨慎地选择经营范围和目标市场。随着市场需求变得更加苛刻和竞争越来越残酷，公司需要与其他力量合作。我们发现，企业与供应商、消费者，甚至竞争者之间的协作日渐多了起来。

2. 组织的变革

20 世纪 90 年代，许多组织都致力于精简或重组，但现在精简已经不再那么流行，21 世纪刚展开的几年来组织结构产生了更为深远的变化。

在公司内部，职能部门之间的界限日趋模糊。人们认为营销、财务、生产部门界限清晰的职能结构只会导致一些目光短浅的行为。领先的公司纷纷以项目团队替代界限分明的部门结构，力求从全局上把握组织的整体运作，避免因部门间的细小摩擦影响组织业绩。同时，人们对组织中营销人员的角色也进行了重新认识。有些公司取消营销主管这一职位，将销售和营销部门合并为一个从事顾客调研和产品开发的部门，设立"顾客开发团队"(customer development teams)负责与重要的零售顾客建立良好的关系。IBM 公司在 1997 年就提出了全球营销活动的新思路。该思路源于顾客关系管理，进一步通过市场管理、关系管理、机会管理、信息管理和其他技巧管理等核心业务流程达到所追求的效果。这些与传统的营销运作观点相去甚远的做法反映了新世纪营销在组织中的职能正发生着重要的变化。

面对市场竞争，市场营销者必须设计出一种更好的方法来管理进入市场的过程，并有效执行。这个过程既打破了内部传统的职能边界，也跨越了与合作伙伴之间的外部边界，公司之间的界限也越来越模糊。人们逐渐认识到管理好从原材料供应商一直到最终顾客这一整条价值链，并与该链上的伙伴更紧密地协作为顾客提供额外价值十分必要。于是，供应商、分销商和顾客之间的界限发生了变化，出现了被称作"虚拟组织"的由网络和联盟所构成的超组织结构。

能动地适应营销环境

市场营销环境复杂而动态的发展变化不胜枚举，但基本上可分为两大类：环境威胁和环境机会。所谓环境威胁，是指环境中一种不利的发展趋势所形成的挑战，如果不采取果断的市场营销行为，这种不利趋势将会伤害到企业的市场地位。营销者应善于识别所面临的或潜伏的威胁，并正确评估其严重性和可能性，进而制定应变计划。所谓环境机会，是指对企业市场营销管理富有吸引力并易于建立企业竞争优势的领域。企业应对市场机会的吸引力和成功的可能性做出恰当的评价，结合自身的资源和能力，及时将市场机会转化为企业机会,即符合企业实力范围的、企业可真正获利的机会。

每一个环境因素的变化,都可能为某些企业创造机会,也可能对另一些企业造成威胁。而且,鉴于营销环境的动态性,市场营销机会和环境威胁在一定的条件下还会互相转化。例如,德国政府对环境保护苛刻的要求使许多企业感到压力和威胁,但也为新材料、新能源产业和环保产业带来巨大商机;而若干年后,绿色产品和绿色营销成为德国企业在国际市场明显的竞争优势。

企业对营销环境的适应,既是营销环境客观性的要求,也是企业营销观念的要求。现代营销观念以消费者需求为出发点和中心,它要求企业必须清楚地认识环境及其变化,发现需求并比竞争对手更好地满足需求。否则,就会被无情的市场竞争所淘汰。而且,因为环境的复杂性和动态性,企业对环境的适应必须是永不松懈的。消费者的需求不断变化,市场上就不存在永远正确的营销决策和永远受欢迎的产品,对企业来说,惟有通过满足消费需求实现盈利目标的任务是永恒的。而成功地完成这一任务,适应环境是关键。几十年前,美日企业对石油危机不同的反应造成它们的市场地位戏剧性变化就是一个典型的例子。美国被称为“车轮上的国家”,其发达的汽车工业是美国人引以为傲的资本。但因为美国几大汽车巨头们对能源危机反应迟钝,在能源趋紧的环境条件下,依然生产着大型、耗能高的传统汽车,而日本企业却适时地研制出小型节能汽车,成功地占领了大片美国市场。美国人曾以为高枕无忧的国内市场,在日本人的进攻下痛失“半壁江山”。大不列颠百科全书公司(Encyclopaedia Britannica,EB)在 1996 年遭遇的严重困难也揭示了同样的教训。由于该公司完全没有认识到计算机技术,特别是 CD-ROM,对市场的影响,导致销售骤降 50%以上。此前公司通过高度激励和成功的销售力将百科全书以每套1 500美元的价格卖给那些中产阶级的家庭(通常是父母为孩子的教育而购买)。但伴随家用电脑、CD-ROM 的出现,新进入者的产品(例如微软的 Encarta)虽然在知识覆盖面上不及大不列颠百科全书,但能够提供多媒体显示功能(视频、音频和动画),容易更新,而且其新颖的格式深受孩子们喜爱,售价只有 50 美元左右。当然,随着信息高速公路、万维网和互联网的出现,运用个人电脑存储大量数据的情况可能成为过去,这对于基于 CD-ROM 技术的百科全书的营销者同样是潜在的问题(当然也可能是机会)。

这些实例说明了市场灵敏度以及不断学习的重要性。在客观环境面前,强与弱的划分标准是对环境的适应能力,善于适应环境就能创造竞争优势。市场营销学认为,企业营销活动的成败、营销目标的能否实现,就在于企业能否适应环境的变化,并比竞争对手更加快速地以创新的对策去驾驭变化了的营销环境,做到“以变应变”。在风云变幻的市场竞争中,“适者生存”同样是颠扑不破的真理。企业的大小决策、各种活动都应是有理有据的,这便有赖于对市场营销环境的分析。而企业的营销活动从本质上说,就是企业利用自身可控的资源不断适应外界环境不可控因素的过程。

值得注意的是，企业对环境的适应并不仅仅是被动地接受，而应该是能动地适应，既有对环境的依赖，又有对环境的改造，即采取积极主动的行为影响营销环境因素。在企业与环境这对矛盾之中，我们要承认客观环境的制约作用，但也不可忽视企业营销活动对环境的反作用。在企业与环境的对立统一中，企业是居于主动地位的，成功的营销者往往是那些主动地认识、适应和改造环境的人。所以，企业还需要学会运用自己有限的能力影响某些宏观环境和条件。

企业对营销环境的影响主要表现在两方面：

首先，营销环境虽然有不可控性，企业仍可借助于科学的营销研究手段认识并预测环境的变化趋势，及时地调整营销计划。例如，目前许多企业意识到消费者对自身健康和社会环境的关注将对市场需求发生深远影响，纷纷开发绿色产品，力争在市场竞争中获得先机。据预测，环保、休闲、健康是21世纪最时尚、最持久的时装主题，天然纤维的棉、麻、丝或高新技术合成的特殊保健纤维面料将成为消费者偏好。美国、日本、韩国的企业都已发展了有利于健康和环保的各种成衣进入我国市场。

其次，企业可以通过各种宣传手段，如广告、公共关系等，来创造需求、引导需求，促使某些环境因素向有利的方向发展变化。在现实生活中，绝大多数的消费流行或时尚潮流都是由企业创造出来的。例如，"温饱以后要健身"的广告揭开了健身器材热销的序幕，企业正是通过引导人们追求健康美丽，创造出对自己产品的需求。

从企业的营销实践来看，企业对环境的反作用既受企业实力影响，也与环境因素本身有关。一般来说，企业对直接营销环境的影响比对间接营销环境的影响更容易做到。这显然是因为企业与其直接营销环境因素联系得更紧密，互相作用更直接。比如，供应商是企业的直接营销环境因素之一，但同时企业又是供应商的客户，企业可利用商务谈判、长期订单等方法影响或改善与供应商的关系，获得一定的优惠条件。又如，企业无法控制人口规模，但可以通过营销宣传影响特定顾客群的态度，刺激他们的购买欲望；企业无法控制人均收入，但可以通过分期付款等方式加快潜在需求向现实需求的转化。

第二节 直接营销环境

直接营销环境是指对企业服务其目标市场的营销能力构成直接影响的各种力量，包括企业内部环境及其营销渠道企业、目标顾客、竞争者和公众等与企业具体业务密切相关的个人和组织(见图3—2)。

企业内部环境

除市场营销管理部门外，企业本身还包括最高管理层和其他职能部门，如制造部门、

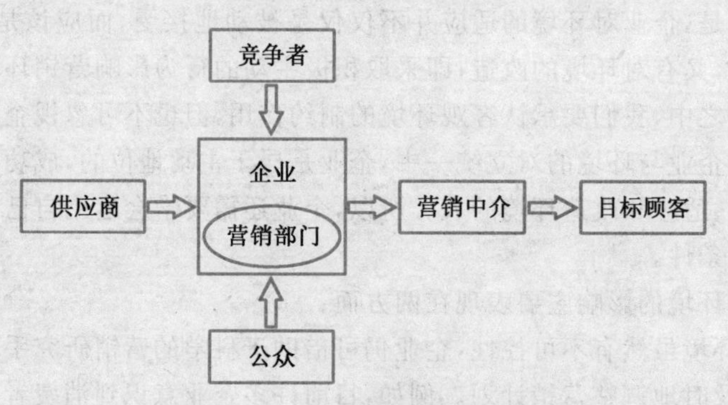

图 3—2　企业的直接营销环境

采购部门、研究开发部门及财务部门等，这些部门与市场营销管理部门一道在最高管理层的领导下，为实现企业目标共同努力着。正是企业内部的这些力量构成了企业内部营销环境。而市场营销部门在制定营销计划和决策时，不仅要考虑到企业外部的环境力量，而且要考虑到与企业内部其他力量的协调。

首先，企业的营销经理只能在最高管理层所规定的范围内进行决策，以最高管理层制定的企业任务、目标、战略和相关政策为依据，制定市场营销计划，并得到最高管理层批准后方可执行。

其次，营销部门要成功地制定和实施营销计划，还必须有其他职能部门的密切配合和协作。例如，财务部门负责解决实施营销计划所需的资金来源，并将资金在各产品、各品牌或各种营销活动中进行分配；会计部门则负责成本与收益的核算，帮助营销部门了解企业利润目标实现的状况；研究开发部门在研究和开发新产品方面给营销部门以有力支持；采购部门则在获得足够的和合适的原料或其他生产性投入方面担当重要责任；而制造部门的批量生产保证了适时地向市场提供产品。

供应商

供应商是向企业及其竞争者供应原材料、部件、能源、劳动力等资源的企业和个人。供应商是能对企业的经营活动产生巨大影响的力量之一。其提供资源的价格往往直接影响企业的成本，其供货的质量和时间的稳定性直接影响着企业服务于目标市场的能力。所以，企业应选择那些能保证质量、交货期准确和低成本的供应商，并且避免对某一家供应商过分依赖，以免受该供应商突然提价或限制供应的控制。

对于供应商，传统的做法是选择几家供应商，按不同比重分别从他们那里进货，并使他们互相竞争，从而迫使他们利用价格折扣和优质服务来尽量提高自己的供货比重。这样做，虽然能使企业节约进货成本，但也隐藏着很大的风险，如供货质量参差不齐，过度的价格竞争使供应商负担过重，放弃合作等。认识到这点后，越来越多的企业从使用多个供应商向与少数供应商“合作”转变，开始深化与主要供应商的合作伙伴关系，设法通过帮助他们提高供货质量和供货及时性来最终提升向消费者输送的价值。

营销中介

营销中介是协助企业推广、销售和分配产品给最终买主的那些企业。它们包括中间商、实体分配单位、营销服务机构和金融机构等。

1. 中间商

中间商是协助企业寻找顾客或直接与顾客进行交易的商业组织和个人。中间商分为两类：代理中间商和商人中间商。代理中间商指专门协助达成交易、推销产品，但不拥有商品所有权的中间商，如经纪人、代理人和制造商代表等。商人中间商是指从事商品购销活动，并对所经营的商品拥有所有权的中间商，包括批发商、零售商。除非企业完全依靠自己建立销售渠道，否则中间商对企业产品从生产领域成功地流向消费领域有至关重要的影响。中间商是联系生产者和消费者的桥梁，它们直接和消费者打交道，协调生产厂商与消费者之间所存在的数量、地点、时间、品种以及持有方式之间的矛盾。因此，它们的工作效率和服务质量就直接影响到企业产品的销售状况。如何选择中间商并与之合作，以及如何在激烈的市场竞争中争取和保持一定的“货架空间”都不是简单的事情，这方面的内容在第十三章和第十四章中将进行详细论述。

2. 实体分配单位

实体分配单位是指帮助企业储存、运输产品的专业组织，包括仓储公司和运输公司。企业从成本、运送速度、安全性和方便性等因素选择合适的实体分配单位。实体分配单位的作用在于使市场营销渠道中的物流畅通无阻，为企业创造时间和空间效益。近年来，随着仓储和运输手段的现代化，实体分配单位的功能越发明显和重要。

3. 营销服务机构

营销服务机构包括市场调研公司、财务公司、广告公司、各种广告媒体和营销咨询公司等，它们提供的专业服务是企业营销活动不可缺少的。尽管有些企业自己设有相关的部门或配备了专业人员，但大部分企业还是与专业的营销服务机构以合同委托的方式获得这些服务。企业往往比较各服务机构的服务特色、质量和价格，来选择最适合自己的有效服务。

4. 金融机构

金融机构包括银行、信贷公司、保险公司等对企业营销活动提供融资或保险服务的各种机构。在现代社会中，几乎每一个企业都与金融机构有一定的联系和业务往来。企业的信贷来源、银行的贷款利率和保险公司的保费变动无一不对企业市场营销活动产生直接的影响。

在市场经济得以发展的今天，企业通过各种市场营销中介来进行市场营销过程中的各种活动，这既是社会分工的要求，也是社会发展的标志之一。

供应商和营销中介都是企业向消费者提供产品或服务价值过程中不可缺少的支持力量，是价值让渡系统中主要的组成部分。企业不仅仅把它们视为营销渠道成员，更要视为伙伴，以追求整个价值让渡系统业绩的最大化。1992 年，菲利普·科特勒提出了整体市场营销(total marketing)的观点。他认为，从长远利益出发，企业的市场营销活动应囊括构成其内外环境的所有重要行为者。“供应商市场营销”、“渠道商营销”即是其中很重要的内容。因这种市场营销活动与产品流动的方向相反，故也称为“反向市场营销”。

目标顾客

目标顾客是企业的服务对象，是企业产品的直接购买者或使用者。企业与市场营销渠道中的各种力量保持密切关系的目的就是为了有效地向其目标顾客提供产品和服务。顾客的需求正是企业营销努力的起点和核心。因此，认真分析目标顾客需求的特点和变化趋势是企业极其重要的基础工作。

市场营销学根据购买者和购买目的来对企业的目标顾客进行分类。包括：

(1)消费者市场。消费者市场由为了个人消费而购买的个人和家庭构成。

(2)生产者市场。生产者市场是由为了加工生产来获取利润而购买的个人和企业构成。

(3)中间商市场。中间商市场由为了转卖来获取利润而购买的批发商和零售商构成。

(4)政府市场。政府市场由为了履行政府职责而进行购买的各级政府机构构成。

(5)国际市场。除了国内市场外，在日益开放的经济下，许多企业还要面对国际市场。国际市场由国外的购买者构成，包括国外的消费者、生产者、中间商和政府机构。

每种市场类型在消费需求和消费方式上都具有鲜明的特色。企业的目标顾客可以是以上五种市场中的一种或几种。也就是说，一个企业的营销对象可以不仅包括广大的消费者，也包括各类组织机构。企业必须分别了解不同类型目标市场的需求特点和购买行为。

竞争者

任何企业都不大可能单独服务于某一顾客市场，完全垄断的情况在现实中不容易见到。而且，即使是高度垄断的市场，只要存在着出现替代品的可能性，就可能出现潜在的竞争对手。所以，企业在某一顾客市场上的营销努力总会遇到其他企业类似努力的包围或影响，这些和企业争夺同一目标顾客的力量就是企业的竞争者。企业要在激烈的市场竞争中获得营销的成功，就必须比其竞争对手更有效地满足目标顾客的需求。因此，除了发现并迎合消费者的需求外，识别自己的竞争对手、时刻关注他们，并随时对其行为做出及时的反应亦是成败的关键。1986年，阿·拉依斯和杰克·特拉特出版了《市场营销战》(Marketing Warfare)一书，将竞争作为现代营销生命线。迈克尔·波特在他的著名论著《竞争战略》中对竞争环境和企业的对策做了精彩分析。

企业必须时时从顾客的角度出发，考虑顾客购买决策过程中可能考虑的因素，通过有效的产品定位，取得竞争优势。值得注意的是，企业的竞争环境不仅包括其他同行企业，而且包括发生于消费者进行购买决策全过程的其他更基本的内容。菲利普·科特勒将企业的竞争环境分析为四个层次：

(1)欲望竞争，即消费者想要满足的各种愿望之间的可替代性。当一个消费者休息时可能想看书、进行体育运动或吃东西，每一种愿望都可能意味着消费者将在某个行业进行消费。

(2)类别竞争，即满足消费者某种愿望的产品类别之间的可替代性。假设前面那个消费者吃东西的愿望占了上风，他可以选择的食品很多：水果、冰激凌、饮料、糖果或其他。

(3)产品形式竞争，即在满足消费者某种愿望的特定产品类别中仍有不同的产品形式可以选择。假设消费者选中了糖果，则有巧克力、奶糖、水果糖等多种产品形式可满足他吃糖的欲望。

(4)品牌竞争，即在满足消费者某种愿望的同种产品中不同品牌之间的竞争。或许那个消费者对巧克力感兴趣，并特别偏爱M&M牌，于是，该品牌的产品在竞争中便赢得了最后的胜利。

品牌竞争是这四个层次的竞争中最常见和最显在的，其他层次的竞争则比较隐蔽和深刻。有远见的企业并不仅仅满足于品牌层次的竞争，而会关注市场发展趋势，在恰当的时候积极维护和扩大消费者的基本需求。

公众

公众是指对企业实现其市场营销目标的能力有着实际或潜在影响的群体。公众可能有助于增强一个企业实现目标的能力，也有可能妨碍这种能力。企业的主要公众包括金融界、新闻界、政府、社区公众和企业内部公众。有时候公众的态度会直接影响企业营销的成功，因此，成功地处理好与公众的关系格外重要。目前，许多企业建立了公共关系部门，专门筹划与各类公众的良好关系，为企业建立宽松的营销环境。有关这方面的内容将在第十五章中详细论述。

第三节 间接营销环境

间接营销环境指那些作用于直接营销环境，并因而造成市场机会或环境威胁的主要社会力量，包括人口、经济、自然、科学技术、政治法律和社会文化等企业不可控制的宏观因素。企业及其直接营销环境都受到这些社会力量的制约和影响。

一、人口环境

市场营销学认为市场是由有购买愿望并且具备购买能力的人构成的，人的需求正是企业营销活动的基础。所以，对人口环境的考察是企业把握需求动态的关键。从量的角度看，人口的数量是市场规模的重要标志，在人均消费水平一定的情况下，人口数量越多，市场需求规模就越大。而从人口的分布、结构及变动趋势等方面进行质的分析，则能够刻画出市场需求的特点和发展趋势。我们可以从以下方面讨论人口环境及其变化对企业营销活动的影响。

1. 世界人口数量迅速增长

随着世界科学技术进步、生产力发展和人民生活条件改善，世界人口平均寿命延长，死亡率下降，全球人口尤其是发展中国家的人口持续增长。据统计，目前世界总人口已经超过64亿，并将在2025年达到79亿以上。20世纪的最后20年中，世界人口居然增长了近18亿。世界人口的迅速增长意味着人类需求的增长和世界市场的扩大。东亚地区被人们誉为“最有潜力的市场”，除了因为该地区近年来经济发展迅速外，也因为它的人口数量庞大且增长较快，使得该地区的市场需求日益扩大。

世界人口的增长呈现出极端不平衡。发达国家的人口出生率下降，人口自然增长率只有0.1%，有些国家甚至出现负增长，导致这些国家市场需求呈缓慢增长趋势，有的甚至开始萎缩。例如，欧洲儿童数量的减少，给以儿童市场为目标顾客的企业造成威胁，却因为年轻夫妇有更多的闲暇和收入用于旅游和娱乐，为另一些行业带来佳音。世界人口的80%在发展中国家，而且人口增长最快的往往是那些落后、欠发达的国家。贫穷问题困扰着这些国家的人民，在人口呈几何级数上升的同时，消费者的购买力并没有提高多少，市场需求层次较低，以追求基本需求的满足为主。世界人口的过度膨胀给有限的地球资源带来巨大的压力，由此，可持续发展战略的研究为市场营销提出了新的课题。[2]

2. 人口结构

人口结构可从其自然结构（性别、年龄）和社会结构（文化素质、职业、民族和家庭）两方面进行分析。

（1）人口的自然结构。人口的性别构成与市场需求的关系密切。男性和女性在生理、心理和社会角色上的差异决定了他们不同的消费内容和特点。一些产品有明显的性别属性，只为男性或女性专用。而男女不同的性别心理和社会角色对消费行为有直接影响。一般来说，男性以阳刚粗犷为美，崇尚冒险精神，以事业为重，决策果断，因而男性消费者的需求特征常常表现为粗放型、冒险型、冲动型和事业型；女性比较温柔细腻，善于谨慎从事，以生活和家庭为重，因而女性消费者的需求特点多为谨慎型、生活型和惟美型。随着社会经济的发展，男女的性别角色也在悄然变化，并影响到市场需求的变动。越来越多的女性摆脱传统观念的束缚，走向社会寻求与男性同样的发展机会，女性就业的人数和领域在不断增加和扩大，她们的家庭和社会地位都有所改善。女性不仅在家庭中参与消费决策的权力有所提高，而且职业女性本身日益成为被商家瞩目的消费群。

人口年龄结构是企业分析市场环境的主要内容之一，不同年龄层次的消费者因为生理和心理特征、人生经历、收入水平和负担状况的不同，有着不同的消费需要、兴趣爱好和消费模式。目前，人口老龄化是世界人口年龄结构变化的新特点，其原因在于许多国家尤其是发达国家的人口死亡率普遍下降，平均寿命延长。这一人口环境动向对市场需求的影响是十分深刻的：市场对摩托车、体育用品等青少年用品的需求将会减少，而且由于老年人对购买住宅、汽车等高档商品兴趣不大，这部分产品的市场需求也呈下降趋势；另一方面，老年人的医疗和保健用品、生活服务、旅游和娱乐的市场需求将会迅速增加。我国65岁及以上的老年人口正以每年3%的速度递增，远远超过同期的总人口0.6%的年平均增长速度，2005年占到总人口数量的7.8%，达到9 857万人[3]。预计到2030年中国老年人口将超过欧洲人口。我国老年产品与服务的多种需求构成了一个十分庞大、丰富多彩的市场。据测算，仅其潜在消费每年也在3 000亿元人民币以上，老年人的消费需求以人寿保险、医疗保健和生活服务为热点。有关人士预测，在未来的相关产业中，第一产业将出现为老年人饮食特需的农副产品，第二产业将出现老年人专用商品，第三产业中将出现照料老年人生活的特殊行业，信息产业中还会出现为老年人提供精神慰藉的服务。

(2)人口的社会结构。人口的文化素质对市场消费需求的影响亦不能忽视。一般来说，随着受教育人数和受教育水平的提高，市场将增加对优质高档产品、旅游、书籍杂志等文化消费品的需求，而且人们的需求会更加追求个性化和多样化。此外，企业采用的营销手段及其效果也因目标顾客的受教育程度而异。

职业是消费者的社会角色，不同的职业往往和相应的收入水平联系在一起，直接制约消费者的购买能力。特定的职业常常和一定的生活方式联系，进而影响消费方式、消费习惯。即使收入水平相同，出租车司机和大学教授的消费兴趣也不会相同。

不同民族的消费者在各自传统民族文化的影响下，其消费行为、消费内容有鲜明的民族性。我国是一个多民族的国家，除占人口绝大多数的汉族外，还有满、藏、回、壮、维吾尔、蒙古等50多个少数民族。每个民族都有特殊的需求和消费习惯。以不同民族消费者为目标顾客的营销者必须尊重民族文化，理解民族文化间的差异。

家庭是社会的细胞，也是某些商品的基本消费单位，例如住房、成套家具、电视机、厨房用品等商品的消费数量就和家庭单位的数量密切相关。目前，家庭规模缩小已经是世界趋势。家庭规模小型化，一方面导致家庭总户数的增加，进而引起对家庭用品总需求的增加；另一方面则意味着家庭结构的简单化，从而引起家庭需求结构的变化，例如单人户、双人户和三人户的增加使得家庭对产品本身的规格和结构有不同于多代同堂的大家庭对产品的要求。营销者应在产品设计、包装和促销上做出相应的调整。

3. 人口分布

人口的地理分布指人口在不同的地理区域的密集程度。由于各区域的自然条件、经济发展水平、市场开放程度以及社会文化传统和社会经济与人口政策等因素的不同，不同区域的人口具有不同的需求特点和消费习惯。例如在我国，不同区域的食品消费结构和口味就有很大差异，俗话说"南甜北咸，东辣西酸"，也因此形成了如粤菜、川菜、鲁菜、徽菜等著名菜系。

人口密度是反映人口分布状况的重要指标。人口的地理分布往往不均匀，各区域的人口密度大小不一。人口密度越大，意味着该地区人口越稠密，市场需求越集中。准确地了解这一指标有益于营销者制定有效的营销计划。

人口的地理分布并不是一成不变的，它是一个动态的概念，这就是人口流动问题。近几十年来，世界上人口"城市化"是普遍存在的现象，有些国家的城市人口高达百分之七八十。但近年来，在一些发达国家，与城市化倾向相反，出现了城市人口向郊区及卫星小城镇转移的"城市空心化"趋势。随着世界各国的开放和旅游市场的发展，世界人口在国家之间的流动量增长迅速。这些人口流动现象无一不造成了市场需求的相应变化，营销者必须充分考虑人口的地理分布及其动态特征对商品需求及流向的决定性影响。

经济环境

市场营销学认为，人的需求只有在具备经济能力时才是现实的市场需求。在人口因素既定的情况下，市场需求规模与社会购买力水平呈正比关系。经济环境包括许多因素，如产业结构、经济增长率、货币供应量、利率等。而社会购买力正是以上一些经济因素的函数。所以，企业必须密切注意经济环境的动向，尤其要着重分析社会购买力及其支出结构的变化，敏感于促成其变化的各种因素。

1. 消费者收入水平

消费者的收入是消费者购买能力的源泉，包括消费者个人工资、奖金、津贴、股息、租金和红利等一切货币收入。消费者收入水平的高低制约了消费者支出的多少和支出模式的不同，从而影响了市场规模的大小和不同产品或服务市场的需求状况。

对消费者收入的分析绝非简单问题，必须准确理解一系列相关概念。首先，个人可支配收入和个人可任意支配收入是一对重要概念。个人可支配收入指在个人总收入中扣除税金后，消费者真正可用于消费的部分，它是影响消费者购买力水平和消费支出结构的决定性因素。个人可任意支配收入是在个人可支配收入中减去消费者用于购买食品、支付房租及其他必需品的固定支出后所剩下的那部分收入，一般还要扣除稳定的储蓄。非必需品的消费主要受个人可任意支配收入的限制。

个人可任意支配收入＝个人全部收入－税费－固定开支－储蓄＋现金

在这两种收入中，由于国家税收政策的稳定性，个人可支配收入变化趋势缓慢，而个人可任意支配收入变化较大，而且在商品消费中的投向不固定，成为市场供应者竞争的主要目标。

另一对重要概念是货币收入和实际收入。它们的区别在于后者通过了物价因素的修正，而前者没有。货币收入只是一种名义收入，并不代表消费者可购买到的实际商品的价值。所以，货币收入的上涨并不意味着社会实际的购买力提高，而货币收入的不变也不一定就意味着社会购买力没有波动。惟有考虑了物价因素的实际收入才反映实际社会购买力水平和变化。假设消费者货币收入不变，但物价下跌，则消费者的实际收入上升，购买能力有所提高；相反，如果物价上涨，则消费者的实际收入下降，购买能力也降低。即使货币收入随着物价上涨而增长，如果通货膨胀率大于货币收入增长率，消费者的实际收入仍会减少，社会购买力下降。

另外，消费者的储蓄额占总收入的比重和可获得的消费信贷也影响实际购买力。一般来说，储蓄意味着推迟了的购买力，储蓄额越大，当期购买力越低，而对以后的市场供给造成压力，有人以"笼子里的老虎"形象地比喻储蓄对未来市场的冲击。与储蓄相反，消费信贷是一种预支的购买能力，它使消费者能够凭信用取得商品使用权在先，按期归还贷款在后。消费信贷有短期赊销、分期付款和信用卡信贷等多种形式。发达的商业信贷使消费者将以后的消费提前了，对当前社会购买是一种刺激和扩大。

除了分析研究消费者的平均收入外，营销者还应了解不同社会阶层、不同地区 、不同职业的收入和收入增长率的差别，深入认识各个细分市场的购买力分布。

2. 消费者支出模式

消费者支出模式指消费者各种消费支出的比例关系，也就是常说的消费结构。社会经济的发展、产业结构的转变和收入水平的变化等因素直接影响着社会消费支出模式，而消费者个人收入则是单个消费者或家庭消费结构的决定性因素。对这个问题的分析涉及"恩格尔定律"。德国经济学家和统计学家恩斯特·恩格尔（Ernest Engle，1857）在对英国、法国、德国、比利时不同收入家庭调查的基础上，发现了关于家庭收入变化与各种支出之间比例关系的规律性，提出了著名的恩格尔定律并得到其追随者的不断补充修正。目前该定律已成为分析消费结构的重要工具。该定律指出：随着家庭收入增加，用于购买食品的支出占家庭收入的比重就会下降；用于住房和家庭日常开支的费用比重保持不变；而用于服装、娱乐、保健和教育等其他方面及储蓄的支出比重会上升。其中，食品支出占家庭收入的比重被称作恩格尔系数。恩格尔系数是衡量一个国家、一个地区、一个城市、一个家庭生活水平高低的标准。恩格尔系数越小表明生活越富裕，越大则表明生活水平越低。企业从恩格尔系数可以了解市场的消费水平和变化趋势。

消费者支出模式除了主要受消费者收入的影响外，家庭生命周期阶段和家庭所在地点的不同也会造成不同的消费结构。一个家庭的新婚阶段是家用电器、家具等耐用品的需求旺盛期；家庭中有了孩子，消费支出的重心便转移到孩子的需求上，家庭收入的很大比重都用于孩子的食品、服装、教育和文娱等方面；待到孩子长大成人、独立生活后，父母的消费多用于医疗、保健、旅游或储蓄。家庭由于所在地点不同开支也不一样，比较居住在城市中心和郊区的家庭，会发现两者在交通、住房和食品等方面有不同的支出比例。

自然环境

自然环境是人类最基本的活动空间和物质来源，可以说，人类发展的历史就是人与自然关系发展的历史。自然环境的变化与人类活动休戚相关。目前，自然环境却面临危机，主要表现在：

1. 自然资源逐渐枯竭

传统上，人们将地球上的自然资源分成三大类：取之不尽、用之不竭的资源，如空气、水等；有限但可更新的资源，如森林、粮食等；有限又不能更新的资源，如石油、煤和各种矿物。由于现代工业文明无限度地索取和利用，导致矿产、森林、能源、耕地等资源日益枯竭，甚至连以前认为永不枯竭的水、空气也在世界某些大城市出现短缺。目前，自然资源的短缺已成为各国经济进一步发展的制约力甚至反作用力。

2. 自然环境受到严重污染

过去，世界经济是物质经济，是肆意挥霍原料、资源、能源特别是矿物燃料作为发展动力的经济，这种粗放型的经济增长方式使人类付出了惨重的代价，极大地消耗着地球资源。随着工业化和城市化的发展，环境污染程度日益增加，人类面临资源枯竭、海洋污染、土壤沙化、温室效应、物种灭绝和臭氧层破坏等一系列资源生态环境危机。人们对环境问题越来越关心，纷纷指责环境污染的制造者，力求达到一种与自然环境和谐发展的状态。

自然环境变化及人们环境观的改变，对那些造成污染和以传统的方式利用资源、对自然资源进行超负荷利用和开发的行业和企业无疑是一种环境威胁，在社会舆论的压力和政府的干预下，它们不得不采取一定的措施控制污染或转移投资。另一方面，这种动向也给控制污染、研究开发无污染的新包装材料等行业和企业以发展的良机。由于社会公众竭力要求改善生活环境和提高社会责任感，环境技术（environment technologies）是当今世界发展最快的产业之一，专家预测环境技术的全球市场有极大潜力，美、日、欧是环境技术市场的有力竞争者，它们在治理环境方面各有所长，并且都拥有巨大的环境技术市场。例如，2005 年德国太阳能业的总产值高达 20 亿欧元，相比于 2003 年增长了 60%。从长期看，全球市场太阳能产业的规模将超过1 000亿欧元[4]。

1992 年 6 月，联合国环境与发展大会在巴西里约热内卢通过了包括《21 世纪议程》在内的一系列重要文件，指出人类社会应走可持续发展的道路。可持续发展指经济发展应建立在资源可持续利用的基础上，符合生态环境所允许的程度，既能满足当代的发展需求，又不对后代生存和发展构成危害。通过产业结构调整与合理布局，实行清洁生产和文明消费，使社会的发展在代内和代际都达到与环境的和谐。可持续发展理论逐渐被世界各国所接受，并促进绿色产业、绿色消费、绿色市场营销的蓬勃发展。例如，麦当劳规定所有餐厅都采用再生纸制成的纸巾，宝洁公司（P&G）重新设计塑料包装以减少塑料用量。从世界范围看，环境保护意识和市场营销观念相结合所形成的绿色市场营销观念（green marketing concept）正成为新世纪市场营销的主流。

科学技术环境

科学以系统的理论反映系统的现象，是人类对于自然、社会和思维等现象认识的结晶。技术是人类为实现社会需要改革客观世界所采用手段的总和。科学、技术与生产的结合、统一是新技术革命的特征之一。作为推动社会生产力发展的主导力量，科学转化为直接的社会生产力的周期日益缩短，科学技术在社会化大生产中的作用呈几何级数递增。第二次世界大战以后，高新技术群继续不断地深化发展，微电子技术、电子计算机技术、原子能技术和生物技术在整个经济结构中的含量急剧上升，新技术革命进入了加速发展的新阶段。人类明确地认识到科学技术是第一生产力。21 世纪是高科技继续发展的新世纪。

有人称科学技术是“历史发展总过程的精华”，是“最高意义的革命力量”。每一种科学技术的新成果都会给社会生产和社会生活带来影响甚至是深刻的变化。营销者应准确地把握科技革命的发展趋势，密切注意技术环境的变化对市场营销活动的影响，并及时地采取适当的对策。

1. 新技术的发展和运用促成新的市场机会，产生新的行业

由于大量启用自动化设备和采用新技术，许多新行业，包括新技术培训、新工具维修、计算机教育、信息处理、光导通信、遗传工程、海洋技术和空间技术等相继出现。新技术革命的蓬勃发展促进了产业革命，而产业革命所包含的主导技术群和技术体系则催化了社会经济的变革，甚至是整个社会结构、时代文化和价值观的更新。

与此同时，新技术也使某些行业遭到环境威胁或毁灭性打击。一些旧行业受到冲击

甚至被无情地淘汰。新的消费市场不断替代旧的需求，例如，激光唱盘技术夺走了磁带市场；复印机伤害了复写纸行业。

2. 新技术的发展和运用赋予了企业改善经营管理的能力

竞争战略学家迈克尔·波特指出，技术概念除了可狭义地定义为一种科技类的东西外，还可定义为极为广泛的含义，包括管理、组织创新或其他，而运用技术的能力是企业获得竞争优势的源泉。

3. 新技术的发展和运用改变零售业的结构和消费者的购物习惯

随着网络技术的发展，消费者轻轻松松在家购物已经不是梦想。“网上营销”是现代电子技术高度发展带来的营销方式的重大变革，即借助网络、计算机通信和数字交互式媒体的共同作用来实现营销目标。现代电子技术为营销活动创造了一个由计算机和通信交汇的无形空间，消费者可以在这个空间获取信息、自由购物，企业可以在这个空间进行广告宣传、市场营销研究和推销商品等。所以，看似虚拟的空间，但却是开辟了实实在在的竞争新领域。20 世纪 90 年代以来，涵盖广泛的网络商业热闹非凡，商品销售、电子银行、广告、咨询、拍卖、房地产、旅游服务等业务蓬勃开展，预示了一场方兴未艾的全球经济革命。使用互联网的人群越来越多样化，网民的身份已经超越了年龄、教育水平和地理位置的限制。近年来，即使在全球经济下滑的压力下，电子商务却迅猛发展。据统计，2004 年美国网上购物实现销售额为1 440亿美元，有3 700万个家庭在网上购物。欧盟的电子商务营业额从 2000 年的 100 亿欧元上升到 2004 年的 700 亿欧元，约有 1.85 亿互联网用户。电子商务虽然只占欧盟零售额的 1%～2%，但增长的前景却极为看好。有专家预测，在未来的 5 年中，欧洲电子商务市场会以每年 33%的速度增长，增长速度将超过美国的两倍[5]。

政治法律环境

企业的市场营销决策在很大程度上受政治法律环境的影响。法律是充分体现政治统治的强有力形式，政府部门利用立法及各种法规表现自己的意志，对企业的行为予以控制。政治法律环境由法律、政府机构和在社会上对各种组织及个人有影响和制约的集团构成。我国政治法律环境自改革开放以来有明显改善，表现在以下几个方面：

1. 国家政策法规的不断完善

党和国家的方针政策规定了国民经济的发展方向和发展速度，它的正确与否决定了社会生产力的发展状况，而社会生产力的发展正是人民消费能力的基础。因此，党和国家的方针政策也关系到社会购买力的提高和市场消费需求的增长。改革开放以来，尤其是中共十五大之后，由于政策的正确、得力，社会主义市场经济得到长足的进步，我国城乡居民的消费水平提高显著。

市场经济是法治经济，我国政府非常重视法制建设，法令、法规、条例特别是有关经济的立法不断出台。国家立法的目的不外乎这样三种：

(1)维护企业的合法权益，避免不正当竞争，保证良好的市场秩序。例如，我国的《公司法》、《反不正当竞争法》、《税收法》、《广告法》、《商标法》、《价格法》等，都为市场经济保持健康稳定的发展提供了可靠的保障。

(2)保护消费者的合法权益不受侵害。我国对消费者利益的保护立法非常重视，推出了从规定产品的品质、技术标准，到免受不法经营者欺骗等的一系列保障措施。1994 年 1 月 1 日我国施行了《消费者权益保护法》，明确指出国家保护消费者的合法权益不受侵害，保障消费者合法行使其知晓权、选择权、评价权、公平交易权、索赔权等合法权利。

(3)保护社会利益，防止环境污染。例如，从保护自然环境、防止公害的立场出发，通过《环境保护法》及相关条例严格限制经济活动的外部性，协调人类与环境的共同发展。随着社会对可持续发展观的进一步认同，企业的经营活动越来越不可回避其应有的社会责任。

2. 公众利益集团的发展

公众利益集团指代表一定公众利益的民间社团组织，如消费者协会、老年协会、旅游者俱乐部、环境保护组织等等。这些利益集团不是官方组织，不具强制性，但因为是某个群体的利益代言人，所以颇具影响力和号召力。例如，某类消费者利益集团，往往对其群体的消费需求有引导或抑制的作用，构成对企业的营销行为和市场地位的压力。企业在做出营销决策时，必须认真考虑这种政治动向。

自从“消费者主权论”问世以来，消费者权益的保护运动蓬勃开展，公众利益集团的数量、规模和影响力都有增无减，已成为一种重要的社会力量。在我国影响最大的是 1985 年 1 月在北京成立的中国消费者协会，该协会是对商品和服务进行社会监督的保护消费者合法权益的社团组织，它主要履行下列职能：

(1)向消费者提供消费信息和咨询服务；

(2)参与有关行政部门对商品和服务的监督、检查；

(3)就有关消费者合法权益的问题，向有关行政部门反映、查询，提出建议；

(4)受理消费者的投诉，并对投诉事项进行调查、调解；

(5)投诉事项涉及商品和服务质量问题的，可以提请鉴定部门鉴定，鉴定部门应当告知鉴定结论；

(6)就损害消费者合法权益的行为，支持受损害的消费者提起诉讼；

(7)对损害消费者合法权益的行为，通过大众传播媒体予以揭露、批评。

社会文化环境

社会文化深远地影响着人们的生活方式和行为模式。消费者的任何欲望和购买行为都深深地印有文化的烙印,例如,华人的春节和西方人的圣诞节是有着两种不同文化背景的消费高峰期,不同的节日风俗使节日消费各具特色。另一方面,营销者本身也深受文化的影响,表现出不同的经商习惯和风格。

要理解社会文化环境对市场营销活动的影响,首先应认识到,社会文化是一个涵盖面非常广泛的概念,是"一种复杂的总体,包括知识、信仰、艺术、道德、法律、风俗和任何人作为一名社会成员获得的所有能力和习惯"。这其中既有物质的外壳,又有精神的内核。根据人的社会实践和不同的文化现象的特殊性,社会文化基本上可以分成三大要素:物质文化、关系文化和观念文化。物质文化是指人们在从事以物质资料为目的的实践活动过程中所创造出来的文化成果,以生产力为首要;关系文化是人们在创造、占有和享受物质文化的过程中形成的社会关系,包括以生产关系为基础的经济关系、阶级关系、民族关系、国际关系等,还包括为维护这些关系而建立的各种社会组织形式和与之相应的政治法律制度、社会道德规范等;观念文化是在前两种文化基础上形成的意识形态文化,包括人们在长期的文化历史发展中积淀而成的社会文化心理、历史文化传统、民族文化性格等,以及社会有意识地宣传和倡导的思想理论、理想精神和文学、艺术、宗教、道德等。任何一个社会文化都是这三方面的统一。其中,以价值观为内核的观念文化是最深沉的核心文化,有高度的连续性,不会轻易改变。营销者应分析自己的市场营销活动将涉及哪些层次的文化因素,灵活地采取相应的策略。一家美国公司在日本市场推销某产品时用的鼓动性口号是曾风靡美国市场的"做你想做的!"但没有达到效果,颇感意外。调查后得知,日本文化与美国文化在价值观上有很大差异,并不喜欢标新立异、突出个性,而是非常强调克己、规矩。后来,这家公司更改口号为"做你应做的!"市场反应转好。口号中虽一字之差,引发的思考却耐人寻味。

营销者在进行社会文化环境分析时,还要着重研究亚文化群的动向。每一种文化内部都包含若干亚文化群,即那些有着共同生活经验或生活环境的人类群体,如青少年、知识分子等。这些亚文化群的信念、价值观和风俗习惯既与整体社会文化相符合,又因为他们各有不同的生活经历和环境,而表现出不同的特点来。这些不同的人群也是消费者群,根据各亚文化群所表现出来的不同需求和不同消费行为,营销人员可以选择这些亚文化群作为自己的目标市场。

图腾文化是民族文化的源头。图腾是一种极其古老的东西,简单地说,就是原始社会作为个部落或氏族血统的标志并当作祖先来崇拜的动物或植物等。古老的图腾文化渗透到现代文化中,形成各种风俗习惯和禁忌,进而形成特别的消费习惯。例如,中华民族对龙凤呈祥、松鹤延年的美好祈盼,在消费者对产品设计、包装、商标、色彩和推销方式的特殊心理偏好上都有反映。

社会文化的影响深远而广泛,在国际营销活动中尤其如此。国际营销是跨国界、跨文化的活动，不同国家文化差异对其影响很大：在本国市场上成功的营销策略在他国文化中可能行不通，甚至招来厌恶、抵制；在本国文化中属于表层文化的因素，在他国文化中可能是必须严肃对待的"禁区"……所有这一切，都需要营销者仔细分析，并在充分尊重他国文化的基础上，有创新地实现跨文化营销目标。那些有民族特色，又不对他国文化构成厉害冲突的营销努力往往会受到欢迎。

第四节 中国市场营销环境的基本特征

中国经济步入转型期后市场营销环境呈现鲜明的特色，主要表现为：人口众多，市场规模大；发展迅速，市场变化快；结构复杂，市场差异大。

人口众多，市场规模大

1. 人口总量

我国是世界上人口最多的国家，2006 年我国内地人口总量超过 13.1 亿，占世界人口 1/5 以上，市场潜在容量极其巨大。

2. 购买能力

除人口因素之外，中国经济令世人瞩目的持续快速增长，居民收入水平和购买力稳步提高，是促成潜在市场规模扩大的主要原因。在世界经济增长速度明显放缓，特别是一些发达国家陷入经济衰退或下滑的背景下，2006 年中国的国内生产总值（GDP）达到 21 万亿元人民币，位列世界第四，相比于 2005 年增长了 11.1%（见表 3-1），远远高于世界平均增长速度。2006 年中国人均 GDP 为16 084元，比 2005 年增长 14%。上海等部分东部沿海城市的人均 GDP 已超过7 000美元[6]，逐步接近发达国家水平，居民生活质量显著改善。

表 3-1 中国 GDP 的增长

年 份	2000	2001	2002	2003	2004	2005	2006
总值[a]（亿元）	99 215	109 655	120 333	135 823	159 878	183 085	210 871
增长率[b]（%）	8.4	8.3	9.1	10	10.1	11.2	11.1
人均 GDP（元/人）	7 858	8 622	9 398	10 542	12 336	14 103	16 084

注：[a] GDP 总值按当年价格计算；[b] 增长率以上年=100，按可比价格计算。

资料来源：《2007 中国统计年鉴》。

"十五"期间，中国城镇人均可支配收入平均实际增长 9.6%，比"九五"期间的 5.7% 高出 3.9 个百分点。2006 年中国城镇居民的人均可支配收入已达11 759元人民币，农村居民的人均纯收入也达到3 587元人民币。收入的稳定增长推动了消费的增长,2006年,城镇居民的人均消费支出约为8 697元人民币,农村居民人均生活消费支出为2 829元人民币(见表3—2)。2006年的全国社会消费品零售总额达到76 410亿元,实际增长幅度高于GDP增长速度。

表3—2 中国城乡居民收入与消费的增长 单位:元/人

年份	城镇居民人均可支配收入	农村居民人均纯收入	城镇居民人均消费支出	农村居民人均生活消费支出
1990	1 510.16	686.31	1 278.89	—
1995	4 283.00	1 577.74	3 537.57	1 310.36
2000	6 279.98	2 253.42	4 998.00	1 670.13
2001	6 859.58	2 366.40	5 309.01	1 741.09
2002	7 702.80	2 475.63	6 030.00	1 834.00
2003	8 472.20	2 622.24	6 511.00	1 943.00
2004	9 421.60	2 936.40	7 182.10	2 184.65
2005	10 493.00	3 255.00	7 943.00	2 555.00
2006	11 759.00	3 587.00	8 697.00	2 829.00

资料来源:根据《2007中国统计年鉴》整理。

3. 市场潜力

尽管近年来,伴随中国经济的发展和市场经济的逐步完善,消费水平有所提高,而且我国连续实行扩大内需政策促进消费稳定增长。但从总体来看,仍然存在消费率持续走低的现象,说明消费增长滞后于经济的增长,有效需求不足。相比世界平均水平,我国的消费率仍然处于较低的水平,而且还在不断下降。我国最终消费率已从2000年的62.3%下降到2006年的49.9%,居民消费率更是从2000年的46.4%下降到2006年的36.2%(见表3—3)。

表3—3 中国消费率的变化 单位:%

年份	最终消费率	居民消费率	政府消费率
2000	62.3	46.4	15.9
2001	61.4	45.2	16.2
2002	59.6	43.7	15.9

续表

年　份	最终消费率	居民消费率	政府消费率
2003	56.8	41.7	15.1
2004	54.3	39.8	14.5
2005	51.8	38.0	13.8
2006	49.9	36.2	13.7

资料来源：根据《2007 中国统计年鉴》整理。

2005 年城镇居民平均消费倾向为 75.7%，比 2000 年下降 3.9 个百分点，而且高低收入人群呈反向消费倾向：10%的低收入组在 2005 年的消费倾向为 99.3%，比 2000 年提高了 3.5 个百分点；10%的高收入组在 2005 年的消费倾向为 66.6%，比 2000 年下降了 2.9 个百分点，两组间相差 32.7 个百分点。这表明：一方面，低收入阶层有旺盛消费需求但无力购买；另一方面，有强劲购买力的高收入阶层，基本消费需求已经满足，其收入的大部分以储蓄和金融资产的形式沉淀。

从居民收入和储蓄的对比来看，我国居民储蓄率较高。截至 2006 年底，中国城乡居民储蓄存款额达 16 万亿元，比 2000 年(6.4 万亿元)增加了 1.5 倍，每年差不多以 1 万多亿元的速度在增长。居民消费率低而储蓄率高可能导致我国经济增长在今后一段时期受到严重的国内市场需求约束。而我国居民最终消费率要达到国际水平或接近国际水平，必须依靠消费品市场的发展以创造出更大的空间。[6]

4. 消费政策

在实施一系列增加城乡居民收入的政策的同时，为促进市场进一步繁荣和国民经济持续发展，我国政府出台了多项扩大内需的政策。例如，扩大消费信贷的规模和品种，促进和规范个人消费信贷业务的健康有序发展，促进居民改变储蓄与消费的比例；征收利息税，刺激储蓄资金向消费市场分流；扩大高校招生规模，鼓励教育消费支出；完善社会保障制度，增加居民收入；增加节假日数量，鼓励假日消费；等等。这些政策无疑对市场需求的提高有所促进。相应的，目前政府的财政政策和产业政策，为市场需求的繁荣提供了宽松、有利的宏观环境。

发展迅速，市场变化快

随着市场经济向成熟、规范化的方向发展，许多商品的买方市场已经形成，传统的消费模式渐趋瓦解，消费观念正在发生新的变化：消费者主要从质量、价格、服务和品牌等方面来选择消费品，而不太在意消费品的原产地；消费偏好的大类逐渐趋同，对产品多样化的需求日益强烈；由于物质生活水平的提高和环保意识的加强，人们的消费更多地转向休闲、文化和绿色产品，更加重视改善生活品质。

伴随消费观念变化的是消费结构和消费行为的变化，消费水平和消费档次逐年提升。经过多年收入增长的积累，许多城市家庭生活质量明显改善，支出取向已经开始由满足温饱转向提高质量和追求发展。

在各项消费支出中，食品支出比重一再下降，城镇和农村居民家庭的恩格尔系数由1996年的48.8%和56.3%分别降到2006年的35.8%和43.0%。饮食结构进一步改善，人们更加注重健康和营养。随着居民消费观念的更新，在外用餐支出迅速增长。2006年城镇居民人均在外用餐支出为691元，比上年增长13.8%，占食品支出的22.2%，比2000年增长1倍多，年均增长16%[8]。

衣着类商品消费和家庭设备用品消费的支出比重趋于稳定。人们对着装更加注意美观、舒适，强调时尚和品牌化。家庭设备用品由于前期积累，普及率较高，基本进入饱和期。用于购置该类产品的支出及其占总消费支出的比重都有所下降。但家庭电脑、家用汽车、移动电话等的购买上升很快。2006年城镇居民平均每百户家庭拥有电脑47.2台，是2000年的4.9倍；拥有家用汽车4.32辆，是2000年的8.6倍；拥有移动电话153部，是2000年的7.8倍。平均每百人拥有移动电话35.26部，是2000年的5.2倍。

在中国居民家庭消费支出结构中增长最快的是交通通信、医疗保健和教育文化娱乐三类消费，2006年这三类消费的人均消费支出分别达到1 147.12元、620.54元和1 203.03元，分别比2000年增长169%、95%和80%。外出旅游成为中国居民享受生活的体现。2006年国内旅游总人次为13.94亿人次，是2000年的1.87倍；旅游收入为6 229.7亿元，是2000年的1.96倍。[9]

我国消费者消费行为逐步走向成熟，开始注重消费体验，服务水平、个性、人文特色、环境意识正在加强。居民收入差距的扩大表现在消费取向上的差异。一部分消费者的消费以实用为主，讲求节约和理性；一部分消费者则开始追求新潮，讲究精致的生活和消费品位。

另外，城镇居民支出结构中非消费性支出增长速度高于总支出的增长速度，表现在用于股票、债券、储蓄性保险上的金融投资明显增加。2006年，我国证券市场的开户数已达7 854万户。显然，快速适应市场需求变化，以消费者的需求来引导企业行为，已经成为赢得竞争的必需。中国加入WTO之后，市场日益开放，作为全球市场的一部分，中国市场的商品愈加丰富、竞争愈加激烈。

结构复杂，市场差异大

地域辽阔，人口众多，“大”和“变”使得发展中的中国市场结构极其复杂。

1. 年龄结构

人口年龄结构发生了较大变化。2006 年 0～14 岁人口占总人口的比重为 18.47%，比 2000 年第五次人口普查时的 22.89%下降了 4.42 个百分点；15～64 岁的人口占 72.33%，比第五次人口普查时的 70.15%上升了 2.18 个百分点；65 岁及以上人口占总人口的比重为 9.19%，比第五次人口普查时的 6.96%上升了 2.23 个百分点。这反映出，我国改革开放以来，随着经济社会迅速发展，人民生活水平和医疗卫生保健事业的巨大改善，特别是人口生育水平的迅速下降，人口老龄化进程加快。银发市场的特殊需求，尤以保健服务、医疗用品等方面的需求增长迅速。

2. 收入结构

国际上通常以 1%的人口所占有的社会财富的比重(基尼系数)，来反映居民收入差距的程度。基尼系数为 0.4，则表示 1%的人口占据了 40%的社会财富。基尼系数越高，社会收入差距越大。一般来说，基尼系数超过 0.4 就已经属于非常不平等了。步入 20 世纪 90 年代后，我国城乡居民收入的差距进一步扩大，1996 年城乡合计的收入基尼系数为 0.424，1997 年为 0.425，1998 年为 0.456，2000 年为 0.458，2005 年则为 0.46，进入了不平等区间。2006 年我国城镇居民中最高 10%收入组的人均可支配收入为最低 10%收入组的 9 倍，虽然比上年差距有所缩小，但与 2000 年的收入差距 5 倍相比仍然是大大扩大了。收入水平的差异使消费需求出现多层次、多样化的特点。同时，较大的收入差距容易形成消费断层，对消费品市场发展起到一定的制约作用。

3. 地区差别

地区发展不平衡，是我国市场发展另一个显著的特点。从经济增长的地区结构来看，东、中、西部及东北地区的收入和消费水平很不平衡。

2006 年，我国城镇居民人均可支配收入位列前五位的省(直辖市)是：上海(20 668元)、北京(19 978元)、浙江(18 265元)、广东(16 016元)和天津(14 283元)，均为东部地区；位列后五位的是：新疆(8 871元)、甘肃(8 921元)、西藏(8 941元)、青海(9 000元)和贵州(9 117元)，都位于西部地区。其中，居民人均收入最高地区(上海)和最低地区(新疆)相差 2.3 倍。农村家庭人均纯收入最高地区(上海：9 139元)和最低地区(贵州：1 985元)要相差 4.6 倍。

从居民人均消费性支出来看，2006 年北京达到14 825元，成为内地居民消费水平最高的地区，与人均消费性支出最低的西藏(6 193元)相差 2.4 倍。

4. 城乡差别

虽然我国政府近年来采取了降低农民负担、提高农民收入等扩大农村市场的政策措施，但由于农产品供过于求，价格下降幅度较大，农民收入增长幅度仍然明显低于城镇居民，2006 年农村人均纯收入为3 587元，比上年增长 10%；而城镇居民人均可支配收入为11 759元，比上年增长了 12%。城镇居民与农村居民的收入差距由 2000 年的 2.8 倍进一步扩大到2006年的3.3倍[10]。我国城乡居民储蓄存款的80%为城镇居民所有。城乡居民消费水平对比(以农村为1)1985年为2.2,自1999年以来,一直高于3.5。总的来看,农村居民的收入水平、消费水平和消费结构、耐用消费品拥有情况远远落后于城市。而且,农村居民消费支出增长速度低于收入水平增长速度,边际消费倾向弱化。但农村的消费结构也在逐步改善,中央政府已将从根本上解决"三农"问题、提高农民的收入水平、改善农村的生活质量作为下一阶段的首要工作,而且农村的消费需求潜力较大,这预示着未来中国农村将蕴含着不可忽视的、巨大的市场机会。

本章小结

市场营销环境是企业借以寻找市场机会和密切监视可能受到的威胁的场所,它由能影响企业有效地为目标市场服务的能力的外部所有行动者和力量所组成。企业的营销环境可分为直接营销环境和间接营销环境两类。21世纪的营销环境发生显著的变化,给市场需求、竞争和组织本身带来了深远的影响。企业与环境是对立统一的关系,能动地适应环境是企业市场营销成功的关键。

企业的直接营销环境又称微观环境,包括企业本身、营销渠道企业、目标顾客、竞争者和公众。

企业的间接营销环境又称宏观环境,包括与企业营销活动密切相关的六大社会力量:人口、经济、自然、科学技术、政治法律和社会文化等方面的因素。

中国经济步入转型期后市场营销环境呈现鲜明的特色,主要表现为:人口众多,市场规模大;发展迅速,市场变化快;结构复杂,市场差异大。

思考题

1. 什么是直接营销环境和间接营销环境?为什么说企业对营销环境能动地适应是其营销成功的关键?

2. 目前,企业在自然环境方面的主要动向是什么?它们对企业的市场营销有何影响?

3. 企业如何分析研究消费者收入?消费者支出模式受哪些因素的影响?

4. 企业如何分析、评价环境威胁和市场机会?试举例说明企业对其面临的主要威胁和理想机会应做出什么反应。

5. 中国市场营销环境的主要特征是什么?

注释:

[1]Graham Hooley et al,2003, *Marketing Strategy and Competitive Positioning*, Prentice Hall.

[2]以上数据根据《中国人口年鉴 2005》有关数据推算。

[3]数据来源:《2007 中国统计年鉴》。

[4][5]资料来源:《世界经济年鉴 2005/2006》。

[6]按常住人口计算,2006 年上海人均 GDP 为 5.76 万元人民币。

[7]本节数据均依据《2007 中国统计年鉴》。

[8]数据来源:《2007 中国发展报告》。

[9][10]数据来源除注明外均来自《2007 中国统计年鉴》。

第四章

营销信息管理

学习目的与要求

1. 掌握营销信息的内容
2. 掌握营销信息的收集方法及评价标准
3. 了解营销信息系统的结构要素
4. 了解营销信息的利用方法
5. 认识科学管理营销信息的重要性及原则

现代营销活动范围从区域市场辐射全国乃至国际市场的现实，使营销者与消费者之间的距离拉长了；现代社会人们生活水平的日益提高以及消费理性程度的不断强化，使市场需求更加多样化、易变化；复杂的市场状况，必然形成更趋激烈的市场竞争。企业的营销决策要以市场需求为核心，就必须保持对市场变化的高度敏感。实践证明，要提高营销决策的正确性，企业只能立足于充分了解市场，确切掌握相关营销信息的基础上。而现代科学技术的发展，也为企业建立科学的营销信息系统提供了良好的条件。

第一节　营销信息的含义

任何营销活动都离不开相应的环境，企业作为市场系统的组成部分，只有充分地了解市场，适应市场，才能使自己的营销活动与社会需要相协调。因此，反映市场活动特征及其发展变化情况的营销信息，对于营销者有效参与市场竞争、更好地实现营销目标的作用越来越大。

营销信息的内容

信息是各种相互联系的客观事物在运动变化中，通过一定传递形式而提示的一切有特征性内容的总称。如电闪、雷鸣、鸟语、花香提供了大自然变化的信息；语言、绘画、音乐、电波反映了人类活动的信息，我们就是生活在这样一个无边无际的信息世界中。

营销信息属于经济信息的范畴，指的是在一定时间和条件下，同营销活动有关的各种消息、情报、数据和资料的总称。一般可以把营销信息分成两大部分。

（一）外部环境信息

外部环境信息即来自企业外部反映客观环境变化的各种同营销活动有关的信息。外部环境信息的范围十分广泛，企业可以根据自身条件和需要，在不同时期内选择一些对营销活动影响最大的因素作为调研的重点。

1.政府的方针、政策、法令、计划与相关文件

政治背景的变更往往会对企业的营销活动产生至关重要的影响。如政府某些政策、法令的修改会使一些产品无销路而退出市场，另一些产品则因此得到许可开发而进入市场。因此，这类信息必须引起企业的重视。同时，各级政府和主管部门所颁发的经济统计资料、调查报告等，是企业应当作为常规性收集的重要信息。把握它们可以了解过去与当前情况以及经济发展趋势。

2.市场竞争情况

市场经济社会中，参与营销活动的企业间相互竞争是必然的，而且随着市场经济的不断发展，这种竞争将会越来越激烈。“知己知彼，百战不殆”，企业要加速自身的发展，并在市场竞争中立于不败之地，就必须想尽一切办法去获取那些同行竞争的信息。诸如竞争对手的经营规模（设备先进程度、生产规模、劳动效率等）；产品特点（外观、内质、价格水平等）；应变能力（生产多档产品、适应市场需求等）；技术设备（技术队伍、新产品开发、试验室建设等）的了解。把握了竞争对手的概况，企业就把握了营销活动中的相对地位和利弊条件。

3.市场需求状况

现代营销活动企业的营销决策是以市场需求为核心的，因此市场需求状况信息是企业必须调研的重要内容。市场需求状况包括消费者需要什么、在何时需要及其愿意按何种条件接受营销企业产品或服务等。消费者需要既指同营销企业所提供产品的相关方面，如产品的质量、性能、包装等，也指同企业尚未开发生产和投入市场的产品相关的需求。消费者需要的时间既指具有购买支付能力的时间，又指消费者乐意或习惯上的购买时点。消费者愿意接受的条件既指产品相应的价格水平，也指企业同时能提供的服务。当然，市场需求状况也包括影响消费者购买行为产生的其他因素，如动机、爱好、家庭、收入、受教育程度等等。

4.科技发展水平

科学技术的不断发展，导致了新产品、新行业的不断涌现，以及一些产品和行业的落后甚至被淘汰。尤其在当今人们对能源、材料、技术等方面的持续创新和突破，会给整个人类社会带来巨大的影响。企业必须及时掌握有关科技情报，诸如同行业同类产品更新换代的过程(全新产品、重大产品改进等)；国内外科技的最新成就(产品合理结构、质量及功能提高、新材料、新工艺、新技术的应用等)，并据以不断改进自己的现有产品和开发新产品，才能跟上时代前进的步伐。

5.其他

企业的营销活动不是孤立的活动，需要许多相关行业的支持。如水、电、煤、油、天然气等动力供应和各项原材料及设备的更新等。因此相关行业的生产动态，新能源、新材料及其代用材料的发展情况，以及自然资源条件、气候变化与旱涝灾情、国际形势重大的变化等内容，都是企业应当重视掌握和研究的信息。

(二)内部管理信息

内部管理信息即通过企业内部管理的各项经济指标反映营销情况的信息。内部资料能够帮助研究人员迅速而经济地取得企业积累的各种数据、资料，从中可以明确机会与问题的存在，比较预期和实际完成水平，是取得营销信息的一个重要来源。

1.生产成果

生产成果包括产品产量(销量)、产品质量、品种三部分。产量指标用以说明生产劳动成果的数量标志；质量指标用以说明产品本身物理、化学性能及生产过程工作好坏两个方面的标志；品种指标用以说明满足社会需要、逐步扩大新品种取得效果的标志。

2.物资利用

物资利用指原材料、燃料、动力、设备等在生产过程中的消耗情况。通过材料储备指标、材料单耗指标、材料利用率指标、设备利用率指标等的体现，可以直接反映企业营销成本的高低，也是企业必须掌握的重要信息。

3.劳动力资源

劳动是创造物质财富的主要源泉，是生产力的决定性因素。每个企业都应该合理而节约地使用劳动力，争取以尽可能少的劳动耗费去产出尽可能多的营销成果。这类信息包括职工人数指标、工资总额指标、工时利用指标、劳动生产率指标等的变动情况。

4. 财务状况

财务状况的好坏，直接影响着企业的经济效益，反映了企业营销实绩。这类信息包括资金、成本、利润三大指标，是企业营销必不可少的参考数据。

以上我们把营销信息分成内外两大部分，目的便于营销信息的调研管理。任何营销信息之间，既有区别又有联系，是不能截然分开的。企业必须进行营销信息的通盘分析，形成具有企业特色的营销信息体系，才能达到优化决策的目的。

营销信息的收集

营销信息的内容极其广泛，可以通过各种途径获得，如报纸杂志、文件报表、协作单位、专业机构及企业内部会计、营销、运输、人事等部门都是营销信息的重要来源。企业应该根据自身条件和需要收集适量的有用信息。

营销信息的收集是运用常规的调查方法，进行系统而科学的信息积累的过程，一般分为两大类操作方法。

（一）资料研究法

资料研究法即利用与营销活动相关的各种现成资料，如社会发展、市场行情等方面的文字资料、统计资料、图片资料等进行营销信息的收集。

资料研究法能够帮助企业在较短的时间内，以较低的成本获得大量的相关信息。通过这种方法收集营销信息的途径十分广泛，除了企业内部各种记录以外，各级政府的统计部门、财税金融部门、工商管理部门及行业协会等提供的各种统计资料、调查报告，以及专业调研机构、大专院校、科研单位等的研究成果等都是营销信息的重要来源。

作为一种间接的第二手资料收集，资料研究法可以为其他调查方法做准备，有时可以直接作为某项调查的依据。但是由于绝大部分现成资料的出现，并不是为了企业某个特定的研究目标而准备的，而企业的现实营销在不同情况下有不同需要，企业与内外部环境的联系是全方位的，所以研究人员必须把握所收集第二手资料的准确度。在连续、大量、全面收集资料的基础上，分析彼此之间的内在联系，提高资料的有序化程度，这样才能取得真正对企业营销活动有用的信息。

资料研究法的步骤大致如下：

1. 收集资料

(1)与企业市场营销活动相关的数据类型。现成的外部信息资料。指国家颁布的政策法规和文件统计资料、各种研究报告、会议文献、图书及报刊、公开发表的信息资料，以及相关机构主动向社会传递的各种信息资料，如广告、产品说明书、宣传资料等。

现成的内部信息资料。指机构内部的各种有关记录、报表、账册、总结、合同、协议、生产经营计划、客户名录、商品介绍、宣传资料、公众来信和来访记录等。

内部保密信息资料。指各种未公开发行的内部刊物、机构通过各种调研手段获取的原始资料等。

(2)收集资料要注意的问题。对资料的收集工作而言，应该遵循“先内后外、先易后难、先近后远”的原则。先从本企业着手，一般从自身信息数据库中查找是最为快速方便的。只要能够得到企业内各职能部门的协助，就能获得大量反映企业本身状况的时间序列信息，还可以获得系统的有关客户、市场等方面的资料。在内部查找的基础上，再到有关的单位收集相关资料，比如图书馆、资料室、信息中心等公共机构。在收集外部信息资料时，要注意先收集那些比较容易得到的历史档案材料以及公开发表的现成的信息资料，而对那些内部保密资料，只是在现成资料不足时才做进一步收集。同时，都应该从近期到远期逐期查阅。

另外，为了提高资料收集效率，相关人员必须配备相关的工具书、参考书目、报纸杂志等。如《中国经济年鉴》、《世界经济年鉴》、《中国百科年鉴》、《中国新闻年鉴》、《中国主要企业名录》、《国内外市场行情》、《全国报刊索引》、《半月谈》、《辞海》等。同时，相关部门还要根据本企业的性质特点，订阅购置相关的书籍、报纸杂志，这样才能及时广泛地收集到有价值的相关信息资料。

2. 储存资料

企业内外部联系是多方面的，而且不同企业有不同的需要，所以资料收集的途径十分广泛，并没有统一的规定。但是调研人员应该连续、大量、全面收集资料，然后认真研究，将其中有关信息资料加以摘录、剪贴、复制、装订、登记、归档等。只有这样，才能发挥信息资料举一反三的作用，同时提高各种资料之间的有序化程度，最终获取真正反映企业营销状态及环境发展趋势的相关信息。

(1)信息资料的整理。当信息资料收集工作告一段落以后，必须对所收集的信息资料进行整理，这是有效利用资料的基础。首先对资料的可靠性、正确性进行审查，即检查资料是否有错误或者遗漏，并及时给予修订和补充。对那些转手多次的信息资料尤其要持审慎的态度。同时还应该注意客观地对待那些从不同角度反映问题的资料，既要收集观点相同的资料，也要收集观点不同的资料。然后根据资料的重要性及调研具体需要，采用逐字记录、摘要记录、拟写大纲等方法把信息资料记录下来，形成资料检索索引，如资料卡片、计算机数据库等。

(2)信息资料的保存。数据库的建立关键要有科学的分类检索系统，按一定的规律将资料分门别类地归档，以便查询和进行下一步的研究工作。资料分类是一门学问，对资料的不同分类，反映问题的侧面会不同。分类检索程序有按汉语拼音字母次序排列的，也有按偏旁部首排列或者按英文字母次序排列的，企业可以根据自身的具体情况形成系统的资料类目。但必须注意，一旦设置了资料分类项目，就应成为企业数据库相对稳定的分类检索系统，否则会由于检索系统混乱而无法真正发挥数据库的作用。在现今社会的条件下，可以充分利用计算机储存、加工、检索、传递信息资料的目录、摘要、索引等，建立四通八达的计算机网络数据库。

3. 分析利用资料

在确定了市场调研需要研究的具体问题，并采取相应措施获取了所需的资料以后，还要进一步运用科学的手段对拥有的信息资料进行分析研究，这样才能为市场调研的最终结论提供充分的依据。关于营销信息的利用，将在本章的第二节详细论述。

（二）直接调研法

直接调研法即运用科学化的社会调查方法，为企业某特定研究目的直接收集原始的营销信息。如座谈（访问）、问卷设计、抽样技术等，对社会舆论进行广泛的调研。这种调研方法直接了解相关公众对某一机构、事件、问题的认识、看法、意见和反应，定量分析的精确度比较高，能相对准确、客观地反映民意。

1. 面谈访问（personal interviewing）

面谈访问是由调研者直接与被调研者接触，通过面对面交谈了解情况、收集相关信息资料的一种实地调研方法。这种方法的具体形式多种多样，可以进行个别交谈，也可以组织小组式座谈；可以让调研人员走出去，也可以把被调研人员请过来；可以事先约定时间、地点，也可以随机采访；可以一次完成，也可以反复多次进行。应该根据具体调研项目的需要，选择合适的形式。

面谈访问法机动灵活，访问者可以根据特定的访问环境、访问对象随机应变地提出不同问题，或者变化提问的方法和顺序。对不清楚的问题内容，可以当即做出必要的说明和解释，这样不仅使被调研对象充分发表自己的意见，还能根据需要，深入追寻，有利于获取进一步的有用的信息。另外，由于面对面直接访谈，一般不至于遭到对方的推托和拒绝，再加上访问者可以通过对方的语言、表情、动作，判断被访问者合作的真实程度，所以面谈访问法的回答率比较高，可以提高调研结果的可信度。

面谈访问法的不足是调研成本比较高，时间比较长，调研的范围有限。面对面的交流极易渗入双方的主观情绪等因素，调研的结果主要取决于调研者的素质、调研问题的性质、被调研者的合作态度，所以对主持调研者有比较高的要求。主持调研者预先必须充分准备好调研的问题以及认真选择与调研主题相关的最有代表性的目标对象，这样才能避免调研流于形式而获得真正有价值的信息。

由于面谈访问法的结果受调研者询问技术高低的影响很大，所以要特别注意调查技巧。常用的方法有：

(1)引导法。对所谈问题通过开门见山、开诚布公的方法，消除被访问者的顾虑，争取得到被访问者的积极配合。

(2)发问法。尽量把座谈纳入预定的内容和次序进行，问题要尽量清楚而简洁，创造融洽轻松的气氛。不要从难题或关键性问题开始，对某些机密性问题，或者是有关个人隐私的问题应尽量放在访问的最后进行。必须避免暗示对方做出某种回答的言行，以免座谈(访问)结果失真。

(3)逐句法。碰到座谈出现"卡壳"现象时可采用"正面追问"、"侧面追问"、"补充追问"调研法。这类方法针对性较强，定量分析的精确度比较高，但是这类方法一般都要投入较多的人力、物力。所以企业根据需要确定直接收集营销信息时要慎重地选择具体的操作方法，以保证最经济的成本和最大的收益。

2.观察法

观察法是调查人员直接到调查现场，通过实地观察来收集资料的方法。在观察的同时，可以使用机器进行现场摄影和录音等。这种方法不直接向被调查者提出问题，而是从侧面观察、旁听、记录现场发生的事实，了解被调查对象的态度、行为和习惯的做法等。如调查者亲临顾客购买现场，观察顾客的购买行为，了解顾客对哪种产品、哪种品牌、哪些指标最关心，做下记录后可以为分析企业的产品质量、性能、适用范围等营销活动提供原始资料。

观察法比较客观地收集资料，准确性较高，调查结果更接近实际。但这种方法往往只能观察事实的发生，不说明原因，只有把它与询问法结合起来，才能有较好的效果。

3.问卷调研法

问卷调研法是用书面提问方法直接了解被调研对象的反应和看法，并以此获得信息资料的调研方法。一般预先根据调研内容设计好问卷，然后通过当场请调研对象自填，或者由调研者口问笔录，也可以用通信的方法请被调研者填好后寄回问卷，最后根据集中后的问卷资料进行定量分析。

获取足够的信息资料是营销调研的基础，其中在获取第一手资料的调研过程中，能否收集到足够、适用和准确的信息资料，在很大程度上都与调研问卷相关。是否具有一份科学、合理的问卷，直接影响到营销调研的效果。

调查问卷没有内容的限定，一般而言要遵循以下几条原则。

(1)问卷前面一定要有前导说明，主要包括介绍调研人员所代表的机构、调研的性质和目的、请求被调研对象，以及向被调研者做出承诺，如保密、不公布个人选择情况等。卷首语写作的好坏，从某种意义上说，就决定了被调研对象的合作态度，所以必须慎重对待。

(2)要注意问卷言辞的恳切，避免出现可能令人难堪的问题。

(3)要把握问卷中所提问题明确易懂,不能选用带导向性的词语。通常为了便于汇总统计,对问题的陈述应尽量呈封闭性,限定被调查者在给定的答案中选择。如两项选择问题设计时,在所提问题下面列出两项备选答案:是、否,对、错,知道、不知道等;多项选择问题设计时,在所提问题下面列出多项备选答案:好、一般、不好、差、很差等,请被调查者从中选择一项或数项符合自己情况的答案。

另外,由于互联网所具有的全球性、互联性、平等性等特殊作用,目前通过网络进行问卷调研的方法越来越普遍。企业可以设置自己的网页进行有奖问答,也可以链接一些相关的网站,利用计算机技术,捕捉、分析各种数据。这样不仅便于企业在更大范围内寻找自己的调查对象,而且获取信息的速度要比传统的营销调研工具快得多。

4.实验法

实验法是通过一定环境条件下的实验,了解某些营销因素的变化(如价格、促销手段等),并测定因此而引起的连锁反应(如销售量、对产品偏好等)的营销信息收集法。实验法以自然科学的实验求证法为基础,可以获得比较准确的资料,并能弄清行为的因果关系。如某企业选择部分消费者对新产品试吃、试用或者试穿,可以选择区域市场做试销比较。由此收集该产品是否有销路、有多大销路,以及该产品与其他同类产品的差距等资料,从而达到了解市场对新产品的态度、该产品是否有前途等目的。但是实验法所需时间比较长,成本比较高。同时由于现实营销中的很多相关因素在实验中很难被确切控制,所以也会影响到实验结果的准确性。

上面介绍的两大类营销信息收集方法各有适用情况,但是不管选择何种方法,其调查对象的样本确定都必须具有科学性。

(三)确定调查样本

一般而言,调查样本越大,结果可能越精确,但所需的人力、物力也越多。事实上,企业在营销信息收集过程中,不可能对调查对象进行逐一无漏的全面普查。因此调查样本的正确选定,是所收集的资料是否有用的基本保证。企业要根据调查目的、企业具体情况、调查实施的可能性等综合因素确定调查样本,然后按照统计推断原理,用样本提供的信息推论总体的调查。

1.普查

普查是对调研对象进行逐一无漏的全面调研。此法获取信息的准确性比较高,人力、物力、财力的耗费相对比较大。一般用于两种情况的调研:一是相关部门进行的宏观调研;二是用于对范围不大的目标公众情况调研。

2.典型调研

典型调研是根据调研问题选择具有代表性的任务、单位或事件作为调研对象,此法从典型调研资料推论总体,好的典型调研可以收到事半功倍的效果。

典型对象的选择不是按照随机原则选取的，而是建立在调研者对调研对象总体的分析和判断的基础上，选择有普遍意义的代表性典型作为调研对象。任何典型对象的确立都是有条件的、相对的，具有较强的针对性，这样所得出的调研结果才能推断出调研总体的性质、特征和状态，才能由个别认识到一般，达到对调研问题的本质认识。

典型调研面小，人力、时间都相对比较节省，反馈调研结果比较及时。典型调研一般以定性分析为主，根据调研需要，选择小样本收集定性资料，经过分析研究，推断出指导一般的结论，但不能犯以偏概全的错误。

3. 抽样调研

抽样调研是在众多调研对象中抽取部分样本调研，然后根据统计推断原理，用样本提供的信息推论总体的方法。此法由于随机抽样，客观性强，而且样本比较少，一般不会超过总体的 1/3，所以费用相对比较低，同时便于设计多种复杂的调研项目，获得的信息量大，并且准确程度高。

(1)任意抽样。任意抽样是最简单的抽样方法，调研者不考虑标准，任意抽取样本。比如街头、市场、展览会等场合，向遇到的行人、观众进行调研就属此法。

(2)单纯随机抽样。在预先知道调研总体数目的前提下，把调研总体按 1，2，3…顺序编号，然后从中随机抽出所需调研样本，如抽签、随机数表等。

任意抽样和单纯随机抽样虽然基本是用偶然方式选取调研样本，但是偶然中又包含必然，因为被抽取的样本总体的每一个组成部分都享有被抽中的机会，这种抽样方法是不带有任何个人偏见的。

(3)机械抽样。把调研总体逐一编号，用公式 $R=N/n$(R 表示组距，N 表示总体个数，n 表示要抽取的样本数)计算样本区间。然后在 $1\sim N/n$ 号中随机抽取一个号码作为第一个样本单位，该号加上组距即为第二个样本单位，以此类推，直到样本个数抽满为止。如对10 000名用户进行产品质量征询，拟订样本为 250 个。组距 $R=N/n=10\ 000/250=40$，若 1～40 号中随机抽取的起点号码是 10，则样本号依次为 10，50，90，130，170…直到 250 个样本抽满为止。

机械抽样对调研对象总体的各个组成部分都能在一定程度上被包括到样本中去，比较能保证抽取样本在总体中的均匀分布，从而提高样本的代表性。但是当调研对象总体出现周期性的分布态势时，调研样本就会缺乏代表性，导致调研结果产生比较大的误差。

(4)配额抽样。先按一定标准将调研总体分成不同的群体，然后依照各群体的大小分配不同的抽取比例，最后由调研人员在不同群体内按确定的配额自由选取样本或按随机原则抽取样本。

计算群体配额公式为：

$$n_i=N_i/N\times n$$

式中：n_i 表示每个群体应抽取的样本数；

N_i 表示每个群体的单位数；

N 表示总体的样本数；

n 表示抽样总体的样本数。

例 4－1　某企业对目标市场中 500 户居民进行配额抽样调研。先根据各户的收入进行分群，然后抽取其中的 50 户作为样本进行调研（见表 4－1）。

表 4－1　**50 户样本调查数**

按收入划分出各群体的户数		各层占总体的百分比（%）	抽取的样本数
收入层	数量		$n_i=\frac{N_i}{N}\times n$
高层	$N_1=130$	26	$n_1=13$
中层	$N_2=250$	50	$n_2=25$
低层	$N_3=120$	24	$n_3=12$
合计	$(N)500$	100	$n=50$

配额抽样的标准选择要注意各群体之间具有比较明显的差异性，每个群体内每个个体应保持一致性，不致发生混淆。只有这样，才能使抽取的样本反映各群体的特征，提高样本的代表性，减少抽样错误。

营销信息的评价

包括与营销活动所有相关因素的营销信息，对于企业而言必不可少。然而，过少的信息不够应用，过多的信息又会导致使用者无所适从，错误的信息还会给企业带来灾难。因此，企业必须善于从中获取适量的有用信息。

营销信息不同于一般信息，是产品交换过程中人与人之间传递的社会信息，是信息发出者和信息接受者能共同理解的数据、文字和符号，反映着人类社会的经济活动。因此，评价营销信息的基本标准就是有效性和适用性。

1. 营销信息的有效性

收集营销信息是为了满足企业开展营销活动的需要，有用的信息能帮助企业制定有效的营销决策，实施营销计划，从而实现营销目标。营销信息的有效性，表现在它是否准确、及时。过时的信息，时过境迁起不到作用。大量杂乱无章的信息不仅无济于事，还可能干扰决策者的思路。歪曲和掩盖客观实际情况的信息，则会导致企业营销决策的失败。因此，科学的营销信息系统必须向决策者提供准确、及时的营销信息。

2. 营销信息的适用性

现代社会呈现出多买方、多卖方、多渠道、多功能的开放式市场状态，营销信息渗透在世界的各个领域中。企业被包围在形形色色的营销信息之中，然而并不是所有的营销信息都能为企业所用。营销信息的适用性，表现在它在时间上、空间上、内容上与企业营销活动的相关性。营销环境是一个复杂的大系统，每个企业有自己特定的营销内容。一条营销信息对甲企业是营销机会，而如果乙企业“依样画葫芦”投入大量人力、物力却收效甚微；同样是这条信息，对丙企业则可能是营销危机的警告信号。企业面对的营销信息不是零星的、个别信息集合，而是若干具有特定内容的同质信息在一定时间的空间内形成的系统集合。因此，科学的营销信息系统必须向决策者提供真正反映营销动态、与企业营销活动相关的营销信息。

第二节 营销信息的科学管理

营销信息能对企业实现营销目标产生巨大作用，已是不争的事实。但是，营销者并非随时随地能够取得自己感兴趣的信息，反映社会经济活动的营销信息并不是特意为某个企业而存在的。所以，企业必须通过科学的营销信息管理系统，方便自己取得营销信息、处理营销信息和提高营销科学决策的能力，形成综合性、全方位营销信息网络，使营销信息在更高程度和更广泛基础上被利用。这样才能使灵敏、准确、经济的营销信息，真正成为企业营销成功的重要因素。

科学管理营销信息的重要性

市场营销是个人或群体通过创造、提供并同他人交换有价值的产品，以满足各自需要和欲望的一种社会活动和管理过程。这种在一定时间和条件下进行的营销活动，必然会涉及大量的相关消息、情报、数据和资料。很显然，对反映营销活动过程中的人、物、事等组成的系统的运动、发展和变化的营销信息，进行有目的、有意识的分析、研究和控制的科学管理，是实现企业营销目标的基础。

1. 对营销信息的科学管理是企业进行正确营销决策的基础

决策与计划的正确与否，是企业营销活动成败的关键。而正确的决策与计划，是以把握最佳决策时机和找出解决问题的各种方案为基础的。所谓把握最佳决策时机，就是要求决策者分辨在什么时候和什么情况下需要作出决策。就营销活动而言，现实的市场情况变化多端、复杂万分，要求企业的决策者能事事把握最佳决策时机并非易事。因为不可否认人的思维能力是有限的，谁也无法随时都能全面了解可能出现的情况并迅速作出正确判断。所以要求任何人能够对市场新情况作出及时、正确的反应和对策都是相当困难的。

科学的营销信息管理能使决策者方便地得到大量的，全面反映市场状态和发展过程的信息，及时提醒人们需要作出营销决策的时机，并帮助决策者分析问题、判断机会，从而找出解决企业现实营销问题的最佳方案。

2. 对营销信息的科学管理是监督调控企业营销活动的依据

企业的营销决策和计划方案在确定以后，必然就要付诸实施。计划的实施是一个系统工程，需要有必要的监督和调控手段，因为计划制定并不代表目标的实现。企业营销计划的实施同样如此。现实的营销活动受到包括目标市场、营销渠道、竞争者、公众以及人口、自然、经济、政治法律、科学技术和社会文化等诸多因素的影响。世界是处在动态变化之中的，这些因素的客观变化往往会使现实出现与原订营销计划偏离的情况。

科学的营销信息管理能在原有营销计划的基础上，及时、准确地向企业反馈计划执行过程中产生的新情况，证明原订计划的正确与否，或者指出原订计划应该进行必要的调整，并监督、控制整个营销活动按新的调整计划运行，以保证营销决策的切实可行。

3. 对营销信息的科学管理是营销活动提高效益的源泉

企业进行营销活动需要发展各种生产力，诸如有良好的技术设备、现代化的管理方法、较高素质的员工等。其中，营销信息可以认为是当今社会生产力中最活跃的因素之一，它是企业和社会的无形财富。无数实践证明，企业会因为市场信息不灵、产品方向不对头而陷入困境，甚至遭受灭顶之灾。同样，企业也可能由于善于捕捉有利信息，迅速付诸行动而在市场中独占鳌头。

整个社会的大市场营销活动是一个多结构、多层次的庞大系统。遍及世界各地的营销活动五花八门，形形色色的营销者中既包括不同所有制的企业，又包括不同的部门（有生产部门、流通部门，还有各种服务行业）。如此复杂的营销系统，如果缺乏彼此间的沟通与协调，社会大市场的有效营销显然会受到严重的影响，当然也会由此而波及具体企业营销目标的实现。

科学的营销信息管理不仅能高效地为企业提供营销信息，提高企业的营销管理水平，而且由各个营销信息系统彼此所形成的信息网络，成为协调整个社会机制正常运行的四通八达的"营销活动神经系统"，充分提高企业和社会的营销效益。

科学管理营销信息的方法

现代营销活动离不开信息的沟通，然而在许多情况下，企业面对的往往是大量无效、过时、不可靠的或者杂乱无章的信息；同时还会因为查询不便，使一些重要信息无法及时反馈而导致企业营销决策的失误。这些恰恰就是由于现代社会信息的大量增加，给企业现实营销活动带来的沉重负担，甚至产生适得其反的作用。因此，必须对营销信息系统进行有效的科学管理，使其真正发挥应有的作用。

(一)形成企业特定的营销信息体系

本章第一节从普遍意义上介绍了营销信息的内容,对企业具体的营销活动而言,必须形成有自身特色的营销信息体系,否则是无法提高整体营销效率的。一般企业的营销信息体系,可从以下几个方面考虑形成。

1.计划信息

这类信息主要来自外部环境,与企业一定时期的目标确定、战略和规划制定、资源合理分配等有关。包括政府的方针、政策、法令、计划与相关文件,市场竞争情况,市场需求状况,科技发展水平等。一般可以通过营销信息系统中的营销情报系统、营销调研系统获得计划信息。关于营销信息系统的相关内容,将在本章第三节中详细论述。

2.常规信息

这类信息具有相对稳定性,在一段时间内,可以供企业相关部门重复使用而不发生质的变化,是企业一切计划与营销实务的重要依据。包括定额标准(产品的结构、工艺流程、劳动定额、物耗定额、工时标准、各种标准表、各类台账等),计划合同(计划指标体系、合同文件等),查询信息(国际标准、国家标准、专业标准、企业标准、产品和原标准价目表、设备档案、人事档案、固定资产档案等等)。

3.实务信息

这类信息主要来自企业内部环境,反映企业日常营销活动的实际状况,是控制和评价企业营销实绩,及时调整薄弱环节的重要信息。包括会计报表、库存、营销进度、质量和废品率等。一般可以通过营销信息系统中的内部报告系统获得实务信息。

(二)保证营销信息的有效性和适用性

科学管理营销信息的主要任务,是使相关信息系统能向企业提供优质的信息服务。即在企业确定营销活动的信息需要、收集信息、处理信息、使用信息的整个过程中,保证所提供营销信息的有效性和适用性。

1.对营销信息有效性的保证

科学的营销信息系统对于信息的收集、加工、检索、传递要求要快、要精确。如企业目标公众的需求信息,尤其是对产品的价格、数量、设计改动和交货期的特殊要求,必须以最快速度、最准确内容传递给企业相关部门,以便它们不失时机地进行决策。对那些时过境迁不能追忆和不能再现的重要信息,高效运转的营销信息系统要及时记录。如营销各环节的检验、生产进度以及重要会议的发言和最后的决议等。

2.对营销信息适用性的保证

不同的企业、企业的不同部门对信息的种类、范围、内容、详细程度、精确性和需要频率等方面的要求是各不相同的。如果不分对象同样地提供信息,不仅会形成大量的冗余信息,增加信息处理工作的负担和费用,而且还会给真正需要查找某些营销信息的人带来阻碍，造成时间浪费甚至经济上的损失。对营销信息的科学管理，必须强调对信息进行有效加工的能力，这种加工是指把基本数据、原始消息，通过各种运筹学、数理统计方法等在完整和系统的基础上，形成真正有用的营销信息，从而对企业的营销活动作出实质性的贡献。如市场上某一产品的一度紧俏，并不能完全说明市场对该产品的长期需求情况。因此，相关的信息系统还应该全面收集有关消费者平均收入水平、消费结构、竞争企业情况、宏观经济政策等多方面的情况和变化趋势，进行综合分析后，才能作出正确的判断，提供完整的营销信息。

(三)建立健全的营销信息系统

对营销信息科学管理的实质体现，是企业能否建立健全的营销信息系统。在现代经济的发展过程中，营销信息系统对企业的营销成功有着积极的作用。整个营销信息系统的运行，实质上就是企业对营销信息的收集、分析、利用的过程。正是由于营销信息系统的高效运转，才使企业的决策者们能迅速掌握最新的营销动态，并帮助他们及时、准确地作出营销决策，从而达到企业的营销目标。

在现代经济生活中，电子计算机作为一种有效工具已经在企业营销管理中得到广泛应用。事实上，计算机营销信息处理更具有显著优势，其能够实现大量数据的综合处理，提高营销信息生成的有效性和适用性。同时，其拥有极大的存贮容量和高效率的检索系统，能把营销信息系统中的四个子系统有机地组合运转，充分提高企业的营销效率。从计算机的发展历史看，信息系统的管理状态大致经历了四个阶段。

(1)单项数据处理阶段。第一代计算机的硬件由电子管和磁带记录器组成，软件很少，因而功能有限。主要的信息处理是计算机上模仿手工处理程序，多用于企业的财会部门，在一定程度上提高了信息处理效率。

(2)多项数据处理阶段。第二代计算机的硬件由晶体管和磁芯存储器组成，其内存扩展，运算速度加快，输入—输出功能更强，而且软件有了进一步的发展。营销信息系统开始进入多数据处理阶段，企业各部门中原有的大量核算、登账、查找、统计和报表等工作逐渐都可交由计算机完成。但这种情况并不代表业务人员的减少，反而会由于系统分析人员、程序设计人员、数据输入人员、计算机维护人员的进入，而增加了企业的业务人员。

(3)综合处理信息阶段。第三代计算机采用集成电路装置，通过与终端的远距离通信，把信息集中到中央处理机，进一步提高了计算机信息处理的能力，扩大了资源共享的程度。中央处理机系统使企业实现了对营销信息高度集中统一的管理，并且为了设计、使用和维修大型计算机的软、硬件，出现了在企业管理组织中专门的信息处理职能和相应的机构，管理信息系统进入了综合处理信息阶段。

(4)系统处理信息阶段。第四代计算机拥有超大规模集成电路和更加丰富的软件，一方面继续扩展计算机的功能，另一方面使计算机日益小型化、微型化、廉价化，微型计算机普及化。分布式数据库技术和计算机网络管理软件使得管理信息系统的发展进入了信息的系统处理阶段。计算机已经能够把企业营销过程中的信息全面地收集和存贮起来，并向企业各相关部门提供其所需营销信息，形成了以营销信息系统为主的管理中心。

建立以模型库为核心，包括方法库和数据库以及人—机对话式的接口在内的计算机化营销信息管理系统，能达到营销信息的集中统一，使营销信息真正成为一种资源，实现营销信息的共享。同时，现代的计算机化营销信息管理系统能够更直接有效地面向企业决策，面向动态营销环境中出现的各种信息需求，根据决策问题的性质和决策者的实际需要，在大量历史的和内外部的营销信息基础上，灵活运用各种模式和科技方法协助决策。

目前，我国企业基本上已经配备了计算机网络，然而真正将计算机网络用于营销信息系统的有机运行还不普遍。但是必须努力实现计算机化营销信息系统管理，这是加强企业对营销活动的计划与控制，改善企业管理工作，提高整个企业营销效率的主要途径。

第三节 营销信息系统

营销信息系统(marketing information system，MIS)是由人、设备与程序所构成的持续和相互作用的结构，用于收集、整理、分析、评估和分配那些恰当的、及时的、准确的信息，以使营销决策者能改善对于其营销计划的设计与控制。营销信息系统为企业创造良好的营销环境服务，它既可为企业确定战略目标的方法和政策提供服务，同时也为企业执行和控制具体营销计划创造条件。

内部报告系统、营销情报系统、营销调研系统和营销决策支持系统构成科学的营销信息系统。它们各司其职，共同完成企业内外部环境的沟通，形成了完整的营销信息流循环过程(见图 4—1)。企业的营销决策者通过该过程密切注视和了解营销环境中的各种动向，收集和处理相关信息，据此而作出企业的营销决策，制定具体营销计划和方案，然后又作为营销决策和沟通信息回到营销环境中去，最终使企业的营销目标得以实现。

内部报告系统

内部报告系统以企业内部会计系统为主，辅之以销售信息系统、管理数据库组成，是营销信息系统中最基本的子系统。其作用在于报告订货、库存、销售、费用、现金流量、应收款、应付款，以及顾客关系管理等方面的数据资料(见图 4—2)。

1. 订单—发货—账单循环

企业内部报告系统的核心是订单—发货—账单循环。销售人员把订单送至企业，负责管理订单的机构把有关订单的信息送至企业内的有关部门，然后企业把账单和货物送至购买者的手中。这是一般营销企业的常规操作程序，然而能否采取有效措施以保证这

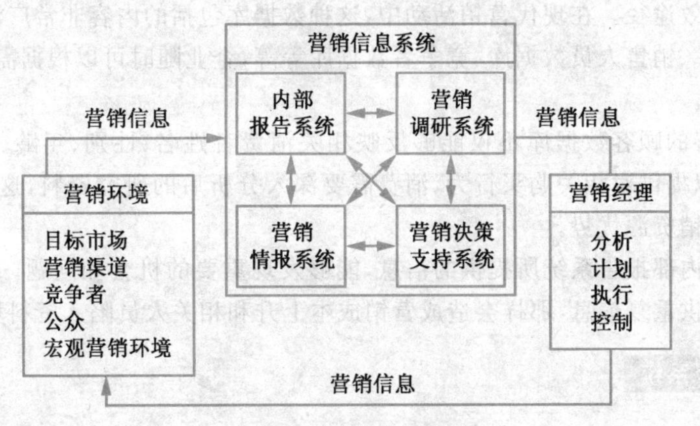

图 4－1 营销信息系统

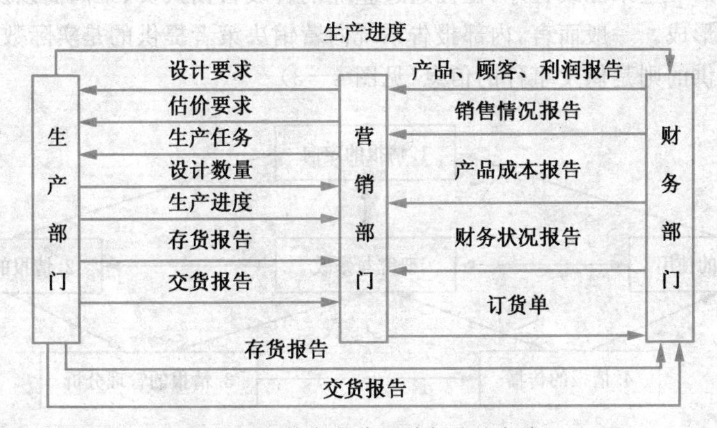

图 4－2 内部报告系统部分信息流

一循环中的各个步骤快速而准确地完成，则明显地反映着企业不同的营销能力和营销效率。

2. 销售信息系统

内部报告系统还包括及时、全面、准确的销售报告。销售报告应该主动地为决策者提供他们认为需要的，以及他们暂还不了解但实际需要的信息，以帮助决策者把握最佳决策时机，提高企业的竞争优势。就现实情况而言，由于信息网络的普及，企业基本都建立了比较健全的销售报告系统，完全有条件在瞬间就清晰地集中反映分散在各处的关联企业过去及现在的销售和库存数据。

3. 管理数据库

企业在营销过程中，能否通过各种途径积累资料并形成相关的数据库，是企业提高核心竞争力的有效途径。在现代营销活动中,这种数据库包括的内容非常广泛,如顾客数据库、产品数据库、销售人员数据库、竞争者数据库等等,企业随时可以根据需要从数据库中提取各种信息。

比如,完善的顾客数据库不仅能够反映相关消费者姓名、性别、年龄、地址等常规资料,同时还可以提供对相关购买行为、消费需要深入分析后的研究资料,这将给企业带来极其宝贵的营销资源优势。

通过分析内部报告系统所提供的信息,能够发现重要的机会和问题。但应注意尽量避免该系统提供重复信息,那样会造成营销成本上升和相关人员陷入资料堆中的弊端。

营销情报系统

营销情报系统(marketing intelligence system),是企业日常搜取有关企业营销环境发展变化信息的一些来源或程序,往往通过企业的各级营销人员、中间商以及专职的营销信息收集人员形成。一般而言,内部报告系统向营销决策者提供的是实际数据信息,而营销情报系统提供的则是偶发事件的信息(见图 4—3)。

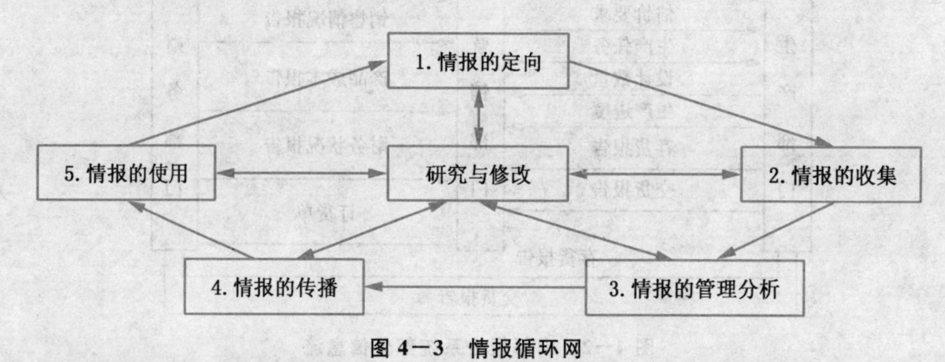

图 4—3 情报循环网

营销环境的变化与企业的营销活动密切相关,其中既可能潜伏着企业营销危机早期警告信号,也可能孕育着企业发展的各种营销机会。企业可以通过广泛的途径获取相关信息,这是营销情报系统所特有的功能。企业要形成规范的情报循环网,提高营销情报系统收集的信息质量,帮助企业在营销活动中及时采取措施,或者能防患于未然,或者能领先一步抢占市场份额。一般而言,企业的营销情报系统应该注意以下三方面的问题。

1. 情报的定向与收集

营销情报系统的建立是以广泛的情报源为基础的,要争取让企业所有的相关人员都成为"情报员"。通过他们自觉、积极的行为去收集信息,如从报纸杂志、上级机关、行业团体、专业调研机构、供应者、中间商及顾客中间,观察营销环境的变化情况,并及时向企业提供信息,从而形成较为系统的营销情报流。

2. 情报的管理与分析

收集营销信息是为了利用它，大量的原始信息必须经过适当的处理，才能转换成对企业营销活动有用的情报。营销情报系统应该配备专业人员从事情报的管理与分析工作，科学地评估收集到的情报，包括分析情报是否有用，是否可靠，是否有效。

3. 情报的传播与使用

为了有效地使用情报，经过处理后的情报应该在最短时间内传播到使用者的手中。营销情报系统要确定情报的具体接收人员、接收方法和接收时间等。同时要建立科学的检索系统，指导使用者方便地获取情报。要注意定期清除过期或无效的情报，尽量保证经过各种途径传播的情报真实、可靠。

营销调研系统

营销调研系统(marketing research system)是对企业所面临的特定营销环境的有关资料及研究结果做系统的设计、收集、分析和报告的活动。在营销环境变化多端的情况下，该系统能随时为企业由于某个特定问题需要作出非常规性的决策服务。

企业在营销活动中，除了内部报告系统、营销情报系统的活动以外，还需要调研系统对一些特定的问题和机会作重点研究。比如进行市场调查、产品偏好测试、区域销售预测、广告效果研究等。要完成这些任务，企业可以委托有关院校、科研机构帮助设计和执行一个调研计划，也可以聘请专门的营销调研公司为自己效力，或者建立企业自己的营销调研队伍。

营销调研系统进行的是有计划、有步骤的营销信息收集和分析过程，应该注意克服盲目性。营销调研系统的有效运转一般包括以下五个步骤(见图 4—4)。

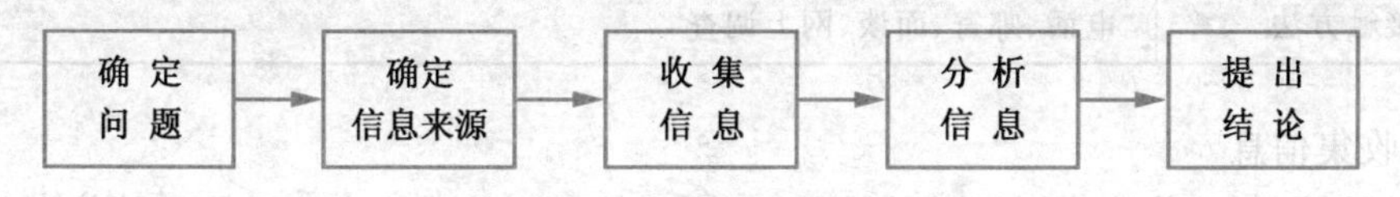

图 4—4　市场营销调研步骤

1. 确定问题

营销调研的内容十分广泛，首先要求调研人员认真地确定要研究的问题，从而商定调研的目标。在企业的营销活动中，任何一个问题都会存在许多可以调研的方面，必须善于找出实质性的内容，否则收集的信息成本可能会远远超过调研得出的结果的价值。不仅如此，错误的研究方向会产生错误的结论，而错误的结论所导致的错误措施，必然会给企业带来巨大的损失。因此确定问题是营销调研过程中最困难的环节，要求调研人员对所研究的问题及所涉及的领域必须十分熟悉。一般而言，营销调研的问题有以下六个方面。

(1)市场研究。包括商业趋势研究,区域市场、国内市场和国际市场的潜在需求量研究,地区分布及特性、市场占有率分析等。

(2)消费者研究。包括消费者的购买动机、购买行为研究,消费者对产品的满意程度、对品牌的偏好程度以及细分市场的分析等。

(3)产品研究。包括现有产品的改良、竞争产品的对比研究,新产品的开发、品牌名称的设计、包装设计研究等。

(4)价格研究。价格弹性、竞争产品价格研究,成本、利润分析及需求分析等。

(5)分销渠道研究。包括工厂和货源仓储研究,现有分销渠道的业绩分析,营销辐射区域研究及最佳分销渠道建设研究等。

(6)促销研究。包括促销手段研究,媒体选择、促销效果分析,企业形象研究,竞争对手的促销手段分析,销售人员报酬、销售配额及地区结构研究等。

2.确定信息来源

拟定营销调研计划,是调研能否成功的关键。有效的调研计划包括五个方面(见表4—2),企业应该根据调研目标、实际情况确定具体的实施方案。

表4—2 调研计划设计

项 目	内 容
资料来源	第一手资料、第二手资料
调研方法	观察法、询问法、实验法、调研法
调研工具	调查表、机械设备
抽样计划	抽样产品、抽样范围、抽样程序
接触方法	电话、邮寄、面谈、网上调查

3.收集信息

营销调研的价值取决于调研的结果,而调研结果则是建立在所能收集的信息基础上。因此该如何收集营销信息,如何将所收集的信息提炼出恰当的调查结果,是营销调研的实际操作阶段,也是整个营销调研过程的中心。

4.分析信息

营销信息的收集是为营销决策服务的,能否恰当地、综合地分析所收集的营销信息,是实现其价值的保证。一般而言,营销信息的分析有以下四种情况。

(1)探测性分析。即通过一些初步的数据资料,更好地阐明某个营销问题的性质和可能提出的某些问题。如对企业区域销售情况信息的分析。

(2)描述性分析。即通过反映某个营销问题的一些影响因素,分析它们的关联性。如对市场规模、产品形象、消费者的购买行为、竞争对手特点、经销方式、分销渠道等情况信息的分析。

(3)因果性分析。即通过企业营销环境变化信息，分析它们与企业营销活动的关系。如对政府的方针、竞争对手的行动、消费者爱好变化所引起的企业销售量变化、市场占有率变化以及企业营销策略调整引起的市场变化分析。

(4)预测性分析。即通过对市场过去、现在的数据资料及市场将来的信息的分析，预测企业营销活动的发展趋势。如对目标市场大小、顾客兴趣、促销预算、产品价格、边际毛利、投资金额、目标退货率、重复购买率等信息的分析，预测某项新产品的开发前途。

5. 提出结论

营销调研最终必须形成书面报告，并把调研结论送交有关人员和部门。调研报告书的类型通常有两种。

(1)专门性报告书纲要。这类调查报告技术性比较强，报告的内容要尽可能详尽。包括研究结果纲要、研究目的、研究方法、资料分析、结论与建议、附录(附表、统计公式、测量方法说明等)。

(2)一般性报告书纲要。这类调查报告主要提供给业务主管使用，他们比较关注的是研究发现和结果，所以报告要求生动和重点突出。包括研究发现与结果、行动建设、研究目的、研究方法、研究结果、附录。

调研报告没有一定的规定格式，但无论哪类调研报告，都必须注意突出调研目的，内容要简明、客观、完整。

营销决策支持系统

营销决策支持系统(marketing decision support system，MDSS)由先进的统计步骤和统计模式构成。该系统的作用是利用科学的技术、技巧来分析营销信息，从中得出更为精确的研究结果，以帮助决策者更好地进行营销决策，所以被称为营销决策支持系统(见图 4—5)。

1. 统计工具库

这是一组统计方法，用来从所收集的各种数据资料中抽取有意义的信息，以供营销决策的需要。统计方法本身就是一门专业技术，在营销决策支持系统中常用计算平均数、测量离散度、资料交叉列表等统计方法。另外，也常运用各种多变数统计技术去发现资料中的重要关系，如回归分析、相关分析、因素分析、聚类分析等。还有，营销决策支持系统的优化程序也很重要，如微分计算、数据规划、统计决策理论、博弈理论等。

2. 模型库

模型的设计是用来表达某些系统或过程的一组变量及它们之间的相互关系，帮助回

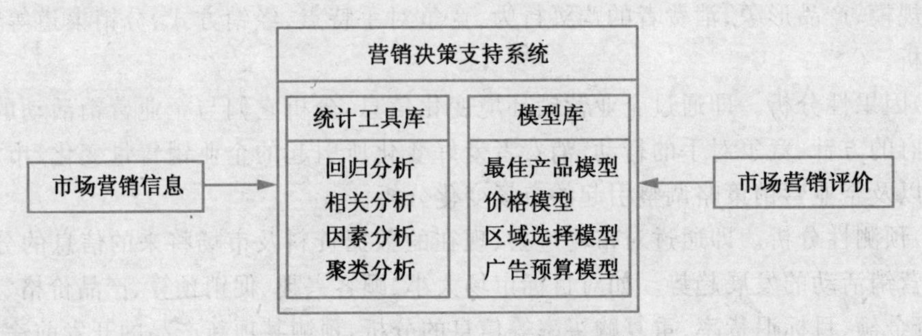

图 4—5　市场营销决策支持系统

答“假设某条件下，可能有哪些情况？什么是最佳情况？”等问题。营销决策支持系统的模型库就收集能帮助营销人员制定更好的营销决策的各种模型。包括：最佳产品模型、价格模型、区域选择模型、广告预算模型等。随着营销工程理论的发展，计算机辅助营销分析和计划的模型软件应用非常广泛。

营销决策支持系统的建立，是运用科学方法对某些营销问题的理解、预测和控制，需要管理者对统计学、管理学及计算机应用等科学知识有所掌握和研究。

第四节　营销信息的利用——市场预测

市场预测(market forecast)就是根据过去和现在的情况，推测未来的发展，并通过分析研究，为企业的营销决策提供进行比较选择的初始方案以及实施这些方案的最佳途径。市场预测的内容十分广泛。一般来说，对市场需求、商品资源、市场占有率、市场价格、产品生命周期、营销效果等都可作预测。

一、对市场需求的预测

企业由具有不同职能的部门所构成，营销活动是一个完整的系统，必须通过各部门的分工合作，才能实现企业的总体营销目标。一般而言，市场预测的结果和营销者发现机会、规避风险的能力是成正比的。很显然，如果企业进行的某项预测出现错误，那么各部门据此而确定的目标和实施策略都将偏离正确目标。

1. 市场预测的基础是需求预测

可以认为，营销的本质就是需求的管理，因为市场交换活动的基本动因是满足人们的需要和欲望，所以市场预测的基础是需求预测。

市场需求(market demand)，是指在一定的营销环境和一定的营销方案下，一个产品在一定地区、一定时间内，特定的消费群体愿意购买的总数量。

市场需求会受到多种环境因素的影响。比如,经济收入水平是影响需求的基本因素,人们收入水平发生变化,家庭消费结构随之发生改变;社会文化因素影响着人们的生活方式和行为模式,然而,文化除了具有明显的区域性和很强的传统性以外,还具有间接的相互影响性。所以,一定时期内的市场需求不是一个固定的数字,而是一个在一组条件下的函数。

2.市场最低量和市场潜量预测

市场最低量(market minimum)又可以称为基本销售量,是假定在一定的时间和条件下,市场的规模对一种产品的基本需求是固定的。这是市场预测为企业营销决策作出的保守估计,考虑避免过度营销可能带来的市场风险,主要为当前的采购、生产、资金等决策服务。

市场潜量(market potential),是指在一个既定的市场环境条件下,当行业营销费用达到无穷大时,市场需求所趋向的极限。很显然,在企业具体的营销决策上,完全参考市场最低量是不科学的,因为那样会生硬限制企业的发展。所以在大多数的情况下,决策者同时还会希望知道市场的规模对一种产品需求的最大销量。得到普遍认同的对市场潜量基本估计的方法是:

市场潜量=潜在购买者数量×一个购买者平均购买数量×每一平均单位价格

要注意的是,市场潜量预测准确度的关键,是所涉及因素的科学测定。比如,同一地理区域的书籍市场和化妆品市场的潜在购买者数量可能完全不一样;而同一个品牌的化妆品,在不同的区域,一个购买者平均购买数量也会有很大的差异。另外,由于各种产品的特殊性,在具体进行市场潜量的预测时,还应该在基本因素上考虑增加必要的修正要素。

例4-2　假如现在进行某种新淡啤酒的市场潜量预测,那么应该考虑以下相关因素。

新淡啤酒的市场潜量=人口×每人可支配的个人收入×可支配收入用于食品的平均百分比×食品支出用于饮料的平均百分比×饮料支出用于含酒精饮料的平均百分比×含酒精饮料支出中用于啤酒的平均百分比×啤酒饮料支出中用于淡啤酒的预计百分比

市场预测的基本方法

市场预测可以帮助企业规避风险,确定自己的市场机会。但是,对企业营销决策有意义的预测结果,应该建立在研究人员准确把握市场营销信息的基础上。整个市场预测的过程,除了收集有效和适用的营销信息以外,还必须配合科学的数理统计技术。

(一)直观预测法

直观预测法即根据市场调查的资料,由预测者凭个人经验或集体智慧进行直接判断的方法。此法简便宜行，一般不需要系统和全面的数据资料，但受个人主观因素影响较大，常常配合一些数理统计方法加以弥补。

1. 德尔斐法(Delphi methed)

德尔斐法又称专家调查法，是美国兰德公司20世纪40年代创始的。具体做法是：将征询的问题分别寄给选定的若干专家，请他们分别填写后寄回。然后主持人将这些意见分别归纳，并形成文字，再一次寄给专家，请他们再填写并寄回。经过多次反复，意见逐步趋向集中，直到得出比较一致的结论为止。此法简单、科学性强，在缺乏资料、无法应用数学模型的条件下，被广泛采用。德尔斐法具有三个特征：

(1)匿名性。由于专家们分别填写自己的意见，互不相知，因而既能避免被权威左右，又不会损害非权威者面子，可以畅所欲言。

(2)反馈性。由于多次征询与反馈，使原来比较分散的预测意见逐渐达到相对一致，结果比较可靠。

(3)不足之处是信函往返耗费时间较长，对预测意见的分类、整理、归纳需花费较多的人力。

2. 经验判断法

经验判断法即由预测主持人召集某些熟悉业务、具有经验和综合分析能力的主管人员、职能人员、业务人员对预测问题进行讨论、分析、判断的方法。这种方法尽管是主观估测的结果，但由于预测人员都掌握一定的市场资料，具有相当的经验，因此对于过去一段时期需求情况比较正常，营销环境又不会出现重大变化的产品预测，具有较高的实用价值。

在用此法预测中，可以根据各人所提的预测值，进行加权平均。其权数可按照各人在企业中所处的地位与作用的不同而定。

例 4—3 如方案提出者是经理、管理人员、业务人员，他们的主观预测值分别是：18 000元、20 000 元、22 000 元，根据各自在企业中的作用，定出加权数分别为：0.5、0.3、0.2。加权平均后的预测值是：

$$\hat{X}=\frac{18\,000\times 0.5+20\,000\times 0.3+22\,000\times 0.2}{0.5+0.3+0.2}$$

$$=19\,400(\text{元})$$

3. 社会调查法

社会调查法即通过座谈、访问或信件、电话、报表、展览等手段，直接向有关人员进行调查，加以分析和综合进行预测的方法。此法能对市场有较透彻的了解，但必须建立在调查对象配合的基础上，而且费用较高。例如直接向顾客发征询表(见表 4—3)。

表 4—3 耐用消费品需求征询表

名 称	购买年月	牌 号	型号规格	备 注
电冰箱				
洗衣机				
彩电				
空调机				
数码相机				
其他				

(二)时间序列预测法

时间序列预测法即把过去的历史资料和数据按时间顺序加以排列,构成一个数字序列,再对此序列数值的变化加以延伸,进行推算,判断市场未来发展趋势的方法。此法比较简便,适用性强,但不能反映事物的因果关系,需要用其他预测法加以补充和校正。

1. 简单平均法

简单平均法即按时间序列进行平均的方法。其计算公式为:

$$\hat{x}=\frac{x_1+x_2+x_3+x_n}{n}$$

式中:$\hat{x}$ 表示预测值;

x_1、x_2、x_3…x_n 表示观察值;

n 表示观察值的数目。

例 4—4 某企业本年 1~8 月份销售额如表 4—4 所示,求该企业本年 9 月份的销售额预测值。

$$\hat{x}_9=\frac{586+596+560+565+580+570+578+582}{8}\approx 577(\text{万元})$$

该企业本年 9 月份的预测销售额是 577 万元。

表 4—4 某企业本年 1~8 月销售额

时间(月)	1	2	3	4	5	6	7	8
销售额(万元)	586	596	560	565	580	570	578	582

简单平均法一般只适用于销售量变化不大的稳定状态,如果实际情况变化起伏很大的话,预测结果和实际的销售量差距就会增大。

2. 移动平均法

简单平均法是假定1～8月份的销售额对9月份的销售额预测值的影响都是一样的；而移动平均法是假设接近9月份最近的几个月，如把5、6、7、8四个月的销售额作为观察值，加以平均，所得的预测结果更接近实际，即：

$$\hat{x}_9=\frac{580+570+578+582}{4}\approx 577.5(\text{万元})$$

该企业本年9月份的预测销售额是577.5万元

3.加权移动平均法

前两种方法都是用平均的方法求得预测值，而实际必须考虑各个月的销售额对9月份销售额的影响程度，由此进行加权平均，即加权移动平均法。权数根据经验所定，此法所得预测结果比简单平均法更精确。其计算公式为：

$$\hat{x}=\frac{x_1w_1+x_2w_2+\cdots+x_nw_n}{w_1+w_2+\cdots+w_n}$$

其中，w 表示权数。如果观察值仍取5、6、7、8四个月，根据每个月的数值对9月份预测值的不同影响程度，确定权数分别为：5月份(w_1)0.2，6月份(w_2)0.2，7月份(w_3)0.3，8月份(w_4)0.3，权数之和为1。即：

$$\hat{x}_9=\frac{580\times 0.2+570\times 0.2+578\times 0.3+582\times 0.3}{0.2+0.2+0.3+0.3}=578(\text{万元})$$

该企业本年9月份的预测销售额是578万元。

（三）因果关系分析法

因果关系分析法即利用市场营销活动中各种因素之间的因果关系，找出影响预测结果的主要原因，并计算出原因与结果之间的数量关系，根据此数量关系测算出预测值的方法。此结果比较准确，但需要一定的数学知识和计算技术。

1.回归分析法

回归分析法即通过分析事物发展变化的原因，找出原因和结果之间的联系，用数学模型来预测事物未来发展趋势的方法。回归分析法根据有关影响因素的多少和资料数据的多寡又分为一元线性回归法、多元线性回归法，非线性回归法等。

这里将一元线性回归法做一介绍。

一元线性回归分析法的数学模型为：

$$y=a+bx$$

式中：y 表示因变量（预测值）；

x 表示自变量（引起事物变化的某些因素）；

a、b 表示回归系数；

n 表示观察值数目。

回归系数的计算公式为：

$$a=\bar{y}-b\bar{x}$$

$$b=\frac{\sum xy-\bar{x}\sum y}{\sum x^2-\bar{x}\sum x}\left(\bar{x}=\frac{\sum x}{n},\bar{y}=\frac{\sum y}{n}\right)$$

例 4－5　某企业经过连续观察，发现某产品的销售与广告支出相关，统计资料见表 4－5。求当广告费用为 9.5 万元时，该产品的销售量预测值。

首先用列表式计算有关数据（见表 4－5），并计算回归系数 a、b。

$$b=\frac{9\,122.2-5.7\times1\,546}{369.04-5.7\times57}=7.02$$

$a=154.6-7.02\times5.7=114.59$

再将 a、b 代入回归方程：$y=114.59+7.02x$

当广告费用为 9.5 万元时，该产品销售预测值：$y=114.59+7.02\times9.5=181.28$（万元）

表 4－5　　**某产品销售量与广告支出**

数据点（n）	广告支出（x）	销售量（y）	x^2	y^2	xy
1	3	128	9	16 384	384
2	3.4	131	11.56	17 161	445.4
3	4	150	16	22 500	600
4	4.2	140	17.64	19 600	588
5	4.8	160	23.04	25 600	768
6	5.5	170	30.25	28 900	935
7	6.5	150	42.25	22 500	975
8	7.9	162	62.41	26 244	1 279.8
9	8.5	170	72.25	28 900	1 445
10	9.2	185	84.64	34 225	1 702
$n=10$	$\sum x=57$	$\sum y=1\,546$	$\sum x^2=369.04$	$\sum y^2=242\,014$	$\sum xy=9\,122.2$
	$\bar{x}=5.7$	$\bar{y}=154.6$			

应用一元线性回归分析方法，必须满足以下条件。

（1）预测对象影响因素之间必须存在因果关系，并能确定这种关系还在发生作用。

（2）要有足够的统计数据。一般所取数据应在 20 个以上，因为数据过少会影响预测的准确性。

（3）根据呈现的规律能反映未来的变化趋势并且分布确有线性状况。

2. 相关分析法

相关分析法即分析市场上各种经济现象之间相互联系的因素，预测它们变化趋势的方法。回归分析法是用时间数列进行预测，虽然找出两个变量之间的关系，但它们之间的联系程度如何，则需要用相关分析法进行分析。

市场上经济因素之间存在各种不同的相关关系，表示相关程度的数值 r 称为相关系数。

(1)正相关。即经济因素 A 增加，经济因素 B 也增加。如价格与供应量、收入与消费的相关等。其中又分为强正相关和弱正相关。所谓强正相关，就是经济因素之间有相当明显的相关关系；弱正相关则是其相关程度较弱，可视为因素 B 与经济因素 A 相关外，还与其他因素相关。如商业利润上升，不但与劳动生产率有关，而且还与其他因素有关。当经济因素之间是明显正相关时 r 会等于 1。

(2)负相关。即经济因素 A 增加，经济因素 B 则减少。其中也可分为弱负相关和强负相关。所谓弱负相关，就是经济因素 A 增加，经济因素 B 可能减少，可认为除了这种因素影响之外，还受其他因素影响。所谓强负相关，就是经济因素 A 增加而经济因素 B 减少。当经济因素之间是明显负相关时，r 会等于或趋近于 -1；当经济因素之间几乎无关系时，r 等于或近于 0。r 的绝对值越接近于 1，表明两个经济因素之间相关程度越高。r 的计算公式为：

$$r=\frac{n\sum xy-(\sum x)(\sum y)}{\sqrt{[n\sum x^2-(\sum x)^2][n\sum y^2-(\sum y)^2]}}$$

式中：n 表示观察值数目；

x 表示自变量；

y 表示因变量。

例 4－6 仍用表 4－5 数据，计算广告费用与产品销售额的相关程度。

把表 4－5 数据代入 r 的计算公式，求得 $r=0.85$。

可以认为广告宣传与该产品的销售量之间具有相关关系。相关关系的平方 r^2，称为判定系数，其表示因变量受自变量的影响部分。本例中 $r^2=0.85^2=0.72$，说明某产品的销售量变化(因变量)大约 72％是受到广告宣传(自变量)的影响。

3. 基数叠加法

基数叠加法即从分析与商品销售有关的因素变化入手进行预测的方法。在实际营销活动中，一种因素的变化，总是受到多种因素的影响和制约。如商品销售量的增长就受到质量的提高、广告宣传水平、购买力增长等许多因素的影响。因为这些因素有增有减，互相抵消，只要列出影响的项目和每项影响的程度，就可以预测该商品的销售量。

所谓影响程度一般以影响的百分比表示，又称影响系数。

基数叠加法的计算公式为：

$$\hat{y}=x(1\pm A\%\pm B\%\pm C\%\pm D\%\pm\cdots)$$

式中：$\hat{y}$ 表示预测值；

x 表示上期实绩值；

$A\%$、$B\%$、$C\%$、$D\%\cdots$表示各影响系数。

例 4－7　已知某企业 2006 年实际销售产品 8 000 件，经分析估计各种影响因素的影响系数为：

(1)因质量提高，销售量可能增加 25%；

(2)因竞争对手加入，销售量可能减少 20%；

(3)因广告宣传水平提高，销售量可能增加 7%；

(4)因提高售后服务保证，销售量可能增加 10%；

(5)因缺少一种规格，销售量可能减少 5%；

(6)价格保持原水平，销售量无影响。

$$\hat{v}=8\,000\times(1+25\%-20\%+7\%+10\%-5\%+0)=9\,360(\text{件})$$

基数叠加法简便易行，只要把影响因素考虑全面，影响系数估计准确，就能取得比较准确的预测结果。

市场预测是一门科学。要搞好市场营销预测，不仅需要学习统计学中的预测理论与方法，而且必须结合营销环境及企业本身的具体情况，选择合适的预测方法。

本章小结

营销信息是指在一定时间和条件下，同营销活动有关的各种消息、情报、数据和资料的总称。一般可以分成外部环境信息和内部管理信息两大部分。营销信息可通过资料研究法和直接调研法来收集。面谈访问、观察法、问卷调查法、实验法是主要的直接调研法。对营销信息可进行探测性分析、描述性分析、因果性分析和预测性分析。

科学的营销信息系统能形成综合性、全方位营销信息网络，使营销信息在更高程度和更广泛基础上被利用，从根本上提高企业营销科学决策的能力。

营销信息系统由内部报告系统、营销情报系统、营销调研系统、营销决策支持系统所构成。内部报告系统以企业内部会计系统为主，辅之以销售信息系统、管理数据库，是营销信息系统中最基本的子系统；营销情报系统是企业日常搜取有关企业营销环境发展变化信息的一些来源或程序；营销调研系统是对企业所面临的特定营销环境的有关资料及研究结果做系统的设计、收集、分析和报告的活动；营销决策支持系统由先进的统计步骤和统计模式构成，该系统的作用是利用科学的技术、技巧来分析营销信息，从中得出更为精确的研究结果。

市场预测就是根据过去和现在的情况，推测未来的发展，并通过分析研究，为企业的营销决策提供进行比较选择的初始方案以及实施这些方案的最佳途径。市场预测的内容十分广泛。一般来说，对市场需求、商品资源、市场占有率、市场价格、产品生命周期、营销效果等都可作预测。可以通过直观预测法（包括德尔斐法、经验判断法、社会调查法），时间序列预测法（包括简单平均法、移动平均法、加权移动平均法），因果关系分析法（包括回归分析法、相关分析法、基数叠加法）等进行预测。

对营销信息的科学管理是企业进行正确营销决策的基础，是营销活动提高效益的源泉。企业可通过形成特定的营销信息系统，保证营销信息的有效性和适用性，以及建立完善的计算机检索系统来对企业的营销信息实行科学管理。

思考题

1. 企业营销信息主要包含哪些内容？评价营销信息的标准是什么？
2. 一手资料和二手资料的区别和各自的作用有哪些？
3. 营销信息系统中的四个子系统各自发挥什么作用？
4. 企业应当怎样实行营销信息的科学管理？
5. 市场需求和市场潜量的预测有什么不同？

第五章

消费者购买行为分析

学习目的与要求

1. 掌握购买者行为模式的一般规律
2. 了解影响消费者购买行为的主要因素
3. 认识消费者购买行为的不同类型
4. 了解购买群体决策中的角色及各自的作用
5. 了解消费者的购买决策过程和决策方式

市场营销的基本特征是强调企业的经营活动必须以顾客需要的满足为导向，然而真正重视对顾客购买行为的全面分析却是从20世纪50年代才真正开始。随着第二次世界大战以后，美国和西欧的经济向全面的买方市场发展，消费者在市场交换活动中的主动地位越来越明显，主要从经济学的角度研究企业营销活动的早期市场营销理论已经很难解释当时市场中所出现的许多现象。这时从行为科学角度研究企业营销活动的购买者行为学派开始出现。社会学、心理学的研究方法开始用于市场营销的研究，从而使购买者行为的研究最终成为市场营销理论体系中的一个重要组成部分。约翰·A. 霍华德（John A. Howard）在1967年发表的《购买者行为理论》[1]一文奠定了市场营销学中对购买者行为分析的基础。购买者行为理论认为，企业在其营销活动中必须认真研究目标市场中消费者的购买行为规律及其特征。因为消费者的购买行为不仅受经济因素的影响，还受到其他多种因素的影响，从而会产生很大的差异。即使具有同样类型需求的消费者，购买行为也会有所不同。所以，只有认真研究和分析了消费者的购买行为特征，才能有效地开展企业的营销活动，真正把握住企业的顾客群体，顺利实现同顾客之间的交换。

第一节　消费者购买行为模式

对消费者购买行为规律的研究首先涉及消费者购买行为的基本模式，它主要回答以下一些问题：

形成购买群体的是哪些人？　　购买者
他们要购买什么商品？　　购买对象
他们为什么要购买这些商品？　　购买目的
哪些人参与了购买决策过程？　　购买组织
他们以什么方式购买？　　购买方式
他们在什么时候购买？　　购买时间
他们在哪里购买？　　购买地点

这些问题往往要通过广泛深入的市场调查来获得答案，而企业则必须在此基础上去发现消费者的购买行为规律，并有的放矢地开展营销活动。

企业的营销活动对一个具体的消费者来讲，是否能够产生作用，能够产生多大作用，对哪些人最为有效，可以从心理学的“认识—刺激—反应”模式去加以认识。这是研究购买者行为最为基本的方法。因为任何购买者的购买决策都是在一定的内在因素的促动和外在因素的激励之下而做出的。要使企业的营销活动获得成功，关键要看这些活动是怎样对消费者产生影响的，不同的消费者各自又会对其做出怎样的反应，而形成不同反应的原因又到底是什么。我们可从“认识—刺激—反应”模式出发去建立消费者的购买行为模式(见图 5—1)。

从这一模式中我们可以看到，具有一定潜在需要的消费者首先是受到企业的营销活动刺激和各种外部环境因素的影响而产生购买意向的；而不同特征的消费者对于外界的各种刺激和影响又会基于其特定的内在因素和决策方式做出不同的反应，从而形成不同的购买取向和购买行为。这就是消费者购买行为的一般规律。

在这一购买行为模式中，“营销刺激”和各种“外部刺激”是可以看得到的，购买者最后的决策和选择也是可以看得到的，但是购买者如何根据各种刺激进行判断和决策的过程却是看不见的。这就是心理学中的所谓“黑箱”效应。购买者行为分析就是要对这一“黑箱”进行分析，设法了解消费者的购买决策过程以及影响这一决策过程的各种因素的影响

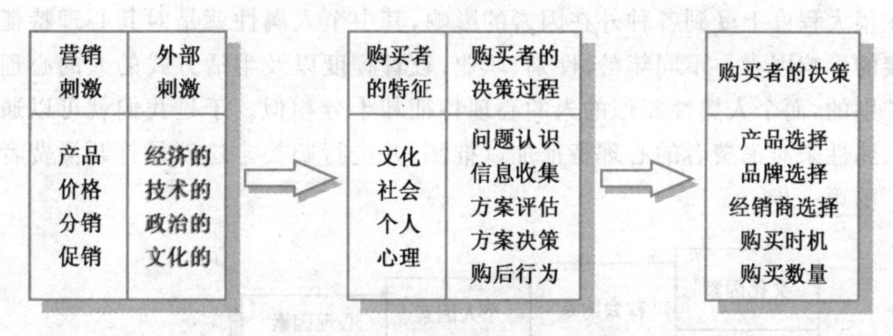

图 5-1　消费者购买行为模式

规律。所以对消费者购买行为的研究主要包括两个部分，一是对影响购买者行为的各种因素的分析，二是对消费者购买决策过程的研究。

第二节　影响购买行为的主要因素

毫无疑问，经济收入水平是影响消费者购买行为模式的基本因素。不同收入水平的人的购买行为会有很大的差异。有钱人会购买大量的奢侈品，而低收入者则只能以满足基本生活需求为限；人在有钱时会显得慷慨大方，潇洒自如，而在经济拮据时则会变得斤斤计较；不同收入层次的人甚至连购买商品所选择的地点和商店都会有所不同。所以有人认为消费者是一种“经济人”，其购买行为主要受其经济收入水平的影响。然而，在现实生活中，我们不难看到，同一收入水平的人，他们的消费行为也存在着很大的差异。如在高等院校任职的教授同经营服装生意的个体经营者收入都比较高，但两者消费行为却有相当大的差别。所以，营销学者认为。经济因素对于消费者的购买行为固然有着重要的影响，但消费者并非是纯粹的“经济人”，一些非经济因素对消费者的购买行为同样发挥着重要的影响，而且其影响方式更为复杂。

图 5-2 是对影响消费者购买行为的各种非经济因素进行描述的一个经典模型。主要包括心理因素、个人因素、社会因素和文化因素四个主要层面。我们可以发现，这四个层面实际上并不是相互并列的，而是存在着一种内在的逻辑关系。首先，消费者的所有购买行为都是由其心理因素所促动的。购买动机是促动购买行为最直接的心理因素。而购买动机的形成则取决于消费者的认知方式和学习方式。态度和信念应当是消费者通过不断学习而趋于稳定的认知模式。毫无疑问，对于变幻莫测的消费者购买行为的把握首先要取决于对其心理因素及其变化规律的把握。然而，这是一项十分困难的工作，因为消费者的心理变化过程是外人所看不见的，而且因人而异，很难琢磨。但是人们发现，尽管消费者心理因素变幻莫测，但也有其不同的类型和相应的特征。同时又发现各种心理特征

的形成在很大程度上受到各种外在因素的影响，其中个人属性就是对其心理特征的形成最为直接的影响因素。不同年龄、性别、职业、教育程度以及生活方式的人的心理特征是有很大差别的，而个人属性相似的人的心理特征却十分相似。于是我们就可以通过看得见的个人属性来对消费者的心理特征加以推测，并进行归类。这就是打开消费者购买行为“黑箱”的第一步。

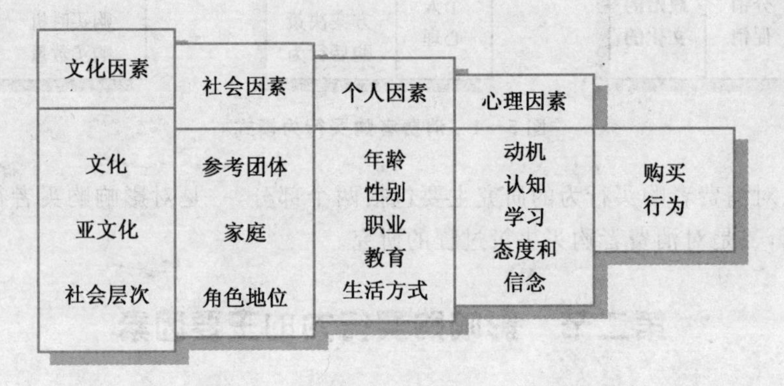

图 5－2　影响消费者购买行为的因素

然而，对消费者的个人属性做进一步的分析，我们就会发现，这些所谓的“个人属性”实际上都是受各种社会因素的影响而形成的。且不说职业、教育程度等本身就是社会活动的产物，即使是年龄、性别这样一些看来纯属个人的因素，之所以对消费者心理特征的形成具有意义，就是因为相同年龄和性别的人在其行为方式上有一种强烈的社会认同感，他们十分在意是否会因为做出与年龄或性别不相称的行为举止而被他人视为另类，从而使年龄、性别等也就成了可以对人们的心理特征进行推测和判断的重要因素。所以说社会因素实际上是通过影响个人属性而影响消费者的购买心理的。

最后，我们会发现，因各种社会因素而导致不同个人属性的人群具有相类似的心理特征和价值认同，实际上就构成了不同的文化。文化因素的差异是导致不同消费群体具有不同心理特征与购买行为特征的深层次原因。文化因素、社会因素、个人因素、心理因素就这样构成了影响消费者购买行为的内在逻辑关系。

心理因素

心理是人的大脑对于外界刺激的反应方式与反应过程。消费者的购买行为除了起源于其自身的需要之外，很大程度上就是建立在其对外界各种刺激的心理反应基础之上的。但我们可以发现，人们之间的心理状况是很不相同的。这是因为除了天生就有的无条件反射之外，人的绝大多数心理特征都是在其生活经历中逐步形成的。而由于人们生活经历的千差万别，所以人们的心理状况也就千变万化、各不相同了。这就是为什么消费者的购买行为会如此复杂的重要原因。心理因素是影响消费者购买行为最为直接、最为隐含的因素。影响购买行为的心理因素主要包括动机、认知、学习、态度和信念等几个方面。

1. 动机

动机(motive)是一种无法直观的内在力量，是产生购买行为的原动力。购买动机的产生一方面来自于人们内在的需要，另一方面也是受到来自各方面的刺激(包括营销刺激)的结果。后者就同人们的认知、学习、态度、信念等心理状态有关了。这里我们首先讨论由需要而引发的动机。

亚伯拉罕·马斯洛(Abraham Maslow)所提出的著名的“需要层次论”(hierarchy of needs)说明了需要和动机在不同的环境条件下侧重点是不同的(见图 5－3)[2]。从基本的生理需要出发，人们首先会产生寻求食物充饥和获得衣物御寒等最基本的动机；而当饥寒问题解决了以后，安全又会成为人们所关心的问题，人们不再会不顾一切地去寻求食物等基本生活资料，即使敢冒风险，也绝不是出于生理的需要，而可能是为了更高层次需求的满足(如为了爱情或事业)；生活有了充分保障的人们又会把社交作为重要的追求，以满足其社会归属感；而有了一定社交圈的人又十分重视他人对自己的尊重，重视自己在社会上的身份和地位；追求自我价值的实现是最高层次的需要和动机，人们会在各种需要已基本满足的前提下，努力按自己的意愿去做一些能体现自我价值的事情，并从中寻求一种满足感。马斯洛认为，低层次需求尚未得到满足的人一般不会产生高层次的动机，然而，这一结论似乎有些机械。事实上，人世间为理想而甘冒风险，为朋友而忍饥挨饿的例子并不在少数。但是，马斯洛的理论对于企业分析和研究市场却不失为重要的理论依据。例如，当我们分析顾客购买某种商品的动机时就应当弄清楚，他是为了满足自己的某种需要，还是为了送给朋友，以满足社交的需要。因为对于不同的需要，营销的策略和方法是很不一样的。

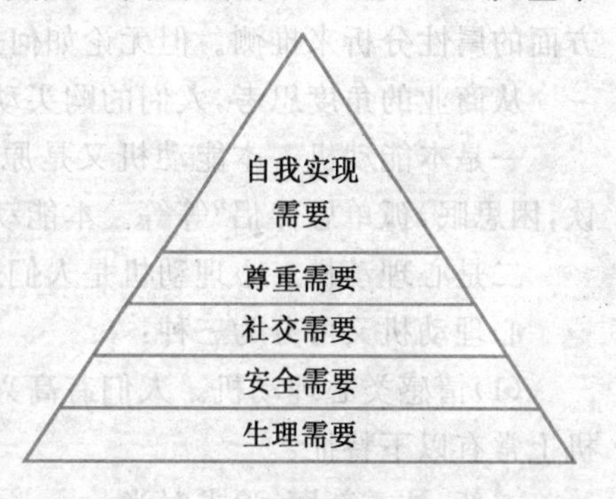

图 5－3 马斯洛需求层次论

弗雷德利克·赫茨伯格(Frederick Herzberg)的“双因素理论”(two-factor theory)对于需求动机的研究同样是很重要的。“双因素理论”认为人们“不满意”的对立面不是“满意”，而是“没有不满意”；同样，“满意”的对立面也不是“不满意”，而是“没有满意”。前者为“保健因素”，后者为“激励因素”[3]。在市场营销过程中，如果仅保证不让自己的顾客产生不满，并不可能使企业形成竞争力。因为你只是满足了消费者心理上的“保健因素”。例如，你只是按市场上的统一价格向顾客提供了一个没有质量问题的移动电话，还不足以使这位顾客成为你的忠诚顾客。然而当你能不断地为顾客提供各种增值服务时,顾客就可能会感到非常满意,从而成为你的品牌忠诚者。因为你引发了消费者心理中的"激励因素"。所以在市场营销中,必须主动地去认识和发掘能使消费者感到满意的各种"激励因素",以培育和发展企业的忠诚顾客群体。

西格蒙德·弗洛伊德(Sigmund Frued)认为,影响人们行为的心理因素在大多数情况下是无意识的,或者说人们对外界事物的反应在很多情况下是受一种潜意识支配的。比如说,当人们放弃购买某种产品时,并非是因为这种产品的功能或质量不符合他的需要,而仅仅是因为他觉得"看不顺眼"。而这种理由消费者自己也无法进行解释,只是因为包装、式样、颜色或其他什么方面引发了消费者的某种潜在意识或特定联想。对于消费者的这种潜在意识有时只能通过心理实验的方法去了解,当然也可以通过对其个人经历等方面的属性分析来推测。但无论如何这也是市场营销中所不能忽略的一种心理因素。

从商业的角度思考,人们的购买动机又可分为两大类型:

一是本能动机。本能动机又是原始动机,它直接产生于本能需要,如"饥思食,渴思饮,困思眠,孤单思伴侣"等等。本能动机是基本的,也是低层次的。

二是心理动机。心理动机是人们通过复杂的心理过程形成的动机。

心理动机又可分为三种:

(1)情感类心理动机。人们有高兴、愉快、好胜、好奇等等情感和情绪,表现在购买动机上常有以下特征:

求新:注重新颖,追求时尚;

求美:注重造型,讲究格调,追求商品的艺术欣赏价值;

求奇:追求出奇制胜,与众不同。

(2)理智类心理动机。经过客观分析形成的心理动机,称为理智型动机。这种理智型购买动机在购买行为上表现为以下几个特点:

求实:注重质量,讲究效用;

求廉:注重商品的价格;

求安全:希望商品使用顺利,有可靠的服务保障。

(3)惠顾类动机。消费者基于经验和情感,对特定的商品、品牌、商店产生特殊的信任和偏爱,从而引起重复购买的动机,便称为惠顾类动机。

2. 感知

感知(perception)是人们的一种基本心理现象,是人们对外界刺激产生反应的首要过程。人们不会对没有感知的事物产生兴趣,也不可能去购买没有感知的商品。只有觉察和注意到某一商品存在,并与自身需要相联系,购买动机才有可能产生。

感知是一种人的内外因素共同作用的过程,取决于两个方面:一是外界的刺激,没有刺激感知就没有对象；二是人们的反应，没有反应，刺激就不能发挥作用。然而在实际生活中真正能使两者完全结合的并不多，原因是人们感知能力的局限，对外界刺激的接受只能是有选择的。具体而言，反映在三个方面，即选择性注意、选择性理解和选择性记忆。

(1)选择性注意(selective attention)。人们对外界的刺激源不会全都注意，有许多可能是视而不见，听而不闻。引发人们注意的因素主要是两个：一是人们的需要和兴趣，这是引发注意的内在因素；另一个是刺激的力度，这是引发注意的外在因素。表 5－1 反映了外在刺激物的特征与引发感知的关系，说明除了了解消费者的需要和兴趣，有的放矢地进行刺激之外，调整刺激的方式和力度也是很重要的。

表 5－1　刺激与感知的关系

刺激物的特征	容易引起认知	不易引起认知
规模	大	小
位置	显著	偏僻
色彩	鲜艳	暗淡
动静	运动	静止
反差(对比)	明显	模糊
强度	强烈	微弱

(2)选择性理解(selective distortion)。人们对所接受的刺激和信息的理解会有一定的差异，这是由于人们在接受外在刺激和信息前，已经形成了自己的意识和观念。他会以自己已有的意识和观念去理解外来的刺激和信息，从而产生不同的认识。如对于“红豆”这样一种标志物，大多数中国人可能都会联想到“相思”这样一种情感，因为他们熟知“红豆生南国，春来发几枝，愿君多采撷，此物最相思”的诗句。但对于大多数外国人来讲，“红豆”可能最多只意味着是一种好看的植物，而不可能产生爱情之类的联想。

(3)选择性记忆(selective retention)。记忆在商业活动中是很重要的，消费者能否对企业的广告和品牌记忆深刻，关系到企业的产品销路和市场竞争力。而人们在记忆方面同样是有选择的。强化记忆的因素有三个方面，除了人们的兴趣、刺激的强度这两个引发注意的因素对于强化记忆同样能发挥作用以外，“记忆坐标”的因素是很重要的。所谓“记忆坐标”是指当人们接受某一信息时同时接受的另一信息，它可成为人们记住某一信息的“坐标”。如利用某种谐音可使人们记住难记的电话号码；利用某种有特征的环境因素能让人们记住在此环境下发生的事情。积极创立各种记忆坐标是促使消费者记住企业和产品特征的重要方法。

从消费者行为角度来看，唤起感知的主要是营销刺激。营销刺激分为两种：第一种是商品刺激，刺激源是商品本身，它包括商品的功能、用途、款式和包装等；第二种是信息刺激，即除商品外各种引发消费者注意和产生兴趣的信息，包括通过广告、宣传、服务及购物环境等表现出来的语言、文字、画面、音乐、形象设计等等。

3. 学习

消费者的大多数行为都是学习得来的，通过学习，消费者获得了商品知识和购买经验，并用之于未来的购买行为。

消费者的学习方式大致有四种类型：

(1)行为学习。人们在日常生活中，不断学得许多有用的行为，包括干活，读书，与人交往等等。作为一个消费者，他要不断学习各种消费行为。行为学习的方式就是模仿。通过模仿，人们学会吃饭，喝水，喝咖啡，听音乐，看电视，用洗衣机洗衣服，唱卡拉 OK，跳舞等。模仿的对象是众多的。孩子模仿父母，学生模仿老师，观众模仿影视人物，还有人们之间的相互模仿等。

(2)符号学习。借助外界的宣传教育，人们了解各种符号，如语言、文字、造型、色彩、音乐的含义，从而通过广告、商标、装潢、标语、招牌，与生产商和制造商进行沟通。

(3)解决问题的学习。人们通过思考和见解的不断深化来完成对解决问题方式的学习。思考就是对各种消费行为和各种体现现实世界的符号进行分析，从而形成各种意义的结合。思考的结果便是见解，见解是对问题中各种关系的理解。消费者经常思考如何满足自身的需要，思考的结果常被用于指导消费者行为。

(4)情感的学习。消费者的购买行为带有明显的情感色彩，如偏爱某个公司、某家商店、某种商品或劳务、某种品牌等等。这些都来源于消费者的感受。这种感受包括消费者自身的实践体会和外界的鼓励、支持、劝阻、制裁等因素。消费者这种感受的积累和定型便是情感学习的过程。

消费者的基本学习模型由内驱力、提示(线索)、反应、强化四个部分组成(见图5－4)。内驱力指人们的心理紧张状态。内驱力分为原始驱力和衍生驱力。原始驱力是由生理需要所造成，如饥饿、口渴。衍生驱力是后天学来的，如寻找面包因为能够充饥，购买饮料因为能够解渴。提示又称为线索，是引导人们寻求满足方式的一种启示，例如人们饥饿的时候常会被饭店的招牌、食物的香味所吸引，因为以往学习的知识和经验告诉他们那里是解决饥饿的去处。而且一些著名饭店的招牌或广告更能给人们以美味佳肴的提示。反应就是对提示采取的行动。反应有不同的层次，如婴儿饥饿时的反应是啼哭或做吸奶的动作，成年人饥饿会买各种喜欢的食品。强化就是使某种反应强化并稳定下来。强化的结

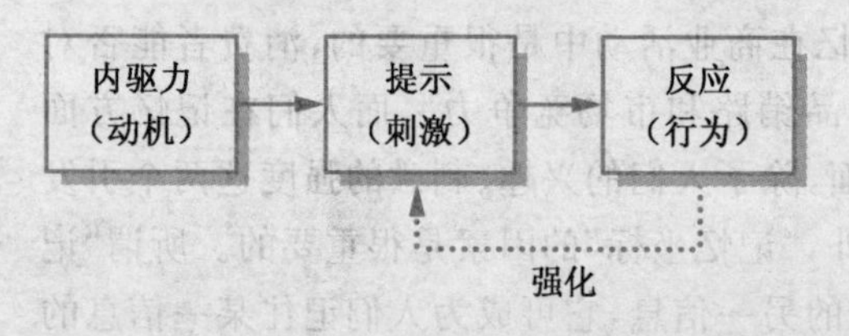

图 5－4 消费者学习模型(刺激反应模式)

果是对某种行为加以肯定，并能不断重复这一行为。如人们对某一品牌的商品产生"品牌忠实度"，就是刺激不断强化的结果。

4. 态度和信念

消费者的态度(attitude)是消费者对有关事物的概括性评估，是以持续的赞成或不赞成的方法表现出来的对客观事物的倾向。态度带有浓厚的感情色彩，它往往是思考和判断的结果。信念(belief)是在态度得到不断强化的基础上所产生的对客观事物的稳定认识和倾向性评价。在信念指导下的行为往往不再进行认真的思考，而成为一种惯性。

态度具有三个明显特征：

(1)态度具有方向和程度。态度具有正反两种方向，正向即消费者对某一客体感到喜欢，表示赞成；反向即消费者对某一客体感到不喜欢，表示不赞成。所谓的程度就是指消费者对某一客体表示赞成或不赞成的程度。

(2)态度具有一定的结构。消费者的态度是一个系统，其核心是个人的价值观念。各种具体的态度分布在价值观念这一中心周围，它们相对独立，但并不是相互孤立，而是具有一定程度的一致性，都受价值观念的影响；但它们又由于其同价值观念的接近程度不同而存在一定的差异，离价值观念中心较近的态度具有较高的向心性，离价值观念中心较远的态度则向心性较弱。即同个人价值观念较接近的态度比较具有个性，而同个人价值观念较远的态度则更具有社会共性；形成时间较长的态度比较稳定，新形成的态度则比较容易改变。

(3)态度是学习的结果。态度是经验的升华，是学习的结果，包括自身的学习和向他人的学习。消费者自身的经历和体会，如得到过的好处和教训都会建立和改变人们的态度；家人、朋友以及推销人员所提供意见和看法也是一种间接的经验，同样会对人们的态度产生正面或反面的影响。

相对态度而言，信念更为稳定。使消费者建立对自身产品的积极信念应当是企业营销活动的主要目标。而消费者如果对竞争者的产品建立了信念，则会对企业构成很大威胁。从某种程度上讲，建立和改变消费者的信念就是对市场的直接争夺。

可采用两种策略来建立或改变消费者的态度和信念。

(1)适应策略。适应策略是通过适应消费者的需要来建立消费者的态度和信念，这种策略具体有四种做法：

一是通过不断提高产品质量，改进款式，完善售后服务，不间断地做广告，以不断增强现有消费者的积极态度；二是为现有消费者提供新产品、新牌子，以满足他们的要求，增加现有消费者对企业的好感；三是强调现有产品的特点，吸引新顾客；四是及时了解市场新动向，为新的消费者提供新的产品。

(2)改变策略。改变消费者的态度和信念远比适应消费者的态度和信念困难得多，这种策略的做法主要有:突出强调企业产品的优点;尽量冲淡产品较弱属性的影响,例如可以告诉消费者产品的某一些不足并不像他想象得那么严重,而且无伤大局;采取一些必要的补偿措施,如降低价格,实行"三包"等使消费者心理得到平衡。

个人因素

消费者的心理因素大多并非先天就具备的,而是在其个人的生活经历和社会交往中所形成的,所以反映消费者生活经历和社会经历的个人属性因素就能成为推测消费者心理特征的重要表征,从而也就能成为分析和判断消费者购买行为特征的重要因素。可用于分析和判断消费者购买行为特征的个人属性因素(简称个人因素)一般包括:年龄与性别、职业与教育、个性与生活方式,以及收入水平等。

1. 年龄与性别

年龄与性别是消费者最为基本的个人因素,具有较大的共性特征。如追求时髦的大都是年轻人,因为年轻人热情奔放,喜欢接受新事物;老年人一般比较稳健,不会轻易冲动,但相对也比较保守。男女之间在购买内容和购买方式上的差异特别明显。例如,购买大件耐用消费品及技术含量较高的商品往往由男士出面,而购买家庭日用消费品则多数是女士的专利。夫妇俩逛街时,女士爱看服装与化妆品,男士却关心音响、图书与设备。购买商品时,大多数男士不挑不选,拿了就走;而大多数女士则要反复挑选,甚至还要讨价还价。了解不同年龄层次和不同性别消费者的购买特征,才能对不同的商品和顾客制定准确的营销方案。

2. 职业与教育

职业与教育实际上是社会阶层因素在个人身上的集中反映。从事一定的职业以及受过不同程度教育的人会产生明显的消费行为差异,这主要是由于一种角色观念的作用。例如,一个大学生,在学校期间喜欢穿运动衫,登旅游鞋,背着登山背包,骑一辆山地跑车,显得青春焕发,朝气蓬勃;而毕业以后,进大公司当了白领,立刻就换上了西装革履,夹起了公文包,坐上了出租车,从衣着打扮到言谈举止都发生了很大的变化。这就是因为运动衫、登山包是大学生的身份象征,而西装革履和公文包则是公司白领的角色标志。这些在消费者的购买行为中会有强烈的表现。

3. 个性与生活方式

个性(personally)是指对人们的行为方式稳定持久地发挥作用的个人素质特征。人的个性在不同场合通过自己的行为表现出来,因此它是消费者行为研究的重要内容。对于人的个性,我们必须用辩证的观点指导分析。首先,个性是差异性和类似性的统一。每个消费者的个性都是由特定的心理条件和社会影响促成的,因此,我们可以说世界上不存在两个个性完全相同的消费者。但是,一个消费者不论其个性多么独特,他总是有一些地方与其他消费者相似。具有相似个性的人可能是一群，甚至一大群。正因为如此，我们可以通过细分市场来开展营销，不必面对成千上万的个人。第二，个性是稳定性和发展性的统一。人的个性是在长期生活过程中逐渐形成的。个性一旦确定就会显示出其稳定性的特征。个性的稳定性正是我们区别不同消费者个性的依据。但个性又不是一成不变的，它随着人的生理变化和外部条件的变化而变化。例如，妇女处于更年期，会暂时失去以往的乐观、理智；一个人受到较大挫折会变得谨小慎微；等等。

消费者的个性可以从能力、气质、性格三方面分析。

(1)能力。消费者在购买商品时需要注意、记忆、分析、比较、检验、鉴别、决策等各种能力。由于个人素质、社会实践、文化教育等方面不同，各人的能力也有很大差别。这种能力方面的不同，使得有些消费者在购买活动中比较自信，能比较迅速地对商品作出评价，从而作出相应的决策。有些消费者则由于能力较差，缺乏主见，对购买犹豫不决，并往往要求有助手或"参谋人员"。

(2)气质。心理学认为人们的气质有多血质、胆汁质、黏液质和忧郁质四种。属于多血质的人好动、灵敏，对某一事物的注意和兴趣容易产生，但也容易消失，他们一般喜欢时新商品，且易受宣传影响；属于胆汁质的人直率，热情，精力充沛，购买商品时愿花时间选择比较；黏液质的消费者冷静，善于思考，自制力强，他们讲究实用，不易受宣传影响；忧郁质消费者多虑谨慎，对新兴商品反应迟钝，购买决策迟缓。

(3)性格。性格与气质既有区别又有共同之处，两者相比较，性格带有更多的社会因素，气质则带有更多的生理色彩，性格更能反映一个消费者的心理特征。

人们的性格大致可分为五种：①外向型。具有这类性格的消费者愿意表白自己的要求，喜欢与售货员交谈。②内向型。内向型消费者少言语，感情不外露，丰富的思想集中于内心。③理智型。这类消费者善思考，作决策时要反复权衡。④意志型。这类消费者的特点是比较主观，购买目的明确，决策比较果断。⑤情绪型。情绪型的消费者容易冲动，购买商品往往带有浓厚的感情色彩。

自我概念(self-concept)是消费者对自我个性的一种评价方式，在购买决策中消费者通常会选择与其自我概念相一致的品牌。然而，自我概念有时很难捉摸。因为"实际自我概念"(actual self-concept)(本人如何看待自己)，同"理想自我概念"(ideal self-concept)(本人希望如何看待自己)，以及"他人自我概念"(other self-concept)(认为他人是如何看待自己的)往往是截然不同的[4]。判断消费者在怎样的情况下会持怎样的"自我概念"对于成功的营销活动十分重要。

生活方式(lifestyle)是指人们如何生活，往往由人们过去的生活、固有的个性特征和现在的情境所决定。生活方式几乎影响消费行为的所有方面。人们所追求的生活方式决定了其对商品或服务的欲望和需求，为购买提供基本的动机和指南。消费者的生活方式一旦发生变化，他就会产生新的需求。

人的个性对于人们的生活方式和消费方式会有很大影响，或者说，人的个性往往是通过其生活方式和消费方式而表现出来的。所以，企业往往可以通过对消费者生活方式的调查来了解目标市场消费者的主要个性特征。日本东京的R&D调查公司根据他们所做的调查，将人们的个性分为四种不同的类型，并以此来分析人们的生活欲望与生活方式，具有很强的借鉴意义(见表5－2)。

表5－2　个性与生活方式的关系

个性特征	欲望特征	生活方式
活跃好动	改变现状 获得信息 积极创意	不断追求新的生活方式 渴望了解更多的知识和信息 总想做些事情来充实自己
喜欢分享	和睦相处 有归属感 广泛社交	愿与亲朋好友共度好时光 想同其他人一样生活 不放弃任何与他人交往的机会
追求自由	自我中心 追求个性 甘于寂寞	按自己的意愿生活而不顾及他人 努力与他人有所区别 拥有自己的世界而不愿他人涉足
稳健保守	休闲消遣 注意安全 重视健康	喜欢轻松自在，不求刺激 重视既得利益的保护 注重健康投资

4. 收入水平

收入水平一般应当是影响消费者购买行为的经济因素，如在经济学中经常所说的“购买力约束”，指的就是一定收入水平对于消费者需求欲望的限制。但这里所讨论的“收入水平”，并不是仅把它当成一种经济因素来看，更重要的是分析不同收入水平的人在消费心理和购买行为方面的差异。例如，收入水平高的人一般花钱会比较随意，买东西的时候不大会斤斤计较；而收入水平低的人消费则可能十分谨慎，并会很认真地讨价还价。有钱的人会进行炫耀性消费，以购买高价位的商品来显示自己的财富；贫穷的人则更讲究实惠，不会在没有实际意义的方面花钱。所以营销者往往可以根据消费者收入水平的高低，来推测其购买行为的特征，以便有的放矢地开展各种营销活动。

社会因素

虽然说个人因素是影响消费购买心理的重要表征，是揭示消费者心理“黑箱”的主要依据。但是如果要对市场消费群体进行一定的归类(这种归类在市场营销活动中是很重要的,即以后我们所要讨论的“市场细分”),我们还必须认识到,消费者的个人因素(即个人属性特征)实际上都是在特定的社会环境中所形成的,各种社会因素是影响消费者个人因素,并进而影响其心理因素的重要方面。我们可通过分析对特定消费群体产生影响的社会因素来对市场消费群体进行识别和归类。影响消费者购买行为的主要社会因素有参考团体、家庭、角色和地位。

1. 参考团体

社会因素对个人属性特征的影响主要源于人们的“学习”心理。人是一种社会动物,本能上有一种社会归属的需要(马斯洛“需要层次论”)。所谓社会归属就是要将自己融入周边的社会,并得到社会的认同。而要做到这一点,他就必须知道周边的人是怎样生活的,他们喜欢什么,并依此来调整自己的思想和行为,这就是人们的学习过程,也是社会因素影响个人因素的过程。从主动的意义上讲,人们会经常向周围的人征询调整自身行为的参考意见;从被动的意义上讲,人们所处的特定社会群体的行为方式会不知不觉地对其产生引导和同化作用。我们把对消费者的行为经常发生影响的社会群体称作“参考团体”(reference groups)。

参考团体一般可以分为三种类型:

(1)成员资格型参考团体(membership reference groups)。人们从事各种职业,具有不同的信仰和兴趣爱好,因此他们都分属于不同的社会团体。由于社会团体需要协同行为,作为团体的成员的行为就必须同团体的行为目标相一致。各种团体具有不同的性质,因此它们对其成员行为的影响程度也是不同的。军人必须穿着军装,严肃风纪,这是带有强制性的纪律。文艺工作者穿着打扮比较浪漫,比一般人更丰富多彩,这并不是文艺团体对其成员硬性规定的结果,而是一种职业特征的体现。国外有各种球迷协会,其成员佩戴共同的标志,经常在某一个咖啡馆聚会,甚至购买某一种共同牌号的商品,这种行为显然也是出于自愿的行为。

(2)接触型参考团体(contactual reference groups)。人们能够参加的团体数目是有限的,但是人们接触各种团体的机会却是很多的,人们都有自己的父母、兄弟、亲戚、朋友、同事、老师、邻居,这些人分属于各种社会团体,人们可以通过他们对各种团体有所接触。接触型参考团体对消费者行为同样会产生一定的影响。父母从事文艺工作或教育工作,子女从小耳濡目染而爱好文艺,对商品选择具有一定的艺术鉴赏力,或穿着注意仪表,酷爱读书。某人的亲戚、朋友是医生,受他们的影响,此人的生活也会比较讲究卫生,对食物更注重其所提供的营养;某人的邻居是一位体育工作者,他就有机会更多地了解国内体育市场的发展状态,观看各种体育比赛,甚至受邻居的影响而参加各种体育活动。

(3)向往型参考团体(aspirational reference groups)。除了参与和接触之外,人们还可以通过各种大众媒介了解各种社会团体。所谓向往型团体是指那些与消费者没有任何联系，但对消费者又有很大吸引力的团体。人们通常会向往某一种职业，羡慕某一种生活方式，甚至崇拜某一团体的杰出人物。那些对未来充满理想憧憬的青年人，这种向往的心理就显得尤为明显。当这种向往不能成为现实的时候，人们往往会通过模仿来满足这种向往心理要求。女孩子会模仿歌星、影星，男孩子会模仿著名的运动员，成年人也会模仿某些有影响人物的发型、服饰和生活环境。向往型团体对消费者的行为影响也是间接的，但由于这种影响与消费者的内在渴望相一致，因此效果往往是很明显的。

参考团体对成员的影响有三种方式：信息性影响、规范性影响和价值表现性影响[5]。

(1)信息性影响。是指参考团体成员的行为、观念、意见被个体作为有用的信息予以参考，由此在其行为上产生影响。当消费者对所购买的产品缺乏了解，仅靠自身难以对产品品质作出判断时，别人的使用和推荐将被视为非常有用的依据。群体在这一方面对个体的影响，取决于被影响者与群体成员的相似性，以及施加影响的群体成员的专长性。

(2)规范性影响。是指团体规范的作用而对消费者的行为产生影响。规范是指在一定的社会背景下，团体对其所属成员行为合适性的期待，它是团体为其成员确定的行为标准。规范性影响之所以发生和起作用，是由于奖励和惩罚的存在。为了获得奖赏和避免惩罚，个体会按照团体的期待行事。广告商声称，如果使用某种商品，人们就能得到社会的接受和赞许，实际上就是利用规范性影响。

(3)价值表现性影响。这是指个体自觉遵循或内化参照团体所具有的信念和价值观，从而在行为上与之保持一致。个体之所以在无须外在奖惩的情况下自觉依团体的规范和信念行事，主要是基于两方面力量的驱动：一方面，个体可能利用参照团体来表现自我，提升自我形象；另一方面，个体可能特别喜欢该参考团体，或对该参考团体非常忠诚，并希望与之建立和保持长期的关系，从而视参考团体为自身的价值观。

在产品生命周期(见第九章)的不同阶段，参考团体的影响作用是不一样的。在产品刚刚进入市场的时候，参考团体主要会在产品本身的推荐上对消费者产生影响；而在产品已被市场普遍接受的情况下，消费者则会在品牌的选择方面更多地受参考团体的影响，产品本身的参考意见需要会逐渐减弱；而在产品已进入成熟阶段时，激烈的竞争会使得品牌的参考需求达到最高的程度。因此企业应当根据不同的时间和阶段，利用参考团体的影响来实现自己的营销目的。

2. 家庭

家庭是社会最基本的组织细胞，也是最典型的消费单位，同时也是对消费者行为产生影响的最重要的参考团体。研究影响购买行为的社会因素不能不研究家庭。家庭对购买行为的影响主要取决于家庭的规模、家庭的性质(家庭生命周期)，以及家庭的购买决策方式等几个方面。

不同规模的家庭有着不同的消费特征与购买方式。三代或四代同堂的大家庭消费的量大，但家庭设备与耐用消费品的数量却不会很多；两口之家或三口之家人虽然不多，但"麻雀虽小，五脏俱全"，对生活质量的要求更高；单身汉的消费方式更是别具一格，对商品的要求更有其独特之处。一段时期内某一特定市场上不同规模家庭的比例，直接影响到产品需求的类型与结构。如中国城镇家庭从20世纪90年代起随着住房条件的改善，家庭规模出现小型化的发展趋势，从而导致家用电器等耐用消费品的销售量明显上升，而家庭厨房炊具等却出现小型化、精致化的需求；孩子一大群的家庭教育费用并不太多，而独生子女家庭的教育费用却与日俱增。家庭规模的变化会对整个市场带来很大的影响。

家庭也有其发展的生命周期，处于发展周期不同阶段的家庭，由于家庭性质的差异，其消费与购买行为也会有很大的不同。一般来说，家庭生命周期(family life cycle)可划分为八个主要阶段(见图5—5)：

图5—5 家庭生命周期

(1)单身阶段。已参加工作，独立生活，处于恋爱、择偶时期。处于这一阶段的年轻人几乎没有经济负担，大量的收入主要花费在食品、书籍、时装、社交和娱乐等消费上。

(2)备婚阶段。已确定未婚夫妻关系并积极筹备婚事，处于这一阶段的人们为构筑一个幸福的小家庭，购置成套家具。耐用消费品、高级时装和各种结婚用品以及装修新房等成了他们除了工作以外的基本生活内容，从而使此阶段成为家庭生命周期中一个消费相对集中的阶段。应当指出的是，备婚阶段在中国等东方国家比较明显，而在西方国家却不太突出。因为西方人的习惯是婚后才逐步添置家庭生活用品，所以此阶段的消费并不十分集中。在西方营销学的著作中一般不将此单独列为一个阶段。

(3)新婚阶段。已经结婚，但孩子尚未降临人间。这一阶段家庭将继续添置一些应购未购的生活用品，如果经济条件允许，娱乐方面的花费可能增多。

(4)育婴阶段(满巢1)。有6岁以下孩子的家庭。有孩子的家庭才是完整的家庭，故称"满巢"。孩子诞生后将成为家庭消费的重点。因此，此阶段家庭会在哺育婴儿的相关消费上做比较大的投资。

(5)育儿阶段(满巢2)。有6至18岁孩子的家庭。孩子在初步长大成人，家庭的主要消费仍在孩子身上。所不同的是，此阶段孩子的教育费用将成为家庭消费的重要组成部分。除学费之外，各种课外的学习与娱乐的开支也会大大增加。

(6)未分开阶段(满巢3)。有18岁以上尚未独立生活的子女的家庭。此时子女已经长大成人，但仍同父母住在一起。此阶段家庭消费的主要特点是家庭的消费中心发生了分化。父母不再将全部消费放在子女身上，也开始注重本身的消费；而子女随着年龄的增大，在消费方面的自主权开始增加，有些子女参加了工作，有了一定的经济来源，消费的独立性会显得更为明显。

(7)空巢阶段。孩子相继成家，独立生活。这一时期的老年夫妇家庭，由于经济负担减轻，他们的消费数量将减少，消费质量将提高。保健、旅游将成为消费的重点，社交活动也会有所增加。在中国，一些老人经常会毫不吝啬地将钱花在第三代身上。

(8)鳏寡阶段。夫妻一方先去世，家庭重新回到单人世界，此时最需要的消费是医疗保健、生活服务和老年社交活动。

对家庭生命周期的研究，主要涉及对一个地区或市场的家庭结构与性质的分析，其对于市场总体性质的研究具有十分重要的意义。

家庭购买决策的方式对于购买行为的研究同样十分重要，其涉及对购买组织和营销对象的认识。因为各个家庭在进行购买决策时，决策方式会有较大差异。

首先是集中决策与分散决策的差异。一些家庭进行购买决策时集中度较高，购买大多数东西都要商量一番；另一些家庭则习惯分散决策，大多数购买决策由当事人自己来做。一般在收入水平较高的家庭，分散决策的倾向比较明显；而收入水平较低的家庭则倾向于集中决策。当然，家庭民主气氛的浓厚与否，也会影响决策的集中与分散。

其次是独断决策与协商决策的差异。对一些重要的购买行为（如选购大件耐用消费品），有的家庭是由家庭首要成员一人拍板决定的，有的则由全家进行协商后决定。独断决策还是协商决策一方面看家庭的民主气氛是否浓厚，另一方面也取决于家庭成员对所购买商品知识的普及程度。

再次是男主型还是女主型的差异。一些家庭购买决策主要由男主人拍板决定，而另一些家庭则主要由女主人拍板决定。由谁决策除了各自家庭的习惯之外，主要还要看购买何种类型的商品，一般情况下家庭日用消费品的购买决策通常由主妇来做，而耐用消费品的购买决策则通常由男主人做出。

3. 角色和地位

角色（role）是指一个人在一个特定社会或群体中被界定的地位，以及相对于该地位的一套期望行为。该期望行为主要是和该地位有关，而不是和这个人有关。也就是说这个人一旦脱离了这一地位，也就脱离了该期望行为。我们常说“学生的本质就是认真读书”，这就是一种角色的期望行为。在现实生活中，一个人要扮演各种不同的角色。比如，在学校你要扮演学生的角色，在家里要扮演儿子或女儿的角色。要了解消费者，便不能不了解消费者所扮演的角色。而要完整地理解角色，需要了解几个与角色相关的概念：角色形态、角色冲突、角色转变等。

角色形态（role style）是指个人在担当某种角色时，所表现出来的种种购买的形态。

例如，一个学生的角色形态可以由其学习、休闲、社团活动和郊游等方面来描述，这便构成其角色形态。不同的角色，其角色形态可能不同。

角色冲突(role conflict)是指一个人同时扮演很多角色，而这些角色的期望行为刚好彼此冲突。例如，经理人员因事业忙碌而不能兼顾家庭便是一种典型的角色冲突，因为公司的角色(尽职经理)和家庭的角色(好爸爸和好丈夫)产生了冲突。

角色转变(role evolution)是指随着时间的推移，角色可能会发生改变。例如一位消费者结婚后由单身转变为妻子或丈夫，这就产生了角色转变。

角色所具有的营销含义可以表现在角色关联产品集群上。角色关联产品集群(role-related product cluster)是消费者为扮演某一特定角色而所需要的一系列产品。角色关联产品集群规定哪些产品适合某一角色，哪些产品不适合某一角色。营销者的主要任务，就是确保其产品能满足目标角色的实用或象征性需要，从而使人们认为其产品适合于该角色。

由于角色有很强的象征意义，对人们的社会生活就可能产生很重要的影响。一个领导、教授、名演员，会受到周边人的尊重，在各种社会交往与交易活动中可能享受到不少厚待；一个普通人就不可能得到周边人特别的尊重，在社会交往和交易中不仅不可能得到各种厚待，甚至可能会遭遇不少冷遇。所以人们有时会产生“角色显示”和“角色掩饰”的心理。所谓“角色显示”，即有身份、有地位的人会有意无意地在自己的言谈举止以及消费行为中流露出自己与众不同的身份，以强化自己特定的角色和地位；而一些社会地位比较低下的人在一些公众场合则可能通过穿着打扮等“反角色”的消费行为，来掩饰自认为比较低微的角色和地位。这种“角色显示”和“角色掩饰”的消费心态恰恰有可能为企业创造很多市场机会，是企业在市场营销中特别应当予以关注的。

文化因素

社会因素对消费者个人因素和心理因素的形成之所以能产生重大的影响，从根本上说还是文化的力量。文化(culture)是一个广泛的概念。从广义上讲，文化是指人类在社会历史实践中创造的物质财富和精神财富的总和；从狭义上讲，文化是指社会的意识形态，以及与之相适应的制度和结构。或者说是在一定的社会群体范围内，人们所广泛认同的思想理念和价值标准。所以说，文化是影响一定范围内(并非仅指地理概念)消费群体个人属性特征和心理特征的深层次因素。

1. 文化影响的特征

文化作为一种社会氛围和意识形态，无时无刻不在影响着人们的思想和行为，当然也必然影响人们对商品的选择与购买。文化对于人们行为的影响有着这样一些特征：

(1)具有明显的区域属性。生活在不同地理区域的人们文化特征会有较大的差异，这是由于文化本身也是一定的生产方式和生活方式的产物。同一区域的人们具有基本相同的生产方式和生活方式,能进行较为频繁的相互交流,故能形成基本相同的文化特征。而不同区域的人们由于生产与生活方式上的差异,交流的机会也比较少,文化特征的差异就比较大。如西方人由于注重个人创造能力发挥,比较崇尚个人的奋斗精神,注重个人自由权的保护;而东方人由于注重集体协作力量的利用,比较讲究团队精神,注重团体利益和领导权威性的保护。这种文化意识往往通过正规的教育和社会环境的潜移默化,自幼就在人们的心目中形成。然而,随着区域间人们交流频率的提高和交流范围的扩大,区域间的文化也会相互影响和相互交融,并可能对区域文化逐步地加以改变。如中国自20世纪80年代实行改革开放以来,已融入了相当多的西方文化,例如牛仔裤、迪斯科和肯德基快餐,都已成为中国当代文化不可忽略的组成部分。

(2)具有很强的传统属性。文化的遗传性是不可忽略的。由于文化影响着教育、道德观念甚至法律等对人们的思想和行为发生深层次影响的社会因素,所以一定的文化特征就能够在一定的区域范围内得到长期延续。对某一市场的文化背景进行分析时,一定要重视对传统文化特征的分析和研究。此外,必须注意到的是,文化的传统性会引发两种不同的社会效应:一是怀旧复古效应,利用人们对传统文化的依恋,可创造出很多市场机会;二是追新求异效应,即大多数年轻人所追求的“代沟”效应。这将提醒我们在研究文化特征时必须注意多元文化的影响,又可利用这一效应创造出新的市场机会。

(3)具有间接的影响作用。文化对人们的影响在大多数情况下是间接的,即所谓的“潜移默化”。其往往首先影响人们的生活和工作环境,进而影响人们的行为。如一个在农村长期生活的农民,在家乡时可放任不羁地大声说笑,进城到某外资企业办事,马上会变得斯斯文文、彬彬有礼。就是由于外资企业的文化环境对其产生了影响。一些企业注意到这一点,首先通过改变人们的生活环境来影响人们的消费习惯,这一做法往往十分见效。20世纪80年代中期,一些外国家电企业首先在中国举办“卡拉OK”、“家庭演唱大奖赛”之类的民间自娱自乐活动,形成了单位或家庭自娱自乐的文化氛围,进而在中国成功引进了组合音响、家庭影院等家电产品,就是利用文化影响间接作用的典型范例。

2. 亚文化(subculture)

如前所述,文化是在一定范围人群中的价值认同,所以不同人群之间的文化就会存在较大差异。而对于一个具有相同文化背景的人群而言,只要能将他们按照一定的理由(如地理、种族、时代)加以划分,我们就能发现,被划分出来的更小的群体也会具有一些与其他群体所不同的文化特征,我们称其为“亚文化”。亚文化是指存在于一个较大社会群体中的一些较小社会群体所具有的特色文化。所谓的特色表现为语言、信念、价值观、风俗习惯的不同。人类社会的亚文化群主要有四大类:

(1)国籍亚文化群。国籍亚文化群指来源于某个国家的社会群体。在一些移民组成的国家中。国籍亚文化现象显得尤为明显。例如，在美国等西方国家的大城市里都有“唐人街”，那里集中体现了中国的国籍文化。但是由于“唐人街”是在美国等国，总体上受着所在国地域文化的影响，所以只能是一种亚文化。

(2)种族亚文化群。是指由于民族信仰或生活方式不同而形成的特定文化群体。如中国是一个统一的多民族国家，除了占人口90%以上的汉族以外，还有50多个少数民族。由于自然环境和社会环境的差异，不同的少数民族形成为不同的亚文化群。这些亚文化群在饮食、服饰、建筑、宗教信仰等方面表示出明显的不同，如回族人戒食猪肉，男子戴白帽，大多数信伊斯兰教；藏族人信佛教，男子长袍有两个袖子，但只穿一个；等等。

(3)地域亚文化群。同一个民族，居住在不同的地区，由于各方面的环境背景不同，也会形成不同的地域亚文化。我国的汉族人口众多，位居祖国辽阔的土地上，汉族人都讲汉语，但各地都有各自的方言。我国北方的汉语比较统一，但到了南方，方言就十分复杂。江南人讲吴语，广东人讲粤语，闽南人讲闽南话。各地人在一起，不讲普通话而讲方言，也是无法沟通的。我国各地的饮食文化有着明显差异:西南和北方人喜欢吃辣，江南人偏爱甜，广东人对食品特别讲究新鲜；北方人以面食为主，南方人则以米饭为主食；等等。

(4)时代亚文化。除了以上三种主要以人群的空间集聚而形成的亚文化之外，还有一种以人群的时间集聚而形成的亚文化，我们称其为“代际文化”。代际文化通常是指在同一文化大背景下(如同一国家或民族)，出生或经历于不同时代(主要是指在经济、社会、文化上有较大差异的时代)的人群所具有的不同的思想理念和价值观念。如有人将20世纪50年代开始到现在的中国人划分为五代，称其为“传统的一代”(1949年前的)、“解放的一代”(五六十年代的)、“动乱的一代”(六七十年代的)、“改革的一代”(八九十年代的)和“E一代”(21世纪以后的)，这些在不同年代成长并形成价值观的人群，在文化上确实存在很大差异，从而构成了一种亚文化——代际文化。

对于亚文化现象的重视和研究能使企业对市场有更为深刻的认识，对于进一步细分市场，有的放矢地开展营销活动具有十分重要的意义。

3. 社会阶层

社会阶层(social classes)也属于文化的范畴。其主要是由于人们在经济条件、教育程度、职业类型以及社交范围等方面的差异而形成的不同社会群体，并因其社会地位的不同而形成明显的等级差别。

美国的有关人士主要根据经济条件的差异对其社会阶层做了七个层次的分类[6](见表5—3)。

表 5—3 美国各社会阶层的划分

社会阶层	主要成员	占人口百分比
上上层	老富翁	1%
上下层	新富翁	2%
中上层	经理专家	12%
中中层	白领雇员	32%
中下层	蓝领雇员	38%
下上层	非熟练工	9%
下下层	失业人员	6%

这些不同的社会阶层具有明显不同的消费特征。老富翁追求英国贵族式的生活；新富翁喜欢购置豪华的住宅、汽车、汽艇以显示富有；白领雇员只求体面，不求华丽；蓝领工人则喜欢光顾折扣商店、二手汽车市场；等等。

中国在实行计划经济体制时期，因经济条件而形成的社会层次并不明显，但因社会职业和职务而形成的社会层次同样存在，如工人阶层、农民阶层、干部阶层以及知识分子阶层等。改革开放以后，中国开始走向市场经济，经济条件也逐渐成为形成社会阶层的重要因素。中国也有了百万富翁和亿万富翁，也出现了白领阶层和蓝领阶层之分。同时以职业职务、教育程度划分的社会阶层也依然存在，从而使中国的社会阶层划分也变得越来越复杂。同样，中国不同社会阶层的消费习惯与购买行为也有很大差异，其不仅体现在衣着打扮、饮食起居方面，甚至在家庭摆设和兴趣爱好方面也会有明显不同。

社会阶层作为一种文化特征具有这样一些特点：一是处于同一阶层的人的行为比处于不同阶层的人的行为有更强的类似性；二是当人的社会阶层发生了变化（如工人考上了大学，个体户发展为私营企业家），其行为特征也会随之发生明显变化；三是社会阶层的行为特征是受到经济、职业、职务、教育等多种因素的影响，所以根据不同的因素划分，构成的社会阶层会有所不同。因此个人社会阶层的稳定归属有时要依据对其最具有影响的因素来定。

社会阶层对人们行为产生影响的心理基础在于人们的等级观和身份观，人们一般会采取同自己的等级、身份相吻合的行为。等级观和身份观又会转化为更具有行为指导意义的价值观、消费观和审美观，从而直接影响人们的消费特征与购买行为。

通过心理因素、个人因素、社会因素、文化因素对消费者的购买行为展开研究具有十分重要的意义，它能一步步地揭示消费者购买行为产生和变化的原因，推测和判断消费者的购买心理，以有的放矢地开展各种市场营销活动，同时也能为细分市场与寻找目标市场提供科学的依据。

第三节 购买决策过程

本节我们将从动态的角度来研究消费者购买决策的方式及其过程。消费者的购买决策是一个极为复杂的过程，存在着众多的可变因素和随机因素，只有进行全面分析才有可能把握其中的规律。购买决策主要涉及参与决策的角色、购买决策的类型和购买决策的过程。

参与决策的角色

购买决策在许多情况下并不是由一个人单独作出的，而是有其他成员的参与，是一种群体决策的过程。这不仅表现在一些共同使用的产品（如电冰箱、电视机、住房等），也表现在一些个人单独使用的产品（如服装、手表、化妆品等）的购买决策过程中，因为这些个人在选择和决定购买某种个人消费品时，常常会同他人商量或者听取他人的意见。因此了解哪些人参与了购买决策，他们各自在购买决策过程中扮演怎样的角色，对于企业的营销活动是很重要的。

一般来说，参与购买决策的成员大体可形成五种主要角色：

发起者，即购买行为的建议人，首先提出要购买某种产品。

影响者，对发起者的建议表示支持或者反对的人，这些人不能对购买行为的本身进行最终决策，但是他们的意见会对购买决策者产生影响。

决策者，对是否购买、怎样购买有权进行最终决策的人。

购买者，执行具体购买任务的人，其会对产品的价格、质量、购买地点进行比较选择，并同卖主进行谈判和成交。

使用者，产品的实际使用人，其决定了对产品的满意程度，会影响买后的行为和再次购买的决策。

这五种角色相辅相成，共同促成了购买行为，是企业营销的主要对象。必须指出的是，五种角色的存在并不意味着每一种购买决策都必须要五人以上才能做出，在实际购买行为中，有些角色可在一个人身上兼而有之，如使用者可能也是发起者，决策者可能也是购买者。而且在非重要的购买决策活动中，决策参与的角色也会少一些。

认识购买决策的群体参与性，对于企业营销活动有十分重要的意义。一方面企业可根据各种不同角色在购买决策过程中的作用，有的放矢地按一定的程序分别进行营销宣传活动；另一方面也必须注意到某些商品的购买决策中的角色错位，如男士的内衣、剃须刀等生活用品有时会由妻子决策和采购；在儿童玩具的选购过程中，家长的意愿占了主要的地位；等等。这样才能找到准确的营销对象，提高营销活动的效果。

购买行为的类型

不同类型的消费者对于不同类型的商品，购买决策行为也是有很大差异的。如购买一台电脑和购买一把牙刷，购买决策行为就会有很大不同。前者可能要广泛搜集信息，反复比较选择；后者则可能不假思考，随时就可以购买。根据消费者对购买行为介入程度(involvement)的高低和同类产品不同品牌间差异的大小，我们可以将购买行为分成四种类型(见表5－4)。

表5－4 购买行为的类型

		购买介入程度	
	程度	高	低
不同品牌差异	高	复杂性购买行为	变化性购买行为
	低	平衡性购买行为	习惯性购买行为

复杂性购买行为(complex buying behavior)。对于那些价格昂贵、购买频率不高、购买风险较大，且比较能体现消费者自我价值的产品，消费者在购买时介入程度会比较高，购买决策必然比较谨慎。又由于品牌间的差异比较大，消费者不可能对各种品牌的产品都熟悉，所以其在购买决策时需要搜集的信息比较多，需要有一个学习的过程，进行选择的时间比较长，故称之为复杂性购买行为。对于此类购买行为，企业必须加强同消费者的沟通，尽可能详尽明确地向消费者提供有关产品的各种信息，并有针对性地了解他们的需求变化，以便更好地予以适应。

平衡性购买行为(dissonance-reducing buying behavior)。同样是价格昂贵、购买频率不高、购买风险较大、消费者介入程度较高的产品，如果它们品牌之间的差异不很明显，消费者购买决策时的复杂程度就会大大降低，主要做一些价格上和购买便利程度上的比较就会决策购买。但是由于购买时考虑得不多，购买后往往会因为发现了已购产品的某些不足，或发现其他品牌产品的某些优点而产生心理上的不平衡。这样就有可能对已购品牌产生不良影响。企业对于这种情况主要是要加强同已购产品的顾客之间的长期沟通，不断引导他们的价值评价标准，增强他们对已购品牌的信念，来减少他们的心理不平衡，强化对已购品牌的忠诚度。

变化性购买行为(variety-seeking buying behavior)。对于那些价格比较低廉、购买比较频繁、购买风险不大的产品，消费者购买时介入程度会比较低。如果这类产品品牌间的差异比较大，消费者就可能采取变化性的购买行为。他们往往会不多假思考地就选择某一品牌的产品，而过了一段时间又会转向尝试另一种新的品牌。对于此类购买行为，处于领导地位的品牌就应当不断强化自身的品牌形象，并不断推出新的品种吸引顾客，以强化消费者的品牌忠诚度；而处于挑战地位的企业则应当强化自身的特色与新意，鼓励消费者进行尝试，其中包括通过开展一些刺激度较大的促销活动来吸引消费者的注意。

习惯性购买行为(habitual buying behavior)。如果那些价格低廉、购买频繁、购买风险小、消费者介入程度较低的产品，其品牌间的差异也不明显，消费者购买决策过程就会十分简单，甚至会不假思索地去购买他经常在用的某一品牌，我们可称之为习惯性购买行为。习惯性购买行为一旦形成，若无新的强有力的外部吸引力，消费者一般不会轻易地改变其固有的品牌选择。所以习惯性购买行为对于新品牌的进入无疑是一种障碍。若要试图改变消费者的习惯性购买行为，新品牌就必须加强促销刺激力度，进行概念营销，强化品牌差异，以唤醒消费者的选择意识。

了解购买行为的不同类型，有助于企业根据不同的产品和消费者情况来设计和安排营销计划，知道何时应当强化品牌的优势与差异，何时应当加强对消费者的宣传与沟通，以便有针对性地开展营销活动，使企业的营销资源得到合理的配置，更有效地发挥作用。

购买决策阶段

消费者的购买决策是一个动态发展的过程，一般可将其分为五个阶段：确认问题、收集信息、评价方案、作出决策、买后行为(见图 5—6)，这是一种典型的购买决策过程[7]。以下分别就这五个阶段进行分析。

图 5—6 购买行为的决策阶段

1. 确认问题

这里的问题是指消费者所追求的某种需要的满足。因为需要尚未得到满足，就形成了需要解决的问题。满足的需要到底是什么？希望用什么样的方式来满足？想满足到什么程度？这些就是希望解决的问题。确认问题是购买决策的初始阶段，因为消费者只有意识到其有待满足的需要到底是什么，才会发生一系列的购买行为。

需要的满足根据其性质的不同可分为几种不同的类型，如按照问题的紧迫性和预见性两个指标可将需要满足的问题划分为四种类型(见表 5—5)。

表 5—5 需要解决的问题类型

预见性	紧迫性	
	需要立即解决的	无须立即解决的
在预期之中的	日常问题	计划解决问题
非预期之中的	紧急问题	逐步解决问题

(1)日常问题。日常问题属预料之中但需要立即解决的问题。事实上消费者经常面临大量的日常问题,如主副食品、牙刷牙膏、毛巾肥皂等天天要消费,经常要购买。在解决日常问题时消费者的购买决策一般都比较简单,而且容易形成品牌忠诚性和习惯性的购买。但是,如果消费者感到前一次购买的商品不能令人满意,或发现了更好的替代品,他也会改变购买商品的品牌或品种。

(2)紧急问题。紧急问题是突发性的,而且必须立即解决。如自行车轮胎爆破、眼镜镜片失手打碎、钢笔遗失等等。紧急问题若不立即解决,正常生活秩序将被打乱。紧急问题一般难以从容解决。这时消费者首先考虑的是如何尽快买到所适用的商品,而对商品的品牌、销售的商店,甚至商品的价格都不会进行认真的选择和提出很高的要求。

(3)计划解决的问题。预期中要发生,但不必立即解决的问题便是计划解决的问题。计划解决的问题大多数发生在对价值较高的耐用消费品的购买,例如一对开始筹备婚事的恋人准备年内购买一套家具,一个已有黑白电视机的家庭准备一年后购买一台彩电等。由于计划解决的问题消费者从认识到实际解决的时间比较长,因而对于这种类型的购买活动,消费者一般都考虑得比较周密,收集信息和比较方案的过程比较长。

(4)逐步解决的问题。逐步解决的问题既非预期之中,也无需立即解决,它实际是消费者潜在的有待满足的需求。例如,一种新面料的服装出现在市场上,大部分消费者不必立即购买它,当然也无须计划过多长时间去购买它。然而随着时间推移,这种面料的服装的优点日益显示出来,这时购买者便会逐渐增多。一旦该种面料的服装得到社会的充分肯定,原先的逐步解决的问题很可能就演变成了日常问题或计划解决的问题。

2. 收集信息

消费者一旦对所需要解决的需要满足问题进行了确认,便会着手进行有关信息的收集。所谓收集信息通俗地讲就是寻找和分析与满足需要有关的商品和服务的资料。

消费者一般会通过以下几种途径去获取其所需要的信息。

个人来源:家庭、朋友、邻居、熟人。

商业来源:广告、推销员、经销商、包装、展览。

公共来源:大众传播媒体、消费者评价机构。

经验来源：产品的检查、比较和使用。

消费者所要收集的信息主要有三方面内容：(1)恰当的评估标准。例如，某消费者欲购买一块手表，他首先要确定他所要购买的手表应具有哪些特征，这些特征便是评估的标准。消费者一般先根据自己的经验判断一块理想的手表应具备哪些特征。一旦他感到自己经验有限，就会向朋友打听，查阅报纸杂志，或向销售人员征询。(2)已经存在的各种解决问题的方法。如目前有多少种手表在市场上出售。(3)各种解决问题的方法所具备的特征。如目前市场上各种手表的款式、功能、厂牌信誉、价格等方面的情况。

消费者所面临的可解决其需要满足问题的信息是众多的，他们一般会对各种信息进行逐步筛选，直至从中找到最为适宜的解决办法。图 5－7 描述了一个想要购买洗衣机的消费者对于各种有关信息的筛选过程。

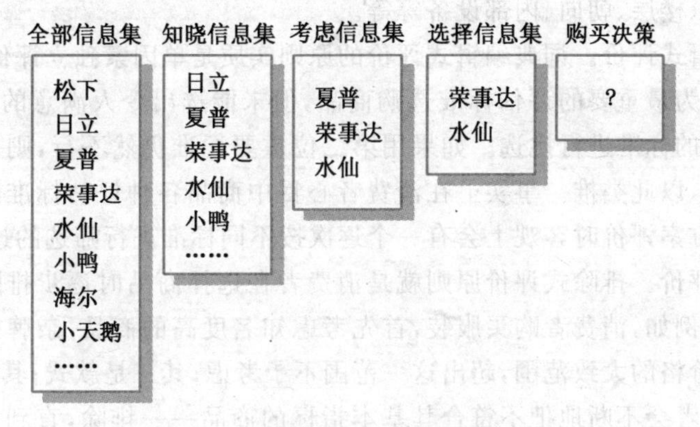

图 5－7 消费者信息收集与筛选过程

从图 5－7 中我们可以看到，消费者一般不可能收集到有关产品的全部信息，他们只能在其知晓的范围内进行选择；而对于其所知晓的信息进行比较筛选后，会挑出其中一部分进行认真的选择；最终又会在它们中间选出二三个进行最后的抉择，直至作出购买决策。在这一逐步筛选的过程中，每进入一个新的阶段都需要进一步收集有关产品更为详细的资料和信息。如果某一产品在这一选择过程中被淘汰，除其不适应消费者的需要之外，很大程度上是由于其所提供的信息资料不够充分。因此，积极向消费者提供产品和服务的有关资料在消费者收集信息阶段是十分重要的。

3. 评价方案

消费者在充分收集了各种有关信息之后，就会进入购买方案的选择和评价阶段。该阶段消费者主要应对所收集到的各种信息进行整理，形成不同的购买方案，然后按照一定的评估标准进行评价和选择。

根据消费者进行评价和选择的评估标准和评估方法的不同，评价方案的阶段会有以下几种情况。

(1)单因素独立评价。单因素独立评价的原则就是消费者只用一个评估标准为依据挑选商品(或品牌)。例如,某些消费者选择某一商品时可能会以价格作为唯一的评估标准,在所有同类商品中购买最便宜的一种。实际上商品成千上万,消费者个性及环境差异也很大,因此在具体进行单因素独立评价的过程中,形式是多种多样的。不同的消费者对同种商品会采用不同的评估标准,同一个消费者对不同的消费品也会采用不同的评估标准。单因素独立评价是一种绝对的形式,实践中并不多见。

(2)多因素联合评价。多因素联合评价的原则就是指消费者在购买商品时同时考虑该商品的各方面特征,并规定各个特征所具备的最低标准。例如,消费者购买耐用消费品时要考虑它的价格、款式、功能、操作方式、售后服务;购买和租赁房屋时要考虑房屋的价格、结构、地段、楼层、朝向、内部设备等等。

(3)词典编辑式评价。词典编辑式评价的原则实质是单因素独立评价原则的扩展,即当消费者用他认为最重要的评估标准选购商品,但未能选出令人满意的商品时,便用他认为第二位重要的标准进行挑选。如果用第二位重要标准仍然不行,则采用第三位重要的标准进行选择,以此类推。事实上在消费者心目中商品各种评估标准的重要性是不同的,因此在进行方案评价时客观上会有一个逐次按不同标准进行筛选的过程。

(4)排除式评价。排除式评价原则就是消费者在选择商品时逐步排除那些不具备最低要求的品牌。例如,消费者购买服装,首先考虑知名度高的商品,杂牌的服装不在考虑之列;其次预定价格的大致范围,超出这一范围不予考虑;其三是款式;其四是色彩;等等,以此类推。消费者会不断地把不符合其基本指标的商品一一排除,直到满意为止。但采用这种评价方法的消费者往往会发现,最后没有一件商品能使其感到满意,于是或是放弃购买,或是修改标准,重新选择。

(5)互补式评价。互补式评价原则与上述四种原则完全不同。它不是根据几个因素决定取舍,也不是按照最低标准决定取舍,它是综观商品的各个特性,取长补短,综合利用,在考虑信息集或选择信息集中挑选一个最满意的商品。如果可以给各个商品的各个评估标准分别打分的话,互补式评价是以总分最高作为购买方案选择的原则。

4. 作出决策

消费者在进行了评价和选择之后,就形成了购买意图,最终进入作出购买决策和实施购买的阶段。但是,在形成购买意图和作出购买决策之间,仍有一些不确定的因素存在,会使消费者临时改变其购买决策。这些因素主要来自两方面:一是他人的态度;二是意料之外的变故[8]。(见图 5—8)

其他人如果在消费者准备进行购买时提出反对意见或提出了更有吸引力的建议,会有可能使消费者推迟购买或放弃购买。他人态度影响力的大小主要取决于两点:反对的

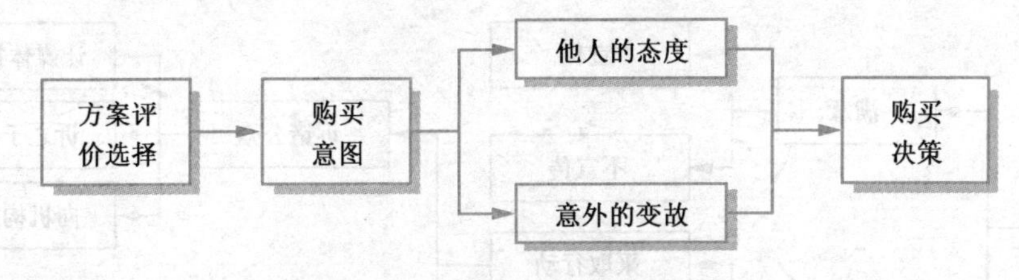

图 5－8 对购买决策的影响因素

强烈程度以及其在消费者心目中的地位。反对得越强烈，或其在消费者心目中的地位越重要，其对消费者购买决策的影响力也就越大；反之，就比较小。

在消费者准备进行购买时所出现的一些意外变故也可能使消费者改变或放弃购买决策。如消费者家中突然有人生重病，需要大量治疗费用；消费者突然失去工作或稳定的收入来源等都是一些有可能改变消费者购买决策的突变因素。

影响消费者进行最终购买决策的根本问题是消费者对购买风险的预期，如果消费者认为购买之后会给其带来某些不利的影响，而且难以挽回，消费者改变或推迟购买的可能性就比较大。所以企业必须设法降低消费者的预期购买风险，这样就可能促使消费者作出最终的购买决策。

在消费者决定进行购买以后，他还会在执行购买的问题上进行一些决策，大体上包括五个方面。

商店决策：到哪里去购买。

数量决策：要购买多少。

时间决策：什么时候去购买。

品种决策：购买哪种款式、颜色和规格。

支付方式决策：现金、支票或分期付款。

5. 买后行为

消费者购买了商品并不意味着购买行为过程的结束，因为其对于所购买的商品是否满意，以及会采取怎样的行为对于企业目前和以后的经营活动都会带来很大的影响，所以重视消费者买后的感觉和行为并采取相应的营销策略同样是很重要的。图 5－9 展示了消费者购买后的感觉及行为特征。

满意还是不满意是消费者购买商品之后最主要的感觉，其买后的所有行为都基于这两种不同的感觉。而满意还是不满意一方面取决于其所购买的商品是否同其预期的欲望（理想产品）相一致，若符合或接近其预期欲望，消费者就会比较满意，否则就会感到不满意；另一方面则取决于他人对其购买商品的评价，若周围的人对其购买的商品持肯定意见的多，消费者就会感到比较满意，持否定意见的多，即使他原来认为比较满意的，也可能转

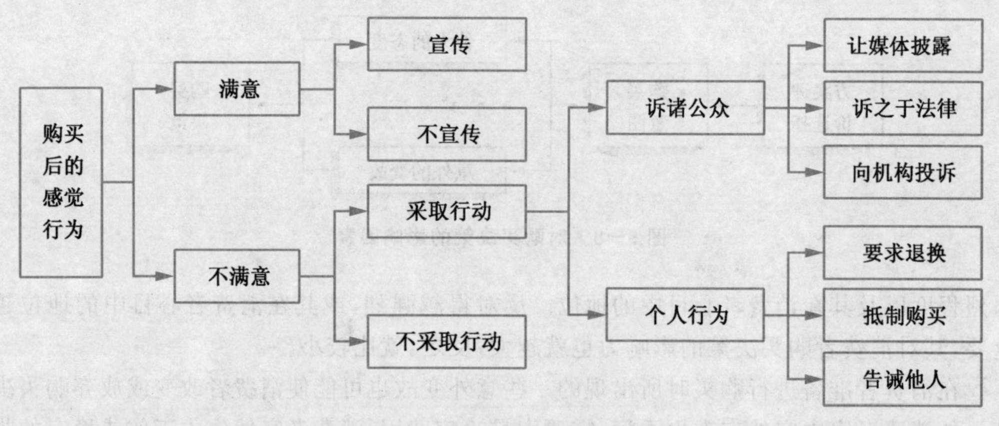

图 5－9 购买后的感觉和行为

为不满意。

感到满意的消费者在行为方面会有两种情况：一种是向他人进行宣传和推荐；另一种是不进行宣传。当然，消费者能够对企业的产品进行积极的宣传是最为理想的，企业要设法促使消费者这样去做。

感到不满意的消费者行为就比较复杂，首先也有采取行动和不采取行动之分。一般而言，若不满意的程度较低或商品的价值不大，消费者有可能不采取任何行动；但是如果不满意的程度较高或商品的价值较大，消费者一般都会采取相应的行动。

不满意的消费者所采取的行动一种是个人行为，如到商店要求对商品进行退换，将不满意的情况告诉亲戚朋友，以后再也不购买此种品牌或此家企业的商品等等。消费者的个人行为虽然对企业有影响，但是影响的程度相对小一些。消费者另一种可能的做法就是将其不满意的情况诉诸公众，如向消费者协会投诉，向新闻媒体披露，甚至告上法庭。这样的行为就会对企业造成较大的损失。企业应当尽可能避免这样的情况出现。

事实上，即使出现消费者不满意的情况，企业若能妥善处理，也是能够使消费者转怒为喜的。如妥善处理好退换商品的工作，耐心听取消费者意见并诚恳道歉，及时采取积极的改进措施，在必要的情况下，主动对消费者进行赔偿等等。

现代营销观念认为稳定的市场份额比高额的利润更为重要，所以认真对待消费者购买后的态度和行为是企业营销活动中的重要一环。

第四节 中国消费者购买行为的主要特征

中国是世界上人口最多的国家，又是一个发展中的国家，其市场潜力十分庞大，所以历来成为世界各国企业所关注的地方。然而，中国由于其资源、历史、体制、文化等方面的原因，市场也有着许多与众不同的特征。能否了解和掌握这些方面的特征，对于能否在中国市场上顺利地开展营销活动，取得良好的经营效益是至关重要的。我们可分别从消费水平、消费结构、消费行为等方面去了解中国消费市场的一些主要特征。

消费水平

由于中国是一个发展中国家，虽然总体消费水平不太高，但近年来增长速度较快。至2006年全国城镇居民的人均可支配收入为11 759元人民币，年人均消费支出为8 697元人民币；农村居民的人均纯收入仅为3 587元人民币，年人均消费支出仅为2 829元人民币。但是收入的增长速度仍然是很快的，同2000年相比，城镇居民的人均收入增长了87%，农村居民的人均收入增长了59%。中国居民的储蓄增长速度也很快，至2006年底，城乡居民的储蓄存款余额已高达16万亿元人民币，比2000年(6.4万亿元)增加了1.5倍，构成了庞大的潜在购买力。

收入水平在城乡之间、地区之间、行业之间以及人群之间的不平衡是中国目前市场的一个重要特点。2006年中国城镇居民的人均收入是农村居民人均收入的3.3倍；城镇居民人均收入最高的地区是最低地区的2.3倍，东部地区的收入水平最高，中部地区较低，西部地区最低，从而使消费购买能力形成了明显的落差；据有关部门抽样调查，城镇地区10%最高收入户的人均收入水平是10%最低收入户的9倍。收入水平的不均衡使中国消费市场的状况变得极为复杂，各地区、各人群的需求存在很大的差异。由于中国农村居民的收入水平较低，农村人口又占了全国人口的57%，农村消费水平的不高影响了中国消费市场的发展速度，所以启动农村市场成为开拓中国消费市场的关键。

消费结构

中国市场的消费结构这两年发生了重大的变化。

首先，随着人们收入水平的不断增长，中国居民消费的恩格尔系数明显下降。2006年城镇居民的恩格尔系数已下降到35.8%，农村居民的恩格尔系数也已降到43.0%，初步达到了小康和温饱水平。

其次，消费已由生存型需要的满足趋向于生活质量的提高，消费呈多元化的发展趋势。2006年城镇居民食品消费比1995年只增长了76%，衣着消费增长了88%，而交通与通信的消费则增长了527%，教育文化娱乐的消费增长了263%，医疗保健的消费增长了465%(见表5－6)，充分反映了“吃讲健康，穿讲时尚，玩讲舒畅”的现代消费理念。

表 5—6 中国城镇居民消费结构的变化

项目	食品	衣着	家庭设备	教育文化娱乐	交通通信	医疗保健	居住	杂项
2006 年人均消费（元）	3 112	902	498	1 203	1 147	621	904	309
比 1995 年增长（%）	75.6	88.3	89.3	263.4	526.8	464.5	218.3	168.7

资料来源：根据《2007 中国统计年鉴》推算。

再次，中国居民的消费出现明显的周期性增长规律，即从 20 世纪 60 年代以自行车、缝纫机为代表的“家庭机械化”时期，到 80 年代以电视机、电冰箱、洗衣机为代表的“家庭电子化”前期，再到 90 年代以空调机、微波炉、淋浴器为代表的“家庭电子化”后期，直至目前电脑、住房、家庭轿车又开始成为新的消费热点，一个层次到另一个层次波浪式递进，呈现出明显的周期性增长规律。在各个阶段，中国居民的消费结构都进行了一定程度的升级换代。

消费行为

也许是受经济条件和文化传统的影响，中国消费者在消费行为中也表现出一些明显的特征，这是在中国市场开展营销的企业所必须加以关注的。

1. 消费的滞后性

所谓消费的滞后性主要是指中国的大多数消费者都抱有“量入为出”，先积累，后消费的意识和习惯。很少有人会倾囊而出地去满足除生存型需求之外的某一方面的消费。只要有能力，一般都会储蓄一部分钱以防不测，大多数人都不愿意进行借贷消费，“背债”被相当一部分人看作是不光彩的事情。所以中国消费者的实际消费水平往往比他们的消费能力要低得多。目前，随着人们思想意识的初步转变，以及某些配套政策的出台，借贷消费的观念已经开始被一部分城市消费群体所接受，特别是在购买住房、汽车等金额巨大的商品时，借贷消费的比重正在不断增长。

2. 消费的趋同性

消费趋同的现象在中国消费市场中是很普遍的。我们经常可以看到在某段时间内，大多数人集中争购某类商品的现象。这种现象主要是由于计划经济时期收入水平和消费水平的平均化所造成的，但也反映了中国受“不患寡，而患不均”的传统文化意识的影响。同时我们可以看到，这种消费趋同性的现象主要表现在对一些流行产品或耐用消费品的购买，在其他商品上表现得并不明显。因此在中国市场营销活动中应当积极利用这种趋同性，寻找出对周边人能产生重大影响的“意见领袖”，重点开展营销，以期望通过他们去影响周边的消费者，达到事半功倍的效果。

3. 消费的节俭性

节俭历来被中国人认为是一种传统美德，至今仍对中国消费者的购买行为发生重要的影响。具体表现为价格仍是许多消费者选择商品的首要标准，不少人宁愿花很多时间去寻找相对便宜的商品，而不愿就近购买相对较贵的商品；人们对基本生活需要的满足要求很低，但却愿意把节省下来的钱去购买昂贵的耐用消费品；会把钱用于一些能显示自身价值的地方，而在不为人知的日常消费中却十分节俭。中国的最终消费率（消费总量占GDP的比重）只有49.9%，远低于国外一般70%左右的水平。[9]

然而，必须看到中国新一代的年轻人消费观念已经有了很大的改变，20世纪80年代以后出生青年人消费观念和消费行为已在很大程度上受到了国外，特别是西方发达国家的影响，超前性、个性化的消费特征比较明显，但传统文化对他们中间的大多数人仍然有着重要的影响。中西文化的交融会成为这一代人消费行为的主要特征。

本章小结

购买者行为模式是指：具有一定潜在需要的消费者首先是受到企业的营销活动刺激和各种外部环境因素的影响而产生购买取向的；而不同特征的消费者对于外界的各种刺激和影响又会基于其特定的内在因素和决策方式作出不同的反应，从而形成不同的购买取向和购买行为。

消费者的购买行为不仅受经济因素的影响，还会受到其他多种因素的影响，从而产生很大的差异。影响消费者购买行为的非经济因素主要有：消费者所处的文化环境，消费者所在的社会阶层，消费者所接触的各种社会团体（包括家庭），以及消费者在这些社会团体中的角色和地位等；还包括消费者的个人因素和心理因素。个人因素是指消费者的性别、年龄、职业、教育、个性、经历与生活方式等等。心理因素则是指购买动机、对外界刺激的反应、学习方式以及态度与信念等等。这些因素从不同的角度影响着消费者购买行为模式的形成。

消费者购买行为通常是一种群体决策行为，决策群体中一般包括发起者、影响者、决策者、购买者和使用者等不同的角色。这五种角色相辅相成，共同促成了购买行为，是企业营销的主要对象。

根据消费者对购买行为介入的程度和所购买产品品牌间差异的大小，我们可以将购买行为分成复杂性购买、平衡性购买、变化性购买和习惯性购买四种类型。消费者典型的购买决策过程一般可分为确认问题、收集信息、评价方案、作出决策、买后行为五个阶段。

思考题

1. 为什么说购买者行为模式从根本上讲是一种"认识—刺激—反应"模式？
2. 影响消费者购买行为的主要因素有哪些？举例说明这些因素对购买决策行为的影响。
3. 购买行为有哪几种主要类型？企业可采取哪些相应的营销策略？
4. 购买决策一般要经过哪几个主要阶段？为什么说"银货两讫"后购买行为过程并没有结束？

注释：

[1]John A. Howard and Jagdish N. Sheth, *A Theory of Buyer Behavior*, Changing Marketing System… Customer, Corporate and Government Interfaces: Proceedings of the 1967 Winter Conference of AMA, 1967.

[2]Abraham H. Maslow, *A Theory of Human Motivation*, Psychological Review, 50, 370—396. 1943; Abraham H. Maslow, *Motivation and Personality*, New York: Harper and Row, 1954.

[3]Frederick Herzberg, *Work and the Nature of Man*, Cleveland: William Collins, 1966.

[4]M. Joseph Sirgy, "Self Concept in Consumer Behavior: A Critical Review", *Journal of Consumer Research* 9, 287—300, 1982.

[5]W. O. Bearden, R. G. Netemeyer, and J. E. Teel, "Further Validations of the Consumer Susceptibility to Influence Scale", in *Advances in Consumer Research XII*, ed. M. E. Goldberg, G. Gorn, and R. W. Pollay, 770—776.

[6]Richad P. Coleman, "The Contimuing Significance of Social Class to Marketing", *Journal of Consumer Research*, 1983(12), 265—280; Richad P. Coleman and Lee P. Rainwater, *Social Standing in America: New Dimendion of Class*, New York: Basic Books, 1978.

[7]Willam P. Putsis Jr. and Narasimhan Srinivasan, "Buying or just browsing? The Duration of Purchase Deliberation", *Journal of Marketing Research*, 393—402, 1994(8).

[8]Jagdish N. Sheth, *An investigation of relationships among evaluative beliefs, affects, behavioral intention, and behavior*, *in Consumer Behavior*; *Theory and Application*, Edited by John U. Farley, John A. Howard, and L. Winston Ring, 1974, 89—114.

[9]本节的有关数据均引用自《2007中国统计年鉴》。

第六章

组织市场购买行为分析

学习目的与要求

1. 了解组织市场的含义和构成
2. 了解组织市场购买行为的特征
3. 了解组织购买的决策方式和决策过程
4. 掌握政府采购行为的主要特征

同消费者市场相对应的是生产者市场。生产者市场又称产业市场或工业市场,原指除商业以外的一切生产性行业。近年来以菲利普·科特勒为代表的市场营销学者认为一切商业转售者市场及其购买行为和生产者市场及其购买行为具有相同的特点,所以在分析时,应该把它们视为同一种类型。另外还包括一些非营利性组织和政府市场。我们把这些市场的集合总称为组织市场。组织市场由于其主体的性质和购买的目的与消费者市场有很大的不同,所以对其购买行为有必要进行特定的分析和研究。

第一节 组织市场的含义

组织市场(organizational market)和消费者市场的主要区别在于:购买者主要是企业

或社会团体而不是个人或家庭消费者;目的是为了用于生产或转卖以获取利润,以及其他非生活性消费,而不是为了满足个人或家庭的生活需要。根据组织市场的这种特点,我们可将组织市场定义为:购买商品和服务以用于生产性消费,以及转卖、出租,或用于其他非生活性消费的企业或社会团体。组织市场的规模很大,往往是消费者市场规模的几倍。所以组织市场一直是企业十分关注的市场。

组织市场的分类

正因为我们把众多的不同购买者集合在一起统称为"组织市场",所以有必要对其进行分类(见图6-1),以做进一步的分析与比较。

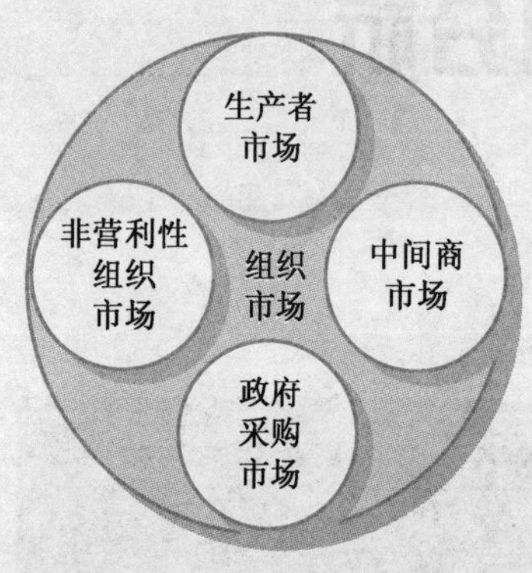

图6-1 组织市场的主要构成

1. 生产者市场(producer market)

在某些场合,又可称作产业市场或工业市场。它主要由这样的一些个体和组织构成:它们采购商品和劳务的目的是为了加工生产出其他产品以供出售、出租,以从中牟利,而不是为了个人消费。这部分市场是我们本书中所称的"组织市场"的主要组成部分。它主要由以下产业构成:(1)农、林、牧、渔业;(2)采矿业;(3)制造业;(4)建筑业;(5)运输业;(6)通信业;(7)公用事业;(8)银行、金融、保险业;(9)服务业。以生产者市场为服务目标的企业,必须深入研究这个市场的特点,并分析其购买行为,从而取得营销成功。

2. 中间商市场(reseller market)

中间商市场又称转卖者市场。它是由所有以营利为目的而从事转卖或租赁业务的个体和组织构成,包括批发和零售两大部分。在许多场合,批发和零售往往作为营销渠道的组成部分被提出来,而不是作为组织市场的一部分被讲述。其实,中间商市场和生产者市场有着许多相似之处,包括双方在购买行为上也有许多雷同的地方。因此,我们认为有必要把它作为组织市场的第二主要组织部分提出来,而在具体分析的时候,并不涉及其作为渠道组成部门的特点。

3. 非营利性组织市场(nonprofit organization market)

非营利性组织市场又称机构市场。主要是指一些由学校、医院、疗养院、监狱和其他为公众提供商品和服务的部门所组成的市场,它们往往是以低预算和受到一定的控制为特征的,而且一般都是非营利性的。所以,这部分市场也有其特点,但为了全面起见,我们仍把它们放入组织市场这个大概念中去,一起来讨论它们的共性问题。

4. 政府采购市场(government purchasing market)

在大多数国家里，政府也是产品和劳务的主要购买者。由于政府的采购决策要受到公众的监督，因此它们经常会要求供应商准备大量的书面材料；此外政府市场还有一些比如以竞价投标为主，喜欢向国内供应商采购等特点。但这些特点都不会影响到把它也纳入组织市场这个大概念中来分析。事实上，把它纳入之后将会使我们的分析研究更有意义。

以上，就是我们在平常可能接触到的一些构成组织市场的不同类型的成员。在大多数场合，它们被分开阐述，各自说明特点或进行购买行为分析。但实际上我们不难看出，在各自不同类型的市场特征背后，它们却有着很多的共同特征。

组织市场的特征

组织市场与消费者市场相比，具有一些鲜明的特征。

1. 购买者少，购买规模大

组织市场上的购买者比消费者市场上的购买者要少得多。例如，美国固特异轮胎公司的订单主要来自通用、福特、克莱斯勒三大汽车制造商，但当固特异公司出售更新的轮胎给消费者时，它就要面对全美1.71亿个汽车用户组成的巨大市场了。组织市场不仅买主人数少而且购买次数也少。一家生产企业的主要设备要若干年才购买一次，原材料与零配件也大多只签订长期合同，就连文具纸张等日用品也常常是8个月集中购买一次。购买次数少就决定了每次采购量将十分巨大。特别在生产比较集中的行业中更为明显，通常少数几家大企业的采购量就占该产品总销售量的大部分。

2. 购买者在地域上相对集中

由于资源和区位条件等原因，各种产业在地理位置的分布上都有着相对的集聚性，所以组织市场的购买者往往在地域上也是相对集中的。例如，中国的重工产业大多集中在东北地区，石油化工企业云集在东北、华北以及西北的一些油田附近，金融保险业在上海相对集中，而广东、江苏、浙江等沿海地区集聚着大量轻纺和电子产品的加工业。这种地理区域的集中有助于降低产品的销售成本，这也使得组织市场在地域上形成了相对的集中。

3. 着重人员销售

由于仅存在少数大批量购买的客户，企业营销部门往往倾向于通过人员销售，宣传其优惠政策而不是通过广告。一个好的销售代理可以演示并说明不同产品的特性、用途以吸引买方的注意，并根据得到的反馈，及时调整原有的政策。而这种快速反馈是不可能通过广告获得的。

4. 进行直接销售

消费品的销售通常都经过中间商，但组织市场的购买者大多直接向生产者购买。这首先是因为购买者数量有限，而且大多属于大规模购买，直接购买的成本显然低得多。其次，组织市场的购买活动在售前售后都需要由生产者提供技术服务。因此，直接销售是组织市场常见的销售方式。

5. 实行专业购买

相应的，组织机构通常比个人消费者更加系统地购买所需要的商品，其采购过程往往是由具有专门知识的专业人员负责，例如采购代理商。这些代理商将其一生的工作时间都花在学习如何更好地采购方面。他们的专业方法和对技术信息的评估能力导致他们的购买建立在对商品价格质量比、售后服务及交货期的逻辑分析基础之上。这意味着组织营销者必须具有完备的技术知识，并能提供大量的有关自身及竞争者的数据。

6. 衍生需求，需求波动大

对组织市场上的购买需求最终来源于对消费品的需求，企业所以需要购买生产资料，归根到底是为了用来作为劳动对象和劳动资料以生产出消费资料。例如，由于消费者购买皮包、皮鞋，才导致生产企业需要购买皮革、钉子、切割刀具、缝纫机等等生产资料。因此消费者市场需求的变化将直接影响组织市场的需求。有时消费品需求仅上升10%，就可导致生产这些消费品的企业对有关生产资料的需求增长200%。而若消费品需求下降10%，则可导致有关生产资料需求的全面暴跌。这种现象在经济学上被称为“加速原理”，这促使许多企业的产品线多样化，以便在商业波动中实现某种平衡。

7. 需求缺乏弹性

组织市场的需求受价格变化的影响不大。皮鞋制造商在皮革价格下降时，不会因此而打算采购大量皮革；同样，皮革价格上升时，他们也不会因此而大量减少对皮革的采购，除非他们发现了某些稳定的皮革替代品。需求在短期内特别无弹性，因为厂商不能对其生产方式做许多变动。对占项目总成本比例很小的业务用品来说，其需求也是无弹性的。例如，皮鞋上的金属鞋孔价格上涨，几乎不会影响其需求水平。

8. 互惠购买原则

另外一种在消费营销过程中不会发生但在组织营销过程中常见的现象是互惠现象。也就是“你买我的产品，那么我也就买你的产品”。更通俗地讲，叫互相帮忙。由于生产资料的购买者本身总是某种产品的出售者，因此，当企业在采购时就会考虑为其自身产品的销售创造条件。但这种互惠购买的适用范围是比较狭窄的，一旦出现甲企业需要乙企业的产品，而乙企业并不需要购买甲企业的产品时，就无法实现互惠购买了。这样，互惠购买会演进为三角互惠，甚至是多角互惠。例如，甲企业向乙企业提出，如果乙企业购买丙企业的产品，则甲企业就购买乙企业的产品，因为丙企业以甲企业推销其产品作为购买甲企业产品的条件。这就是三角互惠。虽然这类现象极为常见，但大多数经营者和代理商却反对互惠原则，并视其为不良习俗。

9. 租售现象

一些组织购买者乐于租借大型设备，并不愿意全盘购买。租借对于承租方和出租方有诸多好处。对于出租方，当客户不能支付购买其产品的费用时，他们的优惠出租制度为其产品找到了用武之地。对承租方而言，租借为他们省下了大量资金，又获得了最新型的设备，租期满后可以购买折价的设备。这种方式目前在工业发达国家有日益扩大的趋势，特别适用于电子计算机、包装设备、重型工程机械、运货卡车、机械工具等价格昂贵、磨损迅速或并不经常使用的设备。在美国，租赁方式已扩大到小型次要设备，甚至连办公室家具、设备也都可以租赁。

10. 谈判和投标

组织机构在购买或出售商品时，往往会在价格和技术性能指标上斤斤计较，如果营销人员能够预先获知客户正在研究之中的新产品的有关信息，他们就可以在谈判开始之前修改某些技术参数；卖方得知买方愿意接受耐用性较差和服务亦一般的商品时，就会提出一个较低的价格。当双方在价格上都有较大的回旋余地，且交易对双方都是至关重要时，谈判就成为双方交涉中最重要的部分。谈判的风格或对抗或合作，但绝大多数买方倾向于后者。

有远见的买方通常在诸多投标卖方间精挑细选。美国联邦政府将它所有买卖的40%建立在投标的基础上。在公开投标的基础上，可以参阅其他投标商的标书。然而在保密投标的情况下，标书的条款是不公开的。所以供方会尽量提供好的设备和较低的价格。政府购买设备往往用保密投标的方式。

在研究组织市场购买行为一般特征的基础上，在具体的营销活动中还应当注意对特定时点上特定购买者行为特点的研究和分析。这是由于相对数量众多的个人消费者而言，数量有限的组织购买者行为特征的个性更为明显。

第二节　组织市场购买决策

正如个人消费者一样，组织消费者在作出购买决策之前，也会经历几个步骤，心理过程在这之中也充当了一个重要的角色。两者不同的是，组织购买更正规化、专业化、系统化。这一节将主要论述组织购买区别于个人购买的一系列决策行为。

一、购买行为类型

组织购买者行为的复杂程度以及采购决策项目的多少，取决于采购业务的类型。我们可以把它分为三种类型：直接再采购、修正再购买和新购[1]。

1. 直接再采购(straight rebuy)

直接再采购是指采购方按既定方案不作任何修订直接进行的采购业务。这是一种重复性的采购活动，按一定程序办理即可，基本上不用作新的决策。在这种情况下，采购人员的工作只是从以前有过购销关系的供应商中，选取那些供货能满足本企业需要和能使本企业满意的供应商,向他们继续订货。入选的供应商应该尽最大的努力,保持产品和服务的质量,以巩固和老客户的关系。落选的供应商则应努力做一些新的工作,消除买方的不满,设法争取新的订单。

2. 修正再购买(modified rebuy)

修正再购买是指组织购买者对以前已采购过的产品通过修订其规格、价格、交货条件或其他事项之后的购买。这类购买比直接再购买要复杂,购销双方需要重新谈判,因而双方会有更多的人参与决策。在被选掉的"名单"中的供应商压力会很大,为了保持交易他们将加倍努力。而对"名单"之外的供应商来说,这是一次机会,他们将会提供更好的条件以争取新的业务。

3. 新购(new task)

新购是指组织购买者第一次购买货物的购买行为。新购的成本费用越高,风险越大,参加决策的人数就越多,所需信息量也越多,制定决策的时间也越长。新购的采购过程一般要经过几个阶段:知晓、兴趣、评价、试用和采用[2]。新购没有什么可利用的老供应商,所以对一切供货方来说都具有同等的机会。供应商应设法接触主要的采购影响者,并向他们提供有用的信息和帮助。许多公司设立专门的机构负责对新客户的营销,他们称其为"访问使用推销队伍"(missionary sales force),一般由最好的推销人员组成。

在直接再采购的情况下,组织购买者所作的决策数量最少。而在新的条件下,他们所作的决策数量最多。购买者必须决定产品规格、价格限度、交货条件以及时间、服务条件、支付条件、订购数量、可接受的供应商和可供选择的供应商等等。

购买决策者

在直接再采购时,采购代理人起的作用较大;而在新任务采购时,其他组织人员所起的作用较大。我们把采购组织的决策单位称为"采购中心"(buying center),并定义为:所有参与购买决策过程的个人和集体。他们具有某种共同目标并一起承担由决策所引发的各种风险。采购中心包括购买组织中的全体成员,他们在购买决策过程中可能会形成七种不同的角色(见图6—2)[3]。

图6—2 组织购买决策的主要参与者

1. 发起者(initiator)

发起者指提出并要求购买的人。他们可能是组织内的使用者或其他人。

2. 使用者(users)

使用者指组织中将使用产品或服务的成员。在许多场合，使用者首先提出购买建议，并协助确定产品规格。

3. 影响者(influencer)

影响者指影响购买决策的人，他们协助确定产品规格，并提供方案评价的情报信息。作为影响者，技术人员尤为重要。

4. 决策者(decider)

决策者指一些有权决定产品需求和供应商的人，在重要的采购活动中，有时还涉及主管部门或上级部门的批准，构成多层决策的状况。

5. 批准者(ratifier)

批准者指有权批准决策者或购买者所提方案的人。

6. 购买者(buyers)

购买者指正式有权选择供应商并安排购买条件的人。购买者可以帮助制定产品规格，但主要任务是选择卖主和交易谈判。在较复杂的购买过程中，购买者中或许也包括高层管理人员。

7. 守门者(gatekeepers)

守门者指有权阻止销售员或信息员与采购中心成员接触的人。主要是为了控制采购组织的一些信息不外露。例如，采购代理人、接待员和电话接线员都可以阻止推销员与用户或决策者接触。

在任何组织内，采购中心的人数会随不同类别产品的大小及构成发生变化。显然，参与购买一台重要机器设备的决策人数肯定会比参与购买办公文具的人数要多。而韦伯斯特强调组织购买决定最终还是由组织中的个人所作出的，而不是由组织所作出的[4]。作为产品营销人员需要知道的是：谁是主要决策的参与者，其影响决策的程度如何，他们对哪些决策具有影响力。只有摸清客户的这些情况，才能有针对性地采取促销措施。

影响采购决策的主要因素

组织采购人员在作出购买决策时受到许多因素影响。有些营销人员认为经济因素是最为重要的，而另一些人员又认为采购者对偏好、注意力、避免风险等个人因素反应敏感。实际上在组织市场的购买决策中，经济因素同个人因素对采购人员的影响是同样重要的。一般来说，如果所采购的商品效用和价格差异较大，经济因素就会成为采购人员所考虑的主要因素；而如果效用和价格差异很小，个人因素的影响就可能增大。一些采购人员还会根据个人所得利益的大小以及个人的偏好来选择供应商。

我们可以把影响组织购买者的因素归为四类：环境因素、组织因素、人际因素和个人因素(见图6－3)。

1. 环境因素

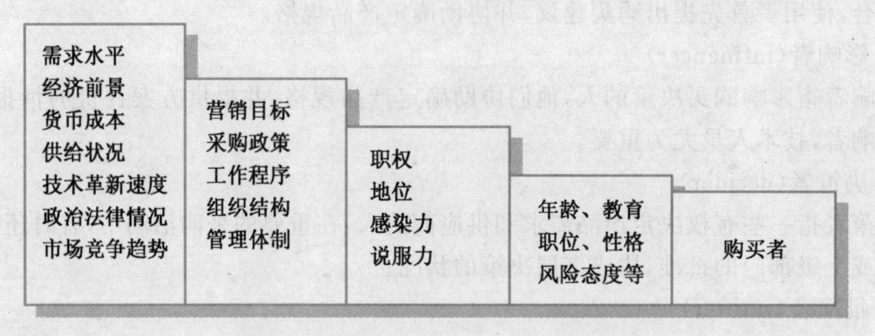

图 6－3 影响组织采购行为的主要因素

市场营销环境和经济前景对企业的发展影响甚大，也必然影响到其采购计划。例如，在经济衰退时期组织购买者会减少对厂房设备的投资，并设法减少存货。组织营销人员在这种环境下刺激采购是无能为力的，他们只能在增加或维护其需求份额上做艰苦的努力。

原材料的供给状况是否紧张，也是影响组织用户采购的一个重要环境因素。一般企业都愿意购买并储存较多的紧缺物资，因为保证供应不中断是采购部门的主要职责。同样，采购者也受到技术因素、政治因素以及经济环境中各种发展因素的影响。他们必须密切注视所有这些环境作用力，测定这些力量将如何影响采购的有效性和经济性，并设法使问题转化为机会。

2. 组织因素

每一采购组织都有其具体目标、政策、程序、组织结构及系统。营销人员必须尽量了解这些情况。例如，有的地方规定只许采购本地区的原材料；有的国家规定只许买本国货，不许买进口货；有的购买金额超过一定限度就需要上级主管部门审批等。

组织内部采购制度的变化也会对采购决策带来很大影响。如对于大型百货商厦来说，是采用集中采购的进货方式还是将进货权下放给各商品部或柜组，采购行为就会有很大差别；一些组织会用长期合同的方式来确定供应渠道，另一些组织则会采用临时招标的方式来选择供应商。又如，在西方发达国家近年来兴起一种“正点生产系统”(just-in-time production systems)，即适量及时进货、零库存、供量100％合格的生产系统，它的兴起大大影响了组织采购政策。

3. 人际因素

采购中心通常包括一些具有不同地位、职权、兴趣和说服诱导力的参与者。一些决策行为会在这些参与者中产生不同的反应。意见是否容易取得一致，参与者之间的关系是否融洽，是否会在某些决策中形成对抗，这些人际因素会对组织市场的营销活动产生很大影响。营销人员若能掌握这些情况并有的放矢地施加影响,将有助于消除各种不利因素,获得订单。

4. 个人因素

购买决策过程中每一个参与者都带有个人动机、直觉和偏好,这些因素受到参与者的年龄、收入、教育、专业文化、个性以及对风险的态度等个人因素的影响,因此,供应商应了解客户采购决策人的个人特点,并处理好个人之间的关系,这将有利于营销业务的开展。

组织营销人员必须了解自己的顾客,使自己的营销策略适合特定的组织购买行为中的环境、组织、人际以及个人因素的情况。

组织市场购买行为的重要特点是往往表现为组织与组织之间的交易关系,似乎应当比消费者购买行为更为理性,而不涉及个人情感。但实际上并非如此,因为组织采购的每一个环节都是由具体的人员去完成。执行组织采购任务的具体人员的个性与情感对于其作出相应的采购决策同样发挥着重要的作用。所以注意研究组织购买行为中的个人因素,并有的放矢地开展相关的营销活动是十分重要的。由于组织之间的交易关系一旦建立,就会比较稳定(因为组织购买的信息收集和采购洽谈成本比较高,采购组织一般不愿轻易改变供应商),所以维护同购买者之间的稳定关系就变得十分重要。这也就是为什么"关系营销"首先是由北欧的"产业市场营销学派"(IMP)提出来的原因。

购买决策过程

组织购买者作出采购决策的过程与消费者有相似之处,但又有其特殊性。一般认为,组织购买者的采购决策过程可分为八个购买阶段(见图6－4)[5]。

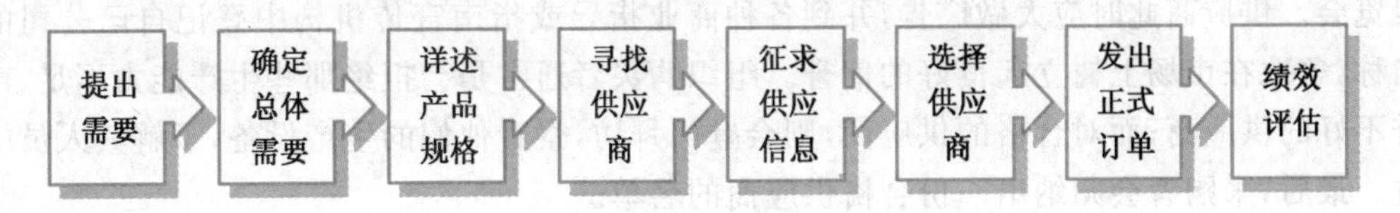

图6－4　组织购买者采购决策过程

1. 提出需要

当公司中有人提出需要某一产品或服务时,便开始了采购过程。提出需要由两种刺激引起:(1)内部刺激。如企业决定推出一种新产品,于是需要购置新设备或原材料来生产这种新产品;企业原有的设备发生故障,需要更新或需要购买新的零部件;已采购的原材料不能令人满意,企业正在物色新的供应商。(2)外部刺激。主要指采购人员在某个商品展销会上产生了新的采购主意,或者接受了广告宣传中的推荐,或者接受了某些推销员提出的可以供应质量更好、价格更低的产品的建议。可见,组织市场的供应商应主动推销，经常开展广告宣传，派人访问用户，以发掘潜在需求。

2. 确定总体需要

提出了某种需要之后，采购者便着手确定所需项目的总特征和需要的数量。如果是简单的采购任务，这不是大问题，由采购人员直接决定。而对复杂的任务而言，采购表的制定要会同其他部门人员，如工程师、使用者等共同来决定所需项目的总特征，并按照产品的可靠性、耐用性、价格及其他属性的重要程度来加以排列。在此阶段，组织营销者可通过向购买者描述产品特征的方式向他们提供某种帮助，协助他们确定其所属公司的需求。

3. 详述产品规格

采购组织按着确定产品的技术规格，可能要专门组建一个产品价值分析技术组来完成这一工作。价值分析的目的在于降低成本。它主要是通过仔细研究一个部件，看是否需要重新设计，是否可以实行标准化，是否存在更廉价的生产方法等。此小组将重点检查既定产品中成本较高的零部件——这通常是指数量占了20%而成本占了80%的零部件。该小组还要检查出那些零件寿命比产品寿命还长的超标准设计的零部件。最后，该小组要确定最佳产品的特征，并把它写进商品说明书中，就成为采购人员拒绝那些不合标准的商品的依据。同样，供应商通过尽早地参与产品价值分析，可以影响采购者所确定的产品规格，以获得中选的机会。

4. 寻找供应商

采购者现在要开始寻找最佳供应商。为此，他们会从多方面着手：可以咨询商业指导机构；上网查询信息；打电话给其他公司，要求推荐好的供应商；或者观看商业广告，参加展览会。供应商此时应大做广告，并到各种商业指导或指南宣传机构中登记自己公司的名称，争取在市场上树立起良好的信誉。组织购买者通常是会拒绝那些生产能力不足、声誉不好的供应商；而对合格的供应商，则会登门拜访，察看他们的生产设备，了解其人员配置。最后，采购者会归纳出一份合格供应商的名单。

5. 征求供应信息

此时采购者会邀请合格的供应商提交申请书。有些供应商只寄送一份价目表或只派一名销售代表。但是，当所需产品复杂而昂贵时，采购者就会要求待选供应商提交内容详尽的申请书。他们会再进行一轮筛选比较，选中其中最佳者，要求其提交正式的协议书。

因此组织营销人员必须善于调研、写作，精于申请书的展示内容。它不仅仅是技术文件，而且也是营销文件。在口头表达意见时，要能取信于人，他们必须始终强调公司的生产能力和资源优势，以便在竞争中立于不败之地。

6. 选择供应商

采购中心在作出最后选择之前，还可能与选中的供应商就价格或其他条款进行谈判。

营销人员可以从好几个方面来抵制对方的压价。如当他们所能提供的服务优于竞争对手时，营销人员可以坚持目前的价格等。

此外，采购中心还必须确定供应商的数目。许多采购者喜欢多种渠道进货，这样一方面可以避免自己过分地依赖于一个供应商，另一方面也使自己可以对各供应商的价格和业绩进行比较。当然，在一般情况下，采购者会把大部分订单集中在一家供应商身上，而把少量订单安排给其他供应商。这样，主供应商会全力以赴保证自己的地位，而次要供应商会通过多种途径来先争得立足之地，再图自身的发展。

7. 发出正式订单

采购者选定供应商之后，就会发出正式订货单，写明所需产品的规格、数目、预期交货时间、退货政策、保修条件等项目。通常情况下，如果双方都有着良好的信誉，一份长期有效的合同将建立一种长期的关系，而避免重复签约的麻烦。在这种合同关系下，供应商答应在一特定的时间之内根据需要按协议的价格条件继续供应产品给买方，存货由卖方保存。因此，它也被称作“无存货采购计划”。这种长期有效合同导致买方更多地向一家供应商采购，并从该供应商处购买更多的产品或服务。这就使得供应商和采购者的关系十分紧密，其他供应商就很难插足其间。

8. 绩效评估

在此阶段，采购者对各供应商的绩效进行评估。他们可以通过三种途径：直接接触最终用户，征求他们意见；或者运用不同的标准加权计算来评价供应商；或者把绩效不理想的开支加总，以修正包括价格在内的采购成本。通过绩效评价，采购者将决定延续、修正或停止向该供应商采购。供应商则应该密切关注采购者使用的相同变量，以便确信为买主提供了预期的满足。

购买阶段指的是一个组织在购买前所进行的、从组织产生需要到对即将购买的商品进行评估的一系列过程。但并非每次采购都要经过这八个阶段，这要依据采购业务的不同类型而定。表 6－1 说明了各阶段对各类采购业务是否必要。

表 6－1　不同采购任务采购决策过程的比较

购买阶段＼购买类型	新购	修正再购买	直接再采购
1. 提出需要	是	可能	否
2. 确定总体需要	是	可能	否
3. 详述产品规格	是	是	是
4. 寻找供应商	是	可能	否

续表

购买阶段 \ 购买类型	新购	修正再购买	直接再采购
5. 征求供应信息	是	可能	否
6. 选择供应商	是	可能	否
7. 发出正式订单	是	可能	否
8. 绩效评估	是	是	是

从表6－1中可以看出，新购最为复杂，需要经过所有阶段；直接再采购最简单，只需经过两个阶段；而在修正再购买情况下，其中有些阶段可能被简化、浓缩或省略。这要求组织营销者对每一情况分别建立模型，而每一情况都包含一个具体的工作流程。这样的购买流程能够为营销人员提供很多线索。

总之，组织市场是一个富有挑战性的市场，其中最关键的问题是要了解采购者的需要、购买参与者、购买标准以及购买步骤等。了解以上各点，组织营销人员就能够因势而动，为不同的顾客设计不同的营销计划。

第三节　政府市场与政府采购

政府采购是组织购买者中比较特殊的一个市场，也是十分重要的一个市场，在西方已有200年左右的历史，其特点就是对政府的采购行为进行法制化的管理。英国政府在1782年设立了文具公用局，专门负责政府部门所需办公用品的采购工作，并开始对政府采购的管理进行立法。美国在1861年颁布了《联邦政府采购法》，并建立了专门的机构和制度。目前在世界各国，政府采购的金额一般要占GDP的10%以上，美国则高达25%，这无疑是一个十分庞大的组织购买市场，必然会引起相关企业的特别关注。

政府采购的含义和特点

对于政府采购的含义曾经有过许多解释。中国政府2002年6月颁布的《中华人民共和国政府采购法》对政府采购的含义进行了定义："政府采购指各级国家机关、事业单位和团体组织，使用财政性资金采购依法制定的集中采购目录以内的或者采购限额标准以上的货物、工程和服务的行为。"这一定义反映了政府采购的一些基本要素。

(1)政府采购的主体。政府采购的主体是国家机关、事业单位和团体组织，而不是一般的个人或企业。从这些主体的性质而言，可认定其采购的目的主要是为了满足开展日常的政务活动或为社会公众提供公共服务的需要。

(2)政府采购的范围。政府采购的范围并不包括所有的商品和服务,而是有所限定的,那就是“依法制定的集中采购目录以内”的商品和服务,以及“采购限额标准以上”的商品和服务。这说明政府采购实际上是一种纳入法制管理范围的组织购买行为。通过必要的法定程序是政府采购的重要特点。

(3)政府采购的资金来源。政府采购的资金来源是财政性的资金,即全民的公有财产。这就是为什么要对政府采购进行必要的法制管理的主要原因。这里所说的财政性资金,不仅包括预算内资金,也包括预算外资金。但并非所有财政性资金的使用都纳入政府采购的管理范畴,还应根据资金的使用方向,看其是否在政府采购的管理范围之内。

同私人或企业采购相比,政府采购具有行政性、社会性、法制性和广泛性等主要特点。

(1)行政性。政府采购决策是一种行政性的运行过程,要严格遵守行政决策的程序和过程,要代表政府的意志,遵循组织原则,并非将经济利益作为唯一的评价标准。

(2)社会性。政府要承担社会责任和公共责任,其包括采购行为在内的所有行为不能只对政府机构负责,而必须对全社会负责。所以其采购行为必然要综合考虑对诸如环境、就业以及国家安全等各方面的影响。同时,政府采购行为的本身也要接受社会监督。相比私人采购要接受董事会和股东的监督而言,其接受监督的范围要大得多。

(3)法制性。在法制国家中,政府行为的基本特征是必须在法律的范围内运行,所有行为必须符合法律的规范和原则。所以政府采购的对象、程序和操作都必须用法律的形式加以规定并严格执行。

(4)广泛性。政府是对国家和社会实行管理和服务的机构,其涉及的事务范围极其广泛,政治、经济、军事、教育、医疗卫生、资源开发、环境保护,几乎无所不包。所以其采购的领域必然也十分广泛,涉及的货物、工程和服务会和众多的产业有关,从而也给各行各业创造了市场机会。

政府采购具有十分重要的意义。

首先,政府采购可以理解为政府受纳税人的委托,代表纳税人采购公共产品。这种采购行为当然应当符合广大公民(即纳税人)的利益。对其实行法制化的管理,可以使其受到必要的监督与控制,使广大公民(纳税人)的利益能得到有效的保护。

其次,由于政府采购的数额巨大,其对国民经济的影响必然是很大的。所以政府有可能通过调节政府采购的总量和结构,来达到调整产业结构、调整国民经济的发展速度的目的。同时还可以对各类产业的发展方向实施有效的调控,如为了加强环境保护,政府可以扩大对低污染的汽车等产品的采购,而对污染严重的汽车的采购进行控制。这样就能通过市场的手段,而不是行政手段来引导汽车产业的发展方向。

再次，政府采购还能在一定程度上起到稳定市场物价的作用。如政府通过对粮食等重要物资的采购与储备，就能在必要的情况下通过储备物资在市场上的吸纳和投放来调节市场的供求，起到稳定市场物价的作用。

最后，政府采购还可在一定程度上起到保护国内企业和扶持民族产业发展的作用，许多国家通过立法的形式，强制要求政府购买本国产品以保护民族产业的发展。如美国1933年就颁布了《购买美国产品法》，以保证在政府采购中对美国自身的产业进行必要的保护。

政府采购的方式和程序

（一）政府采购的方式

根据《中华人民共和国政府采购法》规定，政府采购基本上采用公开招标、邀请招标、竞争性谈判、单一来源采购、询价采购等方式。其中公开招标是政府采购的主要方式。

1. 公开招标

公开招标采购就是不限定投标企业，按照一般的招标程序所进行的采购方式。这种采购方式对所有的投标者是一视同仁的，主要看其是否能更加符合招标项目的规定要求。但由于整个招标、评标过程会耗费大量的费用，所以公开招标一般要求采购项目的价值比较大。

2. 邀请招标

邀请招标采购是指将投标企业限定在一定的范围内（一般必须在3家以上），主动邀请他们进行投标。邀请招标的原因一方面是由于所采购货物、工程或报务具有一定的特殊性，只能向有限范围内的供应商进行采购；另一方面是由于进行公开招标所需要费用占采购项目总价值的比例过大，即招标成本过高。所以对于采购规模较小的政府采购项目一般会采用邀请招标的方式。

3. 竞争性谈判

竞争性谈判是指采购单位采用同多家供应商同时进行谈判，并从中确定最优供应商的采购方式。一般适用于在需求紧急情况之下，不可能有充裕的时间进行常规性的招标采购；或招标后没有合适的投标者；以及项目技术复杂、性质特殊，无法明确招标规格等情况下，就可不采用招标方式而采用竞争性谈判的采购方式。

4. 单一来源采购

单一来源采购即定向采购，虽然所采购的项目金额已达到必须进行政府采购的标准，但由于供应来源因资源专利、合同追加或后续维修扩充等原因只能是唯一的，就适用于采取单一来源的采购方式。

5. 询价采购

询价采购主要是指采购单位向国内外的供应商(通常不少于3家)发出询价单,让其报价,然后进行比较选择,确定供应商的采购方式。询价采购一般适应于货物规格标准统一,现货货源充足且价格变化幅度较小的政府采购项目。对于某些急需采购项目,或招标谈判成本过高的项目也可采用询价采购的方式。

以上采购方式主要是指列入政府采购管理范围之内的采购项目的采购。所谓列入管理范围主要是指两方面:一是属于法定的“集中采购目录”之内的采购项目,二是达到所规定的采购金额标准以上的采购项目。规定的采购金额标准(通常也称作“门槛价”),是由政府有关部门(一般必须由财政部门参与)根据实际情况所规定的。在采购金额标准以下的采购项目,一般不受政府采购有关程序的约束,但也要求采用比价择优的方式。

(二)政府采购的程序

政府采购的程序因采购方式的不同而不同。

1. 公开招标的采购程序

首先进行招标前的准备,如上报采购计划,确定招标机构,制作招标文件等等;第二步是发布招标通告,让所有在投标人知道招标信息;第三步进行资格预审,即对于供应商的资格和能力进行事先的了解和审定;然后是发售招标文件,接受投标;在规定时间内接受了投标之后,进行公开统一开标、评标,确定供应商;最后同所有确定的供应商签订采购合同。

2. 邀请招标的基本程序

同公开招标差不多,只是其对于投标的供应商有一定的限制,不是采用发布招标通告,而是采取发出招标邀请书的方式进行招标。

3. 竞争性谈判的程序

与一般商务采购程序差不多,通常包括四个基本环节:首先是询盘,即向供应方提出关于采购项目的价格及其他交易条件的询问;然后是发盘,即由接到询盘的供应方发出价格或交易条件的信息,也称“报价”(但有时也可由采购方首先发盘,供应方若无条件接受、交易合同就可成立);第三步是还盘,即采购方对供应方的发盘(报价)提出一些修改意见,供应方修改后再向采购方还盘,此过程可反复进行,直至达成交易或拒绝交易;最后是接受,即采购方或供应方对于对方提出的价格和交易条件表示同意,从而双方的交易合同即可成立。竞争性谈判的这一程序是同时对各供应商开展的,由供应商进行公平竞争,采购方在同各供应商的发盘和还盘中去选择最合适的供应商。

4. 询价采购程序

询价采购程序一般也分为四步。第一步是选择供应商,一般应在三家以上;第二步是发出询价单,询价单除询问价格之外还应包括其他交易条件;第三步是评价和比较,由采购方对供应商报出的条件进行比较,然后作出选择;第四步是签订合同,履行采购。

5. 单一来源采购程序

单一来源采购由于没有竞争,所以不需要进行广泛的招标和竞价,但一般也要经过:提出采购要求,进行交易谈判,签订、履行交易合同的过程。

实际上各种政府采购方式的基本程序还是相类似的,无非分为五个基本步骤(见图6—5),即:确定采购项目,发出采购信息,接受供应信息,评价选择供应者和签订履行合同。所不同的只是在发出信息和接受信息的方式和对象上有所不同。

图 6—5 政府采购的一般程序

政府采购的组织形式

国外政府采购一般有三种模式:集中采购模式,即由一个专门的政府采购机构负责本级政府的全部采购任务;分散采购模式,即由各支出采购单位自行采购;半集中半分散采购模式,即由专门的政府采购机构负责部分项目的采购,而其他的则由各单位自行采购。中国的政府采购中集中采购占了很大的比重,列入集中采购目录和达到一定采购金额以上的项目必须进行集中采购。

政府采购一般主要涉及五个方面的机构和人员:

(1)采购人。即货物、工程或服务的需要机构,由他们使用财政性资金进行采购并使用。

(2)采购代理机构。即专门设立的政府采购机构,在集中采购的情况下,由他们负责代理采购人履行采购业务。

(3)供应商。即参与政府采购的投标、谈判,并在中标后向采购方提供货物、工程或服务的企业。

(4)采购相关人员。即在政府采购过程中进行中介、参与评标或谈判的有关人员,也包括提供有关信息的机构和人员。

(5)政府采购监督管理部门。属于政府的职能部门,负责对政府采购活动依法实施监督和管理。

这五方面机构和人员的关系大体上如图 6—6 所示。即由采购人提出采购申请;由专门的政府采购代理机构向有关供应商进行采购;采购相关人员参与采购的有关活动;政府采购监督管理部门对采购全过程实施监督。

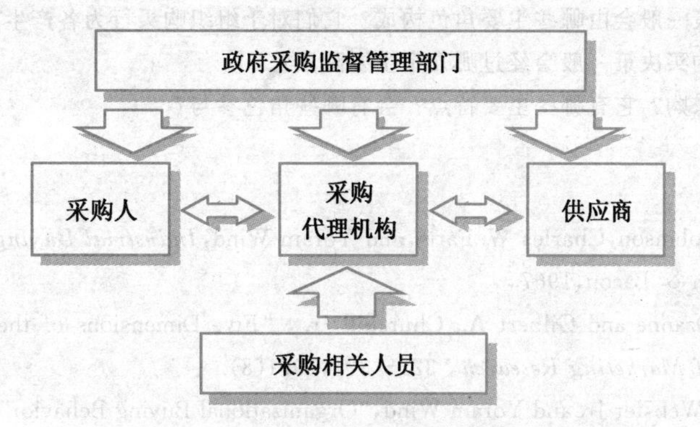

图 6－6　政府采购的参与者及相互关系

本章小结

组织市场是指购买商品和服务以用于生产性消费，以及转卖、出租，或用于其他非生活性消费的企业或社会团体。组织市场一般由生产企业、中间商、非营利性组织及政府部门等构成。

组织市场的特征是：购买者少，购买规模大；地域集中；倾向于直接销售，专业购买；属于衍生需求，需求波动较大；需求弹性较小；具有互惠购买原则；能进行租售；注重谈判和投标。

组织市场的购买类型有：直接再采购；修正再购买和新购。组织购买属于群体购买决策，采购中心一般会由发起者、使用者、影响者、决策者、批准者、购买者、守门者等角色构成。对组织市场购买行为的影响因素主要有：环境因素、组织因素、人际因素和个人因素。

组织市场的购买决策一般经过八个阶段，它们是：提出需求、确定总体需要、详述产品规格、寻找供应商、征求供应信息、供应商选择、发出正式订单、绩效评价。然而除了新购行为必须经过全过程之外，直接再采购和修正再购买一般无须经过全部八个阶段。组织市场的营销人员应当准确把握时机，针对不同的对象，积极开展有效的营销活动。

政府采购是一种特殊的组织采购行为，必须按照法定的范围和程序进行。政府采购具有行政性、社会性、法制性和广泛性的特点。

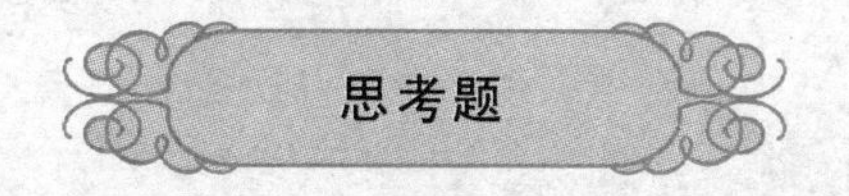

思考题

1. 组织购买市场同消费者购买市场相比，有哪些主要特征？

2. 组织采购决策一般会由哪些主要角色构成？它们对于组织购买行为各产生怎样的作用？

3. 组织市场的购买决策一般会经过哪几个主要阶段？

4. 什么是政府采购？它有哪些主要特点？会有哪些角色参与？

注释：

[1]Patrick J. Robinson, Charles W. Faris, and Yoram Wind, *Industrial Buying and Creative Marketing*, Boston: Aliyn & Bacon, 1967.

[2]Urban B. Ozanne and Gilbert A. Churchill Jr., "Five Dimensions of the Industrial Adoption Process", *Journal of Marketing Research*, 322－328, 1971(8).

[3]Fredrick, E. Webster Jr. and Yoram Wind, "Organizational Buying Behavior", *Upper Saddle River*, NU: Pretice Hall, 1972.

[4]Fredrick, E. Webster Jr. and Kevin Lane Keller, "A Roadmap for Branding in Industrial Markets", *Journal of Brand Management* 11, 388－402, 2004(5).

[5]同[1]。

第七章

市场细分与目标市场

学习目的与要求

1. 掌握目标市场营销的三个步骤，即市场细分、目标市场的选择和市场定位的含义
2. 了解消费者市场和组织市场细分的主要标准和有效细分的条件
3. 理解市场细分的主要方法
4. 理解企业目标市场选择的三种战略及其运用条件
5. 掌握通过市场定位获得竞争优势最大化的方法
6. 了解定制营销的含义、必要性和可能性

第二次世界大战以后，随着经济和社会生活越来越丰富，处在买方市场情况下的西方企业纷纷开始实行目标市场营销。目标市场营销即企业识别各个不同的购买者群体的差别，有选择地确定一个或几个消费者群体作为自己的目标市场，发挥自己的资源优势，满足其需要。目标市场营销是市场营销理论和实践的极有意义的进步，成为现代营销的核心战略。21 世纪后的市场环境变化，使目标市场营销得到进一步的发展。目标市场营销主要包含三个步骤：市场细分（segmenting）—目标市场选择（targeting）—市场定位（positioning），所以又被称为 STP 战略。

第一节 大众营销与目标营销

从大众营销到目标营销

回顾市场营销历史，我们会发现，企业并非一开始就热衷于目标市场营销。实际上，在20世纪50年代以前的很长一段时间里，大多数的消费品厂商都奉行大众营销(mass marketing)。大众营销又称大量市场营销，是指营销者以相同的方式向市场上所有的消费者提供相同的产品和进行信息沟通，即大量生产、大量分销和大量促销。例如，亨利·福特向市场上推出著名的T形车时，就采用统一的设计和唯一的黑色款式。同样，可口可乐一度只向整个市场供应一种可乐，以求吸引所有的消费者。

大众营销以市场的共性为基础，忽略市场需求的差异，力图以标准化的产品和分销影响最广泛的市场范围，从而获得最低的生产和营销成本，得到较低的价格，或者较高的利润。在商品不充足、消费个性不突出，或产品需求同质性高的情况下，大众营销能够有效地实现规模经济，为企业所推崇。

然而，20世纪50年代之后，市场环境中许多因素的变化使得大众营销越来越困难了。一方面由于市场规模的迅速扩大，交通及通信技术的发展，将市场范围扩大到前所未有的地域，也将企业与消费者的信息联系推进到前所未有的广度和深度。消费者可以在超市、专卖店、便利店、百货商店，甚至在家中通过电话、网络等进行商品比较、选择和购买；在传统的大众传媒(报纸、杂志、广播、电视)以及除此之外的新型媒体(网络、传真等)得到信息。营销者与消费者的联系日趋扩大化、直接化和长期化。另一方面，现代工业的发展推动了企业生产能力的进一步提高，商品日益丰富，市场由供不应求逐渐变为供大于求，市场由卖方市场向买方市场转移。消费者的需求水平和需求层次都有所提高，并且越来越要求个性化的服务，尽管人们可能都需要服装，但在款式、面料、风格上的要求却大不相同。单一的营销组合显然已经无法适应差异化日益明显的消费需求和购买行为。

于是，企业开始关注消费者的差异，也意识到自己的营销行为对于不同的消费者有不同的吸引力和影响力。与以前力图满足所有人的“散弹式”的大众营销相比所不同的是，越来越多的企业开始了目标市场营销实践，它们仔细区分不同的消费需求，尽力寻找最适合自己的消费者群体，集中优势资源为之提供针对性的服务和建立稳固的关系。于是，大多数企业对自己力图满足的消费者有了更清楚的选择，从分散地使用营销资源，到将资源集中于最有潜力的消费者群体(目标市场)，即从对市场不加区分的大众营销转变为“有所为、有所不为”的目标营销(target marketing)，即企业识别各个不同的购买者群体的差别，有选择地确定一个或几个消费者群体作为自己的目标市场，发挥自己的资源优势，满足目标市场全部或部分的需要。

21 世纪的现代市场所呈现的两个主要特征日益突出：一是市场需求高度的可细分性，消费者之间越来越大的差异性，以及他们日益希望接受个性化服务；二是存在大量先进的沟通、分销和生产技术。这些都迫使也有助于企业将每一位消费者看作是一个细分市场，追求目标更加精准的"市场微分"或"一对一营销"、"微观营销"、"定制营销"市场细分战略。

目标营销的理论依据

我们可以从三个方面去认识目标营销的理论依据。

首先是企业资源的有限性。除了自然垄断、国家垄断的行业以及少数市场面极其狭窄的行业之外，对于大多数行业而言，一个企业是很难去满足其全部市场需求的，因为会受到企业资源和能力的限制。也就是说，企业只能去满足该市场上一部分消费群体的需求。

其次是企业经营的择优性。既然企业只能去满足市场中的一部分消费群体，那么，它就会面临两种选择：一是不加区分地任意满足其中的一部分，从策略上讲就是广泛营销。其结果是，由于没有针对性，市场群体的满意度就不会很高，从而企业的市场竞争力也就不会很强。二是寻找到同其资源相匹配的，有可能充分发挥企业特色和优势的一部分市场群体，有针对性地去加以满足。这样就可能既使这部分市场群体的满意度大大提高，又使企业的核心竞争力充分发挥。毫无疑问，只要有可能，企业都会选择后者。

再次是市场需求的差异性。企业是否有可能找到这样一些在需求上同其他市场群体不同，而需要有针对性地加以满足的市场群体呢？第五章"消费者购买行为分析"告诉我们，这样的群体确实是存在的。在各种因素的影响下，市场消费群体之间存在很大的差异性，从而构成了一个又一个在需求上各不相同的市场群体，也就为企业有针对性地选择目标市场提供了前提。

所以说，企业不仅应当而且可能采用目标市场营销的策略，以在市场中营造自身的特定优势。

目标营销的主要步骤

取悦每一个人是不现实的，成功的营销者一定是那些比竞争对手更了解自己为谁服务，以及服务对象的特殊性的人。目标市场营销扬弃了大众营销那种"所有人都适用一种规格"的，以一般大众为营销对象的观点，使市场营销活动真正以消费需求为中心，也使营销者发现与自己资源相匹配的最佳市场机会，并避免过度竞争，从而使市场营销活动更加有效。

目标营销有三个主要步骤:首先通过市场细分区分不同的消费者群体,并描述他们的特征;然后选择目标市场,即评价和比较细分好的消费者群体,从中选择最有潜力的一个或几个作为自己的目标顾客群体;最后,在每一个目标市场,为建立竞争优势进行市场定位,即建立与传播产品或服务的关键特征和利益。这三步环环相扣的过程,简称为STP战略。本章将详细讨论相关内容。

第二节 市场细分的依据与方法

市场细分及其理论依据

市场中消费者群体或个体之间,哪里有需求和愿望的差别,或者是对市场上产品或服务的态度和偏好的差别,哪里就有细分市场的机会。即可以把一个较大的市场,细分为较小的群体(细分市场),作为企业的目标市场。

市场细分(market segmenting)就是按照一定标准将整个市场划分开来的活动,又被称为市场分割、市场区隔化,其理论可以追溯到史密斯(Smith,1956)[1]。经济学家把市场看作是单个的实体,而行为科学家关注的焦点是个体购买者之间的差异,史密斯的观点则折中了上述两种主张。他区分了产品差别化战略(采取促销技术影响对某种产品或服务的需求)和市场细分战略(用各种方式来调整市场供应品,尽可能更好地满足不同消费者的要求)的不同。史密斯关于市场细分的观点一经问世,立即被企业家所认可,并被誉为创造性的新概念。贝克(Baker,1992)认为[2],这是首次条理清晰地阐明了市场营销学关于市场结构的独特观点。根据消费者的消费需求和购买习惯的差异,将整体市场划分为由许多消费需求大致类同的消费者群体所组成的子市场群的市场细分,是市场营销概念和市场导向符合逻辑的延伸。而这一活动的结果即一个个被分割的子市场可称为细分市场,每个细分市场内的消费者具有相对类同的消费需求。其理论依据是消费需求的绝对差异性和相对同质性。

1. 消费需求客观存在绝对差异性

由于人们所处的地理条件、社会环境以及自身的个性心理不同,市场上的顾客千差万别,他们追求不同的利益,拥有不同的需求特点和购买习惯,以至于对商品的品种、数量、价格、式样、规格、色彩乃至购买时间和地点的要求都会有所不同。而且,这些差异是绝对的,就像世界上没有完全相同的两片树叶一样,市场上也绝没有完全相同的顾客。如果说卖方市场限制了消费者表现和实现其差异需求的条件,买方市场则使消费者步入了个性消费的时代,客观存在的需求差异得到了真正尊重和鼓励。以消费需求为中心的营销活动自然地建立在对这些客观差异的识辨和区分即市场细分的基础上。

2. 消费需求客观存在相对同质性

只承认需求的绝对差异，而否认其相对同质，是片面的，必然陷入不可知论的窘境。应该看到，在同一地理条件、社会环境和文化背景下的人们会形成具有相对类同的人生观、价值观的亚文化群，他们的需求特点和消费习惯大致相同。正是因为消费需求在某些方面的相对同质性，市场上绝对差异的消费者才能按一定标准聚合成不同的群体。每一个群体都是一个有相似欲望和需求的市场部分或子市场。

所以，消费需求绝对差异造成了市场细分的必要性，消费需求的相对同质性则使市场细分有了实现的可能性。

市场细分理论的提出被看作是营销学的"第二次革命"，是继以消费者为中心的观念提出后对营销理论的又一质的发展，它的出现使营销学理论更趋于完整和成熟。

市场细分的意义

市场细分化很快成为现代企业从事市场营销活动的重要手段，实践已证明，它是企业通向成功的阶梯。企业对市场进行细分的主要意义在于：

1. 市场细分化有助于企业深刻地认识市场

市场由消费者组成，而每一个消费者都是集多种特征于一身，每一种特征都可能与一部分的消费者相一致，与另一部分的消费者不一致。消费者的不同特征和不同需求纵横交错，市场由此而极其复杂。不进行深入地分析，要深刻认识如此混沌的市场整体是不可能的。市场细分化为我们提供了极好的分析工具，通过按不同标准细分，仿佛按不同的角度把复杂的市场分开，再拼起来。既清晰地认识了每一个部分，又了解了部分之间的联系。企业在市场细分的基础上，对市场整体有了既清晰又全面的把握。企业可以详细分析每一个细分市场层面的需求及其满足情况，寻找适当的市场机会。

2. 市场细分化有助于企业发现最佳的市场机会

在市场供给看似已十分丰富，竞争者似乎占领了市场各个角落时，企业利用市场细分就能及时、准确地发现属于自己的市场机会。因为消费者的需求是没有穷尽的，总会存在尚未满足的需求。只要善于市场细分，总能找到市场需求的空隙。有时候，一次独到的市场细分能为企业创造一个崭新的市场，百事可乐公司就是通过市场细分为自己发现了绝妙的市场机会，并在此基础上用一系列营销努力成功地改写了可乐市场上可口可乐一统天下的局面。当时可口可乐在消费者心目中几乎就是饮料的代名词，其他品牌的饮料根本无法与之相提并论。百事可乐首创不含咖啡因的"七喜"，并用饮料中是否含有咖啡因作为标准，硬是将饮料市场一劈为二——含有咖啡因的饮料市场和不含咖啡因的饮料市场，并成功地让消费者认同：可口可乐是前一个市场的霸主，而七喜则是后一个市场的领导者。

3. 市场细分化有助于企业确定经营方向，开展针对性营销活动面对极其广阔的市场，任何企业都不可能囊括所有的需求，而只能满足其中十分有限的部分。所以，慎重地选择自己所要满足的那部分市场，使企业的优势资源得以发挥是至关重要的。通过市场细分化，企业把市场分解开来，仔细分析比较，及时发现竞争动态，避免将生产经营过度集中在某种畅销产品上，与竞争者一团混战。又可以选择有潜力又符合企业资源范围的理想顾客群作为目标，有的放矢地进行营销活动，集中使用人力、物力和财力，将有限的资源用在刀刃上，从而，以最少的经营费用取得最大的经营成果。

例如，锦江之星经济型旅馆就是通过对市场细致的考察，发现在星级旅馆和大众旅馆之间还存在着家庭旅游、商务旅行人士的需求，他们对安全和干净特别看重，但对其他附加服务，如桑拿等娱乐设施、进口墙纸等并无要求。因此，锦江之星为这群顾客度身定做产品，在目标顾客看重的属性上确保做到最好，甚至达到和超过星级水平；同时删减顾客所不看重的属性以最大限度压缩成本，保证低价格提供服务。

4. 市场细分化对小企业具有特别重要的意义

与大企业相比，小企业的生产能力和竞争实力要小得多，它们在整个市场或较大的细分市场上无法建立自己的优势。借助市场细分化，小企业可以发现某些尚未满足的需要，这些需要或许是大企业忽略的，或许是极富特殊性，大企业不屑为之专门安排营销力量的。无论何种情况，只要是小企业力所能及的，便可以见缝插针，拾遗补缺，建立牢固的市场地位，成为这一小细分市场的专家。小企业还可充分发挥“船小调头快”的优势，不断寻找新的市场空隙，使自己在日益激烈的竞争中生存和发展。

消费者市场细分的依据

市场细分的中心问题是确定细分市场的基础，即划分市场的依据。市场细分的依据被称为细分变量。运用不同的细分依据，会得到迥异的结果。惟有选择恰当的细分基础，才能清楚地了解市场特性。而创新性地选择细分基础和细分方法，往往有助于我们对原有的市场结构形成新的发现，进而为企业提供新的市场机会。

消费者市场的细分依据很多，造成消费需求特征多样化的所有因素，几乎都可被视为市场细分化的依据或标准。其主要有：消费者的基本特征（地理分布因素、人口统计因素、社会阶层因素和家庭生命周期等）、消费者的心理特征（个性、生活方式等）以及行为特征（追求的利益、购买时机和频率等）三大类。

1. 消费者的基本特征

（1）地理因素细分。不同区域消费者的需求、偏好和反应不同，在地理上可以将市场细分为不同的地理实体。以地理因素为依据来划分市场，是一种传统的市场细分。地理因素包括洲际、国别、区域、行政省市、城乡、气候条件和其他地理环境等一系列的具体变量。由于地理环境、气候条件、社会风俗和文化传统的影响，同一地区的消费者往往具有相似的消费需求，而不同地区的消费者在需求内容和特点上有明显差异。俗话说"一方水土养一方人"。生活在草原和山区、内陆和沿海、温带和寒带、城市和乡村的人们有各自不同的需求和偏好。不仅如此，处于不同地理环境中的消费者对企业所采取的营销策略（如产品的设计、价格、分销方式、广告宣传等）也会有不同的反应。例如，对同一种产品的广告宣传，城市消费者讲究时代感，乡村消费者看重的是实在、朴实。此外，市场位置的不同往往引起对某一产品的市场潜量和成本费用有所不同，企业应选择那些自己能为之最好服务的、效益高的地理市场为目标市场。

（2）人口统计因素细分。与人口统计因素相关的消费者特征包括年龄、性别、收入、教育水平、职业、家庭规模、宗教和种族等直接反映消费者自身特点的许多因素。因为消费者的需求、偏好和使用率等常常与人口统计变量密切相关，而且人口统计因素中所包含的这些变量来源于消费者自身，且较易测得，所以，人口统计因素一直是消费者市场细分的重要因素，被广泛地用于区分消费群体。

例如，性别细分一直运用于服装、理发、化妆品和杂志领域；以收入水平细分市场是汽车、服装、旅游等行业的长期做法；按年龄将消费者分为青年、中年、老年等不同的消费者群体在食品、娱乐等企业很普遍。但是，越来越多的情况是，可采用多种人口统计变量来进行综合市场细分，尤其是当单一变量无法准确划分市场时。例如，某服装公司以性别、年龄和收入三个变量将市场划分为多个细分层面，每个层面有更细致的描述，如企业可为收入在 2 000 元（每月）的年轻女性市场提供高档职业女装。

在各种人口统计特征中，亚文化群的划分在市场细分中非常重要。亚文化是主文化的一部分。存在于社会整体中的亚文化群，拥有各具特色的意识形态和行为特征，其成员具有相对稳定性，而且亚文化特征在影响个人的意识或基本行为中起关键的作用。每个人都是某个或某几个亚文化群中的成员，他们的行为模式既具有特色，又兼有主文化的特点。用于市场细分的重要亚文化因素包括：种族因素、民族因素、宗教因素，或者地理因素。另外，在特殊年龄或年代的群体由于处于相同的社会、政治、历史和经济环境中，产生了特定的价值观和行为，形成了不同的亚文化，可以作为特殊的细分市场。例如，在我国 20 世纪 70 年代末以后出生的独生子女群体，就表现出与其父辈迥异的消费心理和行为特征。在关系营销中，越来越多的企业以"微小团体"作为目标，例如，加拿大的一家银行在一群关系密切而且很富裕的菲律宾人身上倾注了很大的营销努力。[3]

上述人口特征作为市场细分的基础，也存在某些缺点。消费者的欲望和需求并不都与人口因素有因果关系。有时候，单单用人口因素细分显得不可靠。因此，仅仅以人口特征并不能够保证在划分市场时，以适合营销者的方式找出内部同质而外部异质的细分市场。使用人口特征进行分类，在具有相同人口特征的市场上，也会有行为模式迥异和受到不同需要和欲望驱动的消费者。类似的，即便是在人口特征不同的细分市场中，消费者在行为和动机上也可能存在明显的相似性。例如,美国福特汽车公司曾按购买者年龄来细分汽车市场,针对想买跑车的年轻人推出了该公司的“野马”牌汽车。令人惊讶的是:许多中、老年人也争相购买“野马”车,调查后得知,原来年纪大的人认为驾驶“野马”车可使他们显得年轻。“野马”车细分市场的确定不是以生理年龄划分,而是以心理年龄划分。渐渐地,人们在市场营销学术研究中发现,人口特征和行为之间的关联程度比较低。但是,尽管存在这些缺点,由于其易测量性,人口特征依然受到营销实践者的欢迎。

有时,为了弥补以上缺憾,市场营销者将不同的客观指标组合成综合指数来进行测量和细分市场,典型的如以社会阶层和家庭生命周期来细分市场。

(3)社会阶层。具有不同社会地位的人们,其需求和消费模式是不一样的。同一商品或品牌对于不同社会阶层的人来说,其意义可能相去甚远。企业需要针对不同的阶层,开展不同的营销规划和战略。社会阶层的划分多以教育、职业、收入和居住形态等因素(或单项,或综合)为基础。常见的划分方法有科尔曼和雷茵沃特社会等级分类法,他们利用诸如收入、职业、教育、居住形态等客观变量对社会人群进行分类。[4]

上面所讨论的消费者基本特征,尽管能够在某些市场上有效区分某类产品的潜在使用者和非使用者,但是它们在本质上都是描述性的,虽然说明了谁是消费者,但是却不能揭示消费者采取某种行动的根本原因是什么。因此,探究消费者心理动机和态度的因素,越来越受到重视。

2. 消费者心理特征

心理特征试图在消费者特征和营销行为之间建立起因果联系。消费者对某种产品的态度和对某种品牌的感知偏好,都可以作为有效的市场细分变量。

(1)个性。消费过程就是消费者自觉和不自觉地展示自己个性的过程。为此,营销者越来越注意给他们的产品赋予品牌个性,树立品牌形象,以符合相对应的目标消费者的个性,求得其目标市场的认同。品牌个性使消费者对品牌特性、表现、功用和相关服务产生预期,并因此成为消费者与该品牌建立长期关系的基础。例如,同是昂贵的德国汽车,宝马(BMW)和梅塞德斯(Mercedes)却有完全不同的品牌个性。宝马是令人兴奋的、年轻的和积极的,而梅塞德斯是有成就的、博学的和成熟的。而可口可乐和百事可乐之间最大的不同在于它们对年轻人有着不同的沟通。

(2)生活方式。企业可按照消费者不同的生活方式来细分市场,并按照生活方式不同的消费者群体来设计不同的产品和安排市场营销组合。例如,大众汽车公司专为“奉公守法的好公民”式的消费者设计了经济、安全和少污染的汽车,为“玩车族”设计和生产华丽、灵活和外形时髦的车。有些女性服装的生产者,为“生活朴素”、“崇尚时髦”、“有男子气度”和“知识型”的妇女分别设计不同风格的服装。“星巴克”的咖啡在消费者心中更是成为小资生活方式的代言。迄今为止,广受市场营销者推崇的生活方式划分模型是 SRI 国际公司的价值观和生活方式项目，即 VALS2。该模型具有广泛的心理学基础，通过消费者自我取向和资源两大层面的测量，以相对持久性的态度和价值观，反映个人的生活方式。根据 VALS2 模型，美国的成年人市场被细分为实现者、完成者、信奉者、成就者、奋争者、体验者、制造者和挣扎者八类。

相比于仅仅用基本特征细分市场，心理细分能够为市场营销战略的制定提供更有用的依据。这些心理特征更进一步地揭示了消费者的行为动机，从而成为市场细分的重要依据。但这种方法的主要缺点在于，它通常要求高成本的实地调研，以及精密复杂的数据分析技术。

3. 消费者的行为特征

细分市场最直接的方法，就是以市场中消费者的行为为基础。所谓的行为因素是指和消费者购买行为习惯相关的一些变量，包括所追求的利益、购买时机和频率、使用情况和消费者对品牌的忠诚度等。

(1)利益细分。按消费者对产品所追求的不同利益，将其归入各群体，是一种卓有成效的市场细分方式，被广泛地用于各种市场，如银行、快速消费品和耐用消费品。消费者对产品和品牌的选择出于不同的动机，例如，消费者都需要牙膏，但希望获得的利益却不同:或为了洁白牙齿，或为了清新口气，还有的为了防治牙病。企业针对不同的消费者及其动机，设计开发不同的产品和品牌，研究制定不同的促销方式方法，或成为专为某一动机服务的市场专家。同样是洗发水，宝洁公司却为不同动机的消费者开发了多个品牌，每一个品牌提供不同的利益:“海飞丝”重在去头屑，“潘婷”重在对头发的营养保健，而“飘柔”则重在使头发光滑柔顺。再如，投资市场中的顾客往往追求不同的利益，这些利益包括高利率(对认真的投资者而言)、方便存取(对偶尔为之的投资者而言)和安全(对以备不时之需的投资者而言)。

利益细分法根据消费者追求的利益，即产品之所以吸引消费者的根本原因，来细分市场。因此，该方法可能是在与营销决策直接相关的基础上确定细分市场最恰当的手段。不断发展的联合分析等技术，非常适合确定利益细分市场。

(2)购买行为。购买行为细分主要依据诸如购买时机(在整个产品生命周期的早期或晚期)和购买模式(确认具有品牌忠诚的顾客)等消费者重要的行为特征划分市场。

根据购买者产生需要、购买或使用产品的时机，可将他们区分为各具特色的群体。例如，航空公司专门为度假的顾客提供特别服务，某糖果公司利用某些节日来增加糖果的销量。时机细分还可以帮助企业拓展产品的使用范围，原来仅在早餐上饮用的橙汁，通过公司的宣传开始在晚餐、宴会和休闲时饮用，从而扩大了橙汁的销量。当新产品上市时，营销人员都会格外关注勇于尝试新事物的人(那些在产品依然处于新上市阶段就购买的消费者)。以他们作为最初的目标市场，可以显著地提高产品或服务的市场接受程度。

品牌忠诚是另一种被广泛接受的市场细分标准。与热衷于最先购买新产品创新者不同，品牌忠诚关注的是重复购买，指消费者对某种品牌的偏好和经常使用程度。假设市场上有A,B,C,D,E五种品牌，根据消费者的品牌选择情况将他们分成四类：a. 坚定忠诚者。这类消费者始终不渝地只购买一种品牌的商品，即使遇到该品牌商品缺货，他们宁肯等待或到别处寻找，其购买模式为“A,A,A,A,A,A”。b. 不坚定的忠诚者。这类消费者忠诚于两三种品牌，时而互相替代，他们的购买模式为“A,A,B,B,A,B”。c. 转移型的忠诚者。这类消费者会从偏好一种品牌产品转换到偏爱另一种品牌的产品，其购买模式为“A,A,A,B,B,B”。d. 非忠诚者。这类消费者对任何品牌都无忠诚感，他们有什么品牌就买什么品牌，或者想尝试各种品牌，其购买模式为“A,C,E,B,D,B”。每一个市场由这四类购买者组成，只是各类购买者的数量不同而已。而且，一个消费者并非对所有商品都有同样的忠诚度，他可能对这种产品有高度的品牌忠诚性，对另一种产品则没有。如有的消费者讲究衣着，只穿某名牌服装，而对牙膏等日常用品不大讲究。忠诚度分析也被用于考察消费者对商店的偏好程度。德国汽车制造商——大众汽车公司，就以消费者忠诚作为细分其顾客市场的一种重要方法。它把顾客分成以下几类：首次购买者；重置购买者——(a)对车型忠诚的重置购买者，(b)对公司忠诚的重置购买者，(c)无忠诚感的重置购买者。该公司根据这些细分市场来分析企业业绩和市场发展趋势，并预测营销目标。

(3)消费行为。消费者对某种产品的使用数量或使用频率也是值得区分的变量。使用者的情况可分为非使用者、曾经使用者、潜在使用者、首次使用者和经常使用者几种。不同的情况需要区别对待。例如，对潜在使用者和经常使用者，企业需要采用不同的营销方法。一般来说，市场份额高的公司，特别注重将潜在的使用者变为实际使用者，以扩大其市场份额；而较小的公司则设法吸引经常使用者，以维持其市场份额。

产品和服务的购买者，并不一定就是这些产品和服务的消费者或使用者。对使用方式和消费量的考察(如大量使用者)，能够使市场营销活动更具针对性。大量使用者的人数虽然占消费者总数的比例不大，但他们所消费的商品数量却在消费总量中占很大比重；少量使用者反之。研究表明，某种产品的大量使用者往往有某些共同的人口统计和心理方面的特征以及接受某种传播媒体的习惯。例如，美国一家市场研究公司发现，大量喝啤酒者大多数是工人，他们年龄在25岁至50岁之间，每天看电视3.5小时以上，而且最喜欢看体育节目。在产品生命周期的成长阶段，大量使用者细分市场可能是极具吸引力的，但是当市场进入成熟阶段时，通过争取市场中当前产品并未满足的潜在需求来拓展市场，可能更加明智，尽管有时当前产品尚不能够满足这种需求。

(4)关系导向特征。由于关系营销的发展，市场细分的相关特征——消费者对关系建立的需要，引起了一定的关注(Piercy,1997)[5]。消费者追求完美的特征，在消费者希望与供应商建立的关系类型(例如长期关系、短期关系和交易关系)，以及消费者想要达到的

关系密切程度(例如密切或疏远)方面大相径庭。因而,可以将市场细分为下面几个与其他变量相联系的群体:

关系寻求者:他们想要与供应商或零售商建立一种密切的长期关系。

关系开拓者:他们仅仅想要与供应商建立一种短期但密切的关系,以便在交易中获得优势。

忠诚购买者:是那些想要建立一种长期关系,却要保持一定距离的消费者。

疏远的交易者:他们不想与供应商建立密切的关系,而且会为买到最好的产品而不停地更换供应商,因为他们认为建立长期关系没有价值。

在市场中,消费者还可以按他们对产品的热情程度分为五种不同态度的群体:热情、肯定、无兴趣、否定和敌视。针对持有这五种不同态度的消费者,企业应当酌情运用不同的营销措施。例如,对敌视本企业产品的消费者,企业应仔细分析原因何在,通过恰当的手段改变其态度。

行为特征作为消费者市场细分基础,使用最频繁的是产品和品牌的消费量,因为这一类数据可以比较容易地从二手资料中获取。一个市场细分方案最终要能在营销管理中发挥作用的话,它应该不仅能够描述消费者之间的区别,还要能够对这种差别进行解释。从这一角度来看,根据消费者的心理和态度细分市场是更好的选择。

产业市场细分的依据

许多用于细分消费者市场的变量,同样适用于产业市场,如追求的利益、使用者情况、使用数量、品牌忠诚度和态度等。但对产业市场的细分还有以下主要依据。

1. 最终用户的要求

按最终用户的要求细分工业品市场是一种通用的方法。在产业市场上,不同的最终用户所追求的利益不同,对同一种产品的属性看重不同的方面。例如,购买轮胎时,飞机制造商对该产品的安全性要求比农用拖拉机制造商高得多;而汽车制造商在生产比赛用车和标准车时,对轮胎的质量等级也有不同的要求。最终用户的每一种要求就可以是企业的一个细分市场,企业为满足最终用户的不同需求,应相应地运用不同的营销组合,提供最终用户所真正追求的利益。

2. 组织顾客规模

组织顾客规模是以顾客对企业产品需求量的大小来判断的,这是细分产业市场的又一个重要变量。许多企业为大小不同的用户分别建立了专门的服务系统,以便更好地适应各种规模用户的特点。例如,办公家具制造商将其用户分成两类:像银行这样的大客户,由该公司的全国性用户经理与地区经理一起管理;其他较小的用户则通过地区推销人员联系。

3. 组织顾客的地理分布

产业用户的地理分布往往受一个国家的资源分布、地形气候和经济布局的影响制约。例如,我国钢铁业主要集中在东北钢铁工业区、上海钢铁工业区等;轻工业区主要分布在东部和东南沿海地区,如长江三角洲、珠江三角洲等。这些不同的产业地区对不同的生产资料具有相对集中的需求。

4. 组织顾客的购买方式

根据企业如何组织采购,可以发现客户之间的重要差异。例如,集中式采购要求供应商具备进行国内或国际的客户管理能力,而分散式采购则要求供应商能在更广泛的区域内供货。是否以采购的组织形式作为细分市场的重要依据,主要取决于供应商自身的优势和劣势。以 IBM 为例,它一直关注那些拥有集中化管理的信息技术部门的企业客户,而其他电脑供应商则锁定那些 IT 集中化程度不高的企业。

此外,处于购买决策过程不同阶段的企业往往寻求不同的利益组合。企业可以根据这一特征将客户划分为:首次潜在购买者、新手以及有经验的购买者。他们有着不同的渠道偏好。其中,首次潜在购买者喜欢与公司的销售员打交道,以便获得足够的信息;而有经验的购买者可能希望通过电子渠道对索购物品有更多的了解。

5. 组织顾客的采购政策

客户采用的采购方式不同,也为目标市场选择提供了信息。例如,据此可以将企业客户细分为:想要租赁产品的企业和想要购买产品的企业;有积极采购行为政策的企业和受价格因素支配的企业;想要单一供应源的企业和想要双重供应源的企业;必须招标采购的公共事业部门或类似组织,以及偏爱通过谈判确定价格的组织;比其他企业更积极地努力缩减供应商的企业和其他企业。事实上,在许多大企业的采购方式以谋求供应商与客户之间建立伙伴关系为特点的组织市场中,以上述顾客关系要求作为细分基础尤为有效。

市场细分的方法

市场细分的方法主要有先验法和后验法两种。

1. 先验市场细分方法(prior segmenting)

先验的方法使用“现有的”市场细分标准,如按社会经济因素分类,或者按地理人口因素分类。这种方法的核心在于预先了解市场细分依据,而且所选的标准预先确定了细分市场的数量。由于其先验性,该市场细分法所使用的细分标准是公开的,竞争对手也可以使用。

弗兰克、马西和温德(Frank,Massy, and Wind,1972)提出细分市场的矩阵,依据“客观(或推断)的”和“一般(或特定行为)的”两种重要的特点将细分变量进行了总结(见表7—1)[6]

表 7—1　　主要的细分变量类别

	一般的	特定行为的
客观测量	年龄、收入、性别 居住地 地位变化 家庭生活方式 社会阶层	过去行为(购买数量、场所或品牌偏好、忠诚) 决策角色
推断测量	性格 心理预期/生活方式 价值观	信念、感知 利益寻求 个人影响 决策阶段

利用客观变量来测量目标消费者较为容易。性别、地理区位等可以直接观测,教育水平、职业、家庭规模以及家庭构成,或消费者的特定席位,如过去购买的数量、场所或品牌选择、决策角色等因素也容易确定并可以查证。客观的指标不一定非要消费者合作才可以知道,也不大会由于问卷用词不当或难以回答等原因,答案不准确,还可以借助二手资料获得。

市场中的购买者各具特点,企业可根据实际情况,选择以上细分变量进行市场细分。细分的方法很多,有用单一细分变量的单个市场细分,也可同时用几个细分变量的联合市场细分。

(1)单一变量的先验细分。单一变量的先验方法是最简单的细分方法,往往从一般的客观变量,如人口因素或社会经济因素中,也可以从客观的特殊行为变量(如交换时机、使用者状态、利用率、忠诚度等)中寻找和确定哪些因素可以用于划分市场,并从中辨识出最有价值的细分市场。这种方法的优点在于,可以用二手资料为基础进行细分。

例如,成功的玩具公司乐高(Lego),通过年龄来细分市场——为适应年龄在 0～5 岁之间儿童的成长需要,开发了多种组合玩具。其中的多普乐(Duplo)是针对学龄前儿童开发的会出声的手动玩具,这些玩具并不直接引导孩子去做组合拼装,但确实有一套明确的思路来引导孩子成为拼装玩具的专家(大块而颜色鲜明的方块和其他形状的部件,可以随意组合成各种样子的玩具)。乐高的其他玩具在设计上还能够巧妙地与多普乐玩具连接使用,因此可以相对容易地逐步提高。随着孩子的成长,他们能够发展到玩技巧型和其他特殊类型的乐高玩具。

(2)多变量的先验细分。一般来说,企业细分市场运用的细分变量越多,所获得的精确度就越高,每个细分市场的人数也就越少。同时,企业的细分成本随着细分市场的增多而递增。所以恰当的市场细分应该既能保证市场细分的有效性和精确性,又能使成本最低。

企业进行联合的市场细分时,"产品/市场矩阵"法被普遍使用。"产品/市场矩阵"法是同时以产品(顾客的不同需要)和市场(不同的顾客群)这两个变量建立矩阵来细分市场。矩阵的行代表各种不同的产品,即以顾客需要为依据进行市场细分;矩阵的列代表不同的顾客群,即以使用者的类别进行的市场细分。如(图7—1)以某服装生产厂商对市场的分析为例,假设顾客需要高、中、低三种不同档次的服装,市场上主要有青年、中年和老年消费者三个不同的顾客群,这样就构成了九个子市场。企业要分别对这九个子市场进行评价,同时考虑企业自身的目标、资源和业务力量等,从中寻找一个最适宜企业的子市场作为目标市场。假设该企业最终选择了"青年消费者高档服装"市场作为服务对象,如图7—1中的阴影部分所示。

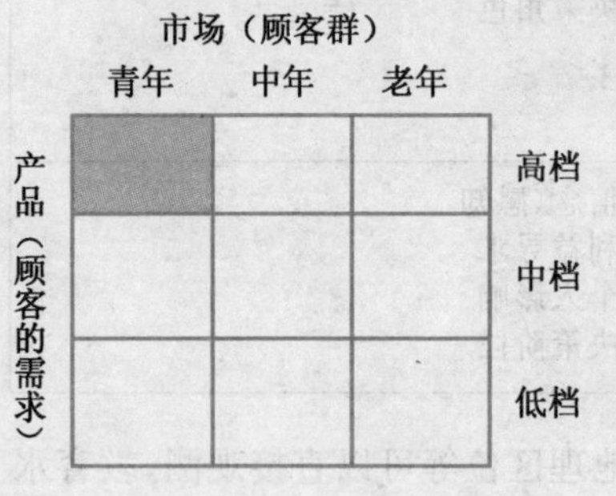

图7—1 产品/市场矩阵

复杂测量还可以通过将不同的客观指标组合成单一的指数来进行测量。常用的如社会阶层和家庭生命周期。此外,还可以用多个变量为依据由宏观到微观、由粗到细地依次进行细分,层层深入地剖析市场。特别是在消费者市场中,许多营销经理根据消费者的基本特征来细分市场,并进行目标市场的选择。例如,一种优质葡萄酒的市场营销经理或许会根据社会阶层来细分市场,以某阶层为其目标市场。但是,从上面的讨论中我们不难发现,只有当所有处于该阶层的成员出于相同的原因并用同样的方式购买该葡萄酒时,这种细分方法才是适当的。当葡萄酒的用途或利益在一个特定社会阶层中存在很大差异时,常常需要用更基本的方式细分市场。

现实中,最有效的市场细分往往采用市场导向的方法,将那些在使用产品或服务时寻求相同利益的消费者划分到一起。通过其他基础进行的市场细分实际上只是接近现实而已。如上例中,葡萄酒的营销人员假设,所有属于某阶层的消费者在购买该产品时,追求相似的利益。因此,可以把用途或利益细分称作一级细分。任何市场细分都应该从寻找不同的用途或利益开始。

尽管如此,在通过用途或利益细分得到的各个细分市场中,也会有许多在基本特征、媒体习惯和消费水平等方面非常不同的消费者。特别是当市场中存在众多试图满足同一用途或利益细分市场的产品和服务时,企业应该将精力集中在次级细分市场之上。例如,具有相同媒体习惯的次级细分市场,为企业的产品提供了更为具体的服务目标。对用途或利益细分市场做进一步细分,被称为二级细分。二级细分常常用于改善企业在一级细分市场中针对性策划营销组合的能力。

在上面提到的葡萄酒的例子中,营销经理根据葡萄酒的用途(例如,用于佐餐、居家饮品、社交饮品、烹饪调料等)确定一级细分。此时,该葡萄酒的质量等级表明可以用于佐餐。在对这一细分市场的进一步调查中,营销者可发掘出消费者更深刻的利益要求(例如,消费者可能考虑的价格和品牌,以及偏爱的品质等)。通过使企业的产品或服务与具体消费者群的需求相匹配,市场营销人员就会为葡萄酒找到大量具有广泛多样性的潜在消费者。再在选定的一级细分市场中根据消费者基本特征进一步进行二级细分(例如,AB类社会阶层,年龄35～55岁,男性购买者),会使企业的营销战略更加清晰和精准。

市场细分战略面临的首要任务显然是决定细分市场的基础。如果选择以产品用途或基本特征作为市场细分的基础,那么,市场细分就可以通过收集二手资料来完成。但是,当市场细分以态度特征为基础时,仅凭二手资料收集的信息往往是不够的。此时,有必要开展市场调研来收集第一手资料。一项典型的通过实地调查进行的市场细分研究应该包括,确定产品或服务的使用者和购买者所追求的主要利益;随后评估潜在细分市场的容量大小;并根据其他基本特征进一步描述它们。

2. 后验的市场细分(post-hoc segmenting)

"后验"的方法是以聚类群体为基础的市场细分方法。使用这种方法时,事先无法预知最终的市场细分方案,也不知道合适的细分市场数量是多少。一般先确定细分标准,并且往往使用多重细分标准(例如,消费量和态度方面的数据);然后根据这些细分标准来收集数据(使用定性或者定量的市场研究方法),并进行分析;进而辨识市场模式或结构。这种市场细分方案来自于对数据的分析,其结果可以反映出市场模式。数据分析本质上既是一门科学(使用统计方法),也是一门艺术(要判断使用哪种标准,以及如何解释结果)。因此,具体分析所得到的市场细分方案可能是独一无二的。这使得企业能够从新的视角审视市场,甚至找到竞争者没有发现的新机会。当然,这也要求对任何新创的市场细分方案进行严格的检验,以确保它不仅仅是具体数据或分析技巧的生硬堆砌。

后验性的方法旨在分析发现一些自然存在的市场,而不是将消费者硬性归类到已经划分好的类别之中。此类方法多数是寻求识别影响消费者行为的一般心理倾向。消费者的心理因素是关于消费者自身的较深层次的因素,包括消费者的生活方式、个性等心理变量。在同一人口因素中可能蕴涵完全不同的心理因素,具有相同人口因素(年龄)的人群往往因心理变量而复杂。所以,市场细分在考虑单纯的人口因素外,还要综合考虑心理因素。这方面最普遍的应用是使用性格、价值观和生活方式等对消费者进行细分。

因此,与前述的细分方法不同,后验的市场细分方法不从既有的市场结构入手,而是起步于市场调查。根据 Maier 和 Saunders(1990)建立的模型(见图7-2),这种细分方法可以分为三大步骤[7]。

首先是调查收集数据。在确定了研究范围和重点之后,运用定性和定量方法收集相关数据。在调查之前,可以先利用小组访谈之类的方法向一组有代表性的消费者收集数据，了解并确定影响消费者购买决策最重要的几个变量，如态度、性格、购买动机、所寻求的利益和行为模式等；再通过定量研究，为聚类分析提供具有代表性的数据。

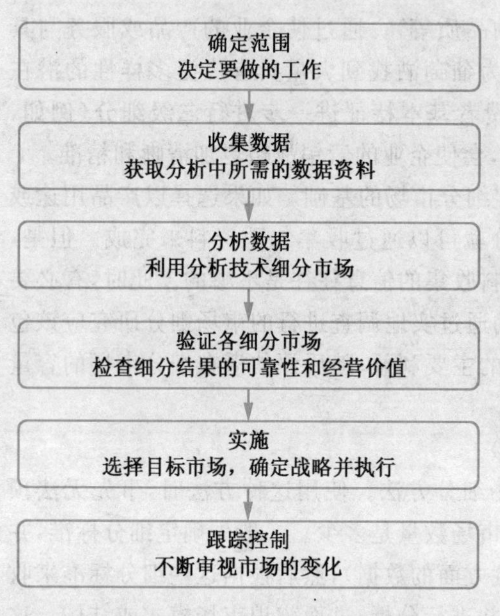

资料来源：基于 Maier 和 Saunders(1990)的研究。

图 7—2 市场细分研究模型

然后是分析数据并验证各细分市场。运用因子分析法将达标各顾客群的共同需求的、高度相关的变量剔除，虽然在市场营销组合设计时不应忽视这些变量，但它们不能作为市场细分的依据；对存在不同需求特点的变量，利用聚类分析，划分出几个相对同质的顾客群，即初步的细分市场；进一步认识每一个细分市场的顾客需求及其行为特点，考虑各子市场有没有必要再做细分，或重新合并；紧接着，企业要测量各个细分市场的潜量，评价其吸引力，寻找可能的获利机会。

最后是实施和追踪研究。一个未被实施的市场细分方案只是纸上谈兵而已。实施不仅是市场细分不可缺少的一部分，而且是市场细分的目标。而一次细分只是对市场的一张快照，从细分到实施，时间滞后性在所难免，因此要追踪研究市场细分方案随着时间的推移所具有的稳定性或者是产生的变化，以及各种活动对细分市场所造成的影响，以修正和确知相应的促销方案，这在瞬息万变的市场竞争中是十分必要的。

市场细分的有效性

很明显，市场细分的依据和方法有许多种，但并非所有的市场细分都是有效的，对某种产品有意义的细分变量可能对另一些产品毫无意义。例如，以性别来细分服装市场是非常普遍的，但对电视消费者的分析，性别因素不起作用。一般来说，有效细分应遵循以下三项原则。

1. 可区分性

可区分性即以某种标准进行细分后的各个子市场范围清晰，其需求程度和购买力水平是可以被度量的，并同其他子市场有明显差异。这里特别要强调的是，所选择的标准必须使细分后的市场是有意义的，细分市场中的特定需求确实存在，且不可替代。这样才可能使企业通过对特定需求的满足来达到对该细分市场的控制。

2. 可进入性

可进入性即以某种标准进行细分后的各个子市场是企业的营销辐射能力能够达到的，消费者能接触到企业的产品和营销努力。可进入性的另一含义就是该市场不存在实力很强的竞争对手，从而使企业进入这一市场相对比较容易。

3. 可盈利性

可盈利性即以某种标准进行细分后的各个子市场拥有足够的潜在需求，值得开发。即能使企业有利可图，实现其利润目标。也就是说，子市场应该是值得企业为之设计专门的规划方案的尽可能大的同质消费者群体。

随着市场竞争条件的变化和发展，尤其是在产品愈加同质和超竞争的情况下，传统的细分理论作为能产生竞争优势因而转化成商业机遇和新产品的机制，日渐开始暴露出其不足之处。争议最大的是如何把握细分的"度"。当市场首次细分时，细分者往往得到好处；但随着细分的加剧，子市场越小，利润就越少。科特勒在其著作《水平营销》中指出，"市场细分是用划分市场来增加销售，它能同时扩大市场。但重复运用细分则会导致市场的极度细分和饱和，新产品很难进入市场"。[8]过度的市场细分会导致市场的零碎化，致使细分市场缩小为缝隙市场，而这必然会降低新产品和新品牌的成功率。因此，科特勒提出了"水平营销"(lateral marketing)的思想，建议企业用创新性的思维打破传统的细分方式，将本来无关的概念同现有的商品相结合，"水平"细分市场，赢得市场机会。

第三节　目标市场的评价与选择

所谓目标市场(market targeting)是企业决定要进入的那个市场部分，也即企业在市场细分的基础上，根据自身特长意欲为之服务的那部分顾客群体。市场细分化的目的在于正确地选择目标市场，如果说市场细分显示了企业所面临的市场机会，目标市场选择则是企业通过评价各种市场机会，决定为多少个细分市场服务的重要营销策略。

评价细分市场

评价细分市场是进行目标市场选择的基础。一个企业可从以下四个方面对各细分市场做出评价。

1. 细分市场的潜量

细分市场潜量是指一定时期内，各细分市场中的消费者对某种产品的最大需求量。首先，细分市场应该有足够大的市场需求潜量。如果某一细分市场的潜量太小，则意味着该市场狭小，没有足够的发掘潜力，企业进入后发展前景黯淡。其次，细分市场的需求潜量规模应恰当，对小企业来说，需求潜量过大并不利：一则需要大量的投入，二则对大企业的吸引力过于强烈。惟有对企业发展有利的潜量规模才是具有吸引力的细分市场。要正确估测和评价一个市场的需求潜量，不可忽视消费者(用户)数量和他们的购买力水平这两个因素。市场调查是细分市场的基础工作，必须认真对待。

2. 细分市场内的竞争状况

对于某一细分市场，进入的企业可能会有很多，从而就可能导致市场内的竞争。这种竞争可能来自市场中已有的同类企业，也可能来自即将进入市场的其他企业，企业在市场中可能占据的竞争地位是评价各个细分市场的主要方面之一。很显然，竞争对手实力越雄厚，企业进入的成本和风险就越大。而那些竞争者数量较少、竞争者实力较弱或市场地位不稳固的细分市场则更有吸引力。可能加入的新竞争者，是企业的潜在对手，他们会增加生产能力并争夺市场份额。问题的关键是新的竞争者能否轻易地进入这个细分市场，根据行业利润的观点，最有吸引力的细分市场是进入的壁垒高、退出壁垒低的市场。此外，是否存在具有竞争力的替代品也是评价细分市场的方面之一。替代品的存在会限制细分市场内价格和利润的增长，所以已存在替代品或即将出现替代品的细分市场吸引力会降低。当然，最终企业自身的竞争实力也决定了其对细分市场的选择。竞争实力强，对细分市场选择的自由度就大一些；反之，受到的制约程度就高一些。

3. 细分市场所具有的特征与企业总目标和资源优势的吻合程度

企业进行市场细分的根本目的就是要发现与自已的资源优势能够达到最佳结合的市场需求。企业的资源优势表现在其资金实力、技术开发能力、生产规模、经营管理能力、交通地理位置等方面。既然是优势，必须是胜过竞争者的。消费需求的特点如能促进企业资源优势的发挥将是企业的良机，否则，会出现事倍功半的情况，对企业是资源的浪费，严重时甚至造成很大的损失。

4. 细分市场的投资回报水平

企业十分关心细分市场提供的盈利水平。高投资回报率是企业所追求的，必须对细分市场的投资回报能力做出正确的估测和评价。

目标市场选择策略

目标市场的选择策略，即关于企业为哪个或哪几个细分市场服务的决定。通常有五种模式供参考。

1. 市场集中化

如图 7－3(A)。企业选择一个细分市场，集中力量为之服务。较小的企业一般这样专门填补市场的某一部分。集中营销使企业深刻了解该细分市场的需求特点，采用针对的产品、价格、渠道和促销策略，从而获得强有力的市场地位和良好的声誉，但同时隐含较大的经营风险。

2. 产品专门化

如图 7—3(B)。企业集中生产一种产品，并向所有顾客销售这种产品。例如，服装厂商向青年、中年和老年消费者销售中档服装，企业为不同的顾客提供不同种类的中档服装产品和服务，而不生产消费者需要的其他档次的服装。这样，企业在中档服装产品方面树立很高的声誉，但一旦出现其他品牌的替代品或消费者流行的偏好转移，企业将面临巨大的威胁。

3. 市场专门化

如图 7—3(C)。企业专门服务于某一特定顾客群，尽力满足他们的各种需求。例如企业专门为老年消费者提供各种档次的服装。企业专门为这个顾客群服务，能建立良好的声誉。但一旦这个顾客群的需求潜量和特点发生突然变化，企业要承担较大风险。

4. 有选择的专门化

如图 7—3(D)。企业选择几个细分市场，每一个对企业的目标和资源利用都有一定的吸引力。但各细分市场彼此之间很少或根本没有任何联系。这种策略能分散企业经营风险，即使其中某个细分市场失去了吸引力，企业还能在其他细分市场盈利。

5. 完全市场覆盖

如图 7—3(E)。企业力图用各种产品满足各种顾客群体的需求，即以所有的细分市场作为目标市场，例如上例中的服装厂商为不同年龄层次的顾客提供各种档次的服装。一般只有实力强大的大企业才能采用这种策略。例如 IBM 公司在计算机市场、可口可乐公司在饮料市场开发众多的产品，满足各种消费需求。

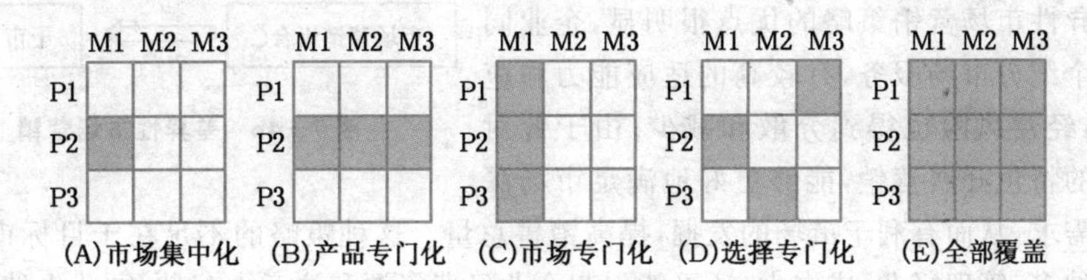

图 7—3　市场选择的五种模式

目标市场营销策略

在目标市场选择好之后，企业必须决定如何为已确定的目标市场设计营销组合，即采取怎样的方式，使自己的营销力量到达并影响目标市场。这时，可以有以下不同的考虑：通过无差异市场营销和差异市场营销策略，达到覆盖整个市场；或借助集中市场营销策略，占领部分细分市场。

1. 无差异市场营销(undifferentiated marketing)

所谓无差异市场营销策略,就是将整个市场视作一个整体,不考虑消费者对某种产品需求的差别,它致力于顾客需求的相同之处而忽略不同之处(见图 7—4a)。为此,企业设计一种产品,施行一种营销组合计划来迎合最大多数的购买者。它凭借单一的产品,统一的包装、价格、品牌,广泛的销售渠道和大规模的广告宣传,树立该产品长期稳定的市场形象。可口可乐公司的营销活动就是无差异市场营销的典型例子。面对世界各地的消费者,可口可乐都保持同一的口味、包装,甚至连广告语也统一为"请喝可口可乐"。

图 7—4a 无差异市场营销

无差异市场营销策略曾被当作"制造业中的标准化生产和大批量生产在营销方面的化身"。其最大的优点在于成本的经济性,单一的产品降低了生产、存货和运输的成本,统一的广告促销节约了市场开发费用。这种目标市场覆盖策略的缺点也十分明显。它只停留在大众市场的表层,无法满足消费者各种不同的需要,面对市场的频繁变化显得缺乏弹性。

2. 差异性市场营销(differentiated marketing)

差异性市场营销策略与无差异市场营销截然相反,它充分肯定消费者需求的不同,并针对不同的细分市场分别从事营销活动。企业根据不同的消费者推出多种产品并配合多种促销手段,力图满足各种消费者不同的偏好和需要(见图 7—4b)。

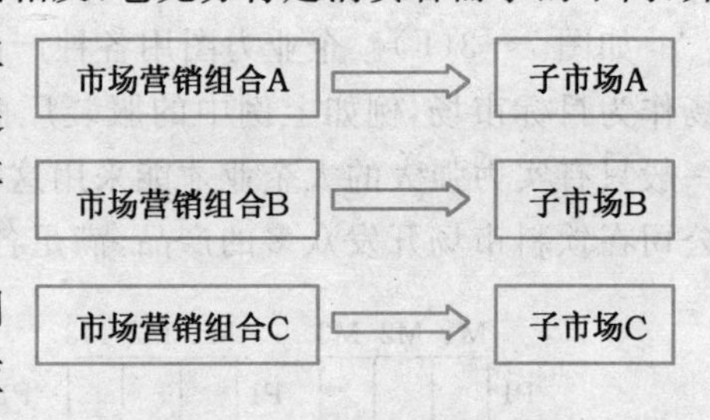

图 7—4b 差异性市场营销

差异性市场营销策略的优点很明显,企业同时为多个细分市场服务,有较高的适应能力和应变能力,经营风险也得到分散和减少;由于针对消费者的特色开展营销,能够更好地满足市场深层次的需求,从而有利于市场的发掘,提高销售总量。这种策略的不足在于目标市场多,经营品种多,管理复杂,成本大,还可能引起企业经营资源和注意力分散,顾此失彼。

3. 集中市场营销(concentrated marketing)

集中市场营销策略指企业集中所有力量,在某一细分市场上实行专业生产和销售,力图在该细分市场上拥有较大的市场占有率(见图 7—4c)。企业运用此策略是遵循"与其四面出击,不如一点突破"的原则,例如德国的大众汽车公司集中于小型汽车市场的开拓和经营,美国的惠普公司专攻高价的计算机市场,都是集中市场营销的成功范例。集中市场营销因为服务对象比较专一,企业对其特定的目标市场有较深

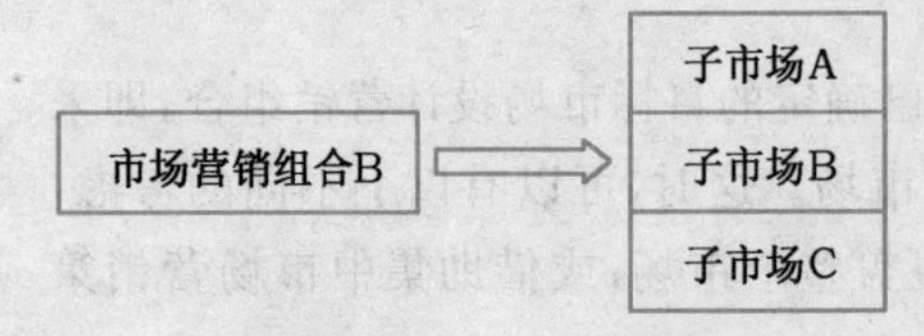

图 7—4c 集中市场营销

刻的了解，可以深入地发掘消费者的潜在需要；企业将其资源集中于较小的范围，进行“精耕细作”，有利于形成集聚力量，建立竞争优势，可获得较高的投资收益率。但这种策略风险较大，一旦企业选择的细分市场发生突然变化，如消费者偏好转移或竞争者策略的改变等，企业将缺少回旋余地。

影响目标市场策略的因素

上述三种策略各有利弊，企业在进行决策时要具体分析产品和市场状况以及企业本身的特点。影响企业目标市场策略的因素主要有企业资源、产品特点、市场特点和竞争对手的策略四类。

1. 企业的资源特点

资源雄厚的企业，如拥有大规模的生产能力、广泛的分销渠道、程度很高的产品标准化、好的内在质量和品牌信誉等，可以考虑实行无差异市场营销策略；如果企业拥有雄厚的设计能力和优秀的管理素质，则可以考虑实行差异性市场营销策略；而对实力较弱的中小企业来说，适于集中力量进行集中营销策略。

企业初次进入市场时，往往采用集中市场营销策略，在积累了一定的成功经验后再采用差异性市场营销策略或无差异市场营销策略，扩大市场份额。

2. 产品特点

产品的同质性表明了产品在性能、特点等方面的差异性的大小，是企业选择目标市场时不能不考虑的因素之一。一般对于同质性高的产品如食盐等，宜实行无差异市场营销；对于同质性低或异质性产品，差异性市场营销或集中市场营销是恰当选择。

此外，产品因所处的生命周期的阶段不同，而表现出的不同特点亦不容忽视。产品处于导入期和成长初期，消费者刚刚接触新产品，对它的了解还停留在较粗浅的层次，竞争尚不激烈，企业这时的营销重点是挖掘市场对产品的基本需求，往往采用无差异市场营销策略。等产品进入成长后期和成熟期时，消费者已经熟悉产品的特性，需求向深层次发展，表现出多样性和不同的个性，竞争空前激烈，企业应适时地转变为差异性市场营销策略或集中市场营销策略。

3. 市场特点

供与求是市场中两大基本力量，它们的变化趋势往往是决定市场发展方向的根本原因。供不应求时，企业重在扩大供给，无暇考虑需求差异，所以采用无差异市场营销策略；供过于求时，企业为刺激需求、扩大市场份额，殚精竭虑，多采用差异性市场营销策略或集中市场营销策略。

从市场需求的角度来看，如果消费者对某产品的需求偏好、购买行为相似，则称之为同质市场，可采用无差异市场营销策略；反之，为异质市场，差异性市场营销策略和集中市场营销策略更合适。

4. 竞争者的策略

企业可与竞争对手选择不同的目标市场覆盖策略。例如,竞争者采用无差异市场营销策略时,你选用差异性市场营销策略或集中市场营销策略更容易发挥优势。

企业的目标市场策略应慎重选择,一旦确定,应该有相对的稳定性,不能朝令夕改。但灵活性也不容忽视,没有永恒正确的策略,一定要密切注意市场需求的变化和竞争动态。

第四节 目标市场定位

目标市场定位的任务

目标市场定位又称产品的市场定位(market positioning),指对企业的产品(服务)和形象进行设计,使其在目标顾客心目中占有一个独特的位置的行动。也就是说,这里所指的"位",是产品在消费者感觉中所处的地位,是一个抽象的心理位置的概念。目标市场定位的实质在于对已经确定的目标市场,从产品特征出发进行更深层次的剖析,进而确定企业营销,最终要落实到具体产品的生产和推销。企业的任务就是创造产品的特色,使之在消费者心目中占据突出的地位,留下鲜明的印象。

"定位"这个词是由艾尔·里斯(Al Ries)和杰克·屈劳特(Jack Trout)于1972年提出来的,他们说"定位并非对产品本身采取什么行动,而是针对潜在顾客的心理进行的创造性活动。也就是说,将产品在潜在顾客的心目中确定一个适当的位置"。通常,消费者对市场上的产品有着自己的认识和价值判断,提到一类产品,他们会在内心按自己认为重要的产品属性将市场上他们所知的产品进行描述和排序。例如,提到汽车,凯迪拉克(Cadillac)以其豪华、宝马(BMW)以其功能、沃尔沃(Volvo)以其安全性而著称。随着市场上商品越来越丰富,与竞争者雷同、毫无个性的产品,恐怕无法吸引消费者的注意。为使自己的产品获得竞争优势,企业必须在消费者心目中确立自己产品相对于竞争者产品而言的独特的品牌利益和鲜明的差异性。简单地说,就是要使消费者感到自己的产品与众不同,即与竞争者有差异,并且偏爱这种差异。从这个意义上讲,目标市场定位又是一种竞争性定位。

竞争优势是一个相对概念,当一个通过提供较低的价格或者较高的利益使消费者获得更大的价值,它就具备了竞争优势。某产品(品牌)的"位置"取决于与竞争者产品(品牌)相比较后消费者的认知、印象和情感等复杂因素。因此,企业要辨别目标市场上现存竞争对手及其产品的特色和地位,并决定自己产品的发展方向。定位是:(1)创造一个真正的差异；(2)让其他人尤其是目标顾客知道并理解这种差异。

为获得竞争优势而进行的目标市场定位包括以下主要任务：首先要确定企业可以从哪些方面寻求差异化；其次是找到企业产品独特的卖点；然后要开发总体定位战略，即明确产品的价值方案。

(一)寻求差异化

差异化是指为使企业的产品与竞争者产品相区分，而设计一系列有意义的差异的行动。根据迈克尔·波特的理论，企业的竞争优势来源于两个主要方面：成本领先或者差异化。实际上，为了向消费者提供更多的价值，企业产品定位就是从差异化开始的。而与顾客接触的全过程都可以进行差异化。通常，企业可以从以下五个方面着手进行差异化。

1. 产品差异化

实体产品的差异化可以体现在产品的诸多方面：

(1)形式差异，即产品在外观设计、尺寸、形状、结构等方面的新颖别致。例如，对闹钟的外形进行不同的卡通形象设计。

(2)特色，即对产品基本功能的某些增补，率先推出某些有价值的新特色无疑是最有效的竞争手段之一。例如，为汽车增加“电动驾驶”功能，为某种食品增加防潮包装，为牙刷增加更换提示功能，为台灯增加护眼功能等。企业往往在用高成本为顾客定制特色组合，还是使产品更加标准化而降低成本之间进行决策。

(3)性能质量，即产品的主要特点在运用中可分为低、平均、高和超级等不同的水平。

(4)一致性，即产品的设计和使用与预定标准的吻合程度的高低。一致性越高，则意味着买主可以实现预定的性能指标。

(5)耐用性，即产品在自然或苛刻的条件下预期的使用寿命。对于技术更新不快的产品，耐用性高，无疑增加了产品的价值。

(6)可靠性，即在一段时间内产品保持良好状态的可能性。许多企业通过降低产品缺陷，来提高可靠性。

(7)可维修性，即产品一旦出现故障，进行维修的容易程度。标准化的零部件、一定的维修支持等都会使产品更受欢迎。

(8)风格，即产品给予消费者的视觉和感觉效果。独特的风格往往使产品引人注目，有别于乏味、平淡的产品。

综合以上各个要素，企业应从顾客的要求出发，确定影响产品外观和性能的全部特征的组合，提供一种强有力的设计使产品(服务)差异化并准确定位。

2. 服务差异化

竞争的激烈和技术的进步，使在实体产品上建立和维持差异化越来越困难，于是，竞争的关键点逐渐向增值服务上转移。服务差异化日益重要，主要体现在订货方便、交货及时以及安全、安装、客户培训与咨询、维修养护等方面。例如，通用电气公司不仅仅向医院出售昂贵的X光设备并负责安装，还对设备的使用者进行培训，并提供长期服务支持。

3. 渠道差异化

通过设计分销渠道的覆盖面、建立分销专长和提高效率，企业可以取得渠道差异化优势。例如戴尔电脑、雅芳化妆品，就是通过开发和管理高质量的直接营销渠道而获得差异化的。

4. 人员差异化

培养训练有素的人员，是一些企业，尤其是服务性行业中的企业取得强大竞争优势的关键。例如，迪斯尼乐园的雇员都精神饱满，麦当劳的人员都彬彬有礼，IBM的员工给人以专家形象……

5. 形象差异化

形象是公众对企业及其产品的认识与看法。企业或品牌形象可以对目标顾客产生强大的吸引力和感染力，促其形成独特的感受。有效的形象差异化需要做到：建立一种产品的特点和价值方案，并通过一种与众不同的途径传递这一特点；借助可以利用的一切传播手段和品牌接触（如标志、文字、媒体、气氛、事件和员工行为等），传达触动顾客内心感受的信息。例如，耐克因其卓越的形象，在变幻莫测的青年市场始终保持了吸引力。

（二）寻求独特的“卖点”

任何产品都可以进行各种程度的差异化。然而，并非所有商品的差异化都是有意义或有价值的。有效的差异化应该能够为产品创造一个独特的“卖点”，即给消费者一个鲜明的购买理由。有效的差异化必须遵循以下基本原则：

（1）重要性。该差异化能使目标顾客感受到让渡价值较高带来的利益。

（2）独特性。该差异化竞争者没有提供，或者企业以一种与众不同的方式提供。

（3）优越性。该差异化明显优于消费者通过其他途径而获得的相似利益。

（4）可传播性。该差异化能被消费者看到、理解并传诵。

（5）排他性。竞争者难以模仿该差异化。

（6）可承担性。消费者有能力为该差异化付款。

（7）盈利性。企业将通过该差异化获得利润。

值得注意的是，企业在产品定位时应该尽量避免以下常犯的错误：

（1）定位不足。这是企业差异化设计与沟通不足，消费者对企业产品难以形成清晰的印象和独特的感受，认为它与其他产品相比没有什么独到之处，甚至不容易被消费者识别和记住。

（2）定位过分。指企业将自己的产品定位过于狭窄，不能使消费者全面地认识产品。例如，一家同时生产高、低价位产品的企业使消费者误以为只能提供高档产品。定位过分，限制了消费者对企业及其产品的了解，同样不利于企业实现营销目标。

(3)定位模糊。指由于企业设计和宣传的差异化主题太多，或定位变换太频繁，致使消费者对产品的印象模糊不清。混乱的定位无法在消费者心目中确立产品鲜明、稳定的位置，必定失败。

(三)确定价值方案，开发总体定位战略

消费者根据自身的价值判断进行购买决策。确定价值方案就成为总体定位战略的核心内容。所谓价值方案就是指企业定位所依赖的所有利益组合与价格的比较。消费者往往以此作为价值判断的依据。其公式为：

$$V=B/P$$

式中：V 表示价值；

B 表示总利益；

P 表示价格。

例如，沃尔沃的定位以安全性为基础，尽管售价高昂，但与其由可靠性、宽敞、风格等特点构成的价值相比使人感到物有所值。

通常，企业可以从以下五种价值方案中选择一种进行总体定位：优质优价；优质平价；价廉物美；利益相同，价格较低；利益较低，价格更低。

在确定了总体定位战略后，企业还应该就其选择的定位与目标市场进行有效的传播和沟通。

目标市场定位的方法

目标市场定位的方法可分成四个具体的操作步骤：

1. 建立市场结构图

任何一种产品都有许多属性或特征，如价格的高低、质量的优劣、规格的大小、功能的多少等等。其中任何两个不同的属性变量就能组成一个坐标，从而构建起一个目标市场的平面图。

以产品的价格和质量分别作为横纵坐标变量建立一个坐标来分析目标市场是非常普遍的，因为任何产品的这两个属性特点都是消费者最关心的。当然，根据不同的产品，企业也可选择消费者关心的其他属性，如规格—速度组合用于分析旅游用客车市场；口味—重量组合用于分析咖啡市场等。图7—5是以价格和质量为组合对电脑市场的分析。

2. 在市场结构图上大致描绘出竞争状况

目标市场定位的第二步就是在市场结构图上标明现有竞争者的位置(坐标平面上的点)及其市场份额大小(圆圈的面积)。以图7—5为例，A，B，C，D四个圆圈分别代表目标市场上已有的四个竞争者，圆心的坐标反映其在目标市场中的实际定位，圆圈的面积大小

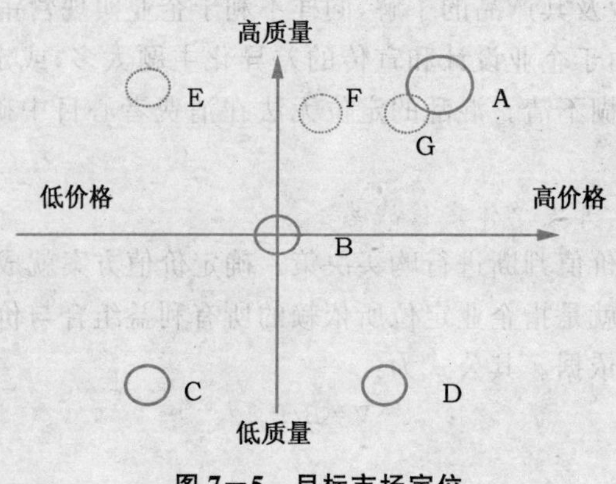

图 7—5 目标市场定位

则说明各个竞争者的销售额大小。我们可以看到，A 是电脑市场中颇有声望的企业，它生产的是优质高价的产品；B 企业生产的是质量中等的中档产品；C 企业占据着低档产品市场部分，以低价提供低质的产品；D 企业以高价提供着质量低劣的产品，简直是一市场骗子形象。这四个企业中 A 企业的销售情况最好，市场份额最大。

完成第二步工作，企业得到一张详细的"作战图"，"对手"的分布和实力都一目了然。

3. 初步确定定位方案

试着将代表本企业的小旗插到"作战图"的不同位置，每一种位置意味着一种定位方案。分析、评价各种可能的方案后，选出最理想的作为初步的定位，经有关部门详细论证后，由企业决策当局确定。

4. 修正定位方案和再定位

企业的定位是否准确关系到企业的成败，所以在初步定位完成后，还应做一些调查和试销工作，及时找到偏差并立即纠正。

即使初步定位正确，还应看到市场环境的动态变化，随时准备对产品进行再定位。一般来说，三种变化是促使企业考虑再定位的力量：一是消费需求的萎缩或消费者偏好的转移；二是竞争者定位策略和实力的改变，并威胁到企业在目标市场的发展；三是企业自身的变化，如掌握一种尖端生产技术，使生产成本大幅度下降或能生产原先不能开发的产品。再定位就是重新定位，可以视为企业的战略转移。前后定位的差异可视为转移的距离。通常再定位可能导致产品的名称、价格、包装和品牌的更改，也可能导致在产品的用途和功能上的变动。企业必须考虑定位转移的成本和新定位的收益问题。

目标市场定位的策略

企业目标市场定位的最终确定，是必须经过对企业自身、竞争对手作出客观评价和对消费者的需求有了充分分析后的抉择。从理论上讲，企业可选择的目标市场定位策略主要有三种。

1. 填补策略

填补策略即企业将自己的产品定位在目标市场目前的空缺部分，市场的空缺部分指的是市场上尚未被竞争者发觉或占领的那部分需求空当。企业选择填补策略，大都因为该策略能避开竞争，获得进入某一市场的先机，先入为主地建立对自己有利的市场地位。如图7—5中的E所在的位置。

但在决定采取填补策略之前必须仔细分析“空缺”的性质和大小，以及企业自身的实力特点。首先，这一空缺为什么存在，是因为竞争对手没有发觉、无暇顾及或是因为这里根本没有潜在的需求，不要低估了你的竞争者，轻易地以为空缺的存在是前两种原因。其次，如果确实存在潜在的需求，那么要考虑这一空缺是否有足够大的空间。也就是说，该空缺是否存在着潜在的需求，而且这些尚未满足的需求是否有一定规模足以使企业有利可图。在得到肯定答案后，企业要思考的第三个问题是自己是否有足够的技术开发能力去为这一市场的空白区域提供恰当的产品。如果企业不具备应有的技术开发和生产能力，再好的机会也只好望洋兴叹。这时候，如果明知道自己没有能力，却一意孤行的话，只能造成失败和大量资源的浪费。此外，企业的营销管理能力是否能胜任对空白区域的开发也很重要。最后，企业还要判断填补这一空位在经济上是否合算。企业是追求利润的经济组织，因此，即使前面几个问题都有令人满意的答案，但获利情况不佳，例如因开发产品和启动市场的成本太高，企业收益无法弥补或弥补后只有微利时，是不应选择填补策略的。

2. 并存策略

所谓并存策略，是指企业将自己的产品定位在现有的竞争者的产品附近，力争与竞争者满足同一个目标市场部分，即服务于相近的顾客群。如图7—5中的F的位置。并存策略不是取代策略，所以并非向竞争对手发动猛烈进攻，而是一些实力不强的中小企业在产品定位时，跟随现有的大企业行动，力求与对手和平共处。

采用这种策略，企业无须开发新产品(可以仿制现有的产品)，免去了大量的研究开发费用；由于现有的产品已经畅销于市场，企业也不必承担产品不为市场接受的风险，企业可在树立自己的品牌上多投入精力。

不过，企业施行并存策略，必须有两个前提条件。第一，在企业意欲进入的目标市场区域中还有未得到满足的需求，即该区域除现有的供给外还有吸纳更多商品的能力。第二，企业推出自己品牌的产品时，应注意在各方面能与竞争产品媲美，又有自己的品牌特色，这样才能拥有自己的顾客。

3. 取代策略

取代策略,顾名思义就是要将竞争对手赶出原来的位置,自己取而代之。这是一种竞争性最强的目标市场定位策略,如图 7-5 中的 G 的位置。企业这样定位是准备挑战现有的竞争者,力图从他们手中抢夺市场份额。选用这一策略的企业一般实力都比较雄厚,为扩大自己的市场份额,决心并且有能力和信心击败竞争者。也可能是企业所选择的目标市场区域已经被竞争者占领,而且不存在与之并存的可能,企业只好勇敢地出击。有时候,小企业也有可能将大企业从某些市场区域中挤走。

除对竞争者的优点和弱处有清晰的了解外,采取取代策略的企业还需要具备三个条件:首先,企业推出的产品在质量、功能或其他方面有明显优于现有产品的特点;其次,企业能借助自己强有力的营销力量使消费者认同这些优越之处;第三,企业拥有足够的实力,其资源足以支持这种较量。

定制营销

定制营销(customized marketing)又称个别化营销(individual marketing)或一对一营销(one-to-one marketing),是 20 世纪 90 年代后期发展起来的一种新型的营销策略。定制营销就是在市场细分的基础上,进一步针对个别消费者的特定需要提供个性化的满足。如完全可按照消费者个性的喜好来设计服装、手表、皮鞋等消费品;按照个人的设计来装饰住房甚至建造别墅;按照个人的需要和可能来制定学习计划,提供业余培训;等等。定制营销是比目标营销更有针对性,从而对顾客的满足程度也更高的营销方式,因此开展定制营销的企业就能更牢固地控制其目标群体,稳定其目标市场。

既然定制营销能增强企业的市场竞争能力,为什么至 20 世纪 90 年代后期才发展起来呢?关键在于定制营销与规模化生产之间的矛盾。因为只有大规模的标准化生产才可能使产品的生产成本降到最低,这几乎已成为一种经济学的常识,而定制营销就会对大规模的标准化生产提出挑战。所以,在没有解决定制化生产导致成本上升的问题之前,定制营销是很难开展的。有人说"目标营销相对定制营销而言,是屈从于规模经济效应的一种无奈",此话是颇有道理的。

20 世纪 90 年代后,数码控制系统在生产领域的广泛应用使个性定制和规模生产的矛盾得到了解决,这就是"柔性生产技术"的问世。柔性生产通过数码控制技术可以在同一条流水线上生产出上百种不同规格和款式的产品,这样就使定制营销成为可能。满足"定制营销"需要的另一种方法就是"组合技术",即由于许多产品和服务实际上是由各种部件或要素所组成的,消费者的个性需要往往只表现为对其中少数部件和要素的不同需要,有的甚至只是组合方式上的差异。所以在部件和要素的生产上仍然可以是批量化和规模化的,只需在最后的组合上按照顾客的特定需要来组合,就能解决定制营销中的规模效应问题。目前许多企业就是这样做的。如戴尔公司完全按照顾客的个性需要来提供品牌电脑，主要就表现为根据顾客所提出的要求来进行电脑硬件的不同配置，而各种电脑硬件的生产和采购则完全可以是批量化的。

本章小结

从大众营销到目标市场营销是现代生产发展、消费水平提高和竞争激烈的结果。目标市场营销将企业的营销资源集中于最有潜力的市场部分，其关键步骤包括市场细分化、选定目标市场和目标市场定位（STP 战略）。市场细分化是一种把一个市场划分成不同购买者群体的行为，这些购买者群体可能值得为其提供独立的产品和营销组合。消费者市场细分的依据主要有：消费者基本特征、消费者心理特征和消费者行为特征三类因素。产业市场可按最终用户、顾客规模和地理分布进行细分。市场细分主要有先验的和后验的两种方法。市场细分的有效性在于按一定标准细分的子市场具有可区分性、可进入性、可盈利性的原则。

企业将最佳的细分市场挑选为目标市场，为此要对细分市场从潜量、盈利能力到竞争状况等方面进行评价。然后，企业可不理会细分市场的差异性，采用无差异市场营销；也可以为几个细分市场开发不同的产品，采用差异性市场营销；或者可以只追求某部分细分市场，采用集中市场营销。究竟采用何种目标市场的覆盖策略，企业的决策受到诸如企业资源、产品特点、市场特点和竞争者的策略等因素的影响。

对于已确定的目标市场，企业要为自己的产品进行市场定位，其实质即是在消费者心目中标明本企业产品的特色和形象。为取得最大的竞争优势而进行的产品定位包括以下任务：首先确定企业可能的差异化来源；其次是找到企业产品独特的卖点；然后明确产品的价值方案，开发总体定位战略。企业可从产品、服务、渠道、人员和形象等方面建立差异化。企业在定位时要尽力避免定位不足、定位过分和定位模糊等错误。借助市场结构图，企业在明确竞争对手，并研究竞争者地位的基础上，做出决定：或填补市场空白，或与竞争者比邻并存，或干脆取而代之。通过产品的市场定位，企业奠定了制定营销组合计划的基调。

定制营销就是在市场细分的基础之上，进一步针对个别消费者的特定需要提供个性化的满足。定制营销是比目标营销更有针对性，从而对顾客的满足程度也更高的营销方式，柔性生产和组合技术的发展使定制营销成为可能。

思考题

1. 什么是市场细分化？它对企业市场营销活动有何意义？

2. 消费者市场细分有哪些主要依据？产业市场的细分依据主要是什么？

3. 细分市场的主要方法有哪些？

4. 目标市场的三种营销策略各有什么特点？

5. 目标市场定位的实质是什么？如何进行目标市场定位？

6. 什么是定制营销？如何解决定制营销与规模效应之间的矛盾？

注释：

[1]Smith，W. R. ,1956,"Product Differentiation and Market Segmentation as Alternative Marketing Strategies"，*Journal of Marketing*，July，pp. 3－8.

[2]Baker,M. J. ,1992，*Marketing Strategy and Management*，2nd ed，London：Macmillan.

[3]Svendsen，A. （1997），"Building Relationship with Microcommunities"，Marketing News，9 June，p. 13.

[4]R. P. Coleman，"The Continuing significance of Social Class in Marketing"，*Journal of Consumer Research*，December 1983，p. 267.

[5]Piercy，N. F. ,1997，*Market-Led Strategic Change*：*Transforming the process of going to market*，2nd ed，Oxford：Butterworth-Heinemann.

[6]Graham Hooley，et al. ,2003，*Marketing Strategy and Competitive Positioning*，3rd ed. London：Prentice Hall. p. 274.

[7]Maier，J. and Saunders，J. A. ,1990，"The Implementation of Segmentation in Sales Management"，*The Journal of Personal Selling and Sales Management*，10(1)，pp. 39－48.

[8]菲利普·科特勒等著，陈燕茹译:《水平营销》，中信出版社2005年版，第25页。

第八章

市场竞争分析

学习目的与要求

1. 认识企业的主要市场竞争者
2. 了解市场竞争的不同性质和类型
3. 掌握市场竞争的三大基本策略
4. 了解不同市场地位的企业应采取的市场竞争策略
5. 了解基准营销的内涵

企业的生命在于竞争，竞争是社会主义市场经济发展的重要机制。处于竞争日趋激烈的当今社会，每一家企业都不可避免受到竞争者的攻击，同时也可能自身就是竞争行列的新加入者，或者是试图改变市场地位而展开竞争攻势的老企业。在优胜劣汰的竞争法则面前，市场中的每个企业都是平等的，如何参与竞争并使自己在市场竞争中拥有优势，是企业能否获得营销成功的核心所在。

第一节　市场竞争者

市场不同竞争力量的势态，对企业产生的竞争压力是不同的。企业要拓展业务，在不同的竞争对手面前，要选择不同的竞争策略才能保证挑战成功。同样，即使是实力强劲的老牌企业，面对不同竞争对手的攻击，也必须采取不同的防范措施以保存自己的阵地。因此，对市场竞争者的充分研究，是企业全方位参与市场竞争的基础。对市场竞争者分析主要包括五大部分内容（见图 8－1）[1]，目的在于全面了解市场竞争者的竞争动力是什么，其在做些什么，其能做些什么，以及其如何对市场做出反应。

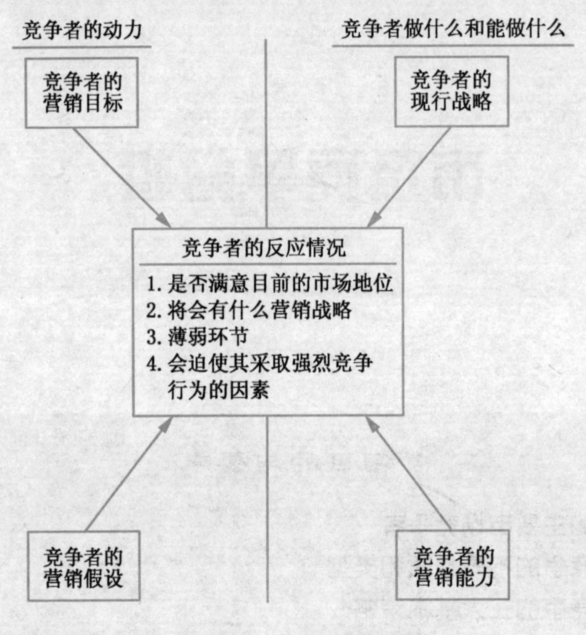

图 8－1　竞争者分析

通过对市场竞争者，包括所有重要的现有竞争对手和可能出现的潜在竞争对手的营销目标、营销假设、现行营销战略、营销能力，以及市场竞争者面对竞争挑战的相对反应等方面的了解，可以帮助企业对市场竞争者做出比较全面的分析。

市场竞争者的营销目标

企业在营销活动中所承担的营销任务不同，所以各有自己的营销目标。然而不管企业的营销目标如何，终会形成一定的目标体系，并且在为之奋斗的营销操作程序中显示出来。对市场竞争者营销目标的分析，有助于了解其对企业目前市场地位和财务状况的满意程度，从而可以推断这个竞争对手是否会改变其营销战略，了解其对外部营销环境变化所能做出的反应能力。比如，一个注重销售稳步增长的企业和一个对保持投资回报率感兴趣的企业，二者对某种市场下降趋势或对于某个企业市场占有率增加的反应可能会是完全不同的。同样，如果企业面对的竞争对手是为了达到其关键营销目标而采取战略行为时，必须认真对待，因为此时的对手必然是全力以赴的。

市场竞争者营销目标一般包括以下内容。

1.竞争对手的经营理念

包括竞争者是否想成为市场领导者、行业的发言人、行业标新立异者、技术领导者；竞争者是否重视产品开发和产品质量；竞争者是否对营销地区有特殊偏好；经营理念是否成为全体员工的行为指南；是否存在已成为企业惯例化行为的特定营销战略或职能方针；等等。

2.竞争对手的组织结构

包括竞争者企业的职能结构；这种结构对资源分配、定价和产品换代等关键性决策的责任和权力分配如何；竞争者最高领导层的背景和经历如何；竞争者对企业管理人员的培养要求和激励措施如何；等等。

3.竞争对手的财务目标

包括竞争者在长期和短期营销业绩之间的权衡；竞争者在利润和收入增长之间的权衡；竞争者在获利能力、市场占有率、销售增长率、风险期望水平等因素之间的权衡；等等。

4.竞争对手的控制系统

包括竞争者的会计制度如何评估库存、分配成本、计算通货膨胀；竞争者企业各级人员的报酬；竞争者股份分布情况；竞争者营销业绩评估措施；等等。

市场竞争者的营销假设

每个企业都会对自己所处的营销环境进行一系列的假设，其中既有对自身情况的假设，也包括对整个行业及行业中某些企业的情况假设。不管企业的这种假设正确与否，都将成为指导企业的行为方式和其对营销环境变化的反应方式。比如一个市场竞争者把自己看成是社会上的知名企业，自信产品拥有最大的顾客忠诚度，而事实并非如此。那么这种情况对竞争对手而言，采用刺激性降价是可能获得市场份额的好方法。前者很可能对这种竞争挑战不以为然，它会认为这种降价行为不会影响它的市场占有率而拒绝做相应的降价反击，而当它认识到自己的假设是错误的时候，昔日良好的市场地位已经岌岌可危了。因此，识别市场竞争者的假设，可以帮助企业恰当地估计竞争对手的行为。

市场竞争者营销假设一般包括以下内容。

1.竞争对手对优劣势的看法

包括竞争者表现在对本企业成本、产品质量、技术领先和营销实务中其他关键方面相对地位的看法，这些看法正确与否，等等。

2.竞争对手对市场竞争的看法

包括竞争者对其竞争对手营销目标和营销能力的看法，是否会高估或低估其中的任何一位竞争对手的实力，等等。

3. 竞争对手对市场需求及行业发展趋势的看法

包括竞争者对产品设计、质量、制造地点、销售方法、分销渠道等方面是否有某些历史原因和感情色彩而迅速扩展营销策略；这种思维方法左右其认识事物的程度；竞争者是否会毫无根据地对市场需求缺乏信心而不愿投入更多营销能力，或者因为相反原因而迅速扩展营销能力；竞争者是否容易错误估计某种特定趋势的重要性，如信奉行业的“传统思路”；等等。

市场竞争者的现行战略

任何一个企业都有自己的竞争战略，从根本上讲一项具体竞争战略的制定，即为企业规定了一种广泛应用的程式，以指导企业在营销实务中该如何投入竞争，应该有什么样的竞争目标，以及在贯彻执行这些目标时需要采取的措施等。

企业的竞争战略可以在其整个营销计划过程中提出，也可以通过企业各个职能部门的活动而含蓄地进行。一般而言，分析市场竞争者现行战略最有效的方法是，把该竞争对手的战略看成是其各个职能部门中主要的、关键的营销策略，并分析其达到各职能部门间的相互联系、相互协调的途径。

市场竞争者现行战略一般包括以下内容。

1. 竞争对手企业内部实现营销目标的一致性

包括竞争者的营销目标是企业全体成员的共识还是仅仅是领导层的意愿；竞争者企业各职能竞争部门对营销目标实现的协调措施如何；等等。

2. 竞争对手营销目标和方针与营销环境的适应性

包括竞争者是否存在影响企业对环境看法严谨的组织准则或法规；竞争者企业创始者当初信奉的策略如今是否仍起作用；竞争者是否存在影响企业对事物认识的文化性、地区性或民族上的差异；等等。

3. 竞争对手的特定产品、具体营销策略的业绩

包括竞争者获得成功的历史如何；竞争者曾经在什么情况下遭到失败；为什么；等等。

市场竞争者的营销能力

市场竞争者的营销目标、营销假设和现行战略会影响其对市场竞争做出反应的可能性，同时也决定了这种反应行为的时间选择、性质和强度。市场竞争者的营销能力则决定其在营销活动中竞争出击和反击的实力。相对而言，任何企业都会有一定的优势和劣势，而这种客观存在的强项和弱点，就是企业应付营销环境变化及其实现营销目标的能力。

市场竞争者营销能力一般包括以下内容。

1.竞争对手的核心能力

包括竞争者各职能部门的实力如何；竞争者的最佳能力在哪个部门；最薄弱环节在何处；随着企业发展，竞争者具体能力的发展趋势如何；等等。

2.竞争对手的成长发展能力

包括竞争者是否存在潜在的能力；这种能力发展的潜能在何处；竞争者在人员、技能、营销能力、财政方面能承受的增长速度和幅度如何；等等。

3.竞争对手的适应变化能力

包括竞争者对成本竞争的适应力；竞争者对产品更新换代的适应力；竞争者对服务竞争的适应力；竞争者对政府行为的适应力；等等。

4.竞争对手的持久耐力和快速反应能力

包括竞争者的资金储备量；竞争者管理层的协调统一性；竞争者财务目标的中长期水平；竞争者的借贷能力；竞争者固定设备的利用率；竞争者准备推出的新产品；等等。

市场竞争者的反应

在市场竞争者的营销目标、营销假设、现行战略和营销能力分析的基础上，能明确构成关于市场竞争者可能对营销活动中种种问题如何做出反应的概况。

1.进攻性行为

(1)把竞争对手的营销目标与其现有市场地位进行比较，结果显示着该竞争对手对自身地位的满意程度，这种满意程度预示其是否可能会着手发起改变市场地位状态的战略行为。

(2)再进一步根据竞争对手与其现有市场地位相关的具体营销目标、营销假设、营销能力分析，则能了解竞争对手对营销趋势的见解，及其对自身实力的评估。这些见解和评估反映了其将视谁为竞争对手，会如何去竞争。

(3)同时，对竞争对手营销目标和营销实力的对比研究，能够用来评估其可能采取行动的强度。同样，评估竞争对手可能从这次行动中获取什么样的收益和对其营销目标了解相结合，就可以判断该竞争对手采取行动的严肃程度。

2.防御性行为

在市场竞争中，除了企业主动采取竞争攻击行为以外，另外的情况就是面对进攻企业的防御反击行为。

(1)对于进攻者来说，寻找的是竞争对手容易受到打击的那些战略行动、政府行为、宏观经济政策、行业事件等。实施的是在一定时限或一定范围内，使竞争对手无法冒风险而采取相应行为，自己则能获利的战略行为。

(2)对于防御者而言,当遇到的竞争挑战威胁到自身地位和营销目标实现时,不管愿意与否,都会被迫实施报复反击行为。而且大多数企业都有反映在既定目标、情感上的承诺等方面的"敏感点",一旦被触及,往往会做出超常反应。因此在市场竞争者营销目标、营销假设、现行战略和营销能力分析的基础上,能清楚了解到竞争对手会不会做出反应,其是否会由于某种因素的阻碍,无法反击或者反应迟缓,同时,能提醒竞争者避免触及对手"敏感点",从而提高竞争的成功率。

第二节 市场竞争的性质与类型

企业要想发展,必须敢于和参与竞争。在一定的时间、地点和条件下,企业面临的竞争压力不同。企业制定有效竞争策略的基础是,分析竞争环境和竞争形势,充分了解不同竞争力量的态势。企业所面临的竞争力量一般有五种:同行业现有竞争力量、买方竞争力量、供货者竞争力量、潜在竞争力量和替代品竞争力量(见图 8-2)[2]。

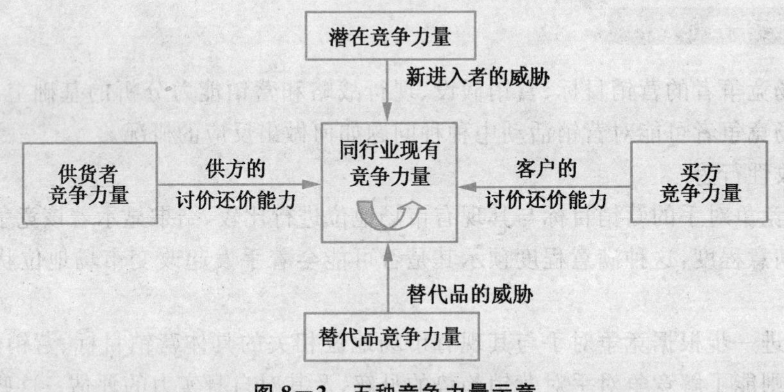

图 8-2 五种竞争力量示意

同行业现有竞争力量

同行业内现有企业之间的竞争是最直接、最显见的。这种竞争往往因为企业争取改善自身的市场地位而引发,一般通过价格、新产品开发、广告战以及增加为客户的服务内容等手段表现。

一般而言,行业内的竞争往往会表现为四种基本状态。

1. 完全竞争

完全竞争是指有较多的企业参与某个目标市场竞争,买卖交易都只占市场份额的一小部分。在完全竞争的市场中,各企业生产或经营的产品(服务)差异很小,买卖双方对市场的信息充分了解，市场的进入和退出基本没有障碍。

如果在需求尚不能满足的情况下，处于完全竞争态势下的企业间可能会有一段时间的和平共处；然而更多的事实是，为了争取有限的市场份额，一个企业的进展必然会使另一个企业衰退。这种竞争状况中，企业一般通过追求降低营销成本来保持竞争优势。

2. 垄断性竞争

垄断性竞争是指参与目标市场竞争的企业尽管比较多，但彼此提供的产品（服务）是有差异的，一些企业会由于其在产品或服务上的某些优势而获得对于部分市场的相对垄断地位。

这些企业间的竞争一般通过提高产品质量，优化销售渠道网络，加强各种促销手段等途径进行；或者企业也可以根据“差异”的优势，通过变动价格的方法寻求更强的竞争优势。在垄断竞争态势下，许多企业也可以相互联合，以各自长处协作生产某种产品（服务）进入目标市场，利用合力产生竞争优势。

3. 寡头竞争

寡头竞争是指一个行业被少数几家相互竞争的大企业所控制，其他企业只能处于一种从属的地位。寡头竞争中控制市场的企业依赖的主要是实力优势而不是产品或服务的差异。

寡头竞争态势下，由于部分企业基本控制了市场，在一段时间内，别的企业要进入是相当困难的，但并不等于永远没有市场机会。寡头之间仍然存在竞争，它们互相依存，任何一个企业的独立活动都会导致其他几家企业迅速而有力的反击而难独自奏效。它们一般都具有很强的成本意识。

4. 完全垄断

完全垄断是指由某一家大企业对整个市场全部占有，其他企业基本无法进入。完全垄断除了极少数是由于实力的优势之外，基本上是由于资源上或技术上的垄断地位所形成的，也有的是由于政府对于某些行业所实行的政策性垄断所致。由于世界上许多国家对于完全垄断是在法律上予以限制的，所以完全垄断的情况一般很少见。

因此，同行业内现有企业之间的竞争，除了企业的营销策略、营销能力以外，对市场供求、竞争状况全面而综合的了解是很重要的。我们在第十二章中将进一步阐述行业内各种竞争状态对企业定价的影响。

买方竞争力量

买方是企业产品（服务）的直接购买者和使用者，关系到企业营销目标的实现与否。买方的竞争威胁往往意味着企业让利的代价，它们可以通过压低价格、追求更好的产品质量、寻求更全面的服务项目等，从竞争企业彼此对立的状态中获得好处。

一般而言,买方竞争力量会有以下的表现。

(1)如果某个特定买主的进货量很集中,占企业销售的比例也很大时,那么相应就提高了该买主讨价还价的能力。当买方所购买的产品占到其成本或购买数额的相当大部分时,或者在买方感到营销实际利润不高时,一般都会为了压低购买成本而慎重地选择购买。

(2)如果买主面临的产品供应者相对稳定,而且供应者又比较多,那么他就会利用供应者之间的相互竞争来提高自己讨价还价的能力。而当买主的某个特定的购买活动对其而言是至关重要的,或者当供应者的产品对买方产品质量有很大影响时,买方对价格一般就不会那么敏感。

(3)对一般消费者而言,那些毫无差异、与其收入相比价格偏高,或者产品质量对他们而言并不特别重要的产品,往往会使消费者表现出对价格的敏感。因此,为了减少买方讨价还价的威胁,企业应该向最可能赢得的客户推销自己的产品。一般而言,企业选择的目标客户为:其特定的购买需求必须与企业的相对供应能力相匹配;其讨价还价的能力和所要求的服务成本相对比较低;其具有比较大的发展潜力。

供货者竞争力量

企业营销目标的实现,必然要依赖于某些特定的原材料、设备、能源等的供应。如果没有供货保障,企业也就无法正常地进行营销运转。因此,企业面临的所有供货者,自然就构成了一种对企业营销活动产生威胁的竞争力量。供货者可以通过提价或降低其所提供的货物(服务)的质量,或者从供货的稳定性和及时性等各方面显示其讨价还价的能力。供货者的这种威胁,会迫使购货企业的产品成本变大而失去利润。

一般而言,供货者竞争力量有以下的表现。

(1)如果企业面临着实力强大的供货者,那么通常是供货者在价格、质量和贸易条件等方面具有相当大的主动权。当供货者面临着同类产品供应或者某些替代产品供应的激烈竞争时,那么即使是再强大的供货者,这时候其讨价还价的能力也会受到一定的牵制。

(2)如果某个特定企业是供货者的重要客户,那么由于关系密切,供货者会有相对积极的态度,通过合理的价格和各种促进手段来保证彼此关系的协调发展。

(3)如果供货者的某种产品成为要货企业营销活动中一个至关重要的因素时,那么供货者讨价的能力显然就会提高。

因此,为了减少供货者的竞争威胁,企业应该在保证供货相对稳定的基础上,尽可能使自己的供货者多样化,这样可以促使供货者之间的竞争,使企业处于相对有利的竞争地位。

潜在的竞争力量

营销环境是由多种动态变化的因素所构成的,每个行业随时都可能有新的进入者参与竞争，它们会给整个行业的发展带来新的生产力，同时也会形成行业内企业之间更激烈的竞争。作为一种潜在竞争力量，威胁主要表现在参与竞争时可能遇到的阻力程度。如果新进入者势如破竹，那么其就会长驱直入，甚至给企业造成某种剧变；反之，如果遇到竞争对手较为强烈的反应，那么其就会因为障碍重重，可能带来的竞争威胁就相对小一些。

对于新进入者与竞争对手之间的抗衡情况，应该重点注意以下三个方面。

1.卖方密度

卖方密度是指同行业或同一类商品经营中卖主的数目。卖方密度在市场需求量相对稳定时，直接影响到企业市场份额的大小和彼此竞争的激烈程度。如果在容量相对稳定的目标市场中，同类产品经营者比较多，那么有新进入者的参与就会相对降低部分老企业的市场份额。显然，在卖方密度较高的目标市场，新进入者往往会遭到竞争对手较为强烈的抵御。

2.产品差异

产品差异是指同一行业中不同企业同类产品的差异程度，这种差异在许多产品上均有表现，它应该是消费者所能够察觉的，代表着企业努力追求的品牌和顾客忠诚度。产品差异使各企业的产品有不同特色而互相区别，它与企业竞争实力的大小相关度很大。

如果新进入者能有为消费者所认可，并具有明显特色的产品进入目标市场，那么它就具有较强的竞争力。

3.进入难度

进入难度是指某个企业在加入某个行业时所遇到的困难程度，特别是技术的难度和资金的规模。

不同的行业，新进入者遇到的进入难易程度是不同的。比如高科技产业是一般企业难以进入的，因为它需要巨额投资和较高的专业技术；而小家电、塑料制品等一般生活用品生产行业则相对容易进入，因为这类产品生产投资不高，技术也不复杂，上马投产周期短。不同的进入难度会导致不同的影响，进入难度强的行业中，价格和利润往往比较高，竞争相对较弱；而进入难度不强的行业，其结果则相反。

因此，企业必须密切注意营销环境的动态发展趋势，随时掌握市场的细微变化，及时调整自身的营销行为，从而争取在竞争中处于领先地位。

替代品竞争力量

广义地看，企业的竞争对手并不局限于同一行业中。许多企业尽管彼此生产的产品（服务）在形式、内容等方面并不雷同，然而这些产品（服务）却都从特定的角度满足市场的需求而吸引社会购买力。事实上，对于争取社会购买力而言，替代产品竞争力量同样会影响到企业的市场地位，甚至是生死攸关的大问题。

一般而言，替代品竞争力量会有以下的表现。

1.愿望竞争力量

愿望竞争力量是指提供不同产品以满足不同需求的替代竞争力量。比如对于家电经营企业而言，房产、证券、文化娱乐、汽车等不同类型的行业都属愿望竞争者。在整个市场一定时期内相对稳定的购买力面前，大家都在竭力争取消费者最终的购买投向，这样，那些满足相同市场需要或服务于同一目标市场的经营者，就形成了一种现实的替代竞争力量威胁。

愿望竞争力量的提出，明确了现实的和潜在的竞争者范围是非常广泛的。如果企业不能全方位识别自己的竞争对手，那么好多营销实践已经证明，最终打败你的可能不是提供相似产品或服务的竞争者，而是来自某种愿望竞争力量。

2.平行竞争力量

平行竞争力量是指提供能满足同一种需求的不同产品的替代品竞争力量。提供同一类产品或可以相互替代产品的企业之间会构成竞争，比如自行车、助动车、摩托车、汽车等产品，尽管它们的自然形态不一样，但都可以用作家庭交通工具，那么这几种产品的经营者之间必然存在竞争关系，它们互相成为各自的平行替代竞争者。

平行竞争力量的提出，表明竞争者的识别并非易事。一般情况下，市场很容易反映出替代产品的关系。如咖啡的消费量，会直接影响茶叶和其他软饮料的市场份额，因为它们之间的替代关系比较显然。但是现代市场的特殊性，决定了满足消费者某种需要的替代产品关系复杂。如对铅笔经营者而言，能满足消费者“书写能力”的替代产品，不仅是钢笔、圆珠笔等书写工具，而且还包括打字机、电脑等。

3.产品形式与品牌竞争力量

产品形式竞争力量是指生产同种产品，但不同规格、型号、款式的替代品竞争力量；产品品牌竞争力量是指产品相同，规格、型号等也相同，但品牌不同的替代竞争力量。显然这两种替代竞争力量来自同行业，竞争同样十分激烈。

这两种竞争力量，会充分表现在完全竞争、垄断性竞争、寡头竞争的市场状态下。同行之间的竞争，往往更能体现“优胜劣汰”的竞争法则，为了争取有限的市场份额，一个企业的进展必然会使另一个企业衰退。所以，在企业现实的营销活动中，当前的主要竞争者还是来自产品形式与品牌竞争力量。

因此，为了减少替代品竞争力量的威胁，企业要广义地、正确地认识替代品。同时，企业必须注重行业内采取产品质量改进、营销努力、提供更大的产品有效性等措施，以改善行业整体竞争环境，从而从根本上提高企业的竞争力。

第三节　市场竞争主要策略

了解竞争环境，摸清市场竞争者的情况，分析企业自身的竞争能力等等，目的是要争取竞争优势。根据企业的营销目标、营销环境、营销资源及企业在目标市场、竞争性行业市场中的地位所确定的竞争策略，能恰当地促进企业创造和保持竞争优势，争取有利的市场地位，从而最终帮助企业实现营销目标。

一、基本的市场竞争战略

每个企业在市场竞争中都会有自己相对的优势和劣势，要获得竞争胜利，当然必须以一定的竞争优势为基础。企业的竞争优势是由企业应付潜在竞争者、现有竞争者、替代品竞争者、买方竞争者、供方竞争者的能力所决定的，从市场竞争的普遍规律来看，企业为增强竞争能力，争取竞争优势的基本市场竞争战略有三种：低成本战略、差别化战略和聚焦战略（见图 8—3）[3]。

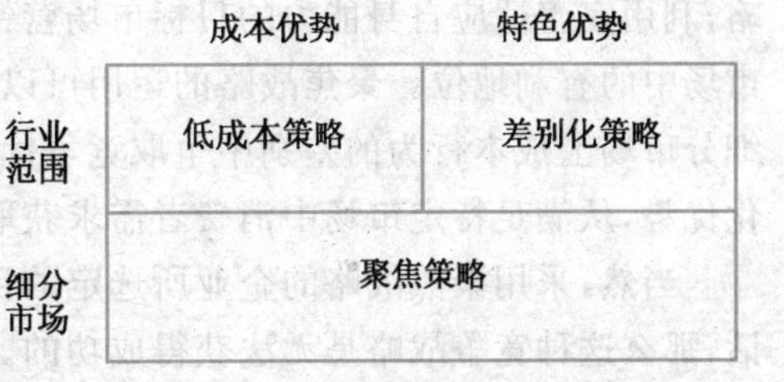

图 8—3　主要竞争战略

1. 低成本战略

低成本战略（overall cost leadership）是指通过降低产品生产和销售成本，在保证产品和服务质量的前提下，使自己的产品价格低于竞争对手的价格，以迅速扩大的销售量提高市场占有率的竞争策略。

企业采用低成本战略，利用追求规模经济、专利技术、原材料的优惠待遇等途径，形成企业在同行业中的低成本优势。如果一个企业能够取得并保持全面的成本领先地位，那么它只要能使自己的价格相等或接近于行业的平均价格水平，这种低成本优势就会转化为企业的高收益。

当然，对于一个在成本上占领先地位的企业而言，同时还必须重视自己产品和服务的相对质量。如果企业一味地追求低成本而致使消费者失去了对企业产品和服务的信任度，那么企业所依赖的成本领先优势会使其无法取得满意的市场占有率，而企业必须进一步提高降价幅度，这种实际营销状况已经抵消了原有成本优势所能给企业带来的竞争优势。

2. 差别化战略

差别化战略（differentiation）是指通过发展企业别具一格的营销活动，争取在产品或服务等方面具有特性，使消费者产生兴趣而消除价格的可比性，以差异优势产生竞争力的竞争战略。

企业采用差别化战略，利用产品设计、使用功能、外观、包装、品牌、服务、推销方式等途径，形成在同行业中别具一格的企业形象。如果一个企业能够取得并保持自己的差别化优势，并使消费者乐意接受其产品和服务的较高价格，那么这种价格足以弥补其形成自身特色而发生的额外成本。

当然，对于要在某些方面做到与众不同的企业而言，往往付出的代价会比较高。但是，要使差别化战略充分发挥竞争优势，企业必须注意在形成自身独特性的同时与竞争对手同等成本比较，争取既让市场认可自己的独特性，又使自己的成本尽可能降低。

3. 聚焦战略

聚焦战略(focus)是指通过集中企业力量为某一个或几个细分市场提供有效的服务，充分满足一部分消费者的特殊需要，以争取局部竞争优势的竞争战略。企业采用聚焦战略，利用完善适应自身能力的目标市场营销策略，达到原本并不拥有全面竞争优势的目标市场中的有利地位。聚焦战略的运用可以是着眼于企业目标市场上的成本优势，从某些细分市场上成本行为的差别中争取竞争优势；也可以着眼于在企业目标市场上取得差别化优势，从满足特定市场中消费者需求获取竞争优势。

当然，采用聚焦战略的企业所选定的目标市场如果和其他部分市场没有任何差异的话，那么这种竞争战略是无法获得成功的。事实上，在一般的市场范围中都会存在部分未能得到满足的消费需求，而聚焦战略就是帮助企业专门致力于为这部分市场服务，从而在与竞争对手目标市场的差异中获取竞争优势。

处于不同竞争地位企业的竞争策略

竞争策略的核心问题是企业在市场上的相对地位，这种地位显示了企业是否具有竞争优势。一个地位选择得当的企业，即使在行业平均盈利水平不高的情况下，也能有较高的收益率。决定企业市场地位的因素是企业的营销目标、营销实力和实际地位，企业要根据具体情况制定相应的竞争策略。

在一个不完全竞争的市场上，企业一般可以分为四种不同的类型。

(1)市场领导者(market leader)。市场领导者是指在行业中占绝对竞争优势的企业，一般占有最大的市场份额，其营销行为会对市场产生很大的影响。

(2)市场挑战者(market challenger)。市场挑战者是指在行业中仅次于市场领导者的一些企业，它们同样具有较强的竞争优势，有能力向市场领导者发起挑战，争取取代市场领导者的地位。

(3)市场追随者(market follower)。市场追随者是指一大批在竞争实力方面远远不如市场领导者或市场挑战者的企业。它们往往不可能以自己的行为去影响市场的发展趋势,而只能跟随市场竞争力强的企业去开展经营活动。

(4)市场弥缺者(market nicher)。市场弥缺者是指一些虽然竞争实力不强,但并不追随市场主流趋势,而选择市场上大多数企业所忽略的或不愿意进入的市场为自己的目标市场的企业。市场弥缺者往往会因这种市场无强大的竞争压力而获得经营上的成功。

这四种类型的企业实际上又可以分为两个层次:一是强势企业层次,主要由市场领导者和市场挑战者所组成。它们是对市场具有影响和控制能力的企业,所以也可以将这一层次称为“市场控制层”。二是弱势企业层次,主要包括市场追随者和市场弥缺者。它们没有和强势企业抗衡的实力,但在策略上却可选择追随强势企业或避开强势企业两种不同的做法。

在竞争性市场上处于不同地位的各类企业其竞争策略显然也是各不相同的,企业必须根据自身的地位和市场的具体情况制定相应的竞争策略。

(一)市场领导者竞争策略

处于市场领导者地位的企业,往往有着行业内比较大的市场占有率,在产品价格变动、新产品开发、市场覆盖率的变化、销售方式的选择等许多方面起着相对支配或者领先的作用。同时树大招风,领导者企业面临着众多其他企业的竞争威胁。因此,市场领导者企业必须保持高度警惕,采取适当的竞争策略,以维护自己的竞争优势。

一般而言,市场领导者企业要维护竞争优势有以下三种竞争策略。

1.扩大市场需求总量

当一种产品的市场需求总量扩大时,收益最大的往往是处于领导者地位的企业。所以促进产品需求总量不断增长,扩大整个市场容量,是领导者企业维护竞争优势的积极措施。

市场领导者企业可以有三个途径达到扩大市场需求总量的目的。

(1)寻求新的消费对象。

(2)开辟产品新的用途。

(3)刺激原有消费者群体增加使用量等。

2.维护市场占有率

在市场领导者企业面临的竞争对手中,相对总会有一个或几个实力雄厚者。防止和抵御其他企业的强攻,维护自己现有的市场占有率,是领导者企业守住阵地的有效竞争策略。

市场领导者企业可以有两个途径达到维护市场占有率的目的。

(1)进攻措施。即在降低成本、产品创新、提高销售效益和服务质量等方面争取始终处于行业领先地位,同时针对竞争对手的薄弱环节主动出击。

(2)防御措施。即根据竞争的实际情况,在企业现有阵地周围建立不同防线。如构筑重点在企业目前的市场和产品上的防线；构筑不仅能防御企业目前的阵地，而且还扩展到新的市场阵地，作为企业未来新的防御和进攻中心的防线等。

3. 扩大市场占有率

市场占有率与投资报酬率密切相关，一般来说企业的市场占有率越高，其投资收益率相应就越大。许多企业把市场占有率作为自己的营销目标，领导者企业可以根据经济规模的优势，降低成本，扩大市场占有率。

市场领导者企业在采用扩大市场占有率的竞争策略时，必须注意三个问题。

(1)引起反垄断的可能性。

(2)为提高市场占有率所付出的成本。

(3)采用何种营销组合策略。

（二）市场挑战者竞争策略

处于市场挑战者地位的企业，一般都具有相当的规模和实力，在竞争策略上有相当大的主动性，它们随时可以向市场领导者企业或其他企业发动进攻。然而，作为市场挑战者的企业，盲目的进攻是愚蠢甚至有害的，要使自己的挑战获得成功，必须明确企业营销目标和挑战对象，然后选择适当的进攻策略。

1. 确定挑战目标

明确企业的竞争对手和主攻方向，是市场挑战者企业成功与否的基础。

一般有三种挑战目标可供市场挑战者企业选择：

(1)向处于领导者地位的企业挑战，旨在夺取其市场份额和产品优势。

(2)向与自己实力相当的企业挑战，旨在夺取其市场阵地。

(3)进攻力量薄弱的小企业，旨在夺取其顾客甚至小企业本身。

2. 选择挑战竞争策略

市场挑战者企业发起挑战是一种主动的攻击行为，进攻方向及具体运用的营销策略是经过认真选择的。

(1)正面进攻。当市场挑战者企业实力明显高于对方企业时，可以采用正面或全面进攻的策略。比如经营和竞争对手相同的产品，进行价格竞争，或者采用势均力敌的促销措施等。这是集中全力向对手主要市场阵地发动攻击的策略，进攻的是对手的强项而不是弱点，胜负取决于双方力量的对比。

(2)迂回进攻。如果竞争对手的实力较强，正面的防御阵线非常严密，市场挑战者企业可以采用迂回进攻的策略。比如选择竞争对手忽视的细分市场进攻，或者选择竞争对手产品销售薄弱地区、服务较差的地区进攻。这是集中自己的优势力量攻击对手弱点的策略，成功的可能性更大。

(3)游击进攻。如果挑战者企业暂时规模较小，力量较弱的话，可以采用游击进攻的策略，根据自己的力量针对竞争对手的不同侧面，进行小规模的、时断时续的攻势。比如进行有选择、有限度的降价，采用突然的强度促销措施，与中间商联合行动等，达到干扰对手的士气，争取消费者的目标。这是以小型的、间断性的攻击手段，逐渐削弱对手的实力，以占据长久立足点的策略。

(三)市场追随者竞争策略

优胜劣汰的竞争法则是无情的，在市场竞争中，持续的正面竞争往往会造成两败俱伤，因此许多企业会避免与市场领导者企业正面发生冲突。同时，对于相当一部分中小企业而言，在产品创新上所需的大量人力、财力、物力以及相应的市场风险是它们无力承担的。因此在实际营销活动中，许多企业采用追随策略，从事产品仿造或改良，在投资少、风险小的基础上，获取较高的利润，并保持企业相对有利的竞争地位。

一般而言，市场追随者企业有三种可供选择的追随策略。

1. 紧密追随

市场追随者企业在进行营销活动的所有市场范围内，都尽可能仿效市场领导者企业，以借助先行者的优势打开市场，并跟着获得一定的份额。但是要注意，所谓的紧密追随并不等于直接侵犯市场领导者企业，那样的话会遭到被追随者的凶狠报复。

2. 保持距离追随

市场追随者企业在营销策略的主要方面紧跟市场领导者企业。比如选择同样的目标市场、提供类似的产品、紧随其价格水平、模仿其分销渠道等。在企业营销策略的其他方面发展自己的特色，争取和领导者企业保持一定的差异。

3. 有选择追随

市场追随者企业根据自身的具体条件，部分地仿效市场领导者企业，择优追随。同时在其他方面自行其是，坚持独创。比如主动地细分和集中市场、有效地研究和开发等，尽量在别的企业想不到或者做不到的地方去争取一席之地。

(四)市场弥缺者策略

处于市场弥缺者地位的企业，其目的在于利用自身特长寻找市场中的空隙并努力去满足之。在现实营销活动中，这类企业可以在市场、消费者、产品、渠道等各个方面实现自己的目标，比如为一些特殊的消费者群体服务。市场弥缺者企业的竞争策略关键在于专业化、精细化营销，由于营销目标和营销力量的相对集中，所实现的产品高度差别化，会使企业具有其他企业无法轻易仿效的特殊竞争力量。当然弥缺者企业实施专营化竞争策略并非易事，必须注意两个问题。

1. 识别"弥缺基点"

所谓的弥缺基点就是市场空隙。一个好的弥缺基点应该具备以下特征。

(1)所发现的弥缺基点，对主要的市场竞争者不具有吸引力，或者是大部分市场竞争者不屑一顾的。

(2)所发现的弥缺基点,有足够的购买潜量,企业如果进行开发,是有利可图的。

(3)企业具备弥补该市场空隙的营销能力,并且能够与竞争者抗衡。

2.坚持弥缺观念

市场弥缺者企业一般是指精心服务于市场某些细小部分,在这些小市场上通过专业化经营来获取最大限度收益的企业。这种在大企业夹缝中求生存和发展的策略,是坚持弥缺观念,以连续不断创造新的弥缺市场为基础,而不是只追求一个弥缺基点。

(1)创造弥缺市场。弥缺观念指导企业积极适应特定的市场环境和市场需要,努力开发专业化程度很高的新产品,从而创造无数的弥缺市场。

(2)扩大弥缺市场。弥缺观念指导企业在开发出专业化程度很高的新产品以后,还要进一步提高产品组合的深度,创造更多需要这种专业化产品的市场需求者,以扩大市场占有率。

(3)保护弥缺市场。弥缺观念指导企业关注竞争者的动向,及时采取相应的策略,提高市场忠诚度,全力维护自己在特定市场的领先地位。

第四节 基准营销

基准营销是在20世纪80年代后期发展起来的一种新型的营销管理方法,基准营销的过程能为企业的行为提供一系列量化评价的客观标准。如今,基准营销正在被世界上越来越多的企业所采用,它在帮助企业确定管理和营销基准的实践中取得了显著的效果。许多西方大企业通过基准营销追求"更好",从而确立和保持着相对更长久的竞争优势。

基准营销的概念

基准营销(bench marketing)是一种连续起作用的自我完善的管理过程。它对企业内部的行动、职能、经营等各方面进行全面的分析研究,并把本企业的情况与优秀企业的情况做比较分析,从而确定出一套管理和营销的基准,并以此来指导企业的发展。

在变幻莫测的市场中,没有一家企业是万能的。面对着复杂的目标公众,企业只有持续不断地去寻求更好的方法充实和发展自己,才有条件和能力去不断满足他们的需求。基准营销正是这样一种新的营销管理方法,"知彼知己,百战不殆"的法则是它的基础。基准营销首先着眼于对企业内部的行为进行分析,进而了解企业营销操作的全过程,然后通过对企业外部环境的评估,找出最优的、可行的、已经被实践所验证了的营销管理经验作为企业的学习参照点,并以此就企业的营销行为提出一系列量化评价的客观标准指导企业的发展。

基准营销是一种发现过程和一种学习经历，它可以在企业的任何层面中进行。"三人行必有我师"，各行各业中都会有杰出的领先者存在。别人的经验，可以帮助企业越过本来可能会误入的歧途。基准营销监督企业实事求是地评估自己，帮助企业确定完善的衡量标准。基准营销的最终目标十分明确，即通过追求"更好"，帮助企业在竞争中长期取胜。企业就是在连续的自我完善过程中，不断地寻求优秀榜样，然后设法学习、调整适应，甚至可能在自己的不懈努力下超越原来的学习对象，实现竞争优势。

基准营销的过程

基准营销是根据最优实践不断比较衡量的一个连续过程，它强调根据行业营销实践的各种标准来经常检验企业的营销行为。它基本上是一个制定目标的过程，这种过程能帮助企业不断发现最优秀的营销经验，并且及时地将其纳入自己的营销实践中，从而建立和保持企业最强的竞争能力。

基准营销的全过程包括五个阶段，从计划阶段开始，经过分析阶段、综合阶段、行动阶段，然后到达成熟阶段(见图 8－4)[4]。

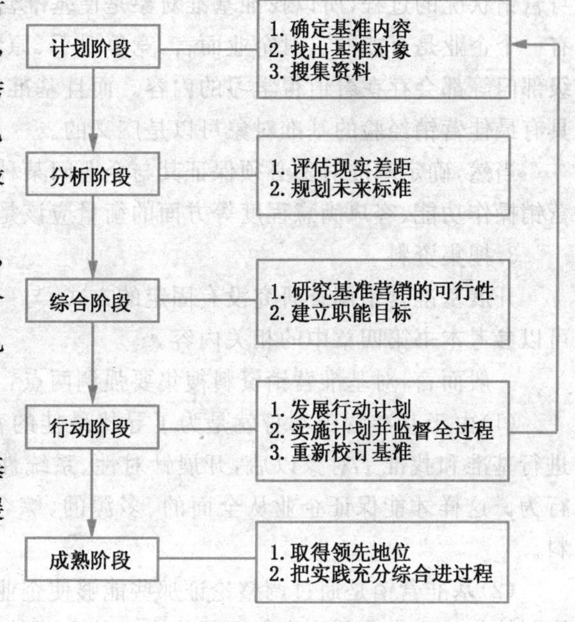

图 8－4 基准营销过程

(一)基准营销计划阶段

确定企业需要基准的内容、找出基准对象、设定资料的搜集方法等是开展基准营销过程的第一步。

1. 确定基准内容

一般而言，任何企业都会为社会提供某种或几种产品(服务)。企业中的各个部门为实现企业的营销目标，必须承担不同的职能。正是由于企业各部门员工在本职岗位上的通力合作，才能圆满地完成每个具体的企业行为。因此，企业要想在竞争中取胜，首先必须了解自己，知道自己应该向先进者学习什么。

企业要十分清楚地了解自身的现状与特征，了解自身营销操作过程中各个环节、各个部门、各个阶段的价值创造情况。只有这样，才能从中发现问题，并以此与优秀企业进行明确有效的比较，才有可能就持续发展等问题做出进一步的分析与判断。

基准营销可以在任何时候，针对企业的任何层面进行。通常可以有以下几种具体的基准内容。

(1)质量计划；

(2)降低成本费用支出；

(3)改进营销操作手段；

(4)改善营销管理；

(5)建设生存发展战略；

(6)寻求新的营销机会等。

2.找出基准对象

基准营销是企业向高手学习，并经常依据最优秀的营销管理实践经验来比较、衡量自身营销状况的过程，所以找准基准对象是使基准营销卓有成效的关键。面对市场竞争，没有一个企业是万能的。对企业而言，竞争对手、原料供应者，甚至企业内部比较努力的次级部门等都会存在着值得学习的内容。而且基准营销对象并不一定局限于同一行业内，具有最佳营销经验的基准对象可以是广义的。

当然，确定基准对象必须保证其与企业间某种程度的可比性。如产品特点、企业具体营销操作功能、客户满意程度等方面的衡量应该是可以比较的。

3.搜集资料

开展基准营销调查研究没有固定的方式，与一般的营销信息搜集途径类似，具体方法可以参考本书第四章中的相关内容。

一般而言，对基准营销资料搜集要强调两点：

(1)由于基准营销本身就是为了寻找最佳的营销实践经验，因此企业在确定对什么进行基准和找准了对象以后，开展针对性、系统性资料搜集要成为企业的一种常规管理行为。这样才能保证企业从全面的、多源的、综合的信息源中获得相对精确、有用的资料。

(2)基准营销是通过调整论证那些能够使企业目标达到行业最优实践的过程，因此在资料搜集过程中必须注意保证最终产生基准营销的量化指标，这样可以从中发现企业的差距与确定企业的奋斗目标。

(二)基准营销分析阶段

基准营销资料搜集以后，企业要从指导行为最优化的角度对信息进行分析与评价。这种分析，主要为寻求企业各部门重新组合的方式或重新设定营销操作流程的标准，从而采取将企业活动纳入优秀的基准营销实践中去。

1.评估现实差距

基准营销是一种比较性分析，通过企业现状与先进经验的比较分析，能为企业全面提供两者之间的差距所在，企业的优势、劣势将一览无余。这种差距可能存在于企业理想目标与现实行为中，也可能存在于企业与对手或者与其他优秀企业之间。这种差距是企业实施基准营销计划所弥补的内容，所以当企业运用基准营销开始着手研究一个特定的工作内容时，必须进行全面的、实事求是的营销操作状况评估。

2. 规划未来标准

作为基准对象的营销实践比本企业更好吗？为什么它们的运作状况会更好？好到何种程度？基准对象现在或预期以后会采用何种最优的营销实践经验？如何将基准对象的实践经验更好地与本企业的具体情况相结合并贯彻实施？这些问题的回答是企业规划基准标准的量度基础。通过分析，针对本企业的实际状况（如处于中等偏上水平，与基准对象水平持平，还是在标准水平以下令人担忧的地位等不同情况），确定相应的缩小差距或赶超领先企业的计划标准。

(三)基准营销综合阶段

综合阶段是企业使用基准营销结论确立自身新的运作目标的过程，它涉及对企业营销中采用新的实践活动和确保基准标准贯彻执行的具体计划。

1. 研究基准营销的可行性

在基准营销的综合阶段，一个非常关键的问题，是把基准营销的方法和基准营销标准演化成令人信服的计划，让企业的管理层接受，并且成为企业各职能部门、各组织层次之间的协调行为。在现实营销活动中，要对一些已经成为惯例化活动的营销操作制度进行革新，总会遇到阻力。因此，基准营销结论只有取得企业从上到下所有员工的认同，其实施才能被自觉地纳入企业各职能部门的长期目标，并为企业所有员工步调一致地坚决贯彻执行。

2. 建立职能目标

基准营销是对最优营销实践经验的表述，在实际操作过程中必须转化为企业具体的职能目标。职能目标建立在基准与企业现有目标重审的基础上，然后再依此确定目标变革的范围与内容。在目标变革过程中要注意基准资料的准确性，以及目标均值的范围是否有利。另外，每个企业一般都有自己制定目标的方法，基准营销是企业向最优营销实践学习的过程，并不是机械的全盘照搬，所以在职能目标变革与建立过程中，以使用一般容易为企业所接受的经济统计方法为好。

(四)基准营销行动阶段

目标的实现必须有依照计划实施的具体行动，基准营销分析的最终结果是制定出实际的基准营销行动计划。

1. 制定行动计划

基准标准本身是明确最优的行动过程，通过学习最优使企业争取好中之好、优中之优。每个企业都有其独特的营销方式和独特的企业文化氛围，基准营销分析这些不同因素，直接针对企业成功的关键因素设定的目标，明确了企业为了争取长期的竞争优势应该做些什么。比如，日益变化的市场需求迫使企业必须随时关注消费者的需求，行动计划就是对消费者做全方位剖析后，确定企业的行为出发点与具体任务。包括：企业每个相关部门、各位员工在争取最好地为消费者服务过程中，必须承担的任务和责任是什么；与其他先进企业相比，我们应该怎么做；等等。

2. 实施计划并监督全过程

在计划实施过程中必须对照基准目标不断检查各阶段的计划实施效果，发现偏离目标就应该及时寻找原因予以纠正，避免由于缺乏监督而使行动计划出现过大的执行偏移，以致造成重大损失。

3. 重新校订基准

基准营销是动态的，它出于企业自身为了改进现状的需要而产生，然后将企业从外部采集的信息形成一个基准评价体系，并运用该体系对企业的营销行为进行评估分析，从而确定企业的目标行为及改进的具体方法。基准营销最终产生的行为方式保证企业能够慎重、客观、有针对性地做出变革行动，以保障企业的持续发展。因此，基准营销的行动阶段中，除了要依照基准标准所设定的行为标准进行具体的执行操作行为以外，还应该包括设立有关保证基准营销适应新情况的调整、修改计划内容，以及一个上下沟通的、反馈及时的行动报告机制。定期对基准营销过程的具体实施情况进行衡量、比较、评估，保证基准营销的卓有成效。

（五）基准营销成熟阶段

如果企业能把基准对象的最优营销实践经验变成企业自身管理过程中的自觉行为，并获得了相对的竞争优势时，就进入了基准营销的成熟阶段。

基准营销的成功来自于一整套明确的识别、监控、评估体系的建立和运行，它将企业的内部运行状况与最优营销实践经验的比较、分析发展成一系列基准标准，然后通过企业的变革实践，使企业有计划地实施调整方案，不断过渡向“更好”。

基准营销的实现过程是以一种客观方式来不断改进和超越现状，是一种持续更新变化的管理手段。这种基准行动是企业全体员工的行动，使人们正视企业现状与先进之间的差距，意识到危机所在与企业变革的需要。处于全球竞争的状态下，对所有企业而言都没有永远的成功，彼此间的竞争基线总会在不断变化与提高，原地不动就意味着落后。基准营销过程中企业实现的某个差距的弥合，只是在相对时期内增强了企业的竞争能力。因此，要争取让企业进入基准营销成熟阶段，使其成为企业自觉的管理手段。通过不断修正和调整企业的视野，使企业从内外两方面都得到改进，逐渐使企业发展成一个稳定的、能够不断在环境中寻求新的发展机会的统一实体。

本章小结

如何参与竞争并使自己在市场竞争中拥有优势，是企业能否获得营销成功的核心所在。对市场竞争者的充分研究，是企业全方位参与市场竞争的基础。对市场竞争者分析主要包括对竞争对手的营销目标、营销假设、现行营销战略、营销能力，以及市场竞争者面对竞争挑战的相对反应等方面的了解。

企业所面临的竞争力量一般有五种：同行业现有竞争力量、买方竞争力量、供货者竞争力量、潜在竞争力量和替代品竞争力量。企业必须对这五种竞争力量的特征进行认真分析，有的放矢地加以对抗，才能确保竞争优势。

企业为增强竞争能力，争取竞争优势的基本市场竞争战略有三种：低成本战略、差别化战略和聚焦战略。而处于不同市场地位的企业，竞争策略会有所不同。市场领导者、市场挑战者、市场追随者和市场弥缺者应根据不同情况灵活地采用不同的竞争策略。

基准营销是在竞争观念指导下的企业经营战略，是一种连续起作用的自我完善的管理过程。它对企业内部的行动、职能、经营等各方面进行全面的分析研究，并把本企业的情况与优秀企业的情况做比较分析，从而确定出一套管理和营销的基准，并以此来指导本企业的发展。基准营销的全过程包括计划阶段、分析阶段、综合阶段、行动阶段、成熟阶段等五个阶段。

思考题

1. 应该从哪些途径全面分析市场竞争者？
2. 企业面临有哪几类竞争力量？它们各自的具体表现如何？
3. 基本的市场竞争战略有哪些？
4. 根据所处的市场地位不同，有哪几种类型的企业？它们的竞争策略有何差异？
5. 什么是基准营销？基准营销过程要经过哪几个阶段？

注释：

[1]迈克尔·波特著，陈小悦译：《竞争战略》，华夏出版社 1997 年版，第 49 页。
[2]迈克尔·波特著，陈小悦译：《竞争优势》，华夏出版社 1997 年版，第 4 页。
[3]迈克尔·波特著，陈小悦译：《竞争战略》，华夏出版社 1997 年版，第 38 页。
[4]徐卉等编：《基准营销》，企业管理出版社 1996 年版，第 30 页。

第九章

营销组合与产品策略

学习目的与要求

1. 了解营销策略组合的内涵与发展
2. 掌握产品整体概念的基本含义
3. 掌握产品组合的含义和类型
4. 掌握品牌资产管理的内涵与方法
5. 掌握产品生命周期不同阶段的主要策略
6. 认识消费者接受新产品的过程与特点

企业营销活动的成功与否会受到各种内外因素的影响，按照企业对这些因素的控制能力通常可将其分为两大类：一类为非可控因素，一般为企业的外部因素，如市场需求的变化、市场竞争的变化、政府的政策和时局的变化以及社会观念的变化等等。非可控因素变化无常，企业的决策难以对其直接产生影响。所以企业一般通过对市场情报资料的分析和研究，来把握这些因素的变化规律及其对企业的影响，并相应作出各种营销决策。前几章所讨论的问题主要涉及这些方面。另一类为可控因素，一般为企业的内部因素，包括企业的生产要素、经营要素以及对这些要素的组合方式。由于企业的经营决策能够对这些因素直接产生影响，所以把对可控因素的把握和利用也称作企业的营销策略。一般包括对产品、价格、渠道、促销传播等方面的决策,以及对这些策略的总体整合。

第一节 营销策略组合

一、营销策略组合的含义

企业的营销策略是企业对其内部与实现营销目标有关的各种可控因素的组合和运用。影响企业营销目标实现的因素是多方面的,包括产品的设计制造、产品包装、品牌选择、价格的制定与调整、中间商的选择、产品的储存和运输、广告宣传、人员销售、营业推广、公共关系等等。这些营销活动可以各自进行,但相互之间又必然会产生影响。所以许多企业在营销实践中认识到,必须对企业的各种营销策略围绕统一的营销目标加以有机组合,才能使营销活动取得成功,并降低营销的成本。最早提出营销策略组合概念的是尼尔·博登(Neil Borden),他认为企业营销组合涉及对产品、定价、品牌、渠道、人员销售、广告、营业推广、包装、售点展示、售后服务、物流、调研分析等 12 个因素的组合[1]。以后又有一些营销学者对营销策略提出过不同的组合方式,如:佛利(Albert W. Frey)的二元组合:一为供应物因素,即同购买者关系较为密切的因素,如产品、包装、品牌、价格、服务等;二为方法与工具,即同企业关系较为密切的因素,如分销渠道、人员推销、广告、营业推广和公共关系等[2]。拉扎和柯利(Lazer & Kelly)的三元组合:一为产品和服务的组合;二为分销渠道的组合;三为信息和促销手段的组合[3]。1960 年,美国市场营销学家杰罗姆·麦卡锡将各种因素归结为四个主要方面的组合,即产品(product)、价格(price)、地点(place)和促销(promotion)[4],从而使企业的营销策略围绕这四方面形成了四种不同类型的策略组合。

产品策略(product strategy),主要是指企业以向目标市场提供各种适合消费者需求的有形和无形产品的方式来实现其营销目标。其中包括对同产品有关的品种、规格、式样、质量、包装、特色、商标、品牌以及各种服务措施等可控因素的组合和运用。

定价策略(pricing strategy),主要是指企业以按照市场规律制定价格和变动价格等方式来实现其营销目标,其中包括对同定价有关的基本价格、折扣价格、津贴、付款期限、商业信用以及各种定价方法和定价技巧等可控因素的组合和运用。

分销策略(placing strategy),主要是指企业以合理地选择分销渠道和组织商品实体流通的方式来实现其营销目标,其中包括对同分销有关的渠道覆盖面、商品流转环节、中间商、网点设置以及储存运输等可控因素的组合和运用。

促销策略(promotioning strategy),主要是指企业以利用各种信息传播手段刺激消费者购买欲望,促进产品销售的方式来实现其营销目标,其中包括对同促销有关的广告、人员推销、营业推广、公共关系等可控因素的组合和运用。

这四种营销策略的组合，因其英语的第一个字母都为“P”，所以通常也称之为“4P's”。麦卡锡的“4P's”组合由于抽象适度，简明易记，很快得到广泛的认同，成为全世界各种营销教科书的基本模式。

20世纪90年代以后，随着新经济的发展，消费者在营销中的主体地位日益确立，有人又提出了以顾客满意为导向的营销组合理论。如1990年，美国北卡罗林纳大学的罗伯特·劳特伯恩(Robert Lauterborn)提出了“4C”组合，即：customer(顾客)、cost(成本)、convenience(便利)、communication(沟通)[5]。其中，“顾客”是指顾客的需要与期望；“成本”是指顾客获得满足的代价；“便利”是指顾客时间与精力的节省；“沟通”是指顾客与企业之间的信息与情感的交流。劳特伯恩认为在新时期的营销活动中，不应当仅站在企业的立场上考虑如何开展营销，而应当站在顾客的立场上考虑如何更好地满足顾客的需要。因此应当用“4C”组合来取代“4P”组合。2001年，艾略特·艾登伯格(Elliott Ettenberg)更是认为在“新经济”时代，“4P”组合已经失效，他在对企业品牌资产的内涵进行重新诠释之后，提出了新经济条件下“4R”组合，他们分别是：relationship (关系)、retrenchment(节省)、relevancy(适应)、reward(报酬)[6]。所谓“关系”即强调营销的主要目标不应当仅仅是完成交易，而应当是努力建立和维护与最佳顾客之间的关系；所谓“节省”即强调降低顾客成本的关键问题是帮助顾客“节省”，特别是购买时间上的节省，要主动去“接近消费者”，而不是诱使他们来接近我们；所谓“适应”即强调企业在新经济时代要十分注意自身的品牌资产与消费者购买动机的相关性，要努力去研究和“适应”消费者的购买动机；所谓“报酬”即强调对于忠实顾客的切实酬谢，其中最重要的是让顾客充分感受到同企业进行交易所得到的超值价值和心理愉悦。

尽管“4C”组合和“4R”组合的提出一般被认为是对“4P”组合的一种替代和颠覆，但是仍有不少学者认为“4C”和“4R”组合的提出只是进一步明确了企业营销策略的基本前提和指导思想，以及在新的市场环境条件下需要注意的一些基本特征。从操作层面上讲，仍然必须通过“4P”为代表的营销活动来具体运作。所以“4C”和“4R”只是深化了“4P”，而不可能取代“4P”，“4P's”仍然是目前为止对营销策略组合最为简洁明了的诠释。

营销策略组合的特征

无论是哪种方式的营销策略组合都体现了现代企业的一种经营思想，即不是将其可控因素分散地、随意地使用，而是让它们按照一定的营销活动规律组合起来，使其能产生出较强的综合效应。并可根据环境的不同，对各种营销组合灵活地加以调整，以适应各种环境条件，有效地实现企业的营销目标，所以营销策略的组合具有以下一些基本特征。

1. 整体性

企业的营销活动是围绕特定的营销目标所展开的，因此各种营销策略必须在此营销目标的指导下组合成统一的整体，相互协调、相互配合，形成较强的合力。各种个别营销策略在实际运用时，它们之间既有可协调的一面，也有相排斥的一面，如新产品的开发，由于成本增大，可能会对制定有效的价格策略带来影响；以价格优惠的手段来进行营业推广，则可能使产品的品牌声誉下降。所以企业各营销职能部门在采取某项个别的营销策略时必须考虑到其可能对其他营销策略的效应所带来的影响。作为企业的营销策略组合更必须权衡各种策略运用时所产生的正反效应，将它们控制在一定的程度，以使营销策略的组合能产生出最佳的整体效应。

2. 复合性

企业的营销活动往往是对各种营销策略的综合运用。每一项营销决策中，都体现了几种营销策略在不同层次上的相互复合。如从总体上讲，企业的营销活动包含了产品、定价、分销、促销四大基本营销策略的组合，而对每一项营销策略来说，又包含着广告、人员推销、营业推广和公共关系等具体手段（见图 9－1）。对于每一项具体的营销手段来说，还可能包含有更具体的营销技巧。所以每一项营销决策中，不仅是四种基本营销策略的组合，确切地讲，是各营销策略中具体营销手段和营销技巧的复合运用。

3. 灵活性

由于营销策略组合是各种营销策略、手段和技巧的复合运用，所以围绕不同的营销目标，面对复杂多变的营销环境，企业营销策略的组合也必须是灵活多变的，这样才能适应各种营销目标和营销环境的需要。如果按照麦卡锡的分类，将营销策略组合表示为四个基本策略的组合，若每一种策略至少有三种变化（如价格可以为高中低三档），那么各种策略在不同情况下的组合就可能会有 $3^4=81$ 种（当然在实际营销活动中，由于某些因素间形不成组合，实际组合数不可能达到这么多）。所以企业可以面对各种市场情况，准备多套营销组合的方案，灵活地加以运用，而绝不

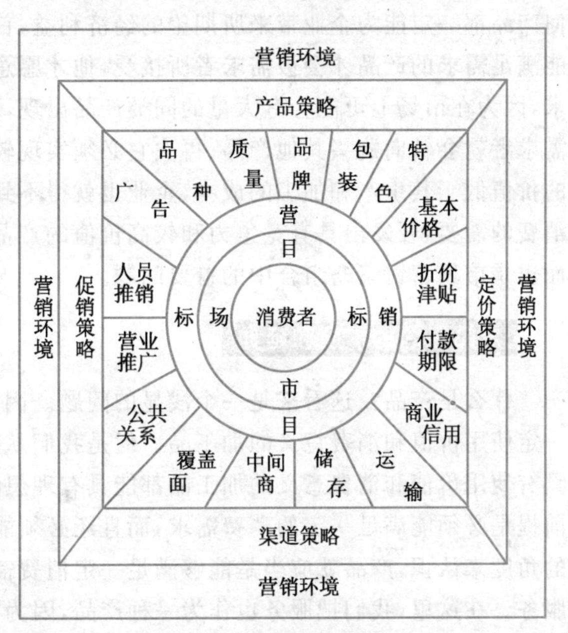

图 9－1　营销策略组合示意

能墨守成规，一成不变。

4. 主动性

营销策略从本质上讲是企业对其内部的可控因素加以组织和运用的方式，所以企业对于营销策略组合的选择和运用应当具有必要的主动性。这一方面要求企业在营销活动中应拥有充分的自主权，不应过多地受到各种外界干扰。营销决策上的自主权对于企业营销活动的成败是至关重要的。我国目前尚未完全消除的“政企不分”的状况，在很大程度上妨碍了企业经营决策的自主权，对于营销策略组合的主动运用是很不利的，应当随着改革的深入，而进一步予以消除。另一方面，企业运用营销策略组合的主动性，还应表现在企业应根据市场环境的变化，对营销策略组合进行积极的调整，去适应营销环境，甚至促使营销环境中的某些因素向有利于企业的方向发展，变不可控因素为可控因素。

第二节 产品概念

产品的开发与生产是企业经营活动的实质内容。企业的基本功能就是将一定的资源通过生产与加工，转化为能符合市场消费需求的产品。这些资源在未经生产加工之前，因其不能直接被用来消费，也许无价值可言。而通过生产与加工，就有了可用于交换的价值。而企业也正是通过这种产品的生产与销售活动来获取其经济利益的。然而，并非任何产品都一定能为企业带来所期望的经济利益，首先它必须能满足一定的需求，因为只有能满足需求的产品才会被需求者所接受，他才愿意进行交换；其次它必须能较好地满足需求，因为在市场上可能会有大量的同类产品出现，若相比较而言，满足程度不如其他产品，需求者就会转向购买其他产品；再次它必须实现较高的价值(相对其成本而言)，若其实现的价值低于其生产和加工的成本，企业也就得不到应有的经济利益。由此可见，根据市场消费的需要，开发出具有竞争力和较高价值的产品，是企业获得良好经济效益的基础，从而也是市场营销策略组合中的首要问题。

产品概念的扩展和延伸

什么是产品？这看来是一个浅显的问题。因为从一般的意义上解释，产品只是具有一定使用价值和消费意义的加工品。但是我们从本章开头的分析中可以看到，并非所有具有使用价值和消费意义的加工品都能具有理想的交换价值，或者说，都能卖得出去。其前提是必须能满足一定的消费需求，而且还必须能较好地予以满足。因此，从市场营销学的角度来认识，产品就应当是能够满足一定消费需求并能通过交换实现其价值的物品和服务。在这里，我们把服务也作为一种产品，因为它具有产品的基本属性，通过劳动而产生，能满足一定的消费需求，能被用来交换并实现价值。只不过它并不像物质的产品那样具有固有的形态，所以人们也常把它称为“无形产品”。“无形产品”同物质产品，即“有形产品”一起构成产品的范畴。目前，随着科技水平与市场领域的发展，产品的内涵已扩展到更为广泛的领域，包括一切有价值的人物、场所、组织、技术乃至思想，只要人们对其有愿意支付代价的需求，就可纳入产品的范畴。

从满足需求的角度去认识产品，就会使产品的概念得到大大的扩展和延伸。因为在人们对于产品的需要、选择、购买和使用过程中，“需求”的内涵是会不断地扩大的。例如，人们需要手表是为了计时，从这一基本需要出发，只要能戴在手腕上，可以计时的产品就可称作手表。然而即使是计时，也有对精确程度的不同要求，有能否反映时差的要求，以及能否自动报时的要求等等；对同样能计时的手表，人们又会对其外观、色彩、体积、材质形成不同的偏好，如果在这些方面有不同类型的手表，人们就会根据自己的偏好进行选择；当人们在选购手表时，又会被其不同的包装所吸引，并根据自己的认识选择不同的品牌；同时人们还会关心手表若在使用期间发生了问题，能否进行退换，能否得到及时的维修等等。总之，人们对于同一产品的需要是会不断延伸和扩展的。那么，哪一种产品对于这些延伸和扩展了的需要满足程度越高，其被消费者接受的可能性就越大。因此，企业在进行产品的设计和开发时，就应当从消费者的需要出发，尽可能将消费者对该产品的各种需要融入到产品的设计思想中去，以使所生产出来的产品最具有市场竞争力。

产品整体概念

产品整体概念就是在这样的认识基础上产生的，产品整体概念根据消费需求的发展，将产品的含义分为三个层次（见图 9－2）。

第一个层次，产品核心（core product）。主要是指产品的基本效用或基本功能。如手表的计时功能，电灯的照明功能，汽车的运输功能等等。其必须能满足消费者对该产品的基本需要。如手表若不能计时，不管它还会有多少其他方面的功能，人们也不会认为它是“手表”。产品核心确定了产品的本质内涵。

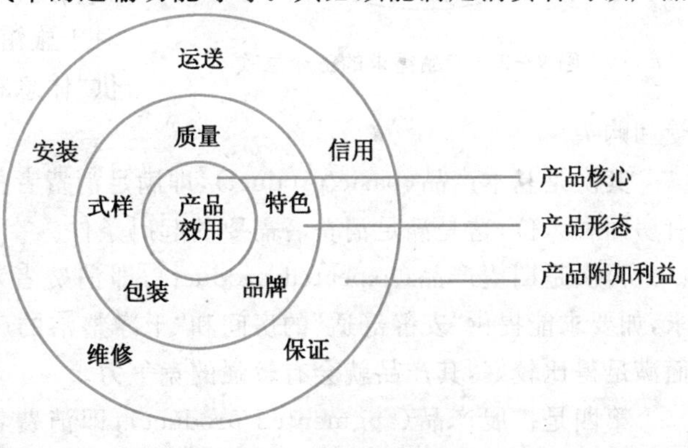

图 9－2　产品整体概念

第二个层次：产品形态（actual product）。主要是指产品外观形态及其主要特征，是消费者得以识别和选择的主要依据。一般表现为产品的质量、式样、特色、包装及品牌等。由于同类产品的基本效用都是一样的。因此企业要获取竞争优势，吸引消费者购买自己的产品，就必须在产品的形态上动脑筋，满足人们对于产品除基本需要之外的延伸需要。如通过提高质量来满足经济性的需要，通过改良外观来满足审美观念的需要，通过创立名牌来满足炫耀性的需要等等。产品形态确定了产品的差异特征。

第三个层次，产品附加利益(augmented product)。主要是指在产品的售中、售后及使用过程中企业提供给消费者的一些相关的服务或承诺，如免费送货、免费安装、免费维修，以及承诺退换等等。这些本来并不包含在产品的内涵之中，但是由于它们是消费者在购买和使用产品时，所产生的一些附加需求。企业若能很好地给以满足，就能吸引更多的消费者前来购买自己的产品，从而增加产品的市场竞争力。所以将其视为产品内涵的组成部分，会有助于提高企业对消费者的服务意识，将其作为一种应尽责任而不是额外的负担。产品附加利益增强了产品的竞争能力。

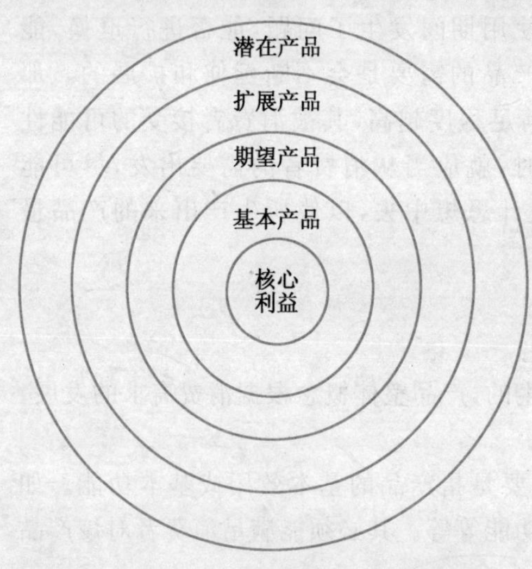

图 9－3 产品需求的五个层次

产品整体概念典型地反映了以消费需求为核心的市场营销观念，其说明了企业和产品的竞争力主要取决于对需求的满足程度。因此，企业要在市场竞争中保持自己的领先优势，就应当从五个层次上去认识消费者对于产品的不同需求(见图 9－3)[7]。产品整体概念从顾客价值体系(customer value hierarchy)的角度诠释了产品的真正含义，它从顾客追求的“核心利益”出发，每个层次都体现了更多顾客利益的增加。

首先是核心利益(core benefit)，即消费者利用该产品所满足的基本需要，如消费者对于旅馆的基本需要是“休息和睡觉”。能提供“休息和睡觉”场所的地方就能被消费者接受和购买。

其次是基本产品(basic product)，即满足消费者核心利益的实质性产品，如旅馆必须有房间和床位，这是满足消费者需要的起码条件。

再次是期望产品(expected product)，即消费者对于其需要满足程度的某些特定要求，如要求能提供“安静舒适”的房间和“干净整洁的床铺”等。企业如果能在这些要求方面满足得比较好，其产品就会有较强的竞争力。

第四是扩展产品(augmented product)，即消费者在核心利益需要得到满足的前提下，所产生的关联性需要的满足，其表现为对需求满足程度的进一步提高，如在旅馆的房间里配置电视机、空调机、冰箱及其他附属设备，或对旅客提供各种必要的服务和娱乐条件等，这些将会使旅馆对顾客产生更大的吸引力。

最后是潜在产品(potential product)，主要是指对于消费者可能产出的对某些产品新的需求的满足，这会促使企业对现有产品不断地进行更新与改造，并努力开发出新的产品，如若能根据不同消费者的需要，开发出专供学者著书立说用的书斋式旅馆，供全家度假用的家庭式旅馆，或供人们扩大社会接触面而用的社交式旅馆等，就有可能诱发出人们潜在的需求和欲望，从而使企业的市场面得到进一步的扩大。

产品整体概念的三个层次和消费者对产品需求的五个层次实际上是从不同的角度说明了一个同样的问题，即产品价值的提升取决于对消费者需要满足的深化。产品层级和层次的扩展，因其能更好地满足消费者差异化、个性化的需要，促使消费者的满足程度不断提高，就能使产品在消费者心目中的价值不断得到提升，从而实现交换的可能性也就会增大。所以企业只有对消费者的需要从深度和广度上进行充分的调查和研究，才可能开发出价值更高、更具有竞争力的产品。

产品的差异性

从产品整体概念的角度来看，除了产品的基本效用(即用以满足消费者核心利益需要的核心产品)之外，其他各个层次的产品概念是可以有所不同的。对具有同样效用的产品，消费者对其形态及附加利益的需求会有差别。如同样的洗衣机，有人喜欢全自动的，有人喜欢半自动的；有人喜欢双缸的，有人喜欢单缸的；有人喜欢上开门的，有人喜欢侧开门的。正由于需求各不相同，而且会不断变化，所以就能使企业有不断更新产品，增强其竞争能力的机会。如中国山东的北极星钟厂，曾根据各种消费群体的不同需求特征，分别开发了适应农村市场需要的富有民族情趣的彩色雕刻木钟，适应城市顾客喜欢的具有现代气息的艺术台钟，以及适应海外市场需要的仿古型立式座钟和挂钟，等等，结果使销售量不断上升，占据了行业领先地位。一般来说，有形产品的差异性可主要表现在这样一些基本要素上，如：质量(可靠性、耐用性及产品精度)、功能(广度、深度)、式样、结构、特色，以及使用和修复的便利性等等。只要在某一个或几个要素上能同竞争产品有明显差异，并能为消费者所接受，企业就能形成较强的竞争力。

事实上，从顾客价值理论(见第十八章)的角度来看，构成顾客总价值的四个主要方面(产品、服务、人员、形象)都存在差异化的问题。表 9—1 表明了在这几方面可能形成差异的一些要素。

在产品整体概念中，层次越是向外扩展，其体现的差异性就越大，企业可寻求的市场机会也就越多。因此，在实践中，掌握和运用产品整体概念，对于增强企业的竞争优势是十分重要的。

表 9—1 差异化的基本要素

产　品	服　务	人　员	形　象
质量 功能 式样 结构 特色 便利性	送货 安装 指导顾客 咨询 维修 其他服务	可信度 可靠性 敏感性 易沟通性	标志 媒体 环境 项目 事件

产品层级

根据产品概念涵盖面的大小，我们可将产品分为七个层级，即从最基本的需要类型开始（涵盖面最大的层次）到具体的产品项目（涵盖面最小的层次），每个层级都包含着一组相互关联的产品，我们以轿车为例，来分析这七个层级的含义。

(1)需要类型(need family)。指产品所应满足的基本需要的种类，如交通、出行。

(2)产品门类(product family)。用以满足某一需求种类的广义产品，如对于出行代步的需求可用各种交通工具来加以满足，"交通工具"就是一个产品门类。

(3)产品种类(product class)。产品门类中具有某些相同功能的一组产品，如在交通工具中"汽车"就是一个产品种类。

(4)产品线(product line)。同一产品种类中，密切关联的一组产品，它们有基本相同的功能和作用，以具有同样需求的顾客群体为市场，并以基本相同的方式和渠道进行销售，如在汽车这一产品种类，"轿车"就可构成一种产品线。

(5)产品类型(product type)。在同一产品线中，可以按某种性质加以区别的产品组，其可能由一个或几个产品项目所构成，如在轿车中，可有"微型轿车"、"普通轿车"和"豪华轿车"等不同的类型。

(6)产品品牌(brand)。用以命名某一个或某一系列产品项目的产品名称，其主要用于区别产品的特点或渊源，如"丰田"、"福特"、"通用"等都是轿车的品牌。

(7)产品项目(item)。是指某一产品线或产品品牌中，一个具体明确的产品单位，其主要以品种规格来加以区分，如在"桑塔纳"轿车中有"普通型"桑塔纳和桑塔纳 2000 型等具体品种。

产品的层级一方面反映了产品概念的涵盖面，另一方面反映了其所针对的顾客需求的个性化程度。越是接近"需要类型"层次，顾客需求的共性就越突出，越是接近"产品项目"层次，顾客需求的个性化就越明显，所以产品层级原理，是一个对于市场逐步"狭化"的过程。企业可依此进行市场细分，选择目标市场，并建立产品的个性特色。

产品的分类

产品依据销售的目标对象(购买者的身份)及他们对产品的用途大致被分成两大类:消费品和工业品。

(一)消费品(consumer goods)

以消费者个人为销售目标对象的产品是消费品。对消费品进一步分类的话,从不同的角度出发,可以多种多样。比如,从商品的价格来划分的话,可以分成低档品、中档品、高档品;从商品的性质来划分的话,则可以分成纺织品、食品、家电产品等等。市场营销学把消费品分成便利品、选购品、特殊品三种类型。这三种类型是根据消费者在购买产品时的购买行为特征来划分的。市场营销的核心是消费者,企业的一切经济活动要以消费者的需求为前提,因此,以消费者的购买行为为特征来划分产品的类型是符合现代营销观念的,也是合理的。

1. 便利品(convenient goods)

便利品又称"日用品",这是指价格低廉、消费者要经常购买的产品。消费者在购买此类产品时的购买特征是:想花费的时间越少越好。消费者对这些产品几乎不作任何比较,希望就近、即刻买到。肥皂、洗衣粉、手纸、牙膏、毛巾、饮料等就是属于此类商品。对于生产经营此类商品的企业来说,尽量增加销售此类商品的网点,特别要把网点延伸到居民住宅区的附近就显得特别重要。

2. 选购品(shopping goods)

选购品是指消费者愿意花费比较多的时间去购买的商品。在购买之前,消费者要进行反复比较,比较注重产品的品牌与产品的特色。选购品占到产品的大多数,价格一般也要高于便利品,消费者往往对选购品缺乏专门的知识,所以在购买时间上的花费也就比较长。服装、皮鞋、农具、家电产品等是典型的选购品。

根据消费者的购买行为,经营选购品的企业要赋予自己的产品以特色,并且不断地向消费者传达有关商品的信息,帮助消费者了解有关产品的专门知识。对选购品来说,并不要求销售网点越多越好,也用不着一定要在居民住宅区附近开设网点。在一些有名的商业中心或者声誉卓著的商店内设立销售点销售选购品能获得比较理想的销售效果,因为消费者愿意花时间去寻找这些商品。

3. 特殊品(special goods)

特殊品是指那些具有独特的品质特色或拥有著名商标的产品。消费者对这类产品注重它的商标与信誉,而不注重它的价格,在购买时,愿意努力去搜寻。如皮尔·卡丹西服、金利来领带、本田摩托车、莱克斯手表等等即属此类产品。因为消费者会不顾远道地去购买,所以特殊品的销售并不要求有很多的网点,也不要考虑购买者是否方便,只要使消费者知道在什么地方能买到就行。

（二）工业品(industrial goods)

工业品的分类是依据产品在进入生产过程的重要程度来划分。国际上通常运用麦卡锡的分类法来进行。

1. 原材料和零部件(materials and parts)

这是指最终要完全转化到生产者所生产的成品中去的产品。

(1)原材料。这是农、林、渔、畜、矿产等部门提供的产品，构成了产品的物质实体。如粮食、羊毛、牛奶、石油、铜、铁矿石等等。这些产品的销售一般都有国家的专门销售渠道，按照标准价来成交，并且往往要订立长期的销售合同。

(2)零部件和半成品。零部件是被用来进行整件组装的制成品。如汽车的轮胎、服装上的纽扣、自行车的坐垫等等。这些产品不改变其原来形态的情况下可以直接成为最终产品的一部分。半成品是经过加工处理的原材料，被用来再次加工。如钢板、电线、水泥、白坯布、面粉等等。

零部件和半成品一般由产需双方订立合同，由供方直接交给需方。产品的价格、品质、数量等由供需双方共同确定。

2. 生产设备(capital item)

这是指直接参与生产过程的生产资料，可以分成两大类。

(1)装备。由建筑物、地权和固定设备所组成。建筑物主要指厂房、办公楼、仓库等。地权是矿山开采权、森林采伐权、土地耕种权等等。固定设备指发动机、锅炉、机床、电子计算机、牵引车等主要的生产设备。

(2)附属设备。这种设备比装备的金额要小，耐用期也相对要短，是非主要生产设备。如各种工具、夹具、模具、办公打字机等等。购买者对此类产品的通用化、标准化的要求比较高，一般通过中间商来购买。

3. 供给品(supplies)

供给品并不直接参与生产过程，而是为生产过程的顺利实现提供帮助，这相当于是生产者市场中的方便品。它可以分成两类。

(1)作业用品。此类产品消耗大，企业要经常购买，如打印纸、铅笔、墨水、机器润滑油等等。

(2)维修用品。主要有扫除用具、油漆、铁钉、螺栓、螺帽等。

供应品主要是标准品，并且消费量大，购买者分布比较分散，所以往往要通过中间商来销售，购买者对此类产品也无特别的品牌偏好，价格与服务是购买时考虑的主要因素。

4. 商业服务(bussiness service)

这种服务有助于生产过程的顺利进行，使作业简易化。主要包括维修服务和咨询服务，前者如清扫、刷油漆、修理办公用具等等，后者主要是业务咨询，法律咨询、委托广告等等。

产品的概念，具有丰富和深刻的内涵。这是由于从市场营销的角度来看，产品概念是以需要的满足为核心的，并随着需要的扩展和变化而发展，顾客需要的层次性、复杂性和多变性就决定了产品概念也是不断发展和变化的，只有从这样的角度去认识产品的概念，才能使企业真正掌握市场的主动权。

包装

包装(packaging)之所以被认为是构成产品整体概念的一部分，是因为包装构成了产品形态的组成部分，对吸引消费者注意，引发消费者的兴趣，以及形成与同类产品之间的差异具有十分重要的作用。

包装从严格意义上来讲可分为商业包装(又称“内包装”)和运输包装(又称“外包装”)两种类型。商业包装是指直接对商品进行包裹，并标有商品和品牌名称，以及其他说明事项，随商品一起销售给消费者的包装；运输包装则是对已有内包装的商品进行组合包装，以便于搬运、堆放、储存、运输，防止商品损坏、污染、变质而进行的包装。我们这里讨论的主要是商业包装。

由于包装可以通过色彩、材质、文字、图案等传递信息，吸引注意，所以包装一直是被用于产品促销的重要手段之一。包装设计就是要对包装上可被利用的各种要素加以有机的整合，以形成视觉冲击力强、品牌显示度强、信息传递明确、使用摆放方便，且富有个性特色的包装。

在现代商业活动中，包装的作用已变得越来越重要。

首先是以自主销售为主的超级市场等商业业态的出现，使包装成为取代营业员向消费者传递产品信息的主要手段。超级市场大规模陈列的方式，也使得包装的视觉冲击力成为吸引消费者所不可缺少的要素。

其次是包装所具有的增值效应已成为消费者需求的组成部分。精致豪华的包装能提高商品的视觉价值，从而能符合消费者对于礼品选择的需求；具有文化内涵的包装，能具有较强的象征意义，从而能满足不同消费者的特殊需求；具备持续使用功能的包装，能增添消费者的附加利益，从而也能引起消费者的青睐。

再次是包装的创新和改良也能成为产品创新的一个组成部分，能够给消费者以新意，能满足其个性化和差异化的需要。

目前，随着绿色营销概念的不断强化，“绿色包装”的策略也已成为包装策略的一个组成部分。利用低耗资源的包装材质、低污染和无污染的包装、可重复利用的包装等等都已成为包装设计和策划的重要理念，成为包装革命的组成部分。

然而，从根本上讲，包装的设计和制作应当符合这样一些原则：

(1)能表现品牌的内涵和产品的特色。

(2)能明确传递产品的主要信息并具有说服力。

(3)有较强的视觉冲击力和感染力。

(4)能便于消费场合的摆放和储存。

(5)能增加产品使用的便利性。

第三节　产品组合

产品组合的含义

产品组合是企业的产品花色品种的配备，包括所有的产品线和产品项目。产品线是指企业经营的产品核心内容相同的一组密切相关的产品。所谓密切相关是指产品都是针对具有同质需求的顾客，通过同一种渠道被销售出去。如一个家用电器公司，既生产电视机、录音机，又生产洗衣机、吸尘器，还生产电冰箱、空调机等。电视机、录音机、洗衣机、吸尘器、电冰箱及空调机组成了这家企业的六条产品线。这每一条产品线中的产品的核心内容是相同的。

产品项目是产品线中的一个明确的产品单位，它可以依尺寸、价格、外形等属性来区分，也可以依品牌来区分，因此，有的时候，一个产品项目就是一个品牌。

1. 产品组合的广度

产品组合的广度(又可称为产品组合的宽度)是指产品线的总量。产品线越多意味着企业的产品组合的广度就越宽。上述某家用电器公司的产品组合广度就是六条产品线。如果另一家企业的产品线是八条，那么，具有八条产品线的企业的产品组合广度就要宽于拥有六条产品线的某家电公司。产品组合的广度表明了一个企业经营的产品种类的多少及经营范围的大小。

2. 产品组合的深度

产品组合的深度是指在某一产品线中产品项目的多少，其表示在某类产品中产品开发的深度。如某家电公司所生产的电视机有 6 个品种，其电视机生产线的深度就是 6。若录音机有 8 个品种，则录音机产品线的深度比电视机产品线要深。产品组合的深度往往反映了一个企业产品开发能力的强弱。

产品组合的广度和深度见图 9－4。

3. 产品组合的长度

产品组合的长度是指企业产品项目的总和，即所有产品线中的产品项目相加之和。

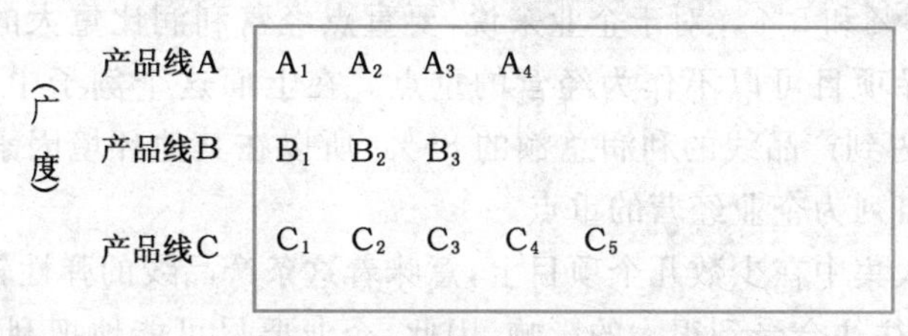

图 9－4 产品组合的广度和深度

再以上述某家电器公司为例，此公司的电视机产品线有 6 个产品项目，录音机产品线有 8 个产品项目，洗衣机有 3 个产品项目，吸尘器有 4 个产品项目，电冰箱有 6 个产品项目，空调机有 4 个产品项目。这家公司的产品组合长度就是：6＋8＋3＋4＋6＋4＝31(个)。

一般情况下，产品组合的长度越长，说明企业的产品品种、规格越多。由于有时候一个产品项目就是一个品牌，因此，产品组合的长度越长，企业所拥有的产品品牌也可能越多。

4. 产品组合的相关度

所谓产品组合的相关度是指各个产品线在最终用途方面、生产技术方面、销售方式方面以及其他方面的相互关联程度。最终用途相关度大即为消费关联性(或称市场关联性)组合。如企业同时经营电脑、打印纸、电脑台就属于消费关联性组合。生产技术的相关度是指所经营的各种产品在生产设备、原材料或工艺流程等方面具有较强的关联性，可称生产关联性组合。如企业同时生产电视机、电冰箱、洗衣机等就属于生产关联性组合。销售方式的相关度一般是指各种产品在销售渠道、仓储运输、广告促销等方面相互关联，或称销售关联性组合。产品组合的相关度与企业开展多角化经营有密切关系。相关度大的产品组合有利于企业的经营管理，容易取得好的经济效益；而产品组合的关联度较小，说明企业主要是投资型企业，风险比较分散，但管理上的难度较大。

产品线的拉长与缩短

如果能够确定产品线的最佳长度，就能为企业带来最大的利润。

(一)产品线分析

产品线的销售量与利润分析。这一分析重要的是就产品线上每一个项目对总销售量与利润的贡献程度进行确定。一般可以通过计算每一个项目占产品线的销售额与利润额的百分比来分析。

比如，有一企业某条产品线上项目 A 占总销售量的 50%，占总利润的 40%；项目 B 占总销售量的 30%，占总利润的 30%；项目 C 占总销售量与总利润的比重总分别是 10%

与10%;项目D占总销售量与总利润的比重分别为5%和15%;项目E占总销售量与总利润的比重分别是5%和5%。对于企业来说,要重点经营利润比重大的产品项目,对于利润比重很小的产品项目可以不作为经营的重点。在上面这个例子中,项目A、项目B与项目D的利润要占到产品线的利润总额的85%,所以在其他环境因素允许的情况下,就可以将这三个项目列为企业经营的重点。

产品线的利润太集中在少数几个项目上,意味着这条产品线的弹性较差,遇到强有力的竞争对手的挑战,往往会受到很大的影响,因此,企业要尽可能地把利润均匀地分散到多个项目中去。

(二)产品线长度的调整

1. 增加产品线的长度

(1)向产品项目定位图中的空当发展。增加项目数可以通过发掘尚未被满足的那一部分需求来进行,由于竞争对手不存在,抢先占领市场的可能性很大。

(2)向产品项目定位图中的薄弱环节扩展。寻找竞争对手的不稳定项目,然后对症下药,开发新的项目。

2. 缩短产品线长度

有时候缩短产品线的长度反而会使产品线的总利润上升,这是因为削减了占利润比重很小的项目,可以节约成本,集中优势发展占利润比重大的项目。

削减利润很低或者亏损的项目是为了集中精力经营好利润比重高的品种,削减竞争处于劣势的产品项目是因为发现竞争对手在相同的项目中占有很大的优势,企业的项目不断地走下坡路而企业通过努力又无法与之抗衡。这样可以避免无益的投入。

第四节 品牌资产管理

一、品牌的含义

品牌(brand)是用以识别产品或企业的某种特定的标志,通常由某种名称、记号、图案或其他识别符号所构成。在产品的品种类别如此繁多的当今市场上,若没有品牌,就像一个班级的所有学生没有姓名和编号一样,是不可思议的。不仅生产者无法吸引消费者来购买自己的产品,消费者也无法根据自己的偏好,在市场上进行商品的选购。所以"指名购买"已经成了当今市场上购买大多数商品的必要形式,品牌也就确定了其不可或缺的重要地位。

在现实经营活动中,品牌和商标是有一定区别的。一般来说,品牌是一种泛指,凡是能够用以识别产品差异,并被市场所认识的任何名称和符号,都可称作品牌。如金华火腿、南翔小笼包、城隍庙五香豆等。但真正能成为商标的，则必须是经过正式登记注册的，受到法律保护的品牌要素，包括特定的名称、图案、文字、标志等。没有经过注册的品牌不受法律保护，所以也就难以成为独有的识别标志——商标。甚至在被他人注册之后，就不得不放弃使用。在中国，注册的商标旁一般都有“R”符号作为“已注册”的标志。

品牌由于依附于某种特定的产品和企业而存在，所以通常它也就成为这种产品和企业的象征。当人们看到某一品牌时，就会联想到其所代表的产品或企业的特有品质，联想到在接受这一品牌的产品或企业时所能获得的利益和服务。这就构成了品牌的基本属性。然而由于品牌本身又是一种文字和图案，其本身所具有的文化内涵也会使人们产生某种联想，所以品牌的内涵就变得十分复杂。通常来说，品牌的内涵可以从六个方面来认识。

(1)属性。属性是指品牌所代表的产品或企业的品质内涵，它可能代表着某种质量、功能、工艺、服务、效率或位置。

(2)利益。从消费者的角度看，他们并不是对品牌的属性进行简单的接受，而是从自身的角度去理解各种属性对自身所带来的利益，所以品牌在消费者的心目中，往往是不同程度的利益象征，消费者会以品牌所代表的利益大小来对品牌作出评价。

(3)价值。品牌会因其所代表的产品或企业的品质和声誉而形成不同的等级层次，从而在顾客心目中形成不同的价值。同时它也体现了企业在产品设计和推广中的某种特定的价值观。

(4)文化。品牌是一种文化的载体，其所选用的符号本身是一种显在文化，它可使人们产生同其文化背景相应的各种联想，从而决定取舍。品牌所代表的产品或企业本身所具有的文化特征，也会在品牌中体现出来，被人们理解和认同，这是品牌的隐含文化。

(5)个性。好的品牌应具有鲜明的个性特征，其不仅在表现形式上能使人们感到独一无二，新颖突出，而且会使人们联想到某种具有鲜明个性特征的人或物，这样才能使品牌产生有效的识别功能。

(6)角色感。品牌还体现了一定的角色感，因为它往往会是某些特定的顾客群体所喜欢和选择的，从而使某些品牌成为某些特定顾客群体的角色象征。群体之外的人使用该品牌的产品会使人感到惊讶。这也就是使用者同品牌所代表的价值、文化与个性之间的适应性。

品牌价值与品牌资产

品牌所固有的内涵，使各种不同的品牌具有了其可能衡量的价值。品牌价值量的形成主要是由于品牌使产品或企业在市场上所形成的竞争力产生差异，这会使其价格和营销成本发生很大的不同。如任何商店都不会担心“可口可乐”的销路，而对一个不知名的新饮料却要投放很大的促销精力。

品牌的竞争力是形成品牌价值的基础,品牌竞争力一般会表现为五种层次:

(1)品牌无知。大多数消费者不知道该品牌,品牌的竞争力最差。

(2)品牌认知。消费者对品牌有一定程度的认知,但不一定将其作为选购对象,品牌竞争力一般。

(3)品牌接受。大多数消费者不会拒绝购买这样的品牌,品牌的竞争力较强。

(4)品牌偏好。在各种品牌比较中,消费者倾向于购买这一品牌,品牌竞争力更强。

(5)品牌忠实。相当部分消费者非该品牌不买,品牌的竞争力最强。

品牌的竞争力见表 9－2。

表 9－2 品牌的竞争力

竞争力	市场表现
最强	品牌忠实
次强	品牌偏好
较强	品牌接受
一般	品牌认知
最差	品牌无知

品牌竞争力强的产品一般所需要的营销成本比较低,它可能不需要花费很多的广告费用去增加自己的知名度,甚至可以使同样品牌的新产品进入市场的成本大大减少;品牌竞争力强的产品可能比同类产品卖出较高的价格;由于消费者愿意购买好品牌的产品,从而使企业增加了同中间商讨价还价的优势;更重要的是,品牌忠实者会成为企业稳定的市场群体,为企业带来长期稳定的利润。这些情况最终使品牌竞争力强的企业能够获得比其他同类企业更高、更稳定的利润,所以品牌也就具有了其可以被衡量的价值。它同企业的其他财产一样,可以被测量,甚至可以被转卖。品牌因其价值的存在而成为企业的一种无形资产。

品牌资产(brand equity)是依附于产品或服务之上,能对公司的价值、市场份额和盈利能力的提升产生影响的一种无形资产。其不仅是消费者的一种心理价值,也可以转化为公司的财务价值。其主要表现为不同品牌的同类产品之间盈利水平的差异。扬雅广告公司(Young and Rubicam,Y&R)提出的品牌资产评价模型对企业的品牌资产价值从四个方面进行衡量:

差异性:测量一个品牌不同于其他品牌的程度;

关联性:测量一个品牌对顾客的吸引程度;

尊重性：测量一个品牌被顾客看好和受尊重的程度；

知识性：测量消费者对该品牌的熟知度和亲密度。

差异性和关联性决定了“品牌实力”(brand strength)，构成了品牌的未来价值；尊重性和知识性构成了“品牌境界”(brand statue)，是品牌已有业绩(价值)的体现。

品牌资产概念的形成使企业对品牌管理的目的和方法都产生了重大的改变，不是将品牌仅作为一种产品的符号或竞争的手段来进行管理，而是将其作为公司资产增值的组成部分来进行策划、开发、运作和评价。品牌资产管理已成为现代市场营销的重要战略之一。

品牌类型

在企业的经营活动中，对于品牌的使用方式是多种多样的，主要应依据于产品的种类、市场的性质和企业的规模与资源状况来选择不同的品牌策略。

1. 无品牌

企业对有一些产品是不冠以任何品牌的。这主要是两种情况：一种是产品的差异性很小，消费者基本上不作选择，所以没有必要用品牌来加以区别，如某些原材料、辅料以及包装袋等；另一种是按规定不得使用品牌的产品，如一些药品和化学原料等。无品牌的产品主要是以品质作为产品销售的保证，但也有以无品牌方式低价销售质量较次的产品的做法。

2. 家族品牌(family brand)

主要是指企业对其所生产的同类产品(甚至全部产品)，只使用一种品牌，所以有时也称“单品牌”决策。采用家族品牌的好处是可以大大降低营销总成本，而且能使产品和企业的整体形象统一起来。一般在企业各种产品差异性不大的情况下，使用家族品牌比较有利。

3. 个别品牌(individual brand)

主要是指企业对其所生产的不同产品使用不同的品牌(甚至是一品一牌)，所以又称“多品牌”决策。采用个别品牌主要是为了体现不同产品之间的差异，以适应不同的目标市场。一般在产品差异性比较明显，消费者选择性比较强的情况下，使用个别品牌比较有效。

4. 特许品牌(licensed brand)

将品牌以签订特许协议的方式转让给其他企业使用，使用特许品牌者必须按照品牌所有者的要求达到规定的品质标准，并向品牌所有者交付一定的特许转让费，这是对品牌延伸效应实际运用的方式之一。

5. 制造商品牌(manufacturer brand)

制造商品牌又称“全国品牌”，即由制造商对其产品确定品牌。由于该品牌可随产品的广泛销售分布到任何地方而无区域之限制，所以又称为“全国品牌”。大多数产品使用的都是制造商品牌。

6. 中间商品牌(dealer brand)

中间商品牌又称“私有品牌”，是指产品使用中间商的品牌进行销售。如英国的马狮百货公司的“圣米高”就是一种典型的中间商品牌。过去，由于中间商的市场覆盖面都有一定的限制，所以称为“私有品牌”，而不是“全国品牌”。同一企业生产的产品可能冠有不同的“中间商品牌”。

7. 联合品牌(co-branding)

联合品牌是指将不同公司的两个已有品牌使用在同一产品上。如东风汽车公司同法国雪铁龙集团推出的“东风雪铁龙”汽车，同日本本田公司合作的“东风本田”汽车就是这样的一种联合品牌。使用联合品牌的好处一方面因为两种品牌的优势特征得以优化组合，可产生出更强的品牌资产；另一方面是可以促使每一个品牌通过同另一品牌的组合将其效应迅速地传递到一个新的领域，以吸引新的顾客群体的青睐。然而要使联合品牌能够运作成功，联合双方必须充分认知品牌的联合效应，在品牌运作中充分重视对对方品牌的保护与推广。特别是要不断提高赋予联合品牌的产品和服务的品质，不能因该产品和服务品质的下降而使双方的品牌声誉受损。

品牌资产管理

品牌资产对于现代企业的重要性，使品牌资产管理成为企业必须重视的一项工作。在企业的品牌资产管理中一般涉及这样几项工作：建立品牌资产、衡量品牌资产和运用品牌资产(见表 9－3)。

表 9－3 品牌资产管理

建立品牌资产	衡量品牌资产	运用品牌资产
——设计品牌内涵 ——选择品牌元素 ——整合品牌系统 ——实施品牌传播	——整理品牌清单 ——进行品牌跟踪 ——评价品牌资产	——进行品牌拓展 ——改变品牌定位 ——处理品牌危机

(一)建立品牌资产

1. 设计品牌内涵

品牌实际上是由品牌内涵(希望品牌所能联想到的产品或服务特色)与品牌标志(品牌的视觉形象)两方面所构成的一个整体。品牌之所以能具有差异性识别的作用，不仅是由于其有独一无二的外在标志，更重要的是其有独特的品牌内涵。所以品牌资产的建立首先必须确定品牌的内涵特质是什么，我们也可称其为品牌定位。如“诺基亚”手机可使人们联想到最好的通话质量，而“三星”手机却是时尚多变的象征。同市场定位和产品定位一样，品牌内涵的定位也必须建立在目标市场需求、认知和企业资源匹配性的基础上，并且具有不可替代性。

2. 选择品牌元素

品牌元素是指构成品牌标志的一些基本元素，包括图案、文字及其他一些视觉符号。由于品牌标志除了作为一种识别符号之外，其本身也具有信息内涵，所以构成品牌标志的基本元素所传递的相关信息是否有利于顾客品牌内涵的理解和接受就变得很重要了。如“可口可乐”的中译文就使得这个饮料品牌具有了强烈的品质暗示，而“万宝路”的西部牛仔形象也是其产品为男性顾客所青睐的一个重要原因。所以企业在确定了品牌内涵之后，还必须在所能利用的各种素材中去选择最为有效的品牌元素，设计出富有吸引力和象征性的品牌标志，使其成为品牌资产的基本载体。

3. 整合品牌系统

品牌资产同品牌的不同就在于其不仅是一个品牌，而是支撑品牌资产形成、增长和扩展的全部系统，包括产品研发、质量控制、包装设计、销售管理、宣传推广以及顾客服务等诸多方面。企业在完成品牌设计以后，必须对涉及品牌资产系统的各个方面进行整合，明确各自在建立品牌资产中所处的地位和所要发挥的作用，使相互间能进行有效的衔接，形成促进品牌资产不断增值的合力。

4. 实施品牌传播

品牌资产形成的前提是品牌知名度和美誉度的提升，所以在品牌设计完成之后，即必须进行积极的品牌传播，通过各种传播媒体和传播方式，使品牌能迅速为目标市场所知晓。值得注意的是，产品和服务销售的过程也是品牌传播的过程。通过产品和服务的销售，最大限度地满足顾客的需求，以产生对品牌的“口碑效应”，对于提升品牌资产的价值将会有特殊的影响。

（二）衡量品牌资产

1. 整理品牌清单

一个企业对其所经营的产品可能会有不同的品牌，或者会采用一个母品牌加上众多子品牌的做法。在这样的情况下，企业的品牌资产可能不是由一个品牌所形成的，而可能是所有品牌共同作用的结果。因此对企业品牌资产的衡量，就需要建立一个品牌清单，以便对各品牌的市场表现及其对企业品牌资产的贡献进行长期跟踪观察，从而帮助企业作出品牌资产运营和调整的正确决策。

2. 进行品牌跟踪

品牌资产的价值产生于消费者对品牌的印象和反应。因此,要准确地衡量企业的品牌资产就必须进行目标市场消费者的跟踪调查,了解品牌价值在消费者心目中的变化。品牌共鸣模型[8]提供了一个消费者对品牌认知变化的"感情路线",共分为四个阶段:第一阶段,有深度广泛的品牌认知;第二阶段,有强烈的偏好和独特的品牌联想;第三阶段,能正面接受品牌的相关推广并产生积极反应;第四阶段,形成积极而强烈的品牌忠诚。这为通过消费者跟踪调查了解品牌资产价值的变化提供了依据。

3. 评价品牌资产

作为一种无形资产,品牌资产的评价也应当有量化的指标。目前对品牌资产价值进行量化分析的方法有很多,但主要是从两个方面进行评价。一个是从品牌增值效应的角度来进行评价,即对品牌市场效应增长过程中企业经营收益的实际增长状况进行测量,通过该品牌产品或服务自身效益的纵向比较来评价品牌资产的价值。当然这必须是在假设其他因素不变的前提下,仅通过品牌推广活动而获得的经营收益。另一个是从品牌竞争效应的角度来进行评价,即通过对该品牌同一般品牌的同类产品相比平均多获得的利润(也称"额外价格")的计算,来测量品牌的价值。这是目前使用比较广泛的一种品牌资产测量方法。一些机构对全球知名品牌资产价值的测量表明,品牌资产价值往往超过公司资本总值的一半[9]。

(三)运用品牌资产

1. 进行品牌拓展

品牌资产作为一种无形资产,不仅能对其所依附的产品或服务的销售和市场拓展产生影响,而且还可以向其他产品和服务进行延伸,促进其他产品或服务的销售,甚至成为公司的整体形象。品牌资产的这种效应是由品牌的特殊性质所决定的。

首先是品牌的依附性。即品牌都是依附于一定的产品或服务而存在的。品牌的声誉和价值也是主要因其所代表的产品或服务的品质优劣而不同的;人对一个本不知名的品牌的接受通常总是建立在对其所代表的产品接受的基础之上的,名牌产品也首先是因其品质的优良而著名的。

其次是品牌的异化性。虽然品牌必须依附一定的产品或服务而存在,并因产品或服务的优劣而优劣,但是当品牌一旦被大多数人所了解,其所代表的产品或服务的品质声誉就会转化为品牌本身的声誉,品牌就有可能脱离产品和服务而独立发挥作用了。人们很可能"认牌不认物",将某种品牌直接看作某种品质的象征。于是品牌就出现了异化,成为人们意识中某种抽象的品质、价值或文化的象征。

再次是品牌的延伸性。由于品牌的异化性,所以当某一品牌脱离其原来所依附的产品或服务,用于新的产品或服务时,其所代表的品质、价值或文化也会随之延伸到新的产品上去。人们会对冠以相同品牌的产品视为同一品质,同样表示欢迎或加以拒绝,于是就构成了品牌效应。

在营销活动中，必须十分注意对于品牌资产效应的利用。对于优秀的品牌，应充分发挥其延伸效应，进行积极的品牌拓展。品牌拓展的途径一般有：进行“产品线延伸”(line extension)，即对同一产品线的新产品仍然沿用原有的品牌，从而使新产品的推广成本大大下降；进行“品类延伸”(category extension)，即将品牌延伸使用到新的产品线或产品系列中去，如“宝马”等汽车品牌就被延伸应用到服装、箱包等产品中去，以吸引同类顾客群体的购买；进行“品牌特许”(brand licensed)，即通过将品牌以特许的方式延伸到其他企业，扩展品牌的影响，并直接通过品牌资产获取收益。

进行品牌延伸和拓展时必须注意的是，使用品牌延伸的产品，品质必须保持优秀。否则若发生品质低劣的问题，影响的不仅是一个产品，而是整个品牌的声誉。而对于劣质品牌，则千万不能将其延伸到新的产品上去，否则也会因品牌的低劣而使人们对新产品的品质也产生怀疑。对于其档次不同的产品，一般也最好不应用品牌延伸策略。如将一个原来用于中低档产品的品牌，延伸到高档的产品上去，人们就会将高档产品也误解为是中低档的产品。

2. 改变品牌定位

如果随着市场需求的变化或迫于市场竞争压力等因素，有时候企业可能要采取改变品牌定位的做法。即通过改变品牌的内涵或标志(或其中的一部分)来迎合市场的变化，或争取新的顾客群体。如“万宝路”香烟在第二次世界大战之前面对的主要是女性吸烟者，第二次世界大战以后，女性吸烟群体大幅下降，“万宝路”为了稳定市场份额，就决定改变品牌定位，以吸引男性吸烟者的消费。最后是通过用富有男子气概的西部牛仔为品牌形象代言，达到了改变品牌定位的目的，在男性市场上打开了销路。然而，由于品牌的联想效应十分强烈，进行品牌定位的改变，风险较大，而且需要投入大量成本。所以改变品牌定位必须十分谨慎。

3. 处理品牌危机

品牌危机是指由于自身或市场的某些因素而导致消费者对品牌信任产生不良影响。如近年来我国市场上曾出现的“苏丹红”事件、隐形眼镜清洁液事件以及一些化妆品成分与质量不合格事件等，都对企业的品牌资产价值产生了不同程度的影响。已有的研究表明，产品伤害事件会对消费者是否将有关品牌纳入购买考虑集，以及该品牌在消费者考虑集中的排序会产生显著的影响[10]。所以对品牌危机进行及时正确的处理是企业品牌资产管理的一项重要工作。一旦出现品牌危机，处理的基本原则有两条：一是迅速，二是真诚。所谓“迅速”，即应当马上对事件做出反应。事实证明，反应得越慢，消费者的疑虑和猜测就会越多，信任度会随之下降，甚至会在此期间，转移到其他品牌而不再回来；所谓“真诚”，即必须始终站在消费者的角度来看待所发生的事件，理解他们的不安与焦虑，明确表明企业以维护消费者利益为首要目标的态度，并能用一些消费者看得到的行为反应来挽回消费者的信任。

在品牌资产管理中，品牌保护是一项十分重要的工作。首先品牌必须及时注册，特别对于市场效应较好的品牌，若不及时注册，而被他人抢注，就会造成很大的损失。其次是应当考虑注册的地域范围。若是全国销售(或将要在全国销售)的产品，就应当进行全国性注册。若是准备出口的产品还应当在出口国进行品牌注册，甚至在全世界范围内进行国际注册，这样就不会发生被异地抢注的尴尬局面。再次是应当设立保护性商标，即对于同形、同义或其他类似的文字、图形和标志，在可能的情况下，也应先行注册，以免被人利用，对企业对产品进行仿冒，影响企业的利益。最后是要采取有效措施，防止对自身品牌的侵权和仿冒行为，其中也包括对特许品牌的使用者要加强质量监督，防止因特许产品的品质下降而影响品牌的声誉。

第五节 产品生命周期

产品生命周期的含义

产品生命周期(product life cycle,PLC)是指产品从进入市场到退出市场的周期性变化过程。产品的生命周期不是指产品的使用寿命，而是指产品的市场寿命。产品生命周期可以分为四个阶段，用一条曲线把它表示出来，见图 9—5。

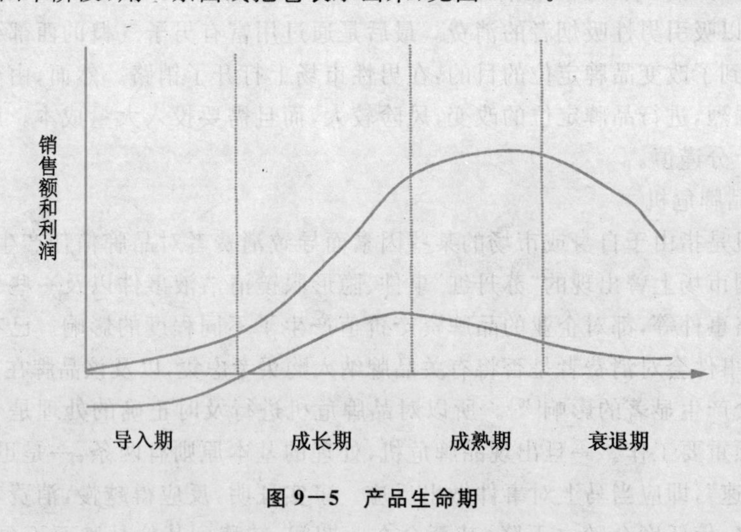

图 9—5 产品生命期

导入期(introduction)。是指新产品刚进入市场的时期。往往表现为销售量增长缓慢，由于销售量小，产品的开发成本又高，所以新产品在导入期只是一个成本回收的过程，利润一般是负的。

成长期(growth)。是指产品已开始为大批购买者所接受的时期。往往表现为销售量的急剧上升。由于销售量的上升和扩大，规模效应开始显现，产品的单位成本下降，于是新产品的销售利润也就开始不断增加。

成熟期(maturity)。由于该产品的市场已趋于饱和，或已出现强有力的替代产品的竞争，销售量增速开始趋缓，并逐步趋于下降。由于此时产品为维持市场而投放的销售费用开始上升，产品的利润也开始随之下降。

衰退期(decline)。由于消费者的兴趣转移，或替代产品已逐步开始占领市场，产品的销售量开始迅速下降，直至最终退出市场。

产品生命周期的规律是否适用于所有产品，在理论上是有争议的。有人认为，有些产品是不存在生命周期的，如水、电、粮食等基本生活资料，从出现在市场上开始就一直为人们所消费，直至现在销售量不仅没有下降，甚至仍在上升。但也有人认为从一个相当长的时期来看，产品生命周期的原理对任何产品都是适用的，如原来人们饮用自来水，现在人们则普遍开始饮用处理过的纯净水或矿泉水；未来如果太阳能能得到有效的开发，也许人们对电的消费量就会下降。所以产品生命周期基本上对所有产品都适用，只是在不同产品上表现的形式不同。例如，有在很长时期中延续的“平台型”生命周期，有刚进入市场就马上终结的“夭折型”生命周期，也有在市场发展中销售量时起时伏的“波浪型”生命周期(见图9—6)。

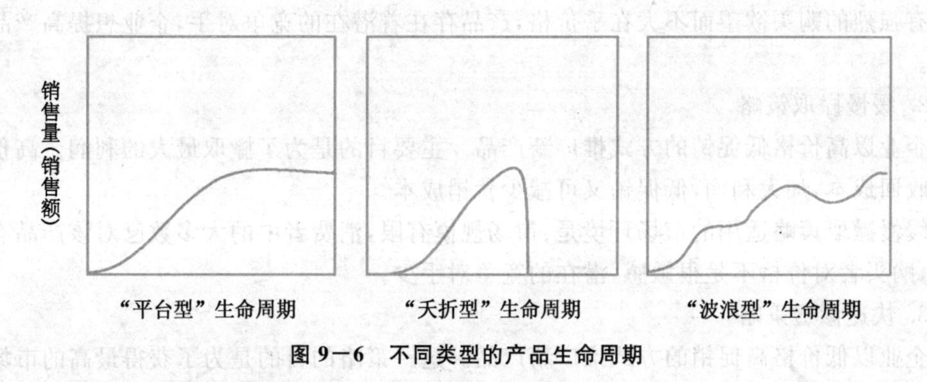

图9—6　不同类型的产品生命周期

产品生命周期各阶段的策略

在产品生命周期的变化过程中，企业正确判断曲线上的转折点，以便区分产品生命周期的阶段，具有极其重要的意义。当然，这也是一个十分困难的问题，在事先判断是很难做到的。一般可以用以下两种方法来大致划分一件产品的生命周期阶段。

一是用类比的方法。通过相类似产品的生命周期曲线来分析推断另一产品的生命曲线走向。如:参照黑白电视机的资料来推断彩色电视机的发展趋势;参照收录机的销售变化情况来推断立体声组合音响的销售轨迹。

二是以各年实际销售变化率为变量的动态分布曲线来进行衡量。即计算 $\Delta y/\Delta x$ 的值,根据计算值进行各个阶段的划分。其中,Δy 表示纵坐标上销售量的增长率(变化率);Δx 表示横坐标上时间的增长率(一般以年为单位)。根据日本有关资料的介绍,经验表明:$\Delta y/\Delta x>10\%$为成长期,$1\%\leqslant\Delta y/\Delta x\leqslant10\%$为成熟期;$\Delta y/\Delta x\leqslant1\%$为衰退期。

(一)导入期的营销策略

新产品在刚刚推出市场时,销售量增长缓慢,往往可能是无利甚至亏损,其原因是:生产能力未全部形成,工人生产操作尚不熟练,次品、废品率高,增加了成本。加上消费者对新产品有一个认识过程,不会立刻接受。该阶段企业的基本策略应当是突出一个“快”字,以促使产品尽快进入成长期。具体操作上一般可选择以下几种策略。

1. 快速撇取策略

企业以高价格高促销的方式推广新产品。高价是为了迅速使企业收回成本并获取高的利润。高促销是为了尽快打开销路,使更多的人知晓新产品的存在。高促销就是要通过各种促销手段,增强刺激强度。除了大规模的广告宣传外,也可以利用特殊手段,诱使消费者试用。如通过赠送样品,将新产品附在老产品中免费赠送等等。

快速撇取策略适用的市场环境是:绝大部分的消费者还没有意识到该新产品,知道它的人有强烈的购买欲望而不大在乎价格,产品存在着潜在的竞争对手,企业想提高产品的声誉。

2. 缓慢撇取策略

企业以高价格低促销的方式推广新产品。主要目的是为了撇取最大的利润。高价可迅速收回成本,加大利润,低促销又可减少营销成本。

缓慢撇取策略适用的市场环境是:市场规模有限,消费者中的大多数已对该产品有所了解,购买者对价格不是很敏感,潜在的竞争对手少。

3. 快速渗透策略

企业以低价格高促销的方式推广新产品。这一策略的目的是为了获得最高的市场份额。所以,新产品的定价在一个低水平上确定,以求获得尽可能多的消费者的认可。同时,通过大规模的促销活动把信息传递给尽可能多的人,刺激起他们的购买欲望。

快速渗透策略适用的市场环境是:市场规模大,消费者对该产品知晓甚少,购买者对价格敏感,潜在竞争对手多且竞争激烈。

4. 缓慢渗透策略

企业用低价格低促销的方式推广新产品。使用该策略的目的一方面是为了以低价避免竞争，促使消费者尽快接受新产品；另一方面以较低的促销费用来降低经营成本，确保企业的利润。

缓慢渗透策略适用的市场环境是：产品的市场相当庞大，消费者对价格比较敏感，产品的知名度已经较高，潜在的竞争压力较大。

以上导入阶段可以使用的四种策略并不是说企业只能选择其中的一种。企业应该从整个生命周期过程中的总体战略去考虑，灵活地交替使用。同时，在实施上述策略时，还要配合一些其他策略，如渠道策略等一并使用，才能取得好的效果。

（二）成长期阶段的营销策略

新产品经受住了市场的严峻考验，就进入了成长期阶段，这一阶段的特点是：销售量直线上升，利润也迅速增加。由于产品已基本定型，废品、次品率大大降低，销售渠道也已疏通，所以产品经营成本也急剧下降，产品的销售呈现出光明的前景。在这一阶段的后期，由于产品表现了高额的利润，促使竞争对手逐步加入，竞争趋于激烈化。这一阶段，企业应尽可能维持销售的增长速度，同时突出一个“好”字，把保持产品的品质优良作为主要目标，具体策略有：

1. 改进产品品质

从质量、性能、式样、包装等方面努力加以改进，以对抗竞争产品，还可以从拓展产品的新用途着手以巩固自己的竞争地位。

2. 扩展新市场

使产品进一步向尚未涉足的市场进军。在分析销售实绩的基础上，仔细寻找出产品尚未到达的领域，做重点努力；同时，扩大销售网点，方便消费者的购买。

3. 加强企业与产品的地位

广告宣传由建立产品知名度逐渐转向建立产品信任度，增加宣传产品的特色，使其在消费者心目中产生与众不同的感觉。

4. 调整产品的售价

产品在适当的时候降价或推出折扣价格，这样可以既吸引更多的购买者参加进来，又可以阻止竞争对手的进入。

在这一阶段，企业往往会面临高市场占有率和高利润的抉择。因为两者似乎是矛盾的，要获取高的市场占有率势必要改良产品、降低价格、增加营销费用，这会使企业的利润减少。但是如果企业能够维持住高的市场占有率，在竞争中处于有利的地位，将会有利于今后的发展，放弃了眼前的利润，将可望在成熟期阶段得到补偿。

（三）成熟期阶段的营销策略

产品的销售增长速度在达到了顶点后，将会放慢下来，并进入一个相对的稳定时期，这一阶段的特点是产品的销量大、利润大、时间长。在成熟期的后半期，销量达到顶峰后开始下跌，利润也逐渐下滑。

这一阶段的基本策略是突出一个"优"字。应避免消极的防御，而要采取积极的进攻策略，突出建立和宣传产品的特定优势，以增加或稳定产品的销售。具体做法有：

1. 扩大市场

市场销售量＝某产品使用人数×每个使用者的使用率

从上面公式可以知道，要增加销售量就在两个乘数上下工夫。

(1)扩大使用人数。企业可以通过下列两种方法来增加它的值：争取尚未使用者，争取竞争对手的顾客。

(2)提高使用率。企业同样可以用两种方法来增加它的值：促使使用者增加使用次数，增加产品每次的使用量。

2. 改进产品

改进产品是为了吸引新的购买者和扩大现有的使用者的队伍。企业通过对产品的改良，使顾客对产品产生新鲜感，从而带动产品的销售。改进产品也是对付竞争对手的一个有效措施。产品的改进主要仍然在质量、性能、特色、式样上下工夫。

3. 改进营销组合

企业的营销组合不是一成不变的东西，它应该随着企业的内外部环境的变化而做出相应的调整。产品的生命周期到了成熟阶段，各种内外部条件发生了重大的变化，因而营销组合也就要有一个大的调整。这是为了延长产品的成熟期，避免衰退期的早日到来。实际上，企业要使前面两个策略取得成功，不依靠营销组合的改进也是很难做到的，所以，改进营销组合是与扩大市场、改进产品策略相辅相成的。

(四)衰退期阶段的营销策略

这一阶段的特征是销售额和利润额开始快速下降，企业往往会处于一个微利甚至于无利的境地。

在衰退阶段，企业的策略应建立在"转"的基础上。产品的衰退是不可避免的，因此，到了这时，企业应积极地开发新产品，有计划地使新产品的衔接圆满化；另一方面，针对市场形势，既保持适当的生产量以维护一部分市场占有率，又要做好撤退产品的准备。这时，企业应逐渐减少营销费用，如把广告宣传、销售促进等都降到最低的水平，以尽量使利润不致跌得太厉害。

消费者对新产品的接受过程

产品生命周期的四个阶段，实际上表明了消费者对一件新产品推出市场后的接受过程。这一接受过程可以通过创新扩散理论来解释。创新扩散理论包括了以下几个内容。

(一)消费者接受创新(新产品)的模式

消费者在接受新产品的过程中,往往需要经过以下五个阶段(见图 9—7)。

图 9—7　消费者接受创新模式

1. 认识阶段

消费者从不同的渠道得知市场上有些新产品存在。在这一阶段消费者即使知道了新产品的存在,也并不意味着立刻会产生购买的欲望。消费者还缺乏对新产品的全面认识,所以不会贸然作出购买的决策。

2. 兴趣阶段

消费者继续不断地受到刺激,逐渐对新产品产生兴趣。这时候,消费者会努力寻找有关新产品的资料,希望进一步了解它,购买新产品的欲望随着兴趣的逐步增强而产生起来。

3. 评价阶段

购买欲望产生后,并不一定立刻去购买,消费者要对值不值得购买予以评价。这个阶段对消费者来说是一个关键的阶段,他会对新产品进行反复比较,从产品的质量、价格一直到满足需求的程度进行慎重的考虑。在这一阶段,如果对新产品的评价是否定的,那么消费者接受新产品的过程就此中止;反之,则进入实际购买阶段。

4. 试用阶段

消费者在决定购买以后,为了验证对新产品效益的评价,在可能的情况下,先要体验一下或者尝试一下,才能最终确定接受还是拒绝新产品。试用的结果是肯定的,则会进行第二次购买;否则,就结束重复购买。

5. 常用阶段

这表示消费者完全接受新产品,并进行重复购买。完全接受新产品的消费者可能成为新产品信息的扩散源。

(二)消费者接受新产品的差异性

不同的消费者对新产品的态度存在着很大的差别,因而接受新产品的时间先后也有很大的不同。据此,可将新产品的接受者划分为五种类型(见图 9—8)。

这是一个呈钟形的正态分布图,它清楚地表明了消费者接受新产品的时间差异性,这种时间差异性与产品生命周期的形成具有一定的联系,可以看出,产品生命周期曲线基本上也呈钟形状态。

1. 创新者

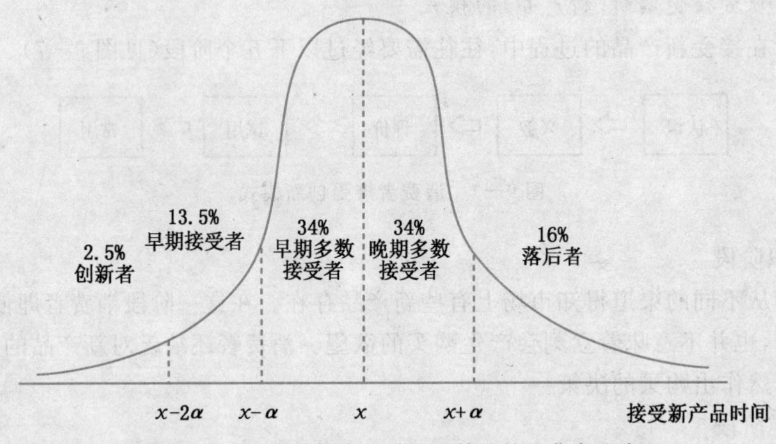

图 9—8 以接受新产品时间为基础的消费者分类

这是一些喜欢冒险、敢于接受新事物的人，因而是新产品的最早接受者。当然这一类型的人为数很少，只占到2.5％。

2. 早期接受者

这一类型的人的最重要的特征是受自尊所支配，富于自豪感。这部分人在社会中会被同一阶层的所尊重，所以往往可以成为意见领导者，他们能经过考虑较快地接受新产品。

3. 早期多数接受者(早期大众)

这类人比一般人要早接受新产品，因为这部分人既慎重又不想落伍。他们要占全部人数的34％。

4. 晚期多数接受者(晚期大众)

这是一些谨慎又固执的人，他们需要大部分人接受后，才能尝试，这些人也要占到1/3强。

5. 落后者

这部分人传统思想严重，对新事物疑心大，反应迟钝，因而是最后接受新产品的人，他们往往在创新已经变成传统后才开始接受。

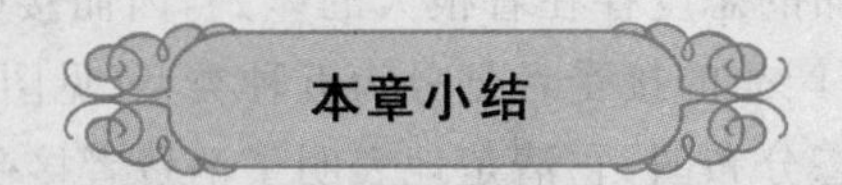

本章小结

营销组合是企业对其内部与实现营销目标有关的各种可控因素的组合和运用。一般表现为产品策略、定价策略、分销策略、促销策略四种主要策略的组合。营销策略组合具有整体性、复合性、灵活性、主动性等特征。

产品的开发与生产是企业经营活动的实质内容，是企业获得良好经济效益的基础，从而也是市场营销策略组合中的首要问题。

从市场营销学的角度来认识，产品应当是能够满足一定消费需求并能通过交换实现其价值的物品和服务。产品整体概念根据消费需求的发展，将产品的含义分为产品核心、产品形态、产品附加利益三个层次；同时，还可以根据需求发展的不同程度，将产品分为核心利益、基本产品、期望产品、扩展产品、潜在产品五个层次。根据产品概念涵盖面的大小，我们可将产品分为需要类型、产品门类、产品种类、产品线、产品类型、产品品牌以及产品项目七个层级。这样的划分有利于企业根据不同层次上的需求差异进行产品创新，获取竞争优势。

产品有消费品和工业品两大门类。消费品根据购买行为特征又可分为便利品、选购品和特殊品三种类型；工业品则有原材料和零部件、生产设备、供给品和商业服务等分类。

产品组合是企业的产品花色品种的配备，包括所有的产品线和产品项目。产品线是指企业经营的产品核心内容相同的一组密切相关的产品，产品项目是产品线中的一个明确的产品单位。

品牌是用以识别产品或企业的特定标志，商标是经过登记注册的品牌要素。品牌的内涵可从属性、利益、价值、文化、个性、角色感六个方面去认识。企业可使用无品牌、家族品牌、个别品牌、特许品牌、制造商品牌、中间商品牌、联合品牌等不同的品牌策略。品牌资产是依附于产品或服务之上，能对公司的价值、市场份额和盈利能力的提升产生影响的一种无形资产。品牌资产具有依附性、异化性和延伸性等效应。品牌资产管理涉及建立品牌资产、衡量品牌资产和运用品牌资产等方面的工作。

产品生命周期是产品从进入市场到退出市场的周期性变化过程，可分为导入期、成长期、成熟期、衰退期四个阶段。这种周期性变化是由消费者接受新产品的过程差异所造成的，企业应根据各阶段的特征灵活调整营销策略。

思考题

1. 什么是产品整体概念？如何理解产品整体概念反映了市场营销的本质特征？
2. 品牌的内涵包括哪些内容？企业应当如何运用好品牌策略？
3. 企业为何要经常进行产品组合的调整？主要可采取哪些做法？
4. 产品生命周期各阶段的主要特征是什么？可相应采用哪些主要策略？

注释：

[1]Neil Borden, "The Concept of the Marketing Mix", *Journal of Advertising Research* 4(June): 2-7.

[2]Frey A. W. , *The Effective Marketing Mix: Programming for Optimum Results*, Hanover, NH: The Amos Tuck School of Business Administration, Dartmouth College.

[3]Lazer W. and Kelly E. J, *Managerial Marketing: Perspectives and Viewpoints*, rev. edn, Homewood, IL: Richard D. Irwin, Inc.

[4]McCarthy, E. J, *Basic Marketing: A Managerial Approach*, Homewood, IL: Richard D. Irwin, Inc.

[5]Robert Lauterborn, *New Marketing Litany: 4P's Passe*; C-Words Take Over, Advertising Age, p. 26, 1990(10).

[6]Elliott Ettenberg, *The New Economic: Will You Know Where Your Customers Are?* McGraw-Hill Co. 2001.

[7]Theodore Levitt, "Marketing Success through Differentiation: of Anything", *Harvard Business Review*: 83-91, 1980(1-2).

[8]Kevin L. Keller, "Building Customer-Based Brand Equity: A Blueprint for Creating Strong Brands", *Marketing Management* 10, 15-19, 2001(7-8).

[9] Gerry Khermouth and Diane Brady, *Brands in an Age of AntiAmericanism*, *Business Week*, pp. 69-78, 2003(8).

[10]王晓玉、晁钢令、吴纪元:《产品伤害危机及其处理过程对消费者考虑集的影响》,《管理世界》, 2006年第5期,第86～95页。

第十章

新产品开发

学习目的与要求

1. 全面认识新产品的含义
2. 认识新产品开发的重要意义
3. 了解新产品开发基本程序和主要环节
4. 了解产品构思的主要来源和基本方法
5. 了解新产品市场进入的主要方式

产品生命周期的理论告诉我们，企业得以生存和成长的关键在于不断地创造新产品和改进旧产品。创新是使企业永葆青春的唯一途径。从短期看，新产品的开发和研制纯粹是一项耗费资金的活动；但从长期看，新产品的推出和企业的总销售量及利润的增加呈正相关关系。因此，有远见的企业都会把新产品的开发看作是一项必不可少的投资。

第一节 新产品开发的含义

新产品开发的重要意义

持续的新产品的开发是企业稳定其利润水平的重要前提,使企业在某些产品处在成熟期时,另一些新产品已开始向市场推出,当某些产品开始出现衰退时,另一些产品则进入快速成长期,这样,就能使企业的市场份额和总利润始终保持上升的势头。

持续的新产品开发也是企业保持其市场竞争优势的重要条件,企业的市场竞争力往往体现在其产品满足消费需求的程度和领先性上。消费需求的发展与变化要求不断有新的产品予以满足,企业若不能不断对自己的产品进行开发和更新,就有可能失去现有的市场,更难以去开发新的市场。

新产品开发还可以使企业的资源得到充分的利用,企业在生产主体产品的同时,往往会有许多剩余资源得不到充分的利用,若能从这些资源利用的角度去开发一些新的产品,就能在很大程度上降低企业的生产成本。

近年来,国内外市场的巨大变化,也说明了新产品开发的重要意义。20 世纪 80 年代,日本的企业几乎成了世界市场上难以战胜的力量,它们不断向世界各地推出令人眼花缭乱的新产品,在许多领域成为市场的领先者或成为咄咄逼人的挑战者。而进入 90 年代,美国却以其令人耳目一新的高新技术产品重新占据了世界经济发展的领先地位,其以"知识经济"为基础的产业发展战略令世人刮目相看。从国内来看,曾一度成为中国消费工业品最大的生产基地的上海,由于在新产品开发方面的滞后,其产品在全国市场的占有率由 80 年代初的 20%以上下降到 90 年代末的 6%左右,而全国的其他一些省市,由于能不断地更新产品,其在国内市场上的占有率不断扩大,有些产品已占据该领域难以替代的霸主地位。这些都说明了新产品开发对于企业、地区甚至一个国家的市场地位都会产生很大的影响。

新产品开发的主要障碍

新产品开发对于企业的重要意义是不难理解的,但是在实际中,新产品的开发却并不那么容易。不少企业新产品开发速度较慢,往往是由于存在以下一些障碍。

1. 缺乏大量有效的新产品构思

构思是新产品开发的首要前提,但构思的产生,并能达到新颖性、实用性和可操作性的要求却是不容易的。特别对于一些比较成熟的产品来讲,构思和创意的余地已经相当狭窄,这往往成为新产品开发的一大障碍。

2. 资金短缺

资金的问题也已成为新产品开发的一大制约。一些好的产品构思往往需要很多开发资金的投入,即使将来有着很好市场前途的产品,只要企业发生资金上的困难,也就难以将其投入开发。

3. 市场细分而导致市场难以达到必要的市场规模

市场竞争促使企业将目标市场划分得越来越细,而过细的市场划分就会使企业面对一个过于狭小的市场,从而使产品的预期销量达不到必要的经济规模,企业将不得不放弃对新产品的开发。

4. 激烈的市场竞争使新产品开发的风险增大

市场竞争有可能导致多家企业同时开发某一新产品,从而使产品一进入市场就面临激烈的竞争,不仅使企业的市场进入成本大大增加,而且有可能很快被挤出市场。中国20世纪90年代初期所出现的"排浪式"投资现象,众多企业进行同类型的集中投资和产品开发,结果就使得相当一部分企业由于竞争失利而陷入困境。这说明随着市场竞争的进一步激化,新产品开发的风险也会越来越大,这对于企业开发新产品的积极性会有很大影响。

5. 仿制和假冒产品的迅速出现,给新产品的开发效益带来很大损失

一些新产品刚刚进入市场,就马上会有大量仿冒产品紧紧跟上,结果,还未等企业来得及收回投资,产品市场就已经饱和,这也使企业不敢轻易开发新产品。

新产品的开发对于企业至关重要,但又充满风险。所以企业在开发新产品方面必须积极谨慎,既要注意不断地更新产品,又要对所准备开发的新产品进行认真研究,反复论证。不能知难而不为,更不能盲目投资,草率从事。应严格按照科学的方法去进行新产品的开发。

新产品的含义

市场营销学中的"新产品"与科技开发意义上的新产品在含义上并不完全相同,其内容要广泛得多。市场营销学中新产品的含义可以分为以下几种。

1. 完全新产品(original products)

这同科学技术开发意义上的新产品完全一致,是指全部采用新原理、新材料及新技术制成的具有全新功能的产品,与现有的产品基本上无雷同之处。完全新产品往往表示了科学技术发展史上的一个新突破。比如,电话、飞机、尼龙、复印机、电视机、电脑等就是19世纪60年代到20世纪60代之间世界公认的最重要的新产品。这些新产品的诞生都是某种科学技术的新创造和新发明,因而极为难得,这也不是一般的企业能够胜任的。因为一个完全新产品的出现,从理论到应用,从实验室试制到大批量生产不仅要很长的时

间,而且要耗费大量的人力、物力及财力。

2. 换代新产品(product improvements)

这是指对产品的性能有重大突破性改进的产品。如电子计算机问世以来,从最初的电子管(第一代)发展到现在的大规模集成电路电子计算机(第四代),其中经历了晶体管(第二代)、集成电路(第三代)这两个阶段。现在,世界各国都在积极开发第五代的电子计算机,即所谓的人工智能电脑。尽管从基本原理和基本功能上讲,都是电子计算机,满足的是同一类型的需要,但是其所采用的技术和所形成的功能却有很大的不同。由于各个时期的换代新产品在原理、技术和材料上有一定的延续性,所以企业开发换代新产品比开发完全新产品要容易得多,开发成本也比较低。

3. 改良新产品(product modifications)

这是指在产品的材料、结构、性能、造型,甚至颜色、包装等方面作出局部改进的产品。改良新产品一般对产品的基本功能并无本质上的改进。比如,手表从圆形到方形,又发展到各种艺术造型都是属于这种改良新产品。由于改良新产品对于科技开发的要求并不很高,所以企业依靠自身力量比较容易开发,在新产品的开发中,属于此类型的新产品要占绝大多数。

4. 模仿新产品

又称之为企业新产品或地域性新产品,是指市场上已经存在而企业没有生产过的产品,或其他地区已经存在而在本地是第一次生产的产品。由于这些产品的开发与生产都是对已有产品的一种模仿,所以叫模仿新产品。例如,数字化彩色电视机国外较早就已上市,目前我国不少企业也开始生产,就属于模仿新产品。模仿新产品在产品开发上仍然有着积极的意义,它能在一定的范围内满足消费者尚未满足的消费需求。它有利于企业技术水平的提高,对于企业竞争意识的增强,扩大销售收入也有很大的影响。特别是对先进国家已经推出市场而我国还没有生产的产品进行模仿研制,对于提高我国工业化、现代化发展的整体水平更具有重大意义。

新产品开发组织

新产品的开发是关系企业生死存亡的一项重要任务,所以企业必须认真地组织好新产品的开发工作。企业在新产品开发的组织方面,通常有以下一些主要形式。

产品经理。不少企业把新产品开发的任务主要交给他们的产品经理负责。这看来似乎很合理,但是产品经理们往往习惯于把主要精力放在现有产品的生产上,而忽略新产品的开发。所以仅依靠产品经理来组织新产品的开发看来是不够的。

新产品经理。为了加强新产品的开发,一些企业特地设立了新产品经理一职,将其属于产品经理,专门负责新产品开发的工作。这将有利于新产品开发计划的制定和实施。

但是由于隶属于某一产品经理，所以新产品的开发思路往往也只局限于某一产品领域，很难在更大的范围内得以拓展。对于一些大公司来说，采用这样的做法更有可能使新产品的开发缺乏整体观念，甚至出现相互排斥和互争资源的现象。

新产品开发部。一些大公司为了避免上述矛盾，也为了加强对新产品开发工作的指导，专门在公司层次成立新产品开发部，全权负责新产品的开发工作。新产品开发部除集中有关专家进行新产品的开发研究之外，还担任组织和筛选新产品构思，协调新产品的开发与试制，开展新产品试销和组织营销策略组合等职能，对于从总体上推进企业新产品开发可起到很好的作用。

新产品开发项目组。一些企业在开发新产品时，成立了专门的新产品开发项目组，集中各方面的力量进行攻关，开发某一新产品。这种任务型的项目组的优点在于目标明确，并能调动各方面的力量集中攻关，不存在常设机构那种效率低下的情况，是进行新产品开发的良好组织形式。一般在新产品开发部领导之下，根据任务的需要，设立若干新产品开发项目组，应当是新产品开发最好的组织形式。

新产品开发委员会。有些企业在其最高层次设立新产品开发委员会，统一协调企业的新产品开发工作。这不仅有利于对企业的新产品开发工作进行统筹规划，而且也能将新产品开发工作放在企业总体发展规划的角度来进行研究，使新产品的开发更具有全局意义。

第二节　新产品开发的程序

企业开发新产品要承担很大的风险，为了减少风险，新产品的开发就必须按照一定的科学程序来进行。通过这些程序对各种新产品的构思和创意进行层层筛选和试制，就能使新产品的开发效益得到比较可靠的保证。这一科学程序一般可以分成构思产生、构思筛选、产品概念、商业分析、市场分析、产品试制、市场试销和批量上市八个阶段（见图10—1）。在这八个阶段中直接与产品有关的是构思、产品概念、产品试制和批量上市四个阶段，构成了从设想—设计—实体—商品几个主要节点。而能否由一个节点发展到另一个节点则必须通过筛选、商业分析、市场分析和市场试销等主要环节，这样才能最大限度地避免因盲目开发而形成的风险。

构思产生（idea generation）

构思是对潜在新产品的基本轮廓结构的设想。这是发展新产品的基础与起点，没有构思不可能生产出新产品实体，从一定的意义上讲，好的构思是产品开发成功的一半。但是，并不是任何一个构思都能符合市场的真正要求，从构思变成现实的产品，要经历一个

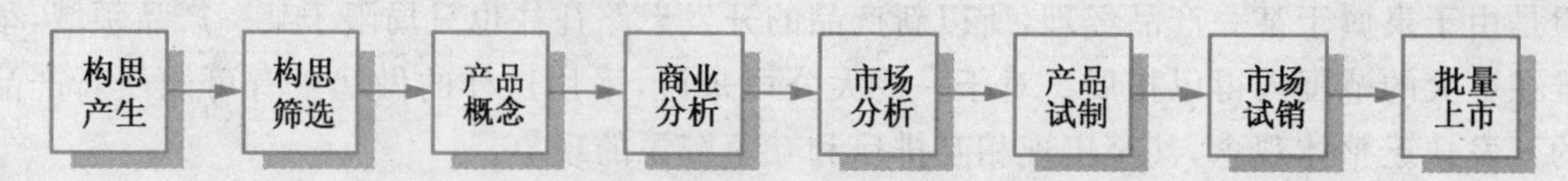

图 10－1 新产品开发的程序

艰难的过程。

表 10－1 显示了一个公司在其新产品开发中的成本预算。如果该公司拥有 80 个新产品构思，形成产品概念时只剩下了 1/4，即 20 个；经过商业分析和市场分析又淘汰了一半，即为 10 个；将这 10 个产品投入试制，成功率为 40％，还剩 4 个；经过市场试销，最后决定将其中的 2 个投入批量生产，最后只有其中的一个是比较成功的。实际上在这几个阶段中都有成本发生，从而就构成了新产品开发的总成本。在此例中，最终该成功产品的个别开发成本为 2 632 000 元，而企业在开发这一产品时实际淘汰了 79 个产品，其新产品开发的总成本要高达 8 360 000 元，可见新产品开发的总成本是十分可观的。

表 10－1 新产品开发成本一览

阶段	构思数量(个)	通过比率	平均成本(元)	总成本(元)
1. 构思筛选	80	1∶4	2 000	160 000
2. 产品概念	20	1∶2	30 000	600 000
3. 产品试制	10	2∶5	200 000	2 000 000
4. 市场试销	4	1∶2	400 000	1 600 000
5. 批量上市	2	1∶2	2 000 000	4 000 000
			2 632 000	8 360 000

新产品的构思从何而来？从营销观念的角度出发，主要应来源于对市场上尚未满足的消费需求的研究。具体而言，企业通常可通过以下一些渠道来获得产品的构思。

(1)顾客。顾客的需求是寻求新产品构思的起点。事实上，通过对消费者的调查，了解消费者对现有产品的不满意之处，了解消费者新的消费欲望，就可以掌握消费者对新产品的期望，从而产生某些新产品的构思。

(2)竞争对手。通过对竞争对手产品的分析和调查，可以知道哪些产品是成功的，哪些产品是有缺陷的，对有缺陷产品的改进就是一种构思的来源。

(3)中间商。中间商是与顾客直接打交道的，他们直接掌握着顾客的第一手资料，同时也了解行业内竞争的动向。从中间商那里收集构思是一条有效的途径。

(4)科技人员。科学技术的进步、新的材料与新的工艺的产生往往是新产品开发的基础。科学的发明与创造主要依靠科技人员的攻关，因此，科技人员的一个新设想很可能孕育着一件新产品。

(5)企业营销人员与管理人员。这是来自企业内部的另外两个主要来源。营销人员与管理人员熟悉产品,也熟悉行业内的产品发展趋势,他们在综合各方面信息的基础上往往能够提供出好的产品构思来。

以上是主要的构思来源,其他像大学、科研机关、专利机关、咨询公司、广告公司等等都是可能获得构思的渠道。

我们还可以从市场和资源两个角度来寻找新产品构思的来源。从市场的角度主要是去发现消费者的"递增需求",即消费者对现有产品的不满之处。一般而言,消费者对现有产品的不满和抱怨就直接反映了消费者在这方面所存在的潜在需要,只要这些不满足够普遍,足够强烈,就意味着只要新的产品能消除这些不满,就可能存在很大的潜在市场,从而为新产品的研发提供了明确而有效的构思方向。此外,还可以去发现市场上的"派生需求",即由某些主体产品消费而引发出来的关联需要,如由冰箱消费而引发的对保鲜袋、除臭剂之类产品的需求;由汽车消费而引发的对防盗器、导航仪之类的需求;等等。这也能给新产品的构思以很大的启发。

从资源的角度则主要是对构成现有产品的资源要素进行重新排列,努力去发现是否还存在着某些要素的功能尚未被充分地开发和利用。若能找到这样的要素,就有可能产生出新的产品开发创意。如当移动电话的便携要素受到重视后,随时随地照相、上网、玩游戏、听音乐等功能就被整合了进来,从而使移动电话的功能大大延展,对消费者需求的满足程度也大大提高。

构思的方法很多,归纳起来,常用的方法有这样几种:

一是垂直思维法,或称"传统思维法"。主要是指根据本行业产品设计的传统思路来进行产品的构思,其比较侧重于对以前经验的继承和运用。垂直思维法的合理性在于其比较尊重事物发展的逻辑规律,但也可能由于因循守旧而使构思难以有所突破。

二是水平思维法,或称"破格思维法"。主要是指用打破传统思维的方式进行构思和创意。有时创意者会从人们认为不可思议的角度去寻求新的构思,有时则比较注重对某些跨行业、跨学科知识的借鉴和运用。水平思维法的优点在于比较容易打破常规,增加构思的新颖性;其问题在于由于缺乏现有经验,往往会增加新产品开发的风险和操作难度。

三是联想思维法。主要是指受到某些客观因素的启发而形成的创意和构思。如人们会从动物的某些动作和习性上构思出适应人们需要的一些产品;会由自然界的某些现象诱发出新的创意,仿生学实际上就是一种联想思维的方式。联想思维要能得到很好运用,关键在于构思者要有强烈的创造意识,以及对于周围事物敏锐的观察能力和理解能力。

四是会商思维法,又称"头脑风暴法"。其主要是指一种进行群体创意的思维方法。它是一种特殊的聚会,在这种聚会上与会者可以就某一创意目标任意地发表意见,提出自己的构思。由于这种类型的聚会有一个共同的规则:对任何人的意见不得反驳、不得讥笑,所以在这种会上人们的思路是最为活跃的,平时不敢轻易发表的意见可以毫无顾虑地在会上发表,一些成功的构思往往就会在这样的会上产生。

构思筛选(idea screening)

好的构思对于发展新产品十分重要,但有了构思并不一定就能付诸实施,这要根据企业的目标和能力来进行选择。筛选的主要目的是在尽可能早的时间内发现和排除不合理的构思。所谓"不合理"的构思,一方面是指缺乏科学依据和可操作性的,另一方面是指同企业的基本目标不相吻合或企业一时无能力进行开发的构思。

构思的筛选,一般可分为两个阶段。先是由企业自己进行初选,淘汰那些明显不合理的构思;然后再对剩余构思进行认真的评价和筛选。这一阶段的筛选通常是由一批专家利用构思评分表法来进行的(见表10—2)。

表10—2　　产品构思评分表

产品成功的必要因素	相对权数(A)	企业实际能力水平(B)											评分(A×B)
		0.0	0.1	0.2	0.3	0.4	0.5	0.6	0.7	0.8	0.9	1.0	
1. 企业声誉	0.20										✓		0.18
2. 营销能力	0.20							✓					0.12
3. 技术水平	0.20								✓				0.14
4. 人　　事	0.15					✓							0.06
5. 财　　力	0.10								✓				0.07
6. 生产能力	0.05										✓		0.045
7. 位置设备	0.05		✓										0.005
8. 采购供应	0.05						✓						0.025
总　计	1.00												0.645

其具体步骤是:首先定出产品成功的必要因素;然后对各个必要因素设定权数(依重要性顺序排列);再根据企业的实际情况予以评分(从0.0～1.0打分);最后对各个因素加权后计算总分。一般的分等标准是:0.00～0.40为差;0.41～0.75为较好;0.79～1.00为最佳。根据经验表明,总分在0.70以下应予以筛除。这个表中产品构思只有0.645分,所以应该筛选掉。

应该注意的是,产品成功的必要因素并不是局限在表中列出的8项内,企业应该根据构思的特征和企业的实际情况去确定。至于对各个必要因素的权数设定,也是由企业自己根据实际情况而确定。

在筛选阶段,企业必须避免犯两种错误。一是误舍错误(drop-error),即将一个存在某些缺陷,但只要稍加修改即可带来良好经济效益的创意误舍。如日本在个人电脑(PC机)的开发上实际上是同美国差不多同时起步的,但他们却忽视了这一具有极大潜在市场的产品,结果在个人电脑市场上就远远落伍了。另一错误为误用错误(go-error),即企业允许一个错误的创意投入开发和进行商业化批量生产。误用创意有可能产生三种失败结局。一是绝对失败(absolute product failure),企业不仅损失了利润,而且无法收回投资成本甚至部分变动成本;二是部分失败(partial product failure),企业无法获取利润,但基本上还能回收成本;三是相对失败(relative product failure),企业虽然能获取利润,但是机会成本过高,或低于企业的目标利润率。

企业的决策层必须设立符合企业目标要求的一套标准来对新产品的创意进行筛选。这些标准由于对实现企业目标的重要性不同,所以在进行综合评价时可加上一定的权重。如表10－3是企业对新产品创意的"分等评价标准",其中,列出了四项主要标准。经过加权综合后,可分为很好(0.61～0.80)、尚可(0.31～0.60)、较差(0.00～0.31)三个等级,最低标准为0.61。而分值则是根据产品实际能力水平乘上权数后得出的。

表10－3　新产品分等评价标准

产品成功的因素	相对权数(1)	产品能力水平(2)	评分(1)×(2)
产品的独特优势	0.40	0.8	0.32
高绩效成本比率	0.30	0.6	0.18
高营销资金支持	0.20	0.7	0.14
强大竞争对手少	0.10	0.5	0.05
小　计	1.00		0.69

在新产品创意的开发过程中,企业要对其总成功率进行评价,一般可采用以下公式:

总成功率＝技术完成率×技术完成率确定后的商业化率×商业化率确定后的经济成功率

例如,如估计这三个比率分别是60%、75%和80%则该新产品的总成功率为0.36%。企业应不断根据所测定的总成功率来决定是否将新产品开发工作进行下去。

产品概念(product concept)

产品概念和产品构思是有区别的,产品概念是对产品构思的具体化,它离现实的产品又近了一步。产品概念是对于产品的功能、形态、结构以及基本特征的详细描述,是可立即照其进行生产的具体设计方案。消费者不会考虑购买产品的构思,却会对具体的产品概念产生兴趣。

一个构思有可能转化成多个产品概念，企业要尽可能把各种产品概念的设计方案列出来，然后对产品概念进行定位，以确定最终的产品发展方向。比如，一个企业掌握了水解珍珠的技术，产生了液体珍珠营养补剂的构思。根据产品的销售对象、产品的核心内容(益处)及产品的服用时间可以进一步发展成好几种产品概念：康复补剂，适合老年人夜间就寝前服用；美容养颜补剂，适合年轻女性早晨服用，使皮肤细嫩；可口养脑补剂，适合学龄期儿童在中午饮用，可以提高儿童的记忆力。

产品概念形成以后，还必须对其进行评价和测试，以确定产品概念的发展前途和开发价值。产品概念的测试通常从两个角度进行。一是从市场竞争的角度，主要是将所设计的产品概念放在市场定位图中，看其在某一位势上竞争的激烈程度，从而决定是否进行开发以及开发哪一种产品概念。二是从满足需求的角度，主要是将某些待开发的产品概念拿到消费者中去征求意见。如某种新型的电动汽车，其产品概念应当详细到外观的色彩，坐垫的皮料，以及最高时速和耗电程度等等。然后应向消费者了解，他们是否喜欢这样的汽车，会不会购买这样的汽车，以及对于这种产品还有什么不满意之处。只有在市场反馈意见比较良好的情况下，才能进行产品的进一步开发，否则就会形成较大的风险。

商业分析(business analysis)

商业分析就是产品开发的效益分析，通过分析来确定新产品的开发价值。新产品的开发归根结底是为了给企业带来好的经济效益，如果一件新产品的投资开发最终要亏本或无利可图，那么这件新产品是不值得去开发的。所以企业在产品概念形成后必须对新产品的投资效益和开发价值进行认真的分析。

商业分析实际上也有两个角度。一是其绝对价值，即产品上市后的预期收益与产品开发成本之间的比较，只要预期收益大于开发成本，就应具有开发的价值；二是相对价值，即不仅是指新产品开发的绝对成本，而且也必须考虑企业因开发这一产品而放弃其他投资所形成的机会成本，这样才能比较客观地分析出企业在新产品开发方面的效益与风险。

对销售总量的估计是商业分析中很重要的方面，因为销售量的大小不仅影响企业的投资回报期的长短，还会直接影响产品的成本和利润。在估计销售量时必须注意该产品的性质与购买特点，即该产品是属于一次性购买商品(如结婚戒指)，还是非经常性购买商品(如汽车、家具)，或是经常性购买商品(如日常消费用品)。如果是一次性购买商品，其销售总量比较容易估计，一般只要能了解需求者的大体数量、购买意愿和购买能力，以及企业的市场占有率就能够大体上测定出来；而经常性购买商品相对就难以估计，因为还必须了解顾客的重购频率以及回头率等不可控的数据；非经常性购买商品介于两者之间，估计时也会有一定的难度。

商业分析的方法有很多,很难一一列举,常用的有:盈亏平衡分析法(量、本、利分析法),投资回收期法,投资报酬率(资金利润率)法,净现值法,内部收益率法等等。必须指出的是,任何数量分析的模型和方法都是有局限性的,最终还必须参照实际情况对数量分析的结果进行修正。因此,对于各种环境信息必须及时掌握,这样才能使商业分析更为准确。

市场分析(marketing analysis)

商业分析之后并不能马上进入产品的开发和试制,因为还必须对产品的目标市场及市场前景做一番分析。只有对那些市场前景比较好、营销渠道比较通畅的产品才能积极地加以开发。同时要对该产品的营销策略组合做出规划并进行评价。

对新产品的市场分析首先是对产品的目标市场进行分析,看哪些人会成为新产品的主要顾客,以及他们的需求特征与购买习惯如何;测量目标市场的规模与潜力,以确定新产品可能的市场发展前景和回报能力;对新产品的计划价格、分销渠道和推广策略做出规划,并计算出总体所需要的营销预算;最后据此描述出该新产品的盈利模式,以及中长期的销售和利润目标。

对于新产品的市场分析必须有充分的调研资料为依据,有时还必须进行小范围的市场测试。最后要通过各方面的专家评审,以最终确定新产品营销计划的可行性。在此基础上才可正式开始新产品的试制。

产品试制(product development)

经过商业分析和市场分析的新产品,就可以进入具体的开发试制阶段。这是一个很关键的阶段,因为前面几个阶段的一系列活动可以说是“纸上谈兵”,而产品试制则是要把新产品的构思设想转变成一件顾客真正能够消费的实体产品。

产品试制阶段必须注意的问题是所生产出来的试制产品——新产品样品应当具有很强的普及意义。即它必须能在一切可能设想到的环境条件下正常使用,而不是只能在良好的环境条件下使用;它必须在正常的生产条件与成本水平(即批量生产的条件和水平)下生产。因为只有这样,新产品才有实际推广的价值。所以通常一些新产品的样品需要经过实地使用测试或实验室理化性能测试的阶段。即将其放在某种恶劣的环境条件下进行使用,看其环境的适应能力;或者用某些设备和仪器对产品进行破坏性的试验,以检测新产品抗破坏的最大限度。

新产品的开发试制主要应由企业的科研部门和生产部门进行,但是,企业的最高管理部门与营销部门要共同参与,把握开发试制的进程,提供各种有用的信息,使新产品的开发试制顺利完成。

市场试销(test marketing)

一件新产品试制出来后，最好不要急于推出市场，实践表明，很多产品试制出来后仍然会遇到被淘汰的命运，就是说，市场不能接受此种新产品。尽管企业在前面几个阶段做了大量的工作，也对顾客进行了直接调查，但是因为消费者对设想的产品和实体的产品的评价会产生某种偏差，所以仍然会有产品被消费者否定的可能。为了把这种可能性降低到最低，避免批量生产后造成过大损失，企业就要对试制出来的新产品进行试销。

市场试销包含了好几层含义，它可以是针对产品性能、质量的试销，可以是针对产品价格的试销，也可以是针对销售渠道的试销以及针对产品广告促销方式的试销。实际上，市场试销就是对消费者对产品反应的测定。通过试销，一方面可以进一步改进新产品的品质，另一方面可以帮助企业制定出有效的营销组合方案。

当然，也并不是任何产品都要进行市场试销，有的产品可以直接推出市场，如价格昂贵的特殊品及高档消费品以及市场容量不大的高价工业品等。市场试销主要是面对那些使用面较广，市场生命周期较长，以及市场容量较大的产品。

由于市场试销也要投入大量的资金，所以是否进行市场试销应根据试销费用的数额与不试销可能造成的损失额的比较来决定，只有当不试销带来的损失大于试销费用时，企业才值得去开展市场试销。市场试销中还必须加以注意的问题是竞争者有可能立即对试销中的新产品进行仿制，一些仿制能力极强的企业很可能在新产品还未批量上市之前已抢先推出仿制产品。所以企业对于进行市场试销的新产品一是要加强专利保护，二是要掌握关键技术。若无有效的反仿制保护措施，一般宁愿不进行市场试销。

批量上市(commercialization)

这是新产品开发的最后一个阶段，即将产品成批地投放市场。新产品进入这一阶段意味着产品生命周期的开始。

产品的批量上市并不意味着新产品开发已经取得成功，因为此时正是产品能否真正被市场接受的关键时刻。如果策略不当，产品仍然可能存在销售不出去的危险。企业必须在批量上市的时间、地点、渠道、方式上正确决策，进行合理的营销组合。如新型的保暖用品选择在突然降温的时候推出，其吸引顾客注意的可能性就会大得多；一般产品若在万商云集的大都市推出比其在中小城市推出影响面也会大得多；而良好的上市策划往往能使一些新产品的市场导入期大大缩短。菲利普·科特勒说过："市场营销就是考虑如何在适当的时间、适当的地点将适当的产品，以适当的价格和适当的方式卖给适当的顾客"。这同新产品的上市策划思想是完全一致的。因此，企业在组织新产品上市时一定要对市场的环境条件进行认真分析，准确把握时机，精心设计方案，以确保新产品顺利进入市场。

第三节　新产品市场进入方式

新产品市场进入方式的选择，其前提在于企业选择进入方式的直接目的到底是什么。因为企业对于不同的产品和不同的市场，在产品进入市场的直接要求方面是不一样的。如有时候要求以提高新产品的知名度为主要目的；有时候则可能以缩短新产品的导入期，尽快扩大产品的销量为主要目的；而有时候在企业竞争能力不是很强的情况下，可能又会把减少竞争压力作为市场进入策划的主要目的；也有企业希望能在市场进入阶段就尽快地建立起新产品的销售网络。根据不同的进入目的，企业在市场进入方式的选择上也会有所不同。

市场进入方式

一般来说，在新产品的市场进入方式上会有以下几种选择：

首先，根据产品在市场中的形象目标不同，可分为高位型和低位型。

高位型进入即产品以高质、高价、高品位的姿态进入市场，以期建立起高档产品的形象。在满足消费者对产品基本需求的同时，进一步满足其声望及炫耀的需求。于是在市场进入策略上，其一是要注重产品的外观与包装，给人一种品位高雅的感觉。如用精致的小瓶装的啤酒就会比用普通的大瓶装的啤酒显得雍容华贵。其二是产品的价位不能低于同类同质产品，可略高一些，以体现高档产品之身价。其三是在最初阶段销售渠道的选择上，应适当采用“惜售”的策略，不要把面铺得太开。应首先选择一些品位和档次较高的商店进行销售，给人造成一种物以稀为贵的印象。其四是广告的设计在视觉和情调上也应当高雅脱俗，给人留下不同凡响的感觉。如“XO马嗲利”、“人头马”等高档酒的广告就能给人赏心悦目、高雅脱俗的感觉。高位进入的策略主要是为了吸引消费层次较高的目标市场群体，同时也是为了提高单位产品的销售利润以获得较好的经济效益。当然，采取高位型策略应有两个基本前提：第一，产品的质量必须优质可靠，且在同类产品中居于领先地位；第二，确实存在着一定规模的消费层次较高的消费群体。

低位型即产品以大众化、实惠型、价廉物美的姿态进入市场，以适应大多数普通消费者的需求，以期迅速打开市场，扩大销售。低位型策略的实施，应当特别注意的是不能使消费者将低位与低质的概念混为一谈，应主要强调其在效用上的适当性、实惠性；在产品设计上应突出其基本效用的稳定可靠，而尽量减少不必要的修饰与包装；在价格上不可过高，突出与其同类产品相比的相对低廉性；在销售渠道方面应通过分布广泛的销售网络使销售量得以迅速扩展。低位型策略适用于使用面较广的日用消费品，在面临市场竞争相当激烈的情况下尤为有效。

其次,根据产品进入市场时的宣传推广方式不同,可分为造势型和渐进型。

造势型即以大张旗鼓的宣传和推广活动,很快地提高产品在目标市场的知名度,以使消费者能够慕名购买,从而打开市场。有不少企业在市场开发的过程中,喜欢采用造势型的做法。因为在商品供应极其丰富的现代市场上,企业的产品能否引起消费者的注意,是其能否迅速打开市场的重要前提。如艾柯卡策划的"野马车"上市宣传,同一天就动用了美国 2 600 多种宣传媒体,可谓声势浩大,从而为"野马车"的迅速进入市场铺平了道路,这就是一种典型的造势型策略。除了利用大规模的广告和新闻宣传进行造势之外,策划具有较大影响的公共关系活动也是进行造势的有效手段。例如,法国白兰地打入美国市场时,就巧妙地利用当时的美国总统艾森豪威尔 76 岁生日的有利时机,专程派人将两大桶酿制了 76 年的陈年白兰地送往美国,作为送给美国总统的生日礼物。当送白兰地的专机抵达华盛顿时,身着法国宫廷制服的侍者护送着两大桶白兰地穿越市区,前往白宫。一路上,当地美国人涌往街头夹道欢迎,美国人就此认识了法国白兰地,白兰地也就顺势打进了美国市场。这也是一种有效的造势型策略。

当企业预计会在即将进入的目标市场中遇到激烈竞争时,企业可能会采用渐进型的市场进入策略。渐进型策略即在产品进入市场时,不是大张旗鼓地进行宣传,而是以优质的产品为基础,采取多渠道广泛渗透的方法,进行推销宣传和销售现场宣传,让消费者在直接接触产品和推销人员的情况下,逐步增加对产品的了解,并帮助进行进一步的扩散。在广告宣传方面,不求声势浩大,但求持久深入。由于渐进型策略针对性强,有效率高,所以对于某些类型的产品来说,效果甚至比造势型策略还好,不失为企业开发市场的有效策略。一些内地产品在进入上海市场时,采用销售单位逐个访销,甚至直销的手段,在并没有做大量广告的情况下,同样迅速打开了市场,说明渐进型策略确实是有效的。

再次,根据产品在品牌延续关系上的不同,市场进入方式可分为创牌型、传牌型和改牌型。换言之,企业是准备让新产品冠以老品牌的名称进入市场还是换用新的品牌,这也是市场进入方式的选择之一。

创牌型却为企业在无人知晓其品牌的情况下,树立新的品牌,进入目标市场。品牌是产品的识别标志,再好的产品若无为人熟知的品牌,也会淹没于商品的汪洋大海之中,难以为消费者所接受,消费者也无法在其需要的时候进行指名购买。所以选择一个好的品牌,并使它能被消费者熟记和接受,对于产品进入市场是十分重要的。品牌的创立首先在于选择一个好的品牌。而好的品牌的基本标准一般应当是简洁、鲜明,易于记忆、传播,在可能的情况下,使其尽可能反映产品的特点、优势,或赋予较强的寓意。如上海"稳得福"烤鸭的品牌就巧妙地利用谐音将中文"稳得福"和英文"Wonderful"(好极了)合而为一,富有新意。同时又以其吉祥的含义迎合消费者"讨口彩"的心理,还埋下了"北有全聚德,南有稳得福"的妙笔。可谓一石三鸟,很快在市场上树起了牌子。创立品牌还依赖于对品牌有意识的推广与宣传，借助某种有效的传播渠道，使品牌能很快地渗入目标市场消费者的心中。上海眼镜行业名牌“吴良材”的创始人当时只是一个提着小包沿着长江“跑码头”的眼镜匠。但吴良材除精湛的制作工艺之外，还比别人多了一点心计，即每次为人配好眼镜，都不忘在镜架上刻上“吴良材制”四个小字，还挂上一个带有标志性的牌子。久而久之，吴良材眼镜的名气就传遍了大江南北，成功的奥秘之中，不能忽视了四个小字和那块小牌子。以创牌为目的的市场进入策略，就必须以提高品牌的知名度为主要手段，以确立品牌在目标市场消费者心目中的地位为主要目的。

传牌型即为企业在推出新产品时沿用已有的知名品牌。其原因在于，如果原有的品牌在市场中知名度很高，牌誉很好，那么沿用该品牌进入市场就会减少很多阻力，降低市场进入成本。一般情况下，本企业的产品都可以沿用已有的著名品牌进入市场。如日本“SONY”是从生产微型收音机建立品牌的，而现在的“SONY”产品已遍及家电的全部领域，同样深受欢迎。企业在向其他领域拓展时，好的品牌也可起到鸣锣开道的作用。如韩国的“现代”原是汽车的品牌，如今随着现代集团在高科技和重工领域的广泛拓展，“现代”已将其电脑及其他重工设备都引进了市场。采用传牌型的市场进入策略时，应当在宣传中突出新产品和老品牌的相互关系，可强调是“××(品牌)技术的新贡献”，“××家庭的新成员”等等，以使消费者因对该品牌的偏好而产生对新产品的偏好。采取这一策略的关键还在于保持新产品的良好品质，否则，若在新产品中出现品质低劣的现象，其毁掉的也将不仅是一个商品的声誉，而是整个品牌的声誉。

改牌型即为在新产品进入市场时(甚至是同类产品)，不用原有的品牌，而采用新的品牌。采用这种策略的理由有两个。一是为了体现企业产品的多样性，对于一些新的产品，可采用不同的品牌。如丰田汽车公司的汽车就有“丰田”、“皇冠”、“花冠”等各种品牌。二是因为原有的品牌牌誉不佳，或在品质上同新产品有较大差距，沿用原有品牌，不利于新产品的销售。如上海的“××牌胶卷”原来质量较差，后来他们引入了日本先进的富士技术，使产品的质量有了很大的提高。但是他们在将新产品导入市场时，却仍然沿用了原有的品牌。结果在原有品牌牌誉不佳的情况下，使新产品在销售中遇到了很大的阻力。在这种情况下，应当启用一些新的品牌，并尽可能在宣传上将其同原有品牌拉开差距，这样才能使消费者不会将对原有品牌的不良印象带到新的产品上来。当然，采用改牌型的市场进入策略并不都是在原有品牌声誉不佳的情况下，有时为了体现产品不同的档次，也会对新的非同一档次的品牌采用改品牌的策略。如原生产中档女皮鞋的企业在推出高档女皮鞋时就应当改用新的品牌，以显示不同的档次；原生产高档女皮鞋的企业推出低档鞋时也应改用新的品牌，以防影响原高档品牌的牌誉。

最后，依据产品进入市场时的直接促销对象的不同，可分为拉动型和推进型。

产品进入市场可能会经过不少中间环节，如产地批发商、销地批发商、基层批发商和零售商,最后才到消费者手里。那么就存在企业在将自己的产品导入市场时,到底以哪一个环节和层次作为自己的主要促销对象。从市场进入的有效性来看,这种选择是很重要的,选择不同形式的结果也会很大不同。如某种禽场在推销种鸡蛋时,开始主要针对直接需要原种鸡蛋的下一层次的种禽场,但由于这些种禽场一般习惯于接受他们所熟悉的品种,对新品种接受的速度较慢。种禽场注意到,下一层次的种禽场的种鸡蛋实际上是为再下一层次的鸡场直至养蛋鸡的农户们提供的,所以养蛋鸡的农户的需求实际上决定了各层次种鸡场对蛋种的选择。于是该种禽场就将促销的重点转向最终需要种鸡蛋的养蛋鸡的农户们,向他们宣传新品种鸡的出蛋率和养殖方法,比较并突出新品种的优势。结果,农户们纷纷向种鸡场要该品种的蛋,各鸡场得到这一信息,就又向上一层次的鸡场要该品种的蛋,由此而使得该种禽场的新品种蛋很快进入市场。这实际上就是一种拉动型的市场进入方式。它将最终的产品消费者们作为直接的促销对象,让最终消费者所激发出来的需求层层向上传递,最后使新产品顺利进入市场。

同拉动型策略相对应的则是推进型策略。它是通过直接向最近环节的中间商进行促销,然后再通过他们层层促销的方式,将产品推入市场。对于大多数市场覆盖面广、技术含量不高的产品都可采用推进型的市场进入策略。

市场占位

企业在新产品进入市场时还必须注意及时占位,建立强烈的占位意识。因为对于广大消费者来说,企业和产品的形象都是“先入为主”的。就像某一戏剧中主角最早是由 A 先生扮演的,以后观众就会对其他扮演者根据其演得像不像 A 先生来作为评价他们演技的标准,因为 A 先生已在观众的心目中“占”了该主角的“位”。在市场上产品的占位同样如此,如可口可乐公司的“雪碧”饮料比百事可乐公司的“七喜”饮料早进入上海市场约一年的时间。由于“雪碧”进入时间早,并进行了大张旗鼓的促销宣传,很快占了上海非可乐型饮料的市场位势。人们在饭店请客时问起来也是:“喝啤酒还是喝雪碧?”“雪碧”成了非可乐型饮料的代名词。所以,一年之后和“雪碧”同类型的“七喜”进入上海时,无论如何宣传,也无法取代和超出“雪碧”的地位。明确了市场占位的重要性,企业在开发市场和将产品导入市场时,就应当首先找准市场上尚未被占据的市场“空位”,对企业的产品进行准确定位。然后就应当不失时机地迅速“占位”,即让企业的新产品在此位置上亮相,使之得到目标市场消费者的认可和接受,从而稳定地占据一定的市场份额。如果在某一位势上已被其他产品占据,而企业又有足够的实力与之竞争,也可实行抢位战略,即使自身在消费者心目中的形象超过对手。有时候,随着企业的经营发展,也有可能从原有的市场位势中退出,去占领新的市场位势,这就叫做让位策略。如一些发达国家将一些传统工业向发展中国家转移,就是一种让位策略。让位的目的是为了集中力量去占领更为有利的市场位势。

从新产品的开发到市场的进入和占位，反映了企业市场营销的整体战略思想，它是以企业营销的总体目标为宗旨的。只有在企业总体战略目标的指导之下，企业的新产品开发才比较容易取得成功。

本章小结

企业得以生存和发展的关键在于不断地开发新产品。持续的新产品开发是企业稳定其利润水平的重要前提，是企业保证其市场竞争优势的重要条件，还可使企业的资源得到充分的利用。由于构思缺乏、资金短缺、市场规模有限、市场竞争激烈、仿冒现象严重等原因，给企业的新产品开发造成很大障碍，因此企业在开发新产品时必须认真研究，反复论证。

营销学中新产品的含义比较广泛，包括全部采用新原理、新材料、新技术制成的具有全新功能的完全新产品；对产品性能有重大突破性改进的换代新产品；在产品的某些方面做出局部改进的改良新产品；以及对其他地方已有的产品进行仿制，并在本地区首先出现的模仿新产品。企业通常以产品经理、新产品经理、新产品开发部、新产品开发项目组以及新产品开发委员会等形式组织企业的新产品开发工作。

新产品的开发必须按照一定的科学程序来进行。这一科学程序一般可以分成构思产生、构思筛选、产品概念、商业分析、市场分析、产品试制、市场试销和批量上市八个阶段。在这八个阶段中直接与产品有关的是构思、产品概念、产品试制和批量上市四个阶段，构成了从设想—设计—实体—商品几个主要节点。而能否由一个节点发展到另一个节点则必须通过筛选、商业分析、营销分析和市场试销等主要环节，这样才能最大限度地避免因盲目开发而形成的风险。

根据新产品开发的不同目的，新产品的市场在进入方式上会有以下几种选择：首先，根据产品在市场中的形象目标不同，可分为高位型和低位型；其次，根据产品进入市场时的宣传推广方式不同，可分为造势型和渐进型；再次，根据产品在品牌延续关系上的不同，市场进入方式可分为创牌型、传牌型和改牌型；最后，依据产品进入市场时的直接促销对象的不同，可分为拉动型和推进型。

新产品进入市场时，必须及时占位，企业在开发市场和将产品导入市场时，就应当首先找准市场上尚未被占据的市场“空位”，对企业的产品进行准确定位。然后就应当不失时机地迅速“占位”，即让企业的新产品在此位置上亮相，使之得到目标市场消费者的认可和接受，从而稳定地占据一定的市场份额。

思考题

1. 什么是新产品？新产品包含哪些主要类型？
2. 新产品开发需要经过哪些主要环节？同产品直接有关的环节是哪几个？
3. 新产品的构思一般可从哪些方面得到启发？主要可采用哪些思维方法？
4. 新产品的市场进入方式有哪些？

第十一章

服务产品与服务营销

学习目的与要求

1. 掌握服务产品的概念与特征
2. 了解服务产品的不同类型
3. 了解服务营销组合的特殊性和组合要素
4. 认识如何进行服务产品设计
5. 在整体上把握服务产品质量管理

服务经济的快速发展是现代经济的一个重要特征。各种形式的服务在成为若干企业专门经营内容的同时，也成为传统的制造商与其竞争者抗衡的重要手段。与此相对应，对服务产品的特点、服务营销策略及服务质量管理等问题的研究，也就成为现代营销理论和实践的又一重要内容。

第一节　服务的性质

服务与现代经济

随着科技的飞速发展和社会的不断进步，服务在社会经济生活中发挥着越来越重要的作用。在工作和生活中,人们越来越离不开各种形式的服务。收入水平和生活水平的提高在不断扩大着服务市场的容量。从整个社会来看,服务业在财富和就业机会的创造等方面所起的作用越来越大。新型服务行业的涌现为许多国家或地区创造了新的经济增长源。有关统计表明,在欧美等一些发达的工业化国家和地区,服务业在国内生产总值中所占的比重已达70%左右,在各种类型的服务行业就业的人数达到总就业人数的2/3。1929年,美国55%的人在服务部门就业,1948年服务业产值约占国民生产总值的54%。而到20世纪90年代初期,美国服务业占国内生产总值的73%,就业人数占总就业人数的78%。服务在国际经济生活中的作用也越来越突出。以美国为例,其商品贸易连年出现巨额赤字,但在服务贸易领域,却有数百亿美元的盈余。由于服务及服务业在现代经济生活中特殊的重要性,有人将后工业化社会称为服务经济社会。

在宏观和微观经济生活中扮演着越来越重要的角色的同时,服务业本身也在以比制造业更快的速度变化。许多国家对若干服务行业管理方式的变化,以及现代科技的发展,特别是现代计算机技术与通信技术的融合,促成了大批新型服务行业的涌现,并不断改变着许多传统服务的提供方式。许多行业,如零售业、银行业等的服务方式都发生了巨大的变革。许多以为顾客提供形式多样的服务为主要经营内容的企业,取得了巨大的成功。不少原来以生产和供应有形产品为主的企业,受服务市场巨大潜力的吸引,也在继续从事有形产品营销的同时,开辟新的服务业务,以服务作为企业经济新的增长点,有些甚至由原来有形产品主导型的企业向服务主导型的企业演化,IBM公司就是一个十分典型的例子。竞争的不断加剧还迫使越来越多的企业走上了借助于服务实施差别营销战略的道路。现代科技的快速发展和传播使得企业之间在有形产品上与竞争者拉开差距的难度越来越大,在许多成熟的行业,依靠技术拉开差距几乎是不可能的。所以,许多企业在提供有形产品的同时,努力提供优异的附加服务,通过服务将自己与竞争者区别开来。服务成为企业营销成败的决定性因素,也是差别化营销策略的基本支点。

服务产品的界定与特征

服务在现代经济生活中地位的不断提高自然使服务营销成为整个社会,尤其是企业界和营销理论界关注的重要问题。首先,需要回答什么是服务营销;与有形产品相比,服务产品是否具有特性;传统的消费品营销经验是否可以直接运用到服务产品的营销活动中去。这些问题无疑是在深入探讨服务营销策略时必须回答的问题。所以,我们先要分析说明服务产品的基本概念和特点。

什么是服务(service)? 人们对此有多种不同的理解。菲利普·科特勒认为"服务是一方能够向另一方提供的各种基本上是无形的活动或作业,其结果不导致任何所有权的产生"[1]。美国营销学会则作了这样的定义:服务是"可被区分界定,主要为不可感知,却可使欲望获得满足的活动,而这种活动并不需要与其他的产品或服务的出售联系在一起。生产服务时可能会或不会需要利用实物,而且即使需要借助某些实物协助生产服务,这些实物的所有权将不涉及转移的问题”。瓦拉瑞尔·A. 泽丝曼尔(Valarie A. Zeithaml)和玛丽·乔. 比特纳(Mary J. Bitner)在她们的著作《服务营销》中提出,“简单地说,服务就是行动(deeds)、过程(processes)和表现(performances)”[2]。这种行动、过程或表现不仅存在于服务企业的活动之中,而且也是许多制造商向市场提供的组合的一部分。也有些学者认为,更广义的服务产品包括了所有的产出并非为有形产品或构建品的全部经济活动,通常在生产的同时被消费,能够为特定对象提供一定的附加价值,如方便、娱乐、时间节约、舒适、健康等的所有经济活动。

在服务营销理论和实践发展的过程中,因为目的和角度不同,人们对服务产品所作的定义还有其他许多种。界定一个事物的根本是把握其特点,所以,只有全面回答有关服务产品究竟有哪些特点这一问题,才能更深入地讨论服务营销策略。多年来,经过大量的论证探讨,学术界就服务的下述基本特点取得了共识。服务的四个基本特点及其相应的营销含义可以归纳为表 11—1 所示的内容。

表 11—1 服务的特点及其营销含义

商 品	服 务	相应的含义
有形	无形	·服务不可储存 ·服务不能申请专利 ·服务不容易进行展示或沟通 ·难以定价
标准化	异质性	·服务的提供与顾客的满意取决于员工的行动 ·服务质量取决于许多不可控因素 ·无法确知提供的服务是否与计划或宣传相符
生产与消费相分离	生产与消费的同步性	·顾客参与并影响交易 ·顾客之间相互影响 ·员工影响服务的结果 ·分权可能是必要的 ·难以进行大规模生产
可储存	易逝性	·服务的供应和需求难以同步进行 ·服务不能退货或转售

资料来源:瓦拉瑞尔·A. 泽丝曼尔、玛丽·乔. 比特纳著,张金成、白长虹译,《服务营销》(原书第3版),机械工业出版社 2001 年版,第 13 页。

1. 无形性(intangibility)

服务是指能够满足人们某种需要的行为或表现。人们不能像感受有形产品那样看、感觉或触摸服务。很多时候，服务产品的消费是在消费者既未看到，也未感觉到的情况下完成的。不能像若干物品那样具有被感觉、触摸的特性，即服务产品的无形性特征。当然，说服务产品是无形的，并不是说服务提供过程中不存在任何有形的物体或要素。事实上，就很多服务的提供来说，有形物体是不可缺少的要素或条件。在绝大多数情况下，企业向市场提供的是有形物品和无形服务的组合。一个组织向市场提供的既可能是纯粹的有形物品，也可能是纯粹的无形服务，还可能是有形物品与无形服务的结合体。根据有形性程度，我们可以对产品和服务进行排列（如图 11－1 所示）。

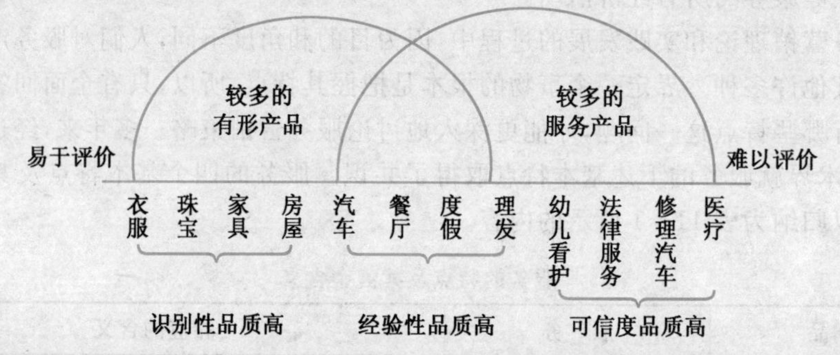

资料来源：克里斯托弗·H. 洛夫洛克著，陆雄文等译，《服务营销》(原书第 3 版)，中国人民大学出版社 2004 年版，第 17 页。

图 11－1 产品从有形到无形的图谱

图 11－1 中越靠左面的组合中的有形性成分越多，而越靠右的组合中的无形性成分越多。质量的评价难度和服务营销理论的作用随无形性的上升而增加。

2. 不可分离性(inseparability)

有形产品的生产、销售及消费往往在不同的时间和空间进行，而服务产品则不同。在很多情况下，服务产品的生产过程与消费过程往往是同时的，两者难以在时间和空间上割裂开来。在服务产品的供应商提供服务的同时，消费者也就享受了该种服务。某些情况下，顾客不仅在服务生产现场，而且在相当程度上参与服务生产过程。当然，企业提供服务产品的种类不同，顾客参与生产过程的程度也不同。在有些服务产品的提供过程中，顾客的全过程参与是生产的必要条件，如理发服务、外科手术服务等就是如此。有些情况下，顾客则不一定要参与到服务提供的全过程之中，如管理咨询服务等。

3. 差异性(heterogeneous)

服务是一种行为或表现，其提供者是服务人员，享用者则是各种各样的顾客。不同服务人员的服务经验不同，同一服务人员在为不同对象服务及在不同时间为同一对象服务时的心理状态等也可能有很大差异，而不同顾客享用某种服务的经验及对服务的期望不同，从而服务的提供过程、顾客对服务的评价等都可能会因为时间、空间等因素的变化而发生很大差异，要保持服务的标准化十分困难。

4. 不可储存性(perishablity)

不可储存性是指服务产品无法保留、转售及退还的特性。有形产品可以储存至另一时间销售，在顾客对所获得的产品不满时，可以退换。而提供法律服务的律师在某段时间内不从事法律服务，却不可能将这段时间的服务能力储存起来；在广告客户对广告公司的服务不满意的情况下，也很难将其所购买的不满意的服务退还给广告公司。企业在形成提供服务产品的能力后，如果没有顾客购买服务产品，则服务能力就是一种浪费。由于不可储存，也就无法用预先储存起来的服务满足高峰时期顾客的需要。顾客为消费某种服务而来，服务产品供不应求时，就可能使顾客失望而归。有鉴于此，如何妥善处理供求矛盾，是服务营销过程中所面临的一个重要问题。

除了上述四个特点外，还有许多学者认为，在企业销售和顾客消费的过程中，不涉及所有权的转移也是服务的重要特征，在交易完成后，无形的服务也就不存在了，顾客并没有"实质性"地拥有服务。也有一些学者将商品与服务之间与营销有关的一般差异归纳为八个方面：产品的性质；生产过程中顾客更多的参与；人作为产品的一部分；保持质量控制标准的难度更大；顾客评价更困难；没有存货；时间因素的相对重要性；分销渠道的结构和性质[3]。这八个方面差异的认识，非常有助于在实用的层面上讨论服务营销策略的执行。

服务的分类

根据传统的行业概念划分是服务分类最常见的一种方法，如将服务业区分为洗衣业、交通运输业、咨询业等。这种分类方法无疑有其合理性，但从营销角度看，则显得过于简单。依据服务的特点，采用合适的标准，对服务进行科学的分类，是找到分析服务的角度，从而提炼出各类服务的共性与策略的前提。以下即介绍国外部分学者所提出的分类方法。

洛夫洛克(Lovelock)认为，顾客参与到生产过程之中是服务的一个显著特点。他根据服务作用的直接对象和有形性程度，将服务区分为四类(见表11－2)。根据洛夫洛克的分类，卫生保健、美容、客运、餐饮等属于直接作用于人体的服务；货运、修理、仓储、洗衣等属于直接作用于物品的服务；公关、广告、广播、管理咨询、教育等属于直接作用于人类意识的服务；而会计、数据处理、数据传输、证券投资等则属于直接作用于无形资产的服务。在这四种不同类型服务的生产过程中，要求顾客参与的程度是不一样的。

表 11－2　　洛夫洛克的服务分类法——按服务行为性质划分

服务行为的性质	服务直接的接受对象	
	人	物
有形行为	直接作用于人体的服务	直接作用于物品的服务
无形行为	直接作用于人类意识的服务	直接作用于无形资产的服务

资料来源：克里斯托弗·H. 洛夫洛克著，陆雄文等译：《服务营销》（原书第 3 版），中国人民大学出版社 2004 年版，第 26 页。

在第一类服务中，顾客亲临服务现场是服务交付的必要条件。就直接作用于人类意识的服务而言，顾客的思想意识必须参与到服务提供的过程之中，但顾客本人不一定要在服务提供的现场。对以物为直接作用对象的服务来说，顾客本人的参与并非服务提供的必要条件。这个分类法为企业服务营销过程中的定位和策略设计提供了很好的工具。对于以物品为直接作用对象、不需要顾客亲临现场的服务来说，关键在于要保证物品的使用价值。而对于要求顾客参与到生产过程中的服务来说，一方面要通过合理的服务程序设计，缩短顾客等候的时间；另一方面，则可以通过向等待中的顾客提供其他服务，降低顾客等候的成本，拓展业务范围。

洛夫洛克对服务的分类有全面的总结，他还依据要求顾客亲临服务现场的程度不同对服务进行区分。有些服务需要顾客的参与，如外科手术；有些则不一定要求顾客全过程参与，如汽车修理服务。如表 11－3 所示。

表 11－3　　洛夫洛克的服务分类法——按服务传递方法划分

顾客和服务组织之间相互作用的性质	服务商店的数量	
	单一商店	多家商店
顾客到服务组织那里	剧院 理发店	公共汽车服务 快餐连锁店
服务组织到顾客那里	草地保养服务 虫害防治服务 出租车	邮递 汽车俱乐部的道路服务
顾客同服务组织远程交易	信用卡公司 本地电视台	广播网 电话公司

资料来源：克里斯托弗·H. 洛夫洛克著，陆雄文等译，《服务营销》（原书第 3 版），中国人民大学出版社 2004 年版，第 31 页。

除以上两种服务分类法之外，洛夫洛克还总结了其他至少三种服务分类法。例如，按不同时间内需求波动的程度和供应受限制的程度分类，又如按服务组织与其顾客之间关系的类型及服务传递的持续性程度分类，再如按服务传递中的定制程度和要求提供者行使判断力的程度分类等等。

根据顾客在服务提供过程中不同的参与程度，柴斯(Chase)将服务区分为高接触性服务、中接触性服务和低接触性服务三类[4]。依照他的分类，电影院、公共交通部门、学校等所提供的服务属于高接触性服务，在这类服务提供的全过程或绝大部分时间内，顾客需要参与其中，否则就无法享受服务。房地产经纪人、律师等所提供的服务则属于中接触性服务，顾客只需部分参与到服务提供的过程之中。信息传递则属于低接触性服务，服务的完成主要依靠仪器设备，顾客与服务提供者之间的直接接触较少。Chase 的分类给企业提供的思路是:应当根据服务提供过程中顾客参与程度的不同制定不同的经营策略。

托马斯(Thomas)(1978)根据服务提供手段的不同，将服务分为以机器设备为基础(equipment based)的服务和以人为基础(people based)的服务。前者如自动售货服务，后者如会计服务等。以人为基础的服务则又可以进一步分为非熟练工人、熟练工人及专门职业人员提供的服务[5]。

还有很多角度可以对服务进行细分。例如，根据服务需求者的类型不同，可将服务区分为个人服务和组织服务。医疗机构在提供医疗服务的过程中，往往会区分个人客户和组织客户，提供不同的营销组合。又如，根据服务提供者的目标及服务组织的所有制属性的不同来对服务进行区分。市场上绝大部分服务的提供者以营利为目的，也有部分服务提供机构则是非营利机构。服务有时是由私营机构提供的，也有些则是由公营机构提供的。服务目的不同，提供服务的组织的所有制属性不同，在服务设计及定位上自然就会有很大的区别。

泽丝曼尔和比特纳认为，服务的分类与服务细分及目标市场定位有关，与制造品的市场细分及定位有很多相似之处。在服务营销过程中，同样可以借助于人口因素(年龄、性别、收入、民族、职业、宗教信仰)，地理因素(国家、地区)，心理因素，行为因素(知识、态度、使用方式)等来进行市场细分。但是，她们认为，在应用上述因素对服务市场进行细分并进行目标市场定位时，必须认识到两点差异。第一，在服务产品提供过程中，服务现场往往同时有多位顾客，这就要求保证目标顾客之间的相容性，避免需求差异巨大的顾客在同一空间和同一时间所可能产生的相互干扰。第二，与有形产品提供者相比，服务提供者具有更强的按照顾客需要提供产品的能力。考虑到服务营销的特点，服务市场细分和目标市场定位的过程除了应包括确定细分的基础、弄清细分市场状况、选择合适的细分市场评价标准、选择细分市场等步骤外，还应包括一个重要的步骤，即确保细分市场内顾客之间的相容性。

第二节 服务营销组合

服务产品的特殊性决定了其销售过程及消费行为等都必然与有形产品的销售过程和消费行为有很大的区别。服务营销就是一门讨论如何有效开展无形服务的营销活动的学科。其研究的内容不仅包括纯粹无形服务的营销过程，也包括与有形产品组合起来向消费者提供的无形服务部分的营销活动。

一、服务营销得到重视

在企业经营实践中，服务营销的发展首先源于银行、医院等服务行业发展的需要，而在理论研究中，将服务营销作为一个专门问题进行研究则是在20世纪五六十年代，大量的研究和进展则是在80年代中期之后。服务营销实践和理论研究的发展主要受以下两方面因素的驱动。

第一，市场竞争的不断加剧促使越来越多的企业寻求开辟新的市场空间，而随着收入、生活水平的提高及新科技的发展而产生的巨大的服务需求无疑为企业提供了极有价值的市场机会。与此同时，科技的普及和发展使制造商之间在有形产品竞争中拉开差距的难度越来越大，从而迫使各类制造商在提供优质的有形产品的同时，也必须提供优质服务。大量服务活动的开展必然要求有相应的理论和方法指导。

第二，由于服务的特性，有形产品营销的经验并不能简单地应用于服务营销。服务产品的特点决定了其营销活动的特殊性。例如，由于服务产品的生产与消费往往是同步的，顾客参与到服务过程之中，对服务提供过程及服务质量都有很大的影响；享用服务的顾客之间会相互影响，"口碑"对新顾客的消费决策有更大的影响力。又如，服务产品不能受专利保护，因而很容易为新的进入者模仿，服务业，特别是进入障碍较低的服务业，往往存在着较为激烈的竞争。再如，服务产品不像有形产品那样可以很方便地进行展示和沟通；服务的提供和顾客的满意程度主要取决于雇员（服务人员）的行为等。

服务营销思想的诞生与发展被归纳成三个阶段：1980年之前的形成阶段，1980～1985年之间的探索阶段和1985年之后的挺进阶段[6]。

服务营销以向消费者提供尽可能大的价值，使消费者满意，从而实现企业利润的最大化为目的，除一般营销学所涉及的市场研究和市场开发内容外，服务营销特别注重对营销质量管理、顾客满意度、内部营销、服务的分类与设计等问题的研究。

二、服务营销组合的要素

与有形产品营销一样，在确定了合适的目标市场后，服务营销工作的重点同样是采用正确的营销组合策略，满足目标市场顾客的需求，占领目标市场。但是，服务及服务市场具有若干特殊性,从而决定了服务营销组合(service marketing mix)策略的特殊性。一般而言,在制定服务营销组合策略的过程中,企业必须考虑7个P。除传统的营销4P's外,还包括人(people)、过程(process)及有形展示(physical evidence)等要素。

1. 传统4P中值得注意的问题

服务营销中的产品即指企业计划向市场提供的服务品种。在营销过程中,无论向市场提供的产品组合是以无形服务为主还是以有形物品为主,企业都必须结合目标市场定位,形成清楚的产品概念,即本企业到底向市场提供怎样的服务,满足顾客的哪些需求。

服务营销中的竞争同样服从这样一个基本准则,即在不同企业向市场提供的价值相当的情况下,谁能以较低的价格向顾客提供这种价值,谁就能赢得顾客;而当不同企业向顾客收取的价格/费用相当的情况下,谁能向顾客提供更大的价值,谁就能赢得顾客。因此,合理的定价是服务营销过程中一个十分重要的问题。合理的价格不仅能吸引消费者,而且还有可能成为无形服务差别化策略的重要手段。但是,值得注意的是,由于不同顾客对同类服务的需求往往存在差异,服务营销中的定价往往面临着标准成本难以准确衡量的困难,从而加大了定价的难度。

服务产品同样需要向市场推广。市场竞争越是激烈,就越是需要采取有力的推广措施。而当企业推出一种新型服务时,更需要通过宣传促使顾客理解和接受服务的新品种。与有形产品的促销宣传一样,服务产品的促销宣传也应当借助于广告、公共关系、营业推广及人员推销等手段。例如,在网络服务竞争不断加剧的情况下,有些公司为吸引消费者、降低消费者使用新型服务的风险感,推出了在上网后一定时间内免费使用部分服务项目的促销措施,也有一些公司则对上网客户赠送一定的上网时间。这些措施与有形产品营销,如化妆品营销中的买一赠一,在性质上是完全相同的。但值得注意的是,由于服务的无形性,消费者要准确把握服务质量的优劣则存在相当大的困难,有些服务在使用后仍无法对质量优劣作出评价,因此,在消费决策过程中,其他消费者对某企业所提供服务的"口碑"(Word of Mouth,WOM)往往起着十分关键的作用。在进行服务推广的过程中,出资进行广告宣传是必要的,但提供优质服务、建立良好的口碑则显得更为重要。服务营销中的渠道就是将服务从其生产者手中送达消费者手中的通道。在考虑渠道决策时,必须考虑到服务的不可存储性及不可分离性等特征所产生的影响。由于服务无法存储和运输,其生产、销售和消费很可能在同一时间和空间完成,为使更多的目标市场顾客能获得满意的服务,在不可能进行大规模生产和销售的情况下,企业就必须根据服务的具体特点,进行科学的网点决策,并要保证不同网点所提供的服务质量的统一。

2. 人的要素

人的要素(people)是指参与服务提供并因此而影响购买者感觉的全体人员,即企业员工、顾客以及处于服务环境中的其他人员。在服务产品提供的过程中,服务企业的员工是一个不可或缺的因素。尽管有些服务产品是由机器设备提供的，如自动售货服务、自动提款服务等，但零售企业和银行的员工在这些服务的提供过程中仍起着主要作用。而对于那些需要依靠员工直接提供的服务，如餐饮服务、医疗服务等来说，员工因素就显得更为重要。一方面，高素质、符合有关要求的员工是服务提供的一个必不可少的条件；另一方面，员工服务的态度和水平也是决定顾客对企业所提供服务满意程度的关键因素之一。一个高素质的员工能够弥补企业因物质条件不足可能使消费者产生的缺憾感，而素质较差的员工则不仅不能充分发挥企业拥有的物质设施上的优势，还可能成为顾客拒绝再消费企业服务的主要缘由。

3. 过程要素

过程要素（process）是服务提供的实际程序、机制和作业流，即服务的提供和运作系统。服务的提供者不仅要明确向哪些目标顾客提供服务，提供哪些服务，而且要明确怎样提供目标顾客所需要的服务，即合理设计服务提供的过程。服务提供过程的设计涉及以下几方面的问题。

第一，服务应当以怎样的次序、步骤提供？在什么时间、什么地点提供？应当以怎样的速度向顾客提供？

第二，在最终向目标顾客提供服务的过程中，本企业究竟担当什么职责？是由本企业来完成整个过程的工作，还是将部分工作发包给其他企业来完成？

第三，在服务提供过程中，服务提供人员与顾客之间如何进行接触？是由服务人员上门提供服务，还是吸引顾客前来购买服务？

第四，以怎样的方式提供服务？是根据各个顾客的要求提供个性化的服务，还是向大批顾客提供标准化的服务？

第五，如何评价并不断改进服务提供过程？如主要由顾客来评价，还是由管理人员评价？或是员工之间相互评价？

向顾客提供服务的过程也是一个价值增值的过程。在这一过程中，企业内不同部门都在程度不等地为最终更好地满足消费者的需要而作出各自的贡献。企业应围绕着以尽可能低的成本向顾客提供尽可能大的价值这一基本宗旨，优化整个价值增值的过程，确立自身在市场竞争中的优势。

4. 有形展示要素

有形展示要素（physical evidence）是指服务提供的环境、企业与顾客相互接触的场所，以及任何便于顾客履行和沟通的有形要素。服务是无形的，在服务消费决策中，消费者往往根据其能够感知的有形因素的状况来判断无形服务的质量，从而作出是否消费的决策。通过有形因素向消费者展示无形服务的特点及层次等，就是服务营销中的有形展示。

作为服务营销组合中的一项重要内容，有形展示起着十分重要的作用。第一，有形展示可以通过感官刺激，向消费者提供服务信息，让消费者感受到无形服务能够为其带来的利益，激发消费需求。第二，有形展示有助于引导消费者对服务质量的合理期望。消费者对企业服务不满的重要原因在于企业实际提供的服务不能满足顾客的期望。而消费期望不能得到很好满足将会对企业利益产生不利影响。恰当的有形展示有助于顾客建立起对企业服务的恰当期望，降低实际服务利益低于其期望利益的可能性。第三，影响消费者对企业服务的印象。消费者对企业服务的印象建立在多种因素基础之上。服务消费的实际体验是决定其对服务印象的最重要的因素。但在决定消费者印象的若干因素中，由于有形展示是消费过程中首先接触的要素，它往往决定了消费者对企业及其所提供的无形服务的第一印象。

在服务营销中，有形展示具有十分重要的作用。企业必须通过对有形展示的管理，使消费者根据有形线索得出有利于服务推广的结论。对有形展示进行科学管理，关键在于合理地设计、组合各种有形要素。一切可向外界传达企业服务特色的有形要素，都构成服务营销中的有形展示。在营销过程中，能够为企业所控制，并会为消费者重视的有形线索主要包括三个方面。一是服务的物质环境，如服务场所的设计及其整洁程度、企业形象标志、服务设备的档次、服务人员的形象等。二是信息沟通，即沟通本企业与外界的所有宣传，如企业对外的广告宣传、外界对本企业服务质量和形象的评论等。三是价格。消费心理学表明，当消费者缺乏必要的专业知识来评价产品质量的优劣时，价格往往成为其判断质量优劣的重要指标，这也就是所谓的“按质论价心理”。在服务消费中，消费者也经常会面临同样的问题。一方面，服务的无形性使其在实际消费服务前很难对服务的质量作出评价；另一方面，对于部分服务，甚至在消费之后仍难对质量作出准确的评价。在这些情况下，价格高低也就成为无形服务质量的可见性展示。科学地进行服务的有形展示，要求企业能够根据目标市场需求的特点和本企业服务的特点，对上述各有形因素进行合理的设计，并保证各种有形因素传达信息的统一。

服务三角形

Gronroos 从另一个角度来认识针对服务的全面营销问题，提出了著名的服务三角形理论，认为服务营销由外部、内部和互动营销三个部分组成[7]，见图 11－2。

其中，外部营销(external marketing)包括企业服务提供的设备、服务定价、促销、分销等内容；内部营销(internal marketing)则指企业培训员工及为促使员工更好地向顾客提供服务所进行的其他各项工作；互动营销(interactive marketing)则主要强调员工向顾客提供服务的技能。图 11－2 中的模型清楚地显示了员工因素在服务营销中的重要地位。在服务营销组合中，处理好员工的因素，就要求企业必须根据服务的特点和服务过程

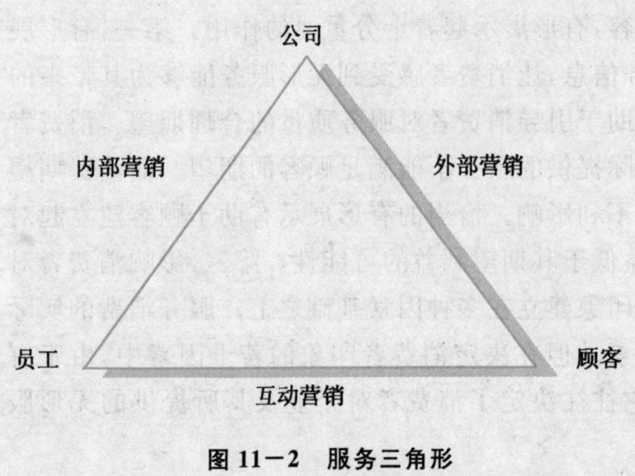

图 11－2 服务三角形

的需要，合理进行企业内部人力资源组合，合理调配好一线队伍和后勤工作人员。以一线员工为“顾客”，以向顾客提供一流的服务为目的，开展好企业内部营销工作。前已述及，顾客对企业服务质量评价的一个重要因素是一线员工的服务素质和能力，而要形成并保持一支素质一流的一线员工队伍，企业管理部门就必须做好员工的挑选和培训工作，同时要使企业内部的“二线”、“三线”队伍都围绕着为一线队伍的优质服务提供更好的条件这一原则展开。只有为一线员工创造良好的服务环境，建立了员工对企业的忠诚，才能形成为顾客服务的热诚，通过较高的服务质量赢得顾客对企业的忠诚。

20 世纪 90 年代得到关注的服务利润链（service-profit chain）思想，从另一个角度更好地解释了服务三角形。见图 11－3。

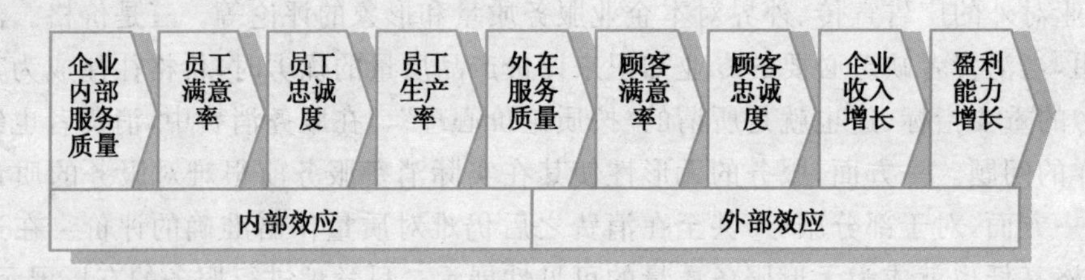

资料来源：整理自詹姆斯·赫斯克特等著，牛海鹏等译，《服务利润链》，华夏出版社 2001 年版。

图 11－3 服务利润链的基本思想

第三节 服务营销管理

服务营销管理包括多个方面。以下我们着重讨论服务营销过程中供求关系的处理和服务质量管理。

供求状况的合理调节

服务生产和消费不能分离及服务不能被储存的特性，决定了服务营销过程中供求矛盾的特殊性。由于服务通常不能在预先生产出来后储存起来，一旦服务生产能力形成，而又没有顾客前来购买和消费服务，服务生产能力就会被闲置和浪费，因此，企业通常不能根据高峰时的需求规模来设计服务生产能力。同样，由于服务不能预先加以储存，如果服务生产能力有限，需求高峰时期的供求矛盾就会十分尖锐，高峰时期员工劳动强度很大，服务质量难以得到保证，顾客不满意的可能性也随之加大，从而对顾客忠诚和企业盈利能力产生极为不利的影响。

从表面上看，服务营销中的供求矛盾是企业提供服务的能力与顾客需求之间的矛盾。究其本质，是企业经济效益的优化与顾客消费利益之间的矛盾。解决这一矛盾，也就是要通过采取适当的措施，在尽可能降低顾客消费的成本、扩大其所获得价值的同时，实现企业短期和长期利益的优化。而要解决这一矛盾，就必须同时从供给和需求两方面采取措施。

从供给的方面来说，调节措施主要以扩大高峰时期的供应能力为基本目的。可以采取的措施包括：在需求高峰时期，可以雇用临时工作人员以扩大服务供给能力；适当改变服务组合的内容，在高峰时期简化服务项目；根据需求预测，适当增加服务生产设施投入；改进服务生产技术，预先准备好服务过程中所需要的各种有形产品，或分解服务生产的步骤，在不影响服务质量的情况下，尽可能在高峰时期到来前完成最后工序前的各项工作；开发各种高峰时期替代性或补充性服务品种，缩短顾客等候服务的时间等。从需求的方面来说，可以采取的措施包括：利用差别定价，将部分原计划在高峰时期消费的需求诱导至非高峰时期实现，长途电话管理部门采用差别定价的目的即在于此；利用各种措施，扩大非高峰时期的需求，如宾馆在淡季采用的各种折扣，目的就在于吸引消费者，刺激需求；采用电话预定等方式，根据预定信息，对未来需求进行管理；对未来服务需求进行科学预测，通过促销宣传等手段引导服务需求等。

服务产品设计——服务蓝图

服务的无形性使得服务非常难以描述，不能被测试。又由于服务在绝大多数情况下是由员工向客户提供的，由于人的差异性，使得几乎没有两个相同的服务。所以，服务的新产品开发与有形产品新产品开发完全不同。

建立服务开发过程的前提是对新服务进行界定，新服务的类型具体包括：重大变革、创新业务、为现有服务市场提供新的服务、服务延伸、服务改善和风格转变[8]。

开发新服务（和改善已有服务）的最大障碍，在于如何客观描述关键服务过程的特点并使之形象化。因为只有这样，员工、顾客和管理者才会知道正在做的服务是什么，以及每个成员在服务实施过程中所扮演的角色。实现这一切的最佳手段，就是绘制服务蓝图。

服务蓝图的主要构成（如图 11－4 所示）包括顾客行为、前台员工行为、后台员工行为和支持过程。4 个主要的行为部分由 3 条分界线分开。蓝图的最上面是服务的有形展示。顾客行为部分包括顾客在购买、消费和评价服务过程中的步骤、选择、行动和互动。与顾客行为对应的部分是服务人员的行为，即顾客能看到的服务人员表现出的行为和步骤，称为前台员工行为。那些发生在幕后，支持前台行为的雇员行为称为后台员工行为。图 11－4 中的支持过程包括内部服务和支持服务人员履行职责的服务步骤和互动行为。

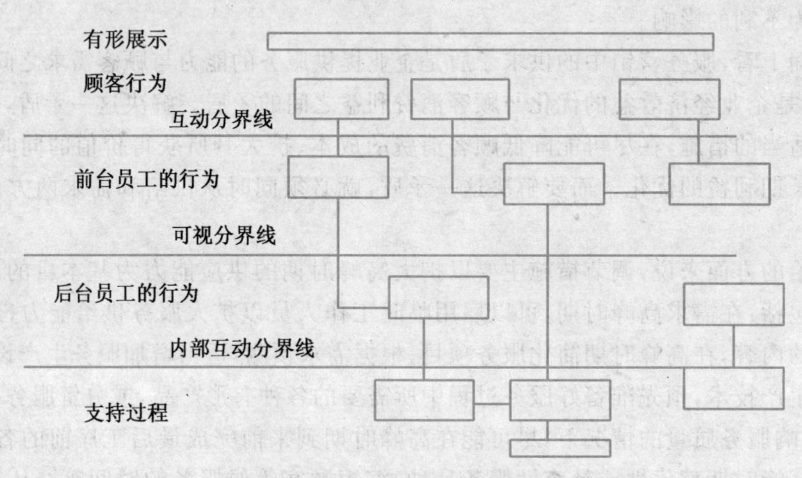

资料来源：瓦拉瑞尔·A. 泽丝曼尔、玛丽·乔. 比特纳著，张金成、白长虹译，《服务营销》(原书第 3 版)，机械工业出版社 2001 年版，第 157 页。

图 11－4 服务蓝图的构成

服务蓝图与其他流程图最为显著的区别是绘制的理念，蓝图包括了顾客以及顾客如何看待服务过程。如果有必要，蓝图中的任何步骤可以进一步细化为更深入细致的蓝图。在蓝图的绘制中，从顾客对过程的观点出发，逆向工作导入绘制的实施系统。包含如下六个步骤：

(1)识别需要制定蓝图的服务过程；

(2)识别顾客(细分市场)对服务的经历；

(3)从顾客角度描绘服务过程；

(4)描绘前台与后台服务雇员的行为；

(5)把顾客行为、服务人员行为与支持功能相连；

(6)在每个顾客行为步骤上加上有形展示。

顾客定义服务质量

与有形物品不同，服务具有无形性特征。人们不仅感觉到服务质量难以把握，而且由于其无形性，容易产生一种误解，即服务质量问题是容易解决的，服务营销过程中质量问题所引起的消极后果较容易补救。事实上,这种误解的后果非常严重。有关研究表明,服务质量的高低与企业能否在消费者中建立良好的口碑、能否建立消费者对服务品牌和企业的忠诚有很大关系,进而会对企业的生存和发展产生重大影响。

消费者对服务质量的评价与其对有形产品的评价存在着相当大的差异。在购买有形产品,如服装、食品等的过程中,消费者往往可以通过比较,基于自己的经验,根据有关的客观标准得出质量优劣的结论。对于服务产品来说,一方面,服务质量的优劣主要取决于顾客的主观感受;另一方面,对许多服务产品,特别是技术、知识含量较高的服务来说,人们有时只有在使用之后才能对质量的高低作出评价,有时甚至在使用之后仍无法对服务质量作出准确评价。由于服务质量评价的这些特性,消费者在作出服务消费决策时,风险大小往往成为其考虑的一个重要因素。有关学者对消费者如何评价质量问题进行了研究。通过研究发现,消费者认为质量不是一个一维的概念,决定服务质量的因素主要有五项[9],表 11—4 以航空公司为例,说明了这五项维度。

表 11—4 服务质量维度举例

维度	举例(航空公司)
可靠性	到达指定地点的航班按时刻表起飞和抵达
响应性	迅速快捷的售票系统,空运行李的处理
安全性	真实姓名、良好的安全记录、胜任的雇员
移情性	理解特殊的个人需要,预测顾客需要
有形性	飞机、订票柜台、行李区和制服

资料来源:瓦拉瑞尔·A. 泽丝曼尔、玛丽·乔. 比特纳著,张金成、白长虹译,《服务营销》(原书第 3 版),机械工业出版社 2001 年版,第 65 页。

一是可靠性,即企业准确而可靠地履行其服务承诺的能力;二是响应性,即是否愿意帮助消费者并提供快速的服务,强调的是在处理询问、投诉和问题时的专注和快捷;三是安全性,即员工是否具备赢得消费者信任所必需的知识、能力和礼貌态度;四是移情性,即企业是否真正介意顾客的需求,并能针对不同顾客的情况有针对性地提供个性化的服务;五是有形性,包括服务场所的物质设施、服务人员的外在素质及企业所提供的各种宣传资料的质量等。显然,消费者对服务质量评价的角度与其评价有形物品质量的角度有很大的区别。鉴于此,在服务营销过程中,企业就不能简单地采用有形物品生产和以有形物品为主的营销过程中的质量管理方法,而必须根据消费者的需求特点,设计质量管理的侧重点和程序。否则,营销过程就不可能很好地满足消费者的需要,不可能取得理想的效果。

具体而言,质量管理应当注意把握以下几个方面。第一,通过对营销过程中有形因素，包括物质设施、员工着装等的合理设计和管理，降低本企业的目标顾客群体消费本企业服务的风险感。例如，一个主要以中低收入的消费者为目标顾客群的餐馆如果装修得十分豪华，反而会使其目标顾客产生不安全感。第二，依靠一流的员工提供一流质量的服务。在服务营销过程中，理想的物质环境当然是重要的，但更重要的是高素质的员工。在上面提及的消费者认定的五项决定服务质量的主要因素中，前四项都与员工的素质和能力有很大的关系。企业是否能够给顾客留下良好印象的一个很重要方面，是员工能否给顾客留下良好印象。可靠的服务要靠员工来提供，而响应性、安全性、移情性等则主要靠员工与顾客接触时的行为来体现。因此，提高服务质量的关键往往就在于提高员工的服务质量，激发其做好服务工作的热情。第三，标准化与灵活性相结合。为提高服务质量，便于管理，服务营销过程中同样应当引入标准化管理，规定必要的服务程序，建立明确的服务标准。但是，与有形产品不同，服务市场上顾客之间需求的差异性往往更大，不同的顾客可能有不同的服务需求，由于各种背景条件的不同，顾客对同样内容服务的感受可能存在很大差异。这就要求在强调服务质量管理标准化的同时，具备一定的灵活性，以便根据不同顾客的情况，有针对性地提供服务。要做到这一点，不仅要求企业的一线服务人员具有很强的能力，而且要求给予一线人员以足够的灵活处理有关问题的权力。

强化质量概念，强调从顾客角度而不是企业角度去衡量服务质量，最终就是要通过高效的质量管理，提供能够符合顾客需要、满足乃至超出其期望的服务，建立顾客忠诚。我们已经知道，在服务营销过程中，从最初根据顾客需要开发一个服务产品，到最终成功地为顾客提供服务，满足其期望，是一个十分复杂的过程。有效的质量管理是对服务营销全过程的管理。这一过程中任何一个环节的失误，都可能导致顾客满意度和忠诚度的下降。由泽丝曼尔等提出的服务营销质量差距模型(见图 11－5)揭示了这一过程中可能存在的问题。根据这一模型，加强服务提供过程中各个环节的工作，消除各种差距，对最终实现企业营销的目标，无疑有着十分重要的意义。许多服务营销的教科书，都将这个模型作为总结服务营销全过程的核心模型。

从图 11－5 中可以看出，企业提供服务和最终使顾客满意是一个系统的动态过程。在这一过程中，由于企业内外部的原因，各种各样的差距可能使企业在进行了大量的努力后，顾客满意度仍处于很低的水平。要使企业的服务达到较高的质量水平，所提供的服务能够真正满足顾客的需要，使顾客的满足达到较高程度，就必须在服务提供的过程中努力消除以下几个差距。

(1)顾客差距。顾客差距是差距模型的核心，指顾客期望与感知的服务质量的差距。顾客期望是指顾客期待得到的服务质量，而顾客感知是指顾客对真实服务体验的主观评价。导致这一差距的原因有四个方面：一是服务提供者不了解顾客的期望；二是服务提供者未选择正确的服务质量设计和标准；三是服务提供者未按服务标准提供服务；四是服务

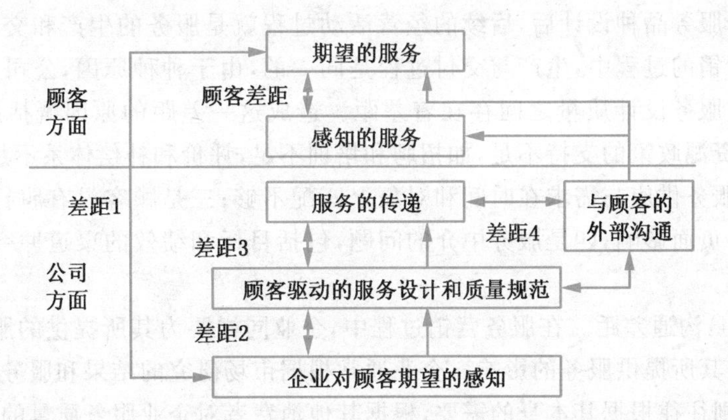

资料来源：瓦拉瑞尔·A. 泽丝曼尔、玛丽·乔. 比特纳著，张金成、白长虹译，《服务营销》（原书第3版），机械工业出版社2001年版，第360页。

图11—5 服务营销质量差距模型

提供者未将服务承诺与提供能力相匹配。这四个方面分别就是以下四个差距的成因。

(2)差距1：认知差距。认知差距是指顾客对服务的实际需要与服务提供方对这种需要的认识之间的差异。不同顾客服务需求的类型和层次不同，同一顾客在不同时间内对服务需求的类型和层次也不同。如不同年龄层次、不同收入层次的人群及同样的人在不同时间（如平时与周末或节日）内的饮食服务需求往往存在着相当大的差异，对服务的期望也不同。衡量服务质量高低的根本标准是顾客标准。即便某种服务的提供过程采用了很先进的技术，服务提供过程采用了标准化的管理程序，但若所提供的服务不能符合顾客的期望，或是与顾客期望相差甚远，这种服务就不能被认为是高质量的。概括地讲，认知差距形成的原因包括四个方面：一是营销调研不充分；二是缺乏信息的内部向上沟通；三是没有充分地开展关系营销而导致的感知不充分；四是服务补救不充分导致认知不充分。

(3)差距2：设计差距。顾客的服务需求总是需要通过一定的方式或手段来满足。在认清顾客的服务需求后，企业还必须采用适当的方式去满足其需求。企业在认识到消费者的需求期望后，必须进行具体的服务设计和质量标准定义，使顾客的服务期望得以满足。但在某些情况下，企业虽然能够正确理解顾客的期望，但为满足这种期望所设计的服务品种及其所设定的服务提供标准却并不一定能够如愿地满足顾客的服务期望，进而产生了设计差距。设计差距主要来自三个方面：一是服务开发过程不佳，主要表现为开发缺乏系统性或服务设计与定位脱节；二是没有从顾客角度定义服务质量标准，或是缺乏以顾客需求为目标的过程管理；三是有形展示和服务场景的设计不能有效传递有关质量的信息。

(4)差距3：服务交付差距。企业在对顾客的服务需求进行分析研究的基础上，根据顾客导向进行服务品种设计后，后续的经营活动过程就是服务的生产和交付过程。在大量服务产品营销的过程中，生产与交付过程是同一的，由于种种原因，公司员工实际提供的服务绩效与服务设计质量之间存在着差距。造成这一差距的原因概括起来有四个方面：一是人力资源政策的支持不足，如招聘和培训不足，评价和补偿体系不足，授权和控制失调等；二是服务供应与需求在时间和对象上匹配不够；三是顾客没有履行角色和责任，以及顾客间的负面影响；四是服务中介的问题，包括目标和绩效的渠道冲突、成本和效益的渠道冲突等。

(5)差距 4：沟通差距。在服务营销过程中，企业同样要为其所提供的服务进行宣传，以扩大企业及其所提供服务的影响。企业通常根据市场研究的结果和服务品种设计进行宣传，而顾客则往往根据其本身的需要，根据其他消费者对企业服务质量的口碑及企业本身的宣传，作出消费决策。对企业传播活动中所承诺的服务质量及实际感受到的服务质量之间的比较是决定顾客对企业的信赖程度及其忠诚程度的重要因素。造成沟通差距的原因可以概括为四个方面：一是各种沟通方式缺乏整合性；二是不能有效管理顾客期望，多数情况下指对顾客教育不足；三是过度承诺，主要发生在广告、人员销售和有形展示方面；四是水平沟通不充分，如销售和运营之间、广告和运营之间，以及分支机构与总部之间的沟通不足。

在营销过程中，服务质量的上述差距是相互关联的。顾客差距是服务营销质量高低的最终表现，同时也是检验是否存在其他差距的重要指标。这一差距大，往往就表明企业经营过程中存在着其他一种或几种差距。而要消除顾客差距，就必须将提高服务营销质量视为系统工程，仔细分析企业现有的优势和不足，在加强市场调查和分析，消除认知差距的同时，根据差距模型所提供的思路，围绕服务营销过程中的各个环节，采取提高企业服务品种开发能力、加强经营过程的管理、合理进行内外部沟通宣传等措施，努力使顾客感受到的满足超出其期望，建立顾客忠诚。与此同时，还应根据经营特点，形成顾客满意度再造机制，以便在顾客不满意时，采取各种可行的措施，恢复不满意的顾客对企业服务的信心，使服务营销过程向着零质量差距的目标演进。

本章小结

服务和服务营销在现代经济生活中具有重要的意义。服务产品是能够满足人们某种需要的行动、过程和表现，服务具有无形性、不可分离性、差异性及不可储存性等特征。

服务营销就是一门讨论如何有效开展无形服务的营销活动的学科。其研究的内容不仅包括纯粹无形服务的营销过程，也包括与有形产品组合起来向消费者提供的无形服务部分的营销活动。服务营销策略组合的要素包括产品、价格、渠道、促销、人、过程和有形展示七个方面，要求企业在注意运用传统营销组合策略的同时，还必须认识到人、过程及有形展示等因素的重要性。

服务营销过程中必须协调处理好供求矛盾，科学绘制服务蓝图，通过加强质量管理意识，建立合理的质量评估体系，消除质量差距，建立顾客忠诚。

思考题

1. 在现代市场经济条件下，为什么要研究服务营销理论和方法？
2. 服务产品具有哪些特点？这些特点对服务营销过程提出了哪些特别的要求？
3. 服务分类的主要标准有哪些？
4. 为什么要强调服务营销过程中的供求管理？试列举若干调节供求矛盾的方法。
5. 什么是服务蓝图？绘制服务蓝图的步骤有哪些？
6. 为什么要加强服务质量管理？如何加强服务质量管理？

注释：

[1]菲利普·科特勒、凯文·L. 凯勒著，梅清豪译：《营销管理》（原书第 12 版），上海人民出版社 2006 年版，第 447 页。

[2]瓦拉瑞尔·A. 泽丝曼尔、玛丽·乔. 比特纳著，张金成、白长虹译：《服务营销》（原书第 3 版），机械工业出版社 2001 年版，第 2 页。

[3]克里斯托弗·H. 洛夫洛克著，陆雄文等译：《服务营销》（原书第 3 版），中国人民大学出版社 2004 年版，第 15 页。

[4]Richard B. Chase, "Where Does the Customer Fit in a Service Operation?" *Harvard Business Review*, vol. 56 (November-December, 1978).

[5]Dan R. E. Thomas, "Strategy is Different in Service Business", *Harvard Business Review*, vol. 56 (July-August, 1978), pp. 58－65.

[6]Fisk, R. P., Brown, S. W. and Bitner, M. J., "Tracking the Evolution of the Service Marketing Literature", *Journal of Retailing*, Vol. 69, No. 1, 1993, pp. 61－103.

[7]Christian Gronroos, "A Service Quality Model and its Marketing Implications", European Journal of Marketing, No. 4, 1984, pp. 36－44.

[8]瓦拉瑞尔·A. 泽丝曼尔、玛丽·乔. 比特纳著，张金成、白长虹译：《服务营销》（原书第 3 版），机械工业出版社 2001 年版，第 152 页。

[9]A. Parasuraman, V. Z. Zeithaml, and L. L. Berry, "SERVQUAL: A Multiple-Item Scale for Measuring Consumer Perceptions of Service Quality", *Journal of Retailing*, *Spring*, 1988, pp. 12－40.

第十二章

价格策略

学习目的与要求

1. 认识价格决策在营销组合中的作用
2. 了解不同类型的定价目标
3. 了解成本导向、需求导向和竞争导向定价的区别
4. 掌握各种基本的定价方法和定价技巧
5. 掌握价格适应和调整的方法

价格策略的制定和执行是市场营销活动中很重要的部分，价格对市场营销组合的其他策略会产生很大影响，并与其他营销策略相结合共同作用于营销目标的实现。价格是企业参与竞争的重要手段，其合理与否会直接影响企业产品或服务的销路，关系到企业营销目标的实现。由于价格对市场供求的影响总存在某些不确定因素，因此营销活动中的价格策略必须是以科学规律研究为依据，以实践经验判断为手段的统一过程。

第一节 企业的定价目标

在市场营销活动中，企业定价是一项既重要又困难，而且有一定风险的工作。产品价

格对于该产品为市场所接受的程度有着巨大的影响作用，价格定得是否合理，不仅影响到竞争者的行动，而且关系到生产者和经营者的效益及其市场形象，还涉及消费者的生活水平，定价策略在市场营销活动中具有重要地位。

一、营销组合中的价格因素

(一)价格是调节市场需求、诱导市场需求的重要手段

价格是企业营销组合中的一个重要因素，定价是否合理，对企业市场营销组合将起到加强或削弱的作用。价格的高低往往直接影响着产品在市场中的地位和形象，影响着顾客对产品的接受程度，影响着产品的销路。合理的价格对顾客的心理会产生良好的刺激作用，本身就具有促销的功能。例如，在企业的营销产品组合中，尤其是那些具有消费连带与消费替代关系的产品，价格的高低与价格比例的合理性明显影响这些产品的市场需求。这样，企业就可能根据具体产品的生产经营能力，确定盈利水平略有差异的不同价格，保证各类产品市场需求与生产经营能力的协调。另外，价格的高低还制约着销售渠道的选择，只有与企业促销及销售渠道策略协调一致的价格，才能起到加强营销整体效果的作用。

(二)价格是参与市场营销竞争的有效手段

在市场营销中，技术、质量、服务等方面固然是企业竞争的重要因素，价格同样是不可忽视的参与竞争的有效手段。很显然，价格对产品的销路及整个企业的利润，都有“看得见”的影响。一般来说，在同一产品有众多供应者的条件下，价格相对低的产品，市场竞争能力就会提高。同时，价格也是竞争对手极为关注，并会迅速做出反应的最敏感的因素。另外，由于制定价格时往往很难准确预测消费者和竞争者的反应，由此而导致的决策失误，会使企业陷入困境和带来多方面的损失。因而产品定价既具有高度的科学性，又具有“微妙的”艺术性。

(三)价格是实现企业营销目标的核心手段

合理地制定价格，有利于企业降低产品成本、促进技术进步、提高产品质量，促进企业主动地适应消费者需求、适应市场竞争状况，不断提高经济效益，从而能顺利实现企业的营销目标。市场价格的形成具有客观性、规律性的特征，企业定价在很大程度上必须利用和服从这些规律。在现实的营销活动中，企业定价的自由度是有限的，企业往往是市场价格的适应者，而非操纵者。从这个意义上讲，企业的营销活动都必须与其价格策略相适应。因为在既定的价格水平下，企业要想比竞争者更加卓有成效地实现营销目标，建立起优越的市场地位，就必须提供质量过硬、性能卓越、服务良好的产品，使顾客对企业和产品产生偏爱，树立起良好的形象。在这样的情况下，必然就促使企业尽量采用先进的经营管理方式，减少成本，争取做到以最小的投入获取最大的收益。

(四)价格受企业营销环境条件的制约

任何价格决策只能在一定的环境条件下发生作用,环境条件是决定某一价格决策能否得到必要支撑的条件,并决定价格决策的效果。企业在进行价格决策时,必须考虑到企业外部环境和内部环境条件的制约。

1. 企业的实力

某些价格决策的运用要以强大的企业实力为后盾。比如,当企业准备采取竞争导向定价,与竞争对手之间展开直接的价格竞争时,竞争的成败将取决于谁的经济实力更强,能够在较长的时间内维持比竞争者更低的价格水平。

2. 企业的整个经营政策

营销活动是一个系统的运行,保持政策的一致性,是妥善处理各方面关系,建立良好企业形象的重要手段。在制定价格决策时,企业必须要考虑到其面向市场的各种政策之间的协调一致。

3. 营销组合中其他因素的特点

价格决策必须与产品决策、渠道决策等协调一致。比如,从企业角度看,成本是制定价格的基础。成本水平,特别是单位变动成本为企业定价设定了最低界限。

4. 宏观环境条件

价格高低还要受外部条件的制约。因此,在价格决策过程中,企业在充分考虑内部环境条件制约的同时,更需要充分考虑外部环境条件的制约。比如,法律环境、市场供求状况、竞争环境和目标市场的接受能力等。

企业的定价目标

企业在定价之前必须首先确定定价目标。定价目标是企业营销目标的基础,是企业选择定价方法和制定价格策略的依据。因为定价目标是为企业营销目标而服务的,所以正如通过多种途径实现营销目标一样,企业的定价目标也有多种。

(一)以获取理想利润为定价目标

价格高于成本,获取经营利润,是任何企业开展经营活动的基本目标。而能否获取期望的利润则在很大程度上取决于销售价格的制定。所以获取适当利润便成为最常见的定价目标。根据企业对利润的期望水平不同,利润定价目标又可分为适当利润定价(或称目标利润定价)和最大利润定价。

适当利润定价就是企业对某一产品和服务的定价足以保证其达到一个既定的目标利润额或利润率。采用这种定价目标的企业,一般是根据投资额规定利润率,然后计算出单位产品的利润额,把它加在产品的成本上,就成为该产品的出售价格。采用这种定价目标,必须注意两个问题。

(1)要确定合理的利润率。一般来说，预期的利润率应该高于银行的存款利息率，但又不能太高，太高了所定的价格消费者不能接受。

(2)采用这种定价目标必须具备一定的条件。即自己的产品是畅销产品，不怕竞争对手竞争。否则，产品卖不出去，预期的投资利润就不能实现。

最大利润定价就是企业期望通过制定较高的价格，从而迅速获取最大利润的定价目标。采用这种定价目标的企业，其产品多处于绝对有利的地位。例如在新产品上市后，一些企业希望快速收回投资，获取高额利润，并取得同竞争者展开价格竞争的有利条件而采用最大利润定价。当然最大利润定价也包括企业的产品和服务在某一特定情况下无法迅速收回投资，而此时的最大利润即表现为高于变动成本的最大边际收益。

利润目标又分为短期利润目标和长期利润目标两种。在市场竞争不是十分激烈，而市场需求尚未得到较好满足的情况下，较高的价格水平可能有助于企业短期利润目标的实现。但较高的价格水平和盈利水平也可能迅速引致大量的竞争者，从而使企业在未来面临十分严峻的竞争局面，不利于企业的长期利润目标。因此，即使是以获取最大利润为定价目标，其价格的高低也应是适当的。企业应该着眼于长期理想利润目标，兼顾短期理想利润目标。因为从长期观点看，企业追求最大利润就会使其不断提高技术水平，改善经营管理，以求在竞争中取胜，这对企业、对社会、对消费者都是有利的。而企业如果只顾眼前利益，甚至不择手段地追求最高利润使企业信誉受损而不能发展，最终可能连短期利润也难以实现。即使侥幸能够实现，也会因为企业不牢固的基础而使整个经营失利。

(二)以扩大销售为定价目标

企业将定价的目标主要着眼于产品销售量的扩大。如在新产品刚进入市场的阶段，只有迅速扩大销售才能形成规模效应，导致产品的成本下降。但企业一般不宜将利润目标定得太高，而应通过市场能够接受的价格迅速打开市场。此外在产品的成熟期乃至衰退期，为了迅速地出清存货，进行产品结构的变换，企业有时也会以能促进市场销售的价格策略来吸引广大消费者。

(三)以市场占有率为定价目标

即企业从占领市场的角度来制定商品的定价目标。市场占有率的高低，对于价格的高低有很大影响。市场占有率包括绝对占有率和相对占有率，是反映企业市场地位的重要指标，影响到企业的市场形象和盈利能力。与同类企业或产品比较，市场地位高，表明在竞争过程中，企业拥有一定优势，意味着企业生产和销售的规模大，即便在单位利润水平不高的情况下，企业仍具有较强的盈利能力。反之，市场占有率很低，则可能意味着企业没有明显优势，甚至可能处于十分危险的地位。即便单位利润水平很高，但在生产经营量有限的情况下，盈利能力仍是有限的。因此，许多企业经常采用价格手段，力图维持或扩大其市场占有率。在现有生产量和销售量基础上，仍具有较大的扩张潜力，成本也有一定的下降空间，而产品的价格需求弹性又较高的企业，更是经常采用降价手段，扩大自身的市场占有率。

但在采用这一定价目标时也必须慎重考虑，量力而行。因为运用低价策略扩大市场占有率，必然会使需求量急剧增加。为此，企业必须有充足的商品供应，否则，由于供不应求而造成潜在的竞争者乘虚而入，这反而会损害企业的利益。

（四）以改善形象为定价目标

即把价格作为确定企业特定形象的表现手段的定价目标。

价格是消费者据以判断企业行为及其产品的一个重要因素。一个企业的定价与其向消费者所提供服务的价值比例协调，企业在消费者心目中就较容易树立诚实可信的形象；反之，企业定价以单纯的获利，甚至以获取暴利为动机，质价不符，或是质次价高，企业就难以树立良好的形象。比如，与产品策略等相配合，适当的定价也可以起到确立强化企业形象特征的作用。为优质高档商品制定高价，有助于确立高档产品形象，吸引特定目标市场的顾客；适当运用低价或折扣价则能帮助企业树立"平民企业"、以普通大众作为其服务目标对象的企业形象。又比如，激烈的价格竞争常常使企业之间"两败俱伤"，从短期看可能会给消费者带来一定好处，但是破坏了市场供求正常格局，从长期看终究会给消费者带来灾难。在这样的情况下，如果有企业为稳定市场价格做出努力并取得成效的话，就会在社会上确立其行业中举足轻重的领导者地位。

（五）以应对竞争为定价目标

即企业通过服从竞争需要来制定价格的定价目标。

一般来说，企业对竞争者的行为都十分敏感，尤其是价格的状况更甚。事实上，在市场竞争日趋激烈的形势下，企业在定价前都会仔细研究竞争对手的产品和价格情况，然后有意识地通过自己的定价目标去对付竞争对手。根据企业的不同条件，一般有下面四种情况。

(1)力量较弱的企业，可采用与竞争者的价格相同或略低于竞争者价格出售产品的方法。

(2)力量较强的企业，又要扩大市场占有率时，可采用低于竞争者价格出售产品的方法。

(3)资力雄厚，并拥有特殊技术或产品品质优良或能为消费者提供较多服务的企业，可采用高于竞争者价格出售产品的方法。

(4)为了防止别人加入同类产品竞争行列的企业，在一定条件下，往往采用一开始就把价格定得很低的方法，从而迫使弱小企业退出市场或阻止对手进入市场。

在实际工作中，以上五种定价目标有时单独使用，有时也会配合使用。定价目标是企业定的，当然也要由企业灵活运用。

第二节 企业定价的主要依据

价格决策是指在制定价格和调整价格的过程中，为了达到企业的经营目标而采取的定价方法和技巧。价格一方面以商品的价值为基础，另一方面又受到市场供求和各种市场环境因素的影响，往往变化很大。企业要灵活运用价格策略来实现自己的经营目标，就必须了解影响价格变动的基础及各种因素。

一、价值规律理论

价值规律是定价的理论依据。所谓产品价值，就是凝结于产品中的一般的人类劳动或物化劳动，这个量由生产它的社会必要劳动量所决定，社会必要劳动量又是用社会必要劳动时间来衡量的。所以，生产产品所消耗的社会必要劳动时间，就代表着产品的价值。同时，产品的价值又必须通过产品交换过程才能实现。货币产生以后，产品的这种交换就通过货币来实现。因此，价值是价格的基础，产品价格是产品价值的货币表现形式。

价值决定价格，但价格并非与价值保持一致。由于产品的供求变化、市场竞争状况、国家经济政策等多种因素的影响，在市场交换活动中不可避免地出现产品价格与价值背离的现象。但从一个较长时期的价格平均值来看，无论是什么产品，价格与价值的过度背离都不会长久，价格总是围绕价值上下波动。也就是说，产品价格与产品价值的背离是价值规律作用的表现，产品价值总是其价格波动的中心。

二、影响产品价格的诸因素

价格是产品价值的货币表现，不可随意变动，企业利润的大小取决于价格与价值的背离程度，这是理论的抽象的价格概念。在现实的营销活动中，价格概念是活生生的东西，价格是产品价值的货币表现，且异常活跃，它根据市场供应的变化做出灵活反应。企业利润的大小不仅取决于价格与价值的背离程度，而且取决于多种因素。

（一）产品成本

产品成本是由产品的生产过程和流通过程所花费的物质消耗和支付的劳动报酬所形成的。在实际营销活动中，产品定价的基础因素就是产品的成本，因为产品价值是凝结了产品内在的社会必要劳动量。但这种劳动量是一种理论上的推断，企业在实际工作中无法计算。作为产品价值的主要组成部分——产品成本，企业则是对此可以相当精确地计算出来。

任何企业都不能随心所欲制定价格，企业定价必须首先使总成本得到补偿，要求价格不能低于平均成本费用。所谓产品平均成本费用包含平均固定成本费用和平均变动成本费用两个部分，固定成本费用并不随产量的变化而按比例发生，企业取得盈利的初始点只能在价格补偿平均变动成本费用之后的累积余额等于全部固定成本费用之时。显然，产品成本是企业核算盈亏的临界点，产品售价大于产品成本时企业就有可能形成盈利，反之则亏本。一般而言，企业定价中使用比较多的成本类别有以下几种。

1. 总成本(total costs，TC)

总成本指企业生产一定数量的某种产品所发生的成本总额，是总固定成本和总变动成本之和。

2. 总固定成本(total fixed costs，TFC)

总固定成本又称为间接成本总额，指一定时期内产品固定投入的总和，如厂房费用、机器折旧费、一般管理费用、生产者工资等。在一定的生产规模内，产品固定投入的总量是不变的，只要建立了生产单位，不管企业是否生产、生产多少，总固定成本都是要支付的。

3. 总变动成本(total variable costs，TVC)

总变动成本又称为直接成本总额，指一定时期内产品可变投入成本的总和，如原材料、辅助材料、燃料和动力、计件工资支出等。总变动成本一般随产量增减而按比例增减，产量越大，总变动成本也越大。

4. 单位成本(average cost，AC)

单位成本指单个产品的生产费用总和，是总成本(TC)除以产量(Q)所得之商。同样，单位成本也可分为单位变动成本(AVC)和单位固定成本(AFC)。单位变动成本是发生在一个产品上的直接成本，与产量变化的关系不大。而单位固定成本作为间接分摊的成本，在一定时期内，其与产量是成反比的。产量越大，单位产品中所包括的固定成本就越小；反之，则越大。

5. 边际成本(marginal cost，MC)

边际成本指增加一个单位产量所支付的追加成本，是增加单位产品的总成本增量。边际成本常和边际收入配合使用。边际收入指企业多售出一个单位产品得到的追加收入，是销售总收入的增量。边际收入减去边际成本后的余额称为边际贡献，边际贡献为正值时，表示增收大于增支，增产对于企业增加利润或减少亏损是有贡献的，反之则不是。

(二)市场供求

1. 供求规律

供求规律是商品经济的内在规律，市场供求的变动与产品价格的变动是相互影响、相互确定的。

(1)价格与需求。需求是指有购买欲望和购买能力的需要。影响需求的因素很多，这里讨论价格对需求的影响。价格对需求的影响一般表现为：当产品价格下降时，会吸引新的需求者加入购买行列，也会刺激原有需求者增加需求；相反，当产品价格上升时，就会影响需求者减少需求量，或改变需求方向，去选购其他代用品。价格与需求量呈反方向变化。反映这种关系的曲线称为需求曲线(见图 12—1)。

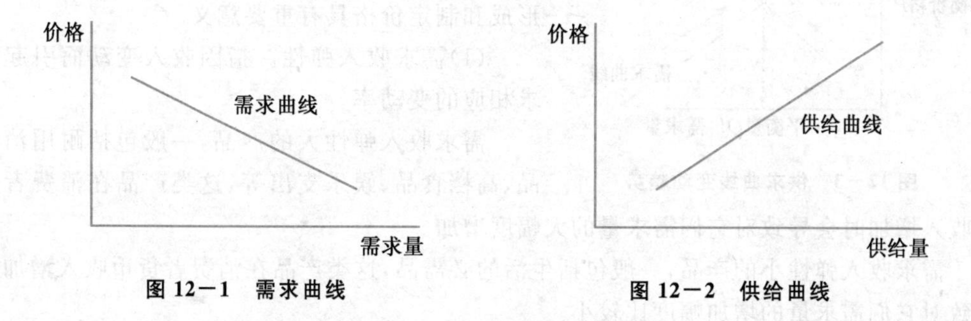

图 12—1　需求曲线　　图 12—2　供给曲线

(2)价格与供给。价格与需求量关系的法则也适用于供给，只是价格与供给量的变化方向相同。当某种产品价格上升时，会刺激原来的产品生产者扩大生产和供应，还会刺激其他生产者参与该产品的生产和经营，从而使该产品的供应数量增加；当某种产品价格下降，从事该产品的生产者或经营者的利润就减少，甚至亏本，于是就缩小或停止其生产或经营，从而使该产品的供应数量减少。价格与供应量呈同方向变化，能够反映这种关系的曲线称为供给曲线(见图 12—2)。

(3)供求关系与均衡价格。由于价格影响需求与供应的变化方向是相反的，在市场竞争的条件下，供给与需求都要求对方与之相适应，即供需平衡，这一个平衡点只能稳定在供求两条曲线的交点上。当市场价格偏高时，购买者就会减少购买量，使需求量下降。而生产者则会因高价的吸引而增加供应量，使市场出现供大于求的状况，产品发生积压，出售者之间竞争加剧，其结果必然迫使价格下降。当市场价格偏低时，低价会导致购买量的增加，但生产者会因价低利薄而减少供给量，使市场出现供小于求的状况，购买者之间竞争加剧，又会使价格上涨。

供给与需求变化的结果，迫使价格趋向供求曲线的交点。这个由供给曲线和需求曲线形成的交点 O，表示市场供需处于平衡状态，称之为市场平衡点。平衡点所表示的价格，即价格轴上的 P' 点，是市场供求平衡时的价格，称之为供求双方都能接受的“均衡价格”。平衡点所表示的数量，即需求量轴上的 Q' 点，是市场供需平衡时的数量，称之为供求双方都能够实现成交的“供求平衡量”(见图 12—3)。

均衡价格是相对稳定的价格。由于市场情况的复杂性和多样性，供求之间的平衡只是相对的、有条件的，不平衡则是绝对的、经常性的。在商品经济条件下，供求影响价格，价格调节供求运行的方式，是商品价值规律和供求规律的必然要求。

2. 需求弹性

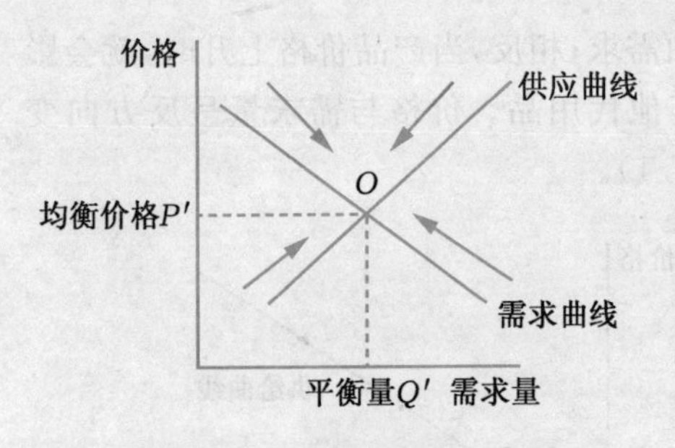

图 12－3　供求曲线变动趋势

需求弹性是指因价格和收入等因素而引起的需求的相应变动率，一般分为需求的收入弹性、价格弹性和交叉弹性，对于理解市场价格的形成和制定价格具有重要意义。

(1)需求收入弹性。指因收入变动而引起需求相应的变动率。

需求收入弹性大的产品，一般包括耐用消费品、高档食品、娱乐支出等，这类产品在消费者货币收入增加时会导致对它们需求量的大幅度增加。

需求收入弹性小的产品，一般包括生活的必需品，这类产品在消费者货币收入增加时导致对它们需求量的增加幅度比较小。

需求收入弹性为负值的产品，意味着消费者货币收入的增加将导致该产品需求量的下降。比如，一些低档食品、低档服装等。

(2)需求价格弹性。指因价格变动而引起需求相应的变动率。

需求价格弹性反映需求变动对价格变动的敏感程度，用弹性系数 E 表示，该系数是需求量变化的百分比与价格变化的百分比的比值。不同产品具有不同的需求价格弹性，定价时应该考虑需求价格弹性的作用，从其弹性强弱的角度决定企业的价格决策。

$$E=\frac{\frac{\Delta Q}{Q}}{\frac{\Delta P}{P}}$$

式中：E 表示需求弹性系数；

P 表示原价格；

Q 表示原需求量；

ΔP 表示价格的变动量；

ΔQ 表示需求的变动量。

$E=1$。反映需求量与价格等比例变化。对于这类商品，价格的上升(下降)会引起需求量等比例的减少(增加)，也就是说价格的变动与需求量的变动是相适应的。因此，价格变动对销售收入影响不大。定价时，可选择实现预期盈利率的价格或选择通行的市场价格，同时把其他市场营销策略作为提高盈利率的手段。

$E>1$。反映需求量的相应变化大于价格自身变动。对于这类商品，价格上升(下降)会引起需求量的较大幅度的减少(增加)，称为需求价格弹性大或富于弹性的需求。定价时，应通过降低价格，薄利多销达到增加盈利的目的。反之，提价时务求谨慎以防需求量发生锐减，影响企业收入。

$E<1$。反映需求量的相应变化小于价格自身变动。对于这类商品，价格的上升(下降)仅会引起需求量较小程度的减少(增加)，称之为需求价格弹性小或缺乏弹性的需求。定价时，较高水平价格往往会增加盈利，低价会对需求量刺激效果不大，薄利不能多销，反而会降低收入水平。

(3)需求交叉弹性。指具有互补或替代关系的某种产品价格的变动，引起与其相关的产品需求相应发生变动的程度。

商品之间存在着相关性，一种产品价格的变动往往会影响其他产品销售量的变化。这种相关性主要有两种：一是商品之间互为补充，组合在一起共同满足消费者某种需要的互补关系；二是产品之间由于使用价值相同或相似而可以相互替代或部分替代的替代关系。

一般而言，在消费者实际收入不变的情况下，具有替代关系的产品之间，某个商品价格的小幅度变化将使其关联产品的需求量出现大幅度变动；具有互补关系的产品之间，虽然某产品价格发生大幅度变动，但其关联产品的需求量并不发生太大的变化。

(三)竞争状况

对于竞争激烈的产品，价格是一种重要的调剂手段，企业必须了解竞争者所提供的产品质量和价格，考虑比竞争对手更为有利的定价策略，这样才能获胜。一般有以下几种情况。

1. 完全竞争

在完全竞争的市场条件下，企业的数量多而规模小，彼此生产或经营的产品是相同的，每个企业生产量对市场上产品的总供应量关系不大，所以对这种商品市场价格的影响也不大。买卖双方的交易都只占市场份额的一小部分，任何个别的卖主或买主都不能形成市场的控制力量。企业不能用增加或减少产量的办法来影响产品的价格，也没有一个企业可以根据自己的愿望和要求来提高价格。在这种情况下，买卖双方都只能接受由市场需求和市场供给共同决定的现行价格。

在完全竞争的市场条件下，由于买主对市场信息完全了解，如果某个企业试图以高于现行市场价格出售产品，顾客就会转向其他的卖主。同时，企业也没有必要以低于市场价格的价格出售产品，因为它们按照现行市场价格就能卖掉所有的产品。在完全竞争的市场条件下，交易的产品种类是同一的，新老企业的进出，以及生产要素和资源的流动是完全自由的，所有实际的或潜在的买卖双方，都能掌握市场知识和了解市场信息。因此，个别企业只能是市场价格的接受者，而不是价格的制定者。事实上，这种完全竞争的市场条件几乎不存在。

2. 垄断性竞争

在垄断性竞争的市场条件下，有许多企业和买主，但是各个企业提供的产品或劳务是有差异的。有些是产品实质上的差异，有些是购买者受促销手段影响而在心理上感觉的产品差异。在这种情况下，存在着产品质量、销售渠道、促销活动的竞争。企业根据其“差异”的优势，可以部分地通过变动价格的方法来寻求较高的利润。

3. 寡头竞争

在寡头竞争的市场条件下，市场上只有少数几家企业控制价格，它们之间也是依存和影响的关系，是竞争和垄断的混合物。由于少数企业共同占有大部分的市场份额，它们有能力控制和影响市场价格，其他企业要求进入这一市场会受到种种阻碍。但是这几家企业也不能随意改变价格，只能相互依存。任何一家企业的活动都会导致其他几家企业的迅速而有力的反应而难独自奏效。所以寡头垄断的情况下，彼此价格接近，企业的成本意识强。

寡头竞争的形式有两种：

(1)完全寡头竞争。又称无区别寡头竞争，这种竞争状态下，由于寡头企业的产品都是同质的(如钢铁、石油等)，用户对这种产品并无偏好。每个寡头企业都时刻警惕着其竞争对手的战略和行动，不会轻易地变动价格，所以整个行业的市场价格比较稳定，彼此间激烈的竞争往往表现在广告宣传、促销等方面的努力。

(2)不完全寡头竞争。又称差异性寡头竞争，这种竞争状态下，由于寡头企业的产品都有某些差异(如电脑、汽车等)，用户认为这些企业的产品是不能互相替代的。每一个寡头企业都努力使自己的产品变成顾客有偏好的品牌，这样就可以将此产品的价格定得比较高，从而增加盈利。

4. 纯粹垄断

在纯粹垄断的市场条件下，一个行业中的某种产品或劳务只是独家经营，没有竞争对手。通常有政府垄断和私人垄断之分。这种垄断一般有特定条件，如垄断企业可能拥有专利权、专营权或特别许可等。由于垄断企业控制了进入这个市场的种种障碍，所以它能完全控制价格，但是不同类型的纯粹垄断定价是不同的。

(1)政府垄断。可能有多种定价目标下的价格表现，比如一些和人民生活密切相关的产品，在大多数购买者的财力受到限制的情况下，价格就会定在与成本相等的水平，甚至低于成本线；有的产品的价格则可能定得非常高，这是为了使消费量降下来，达到相对限制的目的。

(2)私有限制性垄断。政府对私有垄断企业的定价加以调节和控制，如美国政府允许私有垄断企业制定其能取得适当收益水平的价格，从而使其能维持和扩大正常生产。

(3)私有非限制性垄断。政府允许私有企业依照市场情况自由定价。在这种情况下，垄断企业也不敢随意提价，因为其怕触犯反托拉斯法、引起竞争，或者想吸引消费者，用低价加速市场渗透。

在现实的市场营销活动中，除了产品成本、市场供求、竞争状况以外，市场营销组合中的其他变数——产品策略、渠道策略、促销策略，以及政府的经济政策，企业本身的生产能力、财务能力等等都会对企业的定价策略产生不同程度的影响。因此，必须在产品价值的基础上，认真研究影响的各方面因素，才能制定出保证营销目标实现的合理价格。

(四)政策法规

由于价格涉及供应商、销售商和广大消费者的利益，同时也会对宏观经济发展产生重要影响，所以有时政府部门会对一些产品的价格实行政策干预。在这种情况下，政策法规就会成为企业定价的依据之一。

例如，在一些重要的农产品(如粮食)供大于求的情况下，为了防止价格的急剧下跌，“谷贱伤农”，政府就会制定最低限价，以保护农产品生产者的利益。因为对于生产周期较长，而产品对国计民生又是至关重要的农产品来讲，若因价格过低而使再生产无法进行的话，带来的后果将是十分严重的。

而对于一些消费者必需的日常生活用品，若因一时供不应求，或处于垄断状态，价格不断攀升的情况下，政府就可能会推出最高限价，以保护消费者的利益，使消费者的基本生活需要能够得到满足。

有时政府部门也会对一些产品提出参考性指导价格，以设法引导生产与需求，对市场起到一定的调节作用。

第三节　企业定价的基本方法

实际工作中，企业的定价方法是比较多的，一般来说，定价方法的具体运用不受定价目标的直接制约。不同企业、不同市场竞争能力的企业，以及不同营销环境中的企业所采用的定价方法是不同的，就是在同一类定价方法中，不同企业选择的价格计算方法也会有所不同。因此，从价格制定的不同依据出发，可以把定价方法分为三大类。

成本导向定价

成本导向定价是以营销产品的成本为主要依据，综合考虑其他因素制定价格的方法。由于营销产品的成本形态不同以及在成本基础上核算利润的方法不同，成本导向定价有以下几种具体形式。

(一)成本加成定价法 (cost-plus pricing)

这是一种最简单的定价方法。就是在单位产品成本的基础上，加上预期的利润额作为产品的销售价格。售价与成本之间的差额即利润。由于很多行业利润的多少是有一定比例的，这种比例人们习惯上叫标准的加成(markup)，所以这种方法就叫成本加成定价法。

采用这种定价方式,必须做好两项工作:一是准确核算成本,一般以平均成本为准;二是根据产品的市场需求弹性及不同产品确定恰当的利润百分比(成数)。因此,如果企业的营销产品组合比较复杂,具体产品平均成本不易准确核算,或者企业缺乏一定的市场控制能力,该方法就不宜采用。

成本加成定价法在实际运用中,又分为两种情况。

1. 总成本加成定价法

总成本是企业在生产产品时花费的全部成本,包括固定成本和变动成本两部分,在单位产品总成本上加一定比例的利润,就是单位产品的价格。有两种计算方法:

(1)顺加成。销售单价=单位总成本×(1+毛利率)

(2)逆加成。销售单价=单位总成本÷(1-毛利率)

我们会发现,当毛利率一样的情况下,两种不同的加成方法得出的单价是不一样的。若我们设定单位总成本为100元,毛利率为20%,那么按"顺加成"得出的销售单价为:

100×(1+20%)=120(元)

而按"逆加成"得出的销售单价则为:

100÷(1-20%)=125(元)

这主要因为"顺加成"是以单位总成本为基数计算毛利额的,而"逆加成"则是以销售单价为基数计算毛利额的,基数不一样,毛利水平就不一样,价格自然也就不一样了。

2. 变动成本加成定价法

变动成本加成定价法又称边际贡献定价法。即在定价时只计算变动成本,而不计算固定成本,在变动成本的基础上加上预期的边际贡献。由于边际贡献会小于、等于或大于变动成本,所以企业就会出现盈利、保本或亏损三种情况。这种定价方法一般在卖主竞争激烈时采用。因为这时如果采取总成本加成定价法,必然会因为价格太高影响销售,出现产品积压。采用变动成本加成定价法,一般价格要低于总成本加成法,所以容易迅速扩大市场。这种定价方法,在产品必须降价出售时特别重要,因为只要售价不低于变动成本,说明生产可以维持;如果售价低于变动成本,就是生产越多,亏本越多。

(二)目标收益定价法(target-return pricing)

企业根据目标收益的原则,首先确定一个目标收益,然后加上总成本,再除以总产量,就能得出销售单价。

销售单价=(总成本+目标收益)÷预期总产量

采用目标收益定价法,能保证企业按期收回投资,并能获得预期利润,计算也较方便。但这种定价方法是根据预计产量推算的,因此企业必须结合自身情况实事求是确定生产能力。同时,由于产品的销售并非一定能保证同步达到预期目标,所以还必须考虑产品特点和市场供求等方面的因素加以调整。

需求导向定价

需求导向定价是以产品或服务的社会需求状态为主要依据，综合考虑企业的营销成本和市场竞争状态，制定或调整营销价格的方法。由于与社会需求有联系的因素很多，如消费习惯、收入水平、产品或服务项目的需求价格弹性等等，企业对这些因素的重视程度不一，这便形成以下几种具体的需求导向定价法。

（一）习惯定价法

某些产品或服务在长期的购买使用中，消费者习惯上已经接受了这种产品的属性和价格水平，企业在从事新产品、新品种开发之际，只要产品的基本功能和用途没有改变，消费者往往只愿意按以往的价格购买产品。经营这类产品或服务的企业不能轻易改变价格，减价会引起消费者怀疑产品的质量，涨价会影响产品的市场销路。

（二）可销价格倒推法

产品的可销价格即为消费者或进货企业习惯接受和理解的价格。可销价格倒推法就是企业根据消费者可接受的价格或后一环节买主愿接受的利润水平确定其销售价格的定价法。一般在两种情况下企业可采用这种定价法。

(1)为了满足在价格方面与现有类似产品竞争的需要，而设计出在价格方面能参与竞争的产品。

(2)对新产品的推出，先通过市场调查确定出购买者可接受的价格，然后反向推算出产品的出厂价格。

出厂价格＝市场可销零售价格×(1－批零差率)×(1－销进差率)

[例12－1]　消费者对某牌号电视机可接受价格为2 500元，电视机零售商的经营毛利率为20％，电视机批发商的批发毛利率为5％。计算电视机的出厂价格。

解：零售商可接受价格＝消费者可接受价格×(1－20％)

＝2 500×(1－20％)＝2 000(元)

批发商可接受价格＝零售商可接受价格×(1－5％)

＝2 000×(1－5％)＝1 900(元)

答：1 900元即为该牌号电视机的出厂价格。

（三）认知价值定价法(perceived value pricing)

这是企业根据买主对产品或服务项目价值的感觉而不是根据卖方的成本来制定价格的方法。

在现实生活中，某些创新型产品，由于消费者对此缺乏比较的对象，一时对产品捉摸不透：企业的利润很低，消费者可能会认为定价太高；目标利润高，消费者也可能认为价格便宜。这就是消费者对产品的认知价值,也就是认知价值定价法的基础。

认知价值定价法实际上是企业利用市场营销组合中的非价格变数,如产品质量、服务、广告宣传等来影响消费者,使他们对产品的功能、质量、档次有一个大致的“定位”,然后定价。如某企业开发的产品是高质量、豪华型、全面服务的高位产品,只要经过促销宣传使消费者理解到这是一种“高消费”的产品,企业即使定价定得很高,还是能吸引那些对此有“理解”的消费者的。当然利用这种定价方法,必须正确估计消费者的“理解价值”,估计过高或过低对企业都是不利的。

竞争导向定价

竞争导向定价是以同类产品或服务的市场供应竞争状态为依据,根据竞争状况确定是否参与竞争的定价方法。在现代市场营销活动中,竞争导向定价已被企业广泛采用。

(一)通行价格定价法(going-rate pricing)

这是根据行业的平均价格水平,或竞争对手的价格为基础制定价格的方法,也称为随行就市定价法。

在有许多同行相互竞争的情况下,每个企业都经营着类似的产品,价格高于别人,就可能失去大量销售额来弥补降低了的单位产品利润,而这样做又可能迫使竞争者随之降低价格,从而失去价格优势。因此在现实的营销活动中,由于“平均价格水平”在人们观念中常被认为是合理价格,易为消费者接受,而且也能保证企业获得与竞争对手相对一致的利润,因此使许多企业倾向于与竞争者价格保持一致。尤其是在少数实力雄厚的企业控制市场的情况下,对于大多数中小企业而言,由于其市场竞争能力有限,更不愿与生产经营同类产品的大企业发生“面对面”的价格竞争,而靠价格尾随,根据大企业的产销价来确定自己的实际价格。

(二)竞争价格定价法

与通行价格定价法相反,竞争价格定价法是一种主动竞争的定价方法。一般为实力雄厚,或独具产品特色的企业所采用。定价步骤是这样的:

(1)将市场上竞争产品价格与企业估算价格进行比较,分为高于、低于、一致三个层次;

(2)将企业产品的性能、质量、成本、式样、产量与竞争企业进行比较,分析造成价格差异的原因;

(3)根据以上综合指标确定本企业产品的特色、优势及市场定位,在此基础上,按定价所要达到的目标,确定产品价格;

(4)跟踪竞争产品的价格变化,及时分析原因,相应调整本企业价格。

(三)竞标定价法

这种定价法主要用于投标交易方式。在市场营销活动中,投标竞争是一种营销竞争普遍的方式,投标竞争的过程往往就是价格竞争的过程,竞争的结果产生实际的成交价格。

1. 拍卖式定价(auction-type pricing)

拍卖式定价如今在现实生活中很常见,涉及的产品范围非常广泛,一般有两种典型的方法。

(1)英格兰式拍卖又称“增价拍卖”,是指在拍卖过程中,拍卖人宣布拍卖标的的起叫价及最低加幅价,竞买人以起叫价为起点,由低至高竞相加价,最后产生最高应价者,拍卖人以公开表示成交的方式宣告成交。此种拍卖方式因源于英国而得此名,标的多集中在古董、艺术品、不动产和旧设备、车辆等方面。

(2)荷兰式拍卖又称“降价拍卖”,是指在拍卖过程中,拍卖人宣布拍卖标的的起叫价及降幅,并依次往下叫价,一有人应价,即可宣告成交。这种拍卖方式因源出荷兰而得名,花卉、鲜菜等市场,为保持拍品在新鲜状况下卖出,经常使用降价拍卖方式使拍卖品尽快成交。

2. 集团定价(group pricing)

集团定价是一种多人对多个同一商品进行购买的方式,买卖双方都可以通过加入一个集团而获得更优惠的价格。它的特点在于,商品的最终成交价格不是由竞价者出价确定,而是根据其投标总数量的不同(购买量)以相对应的价格进行销售。同一种商品,买的人越多,最终成交的价格就越低。在网络营销中,此种销售形式往往在一个预先设定的时段内进行。在到达截止时间时,系统会自动根据出价总人数判定此种商品的最终成交价格。

3. 密封式投标定价

企业参加竞标总希望中标,而能否中标在很大程度上取决于企业与竞争者投标报价水平的比较。因此,投标报价时要尽可能准确,预测竞争者的价格意向,然后在正确估算完成招标任务所耗成本的基础上,定出最佳报价。

一般情况下,在同类同质产品之间,价格相对低的产品更具有竞争力。报价高,利润大,但中标机会小,如果因价高而招致败标,则利润为零;反之,报价低,虽中标机会大,但利润低,其机会成本可能大于其他投资方向。因此,报价时既要考虑实现企业的目标利润,也要结合竞争状况考虑中标概率(中标概率的测算取决于企业历史地对竞争对手的了解程度,以及对本企业能力的掌握程度)。最佳报价应该是预期收益达到尽可能高的价格。

预期收益=(报价−直接成本)×中标概率−失标损失×(1−中标概率)

［例 12－2］ 根据表 12－1 某企业参加某工程的竞标分析。

表 12－1 最佳报价分析

标函	报价（万元）	直接成本（万元）	毛利（万元）	报价占直接成本（%）	中标概率（%）	失标损失（万元）	预期收益（万元）
1	25	25	0	100	100	3	0
2	28	25	3	112	80	3	1.8
3	30	25	5	120	65	3	2.2
4	32	25	7	128	40	3	1

分析：标函 3 的报价较高，预期收益最大，为最佳报价。但企业还必须结合自己的经营能力全面考虑。如果企业目前的经营能力尚未充分发挥，那为了强调标函的竞争力，可以选择标函 2 甚至更低价投标，这样，中标率就大。如果中标，标函 2 有 3 万元毛利。因一旦中标，预期收益失去意义，毛利的大小直接决定企业收益。

前面介绍了一些定价方法，不同的定价方法不仅各自有特点和要求，而且相互补充。企业在实际营销活动中可选择采用，同时要全面考虑成本、需求及竞争状况而结合使用。

第四节 价格策略与价格竞争

制定价格不仅是一门科学，而且需有一套策略和技巧。定价方法着重于确定产品的基础价格，定价技巧则着重于根据市场的具体情况，从定价目标出发，运用价格手段，使其适应市场的不同情况，实现企业的营销目标。

一、价格策略

（一）新产品价格策略

企业新产品能否在市场上站住脚，并给企业带来预期效益，定价因素起着十分重要的作用，因此必须研究价格策略。

1. 撇脂价格策略（market-skimming pricing）

这是一种高价格策略，即在新产品上市初始，价格定得高，以便在较短时间内获得最大利润。这种价格策略因与从牛奶中撇取油脂相似而得名，由此制定的价格称为撇脂价格。

撇脂价格策略不仅能在短期内取得较大利润，而且可以在竞争加剧时采取降价手段，这样一方面可以限制竞争者的加入，另一方面也符合消费者对待价格由高到低的心理。但是使用此法由于价格大大高于产品价值，当新产品尚未在消费者心目中建立声誉时，不利于打开市场，有时甚至无人问津。同时，如果高价投放形成旺销，很易引起众多竞争者涌入，从而造成价格急降，使经营者好景不长而被迫停产。

因此作为一种短期的价格策略，撇脂价格策略适用于具有独特的技术，不易仿制，有专利保护，生产能力迅速扩大不太可能等特点的新产品，同时市场上要存在高消费或时尚性需求。

2. 渗透价格策略(market-penetration pricing)

这是一种低价格策略，即在新产品投入市场时，以较低的价格吸引消费者，从而很快打开市场。这种价格策略就像倒入泥土的水一样，从缝隙里很快渗透到底，由此而制定的价格叫渗透价格。

渗透价格策略由于价格较低，一方面能迅速打开产品销路，扩大销售量，从多销中增加利润；另一方面能阻止竞争对手介入，有利于控制市场。不足之处是投资回收期较长，如果产品不能迅速打开市场，或遇到强有力的竞争对手时，会给企业造成重大损失。

因此作为一种长期价格策略，一般来说，渗透价格策略适用于能尽快大批量生产，特点不突出，易仿制，技术简单的新产品。

3. 满意价格策略

这是一种折中价格策略，它吸取上述两种定价策略的长处，采取比撇脂价格低，比渗透价格高的适中价格。既能保证企业获得一定的初期利润，又能为消费者所接受。由此而制定的价格称为满意价格，也称为“温和价格”或“君子价格”。

(二)相关产品价格策略

相关产品具有销售上的相互联系性，生产经营多种产品的企业就可以利用这种联系性制定价格策略。

1. 替代产品价格策略

替代产品是指基本用途相同的产品。替代产品价格策略即指营销企业有意识地安排本企业消费替代性产品间的价格比例，用以实现某种营销目标。

具有替代关系的产品，降低一种产品的价格，不仅会使该产品的销售量增加，而且会同时降低替代产品的销售量。例如，一个企业生产不同型号的汽车、不同型号的电冰箱、不同型号的照相机就属于这种情况。企业可以利用这种效应调整产品结构。如企业为了把需求转移到某些产品上去，它可以提高那些准备淘汰的产品价格，或者用相对价格诱导需求，以牺牲某一品种，稳定和发展另一些品种；企业也可以利用这种效应，提高某一知名产品的价格，突出它的豪华、高档，创造一种声望，从而利用其在消费者心目中的良好形象而增加其他型号产品的销售量。

2. 互补产品价格策略 (captive-product pricing)

互补产品是指需要配套使用的产品。互补产品价格策略即指利用价格对消费连带品市场需求的调节、诱导功能,运用一定的定价技巧,使营销目标的实现由一个"点"扩展到一个"面"。

具有互补关系的产品很多,如剃须刀与刀架,照相机与胶卷,圆珠笔与笔芯,旅游活动中的食、宿、购物等等。在互补关系中,一般存在起主导作用的内容,如照相机是"主机",胶卷是"附件"。在旅游活动中,观光是主要目的,食、宿、购物是辅助消费项目。互补产品价格策略就是降低连带消费关系中起主导作用的产品或服务项目的价格,来促进系列产品的销售。在一般情况下,照相机价格低一些,使用的人多了,对胶卷的需求量自然会增加,这样企业就能从中获得更多的利润。

3. 一揽子价格策略

一揽子价格策略即把相关产品进行搭配销售定价的策略。一般有以下两种方法。

(1)分级定价策略。即把企业的产品分成几个价格档次,而不是提供过多价格种类的策略。例如,服装厂可以把自己的产品按大、中、小号分级定价,也可以按大众型、折中型、时髦型划分定价。这种明显的等级,便于满足不同的消费需要,还能简化企业的计划、订货、会计、库存、推销工作。关键是分级要符合目标市场的需要,级差不能过大或过小,否则都起不到应有的效果。

(2)配套定价策略。即把有关的多种产品,搭配好后,一起卖出。如多件家具的组合、礼品组合、化妆品组合等。成套的定价,多种产品有赔有赚,但总体上保证企业盈利,而且使消费者感到比单价购买便宜、方便,从而促进销售。

(3)分部定价。服务性行业经常面临和相关产品定价相似的问题,即收多少基本服务费用和可变服务费用。一般来说,就会运用分部定价的方法。收取相对低的固定费用,以便吸引消费者使用该服务项目,然后通过可变使用费获取利润。如电话用户每月至少要付基本话费,如果使用的次数超过基本数,那么还应该按规定另外付费。进游乐园先收入场券的费用,然后如果游客要增加活动项目的话,那就再付费。道理都是一样的。

(三)差别定价策略

这是相同的产品以不同价格出售的策略,目的是通过形成数个局部市场以扩大销售,增加利润。使用这种价格策略的基本条件是,市场不仅可以细分,而且各个市场部分必须表现出不同的需求程度。

1. 地理差价策略

地理差价策略即企业以不同的价格策略在不同地区营销同一种产品,以形成同一产品在不同空间的横向价格策略组合。差价的原因不仅是因为运输和中转费用的差别,而且由于不同地区性市场具有不同的爱好和习惯,具有不相同的需求曲线和需求弹性。明显的例子就是沿海与内地的价格,国内市场与国外市场价格。像大城市著名酒店中对饮料的需求呈现的强度高于小城镇的街边饮食店，那么即使是同种饮料，前者的价格要明显高于后者。

2. 时间差价策略

时间差价策略即对相同的产品，按需求的时间不同而制定不同的价格。这只能在不同的时间需求的紧迫性差别很大时才能采用。例如，夜间实行廉价的长途电话费，旺季的产品在淡季廉价出售等。采用此种策略能鼓励中间商和消费者增加购货量，减少企业仓储费用和加速资金周转，从而保证企业处于竞争的最佳位置。

3. 用途差价策略

用途差价策略即根据产品的不同用途制定有差别的价格。实行这种策略的目的是通过增加产品的新用途来开拓市场。如粮食用作发展食品和用作发展饲料，其价格不同；食用盐加入适当混合物后成为海味盐、调味盐、牲畜用盐、工业用盐等以不同的价格出售；另外如标有某种纪念符号的产品，往往会产生比其他具有同样使用价值的产品更为强烈的需求，价格也要相应调高。如奥运会期间，标有会徽或吉祥物的产品的价格，比其他未做标记的同类产品价格要高出许多。

4. 质量差价策略

高质量的产品，包含着较多的社会必要劳动量，应该实行优质优价。当然这个价格差要使消费者接受，并非一件简单的事情。在现实的市场营销中，必须要使产品的质量为广大消费者所认识和承认，成为一种被消费者偏爱的名牌产品，才能产生质量差价。因此，质量差价策略必须依靠其他营销因素的配合才能实现。对于尚未建立起声誉的高质量产品，不要急于和竞争者拉开过大的差价，而应以促销等多方面努力，争取创立优秀品牌的产品形象；对于已经创名牌的优质产品，则可以较大的差价提高产品身价，吸引那部分喜爱名牌产品的消费者。

(四)折扣价格策略

这是一种在交易过程中，把一部分利润转让给购买者，以此来争取更多顾客的价格策略。

1. 现金折扣(cash discount)

现金折扣又称付款期限折扣，即对现款交易或按期付款的顾客给予价格折扣。买方如果按卖方规定的付款期以前若干天内付款，卖方就给予一定的折扣，目的是鼓励买方提前付款，以尽快收回贷款，加速资金周转。如美国许多企业规定提前10天付款者，给予2%的折扣；提前20天付款者，给予3%的折扣。

2. 数量折扣(quantity discount)

数量折扣是指卖方为了鼓励买方大量购买，或集中购买他一家的产品，根据购买者所购买的数量给予一定的折扣。

(1)累计数量折扣。即规定在一定时间内,购买总数超过一定数额时,按总量给予一定的折扣。如一客户在一年中累计进货超过 1 000 件,每次购货时按基本价格结算收款,到年终,营销企业按全部价款的 5%返还给该客户。采用这种策略利于鼓励顾客集中向一个企业多次进货,从而使其成为企业的长期客户。

(2)非累计数量折扣。即规定顾客每次购买达到一定数量或购买多种产品达到一定的金额所给予的价格折扣。如根据每次交易的成交量,按不同的价格折扣销售,购买 100 件以上按基本价格的 95%收款,购买 500 件以上按 90%收款,购买 1 000 件以上按 80%收款。采用这种策略能刺激顾客大量购买,增加盈利,同时减少交易次数与时间,节约人力、物力等开支。

3. 业务折扣(functional discount)

业务折扣又称功能性折扣,即厂商根据各类中间商在市场营销中所担负的不同职能,给予不同的价格折扣。如给批发商的折扣较大,给零售商的折扣较小,使批发商乐于大批进货,并有可能进行批转业务。使用业务折扣目的在于刺激各类中间商充分发挥各自组织市场营销活动的功能。

(五)心理定价策略(psychological pricing)

这是运用心理学原理,根据不同类型的顾客购买商品的心理动机来制定价格,引导消费者购买的价格策略。

1. 尾数定价策略

尾数定价策略又称非整数定价策略,即给产品定一个零头数结尾的非整数价格。消费者一般认为整数定价是概括性定价,定价不准确,而尾数定价可使消费者产生减少一位数的功能,产生这是经过精确计算的最低价格的心理。同时,消费者会觉得企业定价认真,一丝不苟,甚至连一些高价商品看起来也不太贵了。

一般来说,产品在 5 元以下的,末位数是 9 的定价最受欢迎;在 5 元以上的,末位数是 95 的定价最受欢迎;在 100 元以上的,末位数是 98、99 的定价最畅销。当然尾数定价策略对那些名牌商店、名牌优质产品就不一定适宜。

2. 整数定价策略

即企业在定价时,采用合零凑数的方法制定整数价格,这也是针对消费者心理状态而采取的定价策略。如把一套西装的价格定在 500 元而非 499 元。因为现代商品太复杂,许多交易中,消费者只能利用价格辨别商品的质量,特别是对一些名店、名牌商品或消费者不太了解的商品,整数价格反而会提高商品的"身价",使消费者有一种"一分钱、一分货"的想法,从而利于商品的销售。

3. 声望定价策略

即针对消费者"价高质必优"的心理,对在消费者心目中有信誉的产品制定较高价格。

价格档次常被当作商品质量最直观的反映，特别是消费者识别名优产品时，这种心理意识尤为强烈。因此，高价与性能优良、独具特色的名牌产品比较协调，更易显示产品特色，增强产品吸引力，产生扩大销售的积极效果。当然，运用这种策略必须慎重，绝不是一般商品可采用的。

4. 招徕定价策略

商品定价低于一般市价，消费者总是感兴趣的，这是一种“求廉”心理。有的企业就利用消费者这种心理，有意把几种商品的价格定得很低，以此吸引顾客上门，借机扩大连带销售，打开销路。

采用这种策略，光从几种“特价品”的销售来看企业不赚钱，甚至亏本，但从企业总的经济效益来看还是有利的。

综上所述，市场上具体的营销价格是变化多端的，最易使人“捉摸不定”，企业必须十分重视价格手段的应用，但也应该指出，企业在制定价格时要注意与其他非价格竞争手段的协调配合。单纯的价格竞争，可能引发企业间的价格战，使企业形象受损。而且对于现实中市场营销活动来说，价格本身也仅是吸引顾客的因素之一，过分夸大价格的作用也是片面的。

价格竞争

与自由竞争时代相比，营销组合中其他要素的重要程度已大大提高，但价格决策的重要性并未因此而下降。如何协调顾客需要与企业发展之间的关系，科学地进行价格决策，仍是所有企业家所必须面对并必须处理好的问题。

（一）价格仍是企业竞争的重要手段

价格决策是营销组合的重要组成部分，也是一个有着若干独特而又鲜明特征的组成部分。价格是若干变量中作用最为直接、见效最快的一个，也是唯一一个与企业收入直接相关的营销手段。

价格决策与企业的市场占有率、市场接受新产品的快慢、企业及其产品在市场上的形象等都有着密切的关系。价格策略的正确与否对企业成败来说至关重要，与竞争者相比，本企业所提供的产品价值与价格比率的高低将决定竞争过程中的优势归属，决定竞争的胜负。在竞争过程中，谁能以较低的价格向市场提供较大的价值，谁就可能成为竞争中的赢家。反之，如果价格决策失误，缺乏价格策略与营销组合中其他策略之间的协调，即便企业所提供的产品的内在质量优异、外形设计符合消费意愿，仍无法得到市场的认同和接受。几乎所有的企业，包括那些拥有显赫的市场地位的企业，在制定价格时，也都必须慎重地考虑自身的价格行为对市场可能产生的影响，必须考虑来自竞争者的可能的价格威胁。

(二)价格调整的原因

价格竞争的内容很多,包括企业使用的定价方法和价格策略,另外一个比较明显的表现就是企业进行的价格调整。企业经营面对的是不断变化的环境,在采用一定方法,并确定了定价策略后,企业仍需要根据环境条件的变化,对既定价格进行调整。

企业对原定价格进行调整可分为两种情形,一是调高价格,二是降低价格。对价格进行调整的必要性源于企业经营内外部环境的不断变化。

1. 提价的原因

具体地说,企业往往在下述一种或几种情形同时出现时需要提高现有价格。

(1)生产经营成本上升。在价格一定的情况下,成本上升将直接导致利润的下降。因此,在整个社会发生通货膨胀或生产产品的原材料成本大幅度上升的情况下,抬高价格就是保持利润水平的重要手段。

(2)需求压力。在供给一定的情况下,需求的增加会给企业带来压力。对于某些产品而言在出现供不应求的情况下,可以通过提价来相对遏制需求。这种措施同时也可为企业获取比较高的利润,为以后的发展创造一定的条件。

(3)创造优质优价的名牌效应。为了企业的产品或服务与市场上同类产品或服务拉开差距,作为一种价格策略,可以利用提价营造名牌形象。充分利用顾客"一分价钱、一分货"的心理,使其产生高价优质的心理定势,创造优质效应,从而提高企业及产品的知名度和美誉度。

2. 降价的原因

降低价格则往往在下述情形下采用。

(1)应付来自竞争者的价格竞争压力。在绝大多数情况下,反击直接竞争者价格竞争见效最快的手段就是"反价格战",即制定比竞争者的价格更有竞争力的价格。

(2)调低价格以扩大市场占有率。在企业营销组合的其他各个方面保持较高质量的前提下,定价比竞争者低的话,能给企业带来更大的市场份额。对于那些仍存在较大的生产经营潜力,调低价格可以刺激需求,进而扩大产销量。降低成本水平的企业,价格下调更是一种较为理想的选择。

(3)市场需求不振。在宏观经济不景气或行业性需求不旺时,价格下调是许多企业借以渡过难关的重要手段。比如,当企业的产品销售不畅,而又需要筹集资金进行某项新产品开发时,可以通过对一些需求价格弹性大的产品予以大幅度降价,从而增加销售额以满足企业回笼资金的目的。

(4)根据产品寿命周期阶段的变化进行调整。这种做法也被称为阶段价格策略。在从产品进入市场到被市场所淘汰的整个寿命周期过程中的不同阶段,产品生产和销售的成本不同,消费者对产品的接受程度不同,市场竞争状况也有很大不同。阶段价格策略强调根据寿命周期阶段特征的不同，及时调整价格。例如，相对于产品导入期时较高的价格，在其进入成长期后期和成熟期后，市场竞争不断加剧，生产成本也有所下降，下调价格可以吸引更多的消费者，大幅度增进销售，从而在价格和生产规模之间形成良性循环，为企业获取更多的市场份额奠定基础。

(5)生产经营成本下降。在企业全面提高了经营管理水平的情况下，产品的单位成本和费用有所下降，企业就具备了降价的条件。对于某些产品而言，由于彼此生产条件、生产成本不同，最低价格也会有差异。显然，成本最低者在价格竞争中拥有优势。

(三)价格调整中的顾客反应

适当的价格调整能够产生良好的效果。但是，若调整不当，则适得其反。无论是调高价格还是降低价格，企业都必须注意到各个方面反应。衡量定价成功与否最重要的标志是消费者将如何理解价格调整行为；企业所确定的价格能否为消费者所接受。企业打算向顾客让渡利润的降价行为可能被理解为产品销售状况欠佳、企业面临经济上的困难等，一个动机良好的价格调整行为就可能产生十分不利的调整结果。因此，企业在进行调整前，必须慎重研究可能出现的顾客对调整行为的反应，并在进行调整的同时，加强与顾客之间的沟通。

1. 顾客对企业提价行为的反应

(1)普遍都在提价，这种产品价格的上扬很正常；

(2)这种产品很有价值；

(3)这种产品很畅销，将来一定更贵；

(4)企业在尽量牟取更多的利润。

2. 顾客对企业降价行为的反应

(1)产品的质量有问题；

(2)这种产品老化了，很快会有替代产品出现；

(3)企业财务有困难，难以经营下去；

(4)价格还会进一步跌下去。

(四)价格调整的竞争反应

在竞争市场上，企业制定某种价格水平、采用某种价格策略的效果还取决于竞争者的反应。在竞争者的策略不会做任何调整的情况下，企业降低价格就可能起到扩大市场份额的效果，而若在企业降低价格的同时，竞争者也降低价格，甚至以更大的幅度降低价格，则企业降价的效果就会被抵消，销售和利润状况甚至不如调整前的情形。同样，在企业调高价格后，如果竞争者并不提高价格，则对企业来说，原来供不应求的市场可能变成供过于求的市场。鉴于此，企业在实施价格调整行为前，必须分析竞争者的数量、可能采取的措施及反应的剧烈程度。

1. 竞争者对价格调整的反应

企业面对的竞争者往往不止一家,彼此不同的竞争位势,会导致不同的反应。比如,如果竞争对手认为其实力强于本企业,并认定本企业的价格调整目的是争夺市场份额的情况下,必然会立即做出针锋相对的反应;反之则不反应,或采取间接的反应方式。一般而言,面临企业降价行为,竞争对手的反应可能会有这些情况:

(1)如果降价会损失大量利润,竞争者可能不会跟随降价;

(2)如果竞争者必须降低其成本才能参与竞争的话,则可能要经过一段时间才会降价;

(3)如果竞争者降价导致其同类产品中不同档次产品间发生利益冲突的话,则不一定会随之降价;

(4)如果竞争者的反应强烈,其一定会随之降价甚至有更大的降价幅度。

由于环境是复杂的,竞争者的反应又会对企业的价格调整产生重要的作用,因此企业在变价时必须充分估计每一个竞争者的可能反应。

2. 企业对竞争者价格调整的反应

在市场经济条件下,企业不仅自己可以用价格调整参与市场竞争,同时也会面临着竞争者价格调整的挑战。如何对价格竞争做出正确、及时的反应,是企业价格策略中的重要内容。

(1)企业应变必须考虑的因素。为了保证企业应变的正确反应,企业应该了解:竞争者进行价格调整的目的是什么?这种变价行为是长期的还是暂时的?如果不理会竞争者的价格调整行为,市场占有率会发生什么变化?如果做出相应的变价行为,对本企业会有什么影响?竞争者和其他企业又会有什么反应?

(2)企业应变的对策。在同质产品市场上,如果竞争者降价,企业必须随之降价,否则顾客会购买竞争者的产品;如果某一个企业提价,其他企业也可能随之提价,但只要有一个不提价的竞争者,那么这种提价行为只能取消。

在异质产品市场上,企业对竞争者的价格调整的反应有更多的自由。因为在这种市场上,顾客选择产品不仅考虑价格因素,同时还会考虑产品的质量、性能、服务、外观等多种因素。顾客对于较小价格差异并不在意的情况,使得企业面对价格竞争的反应有了更多的选择余地。

本章小结

在营销策略组合中,价格具有任何其他营销组合手段所无法替代的作用。在市场营销活动中,企业定价是一项既重要又困难,而且有一定风险的工作。定价策略在市场营销活动中具有重要地位：价格是调节市场需求、诱导市场需求的重要手段；价格是参与市场营销竞争的有效手段；价格是实现企业营销目标的核心手段；价格受企业营销环境条件的制约。

企业在定价之前必须首先确定定价目标。定价目标是企业营销目标的基础，是企业选择定价方法和制定价格策略的依据。企业的定价目标有多种：以获取理想利润为定价目标；以扩大销售为定价目标；以维持或提高市场占有率为定价目标；以树立和改善企业形象为定价目标；以应付与防止竞争为定价目标。

产品价值是产品价格的基础，在现实的市场营销活动中，除了产品成本、市场供求、竞争状况以外，市场营销组合中的其他变数：产品策略、渠道策略、促销策略，以及政府的经济政策，企业本身的生产能力、财务能力等都会对企业的定价策略产生不同程度的影响。因此，必须在产品价值的基础上，认真研究影响价格的各方面因素，才能制定出保证营销目标实现的合理价格。

企业定价一般有成本导向型、需求导向型和竞争导向型几种方式。在成本导向定价中，可按成本加成定价法、目标收益定价法进行定价；在需求导向定价中，可按习惯定价法、可销价格倒推法、认知价值定价法进行定价；在竞争导向定价中，可按通行价格定价法、竞争价格定价法和竞标定价法进行定价。

企业定价面对的是复杂多变的环境。有鉴于此，企业必须要在采用某种方法确定出基本价格的基础上，根据目标市场状况和定价环境的变化，采用适当的策略，保持价格与环境的适应性。差别定价、组合定价、折扣定价和某些新产品价格就是一些适应性定价策略。除此之外，在必要的时候还要对价格进行适当的调整。

思考题

1. 企业定价的主要依据有哪些？
2. 价格决策为什么要注重环境分析？应当注意哪些环境因素？
3. 什么是成本导向定价法？它有哪些具体方法？
4. 什么是需求导向定价法？它有哪些具体方法？
5. 竞争导向定价法的特点是什么？
6. 常见的消费价格心理有哪些？如何进行心理定价？
7. 企业进行价格调整应该注意哪些问题？

第十三章

渠道策略

学习目的与要求

1. 掌握营销渠道的概念与作用
2. 了解价值网络的含义
3. 了解渠道策略的不同类型及其适应性
4. 了解主要的营销中介及其特征
5. 掌握渠道设计与决策的基本步骤
6. 了解实施营销渠道控制的基本方法
7. 了解互联网经济对分销渠道发展的影响

在市场上，大多数产品都不是由生产者直接供应给最终顾客或用户的。在生产者和最终用户之间有大量执行不同功能和具有不同名称的营销中介机构存在。所谓营销渠道，也就是分销渠道，它是指产品由生产者向最终消费者或用户流动所经过的途径或环节。或者说是指企业将产品传递给最终购买者的过程中所使用的各种中间商的集合。在产品流通过程中，生产者出售产品是渠道的起点，消费者购进产品是渠道的终点。

营销渠道策略是企业面临的最重要的策略之一。这不仅因为企业所选择的渠道将直接影响其他所有营销策略，而且渠道策略还意味着公司对其他公司较为长期的承诺，一旦确立，在一定时期内较难改变。这是由渠道安排中的一种强大的保持现状的惯性所决定的。

在本章中，我们将讨论关于分销渠道和价值网络的战略和战术问题。在第十四章中，我们将从零售商、批发商和代理商方面来研究实体分销问题。

第一节　营销渠道和价值网络的含义

营销渠道的性质与作用

在我们的日常经济活动中，生产厂商为何愿意把企业全部或部分的销售工作委托给营销中介机构呢？从某种意义上说，企业管理当局的这种委托意味着放弃部分经营控制权，等于把企业的一半命运放在他人手中。然而这样做是有其经济效益的。事实上，我们只要简单地将使用营销中介机构和不使用营销中介机构的经济效果做一简单的比较，就可以得出结论。图 13－1 是营销中介机构的经济效果，从中我们便可以直观地感受到营销中介机构的介入为生产企业带来的好处。

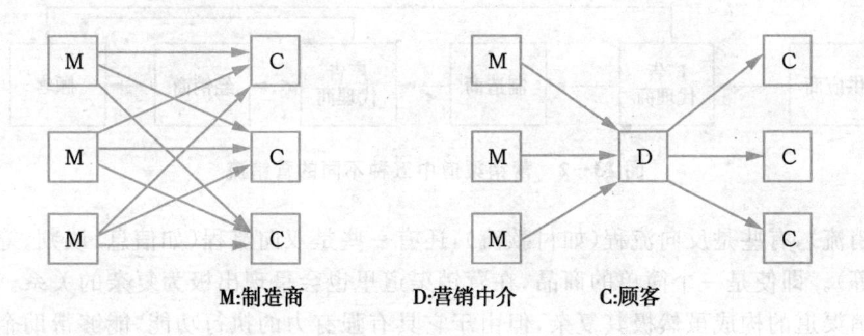

图 13－1　营销中介机构的经济效果

从图 13－1 中我们可以得知：如果不使用营销中介机构，三个制造商和三个顾客之间将总共发生九次交易行为，而使用了营销中介机构以后，交易行为总共只有六次，节省了交易成本，因而后者更为经济，更有效率。

在实际交易中，情况更为复杂。这是因为产品从生产厂商向最终顾客或用户流动的过程中，不仅发生了产品实体的流动，还发生了其他多项与之相关的流动。在营销渠道中，一般存在五种营销流：实体流（物流）、所有权流（商流）、付款流、信息流和促销流，它们各自的流程如图 13－2 所示。

以上这些流程可以在任何两个渠道成员中进行。有些是正向流程（如实体流、所有权

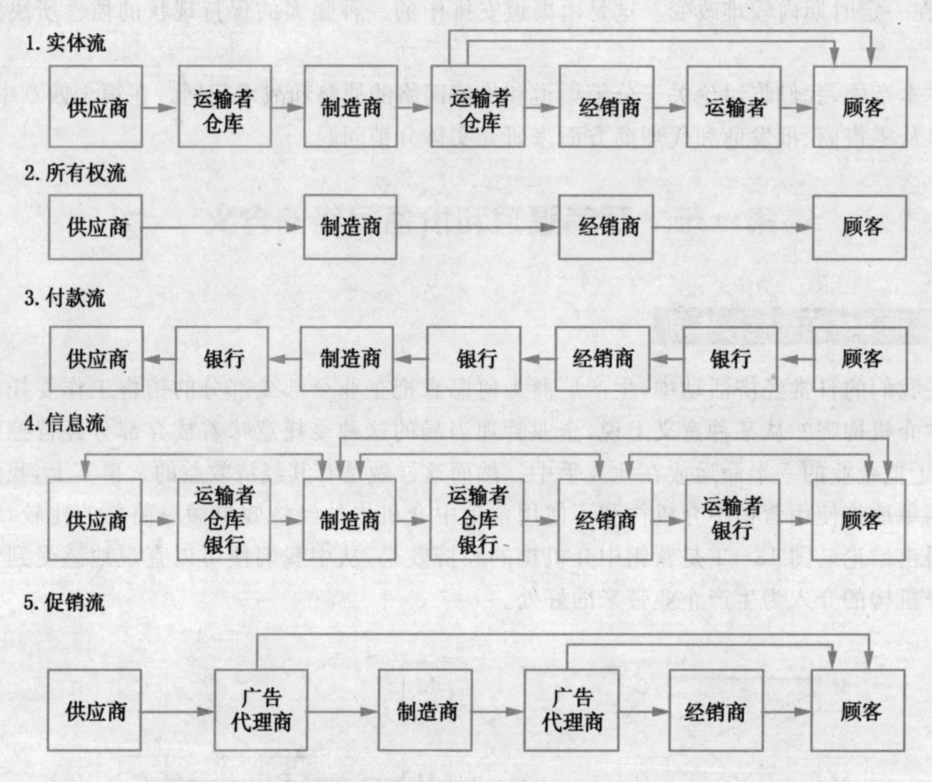

图 13－2 营销渠道中五种不同的营销流

流和促销流)，有些是反向流程(如付款流)，还有一些是双向流程(如信息、谈判、筹资和风险承担等)。即使是一个简单的商品，在营销渠道里也会呈现出极为复杂的关系。

营销渠道的构成虽然极其复杂，但由于它具有强有力的执行功能，能够帮助企业把商品转移到消费者手里，弥合产品、服务与其使用者之间的缺口，因此渠道对所有的企业来说是不可缺少的。营销渠道具有可以帮助收集和传播营销环境中有关潜在与现行顾客、竞争对手和其他参与者及力量的营销调研信息，可以发展和传播有关供应物的富有说服力的吸引顾客的沟通材料，可以帮助生产者和消费者之间加强信息沟通，可以帮助企业达成有关产品的加工和其他条件的最终协议，以实现所有权或者持有权的转移等功能。另外，营销渠道还具有在执行任务的过程中承担有关风险，帮助企业将产品实体输送到最终顾客手中(即帮助企业将已达成的交易付诸实施)的功能。

各级中间商是营销渠道的重要组成部分，在市场营销中，中间商至少具有如下的作用。

首先，中间商的存在能为生产者和消费者带来方便。因为对买主来说，中间商可以提供包括更多的花色品种、合适的时间地点、灵活的付款条件、周到的售后服务等各种方便。而对生产企业和贸易企业来说，中间商是大买主，还能为卖主联系千千万万的用户，使企业的销路有所保证。

其次，中间商的存在可以缓和产需之间在时间、地点、商品数量及品种方面的矛盾。同时，中间商又是架设企业和市场之间的桥梁。中间商可以向企业反馈市场信息，了解市场，还可以利用自己在当地市场上多年经营形成的商誉为企业的产品提供无形保证，使市场了解企业。比如，其他省市的产品想进入上海市场，选择上海市第一百货商店、华联商厦就能充分利用其商誉，快速进入目标市场。另外，中间商通过存货、赊销等方式为生产和零售企业减轻了资金负担，从而有利于这些企业资金的周转和融通，促进经济的发展。

价值网络的含义

与传统的营销者不同，全面营销者认为公司要成功地创造价值需要成功地传递价值。他们正逐渐地完善公司的价值网络。他们不仅关注供应商、分销商和顾客，而且调查了从原料供应商到产成品的整个供应链，分析产品或服务是如何最终到达消费者手中的。他们正在调查自己的供应商的更上一级的供应商以及分销商的更下一级的顾客。他们在调查消费者的细分市场以及如何最优地分配公司的资源以满足消费者的需求。他们认识到如果不能适当调整价值网络，将给公司带来极坏的后果。

供应链观点是从公司的角度分析如何进入目标市场的整个流程。然而，公司应该首先选好目标市场，然后再从目标市场那一点开始向后设计供应链。这被称为需求链计划。美国西北大学的唐·舒尔茨说："需求链管理方式并非是通过系统把产品推销给顾客，它强调顾客在寻找什么解决方案，而非我们能卖给他们什么产品。"舒尔茨认为传统的4P营销理论应该被新的SIVA理念代替，即解决方案（solutions）、信息（information）、价值（value）和途径（access）。

所谓价值网络（value network），美国西北大学的菲利普·科特勒教授认为："公司为创造资源、扩展和交付货物而建立的合伙人和联盟合作系统。价值网络包括公司的供应商和供应商的供应商以及它的下游客户和最终客户。价值网络还包括其他有价值的关系，如大学里的研究人员和机构。"一个公司需要很好地利用这些资源来更好地为目标市场传递价值。

公司实施需求链计划需要洞察力。首先，当公司决定前向或者后向一体化时，它要估计上游或下游企业是否更有利可图。其次，公司可以了解供应链中那些随时会导致成本、价格或者供应突然发生变化的干扰因素。第三，更多的公司愿意通过互联网与合作伙伴进行更快速而准确的沟通、交易和支付，这将有助于降低成本、加速信息流动和提高准确性。由于互联网的出现，公司关系变得更加复杂。例如，福特公司不但要处理很多供应链,而且要在许多B2B网站和交换台上作为赞助商或交易商。

管理这个价值网络需要公司在信息技术和软件上花费越来越多的投资。他们邀请软件公司,诸如SAP和甲骨文(Oracle)公司设计综合性企业资源计划(enterprise resource planning, ERP),管理现金流、生产、人力资源、采购和其他处于同一个完整框架中的功能块。他们希望打破部门分割,更有效地实施核心业务。然而在大多数场合,公司远没有达到真正的综合性ERP系统的标准水平。

营销者往往都将注意力集中在价值网络和顾客联系那一部分,事实上他们应该可以更多地参与和影响公司更上游的活动,成为网络的管理者,而不仅仅是产品和客户的管理者。

营销中介机构的主要类型

按照不同的归类方法,我们可以将营销中介机构分成不同的类型。在此,我们主要介绍两种分类方法:按所有权的归属划分和按商品流通途径中承担的角色来划分。

(一)按所有权的归属划分

按照所有权的归属我们可以将营销中介机构分为经销中间商、代理中间商和辅助机构三大类。

1. 经销中间商

经销中间商是指在商品流通过程中,取得商品所有权,然后再出售商品的营销中介机构,又称经销商。如我们常说的一般批发商、零售商等。在第十四章中,我们将详细介绍这两种营销中介机构。

除此以外,还有一种经销中间商称为工业品经销商。它们主要是将工业品或耐用消费品直接出售给顾客的中间商。工业品经销商通常同它们的供应者之间建有持久的关系,并在某个特定的区域内拥有独家经销的权利。

2. 代理中间商

代理中间商是指这样一种中间商,在商品流通过程中,它们参与寻找顾客,有时也代表生产厂商同顾客谈判,但不取得商品的所有权,因此也无需垫付商品资金,它们的报酬一般是按照商品销售额的多少,抽取一定比例的佣金。比较常见的有企业代理商、销售代理商、采购代理商、佣金代理商和经纪人。有关代理商的类型和特征将在第十四章中详细介绍,这里不再论述。

代理商的主要任务是接受订单,然后转交给制造商,由后者直接运送货物给客户,客户则直接付款给制造商。因此,代理商一般不必持有存货。生产厂商在其业务范围内可委托多个代理商。

有时中间商没有实际获得商品实体,但它已经获得了商品的所有权,那么我们仍然认为它属于经销中间商。相反,一个中间商即使它已经取得商品的实体,但如果它不拥有商品的所有权,那么它仍然只能算是一个代理中间商。

3. 辅助机构

在营销中介机构中,还有这样一种类型的机构——它们既不参与买或卖的谈判,也不取得商品的所有权,只是起到支持产品分配的作用。我们把这类机构称为辅助机构。

配送中心是这类辅助机构中的重要形式之一。配送中心主要是对商品进行集中储存,然后根据销售网点的需要,定期或不定期地对商品进行组配和发送的机构。在现代连锁业广泛发展的今天,配送中心的作用显得尤为重要。目前在欧美及日本等国,不少批发企业实际上是以配送中心为外壳而存在的,它们集商流、物流、信息流于一体,大大提高了批发流通的效率。

辅助机构还包括运输公司、独立仓库、银行和广告代理商。我们将在第十四章中加以详细介绍。

(二)按商品流通渠道中承担的不同角色划分

如果按照商品流通渠道中承担的不同角色来划分,我们还可以将渠道成员分成批发商、零售商、批发零售商和辅助机构。如果从国际贸易的角度考虑,还有进口商、内外贸兼营等形式。在此,我们主要向大家介绍批发零售商、进口商和内外贸兼营等几种类型。

1. 批发零售商

批发零售商是指批零兼售的中间商。在外国许多城市里,大零售商经常将商品批发给本地小商店出售。如英国有经营服装、纺织品、食品、水果及工业原料零售业务的独立批发商。有的零售商兼营建筑材料、谷物等批发业务。

2. 进口商

进口商是指那些直接向海外制造厂商采购商品,然后出售给批发商、零售商的中间商。一般来说,制造厂商可以将其产品同时卖给多个进口商。在我国,这样的中间商过去主要由对外经济贸易部所属的各进出口公司或其他部门所属的各种专营或兼营进出口贸易的公司以及省、直辖市所属的对外贸易公司担任。外贸放开经营以后,开始出现专门从事进出口业务的服务企业,这些服务企业成为一般情况下我们所讲的进口商。

3. 内外贸兼营

在内外贸兼营的例子中,最为突出的是瑞典的“批发商和进口商联合会”,其成员包括进口商、批发商、代理商等。营业额约占瑞典进口总额的 2/3。其实这种类型的中间商是批发商和进口商的综合体,只不过对外以同一的名义进行业务活动。

服务领域的渠道

营销渠道并不局限于实体商品的分配。提供服务和创意的生产商同样面临如何使其产品接近目标公众并为其采用的问题。学校发展了“教育传播系统”,医院发展了“健康传送系统”,这些机构必须找出适合在本地区传播给当地人群的代理机构和本地企业。

为顾客提供更多便捷服务的营销渠道也适用于“个人营销”。1940 年以前,专业喜剧演员可以通过七种途径接近顾客:杂技场、专门比赛、夜总会、电台、电影、狂欢节和戏院。但现在喜剧俱乐部和有线电视台的出现替代了他们,歌舞杂技场销声匿迹。政治家也需寻找渠道组合(大众媒体、集会、电视广告、传真、网站),以便向他们的选民传递信息。

随着互联网技术的进步,某些行业如银行、保险、旅游和股票的买卖,都将通过新的渠道进行,柯达也向它的顾客提供了四种不同的渠道来冲印数码照片:位于各个分销点的迷你冲印室、回家冲印、在线冲印和自助式冲印亭。

第二节 渠道的营销策略

渠道对于企业来说十分重要,但由于它同时具有非常强大的惯性,不能轻易地被改变,因此企业非常有必要在建立渠道之初就尽量地做到尽善尽美。企业在建立渠道时,一般需要考虑渠道的长度、宽度和各种渠道的联合策略等。

渠道的长度策略

谈到渠道的长度策略,我们不得不先来解释一下什么是渠道级数。渠道级数是指产品所经过渠道的环节数目。每个中间商,只要在推动产品及其所有权向最终买主转移的过程中承担了若干工作,就是一个渠道级。由于生产者和最终消费者都担负了工作,它们也是渠道的组成部分。我们用中介机构的级数来表示渠道的长度(见图 13—3)。

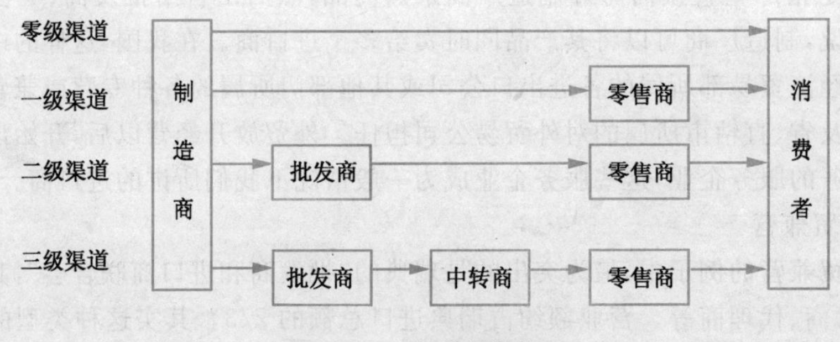

图 13—3 渠道级数类型

1. 零级渠道

零级渠道是由生产者直接销售给消费者,有时又称为直销。直接营销的主要方式是上门推销、邮购、制造商自设商店、电视直销和电子通信营销等。

2. 一级渠道

一级渠道包括一个销售中介机构。在消费者市场,这个中介机构通常是零售商。在工业品市场,它常常是一个销售代理商或经销商。

3. 二级渠道

二级渠道包括两个中介机构。在消费者市场,它们一般是一个批发商和一个零售商。在工业品市场,它们可能是一个工业分销商和一些经销商。

4. 三级渠道

三级渠道包括三个中介机构。通常由一个批发商、一个中转商(专业批发商)和一个零售商组成。

级数更高的营销渠道也有,但是不多。从生产者的角度看,渠道级数越高,控制也越成问题,制造商一般总是和最近的一级中间商打交道。

渠道的长度策略是指企业根据产品特点、市场状况和企业自身条件等因素来决定渠道的级数。

一般来说,技术性强的产品(需要较多的售前、售后服务)、保鲜要求高的产品等都需要较短的渠道;而单价低、标准化的日用品则需要长渠道。从市场状况来看,顾客数量少,而且在地理上比较集中时,宜用短渠道;反之,则宜用长渠道。如果企业自身的规模较大,拥有一定的推销力量,则可以使用较短的渠道;反之,如果企业的规模较小,就有必要使用较多的中间商,渠道也就会较长。

此外,企业渠道级数的多寡还取决于企业的经营意图、业务人员的素质、国家政策法规的限制等因素。例如,美国施乐公司在全世界销售复印机都是采用直接销售方式,但是这种方式在中国行不通,只能通过经销商分销。

渠道的宽度策略

渠道宽度是指企业在某一市场上并列地使用多少个中间商。企业在制定渠道宽度策略时面临着三种选择。

1. 独家分销(exclusive distribution)

独家分销是指在一定地区、一定时间内只选择一家中间商经销或代理,授予对方独家经营权。这是最窄的一种分销渠道形式。生产和经营名牌、高档消费品和技术性强、价格较高的工业用品的企业多采用这一形式。这种做法的优点在于:中间商经营积极性高,责任心强。缺点是市场覆盖面相对较窄,而且有一定风险,如该中间商经营能力差或出现意外情况,将会影响到企业开拓该市场的整个计划。

2. 广泛分销(intensive distribution)

广泛分销又称为密集性分销。即使用尽可能多的中间商从事产品的分销，使渠道尽可能加宽。价格低、购买频率高的日用消费品，工业用品中的标准件、通用小工具等，多采用此种分销方式。其优点是市场覆盖面广泛，潜在顾客有较多机会接触到产品。缺点是中间商的经营积极性较低，责任心差。

3. 选择性分销(selective distribution)

选择性分销即在市场上选择部分中间商经营本企业产品。这是介于独家分销和广泛分销之间的一种中间形式。主要适用于消费品中的选购品，工业用品中的零部件和一些机器、设备等。当然经营其他产品的企业也可以参照这一做法。如果中间商选择得当，采用此种分销方式可以兼得前两种方式的优点。

渠道的联合策略

分销渠道不是一成不变的，新型的批发机构和零售机构不断涌现。在发达国家，一些渠道正在逐渐走向现代化和系统化，全新的渠道系统正在逐渐形成。这里，我们将考察垂直营销系统、水平营销系统和多渠道营销系统的发展变化。

1. 垂直营销系统的发展

垂直营销系统(vertical marketing system，VMS)是近年来渠道发展中最重大的发展之一，它是作为传统营销渠道的对立面而出现的。传统营销渠道由独立的生产者、批发商和零售商组成。每个成员都是作为一个独立企业实体追求自己的利润最大化，即使它是以损害系统整体利益为代价也在所不惜。没有一个渠道成员对其他成员拥有全部的或者足够的控制权。传统渠道可以说是一个高度松散的网络，各成员间各自为政，各行其是。

垂直营销系统则正好相反，它是由生产者、批发商和零售商所组成的一种统一的联合体。某个渠道成员拥有其他成员的产权，或者是一种特约代营关系，或者这个渠道成员拥有相当实力，迫使其他成员合作。垂直营销系统可以由生产者、批发商、零售商中的任一组织担任支配者。这种系统的特征在于专业化管理和集中执行的网络组织，它们有计划地取得规模经济和最佳市场效果。垂直营销系统有利于控制渠道行动，消除渠道成员为追求各自利益而造成的冲突。它们能够通过规模、谈判实力和重复服务的减少而获得效益。这种模式在西方非常流行，如在消费品市场上已占有了70%～80%的比重，居于市场主导地位。

目前，垂直营销系统主要有以下三种类型。

(1)公司式垂直营销系统(corporate VMS)。公司式垂直营销系统是由同一个所有者名下的相关生产部门和分配部门组合而成。垂直一体化能向后或向前一体化，能对渠道实现高水平的控制。如假日旅馆正在形成一个自我供应的网络。

(2)管理式垂直营销系统(administered VMS)。管理式垂直营销系统不是由同一个所有者属下的相关生产部门和分配部门组织形成的，而是由一家规模大、实力强的企业出面组织的。名牌制造商有能力从再售者那里得到强有力的贸易合作和支持。因此，柯达、吉利和宝洁等公司能够在有关商品展销、货柜位置、促销活动和定价政策等方面获得其再售者强有力的贸易合作和支持。

(3)契约式垂直营销系统(contractual VMS)。契约式垂直营销系统是由各自独立的公司在不同的生产和分配水平上组成，它们以契约为基础来统一它们的行动，以求获得比其独立行动时所能得到的更大的经济和销售效果。契约式垂直营销系统近年来获得了很大的发展，成为经济生活中最引人注目的发展之一。契约式垂直营销系统有三种形式：

一是批发商倡办的自愿连锁组织。批发商组织独立的零售商成立自愿连锁组织，帮助它们和大型连锁组织抗衡。批发商制定一个方案，根据这一方案，使独立零售商的销售活动标准化，并获得经济采购的好处。

二是零售商合作组织。零售商可以带头组织一个新的企业实体来开展批发业务和可能的生产活动。成员通过零售商合作组织集中采购，联合进行广告宣传，利润按成员的购买量进行分配。非成员零售商也可以通过合作组织采购，但是不能分享利润。

三是特约代营组织。在生产分配过程中，一个被称为特约代营的渠道成员可能连接几个环节。特约代营是近年来发展最快和最令人感兴趣的零售形式。尽管基本思想还是老的，但是有些特约代营的形式却是崭新的。其方式可分为三种：第一种是制造商倡办的零售特约代营系统，如福特公司特许经销商出售它的汽车，这些经销商都是独立的经销人员，但是同意满足有关销售和服务的各种条件；第二种是制造商倡办的批发特约代营系统，如可口可乐饮料公司特许各个市场上的装瓶商购买该公司的浓缩饮料，然后由装瓶商充碳酸气，装瓶，再把它们出售给本地市场的零售商；第三种是服务公司倡办的零售特约代营系统，它由一个服务公司组织整个系统，以便将其服务有效地提供给消费者，这种形式多数出现在出租汽车行业、快餐服务行业和旅馆行业。

2. 水平营销系统的发展

另一个渠道发展形式是水平营销系统(horizontal marketing system)，即由两个或两个以上的公司联合开发一个营销机会，通过同一渠道系统，面对同一市场开展营销活动。这些公司缺乏资本、技能、生产或营销资源来独自进行商业冒险，或发现与其他公司联合开发可以产生巨大的协同作用。公司间的联合行动可以是暂时性的，也可以是永久性的，还可以创立一个专门公司，这被称为共生营销。

3. 多渠道营销系统的发展

多渠道营销(multichannel marketing)是指一个公司建立两条或更多的营销渠道以达到一个或更多的顾客细分市场时的做法。例如，蒂尔曼将多渠道零售组织定义为“所有权集中的多种经营商业帝国,它通常由几种不同的零售组织组成,并在幕后实行分配功能和管理功能的一体化”。如J.C.彭尼公司既经营百货商店,也开设大众化的商场和专业商店。

通过增加更多的渠道,公司可以得到三种重要的利益:增加市场覆盖面、降低渠道成本和更趋向顾客化销售。公司不断增加渠道是为了获得它当前的渠道所没有的顾客细分市场(如增加乡村代理商以达到人口稀少的农业地区顾客市场);或者,公司可以增加能降低向现有顾客销售成本的新渠道(如电话销售而不是人员访问小客户);或者,公司可以增加一些销售特征更适合顾客要求的渠道(如利用技术型推销员销售较复杂的设备)。

关于多渠道营销系统是否会造成渠道成员之间的“不平等竞争”已成为一个讨论的热点。但无论如何,渠道联合正在使企业从分散无序的游击战走向集约规模的阵地战。

第三节　渠道的设计策略

渠道设计是指建立以前从未存在过的营销渠道或对已经存在的渠道进行变更的策略活动。设计一个渠道系统要求建立渠道目标和限制因素,识别主要的渠道选择方案,和对它们做出评价。下面是进行渠道设计的一般步骤。

分析服务产出水平

渠道的服务产出水平是指渠道策略对顾客购买商品和服务问题的解决程度。这是设计营销渠道的第一步,其目的是了解在其所选择的目标市场中消费者购买什么商品(what)、在什么地方购买(where)、为何购买(why)、何时购买(when)和如何购买(how)。营销人员必须了解为目标顾客设计的服务产出水平。影响渠道服务产出水平的有这样一些因素。

第一个因素是批量的大小。所谓批量是营销渠道在购买过程中提供给典型顾客的单位数量。一般而言,批量越小,由渠道所提供的服务产出水平越高。

第二个因素是渠道内顾客的等候时间。也即渠道顾客等待收到货物的平均时间。顾客一般喜欢快速交货渠道,但是快速服务要求一个高的服务产出水平。

第三个因素是营销渠道为顾客购买产品所提供的方便程度,也就是空间便利程度。如果顾客能够在他所需要的时候不需要花费很大的精力时间,就能获得所想要的产品或服务。那么我们认为这个渠道的空间便利程度是较高的。

第四个因素是营销渠道提供的商品花色品种的宽度。一般来说,顾客喜欢较宽的花色品种,因为这使顾客满足需要的机会增多了。

第五个因素是被称为服务后盾的因素。服务后盾是指渠道提供的附加服务(信贷、交货、安装、修理)。服务后盾越强,渠道提供的服务工作越多。

营销渠道的设计者必须了解目标顾客的服务产出需要,才能较好地设计出适合的渠道。当然,这并不是说,提高了服务产出水平就能吸引顾客。因为,高的服务产出水平,也意味着渠道成本的增加和为了保持一定利润而制定的相对较高的价格。折扣商店的成功表明了在商品能降低价格时,消费者将愿意接受较低的服务产出。

设置和协调渠道目标

无论是创建渠道,还是对原有渠道进行变更,设计者都必须将公司的渠道设计目标明确地列示出来。这是因为公司设置的渠道目标很可能因为环境的变化而发生变化,只有明确列示出来,才能保证设计的渠道不偏离公司的目标。在这种情况下,明确地列示出渠道目标比言传意会更有效。

渠道目标因产品特性不同而不同。体积庞大的产品要求采用运输距离最短、在产品从生产者向消费者移动的过程中搬运次数最少的渠道布局。非标准化产品则由公司销售代表直接销售,因为中间商缺乏必要的知识。单位价值高的产品一般由公司推销员销售,很少通过中间商。

渠道策略作为公司整体策略的一部分,还必须注意与渠道的目标和其他营销组合策略目标(价格、促销和产品)之间的协调,并注意与公司其他方面的目标(如财务、生产等)的协调,以避免产生不必要的矛盾。

明确渠道的任务

在渠道的目标设置完成后,渠道设计者还必须将达到目标所需执行的各项任务(一般包括购买、销售、沟通、运输、储存、承担风险等)明确列示出来。

在渠道任务的设计中应反映不同类型中介机构的差异,以及它们在执行任务时的优势和劣势。如使用营销中介机构能使得制造商的风险降低,但中介机构的业务代表对每个顾客的销售努力则低于公司销售代表所能达到的水平。两者各有优势,因此要多加斟酌。除此之外,在进行渠道任务的设计时,还需要根据不同产品或服务的特性进行一定的调整,以最大限度地适应渠道目标。

确立渠道结构方案

在确立了渠道任务后,设计者就需要将这些任务合理地分配到不同的营销中介机构中去使其能够最大效用地发挥作用。由于不同的设计有不同的优劣之处,因此我们可以产生若干个渠道结构的可行性方案以供最高决策层进行选择。

一个渠道选择方案包括四方面的要素确定:渠道的长度策略、渠道的宽度策略、中介机构的类型以及渠道成员的权力和责任。

1. 渠道的长度策略

渠道的长度策略是指渠道级数的数目是多少。一般而言，渠道的级数至少有零级，也就是我们所说的直接销售，最多可以达到3级甚至3级以上。

通常情况下，渠道选择会产生2～3种方案，这些方案也受到诸如制造商的活动、市场的性质和规模、中间商的选择和其他因素的限制。有时，对于所有的制造商而言，渠道结构中级数的选择是一致的，但在某些短时期内会呈现一定的灵活性。

2. 渠道的宽度策略

渠道的设计者除了要对渠道总的级数的数目做出决定，还必须对每个渠道级上使用多少个中间商做出决定，这就是渠道的宽度策略。根据我们在前文给大家介绍的，渠道的设计者有三种基本的策略可供选择：广泛分销、独家分销和选择性分销。

制造商们在不断地诱导着从独家分销或选择性分销走向更密集的广泛分销，以增加它们的市场覆盖面和销量。

3. 中介机构的类型

第三个需要渠道设计者加以考虑的是如何对渠道内的中介机构进行具体的选择。公司应该弄清楚能够承担其渠道工作的中介机构的类型。比如，生产测试设备的公司可以在公司直接推销、制造代理商和工业分销商中间选择它的渠道。公司也可以寻找更新的营销渠道。如TIMEX在推出其新式的手表时，就放弃了传统的珠宝店这样一个渠道，而采用了大众化商店这一新渠道，结果取得了意想不到的效果。究其原因，主要是由于在进入新渠道时，公司遭遇的竞争程度不是很激烈。

4. 渠道成员的权力和责任

生产者必须确定渠道成员的权力和责任。必须真诚地对待每个渠道成员，并让它们有盈利的机会。其中主要因素有价格政策、销售条件、地区权力以及每一方所应提供的具体服务。

价格政策要求生产商制定价目表和折扣细目单，使中间商确信这些是公平而且充分的。

销售条件是指付款条件和生产商的担保。大多数生产商对于付款较早的分销商给予现金折扣。生产者也可以向分销商提供有关商品质量不好或者价格下跌等方面的担保。有关价格下跌所做出的担保能吸引分销商购买较大数量的商品。

分销商的地区权力是贸易关系组合的另一个要素。分销商需要知道生产商打算在哪些地区给予其他分销商以特许权。它们总喜欢把自己销售地区的所有销售实绩都归功于自己，不管这些买卖是否是通过它们而促成的。

对于双方的服务和责任，必须十分谨慎地确定，尤其是在采用特许经营和独家代理等渠道形式时。例如，麦当劳公司向加盟的特许经销商提供房屋、促销支持、记账制度、人员培训和一般行政管理与技术协助。而反过来，该特许经销商必须在物资设备方面符合公司的标准，对公司新的促销方案予以合作，提供公司需要的情报，并向特定的卖主购买原料。

确定影响渠道结构的因素

进行渠道的设计工作，就不能不对影响渠道结构的因素进行分析。影响渠道结构的因素很多，我们在此只讨论一些比较基本的影响因素：市场因素、产品因素、公司因素、中间商因素、环境因素和行为因素。

1. 市场因素

市场因素在渠道策略中起着举足轻重的作用，其对渠道的影响主要通过以下三个方面来实现。

(1)市场规模。也就是市场潜在的顾客数目。市场规模直接决定着渠道的长短和宽度。一般而言，规模越大，渠道的长度和宽度相对也会更大一些。

(2)市场在地理上的分散程度。市场在地理上的分散程度是由每单位区域面积上的销售量决定的。市场的地理分散程度越高，渠道的控制越难，费用也相应较高。

(3)市场的主要购买方式。市场上的消费者习惯于哪种购买方式对于渠道的结构也十分重要。比如说，中国的顾客就习惯于在商店里购买商品。如果生产商采用直接上门推销的方法就可能事倍功半。

2. 产品因素

产品因素是另一个在评价渠道结构中十分重要的因素。产品因素主要有以下几种。

(1)产品的价值和重量。笨重的、价值高的商品往往意味着高的装运成本和高的重置成本，因此一般而言，高价值、笨重的商品往往采用较短的渠道结构。

(2)产品的耐腐性。产品是否会迅速地腐烂是一个在实体运输和储存中非常关键的问题。如果产品十分容易腐烂，那么渠道的长度就不易太长，而应该采用短而迅速的渠道结构。鲜活产品的渠道一般都较短就是这个道理。

(3)产品标准化程度。一般而言，渠道的长度与宽度是与产品的标准化程度成正比的。产品的标准化程度越高，渠道的长度也越长，宽度也越大。

(4)单位产品的价值。如果是低单位价值的产品(如方便面、零食等)，它往往会通过中间商来进行销售，以让中间商承担部分的销售成本。另一方面，只有通过大量的中间商，方便食品才有可能最大限度地覆盖整个市场。

(5)产品的技术特性。一个高技术的产品往往会采用公司的销售人员向目标顾客直接销售的方法，因为中间商可能对产品的各项性能不是很了解，有可能对顾客产生误导，为以后埋下隐患。

(6)产品的创新程度。许多新产品进入市场都需要进行广泛而深入的宣传促销活动,而且需要公司随时掌握市场的变化情况。因此,在实际销售工作中,短渠道被视为是新产品进入市场时最好的渠道结构。

3. 公司因素

在前文中我们讲过,渠道的设置需要与公司的整体情况相一致。因此,在渠道的设计中,我们也必须将公司的因素考虑在内。在公司因素中影响渠道结构的最主要的因素有:

(1)公司的规模。不同渠道结构的选择范围会受到公司本身规模大小的限制,这是由于小的公司往往难以获得理想的中间商的支持,而大的公司则不必担心没有中间商加入它们的渠道。

(2)公司的基本目标和政策。公司的政策和目标在很大程度上决定了公司在渠道结构策略中所采取的政策和态度。如果公司追求的是严格控制,那么公司就会要求减少中间商的数目,以加强自身权力的集中程度。

(3)管理的专业水平。有一些公司缺乏必要的进行渠道管理活动的能力,在这种情况下,寻找一个能够提供良好服务和配合的中间商就显得十分重要。尤其是在进行国际市场的贸易时,由于面临的可能是一个完全不同的市场体系,因此,寻求一个良好的中间商就显得格外重要。假以时日,当管理者已经获得了足够的管理经验时,可以再进行对渠道的改进工作。

4. 中间商因素

作为渠道中的主要成员,中间商自然对渠道的结构产生举足轻重的影响。与渠道结构有关的中间商的影响因素包括:

(1)中间商的能力。中间商的能力在很大程度上影响着渠道策略。如果中间商的能力不能令公司感到放心,那么公司有可能宁可增加成本进行直接销售,也不愿采用中间商来进行销售。

(2)利用中间商所花费的成本。如果公司认为中间商进行销售或向公司提供的服务小于公司的付出,那么公司对渠道的选择就有可能偏向于减少中间商的数目。毕竟公司采用渠道的目的是减少自己的成本与不便。

(3)中间商的服务。公司总是希望能用最为“合理”的价格获得最多的来自于中间商的服务。但评价中间商服务的优劣往往是从公司的直观感觉出发的,带有较强的主观性,所以在渠道结构的设计中这是一个需要谨慎对待的问题。

5. 环境因素和行为因素

渠道的活动属于组织的运作,不可避免地要受到经济、社会文化、法律、竞争、技术等环境因素的影响。在这些因素中,有的是直接对渠道的结构造成影响,有的则通过对市场、对顾客产生影响而反映到渠道结构上。比如计算机网络的发展使得企业可以通过网络直接与异地顾客交易，然后通过当地的中间商送货上门，从而减少了企业在各个地区设立门市网点的成本。对顾客而言，通过网络直接与生产商交易也能够获得较低的购买成本。这种电子商务的发展必然对营销渠道的任务、性质产生重大的影响。

近来，由于公司开始注重对市场长远利益的关注，而不是仅仅满足于对短期效益的追求，因此，渠道的控制和渠道的适应性已逐渐成为渠道设计者们考虑的重要因素。

选择“最佳”的渠道结构

从理论上讲，我们可以在所有的备选方案中找出最优化的方案，得到最好的效果。即要求用最少的成本来确定各渠道任务在中间商之间的分配是最有效的。但在实际上，寻求最优的方案是不可能的。因为这意味着设计者将考虑所有的可能因素，列示出所有可能的方案，而这样做成本就太高了。因此，我们在此所说的最佳方案实际是指在已经列示的方案中选择最好的方案，它将对渠道的任务做出相对比较合理的分配。

评估方案的方法有多种，如财务信息分析法、储运成本法、管理科学方法和加权计分法等。在此，我们只介绍加权计分法。

加权计分法是由菲利普·科特勒首先提出的，这种方法（见表 13－1）强调在方案筛选过程中的定量化分析。该方法包括以下五个步骤：

表 13－1　　加权计分法

评价标准及其细则	权数(W)	计(s)分					加权计分(W×S)
		0	1	2	3	4	
1. 销售业绩							
a. 销售总额	0.20				/		0.6
b. 销售增长率	0.15			/			0.3
c. ×××××××	0.10					/	0.4
d. ×××××××	0.05		/				0.05
							小计：1.35
2. 存货状况							
a. ×××××××	××						××
b. ×××××××	××						××
							小计：××
3. ×××××							小计：××
	=1						合计：×××

(1)对策略的影响因素加以明确列示。在第一步中,我们应该尽可能将所有我们认为对营销渠道策略产生影响的因素分类加以列示。具体的各种可能影响因素我们在前面已有论述,在此不再重复。

(2)对每一个影响因素都根据它们的相对重要性尽可能精确地给予一定的权数。每个企业都有自己的特点,每个企业的策略者都应该根据企业的特点对所有的影响因素做一个评价。根据其影响程度的大小,给每一项影响因素一个权数,所有的权数累计应为1。权数越大说明对企业越重要。

(3)对每一个可能方案的每一项影响因素都进行评分,分数越高,表明企业在该方面做得越好,或者该项因素对企业越有利。

(4)对所有方案进行加权分的计算,得到最终的评分。对评分进行加权计算是为了更为精确地反映各项影响因素对企业的影响程度。比如说,企业的品牌知名度很高,可以打到4分,销售增长率一项只能打到2分;但品牌知名度的权数很小只有0.02,那么其加权分只有0.08分,而销售增长率的权数却有0.15,其加权分有0.30。在这种情况下,我们发现销售增长率的因素对企业策略的实际影响更大。

(5)得到最后的分数后,从中选出分数最高者,就可以认为该方案是在考虑了已列示的因素后得到的最佳方案。

第四节 营销渠道的控制与评估

企业(在这里,一般指制造商)在确定了方案、选择了渠道成员后,营销渠道就建立起来了。但这并不意味着企业的工作就结束了。营销渠道必须作为企业的一项宝贵资源而加以长期、有效的管理。这就意味着企业必须对渠道的每个成员进行必要的激励和评价的管理工作。此外,随着时间的变化,企业还必须不断地调整渠道以适应新的市场状况和环境变化。

激励渠道成员

同企业的员工一样,渠道的成员也需要激励。促使渠道成员参加这一渠道体系的条件固然已提供了若干激励因素,但是这些因素还必须通过制造商经常的监督管理和再鼓励才能得到补充。从这个角度出发,我们认为制造商要想激励渠道成员出色地完成任务,就必须尽力了解各个中间商的不同需要和欲望。

首先,中间商作为一个独立经营的商业企业,它必然会追求利润。因此,从某种意义上讲,中间商是充当顾客的采购代理人,其次才是它的供应商的销售代理。它对顾客希望从它那儿买到的任何产品都感兴趣。所以,如果企业能及时向中间商提供市场热销的产品，那么中间商就会感到企业对它的重视。而且，出于自身的利益，中间商也会更为热情地投入到制造商的产品中去。

由于中间商往往同时为多个制造商经销产品，因此中间商就有可能把它的商品编成一个品种组合。它可以把商品像一揽子品种组合那样综合起来出售给单个顾客。由于这样的做法能使它的商品更快地流转，资金更有效地得到使用，所以中间商的销售努力往往主要用于获取这类品种组合的订单，而不是个别的商品品目。如果企业能提供这样一个产品组合的建议或能够较好地满足中间商所提出的类似的要求，那么企业也能达到激励中间商的目的。

同样，由于中间商为多个企业经销产品，因此除非有一定的刺激，中间商不会为所出售的各种品牌分别进行销售记录。有关产品开发、定价、包装或者促销计划的大量信息都被埋没在中间商的非标准记录中，有时它们甚至有意识地对供应商保密。而对企业来说，这些信息是非常宝贵的。因此，企业及时提供必要的业务折扣、销售支持就显得十分重要，它将会给企业带来重要的市场信息。

在与中间商进行合作谈判时，价格是非常重要的一项内容。有时，企业会为了争到些许小利而雀跃不已。殊不知，这已经埋下了隐患。如我们前文所说的，中间商也追求自己的利润。所以，我们应当给予中间商适当的利润。如果公司锱铢必较，势必会挫伤中间商的积极性。

对中间商进行适当的培训也是一种激励的方式。由于中间商并不是对自己的所有商品都了解得很详细，因此对中间商的销售和维修人员进行适当的培训是非常重要的一环。而中间商出于更快地售出商品也非常愿意接受企业的这种培训。

评价渠道成员

制造商要想对中间商进行适当的激励，首先需要按一定的标准来衡量中间商的表现，并将这种衡量活动长期化。这些标准可以根据中间商的不同而不同。这种标准往往包含以下几个方面的内容。

中间商的渠道营销能力是每一个制造商在选择中间商时首先考虑的问题，也往往是衡量中间商的能力与参与程度的第一个标准。其中又包括销售额的大小、成长和盈利记录、偿付能力、平均存货水平和交货时间等内容。

中间商的参与热情也是评价中间商的一个重要标准。一个十分有能力的中间商不积极配合制造商的营销活动，其结果可能比一个普通的中间商积极配合制造商的活动的效果要差许多，甚至可能会危害到制造商目标的完成。衡量中间商参与程度的内容包括对损坏和遗失商品的处理，与公司促销和培训计划的合作情况以及中间商应向顾客提供的服务等。

由于中间商往往是经营多种品牌或多种类型的产品，因此我们也可以通过对中间商经销的其他产品进行调查来衡量中间商的能力。如果中间商的经营品种多，总体的销售量大，那么说明该中间商十分具有实力。同时，我们还可以从中了解到自己的产品销量在中间商销售的产品总量中占有多少比例，处于什么样的地位，从而决定对中间商进行的激励着重于哪个方面。

渠道控制

对渠道成员进行激励、评价的目的都是为了更好地对渠道成员进行管理、控制，使渠道能够按照企业的目标共同前进。首先，营销渠道的目的是促使商品不断地、更好地向消费者或用户运动，而只有所有渠道成员的目标相一致时，渠道才能很好地运转。所以控制渠道的首要任务是使中间商了解企业的营销目标。

其次，制造商的任务不能仅限于设计一个良好的渠道系统，并推动其运转。由于各个独立的业务实体的利益总不可能一致，因此无论对渠道进行多好的设计，总会有某些冲突存在。尤其是当消费者的购买方式发生变化、市场扩大、新的竞争者兴起和创新的分销战略出现时，这种冲突更为突出，所以渠道结构需要不断改进，以适应市场新的动态。制造商采用较多的、改变渠道结构的方法包括增减个别渠道成员，增减某些特定的市场渠道，或者创立一个全新的方式在所有市场中销售其产品。只有不断适应市场的变化，才能更好地控制渠道为己所用。

互联网络也正在被视为一种新兴的渠道，它并非如往昔的渠道一样层次分明。谁是制造商、谁是批发商、谁是零售商在网上是难以分辨的。任何一个渠道成员都有可能设置网页，将商品直接展示在顾客面前，回答顾客提问，进行直接面向消费者的促销活动。这种直接互动与超越时空的电子购物无疑是营销渠道的革命，所以所有的营销经理都应该仔细审视企业的渠道营销策略，早日将互联网络纳入企业的营销渠道之中。

第五节　分销渠道的发展趋势

美国著名未来学家阿尔温·托夫勒曾经预言："电脑网络的建立与普及将彻底改变人类生存及生活的模式，而控制与掌握网络的人就是人类未来命运的主宰。谁掌握了信息，控制了网络，谁就将拥有整个世界。"事实确实如托夫勒所预言的那样，随着互联网在20世纪90年代的异军突起，互联网技术的发展对社会经济生活的各个方面，包括企业的生产和经营都产生了巨大的影响。作为企业营销系统的一个重要部分，分销渠道及其结构形式在这种影响下也正在发生着深刻的变化。可以这样说，由于互联网技术的出现，传统分销渠道模式正在受到强烈的冲击。

互联网的经济特性

互联网的出现使低交易成本的信息交流方式成为可能。作为信息技术的一种应用，互联网技术实质上是一种新型的信息处理技术。与传统的信息交流方式相比，互联网拉近了人与人之间的地理距离，使制造商和广大最终消费者之间的信息交流通过一条网线就能够得到实现，生产与消费之间一下子可以“面对面”。在这种信息流通方式下，制造商有可能实现与最终消费者的直接对话，而无需借助层层的中间商来实现这种沟通。对于制造商来说，这种直接的沟通方式至少在以下几个方面是传统沟通方式所无法比拟的。

1. 使企业准确掌握市场信息

在传统的信息流通方式下，最终消费者的需求信息需要经过层层中间商的收集和处理后才能到达制造商这里。在这个过程中信息很有可能出现失真，这种失真最直接的后果是制造商的产品不为市场所接受。互联网的直接信息交流方式可以把信息失真降低到最小的程度，保证制造商能够生产出符合市场需要的产品。这一点对制造商来说是至关重要的。

2. 降低交易成本，提高产品竞争力

在传统分销渠道模式中，中间商一直扮演连接生产与消费的桥梁的重要角色。为了实现产品的销售和信息的沟通，这些中间环节必不可少。为了获得必要的利润，这些中间环节层层加价，使得产品价格一路攀升，等到了最终消费者手中，产品价格已远远高于制造商的生产成本，这无疑损害了最终消费者的利益，也使得产品的竞争力受到影响。互联网技术使生产者与消费者的直接交流成为可能，制造商通过互联网能将产品直接销售给最终消费者，减少了中间环节所带来的交易成本的增加，提高了产品的竞争力。

3. 最大限度降低企业的库存

传统的信息流通方式需要中间环节层层传递信息，这必然使到达制造商手里的信息具有滞后性。而制造商在获得最新的市场信息之前只能按照以往的经验数据安排生产，由此可能产生的偏差要求制造商在任何时候都必须有一定的库存，以减小缺货成本。在与最终消费者直接沟通的条件下，制造商可以及时获得最新的市场信息，根据市场的实际需求情况决定生产，从而减少库存甚至实现“零存货”生产。

4. 有助于企业提供个性化的产品

随着物质生活的逐渐丰富，人们越来越不满足于大批量生产的无个性特点的产品，而希望消费能更多体现个人特点的产品。在互联网出现之前，制造商想获得大量分散的消费者个人需求信息是非常困难的，因此产品的个性化也很难实现。互联网的普及却使产品的个性化成为可能。制造商通过互联网能够比较容易地收集消费者关于产品需求的个性化信息，这些信息有利于制造商为消费者度身定制产品，从而提高企业产品的竞争力。

互联网对传统分销渠道的影响

进入21世纪,蓬勃发展的互联网对传统的分销渠道产生了巨大的冲击。新的分销模式不断兴起,比如网上零售、网上采购、在线拍卖、物流公司等如雨后春笋般涌现出来,热闹的背后有着其必然的规律——互联网对传统分销渠道的深刻影响。互联网对传统分销渠道的影响主要体现在以下几个方面。

1. 增加分销渠道

在互联网的环境下,分销渠道不再仅仅是实体的,而是虚实相结合的,甚至是完全虚拟的,即所谓的e-Distribution。在线销售、网上零售、网上拍卖、网上采购、网上配送等新的分销形式使分销渠道多元化。分销渠道由宽变窄、由实变虚、由单向静止变为互动。虚拟渠道的一个主要表现形式就是电子商店。在线销售、网上零售、网上拍卖、网上采购、网上配送等新分销形式都是电子商店的经营方式。电子商店是电子买卖发生的场所,是传统商店的在线版,代表了网络与商业的融合。与传统商店类似,电子商店为顾客提供最终的买卖成交场所。

2. 疏通分销渠道

在互联网的环境下,由于信息沟通成本低、效率高,分销渠道各环节的信息可以充分沟通。信息渠道的畅通也使各环节的主体意识到,只有互相合作,才能使各方面的利益共同达到最大化,因此各分销渠道主体之间的关系逐渐由零和博弈转变成非零和博弈,最终创造了双赢的合作竞争关系。同时,由于虚拟渠道的介入,使分销渠道间的竞争加剧,传统的分销渠道主体渐渐意识到原来做法的危险性,从而迫使它们放弃原来的各自为政的想法和行为,从单独活动逐步走向合作双赢,最终使渠道越来越畅通。

3. 细化分销渠道

通过互联网,制造商和中间商可以直接了解消费者的真实消费需求,可以直接向消费者提供产品,可以低成本地向消费者提供定制化服务,与消费者实现互动,即一对一营销。一对一营销的兴起和实现,使分销渠道由粗放型变成集约型,分销渠道的细化是互联网时代一个显著的渠道特征。由于互联网的发展,顾客的个性化需求逐渐得以满足。但是其前提是配送必须低成本、高效率,只有配送跟上来了,一对一营销才能真正实现。互联网对配送的高要求引起了第三方物流的兴起。

4. 整合分销渠道

在互联网时代,由于制造商与消费者之间的沟通十分方便,因此,传统的中间商就显得多余了,不仅在信息沟通方面显得多余,在商品销售方面也显得多余。制造商开始钟情于直销,它们按照顾客的要求生产(customization、tailor order),在生产中应用SCM、CRM、JIT等先进的技术,吸引顾客参与设计,从而使产销结合得更加紧密。这种新的生产经营模式,要求分销渠道快捷高效,同时也要求产销不再脱节,但是传统的分销渠道很难满足其要求,所以许多厂家只好自己建立分销渠道或委托第三方物流公司,传统的分销渠道于是日益显得多余起来,分销渠道的扁平化也渐渐成为趋势。

5. 降低分销成本

分销成本的降低是互联网带来的最直接的利益,这主要表现在降低交易成本、降低沟通成本和减少流通成本。互联网使分销渠道成本降低的功能越来越受到企业的重视,导入互联网已成了企业重构和再造的一个重要目标,许多走在前面的企业已尝到了甜头。例如,斯科公司78%的订单来自于 Web,每天网上有 3 000 万美元的销售,80%的客户服务实现了电子化,在过去的几年中,运作成本已节约了15亿美元。

6. 提高分销效率

戴尔公司(DELL)利用互联网,近两年实现了大规模客户化加工。戴尔公司在市场上捕捉每一个、每一种商业机会,在本土不仅产量超过了其他厂家,成为市场老大,而且因为更好的客户集成,获得了更高的产品利润。没有互联网,靠过去的电话接单,客户大规模化是不可能的。

7. 使渠道透明化

传统的分销渠道,对供应商来说,大多数情况下是不透明的,假如中间阻塞了也不知道问题出在何处,更不知道该从何处下手。但是在互联网时代,通过把互联网系统引入渠道,就可以使渠道透明起来。在互联网平台上,企业可以引进实时管理(JIT),动态跟踪产品的流通情况,在产品的运输过程中,通过引入全球定位系统(global position system, GPS),实时动态跟踪商品的在途情况,从而为商家的及时供货提供保障。

互联网渠道与传统渠道的冲突协调

当网上渠道和传统渠道——无论是 B2B 的分销商主导的渠道还是传统的商店零售渠道——共存时,都将且必定导致渠道冲突。目标、领域以及认知与理解等方面的冲突都会存在。这需要由制造商来估计冲突的严重程度,并决定采取什么行动来解决这些问题。在此,概括介绍几种制造商在决定自己设立网上购买网站并将其纳入它的渠道组合中时,如何控制由此而带来的冲突的一些策略。从制造商角度讲,可以采取的行动包括:

1. 开展网上经营,但对传统的零售商提供一些公司网站上所没有的优惠

例如耐克,耐克是通过实施多个步骤以将这一情况下本来所固有的冲突最小化的典型例子。运动鞋和运动服装制造商——耐克,在 1999 年 2 月建立其网上渠道之前和之后,都与其传统零售商进行了沟通,向它们解释公司建立网上渠道不会影响它们的销售活动和绩效。耐克承诺说其网上网站 nike. com 所销售产品的价格就是价格表上所列的价格,不打折扣。耐克的网站会帮助购买者找到在他们附近的零售商店去购买耐克的产品。

耐克还向其最大的,但却一直没有好好发挥其自有网站作用的零售商提供特别的利益,如拥有多家运动用品连锁店,像 Foot Locker 和 Champ Sports 的 Venator 集团,在 1999 年获得了可以在其所属商店及网上渠道销售耐克的 Air2 Max 运动鞋的独家经销权。通过这些行动,首先耐克阻止了其零售商可能会有的、对耐克将怎样对待它们的这种认知冲突的发生,同时通过给予其最大的零售商 Air2 Max 运动鞋等产品的独家产品专卖权,使得有关经营领域方面的冲突也最小化了。耐克通过在其网站 nike. com 上向购买者推荐零售店的做法也显示了它和零售商的共同目标。

2. 利用产品线差异化来保持传统商店零售商的市场地位

一些制造商选择对传统零售商和对网络零售商提供不同的产品线的策略来管理渠道冲突。宝洁公司就是这样一个典型的例子。宝洁的网上渠道不销售其传统的美容产品,而是销售全新产品,而这些产品也不会通过传统的商店销售。这种措施就减少了领域冲突的产生:(1)使得消费者不能在两种不同类型的渠道中购买到相同的产品;(2)通过将网上销售的产品线给以截然不同的命名,以避免消费者进行价格、特性、品牌等方面的比较。这种战略与一些服装设计商所采用的战略基本相同,这些服装设计商既通过传统零售商店进行销售,同时也通过它们自己的折扣店进行销售。例如,安·泰勒通过专门的 Ann Taylor 商店销售其服装,同时自己还经营着名为 Ann Taylor Loft 的折扣商店,Ann Taylor Loft 折扣商店只卖有 Ann Taylor Loft 标志的系列产品,这些服装是按照前几季流行过的设计制作的,从而避免了与全价的零售商店直接竞争。另一种策略是通过网上渠道销售整条产品线中的部分产品,如塔珀公司就采用这种策略,以此来保护其直销商的销售,这些直销商则可以向其顾客销售整条产品线的产品。

3. 运用奖赏权以与传统商店零售商分享销售报酬

制造商的另一种选择是通过网上销售,但对传统的线下渠道所做的推广与销售的努力进行补偿。如,Ethan Allen——一家美国的高档、优质而且产品线齐全的产品制造商,过去一直通过其覆盖全国的 300 个半独立的专门商店的销售网络来服务于整个市场。这些商店只销售 Ethan Allen 的产品,但是由独立的特许商经营,不仅销售产品,而且还要提供高水平的售前和售后服务。当 Ethan Allen 的董事长、首席执行官法克·凯斯瓦里决定建立网上销售渠道时,他仍与这些商店合作,让这些商店继续执行这些服务职能,即使产品是通过网上销售的。网站向所有希望网上购买的顾客提供所有产品。如果 Ethan Allen 自己送货,则顾客所在区域的商店可以分得销售额 10%的佣金。如果商店提供帮助(如送货、维修、组装和退货等),则该商店可以得到 25%的销售佣金。这些佣金维持了公平原则,零售商在渠道流中所做的努力越多,其得到的补偿也越多。另外,网站还咨询顾客是否需要装修方面的帮助,并将需要帮助的顾客推荐到离他们最近的商店。总之,Ethan Allen 的网站在渠道流中只做那些在网上可以做得最好的环节,而将其他的步骤交给当地的特许零售商。通过引导和将顾客的售后跟进服务等工作转给零售商来为他们提供进一步的支持，公司方面的这些投资反过来也会使得零售商有义务在人员和软件方面进行投资，以便能够跟进网络销售的要求。最终的结果是，零售商不把制造商的网站看成是替代它们的竞争对手，而是对它们销售努力的一种补充。

4. 避免在制造商自己的网站上进行销售

李维斯——美国牛仔裤制造商，1999 年假日期间曾经进行过网上销售，但以后就将网上经营完全关闭了。李维斯宣布它只通过混合型零售商如 J. C. 彭尼和梅西的网站进行网上销售。李维斯宣称李维斯网上销售的费用很高，而且其自有的网站销售业绩也很差，其他网站还在运行中，但主要是履行促销职能，而不是进行销售。它的网站声明："Levi. com 将所有的网上销售转向选定的零售商网站，Levi. com 仍将是您了解最新款式及其他产品信息、电视促销及其他你不想错过的促销活动的最佳途径，我们将帮你找到最适合你的购买地点。如果你愿意网上购买李维斯的产品，请光临 www. jcpenney. com 和 www. macy. com。"尽管通常来讲一个像李维斯这样的公司进行网上销售可能是个不错的战略，但是如果经济利益不大，而其他网上销售商可以很好地执行这项功能的话，制造商关闭其自有的网站，停止直接销售也是一个不错的选择。

总之，无论制造商采用哪种方式开展网上销售，都会引发渠道冲突。在很多情况下，这些冲突与传统的双重渠道冲突很类似。控制这些冲突的方法有多种，包括避免两种渠道的同时使用(避免网上销售)，向传统零售商进行其他方式的投资以及利用网上渠道来加强传统渠道的市场营销能力，等等。有些情况下当网上销售对供应方和购买方都具有很大的利益和好处时，让这些冲突存在也是值得的。采用混合渠道，让制造商的网上渠道承担渠道流中的某些环节，让传统的零售商店承担其他环节，正在成为解决由于网上销售而引发的渠道冲突的新途径。这类解决方法是利用网上及线下渠道的优势，以最低的成本为消费者提供最齐全的服务的最好方式。

营销渠道是产品由生产者向最终消费者或用户流动所经过的途径或环节。营销渠道由众多承担营销功能的中介机构所组成。由于这些营销中介机构的存在，缓和了产需之间在时间、地点、商品数量和种类方面的矛盾，也使得市场上总体交易的次数减少，交易费用降低并且大大提高了产品流通的速度和效率。

营销中介机构按照是否拥有商品所有权可以分为经销中间商、代理中间商和辅助机构。按照在流通领域中承担的不同角色可以分为批发零售商、进口商和内外贸兼营等几种类型。

企业在构建营销渠道时,必须做出几种渠道策略的选择,即是选择长渠道、宽渠道还是联合渠道。通过这些策略,企业可以搭建出自己所需的营销渠道的框架。

在进行企业营销渠道设计时,企业可以遵循以下六个步骤:(1)分析服务产出水平;(2)设置和协调渠道目标;(3)明确渠道任务;(4)确定渠道结构方案;(5)确定影响渠道结构的因素;(6)做出可能的渠道结构方案并选出最佳方案。在进行渠道设计时,企业要结合考虑市场因素、产品因素、公司因素、中间商因素、环境因素和行为因素等对渠道的影响,以使设计尽可能完善,能够适应多种市场态势。

有了一个适用于企业的分销策略和营销渠道体系之后,企业还必须注意对渠道成员的控制、评估和激励。企业可以通过设置一定的标准来衡量适用的中间商;通过给中间商一定的财力、物力、人力的支持,激励中间商发挥积极的作用。企业还必须根据市场的新动态,及时改变渠道结构和分销方式。只有这样,企业才能有效地控制好渠道,为己所用。

由于互联网技术的出现,分销渠道及其结构形式正在发生深刻的变化。互联网对分销渠道的影响主要体现在:增加分销渠道,疏通分销渠道,细化分销渠道,整合分销渠道,降低分销成本,提高分销效率和使分销渠道透明化。

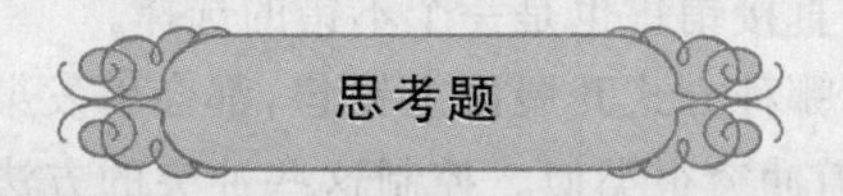

思考题

1. 企业应当如何在渠道的长度和宽度上进行决策?
2. 什么是垂直营销系统?它有哪些主要类型?
3. 设计一个高效的分销渠道主要应做哪些工作?
4. 如何实施对分销渠道的有效控制?
5. 互联网对分销渠道管理产生了哪些主要影响?有哪些协调方式?

第十四章

中间商与物流管理

学习目的与要求

1. 掌握零售商与批发商的主要区别
2. 了解零售商的主要类型和特征
3. 了解批发商的主要类型和特征
4. 掌握零售商和批发商的营销策略
5. 了解物流的概念和基本方式
6. 了解供应链的含义及对现代物流发展的影响

在上一章中,我们主要讨论了营销渠道的各种概念和特征,以及作为一个制造企业如何建立自己的营销渠道,并对其进行有效的管理和控制。在这一章中,我们将进一步介绍构成营销渠道的主要成员:中间商和物流机构。它们是帮助和促使企业的产品进入市场、转移到消费者的手中、满足消费需要、实现产品价值的主要营销中介。

第一节 零售商

零售商的特征

零售(retailing)包括将商品或服务直接销售给最终消费者供其非商业性使用的过程中所涉及的一切活动。任何从事这一销售活动的机构不管是制造商、批发商或者是零售商都进行着零售活动。至于这些商品或服务是如何出售的(是通过个人、邮售、电话或者自动售货机)或者它是在什么地方出售的(在商店、街上或消费者家里)则无关紧要。另一方面,零售商(retailer)或零售店则是指主要从事零售业务的商业企业。

零售商的主要特征有三点:一是商品的销售对象是直接消费者,包括城乡居民和社会集团单位,不是转售或加工者;二是商品一经出售就脱离了流通领域,进入消费领域,零售商店处于商品流通末端,其商品的价值随着使用价值的消失而消失;最后一个特征是零售商店的商品销售数量往往小于批发商的销售数量。而其中销售对象对于所购商品的用途则是零售与批发最为本质的区别。

由于零售商处于流通领域的终端,直接连接消费者,承担实现产品最终价值的任务,因此它对于满足各种各样的消费者需求、促进产品的顺利销售以及推动社会再生产的正常运转具有十分重要的作用。

零售商的主要类型

零售机构多种多样,五花八门,新形式不断涌现。在此,我们仅对主要的零售商的形式作一个简单的介绍。

1. 综合商店(gereral store)

综合商店是指在同一家商店内,不分门类,销售多种类型商品的零售商。实际上,最早的零售商大多数属于综合商店。在一些城镇和乡村,一家小商店常常是连服装带食品,从锅碗瓢勺到农药化肥,什么东西都经营,有时还会提供邮政服务。这种早期的综合商店规模一般不会很大。因为规模过大必然会带来管理上的麻烦。以后发展到一定的规模,就有可能转化为百货商店。

2. 专业商店(specialty store)

专业商店是专门经营一类或几类商品的商店。大体有服饰商店、钟表店、家具店、花店等。有的只经营本行业商品,有的则兼营其他行业、但在消费上带有关联性的商品(如礼品商店,既有工艺品又有文具等)。这类商店的特点在于经营的商品大类比较单一,专业性较强(系列少、项目多、深度大),具体的商品品种、花色、规格比较齐全。它有利于消费者广泛挑选，同时也能及时研究消费者的需求变化。如有需要，我们还可以按产品线的宽度进一步分类：一家服装店可以是单线商店；一家男子服装店就是一家有限生产线商店；而一家男子定制衬衣商店就是一家超级专业商店。

3. 百货商店(department store)

百货商店是一种大规模、综合性、分部门经营日用工业品的零售商业企业。其特点在于经营的商品类别多，同时每类商品(每条商品线)的花色、品种、规格比较齐全。实际上，百货商店是许多专业商店的综合体。通常每一大类商品作为一个独立的部门，有各自的管理人员负责商品的进货业务、控制库存、安排销售计划等工作。近年来，许多专业百货店也应运而生，它只经营服装、鞋类以及箱包之类的商品。在某些发达国家，百货商店已进入零售生命周期的衰退阶段。它们面临激烈竞争，特别是折扣商店、专业连锁商店和仓库商店对它们的挑战；此外还有交通拥挤、停车场不足以及城市空心化现象的出现等，致使商业区的购物吸引力日益减弱。针对这些因素，百货商店也采取了在郊区购物中心设立分店、增设地下廉价品商场、电话订货和对商店形式进行改变等方法来延长自己的寿命。

4. 超级市场(supermarket)

超级市场是一种开架销售、自助服务、低成本、低毛利的零售商店。它是为了更便利地满足消费者对食品和家庭日常用品的种种需求而创建的一种新的零售形式。超级市场一般以经销食品和日用品为主，有的大型超级市场还兼营化妆品、文具、五金、服装等商品。目前不少超级市场通过开设大型商场，扩大经营的品种，建造大型停车场，周密设计商场建筑和装潢，延长营业时间，广泛提供各种顾客服务来进一步扩大其销售量和提高它们的方便性。

5. 便利店(convenience store)

便利店是一种以经营最基本的日常消费用品为主，规模相对较小，位于住宅区附近的综合商店。便利店营业时间较长，不少是24小时营业，一般经营周转较快的方便商品，如日用百货、药品、应急商品、即食食品等。由于便利店能随时满足消费者的即时需要，所以商品的价格相对较高。目前，便利店的经营者认为根据居民的生活特点和需求，大概每一万人口应当配备一家便利店。根据这种推断，在中国的一些大城市中便利店的发展前景是很广阔的。

超级市场与便利店的销售形式是类似的，两者都采取开架陈列、自我服务、一次结算的方式，但两者的经营定位却有很大差异。超市是满足顾客日常生活所需商品的商店，而便利店则是以满足顾客即时消费需求的商店；超市以居民区一般消费者为主，以家庭为主要销售单位；而便利店则以追求生活质量、习惯于夜生活、生活节奏快的人为主；超市以居民区为主要选址点，而便利店除了选择居民区外，还可以选择闹市区、交通枢纽地带，以便于顾客购物；超市是满足顾客日常生活所需的"一次性购足"的商店，其商品品种至少在3 000种以上，最多可以达到15 000 种。而便利店则是以消费者日常消耗率较高的商品为主，具有即时消费性、应急性、小容量性的特点；超市的营业时间在12～16 小时之间，而便利店则在16 小时以上，甚至达到了24 小时的全天候营业。由于便利店向顾客提供了更多的服务，因此其商品售价要高于超市10%～20%，利润率要高于超市2%～3%。所以，便利店并非"低档店"，也并非卖"细、小、零、杂"商品的杂货铺。

6. 超级商店(superstore)

超级商店又称"综合大卖场"，一种大规模的、开架自助服务的，以销售食品和其他各种日用消费品为主的大型零售商店。其规模远远大于一般的超级市场，可达2万～4万平方米以上。经营的商品品种少则四五万种，多则十几万种。与超级市场的一个重要区别是超级商店的非食品类商品占较大比重，一般在50%以上，包括家电、自行车、简易家具等大件商品。一些超级商店还设有洗衣、美容、冲印照片等服务项目，并配有各种快餐店。超级商店由于经营规模大、商品周转快、经营成本较低，所以商品价格很便宜。

7. 专业大卖场(category killer)

一种专门销售某一类商品的、大规模经营的零售商店，如家电大卖场、家具大卖场、装潢材料大卖场等。商店面积一般都在1万平方米以上，专业经营的种类繁多，能充分满足对该类商品的选择性需求。由于大规模经营成本较低，其价格比其他商店销售的同类商品便宜得多，有很强的竞争力，使得其他商店很难同其竞争，甚至不得不放弃对该类商品的经营，所以专业大卖场也被称为"品类杀手"。

8. 折扣商店(off-price retailer)

折扣商店是第二次世界大战之后兴起的有影响的零售企业，它也是一种百货商店，主要以低价竞销、自助选购的方式出售家庭生活用品。其价格低于一般商店，毛利较少，薄利多销，销售量较大。早期的折扣商店几乎都是从设在租金较低而交通集中的地区发展起来的，其主要的服务对象是那些收入不很高的工薪阶层。这些消费者往往对价格高低较为敏感，而对服务则没有很高要求。近年来，折扣商店之间以及折扣商店和百货商店之间的激烈竞争导致了许多折扣零售商店开始经营高价商品。折扣零售已经超越了一般商品而进入了特殊商品领域。如运动用品折扣商店和折扣书店等。这必然导致折扣商店的营业费用大大增加，从而降低了它在价格上的竞争优势。

9. 大型购物中心(shopping mall)

大型购物中心从严格意义上来讲并不是一种独立的零售业态，而是各种业态零售商店的一种集聚形式，以满足综合性、休闲性消费需要为主。通常是在同一建筑或同一区域中集中了百货商店、专业商店、超级市场(或超级商店)、品牌专卖店以及影视娱乐中心和各类餐饮店。环境舒适优雅，并配有很大的停车场，是一种符合现代生活品位的零售形式，已成为人们购物与休闲的主要场所。购物中心有设在市中心的，也有设在郊外的，主要根据不同国家和地区人们的消费习惯而布局。

10. 厂家直销中心(factory outlets)

厂家直销中心是一种集中了许多著名品牌的厂家直销店的购物中心。这些直销店一般销售过时、断码或清仓的名牌商品，相对于市场上同品牌的商品价格要便宜得多，对消费者有很强的吸引力。由于其对自身正常销售的商品也会构成竞争，所以厂家直销中心一般设于距离市中心区域较远的位置，以服务于专门寻求低价名牌的消费群体。

11. 连锁商店(chain stores)

连锁商店是指由许多中小企业通过组织上和经营上的联合而形成的联营网。连锁商店的经营业务在不同程度上受总店的控制。其主要特点在于其管理制度相当标准化，规模适当、数量较多、分布面广，能获得规模经营的各种利益。比如，通过统一的连锁形象能提高和扩大商店规模经营的声誉；能通过大量采购降低进货成本；市场信息比较充分，利于随时了解消费者的需求变化，做出相应的变动。当然，由于连锁商店进行统一管理，集中进货，因此在一定程度上降低了各分设商店的灵活性。

连锁商店的组织形式一般有三种，即正规连锁(公司连锁)、特许连锁(加盟连锁)和自由连锁。

正规连锁，又称公司连锁，是指在同一资本控制之下的众多分散经营的店铺组合。正规连锁的特点是所有的店铺都由其总部直接控制，总部实行统一采购，统一定价，统一核算，统一配送，各门店实际上只具有销售的功能。正规连锁是一种最紧密的连锁组织形式。

特许连锁，又称加盟连锁，是指连锁公司以签订特许协议的方式，将其店名、经营方式以及所经营的商品转移给系统之外的商店使用，对其进行统一配货并加以业务指导，同时要求其按公司的统一要求开展经营。特许连锁的特点是加盟店一般独立核算，在遵守特许协议的前提下有一定的经营自主权。特许连锁是一种相对松散的连锁组织形式。

自由连锁是指由许多独立经营的小店铺自愿联合，统购分销，相互协作的连锁组织形式。自由连锁有以零售店铺为首自行组织的，也有以某批发企业牵头，联合一批中小店铺共同组成的。自由连锁的特点是各店铺有很强的独立经营权，实际上是一种比较松散的连锁经营形式。

12. 其他零售商店形式

(1) 仓库商店(warehouse club)。仓库商店是一种不重形式，价格低廉，而服务有限的商店。这种商店出售的商品，大多是顾客需要选择的大型笨重的家用设备。如家具、冰箱、电视等。仓库商店往往在租金比较低廉的地段租用场地，一部分开辟为展销地点。一旦顾客选中商品，付清价款，即可在仓库取货，自行运走。

(2) 样品目录陈列室(catalog showroom)。样品目录陈列室是一种将商品目录和折扣原则应用于大量可供选择的毛利高、周转快的有品牌商品销售的零售方式。店铺中往往只有大量的商品目录和少量的样品。顾客只需对其所喜欢的商品进行登记，就能由店家按要求送货上门。如珠宝、照相机和摄影器材等商品的销售常用这种方式。它利用减少成本和毛利吸引大量销售。

(3) 自动售货机(automatic vending)。自动售货机是零售的另一种方式，已经用于多种商品，包括带有很大方便价值的冲动型商品(香烟、软饮料、报纸等)和其他产品(袜子、化妆品、唱片集等)。自动售货机向顾客提供了24小时销售、自我服务和提供未被触摸过的商品。但相对而言，经营费用较高，所以其价格也略高。

(4) 购物服务。购物服务是指一种为特定委托人(如学校、医院、协会和政府机构的雇员)服务的无店铺零售方式。该购物服务组织的成员有权向一组选定的零售商购买，这些零售商同意给予购物服务组织的成员一定的折扣。零售商会付给购物服务组织一些小额费用酬谢其提供的购物服务。

(5) 流动售货。流动售货是一种相当古老的推销方式，近来也开始重新被越来越多的企业所采用。

零售商店类型就像产品一样，也经过从发展到衰退的阶段，新商店类型的出现往往是为了满足顾客对服务水平和具体服务项目的各种不同的偏好。随着时间的推移，新的商店类型不能适应顾客更高的要求时，更新的商店类型就会出现。如此，周而复始不断发展、不断更新。

零售商营销策略

过去，个别零售商通过销售特别的或独特的花色品种，提供比竞争者更多更好的服务来赢得竞争优势，但现在各零售商在服务上的分工差异正在逐渐缩小，因此许多零售商不得不重新考虑营销战略。下面我们将讨论零售商在目标市场、产品品种与服务、商店气氛、定价、促销和销售地点等方面的营销策略。

1. 目标市场策略

零售商最重要的策略是确定目标市场。只有当零售商确定目标市场并且勾勒出其轮廓时，它才能对产品编配、商店装饰、广告词、广告媒体和价格水平等做出一致的策略。为此，零售商应该定期进行市场信息的收集工作，以检查其是否满足目标顾客的需求，是否已成功地使自己的经营日益接近其目标市场。

2. 产品品种和服务策略

零售商所经营的产品品种必须与目标市场可能购买的商品相一致，这已成为同类零售商竞争的一个关键原则。零售商必须决定产品品种组合的宽度(窄或宽)、深度(浅或深)和产品质量。因为顾客希望商店能够尽可能多地提供产品,使顾客拥有足够多的挑选余地。当然,顾客不仅仅是注意产品种类、型号、式样的多少,许多顾客也十分注意各种产品质量。

零售商要想在产品品种上确立自己的优势,就必须制定在保持与目标市场一致前提下的产品差异化战略。比如,以其他竞争者所没有的独特品牌为特色,或者公司自行设计服装在店内销售;商店还可以以新奇多变的商品为特色,带动其他商品的销售;率先推出最近或最新的商品,提供定做商品的服务也不失为一种吸引顾客的好方法。总而言之,公司需采用“人无我有、人有我好、人好我新、人新我快”的经营方法来取得商业竞争中的优势。

3. 商店气氛策略

每个商店都有一个实体的布局,使人们容易或不容易走动;每个商店都必须精心构思,使其具有一种适合目标市场的气氛,使顾客乐于购买。如晚礼服专卖店的气氛应该是典雅、高贵的;而运动服专卖店则应该是青春、活泼和激动人心的。

4. 价格策略

零售商的价格是一个关键的定位因素,必须根据目标市场、产品服务编配组合和竞争的有关情况来加以确定。毫无疑问,所有的零售商都希望能以高价销售商品,并能扩大销售量。但是两者往往是矛盾的,这使得零售商不得不在两者之间谋求一种平衡。常见的零售商店较多地表现为高成本和低销量(如高级专用品商店)或低成本和高销量(如大型综合商场和折扣商店)两大类。

零售商还必须重视定价的战术技巧。有时零售商必须通过对某些产品标低价格来招徕顾客,有时还要举行全部商品的大减价来周转资金以寻求更好的发展。

5. 商店选址策略

零售商店的店址选择是它能否吸引顾客的一个关键性竞争要素。零售商必须在商店选址时考虑以下几个因素:(1)区域的性质。主要是指区域的功能特征,如是商业区、金融区、商务区、旅游区、文化区、居住区还是交通枢纽区,因为不同的区域性质会集聚不同的人群,从而决定了该区域零售市场的特征。(2)客流量及其流向。客流量由静态客流和动态客流两部分构成。静态客流主要是指区域内的居住人群和工作人群;动态客流则是指区域内的游客或过往人群。而客流的流向对于商店的位置和设计也是十分重要的。(3)交通条件。主要是指区域内及周边的道路与公共交通的状况。交通条件影响着客流进出本区域的便利程度,从而也决定了区域内商店的市场辐射能力。(4)其他环境条件。包括区域内或周边有无自然障碍(如河流、桥梁、山包等),或有无快速交通干道的阻隔等等。只有综合考虑了各种因素,才可能保证商店的经营效益。

零售业的发展趋势

零售商是变化最多的商业组织,目前工业发达国家,人口和经济增长率趋向缓慢;资金、能源和劳动力等成本不断提高;消费者的生活方式、购物习惯和送货态度也已经发生变化;电子售货、电脑记账、网络购物已经日益普及;各国的消费者利益运动日益兴起。所有这些因素对零售商的发展产生了深刻的影响。

1. 各类商店的竞争日益加剧

当前,在不同类型商店之间的竞争日益激烈。如我们可以看到百货商店和电视直销之间的竞争,超市和便利店也在为争夺同一批顾客不惜血本进行大降价。

2. 零售生命周期缩短,新的零售形式不断涌现

由于竞争激烈,所有的零售企业都想确立自己独特的优势,因此零售企业不断推出新的零售形式,最终导致零售业的变革不断加速,零售生命周期不断缩短。新的零售形式如雨后春笋般涌现出来,严重威胁着现有的零售形式。如纽约一家银行推出把现钱送到顾客家里的服务,美国面包公司开创了河马食品公司,向顾客出售优惠的大规格包装食品,从而可使顾客节约10%~30%的开支。

3. 商品综合化、多样化的趋势

由于消费者选择的自由度增加了,许多商店不得不进一步开拓自己的经营范围。许多原来专业化经营的商店也开始经营原先并不属于自己经营范围但利润丰厚的商品。但是,另一方面也有一些零售企业坚持专业化的道路,同样也获得了成功。如 Kmart 等大型综合商场和无线电器材公司等专用品商店都能实现高额利润和高增长率。这样,在零售业内就出现了一种两极分化的态势。

4. 零售商店成为社区活动中心

随着越来越多的人独立生活,在家中工作,或生活孤独和向郊区扩展,社区活动又卷土重来,人们对产品或服务无所谓,他们要在一个地方聚会。这些地方要有咖啡屋、茶室、书店和商业区。在亚洲,现在到处都有咖啡俱乐部连锁店。

5. 技术的飞速发展对零售业产生巨大冲击

零售技术作为竞争手段正变得日益重要。现在的零售商广泛使用先进的电子技术来为其提高需求预测水平,控制仓储成本,进行盈利分析。

6. 大零售商着手全球扩张

跨国经营也正在日益深入零售领域。许多大的国际集团正以连锁的形式进入许多国家。1998 年 3 月,法国的家乐福集团在天津举行大型的采购说明会,向与会的出口商介绍其在中国的采购渠道和采购方式。现在该集团已在中国的深圳、上海、天津等地设立了多家超市。同样,还有许多世界知名的大型零售企业正在或已经进入了中国市场。如日

本的大荣、德国的麦德隆等等。大型的零售商正以强大的品牌促销和独特的形式日益快速地走向其他国家。

7. 零售企业的管理水平日益提高

现在的零售商除了以市场观点指导业务以外,还开始重视管理的专业化。过去的零售商店的管理人员多数是由经验丰富的营业人员提升而成的。但今天的销售环境和竞争环境已对管理人员提出了新的要求。零售企业的管理人员不仅要有销售技巧,还必须具有更全面的经营管理能力,特别是制定有效的经营措施和财务控制的能力。不少零售企业甚至已形成了一整套经营管理模式,并能够向外输出,这对于零售企业的向外拓展创造了良好的前提。

第二节 批发商

批发的性质和意义

批发(wholesaling)是指供进一步转售或进行加工生产而买卖大宗商品的经济行为,专门从事这种经济活动的商业企业称为批发商(wholesalers),又称分销商(distributors)。从市场学的角度看一个商业企业是否属于批发商,从事的是否是批发业务,关键是看其销售对象的购买动机和目的。即使是同一企业,它从事的业务也可以同时覆盖两个方面。比如,商店出售毛巾给消费者则属于零售业务,而出售给宾馆客房部门则属于批发业务。

批发商的特征表现在如下几个方面:

第一,批发商一般处于商品进入流通后运动的起点或中间阶段,因此在商品流通过程中,批发商始终表现为中间环节。

第二,批发商较少注意促销、气氛和店址,因为它们的交易对象是商业顾客,而不是最终消费者。

第三,批发交易通常大于零售交易,批发商所涉及的交易领域常常大于零售商,当然也有部分的例外。

批发商熟悉市场情况,熟悉社会需求和各种复杂的销售条件,有较丰富的市场经营经验。因此,由它们经销商品可以大大缩短商品流通时间,加速占用资金的周转。

制造商可以越过批发商将产品直接售给零售商或最终消费者。但由于批发商能带来种种利益,因此,只要当批发商能更有效地执行一种或几种功能时,它们就会被制造商利用。比如当制造商规模较小,资金有限,无力发展直接销售组织的时候;或者制造商虽有足够的资本,但它们宁愿将其资金用来扩展生产,而不愿自营批发业务的时候,批发商就是它们最好的选择。而且有时经营多种产品的零售商常常愿意从一个批发商那里购买有各种花色品种的产品，而不愿直接从每个制造商那里购买。

批发商的类型

按照批发商在进行商品交易时是否拥有所有权，可以将批发商分为经销商和代理商；按照批发商提供服务的范围和程度，可以将其分为提供完全服务和有限服务两种批发商类型。所谓完全服务是指批发商提供诸如存货、顾客信贷以及协助管理等服务。而有限服务则是指批发商对其供应者和顾客只提供部分或极少的服务。在此，我们主要按照所有权的拥有与否来进行分类。

1. 经销商

经销商(dealer)是指买下所经销商品的所有权，然后再出售的那一类批发商。它们往往是独立的商业企业，有自己的经销网络。经销商也有多种表现形式，常见的有以下这些。

(1)批发中间商(wholesale merchants)。批发中间商主要向零售商销售，并提供全面服务。在其下面又可细分为综合批发商(一般商品批发商)、专线经营批发商和专业批发商这样几种。综合批发商一般都经营几条各有特色、花色品种较为齐全的产品线，并且往往雇用自己的推销员。而专线经营批发商则经营一条或两条产品线，但是品种深度较大。至于专业批发商则是专门经营一条产品线中的部分专业产品的批发商(如海味商品批发商等)。

(2)工业经销商(industrial distributors)。工业经销商是指向制造商销售的批发商，也是一种正规的批发商。工业经销商可以集中经营诸如 MKO 品目(保养、维修和作业供应品)，或者 OEM 品目(原始设备零部件供应，如滚珠轴承等)，或者设备(如手工工具等)等产品线。它们往往对自己经营的产品和适用的市场了解比较深刻。

(3)现销批发商(cash-and-carry wholesalers)。现销批发商又称现销交易批发商，它们经营一些周转快的商品，卖给小型零售商，收取现款，一般不负责送货。由购货单位到批发商那里挑选商品，支付现款，自行负责提货和运输。

(4)货车批发商(truck wholesalers)。货车批发商主要执行销售和送货职能。它们经营一些容易变质的商品(如牛奶、面包和快餐)，现货现卖。

(5)承运批发商(drop shippers)。承运批发商具有产品所有权，但它们不存货而是代替制造商完成运输的功能，并承担其中的风险。它们专门经营一些笨重的工业产品，如煤、木材和重型设备等。

(6)邮购批发商(mail-order wholesalers)。邮购批发商向较为边远地区的零售商、工业用户、相关顾客寄送商品目录，获得订货后以邮寄或用其他的运输方式交货。

在上述六种方式中，后四种属于有限服务的批发商，而前两种则提供较为全面的服务。

2. 代理商

代理商(agent)是指不拥有经营商品的所有权，代制造商进行经销活动的批发商业企业。由于使用代理商可以在制造商收到货款以后才支付佣金，因此对于财务资源有限的新企业和小企业而言，这种形式就特别有利。而且对于制造商而言，使用代理商有很大的灵活性。比如一个企业新进入一个地区时，由于不熟悉当地情况，可以利用代理商。当过了一段时间后，制造商可以脱离代理商自己进行市场营销。而制造商与经销商则往往因为签订有较为长期的协议而无法具有这样的灵活性。

(1)企业代理商(manufacturers' agent)。又称区域代理商，是指在某一区域范围内为多家制造商代理销售业务的代理商，是代理商中的主要形式。它们代表一家或几家制造商推销商品，与制造商就价格、地区、承接订单程序、运输服务方法、质量保证以及佣金标准等订有书面的协议。企业代理商一般人员不多，但都是精明强干的推销能手，因此一般小厂和新开辟市场的大厂都愿意雇用这样的企业代理商。

(2)销售代理商(selling agent)。销售代理商是在协议规定的时间和范围内，为某一生产厂商独家代理销售业务的代理商，它们代理制造商销售全部产品，并为制造商提供很多的服务(如设置产品陈列和负责广告费用等)。实力雄厚的销售代理商还以票据或预付款等方式向制造商提供资金方面的资助。它们对于产品价格、交易条件等有很大的影响力。从某种意义上讲，销售代理商就是企业的一个销售部门，它们的命运和制造商紧密相连。该种形式的代理商常见于工业机器和设备、煤和焦炭、化学品和金属品等领域。

(3)采购代理商(purchasing agent)。采购代理商一般和买主建有长期关系，为其采购商品，经常为买主收货、验货、储存和送货。该种形式的代理商常见于服装市场。

(4)佣金代理商(commission merchants)。是指为企业临时代理销售业务的代理商，通常是以每一笔生意为单位同生产厂商建立委托代理关系。生意做完，委托代理关系也就结束，然后按销售额的多少提取佣金。

(5)经纪人(broker)。经纪人是一种独特的代理商。它的作用是为买卖双方牵线搭桥，协助谈判。说它比较特别是因为经纪人往往是针对业务进行代理，而不是针对企业。也就是说，经纪人只负责介绍业务的买卖双方，帮助交易达成。它们一般不与制造商建立固定的联系，今天代表A公司，明天代表B公司，完全随业务而变化。常见的例子有房地产经纪人、保险经纪人和证券经纪人等。

3. 其他批发商类型

其他的批发商类型主要包括一些制造商和零售商在批发领域延伸的办事机构。

(1)销售分部和营业所。制造商为了加强存货控制，改进销售和促销工作，经常开设自己的销售分部和营业所。销售分部备有存货，常见于木材、汽车设备和配件行业。

(2)采购办事处。又称进货营业所。许多零售商在大的市场中心,如纽约和芝加哥等地设立采购办事处。这些采购办事处的作用与采购代理商的作用相似,但是前者是买方组织的组成部分。

(3)拍卖行。拍卖行在一定时间内,把货物大量集中在一定地点,按照一定的章程和规则,通常以公开叫价竞购的方式,将现货按批卖给出价最高的买主。采取拍卖方式进行交易的商品,一般都是品质不能高度标准化或容易变质的商品,如茶叶、烟草、毛皮、水果、旧家具等。

(4)其他批发商。在某些特定的经济领域,可以看到一些特殊的批发商,如农产品集货商、散装石油厂和油站以及租赁公司等。

批发商营销策略

批发商近年来正在遭遇着日益增长的竞争压力。它们面临着竞争的新力量、顾客的新需求以及新技术和来自大的机构及零售买主的更多的直接购买计划。因此,它们不得不制定适合的战略对策,在目标市场、产品品种、服务、定价、促销以及批发地点等方面改进其战略和策略。

1. 目标市场策略

批发商应该明确自己的目标市场,而不能企图为每一个人服务。它们可以按顾客的规模、顾客的类型,所需要的服务或者其他标准,选择一个目标顾客群。在这个目标顾客群里,它们可以找出较有利的顾客,设计有吸引力的供应物,与顾客建立良好的关系。

2. 产品品种和服务策略

批发商的“产品”是指它们经营的品种。批发商迫于巨大的压力,花色品种必须齐全,并且要有充足的库存,以便随时供货。但是这会影响盈利,因此批发商正在重新研究应该经营多少品种最为适当。批发商还在研究,在与顾客建立良好关系的过程中,哪种服务最为重要,哪些服务可以取消,哪些应该酌收费用。这里的关键是找出一种被顾客视为是有价值的独具一格的服务组合。

3. 定价策略

批发商通常在货物成本上,按传统的比例加成,比如说20%,以抵补自己的开支。其中,开支可能占17%,余下3%就是毛利。杂货批发商的平均利润率一般在2%以下。批发商正在开始试用新的定价方法。它们可能减少某些产品的毛利,以赢得新的重要的客户。当它们能凭借此扩大供应商的销售机会时,它们就会要求供应商给予特别的价格折让。

4. 促销策略

批发商主要依靠它们的销售员以获得促销目标。即使如此,大多数批发商仍然把推销看成是一个推销员和一个客户的交谈，而不把它当作向主要客户推销商品、建立联系和提供服务的协同努力。至于非人员促销，批发商可以从使用零售商所采用的树立形象的技术中获益。它们还需要充分利用供应商的一些宣传材料和计划方案。

5. 批发地点策略

批发商将批发地点一般设在租金低廉、征税较少的地段，以尽可能地降低成本。为了对付日益上升的成本，富有进取心的批发商正在研究货物管理过程中的时间和动作。其中最大的一项发展就是自动化仓库，在那儿，订单被输入计算机，商品由机器自动取出，通过传送带输送到平台，在平台处集中送货。这类机械化发展很快，许多办公室活动也实现了机械化。

批发业发展趋势

制造商总是拥有越过批发商的选择权，或者使用一个更主动、更积极的批发商来取代某个低效率的批发商的权利。

另一方面，具有进取心的批发经销商通过改进服务以迎接它们的供应商和目标顾客的挑战。它们认识到，它们生存的唯一基础就是提高整个营销渠道的效率。为了达到这个目标，它们必须经常改进服务和降低成本。正是存在这样两种力量，批发商业不断发生着变化。当前，批发业主要的变化包括：

1. 竞争呼唤低成本业态

由于批发商的最大优势在于成本低廉，所以低成本运营的企业优势较大。这也就使得自动化仓库等低成本运营的形式在近几年内被广泛应用。

2. 批发商之间的激烈竞争导致企业不断扩大

当前，批发商之间的竞争日益激烈，其中较大规模企业的优势相应也比较大。因此，批发商的规模越来越大，经营的品种也越来越多。

3. 提供服务多寡的螺旋式变化

由于竞争激烈，所有的批发企业都想确立自己独特的优势，因此这些企业不断推出新的服务以吸引顾客。而当全面的服务导致过高的成本，批发商的利润受到严重侵犯时，批发商提供的服务又会逐渐减少。但无论是全面的服务，还是有限的服务，只要经营的产品合适，批发商都能获得利润。

4. 商品综合化、多样化的趋势

由于零售商往往希望在一个批发商那里买到尽可能多的商品，因此批发商经营的产品跨行业的趋势越来越明显。批发商开始经营一些不属于自己经营范围但利润丰厚的商品。但是，另有一些批发企业坚持走专业化的道路，同样也获得了成功。

5. 技术的飞速发展对批发业产生了巨大冲击

技术作为竞争手段正变得日益重要。由于批发商的成本的重要组成部分来自于商品的运输和储存成本,因此现在的批发商广泛使用先进的电子技术为其控制仓储成本,进行盈利分析,甚至还有的企业用计算机配合使用高效率的搬运工具来降低搬运成本。

6. 大的批发商开始进入全球扩张

跨国经营也正在日益深入批发领域。许多大的国际集团正在进入许多国家。虽然,这种进入受到当地政府的限制,但流通业国际化经营的大势已经形成。

7. 批发企业的管理水平日益提高

现在的批发商非常清楚管理的专业化对它们而言意味着成本的下降和利润的增加。而且好的管理能够针对市场环境和销售环境作出相应的调整,这对于企业在行业内长期生存有极大的帮助。

第三节 物流管理

商品流通是由商品收购、商品储存、商品运输、商品销售四个环节组成的。商品收购和商品销售是整个商品流通或某个流通阶段的起点和终点,商品储存和商品运输则是为了实现商品实体从购到销过程中的必要滞留和空间转移的中间环节。在前两节中,我们介绍了主要承担商品收购、商品销售的渠道成员——批发商和零售商。在这一节中,我们将介绍承担商品储存和商品运输的渠道中介机构——物流机构。

物流的性质

“物流”一词源于英语的“logistics”,原意是军事后勤保障。第二次世界大战后,物流的概念被广泛运用于经济领域。根据美国物流管理协会对物流的定义:“物流是为满足消费者需求而进行的对原材料、中间库存、最终产品及相关信息从起始地到消费地的有效流动与存储的计划、实施与控制的过程。”该定义具体突出了物流的四个关键组成部分:实质流动、实质存储、信息流动和管理协调。物流就是指对原料和最终产品从生产点向使用点转移,以满足顾客需要,并从中获利的实物流通的计划、实施和控制。物流的经济效果对社会再生产全过程的经济效果有着重大影响,这是因为,物流的费用在产品成本中占有相当大的比例。西方一些国家分析表明,商品成本中,实物流通费用一般占 10%~30%。日本曾经对部分企业进行调查,发现物流的费用平均占产品销售额的 11.5%,个别产品如啤酒,高达 30.7%。这样看来,单纯注重生产、加工过程的效果是不够的,还必须重视研究实物流通过程的经济效果,即必须通过采用现代化的流通设施和经营管理方法,挖掘物流的潜力以求得信息灵敏、周转加快、效率提高、渠道畅通、费用降低、经济合理的综合效果,使物流成为“第三利润源泉”。

正是由于这一原因，许多企业在进行实体分销策略或选择物流机构时，往往会追求以最低的成本，将适当的产品在适当的时间，运到适当的地点的目标。但实际上如果公司要求每一个物流机构都尽力降低成本，反而不能获得物流的效益，物流各环节发生的费用常常是以相反方向相互影响。比如说，装运部门会尽量采用简易包装，利用便宜的装运工具进行装运工作，但这无疑会引起商品残损率上升；再比如，仓库的负责人总希望存货尽可能少以降低存货成本，但这一政策可能会造成商品脱销及所谓的“啤酒游戏”，最终因支付快速运货的高昂成本而得不偿失。所以在设计物流系统时，必须以整体最优化为策略基础。

物流不仅仅涉及一个成本问题，它也是制造需求的一个很有潜力的工具。公司可以通过改善物流活动，提高服务质量，降低价格，来吸引新的顾客。公司如果不能及时供应商品，就会失去顾客。

商品的储存

在流通过程中，大量的产品会不断地停留在流通的各个环节，形成商品储存，这也是物流系统的两大主要职能之一。加强储存管理，对于加速企业资金周转，降低流通费用具有主要的作用。实现商品储存这一职能的营销中介机构我们称之为仓库。仓库是组织商品流通，进行储存及运输必不可少的物质技术基础，且在不同的流通环节中表现为不同类型、不同规模的组织形式。

(一)仓库的分类

仓库的分类方法有许多种，常见的有：按照仓库在商品流通过程中担负的主要职能分类；按照仓库进行商品储存的不同保管条件分类；按照商业仓库管理体制分类；其他还有诸如按建筑结构分，按规模分，按仓库使用年限分等各种分类方法。在此，我们主要向大家介绍前三种分类方法。

1. 按照仓库在商品流通过程中担负的主要职能分类

按仓库的不同职能，即根据各种仓库在商品流通过程中所起的主要作用进行划分，主要有以下类型的仓库：

(1)采购供应仓库。其主要职能是集中储存生产部门收购或从国外进口的商品。这种类型的仓库一般设置在商品生产集中的大、中城市，沿海进口口岸的商品集中分运的交通枢纽所在地，且规模较大。

(2)商业批发仓库。其主要职能是迅速有效地补充零售企业的商品库存。这类仓库主要设在商品的最终消费地区。在一定区域内根据市场需要向批发商和零售商店供货。

(3)商业零售仓库。其主要职能是为保证商品的日常销售所进行的短期的商品储存。这些仓库主要隶属于企业，常与零售商店设在一起，规模一般较大。

(4)商业中转仓库。又称为转运仓库。其主要职能是储存商业运输过程中中转分运或转换运输工具的待运商品。转运仓库往往与运输部门关系紧密。

(5)战略储备仓库。其主要职能是用于储存国家战略储备物资,其规模大小不等。

(6)商业加工仓库。其主要职能是对某些商品进行必要的挑选、整理、分类、改装和简单的流通加工,以方便储存和适应市场销售需要。

2. 按照商品储存的保管条件分类

由于商品的物理、化学及生物性能不同,对场地、储存环境的要求也就各不相同。按仓库的保管条件可分为以下几种仓库:

(1)通用仓库。常用以储存一般没有特殊要求的工业品或农副产品的仓库。这类仓库也被叫做“普通仓库”。其技术装备比较简单,建造比较容易,适用范围也较为广泛。

(2)专用仓库。专门用以储存某类商品的仓库。比如食糖、卷烟、酒等。对于这些商品一般要求有专仓、专库储存。与通用仓库相比,专用仓库在保管养护技术设备上要求较高,用途也比较专一。

(3)特种仓库。用以储存具有特殊性能、要求特别保管条件的商品。特种仓库包括冷藏库、石油库、化工危险库等。

3. 按照仓库管理体制分类

按照管理体制,商业仓库还可以分为集中管理和分散管理两大类。

(二)储存管理

商品的流通要求大量商品不断滞留在各个流通环节中,形成储存。对储存的商品进行管理,能使商品库存具有合理的数量、结构和分布,这对于加速企业资金流转,降低成本具有重要的作用。

1. 合理储存标准的制定

商业企业在经营过程中到底需要多少库存量,是管理工作中比较复杂的问题。因为库存量太少会导致脱销,影响企业正常销售活动;而库存量过大,又会造成库存商品积压,影响企业资金正常流转。因此合理制定一个储存的标准则十分重要。在储存管理中较为常见的两个制定标准是经济批量(最佳订货量)和保险储备(安全存量)。下面,我们将详细介绍两种标准的一般的制定方法。

(1)经济采购批量的确定。一般而言,仓储管理的费用包括仓储费用和采购费用。经济采购批量是确立一个最佳的进货数量以求得两者的平衡。较大的批量导致了较高的库存水平,但采购次数较少;较小的批量导致较低的库存水平,但具有较多的采购次数。图14－1表明了两种费用随进货数量变化的情况。

从图14－1中可以看出:当批量较小时,仓储费用较低,但采购费用较高;反之,仓储费用高,但采购费用低。而其中代表仓储费用和采购费用之和的总费用曲线在仓储费用

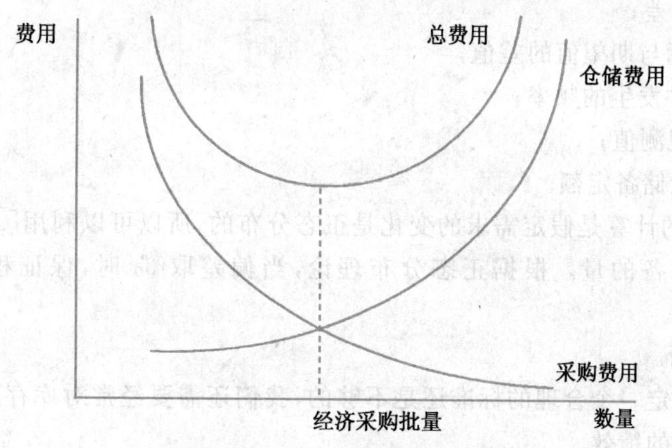

图 14－1　经济采购批量示意图

曲线和采购费用曲线交叉时获得最小值。我们所确立的经济采购批量就是对应这一最小总费用值的采购数量。

在此，我们给出计算经济批量的公式，但其过程就不在此推导了。

$$Q=\sqrt{\frac{2CD}{I \cdot P}}$$

式中：Q 表示经济批量；

C 表示固定进货费用；

D 表示年销售量；

I 表示平均年仓储费用率(元/单位库存价值)；

P 表示单位商品成本(商品价格＋运杂费)。

在实际工作中，经济采购批量总是选取一个近似值，这是因为总费用曲线在经济采购批量附近的变动相对比较平缓。在一小范围内，采购数量所引起的总费用变化很小，所以，不要求很精确地按照经济采购批量进货，只要取大致的一个整数就可以了。

(2)保险储备的制定。一定量的保险储备对于商业企业保证销售是非常必要的，因为实际需求总是围绕平均需求量上下浮动，在商品需求大于平均需求的情况下，没有保险储备，就有可能缺货，带来不可估量的损失。

我们在此给出计算保险储备的步骤：

a. 获取历史销售量数据。

b. 计算标准方差 σ。

$$\text{期望值}\ \bar{x}=\frac{\sum x}{n} \qquad \text{标准差}\ \sigma=\sqrt{\frac{\sum fd^2}{n}}$$

式中：σ 表示标准差；

d 表示实际与期望值的差值；

f 表示事件发生的频率；

n 表示总观测值；

c. 确定保险储备定额。

在此，我们的计算是假定需求的变化是正态分布的，所以可以利用$[\bar{x}-\sigma,\bar{x}+\sigma]$的区间来确定保险储备的量。根据正态分布理论，当偏差取 3σ 时，保证程度几乎可达到100%。

2. 库存分析

仅仅依靠制定一个合理的标准还是不够的，我们还需要经常对库存进行了解、分析，以评定管理工作的绩效。

库存分析主要从以下几个方面进行。

(1)商品储存量分析。前面所介绍的方法是以平均需求不发生大的变动为前提的。如果商品需求在较长时间内发生持续性变化，就会在储存量上得以体现。此时，我们就非常有必要分析其原因，以便及时对仓储工作做出相应的调整。

(2)商品储存结构分析。对库存的分析还应考虑库存结构是否合理。商品库存结构的不合理是指当总的库存量合理时，某些商品积压，而某些商品缺货。分析商品的库存结构的合理性时，我们必须深入研究每种商品的市场情况，做出合理的调整决策。

(3)库存周转情况分析。这类分析是作为前两者的辅助工作而存在的，它主要出于加速企业资金流转的目的，而其工作量也因涉及更为具体的细节而显得比较庞大。

商业运输

商业运输是商品流通领域的又一重要环节，是整个物流体系的一个重要分支。它如同一面镜子反映出国家各经济区间联系的程度、交通运输网的发展变化以及运输方式的发展与变化。尤其是运输方式的变化与更新会对商业运输产生深远的影响，是影响商业运输最重要的因素。

1. 常见的运输方式及其特点

我国的商业运输体系主要有四种运输方式：公路、铁路、水运、航空等。这四种运输方式使用不同的运输工具，在商品运输中发挥着不同的作用。

(1)公路运输。由于现有我国的商业活动仍以区域性为主，因此公路运输仍是地区性运输的中坚力量。公路运输成为商业运输中最为重要的运输方式。

公路运输具有机动灵活、迅速、装卸方便、覆盖面广等特点，对于深入地区各级市场、加入地区间的商品交流起着非常重要的作用。尤其是随着高速公路等高等级公路网的逐步建立，公路运输已经向中长距离运输发展，大大开拓了其运输的范围，其在商业运输中的作用与地位得到了进一步的加强。

作为公路运输主要运载工具的汽车，也在近几年内发展迅速。大货运量、长距离运输等功能的加强，使得越来越多的汽车加入了中长距离运输的队伍。而且，汽车还拥有迅速将商品集中、分流的功能，这一点是其他运输方式无法做到的。所以，近年来的汽车运输大有取代铁路运输和水路运输之势。

(2)铁路运输。铁路运输曾经是我国最主要的运输方式之一，约担负全国一半的货运任务。但是，近年来随着高速公路网的建设、航空货运的发展，铁路运输的地位大大下降。尽管如此，由于其货运能力大、运行速度快、连续性强、管理高度集中的特点，迄今仍然在中长途运输中担任着重要的角色。

铁路运输的工具是火车。在铁路上使用的装运货物的车辆种类很多，按其主要类型可分为棚车、邮车、煤车、罐车、保温车和特种车等。

(3)水路运输。水路运输又称水运，是我国最为古老的运输方式之一。早在隋唐年间，京杭大运河就承担起了南北水路运输的主要任务。水运具有载重量大、运费低廉的优点，在一定程度上弥补了它速度慢的缺点。

我国的水运主要是利用天然水道结合人工运河形成的纵横交错的水路网进行商品的运输。尤其是在东西向的运输中，水路运输承担了相当大的比重。

水路运输的主要工具是船舶，分为客货船和货船两种。其中货船是专门用于装运货物的；而客货船则以承担客运为主，并承担部分货运。

(4)航空运输。与水运相比，航空运输属于一种新兴的运输方式。它的特点与水运恰好相反：运输速度快，但装载量小、运费高昂，不适合于广泛运送商品。现在常用于鲜活商品（如海鲜、鲜花）和急运商品的运输。

2. 多种运输方式的综合运用

由于各种运输方式都有各自的优缺点，所以仅靠单一的运输方式是难以达到商业运输“及时、准确、安全、经济”的总体要求的。综合利用各种运输方式，合理调整公路、铁路、水运、航空等主要运输方式的合理分工，扬长避短，建立既平衡又协调的商业运输体系是运输工作的关键所在。

联合运输是一种综合性的运输业务，它可以使各种运输工具衔接起来，提高工作效率，加速车船周转，减少运费支出。但由于联合运输涉及面广，业务环节多，要使商品从起运地到目的地整个运输过程能够顺利地运行，就必须有严格的规章制度来保证。联运包括三四种常见的方式，如猪背联运（铁路和卡车的联合运输）、鱼背联运（水路和卡车的联合运输）、水陆联运（水路和铁路的联合运输）和空陆联运（航空和卡车的联合运输）。现在的托运人越来越多地将两种以上的运输方式结合起来。

商业合理运输的均衡原则

仅仅将各种方式组合起来实行联运并不意味着合理地进行了商业运输。商业合理运输必须综合考虑各种运输方式的优缺点和各种运输方式之间的运量分配。

由于商品运输在地区和数量上是相对固定的，而地区市场需求和供给却是随时变化的。这就使得商品运输量出现不足或过多，而这种运输量的不足或过多将直接影响地区市场的消费和人民需求的满足。因此在商品运输的组织工作中，必须以均衡为原则。

商品运输均衡组织的基本内容就是通过揭示商品运输不均衡的表现形式、产生的原因和影响因素，寻求克服措施，以便尽可能地使商品运输趋于均衡。

商品运输的不均衡现象可以分为方向不均衡和时间不均衡两大类。

1. 方向不均衡

方向不均衡是指在一定时间内在各路线的两个相反方向上所通过的运输量不相当。方向不均衡产生的最主要原因在于资源分布的不均衡。比如，中西部地区矿产资源较为丰富，重工业较为发达，因此其产品多是加工的生产资料。而东南沿海轻工业发达，其产品多是日用消费品。但是中西部的消费者需要日用品，而东南沿海地区的生产厂家需要扩充各种生产资料，这样当地区内供不应求时，跨地区的商品运输就形成了。在这些运输中，由于上述条件使得运输的商品大不相同。在日用品的运输中，流入中西部地区的要大于流入东南沿海地区的；而流入东南沿海的轻工业生产资料也大大多于流入中西部地区的运输量。减少方向上的不均衡的最主要途径是综合利用各种运输货源，如尽量利用回程的空车(船)顺路装运，以充分利用运输能力。

2. 时间不均衡

时间不均衡是指在一年内各季、月、旬运量上的不均衡。季度或月度运输不均衡又称运量的季节性波动。它以最大季(月)运量和平均季(月)运量作对比，即用运量波动系数表示其不均衡程度：

运量波动系数=[最大季(月)运量÷全年平均季(月)运量]×100%

运量波动系数的值越接近100%，其均衡程度越高。

减少时间不均衡运输的主要方法是创造储存和大量组织淡季运输，以缓和季节性波动。

总而言之，要想使商品进行合理运输，在运输各环节的空间、时间上需要紧密衔接、均衡协调，以实现商品的均衡运输。

商品运输费用

商品运输的最优化不仅仅需要合理调整商品的运量，而且还要求尽力使成本低廉化。

因此合理控制运输费用也是使商品运输最优化的一个重要因素。

商品运输费用是商业企业为实现商品运输而支付的有关费用，包括将商品从发送地送至目的地所支付的全部费用。它是商品流通费用的重要组成部分，一般要占到30%左右。另一方面，运输费用的多寡也可以作为考核商品是否合理运输的一个指标，从而为建立与健全商业储运网络，合理选择运输方式提供可靠的依据。

1. 商品运输费用的基本构成

如果作为企业属下的运输部门来进行运输活动，那么商品运输费用需要包括实际运费、运输中的各项杂费、从事商品运输工作人员的费用、从事运输工作的物资消耗费用以及其他必要的管理费用等。这种核算方法也是实行独立核算的专业化运输企业通常使用的方法。

如果是由企业外的运输部门进行商品的运输工作，那么商品运输费用则主要由商品运费和商品运输杂费组成。

2. 商品运输费用的核算

商品的运费是商品运输费用的主要构成部分，要对商品的运费进行核算，首先需要了解商品运输的里程、商品的运价率和商品计费重量等条件与资料。其一般的核算程序如下：

(1)确定商品运价里程。

(2)确定商品适用的运价率。

(3)确定商品计费重量。

(4)商品运费的计算。其计算公式如下：

铁路、水路和航空运费＝商品计费重量×适用商品运价率

公路运费＝商品计费重量×商品运价里程×适用商品运价率

其中商品运价里程是指发送地与目的地间的最短路径里程。

商品运输杂费是指付费方向收费方交付用以补偿商品运输过程中的辅助性或服务性的劳动消耗的费用。其项目比较复杂，通常包括装卸费、港务费、储存费、中转服务费等。而且在各个地区适用的费率有可能不同，所以商品运输杂费的计算公式如下：

商品运输杂费＝计费重量×适用地区的适用费率

在进行商品运输杂费的计算时，也需要考虑到运输方式不同所造成的适用费率的区别，这样才能做到商品运输杂费计算的合理与准确。

在实际的运费计算中，我们还会碰到许多问题。诸如在联运情况下如何采用适当运价率和运价里程等。而且我国的流通行业正在进行着迅速的变化，因此各种制度、计算方法都会随之变化，并进一步趋于完善。

第四节 物流现代化与供应链管理

随着市场经济的发展,流通的作用越来越重要。商品流通包括商流、物流、信息流与资金流,是"商品所有者的全部相互关系的总和"。1997 年召开的"亚太国际物流会议"上,一些中外著名人士指出,中国如何较快地构筑一个可以将适当的商品、按适当的数量、以适当的方式、在适当的时间、供应到适当的地点的高效率的物流体系,是国民经济发展中不可回避的一个重大课题。我国国民经济的现代化,离不开流通的现代化,而流通的现代化离不开物流的现代化。

现代物流的特点

现代物流一个明显区别于传统物流的特点就是:传统物流是生产企业自己办物流,其特点是"小而全"、"大而全"。现代物流则是第三方物流(third part logistics,3PL),又称"代理物流"。它是指由物流劳务的供、需方以外的第三方(即专业物流公司)去完成物流服务的物流运作方式。物流业发展到一定阶段必然会出现第三方物流,而且第三方物流的占有率与物流产业的水平之间有着非常紧密的相关性。西方国家的物流业实证分析证明,独立的第三方物流至少占社会的 50%时,物流产业才能形成。所以,第三方物流的发展程度反映和体现着一个国家物流业发展的整体水平。

在某种意义上,可以说它是物流专业化的一种形式。第三方物流随着物流业发展而发展,是物流专业化的重要形式。由于专业化程度的提高,第三方物流能够有效地降低企业的运营成本。

除此以外,随着互联网时代的来临,现代物流具备了一系列新特点。

1. 信息化

互联网时代,信息化是现代物流发展的必然要求。物流信息化表现为物流信息的商品化、物流信息收集的数据库化和代码化、物流信息处理的电子化和计算机化、物流信息传递的标准化和实时化、物流信息存储的数字化等。因此,条码技术(bar code)、数据库技术(database)、电子订货系统(electronic ordering system, EOS)、电子数据交换(electronic data interchange, EDI)、快速反应(quick response, QR)及有效的客户反应(effective customer response, ECR)、企业资源规划(enterprise resource planning, ERP)等先进技术与管理策略在发达国家的物流中已经得到普遍的应用。

2. 自动化

自动化的基础是信息化,自动化的核心是机电一体化,自动化的外在表现是无人化,自动化的效果是省力化;另外,自动化还可以扩大物流作业能力,提高劳动生产率,减少物流作业的差错等。物流自动化的设施非常多,如条码/语音/射频自动识别系统、自动分拣系统、自动存取系统、自动导向车、货物自动跟踪系统等。这些设施在发达国家已普遍用于物流作业流程中。

3. 网络化

物流领域的网络化有两层含义:一是物流配送系统的计算机通信网络化,包括物流配送中心与供应商或制造商的联系要通过计算机网络,另外与下游顾客之间的联系也要通过计算机网络通信,比如物流配送中心向供应商提出订单这个过程,就可以使用计算机通信方式,借助于增值网(value-added network,VAN)上的电子订货系统(EOS)和电子数据交换技术(EDI)来自动实现,物流配送中心通过计算机网络收集下游客户订货的过程也可以自动完成。二是组织的网络化,即所谓的组织内部网(intranet)。比如,台湾的电脑业在20世纪90年代创造出了“全球运筹式产销模式”,这种模式基本是按照客户订单组织生产,生产采取分散形式,即将全世界的电脑资源都利用起来,采取外包的形式将一台电脑的所有零部件、元器件、芯片等外包给世界各地的制造商去生产,然后通过全球的物流网络将这些零部件、元器件和芯片发往同一个物流配送中心进行组装,由该物流配送中心将组装的电脑迅速发给订户。可见,物流的网络化成为互联网条件下物流活动的主要特征。

4. 智能化

这是物流自动化、信息化的一种高层次应用,物流作业过程大量的运筹和决策,如库存水平的确定、运输(搬运)路径的选择、自动导向车的运行轨迹和作业控制、自动分拣机的运行、物流配送中心经营管理的决策支持等问题都需要借助于大量的知识才能解决。在物流自动化的进程中,物流智能化是不可回避的技术难题。好在专家系统、机器人等相关技术在国际上已经有比较成熟的研究成果。为了提高物流现代化的水平,物流的智能化已成为互联网下物流发展的一个新趋势。

5. 柔性化

柔性化本来是为实现“以顾客为中心”理念而在生产领域提出的,但要真正做到柔性化,即真正地能根据消费者需求的变化来灵活调节生产工艺,没有配套的柔性化的物流系统是不可能达到目的的。20世纪90年代,国际生产领域纷纷推出柔性制造系统(flexible manufacturing system, FMS)、计算机集成制造系统(computer integrated manufacturing system, CIMS)、制造资源系统(manufacturing requirement planning, MRP)、企业资源规划(enterprise resource planning, ERP)以及供应链管理的概念和技术。这些概念和技术的实质是要将生产、流通进行集成,根据需求端的需求组织生产,安排物流活动。因此,柔性化的物流正是适应生产、流通与消费的需求而发展起来的一种新型物流模式。这就要求物流配送中心要根据消费需求(即“多品种、小批量、多批次、短周期”)的特色,灵活组织和实施物流作业。

另外,物流设施、商品包装的标准化,物流的社会化、共同化也都是现代物流的新特点。

现代物流在国外的发展状况

1. 美国

美国的全国物流体系的各组成部分均居世界领先地位,而其中尤以配送中心、跨地区速递、传统企业物流和电子商务企业物流等最为突出。美国物流模式强调"整体化的物流管理系统",是一种以整体利益为重,冲破按部门分管的体制,从整体进行统一规划管理的方式。

(1)配送中心。美国连锁店的配送中心有多种,主要有批发型、零售型和仓储型三种类型。它们的代表企业是人们熟知的加州食品配送、沃尔玛公司配送和福来明配送。

(2)跨地区速递——UPS代表着世界运输和速递业务的最高水准。它运用了先进的物流和计算机技术,建立起了一个覆盖世界各地的发送中心网络以及详细的计划和联合作业。其经营指导思想由运作的效率和可靠性转向顾客导向,将每位顾客的需求放在第一位。

(3)传统企业物流——惠尔浦公司。惠尔浦公司解决物流管理问题的办法是委托给第三方物流企业。第三方物流企业和生产企业之间建立的是同盟关系,突出物流功能不可分割的特征,保障物流管理的效率。

(4)电子商务企业物流——Amazon公司。Amazon公司虽然已建立大型仓储中心,但在"门到门"的配送上,Amazon自始至终都坚持外包出去,这样它就可以将精力集中于生产和经营活动上。

2. 日本

日本物流发展迅猛,其中零售业的伊藤便利、制造业的花王公司、第三方物流的菱食株式会社是突出代表,它们的成功大致可归结为以下原因。

(1)政府对物流基础的重视和建设。1968年,日本通产省、运输省制定了一些政策措施,对日本流通系统化的概念以及商流、物流、信息流的系统化的具体内容进行了规定。

(2)企业对物流的改造。日本企业分销渠道的复杂性减缓了物流方面的发展。那些在物流方面成绩突出的企业是对渠道和物流进行改造,并将这两方面结合得非常好的企业。

另外,对电子订货系统的推广也是其发展较好的原因。

中国物流业的发展趋势

1. 企业规模化

现代配送系统趋向于多品种小批量化，然而，没有规模就没有效益。中国物流企业面临的竞争是国内外两方面，一些国有储运公司，规模虽大但存在体制不灵活的问题；一些新型物流公司大多规模偏小。它们在竞争中求联合，都在依据双赢战略选择战略伙伴，以图结成实业联盟创造规模效益。可以预见，物流企业的强强联合趋势将加强，我国现代化超大型物流企业将出现在世界物流舞台上。

2. 管理信息化

电子商务时代，物流信息化是电子商务的必然要求，物流信息化表现为物流信息的商品化、物流信息收集的数据库化和代码化、物流信息处理的电子化和计算机化、物流信息传递的标准化和实时化、物流信息存储的数字化等。信息化是一切的基础，没有物流的信息化，任何先进的技术设备都不可能应用于物流领域，信息技术及计算机技术在物流中的应用将会彻底改变世界物流的面貌。

3. 系统网络化

物流的网络化是电子商务时代物流活动的主要特征之一。当今世界全球信息网络资源的可用性及网络技术的普及为物流的网络化提供了良好的技术支持，物流网络化必将迅速发展。在互联网时代，供应链理论得到发展与普及，网络技术的兴起使得全球范围内供应链不断地产生变革，从而使得流通业的经营理念全面更新。以往商品经由制造、批发、仓储和零售各环节间的多层复杂途径，最终才能到达消费者手里。而现代流通业已简化为可以由制造业经配送中心而直接送到各零售点。互联网使供应链变得透明而紧凑，为物流渠道业者带来了新的发展机遇。物流企业必须努力把握新的机遇，用新思想和新技术武装自己，以便在互联网时代供应链变革的过程中求得发展。今后数年，全国性物流系统的基础建设如大型物流中心的建设将会有较快发展，现代化的物流配送系统亦将逐步成熟。

4. 经营全球化

由于电子商务的出现，加速了经济全球化，致使物流企业的发展趋向多国化、全国化的模式。我国有远见的物流企业都在积极关注互联网技术的发展，积极开发或引进多功能物流信息平台，以求把本企业的业务活动提高到新的水平并且尽快地融入一体化的全球物流网络。现在，世界 500 强企业已有 400 多家进入中国市场，今后必将有更多的跨国公司、大企业进入中国的制造业和流通业。中国加入 WTO 以后，由于和世界经济接轨，经济现代化的速度不断加快，对于物流业的发展将起到有力的推动作用。许多跨国物流公司为了在中国这个世界未来最大的物流市场中占领一席之地，已在中国建立办事处或建立了企业，这将加速中国地区物流网络的全球化。

5. 服务一体化

大力发展第三方物流、加强增值服务是今后物流业发展的一个重要方向。作为一种战略概念,供应链也是一种产品,而且是可增值的产品,其目的不仅是降低成本,更重要的是提供用户期望以外的增值服务,如配货、配送和各种提高附加值的流通加工服务项目,以及其他按客户的需要提供的服务。在引进国外信息技术和管理模式的基础上,国内的第三方物流服务产业近期将有较大幅度的增长。各种增值服务也将成为第三方物流服务的重要内容。

供应链管理

供应链管理作为一种新的学术概念首先在西方被提出来,很多人对此进行研究,企业也开始了这方面的实践。具有世界权威性的《财富》(Fortune)杂志,就将供应链管理能力列为企业的一种重要的战略竞争资源。在经济全球化的今天,从供应链管理的角度来考虑企业的整个生产经营活动,形成这方面的核心能力,对广大企业提高竞争力将是十分重要的。

1. 供应链及供应链管理的定义

企业从原材料和零部件采购、运输、加工制造、分销直至最终送到顾客手中的这一过程被看成是一个环环相扣的链条,这就是供应链。供应链的概念是从扩大的生产(extended production)概念发展而来的,它将企业的生产活动进行了前伸和后延。譬如,日本丰田公司的精益协作方式就将供应商的活动视为生产活动的有机组成部分而加以控制和协调,这就是向前延伸。后延是指将生产活动延伸至产品的销售和服务阶段。因此,供应链(supply chain)就是通过计划(plan)、获得(obtain)、存储(store)、分销(distribute)、服务(serve)等这样一些活动而在顾客和供应商之间形成的一种衔接(interface),从而使企业能满足内外部顾客的需求。供应链与分销渠道的概念有联系也有区别。供应链包括产品到达顾客手中之前所有参与供应、生产、分配和销售的公司和企业,因此其定义涵盖了分销渠道的概念。供应链对上游的供应者(供应活动)、中间的生产者(制造活动)和运输商(储存运输活动),以及下游的消费者(分销活动)同样重视。

供应链管理是指对整个供应链系统进行计划、协调、操作、控制和优化的各种活动和过程,其目的是要将顾客所需的适当的产品(right product)能够在适当的时间(right time)按照适当的数量(right quantity)、适当的质量(right quality)和适当的状态(right status),送到正确的地点(right place)即"6R",并使总成本最小。

2. 供应链管理与物流管理的关系

(1)供应链管理是物流管理发展到一定阶段的产物。就现代物流而言,它的形成可以概括为三个阶段(见图 14－2)。

20 世纪 60 年代到 70 年代初期为第一阶段,称作"实体分配"阶段。通过对与实物配送有关的一系列活动进行系统管理,以最低的成本确保把产品有效地送达顾客,注重制成品到消费者的环节。

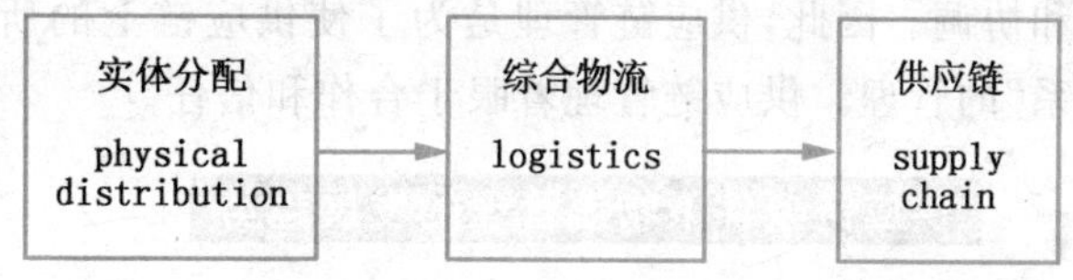

图 14－2　现代物流形成的三个阶段

20 世纪 70 年代初期到 80 年代为第二阶段，称作“综合物流管理”阶段。它是在实物配送的基础上，引入物料管理的新概念和新技术，使实物配送与物料管理相结合，改进了物流系统的管理水平，大大提高了经济效益和社会效益。

第三阶段出现在 20 世纪 80 年代后期，称作“供应链管理”(supply chain management，SCM)阶段。供应链管理摒弃了局部管理的思想，采用系统论的观念和方法对物流系统进行管理，因而是一种整体优化的管理模式，强调的是物流系统的整合。

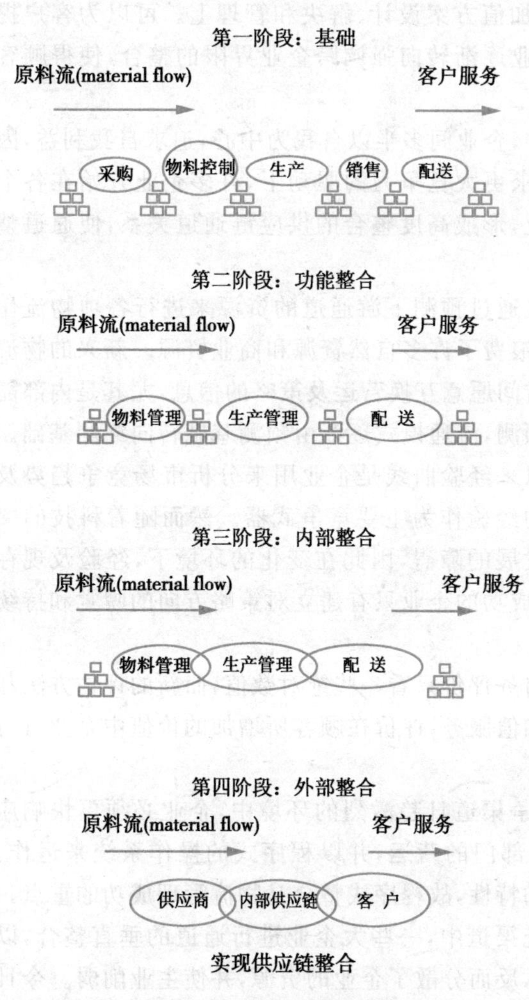

图 14－3　从物流管理到供应链管理

(2)供应链管理是对物流管理的优化和整合。供应链管理是物流管理的一种模式，但是供应链管理不仅仅是物流管理的逻辑延伸，它主要关注于在组织内部对“流”的优化，并认识到仅仅由其自身进行内部整合是不够的。整合发展演化的过程如图 14－3 所示。第一阶段，每个商业功能都是独立的。第二阶段，公司开始认识到要在邻近的功能之间进行整合。第三阶段，建立和实施一种“端—端”的计划框架。第四阶段，是真正的供应链整合，与第三阶段相比，将上游延伸至供应商，下游延伸至客户，这就是物流管理与供应链管理的最关键和最重要的差别所在。

物流从本质上讲，是设计导向和框架，寻求在一个商业活动中制定单一的产品流和信息流计划。而供应链管理是建立在这一框架的基础上，寻求在其组织与供应商和客户的过程之间实现连接和协调。因此,供应链管理是为了使供应链上的所有合作者获得更多的利润而基于"联系"的管理。供应链管理着眼于合作和信任。

供应链条件下物流管理的发展趋势

过去,物流管理着重于企业内部作业与组织的整合,对下游顾客的对应是以服务与品质为重心。因此,评价物流的管理业绩和效果的准则,多半是以处理订单周期时间的速度、供货率及完成质量来量度。随着物流业的发展,在供应链管理模式上增添新的内容,物流业的发展出现了新的趋势。

(1)物流管理从物的处理,提升到物的加值方案设计、解决和管理上。可以为客户提供度身订造式的,并带有个性化的服务,企业逐渐转向强调跨企业界限的整合,使得顾客关系的维护与管理变得越来越重要。

(2)由对立转向联合。传统商业通道中,企业间多半以自我为中心,追求自我利益,因此往往造成企业间对立的局面。然而在追求更大竞争力的驱动下,许多企业开始在各个商业流通机能上整合,通过联合规划与作业,形成高度整合的供应链通道关系,使通道整体成绩和效果大幅提升。

(3)由预测转向终测。传统的流通模式通过预测下游通道的资源来进行各项物流作业活动,不幸的是预测很少会准确的,因而浪费了许多自然资源和商业资源。新兴的物流管理趋势是强调通道成员的联合机制,成员间愿意互换营运及策略的信息,尤其是内部需求及生产的资料,使得上游的企业无需去预测,流通模式逐渐由预测基础转向终测基础。

(4)由经验积累转向变迁策略。一直以来经验曲线是企业用来分析市场竞争趋势及制定对应策略的方法,并以企业长年积累的经验作为主要竞争武器。然而随着科技的突飞猛进,企业固守既有经验反而成为企业发展的障碍,因此在变化的环境下,经验及现存通道基础结构反而变为最难克服的障碍。成功的企业只有建立对策略方向的嗅觉和持续的变迁管理体系才能生存下去。

(5)由绝对价值转向相对价值。传统财务评价只看一些绝对数值,而新的评估方法却着重在相对价值的创造,即在通道中提供加值服务,评价在顾客所增加的价值中企业可占多少比例。

(6)由功能整合转向程序整合。在竞争渠道日趋激烈的环境中,企业必须更快响应上、下游顾客的需要,因而必须有效整合各部门的营运,并以程序式的操作系统来运作。物流作业与活动多半具有跨功能、跨企业的特性,故程序式整合是物流管理成功的重点。

(7)由垂直整合转向虚拟整合。在传统渠道中,一些大企业进行通道的垂直整合,以期具有更大的力量。事实证明这并不成功,反而分散了企业的资源,并使主业削弱。今日企业经营的趋势是专注核心业务,将非核心业务委托给专业管理公司去做,形成虚拟企业整合体系，使主体企业提供更好的产品及服务。

(8)由信息保留转向信息分享。在供应链管理结构下，供应链内相关企业必须将供应链整合所需的信息与其他企业分享，否则，无法形成有效的供应链体系。

本章小结

零售和批发是营销渠道中两种具有特色的中介机构。零售是指将商品或服务直接销售给最终消费者，供消费者个人非商业性使用所涉及的一切活动。零售商是指其销售量的主要部分来自于零售的商业企业。批发是指可供进一步转售或进行加工生产而买卖大宗商品的经济行为。专门从事这种经济活动的商业企业称为批发商。零售商和批发商是营销渠道中非常重要的营销中介组织，它们都有许多不同的类型和形式。如零售商有专业商店、百货商店、超级市场、便利店、折扣商店、连锁商店等形式；批发商有经销商、代理商、拍卖行、采购办事处等不同类型。

无论是零售商还是批发商，在经营中它们都需要考虑目标市场、产品品种和服务、价格、销售地点以及促销方式等多项策略。尤其是零售商，在面对多种类型的新型零售形式，产品与服务已不再是获得竞争优势最有效的手段时，它还需要考虑诸如商店气氛等其他因素，以此来感染和吸引顾客。

当今零售业的发展趋势有以下若干特点：零售形态生命周期短，新的零售形式不断涌现，商品日趋综合化、多样化，大型零售企业正着手全球扩张，企业管理水平日益提高等等。同样，批发业的发展趋势也有其特点：低成本、新技术、大型批发企业将成为主流等等。

物流机构是另一类非常特别的营销中介机构，它们的特殊功能在于将渠道中的商流与物流统一起来，是帮助产品实现物质性流通的机构。它们主要包括商品储存和商品运输两大功能。储存管理主要考虑经济批量与保险储备的确定，并需要经常对库存进行了解、分析，以保证仓库管理的有效性和高效率。商品运输管理可以将多种运输方式综合运用，以达到商品运输在方向上和时间上的均衡性要求。

第三方物流是现代物流的显著特征。现代物流具有信息化、自动化、网络化、智能化、柔性化等特点。中国物流业发展的趋势将表现为：企业规模化，管理信息化，系统网络化，经营全球化，服务一体化。

供应链就是通过计划、获得、存储、分销、服务等这样一些活动而在顾客和供应商之间形成的一种衔接，从而使企业能满足内外部顾客的需求。供应链管理是指对整个供应链系统进行计划、协调、操作、控制和优化的各种活动和过程。供应链使现代物流产生了新的发展趋势。

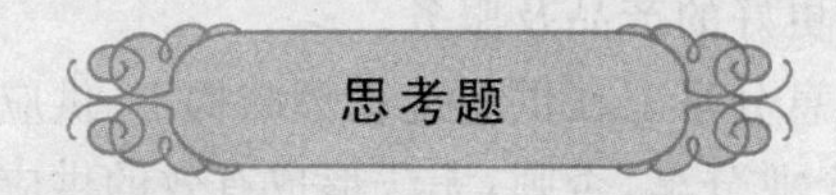

思考题

1. 零售商和批发商的主要区别在哪里？各有哪些主要形式？
2. 当代的零售业出现了怎样的发展趋势？
3. 物流包含哪些主要活动和功能？现代物流具有哪些基本特征？
4. 如何理解多种运输方式的综合运用能使运输成本降低？
5. 供应链的含义与性质是什么？供应链管理同物流管理有什么不同？

第十五章

整合营销传播

学习目的与要求

1. 掌握促销的基本含义和本质特征
2. 掌握促销传播的基本原理
3. 掌握整合营销传播的基本含义
4. 了解广告宣传的特点及广告策划的内容
5. 了解营业推广的基本特征和主要手段
6. 了解公共关系的基本概念和主要方法

由于现代市场营销活动是在广泛的地域范围和复杂的人际关系为背景的社会化大生产条件下进行的，所以仅有优质的产品、合理的价格和适当的渠道，并不一定就能立即招来大量的顾客。因为在商品经济的大千世界中，人们并不一定会对某一企业的产品及其有关情况引起注意，甚至会闻所未闻。这就需要企业采取各种有效的方法，把企业的有关信息传递给自己的目标市场，以引起消费者的注意，激发他们的需求欲望，吸引他们购买企业的产品。这一系列做法及其策划，即为企业的促销组合。

第一节 促销的本质及整合营销传播

促销的本质与功能

促销(promotion)是企业市场营销活动的基本策略之一,它是指企业以各种有效的方式向目标市场传递有关信息,以启发、推动或创造对企业产品和服务的需求,并引起购买欲望和购买行为的综合性策略活动。它一般包括广告(advertising)、人员推销(personal selling)、营业推广(sales promotion)、公共关系(public relations)和直复营销(direct marketing)等具体活动。促销的本质是通过传播,实现企业同其目标市场之间的信息沟通。所有的促销活动均具有以下一些基本功能。

(一)告知功能

促销活动能把企业的产品、服务、价格、信誉、交易方式和交易条件等有关信息告诉给广大公众,使他们对企业由无知转为有知,从知之不多到知之较多,从而能使他们在选择购买目标时,将企业的产品或服务纳入其选择范围。一般来说,消费者比较喜欢购买他们所了解的产品,他们对某一企业的有关信息知道得越多,选择该企业产品的可能性就越大。

(二)说服功能

促销活动往往致力于通过提供证明、展示效果、解释疑虑和表示承诺等方法来说服消费者,加强他们对本企业产品或服务的信心,以促使其迅速采取购买行为。一般来说,消费者在购买过程中犹豫不决的时候,很希望能有新的信息来帮助他作出决策。促销活动在这方面的信息沟通往往能恰到好处地促使消费者作出对本企业有利的购买决策。

(三)影响功能

促销活动通过对社会广泛经常的信息传播,往往能使消费者的印象不断加深,甚至形成一种社会舆论,从而通过从众心理的作用,对目标市场的消费者产生舆论导向,使他们在不知不觉中,接受本企业的各种宣传,建立对本企业的认识,形成对本企业及产品的好感。

信息传播

因为促销的本质是同目标市场之间的信息沟通,其主要手段就是通过各种形式的信息传播活动。所以要在激烈的市场竞争中,确保企业的竞争优势,就必须掌握信息传播的客观规律,努力提高促销活动中的信息传播效果,以强化促销的各种基本功能。

无论是哪种形式的促销活动,其信息传播的一般过程可用图 15－1 表示。

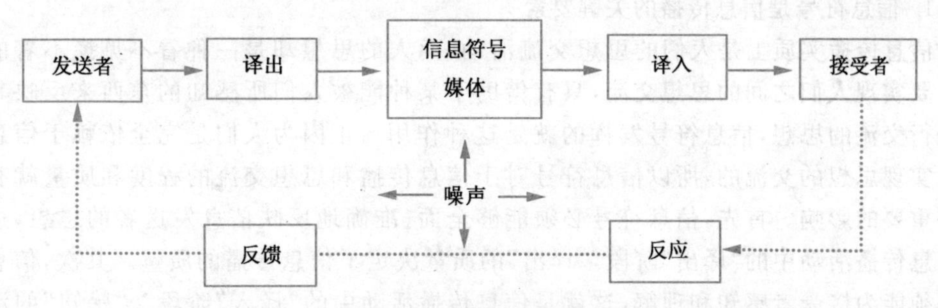

图 15－1　信息传播过程

从图 15－1 中我们可以看到，信息传播（communication）的一般过程包含五个要素、三个阶段。这五个要素为：发送者、接受者、信息符号、媒体和噪声。三个阶段为：信息译出阶段、信息译入阶段和信息反馈阶段。信息传播的一般过程为：信息的发送者将信息译出为信息符号，并通过一定的媒体进行传播；又由接受者将信息符号译入还原为信息并予以接收；接受者对所接收的信息做出反应，并将部分反应反馈给发送者。

发送者（sender）。一般为进行促销活动的企业。为使他们的产品能够被消费者所接受，企业往往会试图将一些思想传递给目标市场的消费者，从而成为信息的发送者，也称“信源”。

译出（encoding）。是将发送者的思想转变为可以被传播和为接受者所感知的信息符号的活动。“译出”的工作可以由企业自己来做。但在大多数情况下，企业往往会委托广告公司等传播代理机构从事这项工作。

信息符号（message）。是用以反映人们的思想并能被人们传播和感知的信号。如语言、文字、图画、色彩、表情、动作、标识、象征物等等。

媒体（media）。介于信息的发送者和传播者之间，用以复制和传递信息符号的各种载体，如报纸、杂志、广播、电视等等。媒体可在短时间内将信息符号在很大的范围内进行传播和扩散。

译入（decoding）。接受者对信息符号进行理解和接受的过程，这往往是传播活动能否成功的关键环节。

接受者（receiver）。接触、感知、注意或理解了企业所传播的信息的那部分人。他们可能是企业的目标市场，但也可能是毫不相干的群体。

噪声（noise）。是指在信息传播过程中同时存在的，对同一接受群体所进行的其他信息传播活动，它们对于企业的传播活动具有干扰作用。

要使促销活动取得成功，必须研究信息传播过程中存在的一些规律性问题。从信息传播的几个主要阶段来看，以下一些方面是应当特别予以重视的。

1. 信息符号是信息传播的关键要素

信息传播实质上是人们的思想交流活动，而人的思想却是一种看不见摸不着的东西。要实现人们之间的思想交流，只有借助于某种能被人们所感知的东西来反映其所要进行交流的思想，信息符号发挥的就是这种作用。正因为人们是完全依赖于信息符号来实现思想的交流的，所以信息符号对于信息传播和思想交流的程度和质量就有着至关重要的影响。首先，信息符号必须能够全面、准确地反映信息发送者的思想，这就是信息传播活动中的“译出”阶段，“译出”的质量决定了信息传播的质量。其次，信息符号必须能为接受者感知和理解，这就是信息传播活动中的“译入”阶段。“感知”的清晰度和“理解”的准确度也影响着信息传播的效果。再次，信息符号必须能借助于一定的载体（如声波、光波、电波、报刊、书籍等）在空间进行传递，这决定了信息传播的可能性和范围。最后，信息传播的质量还取决于发送者和接受者双方对于信息符号的共识。双方对于符号的理解越是趋向一致，信息传播的质量就越高。而对信息符号的理解往往取决于各方的经验领域，所以说信息传播双方的经验领域交叉面越大，对于信息符号理解一致的可能性也就越大。

2. 噪声的必然性及其防止

在现代社会中，信息是大量存在的，信息的接受者不可能同时接受所有的信息，而必须根据其需要或经验，对其可能接触到的信息有选择地进行接受。这包括选择性注意、选择性理解和选择性记忆。对于某一发送者来讲，社会信息的大量并存和接受者接受信息的选择性，就使得信息传播活动中必然存在着大量噪声。噪声的存在会使发送者的信息最终不被接受或被曲解。要防止噪声，以保证信息传播得以成功，就必须分析影响接受者选择信息的因素。影响消费者选择信息的基本因素有两个方面：一是接受者的需要和经验。信息的接受者往往根据自己的特定需要去选择有关信息，并根据自身的经验去判别和理解信息，这是影响接受者选择信息的内在因素。二是信息刺激的强度。信息的接受者往往会特别注意和记住那些刺激相对比较强烈的信息，这是影响接受者选择信息的外在因素。所以信息的发送者只要根据接受者的需要和经验特点，注意选择适当的信息符号，并努力增强刺激的相对强度，就能比较有效地防止噪声的干扰。

3. 信息的反应和反馈

信息的反馈是检验信息传播质量的重要依据，也是信息的发送者同接受者实现思想交流的必要条件。信息的接受者接收信息后就会产生反应，反应的情况同发送者的愿望可能一致，也可能不一致，发送者只有了解了这些反应才能不断调整所发送信息的强度和质量，以促使接受者的反应同发送者的愿望趋向一致。接受者的反应并不全部形成反馈，只有向发送者传送回去，并为发送者所接受的那部分反应才形成反馈。这就使得信息反馈的质量会受到两方面的影响：一是反馈的全面性，即所反馈的部分占接受者实际反应的比重大小，反馈得越全面，反馈的准确度也就越高。二是反馈的相关性，即所反馈的部分是否是接受者反应的本质内容。反馈的相关度大，即使反馈得不全面，也可准确地了解接受者的实际反应，而且还可能降低反馈成本。所以在了解接受者反应时应尽可能提高信息反馈的相关度，以准确了解接受者对信息的实际反应。

促销作为一种有目的的信息传播活动，必须重视通过信息传播对接受者（消费者）行为加以控制和引导。这就要求在促销的信息传播活动中掌握好四个层次：一是要求信息能被目标市场的消费者所感知，引起他们的注意；二是要求信息能被目标市场的消费者所接受，被他们准确理解；三是要求信息能成为促进目标市场消费者行为的动力，激发他们的购买动机；四是要求信息能引导目标市场消费者的行为方向，使他们的行为能为企业所控制。掌握好这四个层次，才能实现企业同目标市场之间的信息沟通，才能提高企业促销活动的效益。

促销策略组合

企业的促销活动是由一系列具体活动所构成的，它们一般可归结为五种主要手段，即广告、人员推销、营业推广、公共关系和直复营销。同时又可将其分为以人员活动为主的促销活动（如人员推销）和以非人员活动为主的促销活动（如广告、营业推广和公共关系）。当然，在某一个具体的促销活动中，人员促销和非人员促销往往是同时存在、相互补充的。

五种促销手段各有特点（以后几节将详细介绍），适应于不同企业、不同产品、不同时机、不同场合的促销需要。一般来讲，广告等往往比较适合于消费品的促销，而人员推销则更适合于生产资料的促销。但这并不是绝对的，对促销手段的选择主要应当考虑以下一些因素。

（一）产品类型

不同类型的产品消费者往往有不同的信息要求，因此所选择的促销手段也应有所不同。如价格昂贵、购买风险较大的耐用消费品或生产资料，购买者往往倾向于理智性购买，并不满足于一般广告所提供的信息，而希望能得到更为直接可靠的信息来源。对于这类产品，人员推销往往是很重要的促销手段。而对于服装、化妆品等时尚性产品以及消费者购买频繁的一般日用消费品，购买者则比较倾向于品牌偏好，指名购买，因此提高产品的知名度是很关键的，对于这些产品，广告和公共关系等促销手段的效果比较明显。

（二）市场状况

企业目标市场的不同状况，也影响着促销手段的选择。因为目标市场的特征决定了其对于信息的接受能力和反应规律。如企业若面临的是地域分布辽阔而分散的目标市场，广告的作用就显得很重要。因为相对于人员推销，广告的平均个别成本比较低。而目标市场的面若比较窄且又相对集中，人员推销和营业推广等手段就比较理想，广告的相对成本则可能大大提高。此外，目标市场的购买习惯、文化水准、经济状况以及信息接收的便利程度都会对各种促销手段效应的发挥产生不同的影响。

（三）产品生命周期

在产品生命周期的不同阶段，所选择的促销手段也应有所不同。如在产品的导入期，扩大产品的知名度是企业的主要任务。在各种促销手段中，应以广告宣传为主，因为广告以其广泛的覆盖面，有可能在短时期形成较好的品牌效应。而一旦产品进入了成长期，单有广告就不够了，营业员和推销人员的积极推销，往往能更深入宣传产品的特点，并能争取那些犹豫不决的购买者，迅速扩大产品的销量。在成熟期，为巩固产品的市场地位，积极的公共关系宣传并辅之以一定的营业推广手段，往往能有效地巩固和扩大企业的市场份额，增强企业的竞争优势。而到了衰退期，随着企业营销战略重点的转移，对于剩余的产品，一般则采取一些以营业推广为主的促销手段，以求迅速销售产品，回收资金，投入新的产品的生产。

（四）营销环境

企业的营销环境也会在一定程度上影响企业促销手段的选择。如一个国家或一个地区对大众传播媒体的控制程度，以及该国家或地区居民接触传播媒体的可能性（如报刊订阅率、电视机和收音机的拥有率等），都会极大地影响广告的宣传效果；一些大型的社会活动（如体育运动会、旅游节等），又可能为营业推广和公共关系创造良好的机会；某些政策法令会对各种促销手段的应用形成直接或间接的促进或制约；甚至政治局势的变化和某些重大社会事件的发生也会因其舆论导向的作用而成为某些促销手段实施的契机。所以促销手段的选择和应用必须充分注意其对营销环境的适应性。

对各种促销手段加以适当地组合，就有可能产生出积极的综合效应，企业产品的促销策略往往是在对各种促销手段加以认真组合的基础上产生的。对促销手段的组合必须考虑以下一些问题。

一是促销手段的组合应紧紧围绕企业的营销目标，应以营销目标的最佳实现为促销手段组合的基本出发点。

二是利用其互补性，防止其互斥性。即应使组合中的各种促销手段能相互补充，形成促进销售的合力。而应防止两种以上促销手段同时利用时所可能造成的相互能量抵消，甚至产生逆向效应。

三是有主有次，形成立体效应。在每一组促销手段的组合中，一般都应有一个在某阶段作为主体的促销手段发挥主要作用，其他促销手段则发挥辅助作用，这样就可能有效地防止互斥性的出现，而且也有利于企业有重点地实施其促销策略，形成立体效应。

四是合理分配促销费用。对于促销费用的预算，既要考虑总的预算水平应保持在一个最佳的尺度上，又要考虑在不同的销售阶段和不同的促销组合中各种促销手段费用的合理分配，使各种促销手段都有可能达到预期效应，而总的预算水平又不至于突破。

整合营销传播

整合营销传播(integrated marketing communications)的概念是20世纪90年代后期在促销策略组合的基础上发展起来的，有两方面的解释。科特勒的解释是："整合营销传播是一种从接受者的角度考虑全部营销过程的方法。"其含义是组织促销策略组合必须从信息接受者的需要、兴趣和接受习惯等方面去设计营销传播计划，同时指出这是一个从确定目标受众开始，了解受众特征，组合营销信息，设计传播符号，整合传播方式和测定传播效果的全过程整合。美国广告代理商协会的解释是："整合营销传播是对各种传播方法及策略进行综合计划的增值效应的确认，如对一般的广告、营业推广和公共关系进行组合，通过对这些分散信息的无缝结合，以提供出明确的、连贯一致的和最大的传播影响。"其强调了对各种单一传播活动进行统一整合所能产生的增值效应。这两方面的解释实际上是从不同的角度强调了整合营销传播的系统性的特征。即整合营销传播实际上是系统理论在企业营销传播中的实际运用。它突出了这样一些特征：

1. 整体性

要求围绕企业的营销目标对可利用的各种营销资源(系统要素)加以统一整合，从而形成具有层次感和节奏感的营销传播计划(系统结构)，最终产生出最佳的传播效应(系统功能)。

2. 目标性

要求营销传播必须从接受者的需求和特征出发，有的放矢，具有针对性。而且不仅是传播内容上的针对性，还应包括传播符号、传播方式以及传播媒体方面的针对性。

3. 动态性

要求整合营销传播必须是贯穿全过程的，是对每一个时点和节点的准确把握，同时要根据传播过程中的情况变化不断调整传播计划，以保证最佳的传播效果。

整合营销传播概念的提出主要是由于20世纪后期市场的多元化、复杂化程度提高，信息传播手段的多样化局面出现，大众传媒的效应开始出现递减，长期单纯地使用一二种传播工具和传播手段已经无法使企业的营销目标顺利实现，所以企业必须综合分析市场顾客和受众的差异，分析各种传播手段和传播方式的适用性和局限性，从而对各种传播要素加以有机整合，有的放矢地开展营销传播，才能保证企业的营销目标顺利实现。

整合营销传播所整合的基本传播策略仍然是人员销售、广告宣传、营业推广、公共关系和直复营销。由于第十六章将主要讨论人员销售和直复营销问题，所以本章将主要讨论广告、营业推广与公共关系。

第二节 广告宣传

广告(advertising)是企业促销组合中十分重要的组成部分,是运用得最为广泛和最为有效的促销手段。在商店内、在道路旁、在报刊上、在电视里……斑斓多姿、形形色色的广告时刻都冲击着人们的视觉和听觉。它曾塑造过"一个广告救活一个企业"的神话,然而也可能导致负面效应,给消费者造成误导,或使商品陷入无人问津的困境。广告,以其意想不到而又难以捉摸的效应使企业对其既迷恋又困惑。

一、广告的基本特征

广告的概念,严格地来说可划分为广义和狭义两种。广义的广告即"广而告之",是指向广大公众传递信息的手段和行为;狭义的广告,确切地讲即商业广告,是指企业为扩大销售获得盈利,以付酬的方式利用各种传播手段向目标市场的广大公众传播商品或服务信息的经济活动。

广告是利用各种传播媒体来传递商品和服务信息的 ,这就形成了广告宣传的一些固有特征。

(一)传播面广

由于传播媒体能大量地复制信息并广泛地进行传播,所以广告的信息覆盖面相当大,可以使企业及其产品在短期内迅速扩大影响。

(二)间接传播

由于是通过传播媒体进行宣传,广告主同广告的接受者并不直接见面。所以广告的内容和形式对于广告的宣传效果就会产生很大影响。

(三)媒体效应

由于消费者是通过传播媒体来获得产品和服务信息的,所以媒体本身的声誉、吸引力及其接触的可能性都会对广告信息的传播效果产生正反两方面的效应。

(四)经济效益

由于广告对传播媒体的利用是有偿的,所以企业的广告活动就必须重视经济效益,必须对广告费用的投入及其产生的促销效果进行核算和比较。

第二次世界大战以后,在科技进步与经济增长的双重驱动下,世界广告事业进入了发展的黄金时代。首先,广告的传播手段不断更新与丰富,呈现高科技化的特点,声图文并茂、形象生动的电视备受受众喜爱而成为一种主要的传播媒体,光纤、激光、电脑等技术手段也逐步走上了广告的舞台;其次,广告的策划与设计技巧日益提高和创新,更加注重手法的艺术化和主题的感染力,或以情感人,或以理服人,使受众在欣赏和思考的同时,接受广告所要传达的信息；再次，广告的决策管理愈加系统和完善，它建立在现代市场营销观念的基础上，以消费者为中心，与企业的发展计划及促销策略相配合，突出了形象的整体性和战略的长期性。

广告的分类

广告的分类是指为适应广告决策和策划的需要，按照一定的标准将广告活动划分为不同的类型，又称广告形态。了解广告的分类，有利于企业围绕其营销目标，恰当地选择广告种类和手法，准确地传达广告信息和主题，合理地进行广告安排和组合。

在此，我们主要依据广告的内容、目的、诉求方式、地域范围、媒体形式、作用期及产品的生命周期标准分别对广告进行分类。

(一)按广告的内容分类

根据广告内容的不同，可将其划分为商品广告、服务广告、公共关系广告及启事广告。

1. 商品广告

商品广告主要传递企业商品或服务的品牌、质量、性能、特点等信息，以宣传、推销企业的商品(包括有形商品和无形商品)为主旨，其数量在现代广告中占有较高的比重。

2. 服务广告

服务广告是宣传企业在销售某类产品时所提供的附加服务项目的广告，如对顾客购买的空调，实行免费送货、安装、维修等，以激发消费者购买某产品的欲望。

3. 公共关系广告

公共关系广告是为增加企业知名度和美誉度，以宣传企业整体形象为主要内容的广告，它既包括直接传递企业宗旨、概况等信息的企业广告(或称声誉广告)，也包括企业参与某项社会活动的倡议或响应广告，以及为慈善机构向社会集资、募捐，或配合政府有关部门开展的诸如戒烟、环保、计划生育等方面活动的社会公益广告。

4. 启事广告

广告活动不含促销信息，而只是传递某些必要的信息，如更名启事、迁址启事等。

(二)按广告的目的分类

按照广告具体目的的不同，可将其分为显露广告、认知广告、竞争广告和扩销广告。

1. 显露广告

显露广告以迅速提高知名度为目的，着重突出品牌等简单明了、便于记忆的文字或符号等信息，而对商品和企业则不做具体的介绍。

2. 认知广告

为使受众全面深入地了解商品，详细介绍其特性、用途、优点的广告，其目的是增加受众对商品的认知度。

3. 竞争广告

与竞争对手的广告等其他促销手段针锋相对，有意识地展开攻击或进行防御，是一种针对性极为明显的广告。如美国百事公司“七喜从来不含咖啡因，也永远不含咖啡因”的宣传则隐含了对可口可乐公司的影射，是极具代表性的竞争性广告。

4. 扩销广告

短时期内为推动销售量的急剧扩大而实施的广告，如有奖或优惠销售的广告等，这类广告的刺激性较强。

(三)按广告的诉求方式分类

消费者购买行为的产生往往源于不同的动机，广告的诉求方式指的是广告所期望激发的消费者的购买动机。依此标准，广告可分为感情诉求和理性诉求两大类。

1. 感情诉求广告

通过广告对无生命的商品赋予一定的生动的感性色彩，与消费者对某种情感的追求相吻合，即动之以情，使其在好感和共鸣的基础上采取购买行动。

2. 理性诉求广告

通过直接或间接的形式科学论证商品的优点，理性地说服受众，即晓之以理，使其在信服的基础上采取购买行动。

除此之外，按照传播的地域范围，可将广告划分为地方性广告、区域性广告、全国性广告和国际性广告；按照媒体形式不同，可将广告划分为报纸广告、杂志广告、广播广告、电视广告、户外广告、POP 广告(售点广告)、邮寄广告、其他广告等；按照广告的作用期不同，可划分为即时广告、近期广告和战略广告；按照广告产品的生命周期不同，又可将广告划分为导入期广告、成长期广告、成熟期广告、衰退期广告；等等。

广告策划

作为一个企业的营销经理，在围绕某一营销目标进行广告策划时，必然会考虑五个主要问题：任务(mission)——广告的目标是什么；资金(money)——要投放多少费用；信息(message)——要传送什么信息；媒体(media)——选择什么样的媒体；测评(measurement)——如何评价广告效果。我们也可称其为“5M”决策(见图 15—2)。

广告目标

所谓广告目标，是企业借助广告活动，在规划期内所期望达到的最终效果。广告目标对广告总体活动具有指导意义，也是制定广告战略和策略的首要步骤及准则。

广告目标的确定，首先取决于其经营目标和市场状况，如产品所处的生命周期、竞争对手战略、企业的市场地位等，据此明确广告活动的目的，然后再根据广告活动的目的来

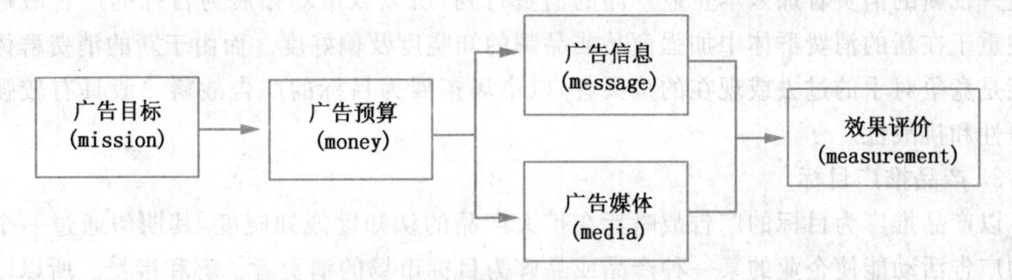

图 15－2　广告策划的主要步骤(5M)

选择和确定广告的目标。在广告活动中，广告活动的目的体现了企业经营目标和市场竞争的要求，相对比较抽象；而广告的目标则是把广告活动的目的进行具体化、数量化，比较实际。一般而言，完整的广告目标包括五个方面的内容。

(1)时间跨度，即广告活动的规划期，从何时起至何时止；

(2)地域界限，即广告活动传播的地域范围；

(3)目标受众，面向哪一部分广告受众进行宣传也应在广告目标中明确界定；

(4)性质描述，即期望通过广告活动达到什么样的效果，比如，是销售量上升还是美誉度提高；

(5)数量指标，这也是广告实施后进行效果评定的重要依据。

例如，对某种品牌的广告目标可以这样来表述：到今年 12 月 1 日止，使本品牌在上海市 18～45 岁的女性消费者中的知晓度由 30％提升至 80％。

一个企业的广告目标往往不是唯一的，且可以根据不同的标准进行分类。例如，从时间上可以分为长期目标、中期目标和短期目标，从地区上可以分为全国性目标、区域性目标和地方性目标，而最为重要且具实际意义的一种方法是按其具体内容进行分类，可分为以下四种。

1. 销售增长目标

销售增长目标是企业广告活动中较为常见的广告目标，旨在企业会有销售业绩的增长，它往往通过销售额、销售量等指标来衡量。有广告专家曾言："我们的目的是销售，否则便不是做广告。"可见销售增长广告目标何等重要。以此为重点的广告战略一般注重于对消费者购买欲望的刺激，适用于在市场上已具备一定影响和销路的商品。但是，由于广告并非实现销售的唯一手段，必须与产品、价格、渠道等策略及其他促销方式配套使用，因此对这一广告目标的实现程度就难以单独的评价。

2. 市场拓展目标

以市场拓展为目标的广告战略旨在拓展新的市场，其期望通过一段时期的广告活动能使一批新的消费者加入本企业产品的消费行列，所以以市场拓展为目标的广告战略一般注重于在新的消费群体中加强商品或品牌的知晓度及偏好度。而由于新的消费群体很可能是竞争对手的过去或现在的购买者，以市场拓展为目标的广告战略一般具有较强的竞争性和挑战性。

3. 产品推广目标

以产品推广为目标的广告战略旨在扩大产品的认知度或知晓度，其期望通过一个阶段的广告活动能使企业的某一种产品或品牌为目标市场的消费者了解和接受。所以以产品推广为目标的广告战略一般注重于对消费者消费观念的改变及品牌知名度的提高，重视广告的覆盖面和目标受众对广告的接触率。这类广告目标比较适用于企业新产品的宣传。

4. 企业形象目标

以企业形象为目标的广告战略旨在扩大企业在社会上的影响，其期望通过一段时期的广告活动能使企业整体的知名度和美誉度得到提高，所以以企业形象为目标的广告战略不单纯追求短期内商品销售量的增长，而注重于同目标受众之间的信息和情感沟通，追求他们对本企业的文化理念及视觉形象的认同，努力增强目标受众对企业的好感和信任。

广告预算

广告是有偿地使用传播媒体进行宣传的手段，因此广告必须投入大量的费用。企业在广告策划时必须根据其广告目标和自身能力对广告费用的提取和使用作出预算。

在制定广告预算时一般要考虑五个方面的因素[1]：

1. 产品生命周期的阶段

处于导入期的新产品一般要投入大量的广告费用，以扩大产品的影响。而已建立了较高的品牌知名度的产品，或已处在成长期的产品广告费用的投入就可少一些。

2. 市场份额和顾客忠诚度

市场份额已经比较大的企业不需要利用广告去拓展更大的市场，一般比市场份额较小的企业广告的投入可能会少一些；同样已建立了一批忠实顾客群体的企业比那些仍需要去建立自己的忠实顾客群体的企业广告的投入也可能会少一些。

3. 竞争与干扰

如果市场竞争者众多，对于企业广告宣传的干扰因素较多，那么企业就需要投入较多的广告费用，因为只有加强宣传的力度，才可能抵御各种干扰。反之，广告的投入就可能少一些。

4. 广告频率

广告必须达到一定的宣传频率才能给受众留下较深的印象,所以根据受众的接收规律,安排一定的广告宣传频率,也就决定了所需投入的广告费用的大小。

5. 产品的替代性

往往具有大量同类品牌的产品(如香烟、饮用水、化妆品等)为了突出产品的差异性特征,争取更多的顾客,就需要投入大量的广告费用进行促销宣传。而同类替代产品比较少的产品,广告就可能少做一些。

在实践中,企业广告费用的提取一般有以下几种方法。

(1)定率提取法。定率提取法就是企业依据产值、销售额或利润的适当比率提取广告费。如某企业全年的销售额为1 000万元,该企业按3%的比率提取广告费,该企业全年的广告费应为30万元。定率提取法简便易行,使企业的广告费用能有相应的保证,但是由于这种提取法是根据已经获得的经济效果,而不是根据实现未来经济效果的需要来确定广告费用的,这就同广告费用的功能和作用相矛盾,在实践中有可能出现销售额下降,广告费用提得少,从而缺乏必要的经济实力来开展能促进销售增长的广告宣传,形成恶性循环的局面。因此定率提取法主要适应那些产品组合面较宽、整体经济实力较强的大企业。

(2)贡献提取法。贡献提取法主要指企业的广告费用只能在超出企业预期利润的收入中提取。如某企业的产品销售量为12万件,单位产品利润为50元,全部产品利润为600万元,企业目标利润为500万元,那么该企业的广告费用最多不得超出100万元。这种提取方法也是比较保守的,考虑的只是企业的目前利益,而不是长远利益。

(3)目标达成法。目标达成法是根据实现未来经济的需要来提取广告费用的方法,即根据某一广告活动的实际需要进行费用预算,然后根据预算"盘子"的大小来提取广告费用。这种做法能真正为广告活动的开展提供足够的资金,同时也有助于合理地进行广告预算。但采取这一做法的企业必须有较强的经济实力,实际上一些企业往往将定率提取法和目标达成法结合起来使用。首先根据企业的实际经济效益提取一笔总的广告费用,然后再根据本年度各种广告活动的实际需要用目标达成法来确定广告预算。即用定率提取法框住总的"盘子",用目标达成法来决定广告费如何使用。

(4)竞争比照法。竞争比照法是企业根据其主要竞争对手的广告费支出水平来确定自己相应的广告费用。一般来讲,企业应尽可能保持同竞争对手差不多的广告费用水平。这是因为一方面企业不愿意使自己的广告费用低于竞争对手,否则就可能由于广告宣传量的差异而使企业处于不利的竞争地位;但另一方面,企业一般也不想使自己的广告费用过多地超出竞争对手。因为任何企业都明白,其竞争对手是不可能容忍自己的广告宣传费用长期低于对手的,只要发现对手的广告费用增加,也就会相应地提高自己的广告费用。所以任何一方增加广告费用所产生的效应,不久就都会相互抵消,这样竞相提高广告费用的结果只能使各方的广告总成本上升。为了避免这一点，企业除在特殊的情况下，一般都不愿意因过多地增加广告费用来刺激竞争对手，而只希望能使自己的广告费用同竞争对手保持均衡，这就是竞争比照法的依据。

在广告预算策划中，应当对广告费用的具体分配和使用做出安排。通常有以下几种做法。

(1)按地区分配。企业若要同时在各个不同地区的市场开展广告宣传，在费用安排上就可以按地区来进行分配，根据不同地区的重要性、广告量和实施宣传的难度，投放不同的广告费用。

(2)按时间分配。由于企业的广告宣传是一个持续性的活动，所以广告费用的安排上，也要根据不同阶段和时期的广告活动加以统筹，以体现其持续性，即应根据不同阶段和时期的广告活动内容分阶段地规划广告费用的投入。

(3)按媒体分配。企业的广告活动通常是一种多媒体的宣传活动，各种媒体的广告费用也有所不同，企业应当根据对各种媒体的使用状况和各媒体的费用水平，将广告费用合理地分配到各种媒体上，以形成最佳的广告媒体组合。

(4)按活动分配。如果企业在规划期内要组织几次大型的广告宣传活动，在广告费用的安排上，则可根据各种活动的需要来加以分配，在总费用水平确定的前提下，按各个活动的规模、重要性和技术难度投入广告费用。

以上几种广告费用的分配和使用方法，在实际广告活动中通常是结合在一起的，即在规划广告费用使用时，要综合考虑到地区、时间、媒体和活动等各方面的因素，使广告费用的使用能体现出最佳的效益。

广告信息

广告是传送产品和服务信息的手段，那么必然会面临传送什么信息和怎样传送信息的问题，这就会涉及广告信息的选择和广告信息的设计问题。

(一)广告信息的选择

广告信息的选择主要是涉及企业想告诉目标受众哪些事情。因为对于一种产品和服务来讲，能够吸引顾客的因素是很多的，广告如果什么都想说，结果必然是不能给人留下任何印象，也不可能建立自身品牌的特色，所以在进行广告宣传之前，必须对所要传播的信息进行认真的选择，从各种能反映产品和服务优势的要素中，挑选出一二种对顾客最有吸引力，对竞争对手最有竞争力的要素，将其作为进行传播的主要内容。

(二)广告信息的设计

广告信息的设计是营销人员根据企业所要传递的商品、服务信息，结合企业营销的内外部环境，运用广告艺术手段来塑造形象、传递信息的创作活动。广告设计的基本内容主要包括主题设计、文稿设计、图画设计和技术设计四部分。

1. 主题设计

广告主题必须明确，应当以广告的诉求为取向，而只有明确的诉求才能达到说服受众的目的。假如主题含糊不清，那么受众就不知所云，难以产生共鸣及购买欲望。广告主题应当唯一、突出。尽管一个企业或产品的不同广告作品可以拥有多个主题，但每一则广告的主题却只能是唯一的，它不可能包罗广告内容的所有信息，但必须传递最主要、最富特色或优势的信息。广告的主题应包含目的、好处、承诺三个基本要素。广告的主题设计应围绕一定的目的展开；而从消费者角度，更关心的是商品或企业对自己带来什么利益，给予多少承诺，所以主题还应考虑好处和承诺，以赢得消费者的好感和信服。

2. 文稿设计

广告文稿是表现广告主题和内容的文字材料，在广告的实际制作中，它常与广告主题一起被统称为广告文案。广告文稿是传递广告信息的主要部分，一般由三方面的要素构成，即广告标题、口号和正文。广告标题即广告的题目，其作用是引起受众的注意，概括引导和提示广告内容，同时能在一定程度上美化版面，活跃布局。广告口号，又称为广告语，是反映商品基本特征或企业形象的一种相对固定的宣传语句。广告口号是广告文稿的重要内容，好的广告口号不仅能够传递信息，甚至会因脍炙人口而在大众中广为流传，成为企业或产品的特定标志。广告正文，是广告的主体部分，其主要功能是把标题提示的内容进一步具体化，能说明产品的基本功能、特征，直接向受众传达信息，以期引起他们购买商品的欲望。在结构上，广告正文一般包括开头、主体、结尾三个部分，在表达题材上，正文经常采用陈述式、对话式、论述式、幽默式、文艺式等。

3. 图画设计

广告图画，是广告艺术化的突出反映，指运用线条、色彩及其组成图案对广告主题的表达。在平面广告中，图画通常以绘画或摄影的形式来表现，或为黑白，或为彩色；在电视或电影广告中，图画则以摄制的画面为载体，它几乎占据了广告中的全部。无论哪一种广告，图画的作用都是不言而喻的，主要在于三个方面：一是吸引受众注意，强化受众记忆；二是显露广告的主题和内容；三是愉悦受众精神，美化社会环境。

4. 技术设计

技术设计是广告设计中的最后一道环节，是由广告设计向广告制作的过渡。不同的广告形式，技术设计的重点也不一样。就平面广告而言，技术设计的重点体现在版面布局上。版面布局的主要任务包括：确定广告面积的大小；确定广告版面的基本形状；确定广告各部分的位置；勾画广告的装饰轮廓等。而广播广告的一个突出特点是其听觉效果非常强，由此，技术设计的基本内容主要指音响与文字的和谐搭配，包括广告歌词的谱曲、背景音乐的选择及播音或对话的语气的界定等。电视广告中，技术设计偏重于场景的布置、人物的造型、音乐的穿插等。而霓虹灯或POP广告则注重空间的结构、灯光的烘托等。总的来讲,技术设计就是将广告设计中的所有元素进行最佳组合,使广告效果尽可能理想化。

(三)广告创意

广告设计的成功关键在于广告的创意,即广告的艺术表现手段。广告创意是广告设计人员对广告的主题思想和表现形式所进行的创造性的思维活动,它指导着广告的设计和创作。与普通的创意相同,广告创意的关键也在于一个"新"字,一定要有所突破,而且能给予受众愉快、兴奋的艺术享受;然而,广告创意与一般创意又有所不同,它必须符合企业的广告目标,在受众心目中塑造企业所期望的形象,一切都是为广告的现实目的——激发消费者的购买动机服务的,所以广告的创意具有很强的目的性,就是要寻求最佳的广告诉求的表现形式。广告创意在广告活动中占据重要的地位,它对广告活动的全过程都具有指导作用,其成败直接影响着广告的总体效果。

广告媒体

广告,从本质上来讲是一种沟通信息的传播活动,它的实现往往需要借助一定的传播媒体。广告媒体就是介于广告发布者与接受者之间,用以传递信息的手段与设施。

(一)广告媒体的类型

总的来看,现代广告媒体主要包括八大类型。

1. 印刷媒体

即在广告的制作、宣传中利用印刷技术的媒体,包括报纸、杂志、书籍、宣传册及其他各种印刷品。

2. 电子媒体

电子媒体是指利用电子技术进行广告宣传的媒体,如电视、广播、电影、幻灯等,这一类媒体在近年来的发展变化尤其突出。

3. 户外媒体

在户外公共场所,使用广告牌、霓虹灯、灯箱及邮筒、电话亭等公共设施进行广告宣传,一般来讲这些媒体总是要和城市的整体布局及周围的环境、气氛融为一体,甚至具有装饰市容、美化环境的作用,但与此同时又要求它能够"跳出"环境,以吸引人们的注意。

4. 直复媒体

直复媒体指直接邮递广告或电话、电视直销广告等。此类媒体担负着直接推销的双重功能,即宣传者、销售者原则上是合二为一的。由于可根据其购买行为掌握和分析消费者对广告的反应,所以这种形式的广告媒体体现了广告发布者与接受者之间的双向沟通。

5. 售点媒体(point of purchase,POP)

售点媒体指在销售现场及其周围用于广告宣传的设施和布置,包括商店的门面、橱窗、商品陈列及店内外的海报、横幅、灯箱等，这类媒体在消费者最后的购买决策中体现了较为明显和直接的沟通与引导作用。

6. 包装媒体

包装媒体指同时兼有广告传播效应的包装纸、包装盒、包装袋等。这在我国是较为悠久的一种广告媒体，在古代就有通过在包装纸上的简单印刷来介绍产品或扩大店铺影响的广告方式，而现代包装较之有了巨大的飞跃，不仅制作材料多样，形状花样繁多，而且功能更是不断得以扩展，除了便于运输、维护使用价值等包装的初始功能外，许多包装在完成“第一使命”后还可以继续发挥价值，如用作装饰品、器皿、手袋等等，由此也使其广告宣传的作用得到较长时间的延续和更广空间的传播。另一方面，自选服务式商业的兴起也推动了对包装这个广告媒体的加强和重视，它甚至兼具人员推销的作用，抢眼的色彩易吸引消费者的注意，美观的设计易赢得消费者的喜爱，而很多老产品也常常是通过改头换面——新颖的包装来再度唤起新老顾客的购买兴趣的。

7. 交通媒体

交通媒体指在广告中利用车、船、地铁等交通设施进行宣传，表现为汽车或火车、船等交通工具内部的产品、品牌广告，以及一些汽车的车体广告，即通过汽车外部的装饰或图画进行传播。尤其是后者，虽然在我国只是刚刚兴起，且主要在几个大城市中，但已获得了公众的普遍欢迎，被誉为城市中“流动的美术”。因其目标较大，所以容易引起受众的注意；但是却由于视线停留时间不长，无疑不宜对产品内容作详细的介绍。除了流动人口较多的旅游或商业中心城市外，公交车或出租车的传播地域一般只能局限在本市范围之内，长途交通工具的广告媒体效应却恰恰相反，往往可以超越地理界限，信息覆盖面较广。

8. 其他媒体

广告的触角深入到了世界的各个角落，似乎任何存在的事物都具有被广告媒体选中的可能性。如：烟雾广告，即用飞机在空中喷出的字体或色彩进行宣传，这种媒体鲜艳夺目，在 20 公里范围内都看得清清楚楚；写云广告，即通过激光将广告语打在云层之上，与前一种媒体有异曲同工之处；空中飞艇广告，“三得利”啤酒、“诺基亚”手机等都曾在我国使用过这类媒体；服装媒体广告，商标或广告语绘制在衣服上突出宣传也成为一度的流行……不仅这些，甚至动物及人体或大自然本身，如岩石、海滩等，也曾有被用作广告媒体的经历。

在以上各类媒体中，报纸、杂志、广播、电视是公认的四大广告媒体，也是以“大众传播”为基础原理的传播媒体，它们的共同特点是传播面广，表现力强，持续性好，影响力大，所以往往成为企业最常用的广告媒体。

(二)广告媒体选择的因素

媒体策划是广告策划的重要组成部分，在媒体选择时需要考虑以下因素。

1. 商品的性质与生命周期

商品本身的性质、特点是选择广告媒体的重要依据。商品按其用途可以分为生产资料和生活资料，这些产品又有高、中、低档之分。一般而言，生产资料技术性强、结构用途复杂，所以宜用文字图形印刷广告，如报纸、杂志、产品说明书等，这些广告媒体能够详细地说明产品的结构、性能、保养、维修方法。而日用消费品最好用形、声、色兼备的电视媒体，或广播媒体，因为这种媒体具有形象感，能诱发消费者的购买欲望。如在电视里做服装、鞋帽广告，感兴趣的人就会多，广告效果就比较好。

从产品生命周期看，导入期要利用覆盖面广的广告媒体；成长期则要界定目标受众，增加广告频次；成熟期时需针对使用者，实施媒体的重点覆盖；衰退期的广告媒体分配在销售好的地区，主要针对品牌忠诚者，或分配在新地区。

2. 目标受众的接受习惯与接受能力

做广告一定要考虑到不同广告对象对媒体的偏好。如妇女对电影、电视、流行杂志等感兴趣，在这些媒体上宣传化妆品、流行服装，就容易引起妇女的注意和兴趣。而如农药、农机等农业生产资料的购买对象是农民，他们有听广播或看电视的习惯，所以利用广播来介绍这些商品就比用报纸杂志更容易被农民接受。

此外，还必须根据消费者的接受能力来选择广告媒体，才能保证广告信息被准确传达。如在文盲率较高的地区，报纸、电视机普及率不高，在电视上尤其报刊上做广告就是不适宜的；交通条件不便的地区，可能只有广播是比较好的传播媒体；而在偏僻荒凉的农村，广告牌的作用也不可能充分发挥。因人因地、有的放矢地选择媒体，才能使广告产生最大效应。

3. 广告信息的时效性

广告信息有不同的时效要求。有些广告信息要求及时、迅速地传递，以便捷足先登，取得“先入为主”的市场竞争优势。从商品类型看，凡鲜活易腐、容易变质的商品，或一些时令、时髦商品以及演出、比赛等文体活动，必须尽快发布广告信息，这一类的广告可以借助报纸、广播或海报等媒体。反之，广告信息传播的时间要求不是太迫切，就可以考虑制作时间或发行间隔较长的电视、杂志等广告媒体。

4. 媒体的覆盖范围与特点

从地域上来说，媒体有全国性媒体和地区性媒体之分，由于广告的最终目的是为了销售，所以广告的传播范围应该与商品的销售范围基本一致。如果是地产地销的产品，就不必到全国性的广告媒体上做广告。反之，如果是面向全国市场的产品，本企业又有巨大的资本能力及扩产潜力，就可以选择有全国影响的电视、广播、报刊等媒体做广告。

5. 广告费用

广告费用是选择广告媒体的制约因素之一。不同的广告媒体的广告费用不一样。一般而言，电视、电影媒体的广告费用最高，广播、报刊次之，路牌、橱窗、招贴的广告费用则较低。

对于企业来说，广告费用对其的制约主要体现在两个方面：一是经济承受力，若一次性支付的广告费用很高，而企业经济实力又不是很强，企业就难以选择这样的广告媒体。二是广告的经济效果，即广告费用的投入和产出之比。如虽然利用某种媒体的一次性广告费用较高，但其所引发的经济效益却远远超出广告费用的投入，企业也愿意利用这样的广告媒体。反之，若效益低于广告费用的支出，那么即使该媒体的广告费用很低，企业也不会愿意对其进行投入。

（三）广告媒体选择的原则

在选择广告媒体时应当遵循以下一些基本原则。

1. 目的性原则

即在选择广告媒体时，应当遵循企业的经营目标，适应企业的市场目标，并充分考虑广告所要达到的具体目标，选择那些最有利于实现目标的广告媒体。

2. 有效性原则

即所选择的广告媒体及其组合，能有效地展示企业产品的优势，能有效地传递企业的各种有关信息，不失真、少干扰，有说服力和感染力，同时能以其适当的覆盖面和影响力有效地建立企业及产品的良好形象。

3. 可行性原则

选择广告媒体还应当充分考虑各种现实可能性。如自身能力的可行性，即是否具有相应的经济实力，能否获得期望的发布时间；受众能力的可行性，即目标受众能否容易地接触你所选择的媒体，理解这些媒体所传递的信息；环境的可行性，即目标受众所处地区的政治、法律、文化、自然交通等条件能否保证所选择的媒体有效地传播企业的广告信息。

广告效果评价

就本质而言，广告活动是一种经济活动，它是以大量的广告费用为代价的，因此任何一位企业主都不可能漠视广告的效果，而应当根据其投入和产出并对比广告目标来进行综合评价。虽然广告效果的评价属于事后评价，但它却可以在总结前期活动的基础上，有效地指导下一步的广告计划和广告策略。

（一）广告效果的性质

广告活动的产出就是指广告对企业经营活动所产生的促进作用，这种作用即广告的效果。广告效果的性质表现在以下四个方面。

1. 滞后性

在广告播出或刊登之后，一般来说其效应不可能立即产生。因为，一方面消费者接受广告存在时间间隔，另一方面消费者的购买决策需要一定的过程，而且有些产品的价格可能并非受众当时所承受得起。所以广告效果的滞后短则几天，长则几年。例如日本日立电视机、瑞士雷达手表早在20世纪80年代起就在中国投入大量的广告，而其一定规模的销售却大约是10年之后。

2. 交融性

广告的主要作用是促进企业产品的销售和市场环境的改善，但是这个目标还会受到其他许多因素的影响，如价格、产品质量、企业的竞争环境等等，这些因素相互交融在一起，成为推动企业产品销售和企业形象提高的合力。

3. 隐含性

由于广告效果的交融性，使其隐含在广告的其他经营销售情况之中，难以从各种相互交融的因素中分离出来。广告活动的"产出"是无形产品，所以广告效果可能体现在企业的柜台销售上，可能体现在市场中的知名度或美誉度上，很难明显地分辨和测量。

4. 难测定性

广告效果的测定与一般经济活动，如新项目投资、销售渠道开发等不同，难以从经济效益上进行确切地分辨和测定；另外，由于大部分广告活动是借助大众媒体，广告作用的对象广泛而分散，增加了信息反馈、收集的难度，从而也给广告实际效果的测定带来困难。

（二）广告效果的分类

1. 社会效果和经济效果

按照性质划分，广告效果可分为社会效果和经济效果。前者是指广告所引发的社会公众各种心理反应、行为反应的总和，即对受众的舆论导向和意识形态的影响，又称广告的宏观效果；后者是指广告对目标受众的消费心理和购买行为所产生的、与企业经营活动密切联系的效应，又称广告的微观效果。广告的社会效果和经济效果并非毫不相关的，假如企业的广告产生了不良的社会效果，有悖社会消费观念或道德规范，那么这就可能导致企业社会声誉的下降，间接破坏了企业的经营环境和效益。所以企业在进行广告宣传时，必须兼顾社会效果和经济效果，甚至可以通过创造良好的社会效果来提高企业的声誉。

2. 即时效果、近期效果和远期效果

从广告效果的作用期分，包括即时效果、近期效果和远期效果。即时效果是广告传播时当场就产生的效果。广告受众有时在接受到某一广告信息时，有可能立即就做出反应。如POP（售点）广告对在商场内外观光或购物的受众当场就能产生强烈的刺激作用，促使他们走进商场选购商品。近期效果是广告在企业所期望的一个短时期内所能产生的效果。这一般是围绕企业的某一近期目标而言的，如产品月内、季内或年内的销售增长状况等等，只要广告能对这些目标的实现直接产生影响，即可称其为近期效果。远期效果是广告对将来一个长时期内可能产生的潜在效果。由于广告宣传对广告受众所产生的影响总会有一部分在受众的记忆中保存、积累起来，甚至转化为受众的观念和意识，对其将来的购买和消费行为产生影响，所以广告的作用不完全是短期的和直线的，也可能是长期的、深远的。

3. 传播效果、促销效果和心理效果

从广告效果的目标层次来分析，可分为传播效果、促销效果和心理效果。传播效果是广告被接受的情况。如广告的覆盖面、接触率、注意度、记忆度和理解度等等是广告效果的第一层次，只有达到一定的传播效果，广告的其他效果才可能产生。促销效果是广告所引起的产品销售增长情况，这往往是广告最为明显的实际效果，也是大多数企业开展广告活动的直接目的，这是广告效果的第二层次。心理效果则是广告所引起的广告受众的心理反应，如产品知名度的提高，顾客消费观念的转变，对企业好感的增强或某些误解和疑虑的消除。广告心理效果的理想目标是消费者品牌忠诚度的建立。因为消费者在心理上一旦对企业的产品建立起一定的品牌忠诚度，就有可能使企业拥有一个稳固的市场。所以广告的心理效果可视为广告效果的第三层次，也是最高的层次。

(三)广告效果的评价方法

广告效果的评价分为三个方面：其一是对广告传播效果的评价，也可称之为对广告本身效果的评价；其二是对广告促销效果的评价，也可称之为对广告经济效果的评价；其三是对广告形象效果的评价，也可称之为广告心理效果的评价。

1. 广告传播效果的评价

广告的传播效果可以通过以下指标来分析。

(1)接收率。

接收率=(接收广告信息的人数/目标市场总人数)×100%

接收率测试是对广告受众接收广告的情况所进行的定量测试，以此来评价广告传播的广度和深度。接收率一般是指接收该媒体广告信息的人数占目标市场总人数的比率。

(2)注意率。

注意率=(注意到此广告的人数/接触该媒体的总人数)×100%

这里所谓“注意到”广告的人包括只对广告有点印象的人和所有粗略或详细阅读过广告的人。注意率说明了广告被接收的最大范围，反映了广告的接收广度。

(3)阅读率。

阅读率=(阅读过此广告的人数/接触该媒体的总人数)×100%

这里所谓“阅读过”广告的人包括只粗略地阅读过广告的人和详细阅读过广告的人。阅读率在一定程度上说明了广告被接收的深度，但由于大多数人可能只是粗略地阅读广告，所以阅读率基本上还只能算是一个接收广度的指标。

(4)认知率。

认知率=(理解广告内容的人数/注意到此广告的总人数)×100%

这里所谓的“认知率”指的是在所有注意过、粗略阅读过和详细阅读过广告的人中,真正理解广告内容的人所占的比率,这个指标才真正反映了广告被接收的深度。

2. 广告促销效果的评价

广告促销效果评价,是指通过广告活动实施前后销售额的比较,监测广告对产品销售业绩的影响。其一般可由以下指标来衡量。

(1)销售增长率。

销售增长率=[(广告实施后销售额-广告实施前销售额)/(广告实施前销售额)]×100%

销售增长率指广告实施后的销售额相对于广告实施前所增长的比率,能在一定程度上反映广告对促进产品销售所发挥的作用。但是由于销售增长的影响因素比较复杂,单以销售增长率来评价广告促销效果,未免有失准确性,所以通常是将销售额的增长情况同广告费的投入情况相比较,以求更确切地反映广告的促销效果。

(2)广告增销率。广告增销率是一定时期销售额的增长幅度与同期广告费投入的增长幅度的比率,以反映广告费增长对销售带来的直接影响。其公式为:

广告增销率=(销售增长的幅度/同期广告费增长幅度)×100%

(3)广告占销率。广告占销率指一定时期内企业广告费的支出占该企业同期销售额的比例。这也是一种通过广告费和销售额的比较来反映广告效果的方法。其公式为:

广告占销率=(广告费支出/同期销售额)×100%

广告占销率越小,表明广告的促销效果越好。

(4)单位广告费收益。单位广告费收益是以平均每元广告费支出所带来的促销收益评价广告效果的一种方法,其公式为:

单位广告费收益=(销售增长额/同期广告费用)×100%

值得一提的是,单位广告费收益这个指标不仅可用于考察各时期的广告费的效益,也可用于不同媒体或不同地区的广告效果的分析比较,利于企业进一步的广告决策。

3. 广告形象效果评价

广告的效果不仅仅反映在产品的促销上,它可能会在消费者心目中建立一定的印象或观念,尽管不会立即形成购买行为,却会在以后根据这些印象去选择和购买。广告效果的一个重要方面就是塑造企业和产品的良好形象,广告形象效果评价就是对广告所引起的企业或产品的知名度和美誉度的变化情况进行的测定和评价。企业形象可分为总体形象和具体形象两个方面。

(1)总体形象评估。总体形象是指企业或产品品牌在公众心目中的综合印象,一般以知名度、美誉度、品牌忠诚度三项指标来衡量。知名度反映的是,对于企业的名称,或品牌,或主要产品,有多少消费者知晓。美誉度反映的是企业或产品在市场上的地位。例如，在消费者最喜欢的产品中，将该品牌排在第几位，或有多少比例的消费者喜欢该企业的产品。品牌忠诚度反映的是顾客对于某些品牌的特殊偏好，即在购买此类产品时，不再考虑其他品牌，而达到认牌购买的习惯行为。

(2)具体形象评估。具体形象是指受众对企业或产品的各方面的具体形象的评价，如企业的产品、售后服务、效率、创新以及便利性等指标。而企业的总体形象也往往是建立在这些具体形象之上的。只有进一步了解了受众对企业各具体印象的变化，才能掌握影响企业总体形象变化的主要因素。

第三节 营业推广

营业推广的性质

营业推广又称销售促进(sales promotion)，是企业在某一段时期内采用特殊的手段对消费者实行强烈的刺激，以促进企业销售迅速增长的一种策略。营业推广常用的手段包括：赠送样品，发放优惠券，有奖销售，以旧换新，组织竞赛和现场示范等等。营业推广有时也用于对中间商的促销，如转让回扣，支付宣传津贴，组织销售竞赛等等。各种展销会和博览会也是营业推广经常采用的手段。

营业推广同其他促销策略的显著区别在于：它以强烈的呈现和特殊的优惠为特征，给消费者以不同寻常的刺激，从而激发起他们的购买欲望。营业推广不能作为一种经常的促销手段来加以使用，但在某一个特定时期内，对于促进销售的迅速增长则是十分有效的。

营业推广的主要作用在于：

1. 企业可利用各种营业推广手段来吸引新顾客和新用户

因为营业推广对消费者的刺激比较强烈，很有可能吸引一部分新顾客的注意，使他们因追求某些利益方面的优惠而转向购买和使用本企业的产品。

2. 企业可利用各种营业推广手段来报答那些忠诚于本企业品牌产品的顾客

因为如“赠券”、“奖售”等手段所体现的利益让渡，受惠者大多是企业的品牌忠诚者，这就有可能增加这部分顾客的“回头率”，稳定企业的市场份额。

3. 企业可利用各种营业推广手段来补充和配合广告等其他促销策略，实现企业的营销目标

因为广告等手段的促销效应是长期的，从消费者接受广告信息到采取购买行动往往有一段时间。在这期间，广告的促销效果可能减弱也可能增强；而营业推广的促销效果则是即时的，反应较快。营业推广和广告同时使用，就有可能强化广告的促销效果，促使消

费者尽早采取购买行为。

如果说广告主要是为了建立消费者的品牌忠诚性，促使消费者指名购买企业产品的话，营业推广则在很大程度上是为了打破消费者对于其他企业产品的品牌忠诚性，以特殊的手段来扩大企业产品的消费市场。在大多数情况下，品牌声誉不高的产品，采用营业推广的手段比较多。而名牌产品若过多地采用营业推广的手段，则有可能降低其品牌声誉，所以企业在运用营业推广策略时必须慎重。

由于营业推广一般都表现为企业对购买者在利益上的让渡，所以对于价格弹性较大的产品来讲比较适用；而价格弹性小、品质要求高的产品则不宜过多采用。

近年来，我国某些企业利用营业推广的手段来推销一些质量很次的伪劣产品，给营业推广蒙上了不良的阴影，但这并不以排除营业推广应成为我国发展商品经济中搞活企业经营的重要手段。应在加强市场管理的同时，积极利用各种营业推广的手段，搞活企业经营。

营业推广的基本策略

企业在利用营业推广手段时，首先应根据企业的营销目标来确定营业推广的目标，如：或是争取新顾客，扩大市场份额；或是鼓励消费者多购，扩大产品销量；或是推销落市产品，延长产品生命周期。营业推广目标一旦确定，企业就应选择适当的营业推广手段来实现既定目标。营业推广手段选定后，企业应进一步制定具体的实施方案，如：刺激的规模、刺激的对象、实施的途径、实施的时间、实施的时机和实施的总体预算等等。若有需要，在实施营业推广方案之前还应对营业推广的做法在小范围内进行预试，在实施过程中也应随时掌握情况，不断调整对营业推广的全过程的控制；在一项营业推广活动结束后，还应及时总结，对实施的效果进行评估，并注意同其他促销策略之间的配合情况。

（一）对消费者的营业推广

营业推广的手段是多种多样的，其中对消费者推广的手段主要有：

赠送样品(sample)。企业将一部分产品免费赠与目标市场的消费者，使其试尝、试用、试穿。可直接赠送，也可随销售其他商品时附送或凭企业广告上的附条领取。这种方式对于新产品的介绍和推广是最为有效的。

发放优惠券(coupon)。企业向目标市场的部分消费者发放一种优惠券，凭券可按实际销售价格折价购买某种商品。优惠券可分别采取直接赠送或广告附赠的方式发放。这种方式可刺激消费者购买品牌成熟的商品，也可用以推广新产品。

开展奖售(premium)。企业对购买某些商品的消费者设立特殊的奖励。如凭该商品中的某种标志(如瓶盖)可免费或以很低的价格获取此类商品或得到其他好处；也可按购买商品的一定数量(如 10 个以上),赠送一件消费者所需要的礼品。奖励的对象可以是全部购买者,也可用抽签或摇奖的方式奖励一部分购买者。这种方式的刺激性很强,常用来推销一些品牌成熟的日用消费品。

组织展销。企业将一些能显示企业优势和特征的产品集中陈列,边展边销,由于展销可使消费者在同时同地看到大量的优质商品,有充分挑选的余地,所以对消费者吸引力很强。展销可以一个企业为单位举行,也可由众多生产同类产品的企业联合举行,若能对某些展销活动赋予一定的主题,并同广告宣传活动配合起来,促销效果会更佳。

现场示范(POP promotion)。企业派人将自己的产品在销售现场当场进行使用示范表演。现场示范一方面可以把一些技术性较强的产品的使用方法介绍给消费者;另一方面也可使消费者直观地看到产品的使用效果,从而能有效地打消顾客的某些疑虑,使他们接受企业的产品。因此,现场示范对于使用技术比较复杂或是效果直观性比较强的产品最为适用,特别适合于推广一些新产品。

(二)对中间商的营业推广

对于中间商企业通常可采用以下一些营业推广的手段。

批发回扣。企业为争取批发商或零售商多购进自己的产品,在某一时期内可按批发商购买企业产品的数量给予一定的回扣。回扣的形式可以是折价,也可以是附赠商品。批发回扣可吸引中间商增加对本企业产品的进货量,促使他们购进原先不愿经营的新产品。

推广津贴(allowance)。企业为促使中间商购进本企业产品,并帮助企业推销产品,还可支付给中间商以一定的推广津贴,以鼓励和酬谢中间商在推销本企业产品方面所做的努力。推广津贴对于激励中间商的推销热情是很有效的。

销售竞赛(sales contest)。企业如果在同一个市场上通过多家中间商来销售本企业的产品,就可以发起由这些中间商所参加的销售竞赛活动。根据各个中间商销售本企业产品的实绩,分别给优胜者以不同的奖励。如现金奖、实物奖,或是给以较大的批发回扣。这种竞赛活动可鼓励中间商超额完成其推销任务,从而使企业产品的销量大增。

交易会或博览会。同对消费者的营业推广一样,企业也可以举办或参加各种商品交易会或博览会的方式来向中间商推销自己的产品。由于这类交易会或博览会能集中大量优质产品,并能形成对促销有利的现场环境效应,对中间商有很大的吸引力,所以也是一种对中间商进行营业推广的好形式。

企业对于各种营业推广策略的选择应当根据其营销目标,根据其产品的特性,根据目标市场的顾客类型以及当时当地的有利时机灵活地加以选用。但任何营业推广的前提是产品必须能够达到规定的质量标准或具有明显的优势,而绝不能利用营业推广来推销损害消费者利益的假冒伪劣产品。

第四节　公共关系

公共关系的性质

公共关系(public relations)是企业促销的又一重要策略。公共关系是企业利用各种传播手段,同包括顾客、中间商、社区民众、政府机构以及新闻媒体在内的各方面公众沟通思想情感,建立良好的社会形象和营销环境的活动。

公共关系不是一般的促销活动,它具有以下一些基本特征。

(1)公共关系不仅仅是为了推销企业的产品,而主要是为了树立企业的整体形象。通过企业良好形象的树立来改善企业的经营环境。

(2)公共关系的传播手段比较多,可以利用各种传播媒体,也可以进行各种形式的直接传播。公共关系对传播媒体的利用,通常是以新闻报道的形式,而不像广告那样需要支付费用。

(3)公共关系的作用面比较广泛,其作用于企业内外的各个方面,而不像广告那样只是针对企业产品的目标市场。

公共关系作为企业促销活动的一大策略提出,是有其背景条件的。

首先是随着商品经济的发展,消费者的需求层次有了很大的提高,面对日益繁荣的商品市场,消费者开始倾向于商品的品牌选择,偏好差异性增强,习惯于指名购买。而消费者品牌忠实性的建立则取决于企业在消费者心目中的形象。形象对于产品促销影响力的增大,就使得现代企业由单纯的产品宣传转变为越来越重视企业形象的宣传。

其次是随着消费者需求层次的提高,购买行为已由单纯的物质追求转为同时对精神方面也有相应的追求。不少消费者把购买商品的活动看作是一种消遣和享乐,讲究在购买过程中的精神满足。现代企业就把同消费者的情感沟通看作是促销活动的重要方面。

再次是随着现代社会系统的发展,社会活动各方面的关联性增强,相互间的影响作用越来越大,企业营销活动所面临的环境制约条件增多,如环境保护法、消费者利益保护、反垄断、贸易限制等等。现代企业的经营活动必须同其环境条件相适应,处理好同社会各方面的关系,寻求社会各方面的认同,才有可能改善企业的营销环境。

正因为如此,现代企业的营销活动就必须把公共关系作为重要的促销手段。

企业形象

企业形象是企业在社会公众心目中从内在到外表的整体特征和综合印象。企业形象的树立和扩展是企业公共关系活动的核心,因为只有当广大社会公众,包括目标市场的消费者对企业有比较深刻的印象和比较强烈的好感，他们才会对企业的营销活动给以积极的支持，才可能成为企业品牌的忠实者，从而使企业获得良好的经营环境。

企业形象主要可表现为企业在社会公众心目中的知名度和美誉度。企业的知名度是指社会公众中知道企业的人数占全部人数的比率。企业知名度高，说明企业的社会影响面大。企业的美誉度是指社会公众对企业的综合评价的平均指数。企业的美誉度高，就说明企业的社会声誉较好。由于社会公众对企业的好感有可能导致企业品牌忠实者增加，企业在目标市场的地位有可能得到巩固和发展。

企业形象通常由两方面的要素构成：一为形象素质，即企业的产品、服务、历史、规模、管理、效率以及道德精神等基本情况，这是形成企业总体形象的内在要素；二为形象标志，如企业的名称、商标、徽记、建筑、门面装潢、广告风格以及代表色等等，这是形成企业总体形象的外在要素。企业形象必须由这两方面共同构成。形象素质决定了企业形象的本质特征，形象标志则为社会公众对企业形象进行识别、记忆和传播的必要条件。

企业公共关系首先必须确定企业的形象目标。企业应当在对社会公众进行充分调查研究的基础上，对于建立什么样的企业形象，建立到什么程度等问题作出决策。企业应当在自身的各种形象素质中选择最能反映企业优势和特征的某些要素作为企业形象的主要方面，并相应设计和选择能引起社会公众注意并广泛传播的形象标志，对企业的目标形象进行认真塑造；企业还应对通过一段时期的公共关系活动，促使企业知名度和美誉度提高的期望程度作出具体规划，从而构成企业的形象目标。

企业形象目标的建立同企业产品发展规划一样，也有一个"形象定位"的问题。应当根据企业形象目标的基本特征和发展水平，准确地确立企业的形象位势。企业形象位势的确立应当同企业的营销目标和产品的市场位势相一致，应当从企业形象的现状和实际发展能力出发，应当避免同其他企业特别是竞争企业的形象位势发生重叠，而应当突出自己的特征，发挥自己的优势。

公共关系的基本策略

企业公共关系的策略可分为三个层次：一为公共关系宣传，即通过各种传播媒体向社会公众进行宣传，以扩大企业的影响；二为公共关系活动，即通过支持和组织各种类型的社会活动来树立企业在公众心目中的形象，以获得公众的好感；三为公共关系意识，即企业营销人员在日常经营活动中所具有的树立和维护企业整体形象的意识。公共关系意识的建立，能使公众在同企业的日常交往中就能对企业留下深刻的印象。从这个意义上讲，公共关系经常是融于企业的其他促销策略之中，同推销、广告、营业推广等手段结合使用，从而使促销的效果得以增强。

具体来讲，企业营销活动中的公共关系通常采用以下一些手段。

(一)新闻宣传

企业可通过新闻报道、人物专访、记事特写等形式,利用各种新闻媒体对企业进行宣传。新闻宣传不用支付费用,而且具有客观性,能取得比广告更为有效的宣传效果。但是新闻宣传的重要条件是:所宣传的事实必须具有新闻价值,即应具有时效性、接近性、奇特性、重要性和情感性等特点。所以企业必须十分注意提高各种信息的新闻性,使其具有被报道的价值。企业可通过新闻发布会、记者招待会等形式,将企业的新产品、新措施、新动态介绍给新闻界;也可有意制造一些新闻事件,以吸引新闻媒体的注意。制造新闻事件并不是捏造事实,而是对事实进行适当的加工。如利用一些新闻人物的参与,创造一些引人注目的活动形式,在公众所关心的问题上表态亮相等等,都可能使事实的新闻色彩增强,从而引起新闻媒体的注意并予以报道。公共关系的新闻宣传活动还包括对不良舆论的处理。如果在新闻媒体上出现了对企业不利的报道,或在社会上出现了对企业不利的流言,企业应当积极采取措施,及时通过新闻媒体予以纠正或澄清。当然若确因企业经营失误而导致不良舆论,则应通过新闻媒体表示诚恳的歉意,并主动提出改进措施,这样才能缓和矛盾,重新获得公众的好感。

(二)广告宣传

企业的公共关系活动中也包括利用广告进行宣传,这就是前文所提及的公共关系广告。公共关系广告同一般广告之间的主要区别在于,其以宣传企业的整体形象为内容,而不仅仅是宣传企业的产品和服务;其以提高企业的知名度和美誉度为目的,而不仅仅为了扩大销售。公共关系广告一般又可分为以直接宣传企业形象为主的声誉广告,以响应某些重大的社会活动或政府的某些号召为主的响应广告,以及通过广告向社会倡导某项活动或提倡某种观念为主的倡议广告。

(三)企业自我宣传

企业还可以利用各种能自我控制的方式进行企业的形象宣传。如在公开的场合进行演讲,派出公共关系人员对目标市场及各有关方面的公众进行游说,印刷和散发各种宣传资料,如企业介绍、商品目录、纪念册等等,有条件的企业还可创办和发行一些企业刊物,持续不断地对企业形象进行宣传,以逐步扩大企业的影响。

(四)社会交往

企业应通过同社会各方面的广泛交往来扩大企业的影响,改善企业的经营环境。企业的社会交往活动不应当是纯业务性的,而应当突出情感性,以联络感情,增进友谊为目的。如对各有关方面的礼节性、策略性访问;逢年过节发礼仪电函,送节日贺卡;进行经常性的情况通报和资料交换;举办联谊性的舞会、酒会、聚餐会、招待会等等;甚至可以组建或参与一些社团组织,如联谊会、俱乐部、研究团体等等,同社会各有关方面发展长期和稳定的关系。

公共关系对于促进销售的效应不像其他促销手段那样容易立见成效，但是一旦产生效应，其作用将是持久的和深远的，对于企业营销环境的根本改善能够发挥特殊的作用，是企业促销策略组合中不可忽视的重要策略。

本章小结

促销是指企业以各种有效的方式向目标市场传递有关信息，以启发、推动或创造对企业产品和服务的需求，并引起购买欲望和购买行为的综合性策略活动。它一般包括广告、人员推销、营业推广、公共关系和直复营销等具体活动。促销的本质是通过传播，实现企业同其目标市场之间的信息沟通。促销活动具有告知功能、说服功能和影响功能。

作为促销手段的信息传播活动一般包含发送者、接受者、信息符号、媒体和噪声五个要素。信息传播的过程一般可分为信息发送、信息传递和信息接受三个阶段。促销作为一种有目的的信息传播活动，必须重视通过信息传播对接受者（消费者）行为加以控制和引导。这就要求信息能被目标市场的消费者所感知，引起他们的注意；信息能被目标市场的消费者所接受，被他们准确理解；信息能成为促进目标市场消费者行为的动力，激发他们的购买动机；信息能引导目标市场消费者的行为方向，使他们的行为能为企业所控制。

企业产品的促销策略往往是在对各种促销手段加以认真组合的基础上产生的。促销手段的组合应紧紧围绕企业的营销目标；应使组合中的各种促销手段能相互补充，形成促进销售的合力；应有主有次，形成立体效应；应合理分配促销费用，使各种促销手段都有可能达到预期效应，而总的预算水平又不至于突破。整合营销传播是在促销策略组合的基础上发展起来的。整合营销传播强调企业必须综合分析市场顾客和受众的差异，分析各种传播手段和传播方式的适用性和局限性，从而对各种传播要素加以有机整合，有的放矢地开展营销传播，以保证企业的营销目标顺利实现。

广告是企业促销组合中十分重要的组成部分，是运用得最为广泛和最为有效的促销手段。广告策划必须考虑任务（目标）、资金、信息、媒体、测评五个主要问题。完整的广告目标包括时间跨度、地域界限、目标受众、性质描述、数量指标五个方面的内容，这也是广告实施后进行效果评定的重要依据。广告目标按具体内容划分，可分为销售增长目标、市场拓展目标、产品推广目标和企业形象目标。企业的广告费用可根据定率提取法、贡献提取法、目标达成法、竞争比照法来提取，并按照时间、区域、媒体、活动等来分配使用。广告设计是在对所要传播的信息进行认真筛选后进行的，包括主题设计、文稿设计、图画设计和技术设计。好的创意是广告设计成功的关键。广告媒体的选择应当遵循目的性、有效性和可行性的原则。广告效果的评价包括对传播效果的评价，对促销效果的评价和对企业形象效果的评价。

营业推广是企业在某一段时期内采用特殊的手段对消费者实行强烈的刺激，以促进企业销售迅速增长的一种策略。营业推广常用的手段包括赠送样品，发放优惠券，开展奖售，组织展销和现场示范等等。营业推广有时也用于对中间商的促销，如转让回扣，支付宣传津贴，组织销售竞赛，举办或参加交易会或博览会等等。营业推广以强烈的呈现和特殊的优惠为特征，给消费者以不同寻常的刺激，从而激发起他们的购买欲望。营业推广不能作为一种经常性的促销手段来加以使用，但在某一个特定时期内，对于促进销售的迅速增长则是十分有效的。

公共关系是企业利用各种传播手段，同包括顾客、中间商、社区民众、政府机构以及新闻媒体在内的各方面公众沟通思想情感，以建立良好的社会形象和营销环境的活动。树立良好的企业形象是公共关系的主要目标，企业形象是企业在社会公众心目中从内在到外表的整体特征和综合印象。主要可表现为企业在社会公众心目中的知名度和美誉度。企业形象通常由形象素质和形象标志两方面的要素所构成。企业公共关系必须确定企业的形象目标，并根据企业形象目标的基本特征和发展水平，准确地确立企业的形象位势。企业形象位势的确立应当同企业的营销目标和产品的市场位势相一致；应当从企业形象的现状和实际发展能力出发；应当突出自己的特征，发挥自己的优势。新闻宣传、公关广告、企业自我宣传和社会交往是企业公共关系的主要手段。

思考题

1. 促销活动具有哪些基本功能？促销策略组合包括哪些主要策略？
2. 指出信息传播活动的基本要素和主要过程，进行成功的信息传播应重视哪些主要问题？
3. 广告策划包括哪几个主要部分？
4. 选择广告媒体要考虑哪些主要因素？
5. 营业推广有哪些主要作用？对消费者和对中间商的营业推广各有哪些主要手段？
6. 为什么说树立良好的企业形象是公共关系的主要目标？企业公共关系活动主要表现在哪些方面？

注释：

[1]Donald E. Schultz, Dennis Martin, and William P. Brown, *Strategic Advertising Campaigns*, Chicaco: Crain Books, pp. 192－197, 1984.

第十六章

销售管理与直复营销

学习目的与要求

1. 掌握人员销售的基本概念和特征
2. 了解人员销售的过程与方法
3. 了解选聘与培训销售人员的主要方法
4. 掌握直复营销与直接销售的区别
5. 了解直复营销的主要类型
6. 了解如何使直复营销最优化

正如我们曾经在第二章所讨论到的，企业的营销部同销售部最好不要合而为一，原因是市场营销活动与纯粹的销售活动并不是一回事情。市场营销活动的目的是力图通过对市场需求情况的了解，来引导企业以市场为导向开展经营活动；而销售活动则是具体执行将企业所生产的产品销售给目标市场顾客的任务。所以企业除了积极开展市场营销活动之外，对其销售活动仍然需要进行认真的计划和管理。对许多企业来讲，狭义上的销售管理往往就是指对人员销售的管理。

第一节　人员销售

一、人员销售的性质

人员销售(personal selling)是企业派销售人员直接同目标市场的顾客建立联系,传递信息,促进商品和服务销售的活动。这里所指的销售人员包括销售员、市场代表、商店售货员以及其他直接同消费者接触的销售人员。人员销售是整合营销传播的组成部分之一,是企业重要的促销手段。

人员销售是企业所有促销手段中唯一利用人员所进行的促销活动,因此它具有同其他促销手段所不同的显著特点。

1. 亲切感强

销售人员同顾客直接见面,便于交流感情,增强沟通,消除对立情绪,培养与顾客间的友好关系。

2. 说服力强

销售人员能当场示范,回答问题,解释疑虑,介绍使用方法,容易使顾客信服。

3. 灵活性强

销售人员能根据时间、场合、环境及顾客心理随时调整销售手法,有的放矢地开展销售,提高销售效果。

4. 反馈及时

销售人员能及时带回顾客的意见建议,促使企业随时调整营销策略。

5. 竞争性强

销售人员在一定的利益机制驱动之下,相互间会展开竞争,从而能促使销售实绩不断上升。

人员销售的这些特点决定了其在顾客评估、决策、采取购买行为的阶段以及促使顾客对企业和产品建立长期信心方面能发挥最有效的作用。但是由于人员销售接触的顾客面毕竟很窄,所以运用人员销售作为促销手段比利用其他促销手段的平均费用水平要高得多。

二、人员销售的功能

一般认为人员销售的基本功能就是尽力使具有购买能力的顾客接受和购买企业的产品。但是成功的销售人员却往往致力于创造性的工作。他们不仅同现有的顾客保持关系并接受订货,而且不断寻求和发掘潜在的市场;他们不仅以一个普通销售员的身份同顾客打交道，而且力图使自己成为企业信誉和品质的象征；他们不仅着眼于目前交易的成功，而且努力同顾客建立长期关系，培养和发展企业的“主顾圈”。因此，从创造性销售工作的要求来看，人员销售应具备以下一些基本功能。

1. 销售功能

接受企业的产品销售任务，努力寻找顾客，开发市场，促进产品的销售。

2. 宣传功能

积极扩大企业及其产品的社会影响，并以企业代表者的身份，通过自身的行为树立和维护企业的良好形象。

3. 协调功能

主动发现企业与顾客之间所存在的矛盾，努力协调并解决企业与顾客之间的摩擦。

4. 服务功能

指导和帮助顾客选购满意的商品，向顾客提供好的建议，帮助顾客解决选购商品过程中所遇到的各种技术问题。

5. 反馈功能

开展市场调查和情报收集，反映顾客的意见和市场的变化状况，向企业提供市场有关情况的报告。

6. 评价功能

对企业的市场地位和顾客群体的基本特征作出评价，以帮助企业作好营销规划。

人员销售的这些基本功能一般是通过销售人员访问顾客（电话访问或面对面的交谈），参加销售会议，接待采购客户，举办展销会以及进驻柜台销售等工作得以发挥的。在现代市场营销观念的指导下，销售人员的全部工作应强调以市场为导向，应把满足顾客的需要看得比销售额的增长更为重要，应具有一定的营销战略眼光和分析能力，从而使人员销售的功能得到更充分的实现。

人员销售的过程

要使人员销售的功能得以充分实现，销售人员必须掌握一定的销售技术。一般来讲，主要是应当准确把握销售活动的进程和熟练掌握销售进程各环节中的技巧。

销售进程就是销售人员围绕一定的销售目的而设计的达到预定目标的工作程序。一般表现为以下几个步骤。

1. 寻找并识别目标顾客

销售人员必须首先寻找自己的销售对象——目标顾客。哪些消费者能够成为自己的目标顾客？这取决于销售人员的识别能力。识别有误，会使销售的成功率下降。所以准确寻找和识别顾客应当是销售人员的基本功。

2. 前期调查

对于已确定的目标顾客，销售人员应当首先搜集他们的有关资料，如他们的需求类型、经济实力、谈判方式、购买方式等等，以便针对不同的对象制定相应的销售方案。

3. 试探性接触

在正式向目标顾客销售之前，可以先做一些试探性的接触，而不要急于向目标顾客直接销售。如可以公开的方式向社会公众进行产品的一般介绍，然后观察目标顾客的反应，以进一步了解目标顾客需求的紧迫性，对产品的评价，以及可能接受的价位。

4. 介绍和示范

在对目标顾客已有充分了解的基础上，销售人员可以直接向目标顾客进行产品的介绍。应当根据所掌握的情况，有针对性地介绍目标顾客可能感兴趣的方面，以提高销售的成功概率。必要时，应主动地进行一些产品的使用示范，以增强目标顾客对产品的信心。

5. 排除障碍

在大多数情况下，顾客对销售人员的销售都会提出一些质疑，甚至给予拒绝，这就是销售活动中几乎必然会出现的障碍。销售人员只有善于排除这样的障碍，才能顺利地完成销售任务。有经验的销售人员对于销售中可能出现的各种障碍都有事先准备，往往能随机应变，有效地排除障碍，达到销售目的。

6. 实现交易

当各种障碍被排除之后，销售人员就有可能同目标顾客达成交易。此时，应当注意各种交易所必需的程序不要疏漏，应当使交易双方的利益得到保护。

7. 后续工作

交易实现后，并不意味着销售活动的结束，各种后续工作必须跟上，如备货、送货、配套服务及售后服务等。这些工作的妥善处理，将有利于企业同目标顾客建立起稳固的交易关系，这正是企业销售活动所追求的最终目标。

国外营销学者对销售活动的进程曾作过典型的归纳，其中比较有代表性的是两大公式，即所谓“爱达公式”和“迪伯达公式”。

“爱达公式”将销售进程分为四个阶段。所谓“爱达”(AIDA)即由四个阶段活动英语原文的第一个字母所构成。这四个阶段为：

(1)引起注意(attention)。即在销售活动中首先要吸引顾客对销售人员及产品的注意。

(2)激发兴趣(interest)。即在引起顾客注意之后，努力使其能对产品产生浓厚的兴趣。

(3)促动欲望(desire)。即在顾客注意之后，促使其进一步形成拥有该产品的欲望。

(4)导致行动(action)。即顾客的欲望一旦形成，便驱使其迅速决策，采取购买行动，完成销售过程。

“迪伯达公式”将销售进程分为六个阶段。“迪伯达”(DIPADA)同样是由各阶段英语原文的第一个字母所构成,这六个阶段为:

(1)发现需求(discover)。即销售人员首先应当去寻找和发现顾客的不同需求。

(2)激发兴趣(interest)。即对顾客需求进行适当引导,使其转化为对企业产品的兴趣。

(3)增强信任(proof)。即提供具有说服力的证据,证明产品可能满足顾客的需求,增强顾客对企业产品的信任度。

(4)促使接受(accept)。即通过积极的游说,促使顾客接受销售人员的建议。

(5)促动欲望(desire)。即在顾客对产品有所了解的基础上,促使其产生购买欲望。

(6)导致行动(action)。即顾客欲望一旦形成,便驱使其迅速决策,采取购买行动,完成销售过程。

“爱达公式”和“迪伯达公式”的基本过程差不多,但比较而言,“迪伯达公式”更重视对顾客需求的了解和满足,更符合以市场为导向的现代营销观念。

只要能准确把握销售过程的各个环节,相应采取不同的销售策略,循序渐进,逐步深入,就可能取得完美的销售效果。

人员销售的技巧

人员销售是一种对象各异、环境多变的促销手段,随机性很强,因此销售人员的销售技巧对销售活动的成败有很大影响。销售技巧是一种艺术,变幻无穷,这里只介绍一个销售人员所应掌握的一些基本技巧。

1. 把握时机

销售人员应能准确地把握销售的时机,因人、因时、因地而宜地开展销售活动。一般而言,销售的最佳时机应选择在对方比较空闲,乐意同人交谈或正好有所需求的时候,如社交场合、旅行途中、茶余饭后或参观游览的时候,都是进行销售的较好时机;而应当避免在对方比较繁忙或心情不好时开展销售。有时候,环境的变化往往会造成对某些企业和产品有利的销售时机。销售人员应能及时抓住这些时机,不使其失之交臂。

2. 善于辞令

语言是销售人员最基本的销售工具,所以销售人员必须熟练掌握各种语言技巧,充分发挥语言对顾客的影响力。具体来讲,一是要在各种场合下寻找到便于接近对方的话题;二是在谈话中要能牢牢把握交谈的方向并使之逐渐转入销售活动的正题;三是善于运用适当的词句和语调使对方感到亲切自然;四是对顾客的不同意见不轻易反驳,而是在鼓励顾客发表意见的同时耐心地进行说服诱导。

3. 注意形象

销售人员在销售过程中同时扮演着两重角色，一方面是企业的代表；另一方面又是顾客的朋友。因此销售人员必须十分重视自身形象的把握。在同顾客的接触中，应做到不卑不亢，给顾客留下可亲可敬的印象，以使顾客产生信任感，在同顾客进行的交易活动中应做到言必信，行必果，守信重诺，以维护自身和企业的声誉；应避免惹人讨厌的倾力销售，而努力创造亲密和谐的销售环境。

4. 培植感情

销售人员应重视发展同顾客之间的感情沟通，设法同一些主要的顾客群体建立长期关系，可超越买卖关系建立起同他们之间的个人友情，形成一批稳定的主顾群。要做到这一点，销售人员往往不能局限于站在企业的立场上同顾客发生联系，而应学会站在顾客的立场上帮其出主意，当参谋，指导消费，选购商品，甚至可向其推荐一些非本企业的产品，以强化销售活动中的"自己人效应"。

第二节 销售队伍的管理

一、销售队伍的建设

企业的人员销售活动需要一支组织合理、素质较高的销售人员队伍来完成，因此企业必须重视销售人员队伍的建设。

(一)销售队伍的结构

建立怎样的销售人员队伍要从企业的实际情况出发，按照营销活动的实际需要去加以组织。销售队伍的组织结构一般有以下几种情况。

1. 按地区结构组成的销售队伍

产品组合比较单一而市场分布面较广的企业通常按地区结构来组织销售人员队伍。其基本做法是将销售人员按所划定的市场区域进行分配。这种结构的好处是：(1)比较容易评价个别销售人员的销售实绩；(2)销售人员容易同顾客建立长期关系；(3)差旅费用相对较少。

2. 按产品结构组成的销售队伍

企业的产品组合面广，各产品线关联性不大的情况下，通常采取按产品线组织销售队伍的做法。即每一组销售人员专门负责销售某一种特定的产品。这样做的好处是：销售人员可以在技术和业务上十分熟练，并能对该产品的目标市场有全面的了解。但若两种产品消费关联性比较密切的情况下，则有可能出现同一企业的两个销售人员同时对同一顾客销售同类产品的情况。

3. 按顾客结构组织销售队伍

也有些企业按顾客的不同类型来组织销售队伍，即由一组销售人员面对一种类型的顾客群体。如：有专门对批发商销售的人员，也有专门对零售商销售的人员，有专门对老年顾客销售的人员；也有专门对家庭妇女销售的人员。这样做的好处是销售人员对顾客的特点很熟悉，能有的放矢地开展销售活动。问题是若顾客分布面很广，销售人员的差旅费用可能增加。

4. 复合结构的销售队伍

若将以上几种销售队伍的组织方式结合起来，就能形成一种按复合结构组织的销售队伍。如企业可按地区—产品、地区—顾客或产品—顾客的结构组织销售队伍，也可按地区—产品—顾客的结构组织销售队伍，将销售队伍的结构逐步分细，这样就有可能克服以上几种组织方法可能存在的缺点，使销售队伍的结构合理化。当然复合结构的销售队伍一般要由较多的销售人员组成，所以是一种比较适合于大型企业的销售队伍组织形式。

（二）销售人员的选聘

由于人员销售基本上是销售人员个人的努力而获得成功的，所以销售人员的素质是很重要的。企业可从众多的社会应聘者中挑选素质较好的人员来充当企业的销售员，也可以从企业现有人员中选拔和培养自己的销售员。无论采用哪种方式，都应对销售员的素质有一个基本衡量尺度。

从最基本的角度考虑，一名合格的销售人员至少应具备这样一些条件。

1. 熟悉产品情况

销售人员应对自己所销售的产品十分熟悉，能详细地对顾客进行介绍，并且应了解市场上同类产品的基本情况，能正确地进行比较和鉴别。

2. 熟悉企业情况

销售人员应充分了解自己企业的基本情况，对企业的经济实力、技术设备、生产能力、经营方式、销售条件等都应当很清楚，以便能随时回答顾客的咨询。

3. 熟悉营销知识

销售人员应掌握市场营销的基本知识和技能，在市场上灵活地开展销售活动。

4. 熟悉同销售活动有关的各种政策法规

销售人员应认真学习并努力掌握各种政策法规，以便使自己的销售行为能时刻符合政策法规的要求，不至于出现违法违纪的现象。

当然对于销售人员的个人品质和能力，也可以提出一些要求，但这并不是绝对的。如一般认为销售人员应由性格外向、交际广泛、反应敏捷、表述能力较强的人来承当。但在实际工作中，一些性格内向、交际面窄、反应迟钝，甚至表达能力不强的人，销售成绩也不错。所以有些西方营销学家认为，好的销售人员最基本的品质在于两条：一是有亲和力，善于从顾客的角度考虑问题;二是有成功欲,能执著地为实现自己的目标而不懈努力。这已从他们的对几家公司销售人员的实际测试中得到了证实。而且销售人员品质和能力的标准也不应一概而论,而应根据不同企业销售任务的要求分别予以确立。

(三)销售岗位设置

能否选聘到优秀的销售人员并不是企业销售经理能力的唯一体现,更重要的是能否将适当的人员安置在适当的销售岗位上。因为人才的优秀往往是体现在各个不同方面的,能说会道的是人才,具有韧性和耐心的也是人才,善于计划安排的更是人才。但问题是必须将他们放在合适的岗位上,才能使他们的特长得以充分地展示。相反,如果用人不当,在不适当的岗位上,人才也可能会变成"蠢材"。所以企业的销售经理必须对企业的销售岗位进行分类,明确各个岗位的任务与性质,然后再考虑在相应的岗位上应当安置怎样的销售人员,这样才能使销售人员的才能得到充分的发挥。

松下幸之助曾经说过,在其手下有两种类型的人才:一种人特别具有创新思维能力,经常会想出一些新点子;另一种人工作十分细致,能考虑到工作中的一切细节问题。松下幸之助就让前一种人专门进行创新设计,不断拿出新的点子,但从不让他们去实施这些创意,而是将这些创意交给第二种人去小心求证,并安排实施。因为松下很清楚,若让第一种人来实施他们自己的创意,也许就永远不会有任何结果;而让第二种人去提创意,那也就永远不会有新的创意。这就是人尽其才的道理。

销售队伍的培训

选聘销售人员只是销售队伍建设的第一步,接下来的重要任务就是对销售人员的社会化和培训过程。社会化(socialization)过程是指使销售人员能够同化到企业的文化理念和活动方式中去的过程,这是一个非正式的过程,主要通过销售人员在企业的工作过程中逐步地适应和完成,最终能使新的销售人员产生强烈的归属意识和团队意识,形成同其他成员相一致的价值观念;而培训过程则是一种引导销售人员为实现公司的目标和期望而努力的正式途径,其有专门的、明确的目标和程序,是训练一名专业销售人员的必由之路。

在对企业的销售人员进行培训的问题上主要应做好三方面的工作,那就是:明确培训目标,确定培训内容,选择培训方法。

1. 明确培训目标

企业必须十分明确为什么要对销售人员进行培训,想要解决什么问题,哪些是销售人员所不知道的或还不能做得很好的。使他们知道所不知道的,训练他们做得更好,是对销售人员进行培训一般意义上的目的。由于销售人员的来源不同,知识和能力的结构不同,所以对销售人员培训的目标往往也不尽相同。如对于商业院校来的学生来说,他们都已经在学校里接受过基本的营销理论和销售知识的系统教育，所以对他们进行培训的目标可能主要是对行业和产品的熟悉，对销售实践过程的认识，以及对销售实践技能的培训；而对一些长期工作在销售第一线的人员来说，则会注重于对营销理论和销售理论的系统培训，引导他们用理论的思想去重新认识和总结其销售实践经验，从而产生一种新的升华。

对于安置在不同工作岗位上的销售人员培训的目标有时候也是不同的，这主要是由于不同岗位上的销售人员所需要的知识和技能是不同的。但是销售人员往往会有岗位之间的流动，所以培训的目标也不能过于单一或功利，应将培训销售人员的普遍适应性与岗位专业性有机地结合起来，形成一种科学的组合。

销售人员的培训应当是持续的和阶段性的。新选聘的销售人员、工作一段时间的销售人员和准备提拔重用的销售人员都需要接受相应的培训。企业应当根据对象的不同制定不同的培训目标，并形成企业系统的培训计划，实施对销售人员的持续培训和终身培训。

2. 确定培训内容

如前所述，对于不同对象、不同岗位、不同阶段销售人员的培训应当有不同的目标和内容，但基本的内容主要是以下一些。

(1) 销售技能。销售技能是销售人员需要掌握的基本技能，是人员销售获得成功的关键因素，所以也是对销售人员进行培训的最基本的内容。特别对于新聘用的销售人员，销售技能的培训是必不可少的。销售技能的内涵十分丰富，但最为基本的一般是：聆听技能、表达技能、调研技能、时间管理技能、顾客服务技能、组织技能、交易技能等等。

(2) 产品知识。产品知识是销售人员的必备知识，因为销售人员要向自己的顾客介绍产品，首先就要对产品十分熟悉。产品知识的培训可分为两个层次：一是基本产品知识，对于一推销某一类产品(如药品)为主要任务的销售人员来说，对这一类产品的性质、种类、特点、价格都应当有广泛的了解；二是对当前所推销的新产品知识的了解，对于一个即将推出的新产品，由于要集中时间和力量予以推广，就必须对其有专门的培训。

(3) 顾客知识。对于顾客的了解是销售成功的前提，所以对于销售人员的培训就必须将顾客知识的培训作为重要内容。对顾客的了解并不仅仅是指对销售人员所面对的具体顾客的了解，而是指对其产品所面对的市场群体的性质、特点、影响因素和行为方式的了解。对顾客需求的了解还必须关心其派生需求(derived demand)，如上光蜡和小装饰可能是“汽车族”的派生需求，了解“汽车族”的不同偏好和特点，才能有效地完成上光蜡或小装饰的销售任务。

(4) 行业(竞争者)知识。了解竞争者的知识和了解企业自身同样重要，“知己知彼，百战不殆”。销售人员不仅要了解自己的企业优势在哪里，更重要的是要了解自己的企业比竞争对手强在哪里，弱在哪里。只有这样才能在向顾客推销产品时扬长避短，充分展示企业和产品的竞争优势。同时对行业总体情况及发展变化趋势的了解也是十分重要的，这能使销售人员在推销产品时给顾客以更强的信任感和说服力。

（5）企业知识。对企业的了解是销售人员的必修课程，其不仅是为了使销售人员在向顾客进行介绍时有充分的资料和依据，也是为了对销售人员进行企业文化的熏陶。其中包括企业理念、企业道德标准、部门之间的关系以及企业对各种社会和经济问题的看法等等，当然这里也包括对企业各项主要政策和规章制度的学习。销售人员在同顾客开展业务时，其个人实际上代表的是整个企业的形象，所以只有在其对企业有深刻了解的情况下，才会知道如何去规范自己在销售活动中的语言和行为。这也是销售人员在企业中"社会化"的正式途径。

3. 选择培训方法

确切地讲，培训方式和培训方法并不是一回事。培训方式指的是用什么样的形式将销售人员组织起来进行培训，如是课堂培训，还是上岗培训，或是远程培训（电子培训）；培训方法则是指用什么样的方法传授知识或进行训练，如教师讲演、案例分析、角色演练、项目讨论、情景模拟等等。

课堂培训是最常见的一种培训方式，通常适用于对新聘用的销售人员进行培训，以便进行基础知识的系统教育，以及对公司和产品情况的系统介绍；但是仅有课堂培训是不可能训练出优秀的销售人员的，必须通过实践的训练才可能学会如何处理各种复杂的情况，所以即使已经接受过课堂培训的销售人员也仍然要进行必要的上岗培训。现代信息手段的发展使得培训的方式也越来越多，录音、录像、VCD、光盘、互联网、可视电话等等都能被用来进行销售培训，由于其可以使讲授人员和接受培训者在不同的时间和地点进行培训，所以被称作远程培训或电子培训。这种培训方式不仅可以使培训的时空限制被打破，而且由于可调用的技术手段比较多，从而使培训变得更加生动、活泼、贴近现实，从而效果也就会更好。

讲授固然是一种最常见的培训方式，但往往由于过于抽象而不易被理解和记忆，所以在销售人员培训中，案例分析、角色演示和情景模拟等方法往往成为很受欢迎且十分有效的培训方法。如经常会让两三名学员模拟一次产品的推销过程，其他人通过单面镜或录像直播的方式进行现场观摩，然后对整个过程进行讨论和评价。这种方法对于提高推销技能和预先发现可能出现的一些情况是很有效的。

销售定额与报酬

设立销售定额，并将其作为销售人员的考核指标，并依此确定销售人员的报酬水平是销售管理的一项重要工作，也是对销售人员和销售过程实现控制的有效方法。

设立销售定额的原因在于:(1)有利于为每一位销售人员确立明确的工作目标。有了明确的工作目标才能最大限度地调动销售人员的积极性。(2)有利于控制销售业绩的增长,以使企业的经营目标能如期实现。(3)有利于测定一定销售水平下的销售费用投入,以使总销售费用能得到有效控制。

(一)销售定额

销售定额的类型主要有:

1. 销售量定额

通常是指销售的金额数,而不是商品的单位数。用以直接考核销售业绩,并作为销售人员计酬和奖励的标准。销售量定额并不是一成不变的,而会根据产品、市场及环境的变化而重订或修正,并且每次都会在原有的基础上有所提高,以推动企业的业绩不断上升。

2. 财务定额

一般是指除销售定额外还要完成一定的利润指标(或利润率指标)。这对于那些比较关注实际盈利水平的企业来讲是比较重要的。这也可以在一定程度上防止销售人员为追求销售额的增长而不计成本地倾力推销。

3. 费用定额

即对销售活动中的费用水平确定一个标准,以从总体上控制企业的销售成本。销售费用定额可以根据销售额的一定比例来定,如销售总额的5%;也可以确定一些费用的上限,如招待费不得高于5 000元等;也可实行费用包干,将销售费用直接分配到每一个销售人员,由其根据实际需要自主安排。

4. 活动定额

即规定销售办事处或销售人员在一定时期内必须完成的销售活动,如对目标市场顾客访问的次数,新客户建立的数量,组织各类促销活动的数量等等。

5. 组合定额。一些企业为了全面实现企业经营目标,或为了综合考察销售人员的业绩并加以公平比较,就会将以上各种定额进行组合,实行"一揽子"定额的做法。对各项定额进行评分,根据重要程度赋予权重,然后对分值综合后作为考核销售人员的依据。

制定销售定额时必须遵循三项原则:

一是连续性,即必须充分考虑原有的销售定额,并在此基础上制定新的销售定额,相互间能有衔接。

二是先进性,即销售定额不宜太低,应使得销售人员感到只有下一些工夫才可能实现规定的定额。

三是可行性。销售定额尽管可略高一些,以成为努力的方向和目标,但也不可脱离环境和市场的限制,以及销售人员能力的限制。定额应当是经过努力后大多数销售人员都可能实现的指标。

(二)销售报酬

销售人员的计酬和奖励办法是调动销售人员积极性的重要方面。目前常用的计酬方法有以下几种:

1. 固定工资

即将报酬与销售业绩分开,采取按时给员工发放固定工资的做法。这种方法能使销售人员收入趋于稳定,但对刺激销售的力度并不大。

2. 销售提成

即按照实际销售量的一定比例进行提成计酬的方法,这种方法简便易行,对销售刺激的力度大,但销售人员收入的稳定性很差,从而也可能使销售人员的流动性比较大。

3. 混合奖酬

大多是以一部分基本工资为底数(俗称"底薪"),然后再根据销售业绩提成。这种方法既能维持销售人员基本收入的稳定性,又能在一定程度上刺激销售人员提高销售额的积极性,所以被越来越多的企业所使用。

4. 销售竞赛

即采用设立较高的销售奖项,鼓励销售人员开展销售竞赛,对优胜者除其原有报酬外再给予重奖。这种奖酬方法常用于全年一次性奖励,或某项重大的突击性销售活动。销售竞赛不宜滥用,否则有可能导致恶性倾销,影响产品声誉和企业形象。

第三节 直复营销

直复营销(direct marketing)是20世纪90年代中期所出现的新的营销理论。直复营销的理论在引进之初,许多学者将其直译成"直接营销",实际上这是一种概念上的混淆。直接销售(direct selling),或称直销,也可称之为"面对面销售"(face-to-face selling),是指销售方派出许多销售代表,直接和顾客达成交易的方式,即我们在前一节所讨论的人员销售,主要采用的方法是挨户访问销售(door-to-door retailing)和家庭销售会(home-sales parties)等。而直复营销则是利用一定的传播媒体,进行产品和服务的宣传,并能随时接收受众反应或达成交易的营销方式。其主要特点就是不仅利用大众传媒的广泛性,还强调营销者同顾客之间的互动性,是一种十分有效的促销方式。

一、直复营销的含义

在对直复营销的众多定义中,最为广大学者和实践者所接受的是美国直复营销协会(ADMA)为其下的定义——直复营销是一种互动的营销系统,它使用一种或多种传播媒体,以实现在任何地方产生可度量的回应和(或)达成交易之目的。

为了更好地理解直复营销的含义，必须强调以下几点认识。

1. 直复营销是一个互动的体系

所谓“互动”，即互相作用。它是直复营销的一个重要特征，指的是直复营销人员和目标顾客之间是以“双向交流”的方式传递信息的，而非信息的单向传播。这样就形成了一个环状的信息流转系统。

2. 直复营销利用多种传播媒体

直复营销人员和目标顾客之间传递信息的方式多种多样。信函、邮件、电话、电视、电子网络等等，都可以成为载体，只不过有时是同时实现顺、逆交流过程，有时则是分开实现的。

3. 直复营销的信息交流不受时空限制

只要一种能有效联系直复营销人员和顾客的方式一旦建立(这种方式可以是一种媒体或多种媒体共同作用的结果)，那么，无论双方在空间上相距多远，无论购买活动在时点上发生与否，双向的信息交流都能顺利地进行。

4. 直复营销活动的效果是可以测量的

这是直复营销的另一个重要特征。直复营销的信息流转系统不仅能让直复营销者确切地知道产生反应的顾客的比率，知道反应的内容是什么，可以分多少种类，而且还能将这些信息分类储存。直复营销的高效率就来自于此。所有这一切工作是靠数据库完成的。

直复营销的定义还可以从两个角度来理解。

如果站在营销者，也就是卖方的角度来看的话，直复营销有时被称为“直接回复销售”(direct-response selling)，当然这里的回复不仅仅指购买行为；如果站在顾客的角度来看，因为直复营销中“可度量的回应”多数是指顾客的订单，所以直复营销有时又被称为“直接订购营销”(direct-order marketing)。有的营销学者还将直复营销称为直接关系营销(direct relationship marketing)。

直复营销的基本类别

对直复营销的分类，多数学者是以信息传送的主要媒体为依据的。常见的直复营销包括直接邮购营销、目录营销、电话营销、电视营销、网上营销及其他媒体营销。

1. 直接邮购(direct-mail marketing)

直接邮购是英文 direct mail advertising 的直译，现在被广泛地简称为 DM，是传统的直复营销方式，也是直复营销的主要类别之一。它主要是指营销人员将直接邮件广告以指名的方法传送给特定的消费者，这些邮件广告的内容包括报价单、产品宣传、售后服务介绍等，从形式上看，可以是信件、传单、折叠广告或其他各种“长着翅膀的销售人员”。如今，有许多直接邮购公司甚至向潜在顾客直接寄送录音带、录像带和电脑软盘，以此来传送有关产品性能和使用方法的信息。

直接邮购之所以受欢迎，除低成本之外，还包括它能使营销人员在广泛地选择顾客的基础上，更有针对性，同时形式也更灵活多样，并且还能及时对回复进行度量。据统计，1993 年有 45%的美国人曾以直接邮购的方式购物。同年，美国的慈善事业以这种方式筹款达 500 亿美元。

2. 目录营销(catalog marketing)

目录营销也是直复营销的传统方式，它指销售商以指名的方式向有可能下订单的潜在顾客寄送某种产品或多种产品的目录。目录营销是一个很大的行业，美国的目录营销商每年要寄出 8 500 种目录手册，共计 120 亿份，而每一个美国家庭每年起码要收到 50 份目录手册。在美国，使用目录营销的公司涉及各个领域，从日用百货公司到保险公司，从收藏品交易所到金融服务公司；经销的产品不仅包括体育用品、服装、书籍、珠宝、礼品、家具等各类消费品，还包括集团购买的 CD-ROM。

跨国的目录营销也已在近年发展起来，例如日本就有许多消费者出于省钱的目的，通过免费的 800 电话，从美国的目录营销商那里购买商品。由于目录营销与直接邮购在实际操作中有相似和重复之处，所以这两种方式通常被统称为直邮营销。

3. 电话营销(telemarketing)

电话营销是第三种传统的直复营销方式，并已经成为一种主要的直复营销工具，它通过电话直接向消费者销售。据估计，1991 年美国从事电话营销的公司共在电话费上开支了 2 340 亿美元，每户美国家庭一年平均接到 19 个由电话营销公司打来的电话，平均每个家庭每年要打出 16 个电话订购产品或服务。

许多电话营销系统是全自动的。例如有一种叫 ADRMPS 的装置，可以自动拨号并设有录音装置。该装置自动拨号并接通后，即播送有声广告并通过一台答复机或将电话转给接线员的方式来接听顾客的订货电话。电话营销也同样在其他许多领域中被使用，所经销的产品种类也多种多样。电话营销者不仅以这种方式向消费者售货，还以这种方式向经销商销售。

4. 电视营销(television marketing)

电视营销是使用电视直接向消费者销售产品的方式。它主要通过下面三种途径进行。

(1)直接回复广告(direct-response advertising)。采用这种方式的营销者通常买下长达 60 秒或者 120 秒的电视广告时段，用来展示和介绍自己的产品。广告片播出时会向观众提供一个免费电话的号码，以供观众订货或进一步咨询。这样的广告片又被称为商品信息广告片。

(2)家庭购物频道(at-home shopping channel)。这种频道是专门为销售商品(或服务)而开设的。多数这样的频道提供全天24小时的电视购物服务。经销的产品主要有珠宝、灯具、服装、电工用具等,范围颇广。

(3)视频信息系统(videotext)。采用这种途径的消费者的电视机通过有线电视网或电话线与销售方的计算机数据库连接成一个系统,消费者只需通过操作一个特制的键盘装置和系统进行双向交流。采用这一途径主要是零售商、银行和旅游代理公司等,但为数不多。

5. 网上营销(online marketing)

网上营销是指所有以计算机及其网络为渠道而进行的直复营销活动,由于这是一个营销发展的重要领域,所以我们将在第十七章专门讨论这一营销方式。

6. 其他媒体营销

杂志、报纸、广播等都可以用于直复营销,消费者可以从这些渠道听到或看到商品信息然后通过拨打免费电话订购。

另外,有些公司还设计了一种"顾客订货机"(customer-order-placing machines),放在商店、机场和其他的公共场所。这种机器和出售商品实物的自动售货机不同,它仅负责展示商品和订货。例如,美国的一家鞋业公司就在其专卖店中放置了这样的机器,顾客可以通过按钮选择自己所需的鞋的大类、颜色和尺码,屏幕上就会出现符合顾客要求的该鞋业公司品牌鞋子的照片。如果顾客选中的鞋子在店内已售完,那么顾客可以拨打附于机器上的电话并键入自己的信用卡号码和送货地点。

直复营销与传统营销的区别

自从20世纪初自助式销售萌芽开始,到20世纪30年代起超级市场蓬勃发展,大规模营销(或称大众营销)对企业利润的贡献不断上升,这样的辉煌几乎持续了半个世纪。在整个80年代中,连锁商业的巨人们控制了整个饱和的市场,并热衷于推广他们自己的中间商品牌。从那时起,在多数消费者眼里,各品牌间的差别似乎只有价格。直复营销的再度崛起恰恰就是在这个时候,这是因为它与传统的大众营销之间有着很大的区别。表16—1概括地列举了这些区别。

表16—1　　传统营销与直复营销的区别

	传统营销	直复营销
目标市场	在目标顾客范围内进行普通的营销努力	针对每个潜在顾客进行个别的营销努力
决策信息	以人口、地理等因素细分顾客群,每个顾客的个别信息不详	在细分顾客群的基础上对每位顾客的名字、住址及购买习惯等一切个人信息进行详尽描述

续表

	传统营销	直复营销
产品	向顾客提供标准化产品	向每一位特定顾客提供"特殊"产品
生产	大规模、标准化	有定制化的能力
分销	通过流通渠道进行大规模分销	通过媒体直接销售,产品必含有"送货上门"之附加利益
广告	利用大众媒体,其目的主要在于树立企业形象,引起顾客注意和建立顾客忠诚,广告刺激和采取购买行为之间有时间上的间隔	利用针对性强的媒体向个人传递信息,其目的是让受众立即行动——订货或查询
促销	大规模、公开化促销	对受众进行个别刺激,促销手段有一定的隐蔽性
交流方式	单向信息传递,建立一种普遍的客户关系	双向信息交流,建立起个别的客户关系
竞争实质	分享市场,以吸引顾客为竞争重心	分享顾客,以留住顾客为竞争重心
营销控制	一旦产品进入流通渠道,一般情况下营销者便失去了对产品的控制	产品从营销者手中被送到消费者手中的整个过程中,营销人员都能对其进行控制

正因为这些区别的存在,有人称直复营销为"重返19世纪的营销方式"——因为在19世纪,商人们都是小铺子的掌柜,他们认识自己的每一位顾客。

直复营销的优越性

从根本上说,直复营销的优越性来自于直复营销人员针对每一个顾客的个别情况进行双向信息交流。与传统营销相比,直复营销更强调信息的反馈,并更好地利用了这种双向交流中的反馈信息。下面具体阐述直复营销的优越性。

1. 顾客购物不仅省时、省力,而且富有一定的趣味性

顾客通过浏览邮寄目录或网上购物服务条目等信息资料,在轻松愉快的心情下就可以进行购物比较。消费者虽然足不出户,商品的选择范围却不受影响,相反却更广了;通过直复营销这种方式,顾客还可以为他人订货;对生产资料的购买者而言,通过这种方式可以获知市场上所有同类商品与劳务的信息,而不必把时间花在约见销售员等事上。

2. 营销者能更精确地确定目标顾客

直复营销通过各种方式获得顾客的各项信息,这些信息储存在数据库中,可以有成千上万条,可以涉及几十个甚至几百个方面的内容。在需要用此信息时,直复营销人员可以在计算机的帮助下找出任意数量的具有某几方面或十几、几十个方面具有共同特征的顾客组成的群体,并有针对性地向这些顾客群寄发"购物指南"等资料。

3. 营销者能和每一位顾客建立起长期关系

严格地讲,直复营销中,每一位顾客就是一个细分子市场,"一对一"的服务使直复营销有更浓的感情注入。例如,雀巢食品公司建有一个"新妈妈数据库",在这些新妈妈的孩子成长的最初六个关键阶段中,公司都会给这些妈妈寄去针对性很强的个性化的礼品和建议信。这些感情投资的效果便是赢得较为稳固的顾客忠诚。

4. 直复营销号召顾客立即反应,回复率较高

直复营销可以在适当的时机与最有购买可能的潜在顾客沟通,从而使直邮的资料可以有更高的阅读率和回复率。而传统的广告投放之后,总要间隔一段时间,消费者才会采取购买行为或进一步咨询,单个广告的刺激效果相对比较弱。

5. 直复营销战略更具保密性

传统的营销战略通过大众媒体实施,隐蔽性小,易被竞争对手发觉和模仿,而直复的传播方式具有一定的个人化特征,短期内不易被竞争对手发现,更不容易被深究。而且直复营销的广告和销售是同时进行的,这一特点更可使营销者在其策略实施初期免遭竞争对手的抄袭。

6. 直复营销效果是可以度量的

直复营销者通过测量每一次信息传递的回复情况(包括比率、内容等),不仅可以决定哪次活动更具盈利性,而且可以将结果用于媒体与信息的结合效果比较等研究工作中。

直复营销的产生和发展

确切地讲,直复营销最初的形态为邮购,始于1872年8月的美国。那时,第一家邮购商店蒙哥马利·华尔德在美国创立,这家店向美国中西部的农场主家庭邮寄商品目录。但那时的目录只有一张纸,目录上所列的商品并不多,主要是服装和农具,而且价格都是1美元。邮购服务的对象就局限于那些分散居住于郊外的农场主们。

从1872年到20世纪20年代,不断有人加入直邮销售这一行业中来。在美国形成了以蒙哥马利·华尔德和西尔斯·罗马克(1886年创立了西尔斯手表邮购公司)这两家公司为代表的邮购业,当时这些业内公司全部只经营邮购业务。但到了20年代,为了适应交通业的发展和城市化的进程,蒙哥马利·华尔德和西尔斯·罗马克相继在商业中心开办了零售店铺,并将主要精力转向有店铺的零售业务。直复营销业开始走向低潮。

直到80年代,直复营销业才重整旗鼓,在营销方式和销售额上都得到长足的进步和发展。在美国,整个80年代中,直复营销的销售额以每年15%的速度增长,比整个零售业的增长速度快4倍。以1989年为例,美国全国的直复营销的销售额为2 000亿美元,大约有70%的顾客曾利用800免费电话进行过家中购物。但直复营销的各种形式之间的发展却不甚平衡,直接邮购营销和目录营销的增长最快,成为直复营销的主要形式。

直复营销业的再次发展，有其明显的时代特征，主要可归纳为：

1. 商品的同质化现象日益增强，而品牌忠诚度却日趋下降

产品差异之所以会缩小，原因在于工业电脑化和生产标准化使得产品的制造过程能很快被模仿。这样，一种新产品的诞生到大规模生产的时间势必缩短，这使得同质产品激烈地争夺零售店的货架。为了能在零售的规模上争得一席之地，价格战爆发，折价券作为一种促销手段被大量应用，使本应维持一段时间高价的新产品却很快地成为平价商品。在各厂商用价格来使自己与众不同，以达到吸引零售店内的顾客的同时，消费者对品牌的信心和尊敬也一点点地打折扣，并渐渐变得踪影全无了。在顾客眼中，对大多数商品而言，各种品牌之间是同质的，唯一的区别就在于是否有折扣、优惠券或赠品，因此他们的购买行为就呈现出强烈的价格导向。

另一方面，许多竞争者不仅模仿能力强，能迅速地仿制出相同的产品，而且有能力对仿制后的产品进行改进，与发明者和创新者相比，这些公司以更低的成本提供了更好的产品。

所以企业一方面迫切地需要更深入地了解消费者的需求，分辨这些需求之间的差异，进而最大限度地满足顾客；另一方面需要一种新的沟通形式，让自己的企业和产品在顾客眼中有别于竞争者。同时，为了提高顾客的忠诚度，企业还需要一种切实可行的方法来提高顾客与企业的产品品牌之间联系的密切程度——一对一的直接沟通被列为首选。

2. 大众传播媒体的成本增加，电视广告的作用与以前相比相对减弱

传统的营销沟通方法中，在大众媒体上的广告投放量比较大。但是进入 20 世纪 80 年代以后，大众传播媒体的费用逐年上升，广告主一开始仍坚持在大众传播媒体上的高投入，可是结果却令他们失望——高成本的投入并没有达到预期的效果。在广告界，尚无一种被公认的能测定品牌的认知与实际消费行为的差距的方法，而且广告界对广告效果的测定也仅限于广告的认知度和偏好度等方面。另一方面，产品同质化带来的价格战使利润率下降，这又使得广告主的广告资金投入受到限制。

电视广告的作用自从遥控器被发明之后就明显下降。人们对长久以来的轰炸式广告早就“心怀不满”，于是借助遥控器，在广告时段，人们频繁地转台，以使自己在这种轰炸中占据主动性。在这种情况下，即使刚好看到广告，关于商品的详细信息又能真正记住多少呢？

3. 人口结构和生活习惯的变化，人们的生活形态逐渐多样化

鉴于这些原因，许多广告主开始将广告资金投入其他媒体，其中也包括专门用于电视购物的有线电视频道。广告主关心的是能真正到达消费者，而且成本相对较低的新媒体。

在发达国家或新兴的工业化国家，妇女就业的比率在不断上升，双职工家庭的比重也随之上升，人们的可支配收入虽然增多，但不再像以前那样有很多的闲暇时间用来逛商店

购物。有些国家人口老龄化的现象也比较突出,行动不便的老人对购物方式提出了新的要求。另外,家庭单身化的趋势也越来越明显,并且其比重有增无减,这些独身者的消费行为多数属于"冲动型消费"。这些原因都使得直复营销,特别是邮购和目录营销,因为具有坐在家中就能广泛地挑选商品并能享受送货上门服务,从而受到越来越多的消费者的青睐,也使直复营销达到了刺激消费者立即购买或打电话咨询的目的。

另外,由于妇女就业比率的升高和生活节奏的加快,人们的压力也越来越大,在某些情况下,人们对闲暇的渴望甚至超过了他们对金钱的渴望。人们希望有更多的闲暇,也更珍惜闲暇,人们不愿意将大量的休息时间花在逛商店做比较性购物上。邮购公司的精美目录恰好满足了他们的这种足不出户即能做较为深入的商品比较的要求。

由于电脑存储能力和数据库技术的发展,使得商品信息的传递和查询更为方便、快速、安全、准确,使得消费者的购物风险更低,也使销售方的相对成本更低。在美国,CD-ROM(激光数据盘)、交互电视邮购、通过互联网的在线计算机邮购系统、PC 磁盘邮购目录、录像邮购目录等都被广泛应用。这些方式不仅使得消费者在信息的接收上更具主动性,不用每天处理一大堆邮购信息或目录,而且也使双向信息交流实现得更为快捷和完整。因此,网上营销异军突起,开创了一对一营销(one-to-one marketing)的新纪元,并被推崇为 21 世纪的营销。

在今天的零售领域,直复营销已经成为能最佳地建立目标市场的,既直接又经济的方式,并因此被广为采纳。很多大型零售商采用了双渠道营销(two-channel marketing),也就是把有店铺零售与无店铺零售结合起来,互为补充、互为推动。从总体上来看,直复营销正在获得全球范围内的认同与发展。

数据库营销

直复营销的测量都是建立在顾客数据库的基础之上的,这种纯粹以顾客信息为内容的资料库,可以用于一次性的调研测试,更重要的是可以用于持续性的日常消费者测试,对于控制营销活动,防止偏差和不必要的成本开支的发生,有着极为重要的程度。为此,有学者将其列为营销学的一个分支——数据库营销。

直邮公司自有的顾客数据库被称为是影响所有直复营销经营者成败的关键。数据库营销指的就是企业通过搜集和积累消费者的大量信息,经过处理后预测消费者有多大可能去购买某种产品,以及利用这些信息给产品以精确的定位,有针对性地设计直接邮件广告和其他信息交流方式,从而达到说服消费者来购买或咨询的目的。

数据库营销的诞生是新时代的要求。首先,大众的消费行为更追求时尚化和个性化,为了更好地满足这些需求,企业不得不去适应这一特征,而细分这些特征的指标由于涉及心理因素而变得越来越复杂,企业急需一种具有优良的积累、统计和分类功能的经营工具。其次,随着大规模生产的缩减,大规模营销沟通方法也逐渐失去作用,而大众媒体的费用却有增无减,这迫使企业从诸如30秒商业广告、大规模促销等战术中抽出身来,去寻求一种相对成本更低,效率却更高的,并旨在重新建立生产者和顾客关系的沟通方法。第三,全球性市场的形成,拉大了生产者和消费者的空间距离和文化距离,为了使生产不和消费脱节,生产者需要一种能跨越国界和文化的直接的沟通方法与消费者进行交流,数据库营销就很好地适应了这一需要,使企业可以通过数据库准确地模拟不同文化和经济环境中消费者的消费习惯。最后,从实施数据库营销的可能性上来看,现代通信技术和计算机技术的发展,使得生产者直接介入消费者的生活有了可能,既避免了信息多环节传递所带来的信息扭曲,又有利于建立顾客的品牌忠诚。

总的来说,数据库营销包括数据库的制作和管理两大部分。这两部分一般又被划分成六个阶段。

1. 数据的收集

收集数据的来源有两个,一是内部信息资源,即企业通过组织市场调查而取得的资料,以及企业通过展示会、促销活动和销售回函所积累的消费者的消费记录;二是外部信息资源,即公共部门保存的数据资料,如人口统计资料、银行的个人资信记录、医院的医疗记录等,都可以有选择地列入直复营销企业的数据库。

当然,在建立数据库的初期,投资是很大的,但是效果也不可低估。20世纪90年代初,百事公司属下的总资产额达36亿美元的快餐公司——Pizza Hut公司,在数据库营销中投入2 000万美元的资金,包括建立一个顾客档案库。该公司从1984年开始积累顾客信息,大约900万名已食用过该公司比萨饼的顾客的资料都被收入库中,从而建立起了一个足以被用于在全国范围内跟踪嗜吃比萨饼的顾客的数据库。

2. 数据存储

收集到的信息还必须经过整理及筛选,才能按一定的索引保存起来。一般的直邮营销公司将顾客分为三大类:一是连续往来的顾客,即那些一年内至少有一次购买本公司产品的顾客;二是待续的顾客,即那些曾购买过本公司的产品,但最近一年内没有购物行为的顾客;三是准顾客,即是公司尽力去发掘的有可能成为本公司顾客的人。区分这三类顾客对于直复营销者而言极为重要,因为这三类顾客所适用的营销策略是截然不同的:第一类顾客要"留",第二类顾客要"转",第三类顾客要"引"。

3. 数据处理

由于企业的各个部门,如营销部门、R&D部门、技术部门、服务部门对其所需顾客信息的要求是不同的,这就要求数据库处理部门有能力按不同的要求排列和组合顾客资料,以使各个部门都能有效地开展工作。

4. 使用数据

数据库内的资料可以有多种用途。例如，可以用来寻找“最有利可图的顾客”，根据“2080原理”——企业80%的利润是由20%的顾客创造的，这20%的顾客就是最有利可图的人，企业应将营销工作的重心置于这部分顾客身上，留住他们并保持他们对企业的忠诚。又如，从数据库中可以统计有某种特别需求的人数(如侏儒人数)，这对于新产品开发，以及根据特殊顾客的购买力进行定价都有参考意义。再如，在设计直邮广告时，可以利用数据库中的顾客资料确定最有效的诉求和传递方式。

5. 扩充和更新数据

在和顾客多次的交易和沟通之后，企业必然会得到更多的顾客资料，这些新的资料要不断地充实到数据库中，并用新的信息更换原有信息，或用更准确的信息替换原来的由推测所得到的内容。此外，还要识别那些对企业已经毫无价值的信息，将它们删除，以保证数据库的可使用量的最大化。

6. 数据安全防范

这是数据库管理中最易被忽视的一项内容。数据库是直复营销企业的重要资产，所以保证它的安全与保证厂房、金库的安全同等重要。一方面要防止信息被窃取；另一方面要防止意外的侵害，如计算机病毒的入侵。

直复营销的整合

虽然直复营销的以上各种形式和第十七章将要介绍的网上营销在近年来以极快的速度兴起并走向繁荣，但是仍有大量的企业将这一新的营销方式仅仅视为营销沟通或促销组合中的一小部分。这些公司的广告和促销部门得到了企业沟通总开支中的绝大部分经费，并且小心而谨慎地维护着属于自己的这些资金。销售队伍的成员们甚至还将直复营销视为威胁到自己的工作领地的新事物。当销售代表们被迫将其购买量最小顾客和有希望成为公司顾客的人“转让”给直邮营销部门或电话营销部门时，他们经常将这视为失去对原有销售领地的控制权的一种表现。

然而，众多的公司已日益认识到在使用沟通工具时，运用一整套系统的方法来进行操作的重要性。有些公司已经设立了高级沟通主管(chief communication officer，CCO)一职，作为对高级信息主管(chief information officer，CIO)一职的补充。向CCO汇报工作的人员包括广告、促销、公共关系和直复营销及网上营销方面的专家。CCO的工作目标是设立准确的营销沟通总预算，并将这些预算以最科学的方式分摊到每一种沟通工具上。企业界这种普遍使用整合营销的趋势有着多种多样的说法，有的学者称之为整合的营销沟通(integrated marketing communications，IMC)，有的学者称之为整合的直复营销(integrated direct marketing，IDM)，还有学者称之为最优化营销。

那么，如何才能在营销活动的规划中将不同的沟通工具都整合在一起呢？先设想有这样一位营销人员，他在一次单独的营销活动中使用一种沟通工具，向一名有希望成为本公司顾客的人进行售货活动。具体情况又有三种。第一种是使用单一沟通工具的单一步骤销售活动，例如将厨房用具的供货广告一次性地邮寄给有可能成为本公司顾客的人的销售活动。第二种是使用单一沟通工具的多步骤销售活动，即多次成功地将直接邮件广告寄给同一个可能成为本公司顾客的人，例如，一些杂志的出版商会坚持向一户家庭邮寄四份直邮征订广告，若连续四次没有得到回馈便放弃。

更为有效的方式是第三种——使用多种沟通工具的多步骤销售活动，其流程如下所示：

介绍新产品的新闻性活动→包含有一个反馈机制的已付费广告→直接邮件→实施电话营销→面对面的销售访谈→持续性沟通

例如，康柏公司拟推出一种新的手提电脑，便首先安排了一些能引起人们兴趣的新闻报道。然后，康柏公司可以向公众提供免费的关于"如何购买电脑"的小手册。接着，康柏公司可以将这种小手册邮寄给那些对广告作出反应寄来回函的人，并同时附上一份新产品的供货信息，告诉这些人如果他们在新产品进入商店进行大规模销售之前购买这种新产品的话，他们将得到特殊折扣。假设在那些收到小手册的人中有4%的人购买了电脑，那么康柏公司的电话营销人员就应该向另外的96%人打电话，提醒他们注意这次优惠。对那些仍未订购的人，康柏公司可以进行面对面的销售访谈，或者可以在新品上市后在消费者所在地的商店内向他作详细的介绍。即使这位消费者仍不打算购买，康柏公司仍可以和他保持长期的联系。

美国学者罗曼（IDM的命名人）认为，这种多种沟通工具、多步骤的销售活动，是对"紧迫反应"(response compression)的运用。也就是说，在一个确定的时间内接二连三地运用多种媒体，可以提高信息的影响力和认知度。罗曼的这一理论的核心就是在一个特定的时间内，有选择地使用不同的媒体以较大幅度地增加销售，同时抵消不断增长的成本。罗曼还以花旗银行推出的家庭财产贷款广告为例来说明这一问题。在花旗银行的这次广告中，没有采用常规的"邮件加800免费电话"，而是采用"邮件＋优惠券＋800免费电话＋电话营销＋印刷品广告"。尽管多种媒体结合的做法使营销成本上升，但与简单的直接邮件相比，这种做法同时也增加了15%的新客户。罗曼的结论是：

"在邮寄一种有2%响应率的邮件广告之后，再加上'800免费电话'订货服务，通常情况下能使回应率增长50%～125%。而熟练的、与邮件广告及免费电话服务一体化的电话营销则可以使回应率再增500%。突然之间，原本2%的回应率就由于在常规的邮件中增加了交互作用的营销渠道而上升到了13%，甚至更多。在这一整合的媒体组合中，由于增加了媒体而引起的费用的增加按每份订单来算是十分有限的，因为这种情况下的回应率相当的高……在营销方案中增加媒体会使总的回应率上升……因为不同人对不同的媒体所产生的刺激作出了反应。”

直复营销的最优化

在上文提到过的最优化营销模型是一个具有整体性和灵活性的系统，任何一部分都不是独立存在的，直复营销技术被比喻为一般营销程序中的驱动设备。这个模型建议企业建立顾客数据库，并且主张直复营销全面地参与到营销活动中去。最优化营销由一系列步骤综合而成——到达潜在顾客、实现销售和发展关系。这三大步之下的细分化步骤共有九个，分列如下。

1. 目标选择最优化

这要求营销者确定和识别他所提供的产品或劳务的最佳目标顾客。营销者或者外购合适的邮购顾客名单，或者从自己的顾客数据库中找出那些对产品或劳务有着极大兴趣的，有能力支付货款的并且准备购买的顾客名单。这些顾客常被直邮营销公司称为“对的顾客”。而目标最大化则有更进一步的要求，它要求营销者尽可能地寻找“最佳顾客”，即那些既是“对的顾客”，又满足定期购买、不太拒绝订货、从不抱怨并能按时付款等条件的顾客。营销者不仅要知道他们是谁，在哪里，还要知道通过什么最有效的方式去找到他们。

2. 媒体利用最优化

这要求直复营销者检测各种媒体的暴露度，然后选择那些能最方便地实现双向沟通和效果测试的媒介工具。而且还要不断探索如何应用新媒体，以及如何用新的方法使用旧媒体。

3. 成交水平最优化

这要求营销者测量每一活动的成本，但是测量必须要求以有反应的顾客为基数，而不是通常用于衡量大众媒体效果的每千人展露成本。

4. 知晓度最优化

这要求营销者努力去寻找那种能抵抗各种干扰而直达潜在顾客的心灵和头脑的广告诉求和表现手法，使本公司的产品或劳务对目标受众而言是纷乱的广告中最独树一帜的一个。既要能在理性方面影响受众，又要能在感情方面影响受众。

5. 行动意向最优化

这要求营销者所做的广告能诱导顾客实施购买行为，或者最起码要能促使顾客向着准备购买的阶段迈出一大步。能够推动这种行动意向的表述有很多，例如，“请来函索取更详细的资料”，“加复的优惠券于某月某日前寄达有效”等语句。当然，除了表述上可以下工夫外，还应创造多种途径使潜在顾客变成实际顾客。

6. 协同作用最优化

这要求直复营销者努力确保广告能同时达到两个以上的目的。例如,将宣传一种品牌形象、推出一个销售计划、宣布一次减价活动以及扩充数据库等几种目的"捆绑"在一起,取得一举多得的效果。使单个广告能以最低的成本最大限度地发挥作用。

7. 联系作用最优化

这要求直复营销者能最大限度地将广告与实际的销售效果联系在一起。为实现这一目的,营销者就不能将广告开支简单地投入到大规模地提升知晓度的活动上去,而是必须将注意力集中在最有可能的潜在顾客身上,用大部分的广告预算来将这部分顾客转变为购物行动的参与者。

8. 销售最优化

直复营销企业通过建立顾客数据库,要求营销人员不断地以交叉销售及介绍新品的方式直接与目标顾客联系。营销者还肩负不断地扩充顾客数据库信息量,并且形成自己的广告媒体网络的重任。为了使顾客的终身价值最大化(顾客的终身价值是指某位消费者在其是某公司的顾客的一段时期内——可能是一个月,也可能是几十年——为该公司所创造的销售收入),许多营销者在热衷于赢得顾客的营销努力的同时,也越来越热衷于建立顾客忠诚的活动。借助数据库,这些营销者倾其全力保持与顾客的长期关系。

9. 分销渠道最优化

除了直接销售的渠道外,直复营销还建立起各种辅助的渠道来实现向潜在顾客和现实顾客的销售。例如,直复营销者会开设一个零售商店或在现有的商店中设一个专柜。而像通用食品公司这样的生产商则直接将咖啡从工厂销到了消费者手中。

许多大公司,例如花旗金融公司、美国电报电话公司(AT&T)、国际商用机器公司(IBM)、福特(Ford)和美国航空公司(American Airlines)已在近几年中用整合的直复营销建立起对公司极为有利的顾客关系。而在零售商店和直复营销公司中就更不泛佼佼者了,他们将直接邮购、电话邮购和开设零售店铺等各种方式结合在一起,在提升销售量和顾客忠诚度方面都卓有成效。

直复营销中社会与道德问题

直复营销者通常情况下和他们的顾客共享一种对双方都有利的关系。但是,偶尔也会发生不愉快的事。这些令人不愉快的事包括骚扰顾客、不正当地对待顾客、欺骗和欺诈以及侵犯隐私等。

1. 骚扰

许多人发现硬式销售和直复营销下的销售正在愈演愈烈,并且已经泛滥成为一种令人讨厌的东西。他们不喜欢直复营销者在电视上专门的商业节目中所做的广告,认为那些广告又吵又费时间,还很固执己见。他们认为特别骚扰他们的是在用餐时间和深夜的直销电话，那些电话或是由没有受过良好培训的销售员打的，或是一个用电脑控制的自动录音拨号设备打来的，前者是非常地不知趣，后者则是冷得像块冰，令受访者也有一种自己被当作一台机器在处理的感觉。

2. 不正当引诱

有些直复营销者利用了那些冲动型的或者思想比较简单的买主的弱点。有些电视购物节目和商业节目时段也许是最为可恶的"罪犯"，这些节目的共同特征是：有一个言谈平静的主持人，经过精心修饰的对产品的描述，突出地表现其惊人的价格折扣，还有所谓的"最后期限"，以及轻松购物的许诺，使得许多对购物引诱的抵制能力低的顾客上了钩。

3. 欺骗和欺诈

一些直复营销者设计的直接邮件广告有误导购物者的倾向。他们有的夸大了产品的尺寸和性能；有的则设定了很高的所谓"零售价"，以使直销价看来低了很多。使用直复营销的政治基金筹集者们有时还使用一些骗人的"小把戏"——一些能以假乱真的信件，里面装有政治文件、看似报纸剪贴之类的东西和一些伪造的荣誉证书及奖章等。还有一些非营利机构，看似在为某项研究做调查，然而他们在电话中所问的前几个问题明显是在筛选顾客或者在说服顾客。美国联邦贸易委员会每年都会接到成千上万个关于捐款、投资欺诈事件的投诉。当购买者、捐款者或投资者认识到自己被骗，而且政府有关部门也重视起来的时候，那些骗人者早已在另一个地方撒下了网。

4. 侵犯隐私

侵犯隐私的问题恐怕是如今困扰直复营销行业的最棘手的一个社会政治问题。无论何种形式的接触——一次信件或电话订货，或是参加一次抽奖活动也罢，或是申请一张信用卡，或是订阅一份杂志——只要顾客与直复营销公司发生接触，他们的姓名、地址和购物习惯都同时进入了该公司预先设计好的数据库。虽然顾客可以不时地从这种数据库那里得到好处——收到更多的与他们的兴趣和爱好相吻合的供货信息，但是营销者们常常发现当他们努力和那些经过精心细分的顾客群沟通时，却误入了顾客的个人隐私的禁区。许多批评家担心直复营销者所知道的有关顾客的个人生活的信息太多了，很有可能做出不利于顾客的事来。这些批评家质疑：是否应该同意电话公司将那些经常拨打800免费电话进行购物的顾客的姓名出售给直复营销者？信用提供和监管当局将那些新近申请信用卡的人员（这些人由于其支出习惯的改变而被视为直复营销的市场基础）名单出售给直复营销者的行为又是否合法呢？一些地方政府机构将驾驶证持有者的姓名、性别和联系地址（有时还包括他们的体重和身高）告诉那些零售商，以便零售商能直接针对那些因特殊体形而对服装有特殊要求的人销售服装的行为又是否恰当呢？

直复营销的业内人士正在努力解决这些难题。他们深知，如果对这些问题置之不理的话，将会引起越来越严重的消费者的反感和不断下降的返回率，还会导致地区乃至整个国家加强立法对直复营销活动加以严格的约束。从本质上讲，直复营销所期望的和消费者所期望的是一致的，他们都需要诚实可信又设计完美的营销计划，这些计划又是非常有效的，因为它们仅仅针对那些对其感兴趣而又愿意给予回复的消费者。

本章小结

人员销售是企业派销售人员直接同目标市场的顾客建立联系、传递信息、促进商品和服务销售的活动。人员销售具有亲切感强、说服力强、灵活性强、反馈及时、竞争性强等显著特点。人员销售的基本功能是：销售功能、宣传功能、协调功能、服务功能、反馈功能和评价功能。

销售进程就是销售人员围绕一定的销售目的而设计的达到预定目标的工作程序。"爱达公式"和"迪伯达公式"是对销售活动进程的典型归纳。

销售人员的销售技巧对销售活动的成败有很大影响。人员销售要把握时机、善于辞令、注意形象，并注意培植同顾客之间的感情。

企业必须重视销售人员队伍的建设。销售队伍的组织结构一般有以下几种情况：按地区结构组成的销售队伍、按产品结构组成的销售队伍、按顾客结构组成的销售队伍，以及复合结构的销售队伍。

一名合格的销售人员至少应具备这样一些条件：熟悉产品情况、熟悉企业情况、熟悉营销知识、熟悉同销售活动有关的各种政策法规。企业的销售经理必须对企业的销售岗位进行分类，明确各个岗位的任务与性质，然后再考虑在相应的岗位上应当安置怎样的销售人员，这样才能使销售人员的才能得到充分的发挥。

在对企业的销售人员进行培训的问题上主要应做好三方面的工作，那就是：明确培训目标，确定培训内容，选择培训方法。企业应当根据对象的不同制定不同的培训目标，并形成企业系统的培训计划，实施对销售人员的持续培训和终身培训。培训的基本内容是：销售技能、产品知识、顾客知识、行业（竞争者）知识和企业知识。培训的方式主要有课堂培训、上岗培训、远程培训（电子培训）等；除课堂讲授外，案例分析、角色演练、项目讨论、情景模拟等也是必不可少的培训方法。

设立销售定额，并将其作为销售人员的考核指标，并依此确定销售人员的报酬水平是销售管理的一项重要工作。销售定额的类型主要有销售量定额、财务定额、费用定额、活动定额、组合定额等。制定销售定额时必须遵循连续性、先进性、可行性的原则。

销售人员常用的计酬方法有固定工资、销售提成等、混合奖酬等和销售竞赛等。

直复营销是一种互动的营销系统，它是一种使用多种传播媒体，以实现在任何地方产生可度量的回应和（或）达成交易之目的的促销形式。直复营销包括直接邮购营销、目录营销、电话营销、电视营销、网上营销及其他媒体营销。

直复营销的顾客购物不仅省时、省力，而且富有一定的趣味性；直复营销者能更精确地确定目标顾客并能和每一位顾客建立起长期的关系；与其他营销相比较，直复营销的最大特点在于它号召顾客立即反应，有更高的回复率，对回复可作量化的度量，而且更具保密性。

可测量性是直复营销最为突出的优点。其测量的对象可以是产品、定价、广告创意、广告篇幅和刺激频度、邮件的总信息量、促销方式、回复率和回复的时间分布。直复营销的测量都是建立在顾客数据库的基础之上的，数据库营销包括数据库的制作和管理两大部分。

直复营销的整合就是以最佳的方式将直复营销的各种类型组合使用，以期获得最佳的效果。这一理论的扩展就产生了最优化营销，通过直复营销原理的组合运用实现目标选择最优化、媒体利用最优化、成交水平最优化、知晓度最优化、行动意向最优化、协同作用最优化、联系作用最优化、销售最优化和分销渠道最优化。直复营销在实施中也会遇到令人不愉快的事，包括骚扰顾客、不正当地对待顾客、欺骗和欺诈以及侵犯隐私等。

1. 人员销售的主要特点是什么？
2. 合格的销售人员应具备哪些基本条件？
3. 直复营销与传统营销有什么区别？
4. 直复营销的优越性体现在哪里？
5. 什么是数据库营销？其主要内容是什么？

第十七章

电子商务与网络营销

学习目的与要求

1. 了解电子商务的概念、内容和作用
2. 了解电子商务的各种模式
3. 了解网络营销的含义、特点及影响
4. 了解网络广告的特点、形式和定价
5. 了解博客营销的定义和作用
6. 了解电子市场的功能和运作
7. 了解电子商务与网络营销的规范与管理

21世纪展现在人类面前的是一个以数字化、网络化、信息化为特征的信息时代。经济全球化与网络化已经成为一种融合互动的发展潮流，信息技术革命正在加快世界经济结构的调整与重组，根本改变着企业生存和发展环境。电子商务作为信息时代的新商贸形式，不仅仅对企业的经营方式和运作过程产生巨大影响，也对消费者的思维方式、工作方式和生活方式有巨大影响，这种环境变化要求企业必须建立与之相适应的新的经营理念和管理模式，网络营销也随之成为企业经营的新式必备武器。本章将介绍电子商务及网络营销的一些基本特征和内容。

第一节　电子商务

电子商务的含义

电子商务可分为狭义电子商务和广义电子商务两层。狭义的电子商务是指以现代网络技术为依托进行物品和服务的交换，是商家和客户之间的新型联系纽带，这一概念包含英文中 electronic commerce 的全部和 electronic business 中的有偿服务部分。广义的电子商务是指以现代网络技术为依托进行的一切有偿商业活动和非营利业务交往或服务活动的总和，这一概念包含英文 electronic business 的全部内容，包括电子政务和企业内部业务联系的电子化、网络化。狭义与广义电子商务的区别在于前者是有偿的、交易性质的；后者则在前者的基础上又增加了无偿的、服务性质的业务。狭义电子商务是我们研究的主要内容，是企业营销活动的领域，但也必须在广义电子商务的框架内、结合电子商务在社会各方面的应用来考虑才能把握其发展方向。

电子商务的内容

电子商务融合了互联网能达到的广阔领域和信息技术系统的巨大资源，它是动态的和交互式的，范围十分广泛，包括从企业内部网络、共享的外部网络到公用的互联网。它利用网络节点将客户、卖主、供应商、内部员工和外包雇员以一种前所未有的、规模空前的方式联系起来。简而言之，电子商务利用电脑网络快捷高效地把有价值的信息和需要这些信息的人联系起来，形成了价值增值链和服务网。

电子商务从企业来看就是将企业的核心商务过程通过网络节点实现以便改善客户服务，减少流通时间，降低流通费用，从有限的资源中得到更多的收益。它提供了与传统经营方式不同的一种新的机会、一类新的需求、一套新的规则、一次新的挑战。对一般企业经营而言，电子商务包括的内容有：业务信息交换、售前售后服务（提供产品和服务的介绍、产品使用指南）、销售、电子支付（电子资金转账、信用卡、电子支票、电子现金）、运输（依托条形码和密码技术对实物商品发送和运输实行网上跟踪以及对可电子化传送的多媒体产品的实际发送）、组建虚拟企业、厂商和贸易伙伴共享商业信息等。

电子商务（electronic commerce）包括一系列以电脑网络为基础的现代化电子工具在商务过程中的应用，如电子数据交换（EDI）、电子邮件（E-mail）、电子资金转账（EFT）、数字现金（digit cash）、电子密码（electronic cryptography）、电子签名（electronic signature）、条形码（bar-code）、图像处理（image processing）、智能卡（IC）等。电子商务可以实现商务过程中的产品询价、合同签订、供货、发运、投保、通关、结算、批发、零售、库存管理等环节的自动化处理。

电子商务的功能

电子商务可以提供网上交易和管理等全过程的服务，其功能非常强大，内容十分丰富，如网上订购、服务传递、咨询洽谈、网上支付、电子账户、广告宣传、意见反馈、业务管理等等。

1. 网上订购

电子商务可借助 Web 中的邮件或表单交互传递实现网上订购。企业可以在产品介绍的页面上提供订购提示信息和订购交互格式框，当客户填完订购单后，通常系统会回复确认来保证订购信息收悉和处理。订购信息可采用加密的方式使客户和商家的商业信息不至于泄漏。

2. 服务传递

对于已付款客户，应将其订购的货物尽快传递到他们的手中。若有些货物在本地，有些货物在异地，电子邮件和其他电子工具可以在网络中进行物流调配。而适合在网上直接传递的信息产品，如软件、电子读物、信息服务等，则可以直接从电子仓库发到用户端。

3. 咨询洽谈

电子商务可借助电子邮件、新闻组和实时的讨论组来了解市场和商品信息，洽谈交易事务，如有进一步的需求，还可用网上白板会议来互动交流有关图形信息。网上咨询洽谈能降低交易成本，而且往往能突破人们面对面洽谈所受的一些局限，网络能提供多种方便的异地交谈形式，如三地、四地参加的多方洽谈。

4. 网上支付

电子商务要成为一个完整的过程，网上支付是重要的环节。客户和商家之间可采用多种支付方式，保证交易的可靠性，节省费用，加快资金周转。网上支付需要更可靠的信息传输安全性控制，以防止诈骗、窃听、冒用等非法行为。

5. 电子账户

网上支付必须要有电子金融来支持，即银行、信用卡公司、保险公司等金融单位要为金融服务提供网上操作的服务，而电子账户管理是基本的组成部分。

信用卡号或银行账号是电子账户的一种标志，其可信度需以必要的技术措施来保证。数字证书、数字签名、加密等手段的应用，提供了电子账户操作的安全性。

6. 广告宣传

电子商务可凭借企业的 Web 服务器，在互联网上发布各类商业信息，利用网页和电子邮件在全球范围内做广告宣传，客户也可借助网上的检索工具迅速地找到所需商品信息，与以往的各类广告方式相比，网上广告成本最为低廉，给顾客的信息量却相当丰富。

7. 意见反馈

电子商务能十分方便地采用网页上的“选择”、“填空”等格式文件来收集用户对销售商品或服务的反馈意见，使企业的市场运营能形成一个快速有效的信息回路。客户的反馈意见不仅能提高售后服务的水平，更能使企业获得改进产品的宝贵信息，发现新的商业机会。

8. 业务管理

企业业务管理包括人、财、物等多个方面，涉及与相关部门和单位、个人的复杂多角关系，如企业和企业、企业和消费者及企业内部各方面的协调和管理。电子商务技术为提高各项业务管理的效率创造了重要的基础条件。

电子商务模式

经济活动的参与者可以分为政府(government/G)、企业(business/B)、消费者(consumer/C)三种角色，相应的，电子商务应用也有六种基本类型：企业—企业，企业—消费者，消费者—消费者，企业—政府，政府—消费者，政府部门—政府部门。

1. 企业对企业(BtoB)

企业对企业(Business to Business)的电子商务指的是企业与企业之间依托互联网等现代信息技术手段进行的商务活动，如工商企业利用互联网向供应商采购或利用网络付款等。企业对企业的电子商务是电子商务的主流，企业间交易和合作是社会商业活动的主要方面。企业间的电子商务具体包括以下功能。

(1)供应商管理。减少供应商或供应环节，减少订货成本及周转时间，用更少的人员完成更多的订货工作。

(2)库存管理。缩短“订货—运输—付款”(order-ship-bill)环节，从而降低存货，促进存货周转，消除存货不足和存货不当。

(3)销售管理。网上订货、客户档案管理等。

(4)信息传递、交易文档管理。安全及时地传递订单、发票等所有商务文件信息。

(5)支付管理。网上电子支付。

对一个生产企业来说，它的商务过程大致可以描述为：需求调查(或接受订单)→材料采购→生产→商品销售→收款结算→商品交付。引入电子商务技术后这个过程可以描述为：以电子查询的形式来进行需求调查(或接受电子订单)→网上调查原材料信息，确定采购方案→CAM生产→通过电子广告促进商品销售→以电子化形式收款→同电子银行进行货币结算→商品交付。通过电子商务，商贸企业可以更及时、准确地获取消费者信息，及时适量进货，并通过网络促进销售，提高效率，降低成本，获得更高效益。

2. 企业对消费者(BtoC)

企业对消费者(Business to Consumer)的电子商务指的是企业与消费者之间依托互联网等现代信息技术手段进行的商务活动。BtoC模式是一种电子化零售，主要采取在线销售形式，要以网络手段实现公众消费或向公众提供服务，并保证与其相关的付款方式的电子化。目前有各种类型的网上商店或虚拟商业中心，向消费者提供从鲜花、书籍、食品、饮料、玩具到计算机、汽车等各种商品和服务，几乎包括了所有的消费品。

网上商店或称在线零售商店是人们最熟悉的一种 BtoC 商务形式。网上商店为消费者提供以下功能：售前售后服务，包括提供产品和服务的详细说明、产品使用技术指南，回答顾客意见和要求；销售，包括询价、下订单；使用各种电子支付手段完成网上支付。

3. 消费者对消费者(CtoC)

消费者对消费者(Consumer to Consumer)的电子商务是消费者通过互联网上的某一交易平台进行个人拥有物品拍卖的活动，形式类似西方的“跳蚤市场”——旧货市场。其中最成功、影响最大的应该算是“伊贝”(eBay)，它是由美国加州的年轻人奥米迪尔(Pierre Omidyar)在 1995 年创办的，是互联网上最热门的网站之一，每周有数千万人次访问，用户遍及全球，除美国外，还在加拿大、英国、法国、德国、意大利、奥地利、西班牙、澳大利亚、日本、韩国、巴西等国家建立了在线拍卖平台。eBay 上交易的商品，从古董、邮票到宝石、首饰，从玩具、书刊到电脑、电器，应有尽有。eBay 网上目录中开列几千种、上千万件商品，全年交易数十亿美元，毫不逊色于任何一家特大型百货商场。

网上拍卖交易的做法并不复杂。人们首先在网上注册成为其成员，输入自己的姓名、住址、电话和电子邮件地址，以后就可以做卖主或买主了。作为买主不需向网站缴纳任何费用，作为卖主则要缴纳少量的手续费，若货物成交再缴付相当于成交金额 1.25%～5% 的交易佣金。为方便交易，卖主可以在网站开立自己的结算账户，并把物品名称、底价输入网页，做一些宣传性介绍并附上图片，在一定时间内供人们竞价购买，到期限截止时与出价最高的买主成交，按照双方商定的方式付款、交货。

目前个人拍卖网站也开始在中国盛行，其中比较有影响的有“易物网”、“易贝网”、“换物网”、“换吧”、“换啦”等十几个易物网站，交换物品从库存积压物资到个人特色服务，内容丰富多彩。

4. 企业对政府(BtoG)

企业对政府 (Business to Government)的电子商务指的是企业与政府机构之间依托互联网等现代信息技术手段进行的商务或业务活动。政府与企业之间的各项事务都可以涵盖在其中，包括政府采购、税收、商检等。例如，政府的采购清单可以通过互联网发布，通过网上竞价方式进行招标，企业也要通过电子的方式进行投标。政府可以通过这种示范作用促进电子商务的发展。除此之外，政府还可以用电子方式发放进出口许可证、开展行业统计；企业可以网上报税，政府对企业可以通过网络核实营业额和利润，通知税额和纳税期限，用电子资金转账方式来完成税款收缴。我国的金关工程就是要通过政府与企业的电子商务，如发放进出口许可证、办理出口退税、电子报关等，建立我国以外贸为龙头的电子商务框架，并促进我国各类电子商务活动的开展。

政府在促进电子商务发展方面有两重角色：既是电子商务的使用者，进行购买活动，属商业行为，又是电子商务的宏观管理者，对电子商务起着扶持和规范的作用。在发达国家，发展电子商务往往主要依靠私营企业的参与和投资，政府只起引导作用。在发展中国家，则更需要政府的直接参与和帮助。与发达国家相比，发展中国家企业规模偏小，信息技术手段相对落后，资金动员能力弱，政府的参与有助于引进和推广先进信息技术，提供一部分信息基础设施建设资金。

5. 政府对消费者(GtoC)

政府对消费者(Government to Consumer)的电子商务指的是政府对个人的电子商务和业务活动。这类的电子商务活动目前还不多，但应用前景广阔。居民的登记、统计和户籍管理以及征收个人所得税和其他契税，发放养老金、失业救济和其他社会福利是政府部门与社会公众个人日常关系的主要内容，随着我国社会保障体制的逐步完善和税制改革，政府和个人之间的直接经济往来会增加，这方面业务的电子化、网络化处理也可以提高政府部门办事效率，增加国民福利。

美国加利福尼亚州图拉尔县有 1/4 的居民接受政府生活补助，政府社会服务局每年要根据多达 4 500 种的规定，处理大批申请表格，一份申请可能长达 32 页，出现一点差错又得重新来过，申请审批过程是费时、费力、费钱的过程。现在通过网上申报，申请人在电脑程序的指导下完成申请过程，差错很少，政府人员审批归档也简便。建立这套电脑系统投资了 320 万美元，但每年可以节省政府开支 1.08 亿美元。

6. 政府部门对政府部门(GtoG)

政府部门对政府部门(Government to Government)的电子商务是政府中各部门之间的信息传输和业务处理，所以又称“电子政务”。世界各国都维持着一个庞大的政府部门以行使社会综合管理职能。随着社会经济生活越来越复杂、规模越来越大，管理内容日益庞杂，靠手工不能适应经济发展要求。以我国财税收入为例，2005 年全国税收总额已达 30 866 亿元，即使按每张税单收税 1 万元，也要处理 3 亿多张税单。所以致力于电脑网络的建立和完善以提高政府部门的工作效率便成为世界各国政府部门的一项重要举措。继加拿大政府 1994 年首先制定出《应用信息技术更新政府服务的规划》后，欧美发达国家纷纷提出“电子政府”的口号，内容是实现政府内部管理工作程序的电脑化和通信的网络化，并与社会经济各部门、各行业的电脑网络互联，办理各种申请审批手续，提高工作效率，降低开支，减轻社会负担。

电子商务模式的拓展创新

由于电子商务本身是快速发展的新生事物，电子商务模式也不会是一成不变的，随着电子商务应用领域日益扩大,应用方式不断创新,人们对电子商务模式的理解也在不断深化,比如同样是企业与消费者(BtoC)两个参与方,如果转变为消费者主导的情况,就演变成另一种模式(CtoB)。

1. BtoC 与 CtoB

近两年,一些消费者通过网络沟通组织起来、集体压价与商家谈判成交的例子越来越多,即所谓"网上团购"或消费者价格联盟,比如市面上某种型号汽车的最低价格为 20 万元,而 40 位消费者组成一个采购联盟却可以提出 19 万元的最高出价而迫使商家接受成交。团购参加的人数越多,得到的折扣越大,一些团购网站已拥有几万甚至几十万注册会员,涉及的特约商户和商品种类众多,市场影响力日益增强。同样的情况也出现在旅行社旅游线路报价、培训班招生、住房装修、婚庆典礼、家电购买等领域,这种由消费者主导达成的交易与人们通常理解的 BtoC 电子商务有根本区别,因此,由商家主导的电子商务零售可以称为 BtoC(BtoC),由消费者主导完成的电子商务零售可以称为 CtoB(CtoB)。

2. CtoBtoC 与 PtoP

我们前面分析的(CtoC)模式(如 eBay),由于两个人买卖成交必须通过 eBay 这个商家的交易平台,并非两个人直接联系成交,因此有人认为这种模式是 CtoBtoC 而不是 CtoC,中间商家往往要收取交易费用,从中获利。一些人通过个人主页等发布信息吸引到买主直接成交的交易,才能算真正的 CtoC,或者为了避免混淆,也可以称 PtoP(person to person, peer to peer),是两个平等的个人之间的直接联系完成的交易。

3. BtoG 与 GtoB 等

当我们对政府与企业这两个主体通过网络发生的业务活动进行详细分析时,就会发现由政府采取主动的业务活动(如政府采购招标)与企业采取主动的业务活动(如申请营业执照、报关等)也有不同,前者可以称为 GtoB(GtoB),后者可以称为 BtoG(BtoG)。同样道理,对政府与消费者之间的电子业务活动也可以细分为 CtoG 与 GtoC 两种情况。总之,我们对电子商务模式的理解认识不应僵化,对 IT 技术推动的商务模式创新也要有心理准备,观念要与时俱进。

第二节 网络营销的特点及影响

网络营销的含义

网络营销(network marketing)又称网上营销(Web marketing)、在线营销(online marketing)或互联网营销(internet marketing),是指利用网络通信技术进行营销的一种电子商务活动。随着互联网和电子商务应用的迅速普及,网络营销也迅速兴起并快速发展，且成为电子商务加速推广的重要动力。

网络营销不限于厂商为客户提供商品和服务信息，而是贯穿于厂商与厂商之间、厂商与消费者之间的商品买卖、产品促销、商务洽谈、信息咨询、广告发布、市场调查、付款结算、售前售后服务、技术协作等全方位商业交易活动。它使营销活动的范围扩大到全世界和虚拟的网络空间，使营销活动的时间延长到每天 24 小时、一年 365 天。

互联网在美国问世，网络营销也首先出现在美国，美国政府制定了“网络营销政策性框架”，鼓励企业推广网络营销和电子商务，政府率先垂范，从 1997 年 1 月 1 日起联邦政府各部门采购全面采用网上招标方式，要求所有与美国政府部门做生意的民间企业，都要通过网络进行洽谈，诸如工程发包通告、投标文件、估价报表、规格说明、设计要点、竣工报告等文件资料都要在网络上呈报或交流，各种工程款项也通过网络结算和电子交付。

全球电子商务营业额 1997 年为 106 亿美元，2001 年达到 2 600 亿美元，2005 年达到 40 000 多亿美元，这为网络营销提供了广阔的发展空间和市场需求。随着安全性、保密性等问题得到解决，网络营销会有更快发展。网络营销不仅改变了传统营销方式，还会改变人们的生活和工作方式。

网络营销的特点

1. 网络营销具有全球性，可以使企业营销活动拓展到更大市场范围

迄今，互联网的全球用户已达 10 亿多人，因此，利用互联网进行营销活动具有雄厚的用户基础。接入互联网就意味着进入巨大的全球市场，互联网成为商家进行市场扩张的最佳工具。当然，企业必须考虑这种营销环境的变化，研究如何开发这种新型营销方式的巨大潜力，确定合理的营销战略。网络营销的全球性为国际贸易提供了方便，帮助世界范围内的进出口商建立直接联系，出口商可以在网上发布商品信息，图文并茂地展示供应商品；进口商需要什么商品可通过 E-mail 及时联系成交。

2. 网络营销具有交互性，为企业提供快速应变能力

现代企业的经营活动向规模化、全球化发展，如何提高企业的应变能力，尽快开发或组织适销对路的产品以满足消费者需求，是企业成败的关键。“市场如战场，信息决胜负”，这是日本松下电器公司的座右铭。因为光有市场没有适销对路产品的企业是没有竞争力的。企业为了了解市场动向，了解消费者对产品的意见和要求，传统的市场调查方式通常是：(1)调查人员在现场进行观察；(2)将预先准备好的调查表格让被调查者填写；(3)通过小规模的试验来了解产品及其发展前景，如试用、试穿、试吃或在某一地区试销，从而了解新产品是否受消费者欢迎；(4)对现成的销售数据和用户资料等进行分析研究。以上几种传统的市场调查方式固然可以为企业提供一些反馈信息，但时效性差，受调查的对象面窄，无法适应瞬息万变的大市场。互联网营销不仅有提供消费者反馈信息的广阔

天地，而且它的交互性及快速信息传递，可让企业及时地、广泛地听取消费者的意见或建议。互联网可以实现买卖双方的相互交流，对生产企业来说可根据消费者的要求及时改变产品设计，开发新产品，直接提供各种交互式服务；对商业企业来说，可根据消费者需求组织货源。由此可见，互联网的交互性可提高企业对市场变化的快速反应能力。

3. 网络营销的定制化有助于实现以消费者为中心的营销理念

企业提供的各种销售信息可以在服务器中集中存储，但它们仍然能独立运行、存入或输出。这样，企业可以以消费者为中心处理商品信息，有针对性地推销自己的产品，能克服传统强行推销造成消费者反感的缺陷。在网上推出的各类商品目录，可以让消费者比较挑选，从而迅速、经济、实惠地达到采购目标。

4. 网络营销的互联性可加强企业间的协作关系

利用内联网(Intranet)与外联网(Extranet)技术，各企业可在内部信息安全的基础上共享相关数据信息，协调管理项目，增加企业协同开发新产品的机会和联合提供优质服务的能力。一个产品的设计和开发制造，可以由不同的企业共同完成，先在联网的计算机上单独完成各个部分和环节，再进行组合完成。互联网的这种特性尤其适用于技术难度大、投资大、风险大的国际合作开发项目，协作单位可通过远程会议进行交流，能大大缩短设计周期，节约差旅费开支，从而降低产品成本。

5. 网络营销的平等性营造了相对公平的市场竞争环境

在传统的营销活动中，由于地理环境、配备设施、店面大小、市场规模、交通状况等因素，其营销效果和经营状况差别巨大。这种不平等的竞争环境，会影响企业的竞争努力，形成市场垄断。采用网络营销，因为任何厂商都可以自由地在网上开设虚拟商店，其商品展示是全方位的，不管这种商品来自何方，展示的机会是均等的，不受时空限制。就消费者而言，可以随心所欲地浏览网上任何虚拟商店里的任何商品，货比多家，最后确定自己的购买行为。网络营销方式对任何厂商和消费者都是平等的，厂商不是靠组织机构的大小而是靠提高服务价值、服务质量和信誉来取胜。

6. 网络营销的商品多样性

网络营销的商品不受限制，只要网络服务器有足够容量，送货等售后服务能跟上，可以包罗万象。一家网上虚拟商场往往有几十万、上百万种商品，还可以提供各种服务项目，如餐馆预订、电影票销售等。

7. 网络营销可以减少经营成本

网络营销只需设立一个虚拟商场(由一台网络服务器承担)或一个虚拟店面(由一个主页承担并将它连到租用的网络服务器)就可以了，企业将商品外型、性能、用途、价格、售后服务等信息都存储在网络服务器内。传统的店面租金相当昂贵，特别是黄金地段更是寸土寸金，而购置一台联网服务器设备的费用要低得多。“虚拟铺面”中摆放多少商品几乎没有限制，而且经营方式也很灵活，既可以做批发商，也可以做零售商。亚马逊(Amazon)是全球最大的网上书店，经营的图书达上百万种，若把这些书在传统书店里展示，面积会十分巨大，几乎是不可能的。

传统商家为压低进货成本，往往采用批量进货，这不仅会带来资金占用压力和经营风险，而且库存商品的盘点、存放、保管、养护等各个环节都需要人力、物力和财力；而虚拟商场没有实物库存，可节约仓储开支。虚拟商场同时兼备了促销功能，其“货架”上的商品同时又是广告宣传的样品，经营者节省广告费用。另外，厂商营销人员的减少、纸广告资料的减少均可降低营销成本。

此外，网络营销多采取直销方式，因而可以减少商品流通的中间环节，如批发商、零售商等。传统营销方式中虽也有直销方式，但上门推销盲目性较大，成功率不高；而厂方自己开设专卖店，虽可克服盲目性，但需租用店面增加开支，营销成本的降低幅度有限。

网络营销的影响

1. 网上交易对企业的影响

(1)降低营销成本。尽管建立和维护公司的网址需要一定投资，但与其他销售渠道相比，网络营销的成本明显较低，因为一方面可以节省大量的店面租金和人工成本，减少库存产品的资金占用，降低在整个商品供应链上的费用；另一方面可以减少由于多次往返交换带来的损耗，使产品在网络流通中增值。以美国一家出售辛辣调料的零售商(HotHotHot)为例，如果按照传统方式印制彩色产品目录，而不是在网上展示产品的话，该公司预计其促销成本会从每月 100 美元提高到每月 5 万美元。坐落在美国宾夕法尼亚的安普公司(AMP)曾经花费 800 万美元印制产品目录，而现在将所有 7 万项产品在互联网上展示，成本大大降低，销售量却大幅度增加。除此之外，精心设计的网上商品目录和检索功能将大大方便客户准确迅速地查找到所需的设备零部件，而纸面产品目录却很难做到。

(2)更有效的客户服务。在网上介绍产品，提供技术支持，查询订单，处理信息，不仅可以解放公司自己的客户服务人员，让他们去处理更为复杂的问题，调整与客户的关系，使客户更满意。公司收集和存储客户和产品信息，建立数据库，通过数据挖掘开发利用这些信息，既提高客户的满意度，也可以从联机订单跟踪、下载软件和提供技术支持信息等方面节省开支。

企业采用网上提供有效的客户支持服务可以大量减少电话咨询的次数，节省大量开支和人员投入。例如，美国联邦快递公司(Federal Express)通过设立网上查询服务系统，使客户可以随时跟踪快递包裹的运输情况，客户每次查询只花费公司 0.1 美元；如果相同的查询工作由服务人员通过免费电话来做，客户每次查询将花费公司 7 美元。由此可以看出，企业向客户提供网上支持服务来代替传统电话咨询可以节省大量开支。

(3)提高销售能力。传统销售方式下，随着订购量的增加，公司要增加销售人员。但互联网网站上的业务可以在很少或根本没有追加费用的情况下增加新的客户。这是因为其销售功能寓于计算机服务器中，而不是具体的仓储地点或销售人员，它对查询和订货的响应仅仅受到服务器容量的限制，而且服务器处理订单的效率是人工所无法比拟的。

互联网也可以使传统的销售组织形式，如分级批发渠道、分类销售和广告宣传等更为有效。由于具有自动订购功能，销售代理人可以把更多时间花在建立和保持客户关系上；电子分类目录可给出比纸分类目录更多的信息和选择方案；直接面向市场的联机服务，可缩短再采购周期，并增加销售附带产品的能力。

(4)创造新的销售机会。互联网上的企业进入了一个新的市场，这个市场是通过传统的人员促销和广告宣传所无法有效进入的。销售人员不足的供应商可以在网上寻找买主，介绍产品；同样，通过在网上提供定制服务，卖主可能会建立一个全新的有利可图的市场。例如，在 Dell 公司网站采购产品的客户，有 80%的个人购买者和一半的小公司过去从未购买过 Dell 公司的产品，有 1/4 的人说，如果不是因为有这一站点，他们将不会进行这次采购。

由于世界各地存在时差，进行国际商务谈判往往不方便。对企业来讲，提供每天 24 小时的客户支持和服务费用相当昂贵。然而，网上信息服务不同于人员销售，可以实现 24 小时的在线服务。任何人都可以在任何时候向网上企业查找信息，寻求问题的答案，若没有理想的答案，还可以发出电子邮件进行询问。即使不了解该公司的网址，也可通过网上的各种搜索引擎输入关键字查找。企业的网址作为永久性的地址，为全球的用户提供不间断的信息源。

如果 24 小时的网上交易能与企业原材料的采购、产品制造过程的电脑网络连接起来，无需人工干预，那么网上交易的交易成本会大大降低。在线式商店能够全天 24 小时，一年 365 天经营，而在传统市场上的实际店铺却很难做到这一点。由于电子商务是 24 小时全球运作，网上业务可以开展到传统人员销售和广告促销无法达到的市场。

2. 网上交易对消费者的影响

电子商务对消费者最明显的影响莫过于使消费者在网络上直接面对所有的相关商家，使得他们能最大限度地进行比较和挑选，大大提高了他们的购买效率。通过网络和浏览器，消费者可以足不出户看遍世界，网上搜索功能可方便地带顾客货比多家，身临其境地浏览各类产品，可以购买书籍、食品、电视机等实物商品，也能买到信息、录像、录音、计算机软件等知识产品，还能获得如安排旅游、网上诊疗和远程教育等服务商品。消费者能以轻松自由的自我服务方式完成交易，从而使消费者对服务的满意程度大为提高。

3. 网上交易对金融机构的影响

在电子商务的结构系统中，银行是重要和必不可少的角色，银行负责贸易活动的结算，甚至还要负责商家与消费者相互的认证问题。电子商务对银行带来的影响主要有：

(1)安全性的要求提高。电子商务交易要求银行采用更坚实的技术和政策手段为贸易提供可以信赖的电子化资金收付机制。银行应该能够给顾客和厂商的网上交易创造一种安全环境，使它们不担心收付风险，保护厂商免受欺诈或赖账损失，同时顾客也不必担心自己的信用卡号会被窃取盗用，消费者个人隐私和个人信息不会泄漏。

(2)支付有关的系统集成。在信息化进程中，银行业一直是新技术应用较早的行业之一。大多数的银行拥有自己建立在专用网上的业务系统，并且业务模型和流程都已相当成熟。但在电子商务条件下，银行需要将企业已有的软件和硬件环境与贸易环节中其他部门进行衔接和集成。例如在 BtoB 方式下，原来的信用证结算方式并没有大的变化，但在技术上需要通过专用的软件和技术将支付系统集成到企业之间的贸易环节中去，使企业只需考虑它们之间的交易而不用去考虑与结算和支付相关的细节。在 BtoC 的交易中，银行原来通过信用卡、支票等方式进行支付的手段也仍然可行，但要移植到互联网上，使个人的支付实现电子化，这就需要银行把个人的支付连接到企业的网上商店中去，这一移植在技术上有较高要求。

第三节　网络营销的主要业务

一、网络广告

网络广告(network advertisements)，是指在互联网站点上发布的以数字代码为载体的各种经营性广告，企业把有关商品和服务信息传递给潜在用户或发到网络上，让网民有机会访问了解，其形式有网页旗标、E-mail、网上黄页等。自 1994 年 10 月 14 日 Wired 杂志在其网站首次发布网上广告以来，互联网就以其不可替代的全球性和全天候特点，成为一种独特的广告传播媒体，网络广告的出现也使整个广告业进入一个崭新的历史发展时期。

目前，我国的网络广告市场正在快速扩大，根据 iResearch 的调查数据，2005 年中国网络广告市场规模为 31.3 亿元，比 2004 年增长 77.1％，超过 2001 年 6.6 倍。

(一)网络广告的特点

网络广告是既不同于平面媒体广告，也不同于传统电子媒体(如电视)广告的另一种形式，其基本特征为：(1)利用数字技术制作和展示；(2)可链接性，这意味着广告主和广告经营者都无法预知和控制广告会被多少个站点拷贝，虽然有时链接者的本意并非宣传广告，但只要被链接的主页被网络使用者点击，就必然会看到广告，这是任何传统广告所无法比拟的；(3)强制性，熟悉互联网的人都有收到 E-mail 广告的经历，而要完全拒绝此类广告在技术上比较困难。网络广告的上述特点，对广告的法律调整与规范提出了新的课题，在电子商务快速发展的今天，必须从理论上和实践上解决网络广告的规制问题。

互联网给广告业提供了一种潜力巨大的广告媒体，开辟出一块崭新的天地，商机喜人。但同时也是一个严峻的挑战和考验，如果广告公司不能提供满意、高效、价廉的服务，厂商完全可以甩开它们，自己制作和发布网上广告。与此同时，传统的广告媒体如报纸、电视、广播等无一不受冲击，广告商的经营手法、制作技术面临考验，如何适应这种新媒体的特点开发广告资源、发展广告客户，任何广告商都不敢掉以轻心。网络广告的优点表现在以下几方面。

1. 覆盖面广，观众数目庞大

互联网仅用 4 年时间(1993～1997)就达到了 5 000 万用户的大众媒体底线(而广播用了 38 年，电视用了 13 年)，2006 年已有超过 10 亿用户。网上广告没有地理国界限制，可以为世界各地的商家和消费者所了解，其所能接触的读者、观众数量是其他广告媒体难以比拟的。正是因为观众数量庞大，网上广告的效率往往比其他媒体广告要高。

2. 不受时间限制，广告效果持久

网络广告存放在主机，只要主机不关闭，网民每天 24 小时都可以访问了解，不受白天、夜晚的限制，也没有节假日休息，不像广播、电视受播出时段限制和地区时差影响，也不像报纸广告作用时间短暂，网络广告可以每时每刻、持续地发挥作用。

3. 形式生动灵活，互动性强

目前企业使用较多的是万维网网页广告发布，其多媒体功能可以把文字、图片、图像、声音等结合在一起，可展示三维彩色图像，配上立体音响，形式生动活泼。企业可以根据产品特点和销售意图选择适当的广告制作方式，把产品的形态、用途、使用方法、价格、购买方式等信息全方位展示在消费者面前，更富有感染力和吸引力，能突出企业和产品的形象。网络广告的一大优点是互联网提供的互动性，可以展示动态商品目录，提供有关商品信息的查询，与顾客做互动双向沟通，客户如果对广告商品感兴趣，可以在网上即时采取购买行动，商家能即时接受订单，包装发运货物。现代营销的发展趋势之一是人性化、个性化，网络促销是一对一、消费者主导、循序渐进的，是一种人性化促销，通过信息传递和交互式交谈与消费者建立长期良好的关系。

4. 可以分类检索，广告针对性强

互联网中网站多如牛毛，广告信息浩如烟海，但利用 Yahoo、Infoseek、Geocities 等网络资源搜索器，客户能够方便地查阅某一类产品的广告，货比多家，择优订购。例如，你想买汽车，那么网上服务器就会以菜单形式列出各种各样汽车的牌号，用鼠标点击感兴趣的汽车，屏幕上就会出现介绍该汽车的各种信息。若你对某项指标有疑问，再用鼠标点击子项目可调出更详细的相关资料。

厂商只要输入正确的关键词，也能保证自己的广告信息会被有关客户检索到，这样可以有针对性地做广告宣传。网络世界中有各种各样的社区，这种社区通常建立在共同的兴趣上，比如园艺、摩托车、足球、冲浪等，特定人群有共同的爱好，使商家可以有针对性地开展营销活动，提供特殊产品和专业化服务。

5. 制作简便，广告费用低

随着电脑软件技术的发展，网络广告的制作越来越简单快捷，一些看起来很复杂的多媒体广告可以在两三天内完成，制作成本日益降低。从发布网上广告的整体费用来看，也大大低于使用广播、电视、报纸、杂志等广告媒体的费用，往往仅是后者的几十分之一甚至几百分之一，特别是考虑到其庞大的广告受众群，网上广告费用更显得十分低廉，成为其最大竞争优势。

6. 广告内容易于修改和更新

在传统媒体上做广告，发版后很难更改，即使可改动，往往也要付出很高费用。而在互联网上做广告能根据需要及时变更广告内容，不需附加费用或费用很低。网上广告内容和形式的不断更新，会给消费者耳目一新的感觉，无形中提高了广告的宣传效果。

（二）网络广告的形式

1. 页面广告

页面广告主要包括：(1)横幅标题式（banner）广告，即在网页上显示的一块块广告标志，包括全尺寸和小尺寸两种，可以是静态图片、gif 动画或 Flash 动画等，很像公路上的广告牌，点击某一个标志，即进入该公司的网站，可以获取更详细的企业商品或服务信息；(2)标志广告(logo)，它又分为图片和文字两类，访问者对广告内容感兴趣时，即会点击链接到广告发布者的网站上；(3)按钮式（button）广告，即以大小不等尺寸按钮形式出现在网页上的广告，访问者可点击进入浏览；(4)墙纸式（wallpaper）广告，企业可以把宣传介绍的内容制作在精美的墙纸中，存放在有关的墙纸网站，供人们下载作为屏幕保护页面。

标题式广告在所有网络广告中占大多数，目前在绝大多数比较有名的网站上都可以看到标题式广告。企业发布标题式广告，一种是采取互换形式，即双方在自己网站上发布对方的广告，互相交换，不必支付广告费；另一种是向网站购买广告空间和时间，根据网站的知名度和广告出现在网页上的位置支付广告费。

2. 搜索引擎加注

搜索引擎收集了成千上万的网站索引信息，并将其分门别类地存放于数据库当中，当人们想寻找某方面的商品或服务网站时，一般都会从搜索引擎入手。有关机构的统计报告显示，搜索引擎查询已经成为上网者仅次于电子邮件的一种最常使用的网上服务项目。每个商家都希望自己的网站能被搜索引擎罗列出来，并且排名靠前，这就必须进行搜索引擎加注，把自己提供的商品或服务信息以一系列关键词形式提交给各搜索引擎网站。目前比较著名的搜索引擎网站有 Yahoo、Google、AltaVista、Excite、AOL Find、Infoseek、搜狐等。

3. 电子分类广告

电子分类广告是在网上提供的按行业及目的等进行分类的广告信息，它具有针对性强、发布费用低、见效快、交互方便及站点覆盖广等优点；提供这种服务的站点通常是一些行业性网站，如冶金、农机、微电子等，也有一些综合经济信息网站，如各种经贸信息网及市场商情网等。

4. 电子杂志广告

互联网把出版业的门槛大大降低了，五花八门的电子出版物如雨后春笋般涌现，网络低成本快速复制和传播的特点使电子报刊如虎添翼，如果你的电子杂志办得有特色，可以轻松地把读者群扩展到千家万户。电子杂志的影响面自然受到商家的重视，除了积极创立自己的电子杂志外，还要充分利用那些已成名的电子报刊做广告，使自己的商品和服务信息直达千千万万潜在用户。

5. E-mail 广告

电子邮件广告是一种重要的网络广告形式。电子邮件广告往往以邮件列表(mailing list)的形式发送，一个广告发布者可以同时向许多个信箱发布广告邮件，成本低廉，效果直接，强制性强，这种不期而至的广告比上门推销员更难拒绝。但电子邮件广告既有正面影响，也有负面作用，许多人都深受电子邮件广告的骚扰之苦，如果不尊重消费者的个人意愿和个人隐私，厂家有触怒消费者的危险，结果会适得其反。

6. 专题论坛广告

在互联网上有数以万计的专题论坛、聊天室或新闻组，它们往往是由具有相同兴趣的人按自愿原则组合在一起的网民群体，就共同关心的议题互通信息，交流意见。因为互联网庞大的用户数，所以专题论坛的成员通常都比较多，有的甚至达到近百万人，少则也有几千人。在专题论坛发一条广告非常简单，只要把消息发往离自己最近的某个专题论坛服务器，在几个小时内，通过一个复杂的相互复制功能，散布在全球的论坛成员都能收到广告。值得一提的是，这种以专题论坛的形式发广告是免费的，所以很多企业很乐意在此做广告。当然，在专题论坛上做广告也必须遵守一些基本原则：第一，广告的主题内容必须与专题论坛的主题相一致，如汽车广告可发往有关汽车的专题论坛上，美容品广告可发往有关美容的专题论坛等；第二，在广告中应着重给专题成员提供商品信息，而不是宣传吹嘘，例如可介绍产品特点、使用方法、权威机构对产品的检验结果等；第三，只能以纯文本的形式发布，不能上载图像；第四，发布的广告信息应简洁、清晰、富有诱惑力，这样才能有效地吸引读者并节省阅读时间；第五，专题论坛中的信息一般只保存两周左右，所以这种方式做广告要周期性地持续做工作，不断开发出新的产品信息内容。

7. 建立网上广告专用服务器

在互联网上建立介绍企业及产品的专用广告服务器，让感兴趣的用户来调阅这些广告。这种方式能充分适应网上广告的信息多样性、自愿性和交互性的特点，因而受到推崇。但由于这是一种非强制性广告，为吸引用户主动调阅自己的广告，应增加服务器内容的有用性，为访问者提供一些服务信息，再以多媒体方式显示产品的彩色图像，并配以美妙的音响效果和生动的语言说明，使广告效果更佳以吸引网上用户。另外，厂商应通过尽可能多的宣传途径让用户知道你的广告服务器的存在，如将广告服务器的地址及内容简介发布在杂志上、门户网站、网上信息中心，发布在某些专题论坛上等等。

8. 租用网上服务器空间发布广告

互联网上有许多网络广告公司，专门建立了广告用服务器，然后把服务器的空间分租给企业做广告。企业广告通常以主页（home page ）的形式挂接到广告服务器。这种方式做广告可避免自己建立专用广告服务器的高额投资费用，特别适合于中小企业。在选定广告公司之前，必须对该公司的知名度、宣传手法、计算机主机性能、线路速度、收费标准等作综合考虑，才能以较少的投入得到较好的广告效果。

9. 直播或插播广告

互联网直播广告是模仿电视广告的形式，内容简练，精心制作，加上声音和动画，并且越来越多地使用相互交流的手法。还有一种插播式网上广告，是一种全屏幕广告，既可以在你调用网页等待出现的间隔时间在屏幕上弹出，也可以像电视广告那样在节目中间插播。广告公司制作播放一些长度 15 秒钟的广告，内容从好莱坞电影“生死时速”到新款摩托车应有尽有，广告费用比电视广告低很多。

10. 网络竞价排名

企业可以根据自己经营商品的特性和类别，在搜索引擎上设置“关键词”，吸引潜在客户访问企业网站以增加交易机会，企业可以控制每次点击的价格而决定企业在该关键词的广告排名位置，支付较高的价格就可以让企业名称（网址）出现在点击该关键词后列出的所有相关企业的靠前位置，更容易吸引客户注意。做广告的企业是按点击次数向搜索引擎网站支付广告费用，而不是按网络广告投放的时间长短支付广告费，因而广告支出与广告效果相关性较高。

11. 互动游戏广告

企业可以把广告内容插在精心制作的一些网上互动式游戏的开头、中间或结尾，吸引消费者下载安装，在游戏过程中不断加深对广告商品的印象。那些图文并茂的电子音乐贺卡也是广告的理想载体。

（三）网上广告的定价

因为在专题论坛和利用邮件目录发布广告都是免费的，所以这里网上广告定价指的是在 Web 服务器站点租用空间发布广告的收费。大致有三种。

1. 每千人次访问费用模式(cost per thousand impressions,CPM)

广告的目的就是让人看的,Web 站点上广告收费可按访问人数进行收费。这样,一个访问率高的站点比访问率低的站点收取的广告费用可能高出若干倍,但广告主花钱也物有所值。

2. 连通收费模式(click-through)

一些电子广告商开始采取连通收费模式,即按照观众对客户的网上广告的点击率计费,点击率(click-through ratio)即网上广告被点击的次数与页面被浏览次数之比。点击率可以精确地反映广告效果,也是网上广告吸引力的一个标志。

3. 关键词收费模式(key words)

一些 Web 站点面向特定读者群提供相关的广告,许多信息检索网站把广告与一些特定的关键词联系起来,读者在使用关键词查询信息时,同时显示相应的广告。如美国航空公司广告赞助"旅行"和"航班"这两个关键词,包含这两个词的查询都会看到美国航空公司的广告。Yahoo 站点的关键词广告收费高达每月每个关键词数千美元。

博客营销

1. 博客与博客营销

博客(blog,web 和 log 的组合词)又称网络日志、网络日记或网志,是一种特别的网络出版和发表文章的方式,倡导思想观点的交流和共享。博客也可用来指称写网络日志的人。近年来博客成为全球最热门的互联网词汇之一,由于其传递信息的快捷便利和用户数量的飞速增长,其作为新的网络营销工具的价值也迅速显现出来。

博客营销(blog marketing),顾名思义,是指利用博客这种网络应用形式开展网络营销,它关注如何将个人知识资源(包括思想、体验等表现形式)与企业营销目标和策略相结合的问题。随着索尼、亚马逊、耐克、通用电气、奥迪等大公司利用博客树立企业形象,做产品广告,博客营销的概念被众多企业接受,并纷纷跟进。根据 2006 年美国市场调查公司 Forrester Research 的研究报告,有 64%的美国厂商表示对博客营销有兴趣。我国的博客在 2002 年只有几千个,到 2006 年已有 2 000 多万。2005 年,我国著名财经网站和讯网在洪波个人博客投放广告,成为国内企业向个人博客投放广告的第一例。

2. 博客营销的作用

博客营销具有自己特殊的功能作用,博客虽然不向客户直接推销产品,却可以通过影响客户的思想来引导客户的购买行为。博客营销的作用主要体现在以下几方面。

(1)宣传树立企业品牌形象。由于博客社区影响面极广,为企业宣传自己的品牌、树立企业正面形象提供了最佳场所。耐克公司为了树立其"追求速度艺术的专家"的品牌形象,在一个探讨文化现象和政治理念的专业博客网站 Gawker Media 上做了一个推广专题"速度的艺术",希望通过向有影响的专业人士传递"速度艺术"理念,形成广泛的社会口碑,树立良好的品牌形象。

博客文章内容、题材多样,信息量大,读者面广,而成本很低,一些权威人士的专业评价更容易得到大众信任,增加对企业和企业产品的认知。一些社会公众人物顺便的两句点评,可能产生许多广告难以起到的影响效果。

国际著名咨询顾问公司 Jupiter Research,2002 年 9 月就在公司网站上建立了博客频道,汇集了许多分析家的大量专业博文,成为 Jupiter Research 公司展示自身专业研究水准和专家队伍实力的重要平台,也是吸引客户的一个重要窗口。

(2)了解客户需求,巩固客户关系。由于博客的交互功能,为厂商和消费者搭建了一条有效沟通的新渠道,使企业可以更快、更准确地了解消费者的需求意愿变化和市场动向,也可以得到消费者对各种企业产品的具体反馈意见,便于有的放矢地作出经营策略调整。

亚马逊为所有书籍作者开通了博客,既增加了作者与读者之间的沟通了解,也增加了亚马逊网站的访问量。亚马逊通过鼓励作者写博客,实际上在不知不觉中使作者参与到企业的营销活动中,而亚马逊并不需要为此投入额外的人力和财力。

(3)进行新概念预热,便于新产品推广。在新产品推介方面,博客通过对产品进行详细分析和比较,可以加深顾客对产品的理解和认知程度,为产品上市铺平道路。对于那些专业性较强、目标客户相对集中的产品,如专业器材工具、新式音像设备、高档首饰等,博客营销的效果可能大大超过传统广告的效果。

索尼公司在推出 Cyber-shot DSC-F828 这一高端数码相机时,选择专业摄影博客网站作为营销渠道,讨论新相机的性能特点,交流尝试使用的心得体会,使新相机的各种优点迅速为人所知,摄影专家的意见具有权威性,取得了很好的营销效果。

奥迪 A3 跑车在美国上市时,奥迪公司在新车发布会上制造了一个戏剧性开端——新款奥迪 A3 跑车丢了。然后在互联网上利用博客传递奥迪 A3 的图片和线索,号召近百万美国人通过博客互动,参与寻找。奥迪公司利用博客开展这项全民参与的新奇游戏,使奥迪 A3 名称和形象迅速深入人心,在人们购买跑车时自然会浮现在他们脑海中。

(4)进行危机公关,维护企业形象。水可载舟,也可覆舟。由于博客的巨大影响力,如果发生针对企业的负面新闻和评价,其影响可能是灾难性的。2005 年初,美国通用汽车公司因为对一篇记者报道不满而撤销了在《洛杉矶时报》的广告投入,此事引起许多负面评论,不少人认为通用汽车公司是财大气粗,以势压人。通用汽车公司马上通过自己的博客网站 FastLane 与公众直接沟通,真诚表达自己的意见和看法,得到了许多人的理解和赞同,漂亮地化解了这次危机。

(5)培植企业文化,增强企业凝聚力。IBM 鼓励 32 万公司员工使用博客,并在公司内部网上提供博客系统,到 2006 年,已有 15 000 多员工注册了公司博客,2 000 多员工定期维护其博客,博客主题包括技术讨论、策略探讨、寻求项目帮助等。IBM 还在对外网站上开设了 20 多个以开发商为中心话题的博客,鼓励员工用博客这种社会化网络为公司创造新的价值。

SUN、HP、微软等公司都有上千员工的博客队伍,鼓励公司员工写博客,已成为这些世界知名大公司展示企业文化、推动员工创新、增强企业凝聚力的重要途径。通用汽车公司的博客网站 FastLane 由公司副总裁 Bob Lutz 亲自主笔,内容涉及汽车设计、新产品、企业战略、客户关系等方面,是最受欢迎的企业博客之一,每个话题往往有上百条留言,成为维系员工和新老客户的重要纽带。博客以文字为主,所占空间小,能够长期保存,这也是博客营销的一个优点。

网上销售与电子市场

工商界奉为信条的"顾客就是上帝"、"时间就是金钱"在网络时代有了新的含义,那就是开展全方位的网上服务。在人们能从网上方便地查找、比较各种商品的价格时,谁还愿意向你电函询盘呢?当越来越多的企业接受电子订单和电子付款时,还有多少客户愿意多花半个月或一个月时间用书面订单向你订购货物呢?要保住和扩大自己的客户网,建立网上商场、推出在线销售是必须走的一步棋,而且越快越好。网上销售主要是通过电子市场来实现的。

(一)电子市场的含义

电子市场(electronic market,EM)是指在互联网通信技术和其他电子化通信技术的基础上,通过一组动态的 Web 应用程序和其他应用程序把交易的买卖双方集成在一起的虚拟交易环境。EM 中的众多交易主体则可以通过 EM 中提供的电子化交易信息和交易工具或自己的手机、电子邮件、管理信息系统等程度不同的电子化工具建立起点到点和一对多的交易通道。

电子市场主要有两种形式:一种是有自己独立的网络服务器(Web 服务器)构成的商业站点;另一种是集中在某一"购物中心"或"商业街"中的商家网站,这是规模较小的商家租用别人的 Web 服务器,在上面开设主页,类似于传统商业街上开设的一个店面。

电子市场经营的商品与传统商场没有什么区别,有生活必需品,如食品、服装,也有学习用具、计算机硬软件、电器设备及图书、工艺品等。电子市场同传统商场的主要区别是:电子市场中没有实际货物,是一个虚拟商店,有关商品的各种信息均存储在服务器上,消费者通过网络浏览这些服务器就可了解各种商品信息,若对某种商品有购买要求,通过电子订购单发出购物请求,然后输入信用卡号码或采用其他支付方式,厂商托运货物或送货上门。

网上购物的优点在于大大缩短了销售周期，提高了销售人员的工作效率，而且可降低展销、销售、结算、发货等环节的费用，比传统的零售店、专卖店、连锁店、超市和仓储商场有更强的竞争力。值得指出的是，厂商建立的电子市场或电子商店只需一个就行了，没有传统连锁商业横向扩张的分店投资和风险，但业务却不局限于一个城市、一个省或一个国家，而可以面向全球。与沃尔玛、麦当劳一类的连锁店靠星罗棋布的店面来实现销售增长相比，显然电子市场有其一定的优越性。

(二) 电子市场的建立

建立功能完善可靠的电子市场对网上销售至关重要。那么，怎样才能建立好电子市场呢？应注意下面一些方面。

1. 建立安全可靠的网络服务器

在网络营销中没有实物店铺，只有网络服务器提供商品信息，因此服务器的作用相当于一个“商场”，建立性能可靠的服务器就是为消费者提供良好的购物环境。由于服务器是广告信息的驻留地，所以这些广告信息能否响应访问者的调阅、查询请求顺畅地输出去，服务器与互联网的连接速度和可靠性如何，服务器硬件性能和运行状态是否稳定，其软件配置如何，技术支持是否及时可靠，都是至关重要的。互联网技术加强了顾客获得商家信息的能力，但也增加了某些敏感或有价值数据被非法盗用的风险，因而网上交易系统必须确保其保密性、安全性。

目前建立网络服务器有两种办法：一是自建，此法投资大、见效慢，需要高水平的维护队伍，运行成本高，适用于大型厂商，或专门为中小型厂商提供接驳服务的网络服务供应商(ISP)；二是托管，此法就是租用 ISP 网络服务器的存储空间。租用空间又有两种：其一是具有独立 IP(internet protocol)地址和独立域名；其二是在别人的独立空间中以路径的形式出现，一般适用于中小型企业。

2. 为自己的网站起一个响亮的域名

众所周知，一个好的产品名称对于树立产品的品牌形象非常重要。同样，在搭建一个高速、安全、功能强大的网络服务器的同时，为自己的网站起一个好的域名也很重要。好的域名应该简洁、响亮、易记，内涵深刻。

建立了电子市场后要大力宣传商场的网址，尽可能做到家喻户晓，吸引更多的人光顾。宣传网址的办法大致有两种：一是利用传统媒体宣传，如广播、电视、报纸、杂志等，也可以在员工名片上、公司介绍上、产品广告或包装上印上公司网址信息；二是利用互联网推介，如在新闻组上按专题方式发布，用 E-mail 方式宣传。

3. 电子市场的市场定位

电子市场的市场定位直接影响到商场的成败，所以必须引起足够的重视。虽然互联网蕴藏无限商机，吸引着大大小小的厂商，但正如传统经营那样，网络营销也有成功者和失败者。究其原因，市场定位是否准确是根本原因。在建设电子市场之前首先应明确在网上想做什么、对象是谁、怎么做。从一些统计资料来看，电子市场对消费者有较大吸引力的商品是计算机及相关产品，其次是书籍、CD、家用电器以及旅游服务等。

4. 展示铺面

网络营销没有直观的铺面，只有虚拟铺面。这种铺面的一个关键环节是提供电子目录，它是顾客获得商品名录的数据库。此数据库应具备全面查询能力，所以它应包含多数据类型，并按用户的标准、生动的图形来显示。用户在查询时，只需在电脑界面简单地点一下鼠标即可获得。这样用户就能在几秒钟内轻而易举地从大量商品目录中选择自己所需的商品。

电子市场还应配备一辆虚拟购物车，在电子市场内跟随顾客和他们有意购买的商品。结账时，货款和运输费能自动结算，且所有订单应都能存储在中央区域，便于顾客退换商品。

网上购物过程也会受到其他许多因素的影响。在实际商店中，大量精力都花在商品展示和整体的环境气氛中，期望以此来赢得回头客并建立牢固的客户关系。在网络上，妙趣横生的多媒体展示也会刺激顾客的购物欲望。除了有吸引力的商品内容展示，还要保证顾客的购买简单易行，收货有多种选择，以吸引网上顾客，促成购买行为。

5. 具备全面的付款处理能力

全面的付款处理能力有助于厂商展开快速有效的网络营销活动。付款系统将网上商业交易系统与金融网络相连，这样就能认可并处理信用卡的付款方式。此外，该系统还应能支持其他付款方式，如电子现金、电子支票、智能卡等，并能兼容商家提出的不同付款计划，如免费试用期、延期付款方式等。

网上付款方式

网上实现的付款方式目前大致有三种：信用卡、智能卡、电子现金付款。

1. 信用卡付款

采用信用卡付款，购物者在电子表格中输入自己的信用卡资料及个人签名，通过互联网传递给供应商就完成了。如果顾客对网上传输信用卡卡号等资料的安全性有疑虑，也可用电话告知。

为了提高信用卡支付的安全性、保密性，已研究出几种新技术，如"安全套接层"(secure sockets layer，SSL)技术用于 Web 服务器，确保在浏览器与 Web 服务器之间的通信不会被第三方获取，这就有效地防止通过监听网络来收集信用卡号码或修改交易文本内容的可能；"安全电子交易"(secure electronic transfer，SET)技术作为一种安全结算的系统标准，为互联网上结算业务提供了安全保证，该方法利用公开密钥密码技术，既保守了信用卡所有者及商家的秘密，又能准确介绍身份。

2. IC卡

IC卡具有数据存储量大、保密性好、抗干扰能力强、存储可靠、读卡设备简单、操作速度快、脱机工作能力强等优点。IC卡按所装配的芯片不同，分为存储器卡、逻辑加密卡和智能卡三种。存储器卡只含有一般的E2PROM芯片，不提供任何安全措施，只能由读写器提供一些有限的安全检查手段，一般用作保健卡等对安全性要求不太高的场合，或在联机情况下使用。

逻辑加密卡由逻辑电路和E2PROM两部分组成，实现了对E2PROM存储单元读/写/擦除的控制，增强了卡的安全性。逻辑加密卡的存储区一般都分成几个区，如制造区、发行区、密码区、应用区、个人区等，不同的区有不同的功能。逻辑加密卡有不同的品牌和型号，不同种类卡内部的存储区的划分也不尽相同。但一般都要记录制造商信息、发行商信息、加密信息、个人信息和应用信息，这些信息有些是写入就不可变更的（如制造商信息），有些是可以擦写的，如持卡人口令。逻辑加密卡内加入机密功能，安全性能比存储器卡好，但还不能有效地防止伪造。多数逻辑加密卡只有一个应用区，因此只能作为单应用卡使用，不是很方便。

智能卡内带有MPU（微处理器），能进行复杂的加密运算和密钥密码管理，其安全性和可靠性大大高于前两种卡，应用范围也广泛得多，可一卡多用。智能卡芯片内部电路主要由微处理器和存储器两部分组成。目前，微处理器一般采用8位字长的处理器。工作时，微处理器接收读写器发送的命令并分析，如果满足访问存储器的条件，就向存储器提供访问地址。写入时，读写器提供要写入的数据；读出时，将从存储器读出的数据交给微处理器处理，并将处理结果返回读写器。此外，智能卡通常采用DES、RSA等加密/解密算法，加密运算也是由微处理器完成的；微处理器完成的一切操作都受控于卡内操作系统（chip operating system，COS）。

智能卡内有三类存储器，它们的存储特性不同，智能卡也正是利用了它们不同的存储特性来完成不同的功能。ROM是只读存储器，在一次写入后就不能更改。这正好满足了COS的需要，因为COS在任何情况下都不允许更改或丢失。所以，COS主要（或全部）的程序代码都固化在ROM中，其容量一般在3KB～16KB之间。与应用有关的数据（如金额）要求在交易时能修改，而断电后又不丢失，使用E2PROM最合适。各类文件、口令、密钥、应用数据，以及各种控制信息等都存储在E2PROM中，有时还会存入部分程序，其容量一般在1KB～8KB之间。RAM的存取速度最快，但在断电后数据就会丢失。因此，RAM主要用于存放智能卡交易过程中的一些中间结果或用作I/O数据缓冲区及程序嵌套时的堆栈区等，其容量一般在128B～512B之间。智能卡在使用过程中，读写器对任一存储单元进行读/写操作都需通过COS,以确保卡的安全性。设计合理的COS可有效地防止非法攻击。

3. 电子现金付款

电子现金(digital cash)是一种在网络环境中使用的虚拟货币,它由普通现金转化而来,也可以再转换成普通现金。电子现金就像是客户放在互联网上的一个电子钱包,客户可用它来购买电子市场中的任何商品,钱会通过网络支付给商家。尚未用完的电子现金可通过承办的电子银行兑换成一般现金。

电子现金同时拥有现金和电子化两者的优点,主要表现在以下六个方面。

(1)匿名性。买方用数字现金向卖方付款,除了卖方以外,没有人知道买方的身份或交易细节。如果买方使用了一个复杂的假名系统,甚至连卖方也不知道买方的真实身份。

(2)不可跟踪性。这可以保证交易的保密性,也就维护了交易双方的隐私权。除了双方的个人记录之外,没有任何关于交易已经发生的记录。因为没有正式的业务记录,连银行也无法分析和识别资金流向。也正是因为这一点,如果电子现金丢失了,就会同纸币现金一样无法追回。

(3)节省交易费用。通过互联网传输数字现金的费用比通过普通银行系统支付要便宜得多。为了流通货币,普通银行需要维持许多分支机构、职员、自动付款机及各种交易系统,这一切都增加了银行进行资金处理的费用,而电子现金是利用已有的互联网和用户计算机,成本比较低,尤其是小额交易更加合算。

(4)节省传输费用。普通现金的传输费用比较高。这是因为普通现金是实物,实物量与金额成正比,金额越大,实物货币量就越多。大额现金的保存和移动是困难和昂贵的。而电子现金流动没有国界。在一个国家内流通现金的费用跟国际间流通的费用基本是一样的,这可以改变国际货币流通费用大大高于国内流通费用的状况,有利于扩大国际贸易、国际金融和国际投资规模。

(5)持有风险小。普通现金有被抢劫的危险,必须存放在指定的安全地点,如地下金库,而且在存放和运输过程中都要由保安人员看守,保管普通现金越多,所承担的风险越大,在安全保卫方面的投资也就越大;持有电子现金的风险要小得多。

(6)防伪造。彩色复印技术和电脑扫描制版技术的发展使伪造普通现金变得更容易了,但电子现金由于银行认证签发的特性却是难以伪造的。

由电子现金所带来的诸多好处可以看出,使用电子现金可以扩大商业机会,促进互联网上经济活动的增长。企业使用这种交易工具可以降低交易成本,电子现金意味着用户可以花更少的钱得到更好的服务。

美国的Mark Twain银行推出的电子现金业务给客户提供了一种安全、方便、可靠的电子支付手段。客户使用该银行的电子现金业务手续很简单,只需开立专门的世界货币进出账户(WCA)存入款项,在自己的PC机上安装Digicash公司的有关软件,与该银行的账户连接就可以了。它没有最低余额限制,且可开立25种货币的账户,方便客户进行跨国购物。Mark Twain银行的运作是这样的:客户的钱存入银行账户后,当客户要求把账户上的一定金额转化为电子现金时,银行负责把这部分钱转移到电子现金"制造所"中,这时客户可在自己的PC机上看到这部分钱,但还不能用;要用时客户必须给银行发一个指令,让"制造所"为自己"印刷"一定金额的电子现金,并转移到PC机的硬盘中,用于实际支付。为防止余下的钱存入硬盘丢失,客户可再放回到银行账户上。

第四节　网络营销的规范和发展

电子商务及网络营销的发展历史很短,各种做法还在探索之中,需要不断总结经验,逐步规范和完善。目前需要解决的问题主要有以下几方面。

网络广告参与者的定位

传统平面媒体和电子媒体传播的商业广告,其广告主、广告经营者和广告发布者各自的定位和职责是清晰的。我国《广告法》规定,广告主是指为推销商品或者提供服务,自行或者委托他人设计、制作、发布广告的法人、其他经济组织或者个人。广告经营者是指受委托提供广告设计、制作、代理服务的法人、其他经济组织或者个人。广告发布者,是指为广告主或者广告主委托的广告经营者发布广告的法人或者其他经济组织或个人。

依此规定和政府对媒体的其他管制法规,广告主、广告经营者与广告发布者之间的界限是显而易见的,一家酒厂不可能自己经营媒体为本企业的产品发布广告。但是,在网上,广告主、广告经营者、广告发布者这三者的界限日益模糊,从而使得我们无法用现行法律的概念来理解,这就产生了所谓的认知困难。例如,负责网络运营的ISP和提供网上内容的ICP,它们既有类似于传统媒体的传播平台——自己的主页,同时,许多ISP、ICP集广告客户、广告经营代理、广告制作于一身。从某种意义上说,ISP、ICP时刻都在为本企业做广告,当使用者点击这些门户站点时,会感受到浓重的广告气息,企业自身广告占据了重要位置。另一个例子是企业的商业性网站,这些商业性网站存在的基本功能,就是宣传本企业的形象,当然要使用一切可能的传播手段,如目前时髦的网上看房,实际上就是房地产企业的广告。

只要愿意,任何人、任何机构都可以在自己的网站上链接其他人的主页,同时发布自己的信息,而这种信息实质上就是法律意义上的商业广告。今天,你进入互联网,处处可以看到五花八门的广告。个人可以链接商业网站,政府和学术机构的站点也可以如此。因此,法律上对广告主、广告经营者、广告发布者的定义及其规制方式显然不能适应网络广告的状况，需要制定新的章法。

网络广告的管理

(一) 网络上的隐性广告

所谓隐性广告，是指采用公认的广告方式以外的手段，使广告受众产生误解的广告。我国《广告法》第十三条规定："广告应当具有可识别性，能够使消费者辨明其为广告。大众传播媒介不得以新闻报道形式发布广告。通过大众传播媒介发布的广告应当有广告标记，与其他非广告信息相区别，不得使消费者产生误解。"隐性广告是以非广告形式出现的广告。在传统媒体上出现的隐性广告比较容易识别，互联网上的隐性广告则很难识别，其主要形式有下列几种。

1. 以网络新闻形式发布的广告

尽管学术界有争论，但网络新闻的存在是一个不争的事实。除了ISP、ICP炒新闻以外，还有各种知名度较高的新闻组等专业性的网站，因为其专业化的程度高，拥有特定阅览群体，一些企业与这类网站有着特殊的关系，网络新闻中往往夹杂有广告性质的内容，网络的特殊性也模糊了新闻与广告的界限。

2. 在BBS上发布的广告

在BBS上发布的广告，主要是以讨论问题形式出现的。商业网站在主页上开辟讨论区，评价企业产品与服务的性能、质量、功能之类的问题，往往可以发现企业使"托"的迹象，即企业以网民的名义提起论题，讨论一番，在其中兜售自己的观念。

3. 利用关键字发布隐性广告

有的商家为了搭著名商标便车，利用Metatag的技术或以关键字的方式把他人的驰名商标写入自己的网页，消费者使用搜索引擎检索该著名商标所属网站时，结果却找到这个搭便车的网站。国外已经发生了一些与关键字广告有关的案例，比如Estee Lauder诉Excite一案，就是因为Excite把Estee Lauder的关键字卖给了其他化妆品公司，这样，当消费者要找Estee Lauder网站时，看到的却是其他化妆品网站的广告。Estee Lauder公司指控Excite有商标侵害、著名商标淡化和不公平竞争行为。

(二) 如何对网络广告主与广告内容进行有效审查

我国《广告法》第九条规定："广告中对商品的性能、产地、用途、质量、价格、生产者、有效期限、允诺或者对服务的内容、形式、质量、价格、允诺有表示的，应清楚、明白。" 第十条规定："广告使用数据、统计资料、调查结果、文摘、引用语，应当真实、准确，并表明出处。"第十九条规定："食品、酒类、化妆品广告的内容必须符合卫生许可的事项，并不得使用医疗用语或者易与药品混淆的用语。"第二十四条规定："广告主自行或者委托他人设计、制作、发布广告，应当具有或者提供真实、合法、有效的下列证明文件：(1)营业执照以及其他生产、经营资格的证明文件；(2)质量检验机构对广告中有关商品质量内容出具的证明文件；(3)确认广告内容真实性的其他证明文件。"第三十四条规定："利用广播、电影、电视、报纸、期刊以及其他媒介发布药品、医疗器械、农药、兽药等商品的广告和法律、行政法规规定应当进行审查的其他广告，必须在发布前依照有关法律、行政法规由有关行政主管部门(以下简称广告审查机关)对广告内容进行审查；未经审查，不得发布。"

综合上述规定，可以得出的结论是，由于产品广告，尤其是与人民健康密切相关的产品广告，在一定程度上具有证明产品品质、引导消费的作用，任何虚假或不负责任的广告都可能误导或欺骗消费者，导致消费者生命健康或财产的损失，因此对广告宣传的产品及企业进行审查核实是十分必要的。然而在互联网这个虚拟世界里，企业可以自建网站，自行"审查"并发布广告。这使网络广告的质量和可信度大打折扣，容易造成对消费者的损害。

(三) 网络广告的规范

美国、日本等发达国家为了推动电子商务的发展，对网络广告的管理采用比较宽松的模式，即除非重大的不正当竞争和恶意广告，政府对网络广告网开一面。网络具有与传统媒体迥然不同的开放、互动的结构，因此，不可能采用传统媒体的办法来规制广告，而应当采用一种比较有弹性的规制办法。具体方式如下。

1. 政府管理与ISP、ICP自律相结合

ISP、ICP是网络运作与管理的重要环节，离开了ISP、ICP，政府就无法对网络实施有效的管理。这里所说的ISP、ICP的自律包含两层含义：一是ISP、ICP自身必须遵守广告法和相关法规，抵制不正当竞争和虚假、欺骗广告；二是ISP、ICP应当在经营的范围内，控制所托管的主页，一旦发现恶意广告行为，要立即制止并给以相应惩戒。

2. 法律与业界规章相结合

对电子商务这一新生事物而言，法律不大可能预先完善规则，这就需要行业规章在法律正式出台前的空白期起到游戏规则的作用。例如，对商业网站的规制、对个人主页的管理都必须有一个基本规章。ISP、ICP在用户电子邮件地址的管理上，负有特殊的责任，也应当制定一定的标准和规章，保护消费者和商家的合法权益。

知识产权和隐私权保护

1. 知识产权保护问题

知识产权保护也是互联网上开展营销活动的必要条件，尤其是商用信息服务。这方面除了制定切实可行的法律规章外，使用技术手段也是十分有效的途径，如Digimarc公司开发的一种保护电子知识产权的"秘密武器"，这项技术可以把电子签名或系列编号直接嵌入相片、录像、录音和其他介质的知识产权产品。这种电子签名不但可以包含能够证

明版权的信息，还可以容纳诸如许可证权限、制作数据或发行渠道等信息，知识产权持有者可根据具体情况选择私人专用代码或工业标准代码加密模式。由于电子签名与图像融为一体，因此信号无论如何转换，电子签名始终保持不变。在一般情况下，电子签名听不到也看不到，但必要时知识产权持有人的唯一加密代码可通过简单的计算机分析，即可显示上述电子签名信息，不知道加密代码者不能检测或消除这一电子签名。

2. 保护个人隐私问题

在网络营销活动中如何保护个人隐私也是大家所关注的，国内外多次调查显示，大多数消费者不希望别人了解他们的私人信息。因此，一方面需要制定相应法规，防止商家在营销活动中擅用或滥用客户的个人信息资料；另一方面要提供技术保护手段。微软公司开发的“私人通信技术”(PCT)安全标准就是为了保证网上商业信息交流和个人通信的安全保密，其主要功能是保护个人隐私、验证身份和相互确认等。

跨国网络营销管理

1. 跨国网络营销的法律管辖权

互联网是无国界的，网上买卖双方商品交换、资金转移等，不论是由于技术原因或人为因素，都有可能发生跨国争议甚至法律诉讼。为此电子商务和网络营销的法律效力及司法管辖权问题必须予以明确。联合国国际贸易法委员会 1996 年制定了《电子商务示范法》，2001 年又制定了《统一电子签名规则》，支持电子商务在国际贸易中的应用，认可通过电子手段达成的合同，规定了约束电子合同履行的标准，定义了构成有效电子书写文件和原始文件的条件，提出了为法律和商业目的而作出的电子签名的标准和可接受性。但关于国际电子交易纠纷的管辖权和适用法律问题，还有待于总结实际案例，逐步完善相关规定。

2. 关税问题

关税涉及一个国家的主权和经济利益，所以跨国网络销售的关税问题也受到各国的关注。由于互联网上的商务活动缺乏明确的、固定的地理线路，所以虽然从理论上讲可以对网上跨国订购的货物课以关税，但当产品以电子方式提交时，政府很难做到这一点。为此，美国政府提议，并得到世界贸易组织(WTO)暂时同意，当通过互联网提供产品和服务时，目前仍免征关税。但这一免税约定是临时性的，并受到不少国家的非议，随着国际电子商务的发展，这个矛盾会日益突出，必须寻求根本性解决办法。

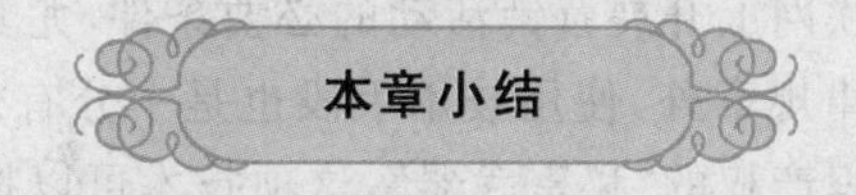

电子商务可分狭义和广义两层含义。狭义的电子商务是指以现代网络技术为依托进

行物品和服务的交换，是商家和客户之间的新型联系纽带，也是网络营销研究的内容。电子商务融合了互联网的广阔领域和现代信息技术的巨大能量，是一种动态的、交互式的、时空范围广阔的商务模式，可以提供网上订购、服务传递、咨询洽谈、网上支付、电子账户、广告宣传、意见反馈、业务管理等全过程的服务。

电子商务主要有六种模式：BtoB 、BtoC、CtoC、BtoG、GtoC 以及 GtoG。电子商务推广有助于打破地理限制，节省时间和人力成本，促进社会分工和知识传播，优化资源配置。

网络营销指的是在互联网环境下利用现代网络技术进行营销的一种电子化商务活动。网络营销具有全球性、交互性、定制性、公平性、多样性、低成本等特点，可以改进客户服务，创造新的销售机会。

网上广告具有覆盖广、成本低、全天候、易修改、互动性和针对性强等优点，可以利用页面广告、搜索引擎加注、电子杂志、专题论坛、电子邮件、专用或租用服务器等方式发布。

博客营销是指利用博客这种网络应用形式开展网络营销，它具有宣传树立企业品牌形象；了解客户需求，巩固客户关系；进行新概念预热，推广新产品；进行危机公关，维护企业形象以及培植企业文化，增强企业凝聚力等作用。

电子市场是一种在互联网上出售商品和提供服务的虚拟商店。消费者通过网络了解商品信息并发出电子订单，厂商及时发货并通过信用卡、智能卡或电子现金等方式收款。网上购物缩短了销售周期，提高了销售人员工作效率，而且降低了库存管理和发货等环节的费用。

今后，需要规范网络广告行为，注意知识产权和隐私权的保护，加强国际协调和完善相关法规。只有这样，才能推动电子商务和网络营销的健康快速发展。

1. 什么是电子商务？电子商务的作用和影响有哪些？
2. 电子商务有哪些应用模式？
3. 什么是网络营销？网络营销有什么优点？
4. 网络广告有哪些特点？可通过哪些方式发布网上广告？
5. 简述博客营销的含义及其作用。
6. 简述电子市场的功能和运作。

第十八章

顾客关系管理

学习目的与要求

1. 掌握顾客让渡价值的内涵
2. 掌握顾客满意理论的内涵与顾客满意的研究方法
3. 了解顾客忠诚的价值及忠诚与满意的关系
4. 了解顾客关系管理的含义
5. 了解 CRM 应用软件的基本构成
6. 了解 CRM 项目的实施过程
7. 掌握数据库营销的定义

顾客关系管理的核心理论——关系营销的有关思想，我们曾在第一章中提到，“关系营销”观念起源于 20 世纪 70 年代欧洲的服务营销学派和产业营销学派，主要致力于实行顾客关系管理，通过发展长期稳定的顾客关系来建立顾客忠诚，提高企业的市场竞争力。20 世纪 90 年代以来，顾客关系管理的问题已成为市场营销学研究的热点问题。研究的重点也开始从顾客关系管理的重要性深入到对顾客关系价值的测定与评价，乃至将顾客关系作为经营的必要组成部分来进行研究和运作的阶段。

本章将对顾客关系管理进行初步介绍，从顾客关系理论的基础概念——顾客让渡价值谈起，深入到顾客满意和忠诚理论，然后对 CRM 的一般理论和应用系统基本架构作些介绍。

第一节 顾客价值理论

消费者是否会购买某一产品，从最根本上讲，取决于两个方面：一方面是其可能获得的满足，即其所得到的效用或价值；另一方面是其在得到这一满足时的必要支出，即其所付出的代价和成本。两者比较，若效用大于代价，顾客就会倾向于购买；而若代价大于效用，顾客则可能放弃购买。这是消费者购买行为中最基本的规律，总结这一规律的就是“顾客价值理论”。

一、顾客让渡价值模型

顾客价值理论揭示了构成顾客价值的基本内涵和消费者评价顾客价值的基本标准。消费者购买某一产品是为了获得一定的顾客价值，即其所得到的期望利益的满足；而消费者会不会购买这一产品则取决于“顾客让渡价值”(customer delivered value)，即顾客总价值(其获得的全部利益，包括产品价值、服务价值、人员价值和形象价值)与顾客总成本(其支付的全部成本，包括货币成本、时间成本、体力成本和精神成本)之间的差额(见图 18－1)。如前所述，顾客让渡价值为正时，购买行为很有可能实现；顾客让渡价值为负时，购买行为则很难发生。

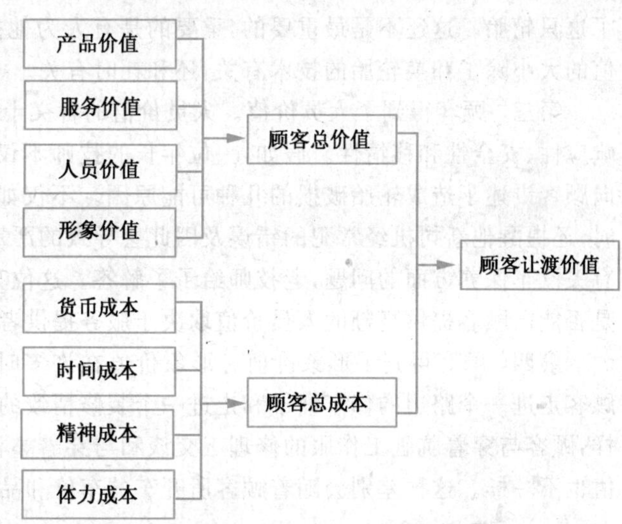

资料来源：菲利普·科特勒、凯文·L. 凯勒著，梅清豪译，《营销管理》(原书第 12 版)，上海人民出版社 2006 年版，第 155 页。

图 18－1 顾客让渡价值模型

我们可以用这样的例子来说明顾客价值理论。当一个住在城乡结合部的主妇准备购买一台脱排油烟机时，她会面临这样的情况。一种她所喜欢的脱排油烟机，在其附近的商店里有售，同时她也知道在市中心这种脱排油烟机的价格比较便宜，而且款式也比较多，但是市中心的商店不肯送货和负责安装，附近的商店则不仅安装，还能常年维修。主妇考虑再三，还是决定在附近购买。主妇购买决策的理由我们可以用顾客价值理论去加以说明。即如果市中心同类产品的价格比在附近购买便宜不了多少(如仅便宜5%),那么,主妇会认为,她得到的顾客总价值(仅为产品效用)差异不大;而顾客总成本则因省却了运货、安装等时间、精神和体力成本,而大大低于在市中心购买的总成本,从而使顾客让渡价值增大,于是她会决定在附近购买。当然如果价格相差得比较大(如相差20%以上),主妇则会由于总成本差异大于总价值差异而选择去市中心购买,因为那样顾客让渡价值不会增加而会减少。

顾客总价值(customer total value)

单纯用有形产品来说明这个问题是比较简单的,但大多数消费行为是有形产品和服务产品兼而有之(关于这一点,我们回顾一下服务产品一章的开篇就可以更清楚地了解有形产品与服务产品在现实生活中的界限有时是非常模糊的),我们可以选取一个轿车车主进某品牌的特约维修站换一个轮胎的简单例子来说明这个问题。

我们先来看一看顾客得到了什么。

第一,顾客得到了产品价值——一只新轮胎的使用价值。轮胎质量是否合格,以及各项性能高于标准水平的程度将决定产品价值的高低。

第二,顾客得到了服务价值。顾客不需要去轮胎销售商处提货,而是在维修站得到了这只轮胎。这还不是最重要的,重要的是有人为他换好了轮胎并且做了校正。服务价值的大小除了和换轮胎的技术有关,还和耗时有关。

第三,顾客得到了人员价值。人员价值的含义十分广泛,主要取决于服务的可靠性、响应性、安全性和移情性。假如,一位年长的技师不仅在几分钟内换好了轮胎,并且亲自向顾客讲述了造成轮胎破损的几种可能原因。不仅如此,当老技师知道车主是个新司机时,还提醒他新司机经常犯的错误及因此会导致的严重后果。离开时,车主顺便问了一个有关汽车保养方面的问题,老技师给予了解答。这位车主所得到的人员价值是非常高的。是否能向顾客提供高额的人员价值取决于服务提供者的技能和对企业的忠诚度。

第四,顾客得到了形象价值。形象价值在许多时候表现在顾客心理上得到的满足。顾客走进一个路边的修车铺子和走进一个装修精致的特约维修站所得到的形象价值不一样,顾客与穿着肮脏工作服的修理工交谈和与穿着整洁制服的技师交谈所得到的形象价值也不一样。这种差别会随着顾客所开车的车价和品牌定位的上升而增大。

顾客总成本(customer total cost)

顾客所得到的全部价值我们已经了解,下面我们再来看一下顾客所支付的成本构成。需要强调的是,阅读者可能必须改一下习惯,将一贯放在货币成本上的注意力重心转移到其他的成本上来,这样才会更有收获。

第一,货币成本。在上面换轮胎的例子中顾客付出了货币作为支付轮胎和修理服务的费用。但是请注意,上面的例子中老技师的指导和关心并没有向车主收取费用。所以这种人员价值将是真正的"超值部分"。

第二,时间成本。车主为了寻找特约维修站花费了一定的时间,这是时间成本的一个方面;另一方面,如果车主进了一家缺乏经验的修理店换轮胎,可能因为修理工缺少经验和训练,使他等了近一个小时才得到换好轮胎的车。这样他在修车站所支付的时间成本就会远远地高于他在特约维修站所支付的。车主越是处于紧急状态,越会在乎这种时间成本。另外一种情况是,所需要修理的车必须耗时几天才能修好,X维修站可以向急等用车的车主提供一辆备用车供其使用,而Y维修站却不能。这样顾客在X维修站所付出的时间成本就低得多了。

第三,精神成本。顾客可能在进站维修前,路过了一个社会修理厂或一个轮胎专卖和服务店,他曾犹豫是不是非要到特约维修站修理,为了作出决策,他用心做了比较,这就是顾客付出的精神成本。在换上轮胎后,顾客就有了风险。假如他的轮胎是在一个路边修车摊换的,并且比平均价格便宜了许多,顾客可能就更担心新轮胎有问题,这也是顾客的精神成本。所以,大多数顾客为了降低这种成本,自愿选择了特约维修站或品牌轮胎的专卖店。另外,我们在服务的特性中已讨论过,服务的无形性会带来购买风险的上升,顾客也常常会出于降低风险的考虑,忠诚于某个维修站。此外,服务商在广告中对自己可以提供的服务品质或服务时间作出承诺,也是为了降低顾客可感知的风险,从而降低他们的精神成本。

第四,体力成本。顾客当然可以选择购买一个轮胎,然后自己把它换上。这样他就耗费了自己的体力,为了节省体力和降低风险,很多顾客选择了专业的技师来完成这项工作。

了解顾客价值理论,主要得明白两点:(1)顾客在信息基本透明的情况下,会以顾客让渡价值的最大化作为购买决策的主要依据;(2)顾客的总价值和总成本都是包含多种因素的综合体,而不仅仅是产品效用和产品价格之间的比较。当我们明白了消费者会根据顾客的让渡价值来决定其购买行为,那么企业就应当主动对自己所提供的顾客让渡价值进行测算和评估,并同竞争者的顾客让渡价值进行比较,以调整顾客的总价值和总成本,增强自己的竞争力。

顾客让渡价值模型的普遍接受是顾客行为的研究在20世纪80年代后的又一次突破,这个概念提供了一个十分有用的分析框架,无论是有形商品的出售,还是无形服务的消费都可以用到这个最基本的概念。其意义包括两个方面:一是对卖方而言,可以考虑竞争性产品在顾客总价值和顾客总成本方面的情况,在此基础上制定相应的竞争性策略;二是给那些在顾客让渡价值竞争中处于不利地位的卖方,提出改进思路,那就是提高顾客总价值和/或降低顾客总成本。

第二节　顾客满意与忠诚

在本节,我们要讨论顾客忠诚问题,研究忠诚带来的好处。首先,我们要明白什么样的顾客才会是忠诚的顾客。根据本章第一节的分析,我们发现,消费者对顾客价值的评价十分重要,因为它影响着顾客让渡价值的大小,从而也就影响着产品或服务的销售和市场占有率。然而,消费者对顾客价值的评价在很大程度上取决于消费者对于其所获得的利益的满足程度。我们将会在本节看到,消费者的这种满足程度(满意度)和忠诚度有着直接的关系。

顾客满意(CS 理论)

顾客满意(customer satisfaction)是一个人通过对一个产品的可感知的效果(或结果)与他的期望值相比较后,所形成的愉悦或失望的感觉状态。顾客满意的理论研究者多数是从事服务营销相关研究的学者,他们从服务营销的角度总结了影响满意度的五个方面因素[1],我们根据这些理论,将影响顾客满意度的因素归结为四个方面。

1. 产品和服务让渡价值的高低

消费者对产品或服务的满意程度会受到产品或服务的让渡价值高低的重大影响。我们在上一节已经讨论过,如果消费者得到的让渡价值高于他的期望值,他就倾向于满意,差额越大越满意;反之,如果消费者得到的让渡价值低于他的期望值,他就倾向于不满意,差额越大就越不满意。

2. 消费者或影响团体等个体因素

消费者的个体因素主要是指消费者个人的情感会影响其对产品和服务的满意感知。这些情感可能是稳定的,事先存在的,比如情绪状态和对生活的态度等。非常愉快的时刻、健康的身心和积极的思考方式,都会对所体验的服务的感觉有正面影响。反之,消费者正处在一种恶劣的情绪当中时,消沉的情感会被他带入对服务和产品的反应,并导致他对任何小小的问题都不放过或感觉失望。消费过程本身引起的一些特定情感也会影响消费者的满意度。例如,中高档轿车的销售过程中,消费者在看车、试车和与销售代表沟通过程中所表现出来对成功事业、较高的地位或是较好的生活水平的满足感,是一种正向的情感。这种正向情感是销售成功的润滑剂。从让渡价值的角度来看,这类消费者对形象价值的认定水平比一般消费者要高出许多,才会有这样的结果。

影响团体是指其他消费者、家庭、同事等人对消费者满意度的影响。在消费过程中,存在着大量的消费者之间的互动,所以,其他消费者的合作、反应等各种行为,都会影响某个消费者对整个消费过程的感受。在家庭商品或公司用品或服务的采购中，消费者的满意度又受到家庭成员和同事评价的影响。

3. 对产品和(或)服务购买成功或失败的归因

这里的服务包括与有形产品结合的售前、售中和售后服务。归因是指消费者对一个事件的原因的感知。当消费者被一种结果(所得到的服务比预期好得太多或坏得太多)而震惊时，他们总是试图寻找原因，而他们对原因的感知能够影响其满意度。例如，一辆车虽然修复，但是没有能在消费者期望的时间内修好，消费者认为的原因是什么(这有时和实际的原因是不一致的)将会影响到他的满意度。如果消费者认为原因是维修站没有尽力，因为这笔生意赚钱不多，那么他就会不满意甚至很不满意；如果消费者认为原因是自己没有将车况描述清楚，而且新车配件确实紧张的话，他的不满程度就会轻一些，甚至认为维修站是完全可以原谅的。相反，对于一次超乎想象的好的服务，如果顾客将原因归为“维修站分内的事”或“现在的服务质量普遍提高了”，那么这项好服务并不会对提升这位顾客的满意度有什么贡献；如果顾客将原因归为“他们因为特别重视我才这样做的”或是“这个品牌是因为特别讲究与顾客的感情才这样做的”，那么这项好服务将大大提升顾客对维修站的满意度，并进而将这种高度满意扩张到对品牌的信任。

4. 对平等或公正的感知

消费者的满意还会受到对平等或公正的感知的影响。消费者会问自己：我与其他的消费者相比是不是被平等对待了？别的消费者得到比我更好的待遇、更合理的价格、更优质的服务了吗？我为这项服务或产品所花的钱合理吗？以我所花费的金钱和精力，我所得到的比人家多还是少？公正的感觉是消费者对产品和服务满意感知的中心。

顾客满意度研究方法

顾客对企业的满意存在着程度上的区别，为了了解这种满意程度，企业可以通过以下四种方法进行满意度研究。

1. 顾客满意度专项调查

这是指定期的调查，其一般原则与本书所介绍的市场调查的一般方法一致。通常情况下，公司在现有的顾客中随机抽取样本，向其发送问卷或打电话询问，以了解顾客对公司及其竞争对手在运营中的各方面的印象。

典型的满意度调查问卷由三部分构成[2]，这三部分是：顾客对产品和服务的满意程度、顾客对公司其他产品的购买意向、顾客愿意向别人推荐该公司产品的程度。

2. 投诉和建议制度

企业为顾客抱怨、投诉和建议提供一切可能的渠道，做法各异。有些企业向顾客提供不同的表格，请顾客填写他们的喜悦和失望；有些企业在公共走廊上设建议箱或评议卡，并出钱雇用一些顾客向其他顾客收集抱怨，西方的医院就经常采取这种方法来收集顾客的不满；有些企业通过热线电话或投资建议功能强大的呼叫中心来接受顾客的投诉电话，并且通过反应迅速的更正系统和新产品开发系统从这些电话中找到产品（或服务）改进或市场开拓的机会。

3. 神秘购物者

有些公司花钱雇用一些企业客户的雇员或是消费者，有些服务行业的公司用内部人员（这些人往往是后台工作人员，他们与前台工作人员互不相识），让他们装扮成顾客，亲身经历一般顾客在消费中所需要经历的全部过程，然后报告本公司及其竞争产品（或服务）所具有的优点和缺点。这些神秘购物者甚至会故意提出一些问题，以测试公司的销售人员、前台服务人员和抱怨处理人员能否作出适当的处理。

4. 研究流失的顾客

顾客之所以会离开公司，除了一些诸如搬家、突然遭遇经济上的变化等客观原因之外，大多数的原因是因为顾客对公司不满，或是顾客不认为存在什么非得与该公司长期交易的理由。这也就是说，有些公司可能因某些事情得罪了顾客，令其感到不满；而有些公司与其竞争对手相比，在留住顾客的努力上几乎没有什么特别之处，而将其顾客吸引走的那家公司则具备更为独到的做法。公司不仅要和那些离去的顾客对话，而且还必须想办法控制顾客流失率，这些办法就来自于与流失顾客的访谈之中。

满意与忠诚的关系

感到满意的顾客都会再掏钱并成为忠诚顾客吗？满意程度和消费者忠诚是什么关系呢？

研究表明，如图 18－2 所示，顾客满意与顾客忠诚之间有高度的正相关关系，这种关系的具体情况会因为行业的不同而不同。20 世纪 80 年代，施乐公司通过广泛的顾客研究发现，在顾客满意等级表上给施乐公司打 5 分（非常满意）的顾客比打 4 分（基本满意）的顾客再次购买施乐公司产品的可能性大 6 倍。进一步的研究取得了如图 18－2 所示的更有广泛意义的结论。

可以看出，在竞争程度较低的行业中，忠诚度并不说明问题，这些较高水平的忠诚度只是垄断、高转移成本等原因带来的，而只有满意度才真正地说明这些行业中的企业所出售的产品和服务的水平的高低；反之，在一个高度竞争的行业中，只有高度满意的顾客才会是高度忠诚者，也就是说，如果一个整车制造企业要有高的顾客保持率的话，那么它也应该有相当高比率的顾客对它高度满意，除此之外，一般的和低程度的满意都不足以使得顾客忠诚于该汽车制造企业。

这一发现告诉我们：必须持续不断地提高顾客的满意度，增加完全满意的顾客的比率，才能使忠诚顾客的数量不断增多。尽管如此，CS理论并非要求企业绝对地追求顾客满意最大化。原因主要在于三个方面：第一，企业提高利润还存在其他的途径，例如改进制造流程，通过研发改进产品等；第二，企业除了顾客还有许多利益攸关者，这些人包括雇员、供应商和股东，如果增加了在提高顾客满意方面的开支，就意味着原来用于提高其他利益攸关者的资金相对减少，这可能会导致这些利益攸关者的不满；第三，如果单纯追求顾客满意最大化，公司可能会采取降低售价或是增加供应物数量的做法，这样做导致的成本上升可能会抵消甚至超过高满意度所带来的利润，造成总体利润的下滑。所以，CS所创导的实际上是在总资源一定的限度内，公司在保证其他利益攸关者至少能接受的满意水平的前提下，尽力提供一个高水平的顾客满意。

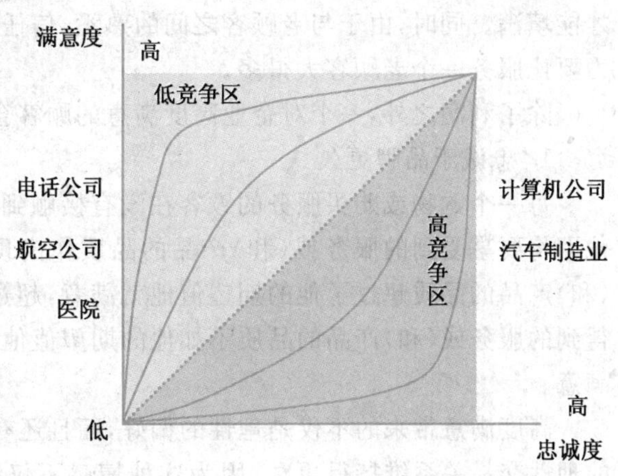

资料来源：Jones Thomas，Sasser. W. Earl Jr.，"Why Satisfied Customer Defect"，*Harward Business Review*，Now/Dec，1995，Vol. 73，Iss. 6，pp. 88－100.

图 18－2　不同竞争环境中顾客满意度与忠诚的关系

忠诚顾客的最直接表现就是再购。然而，他们带给企业的真正利益绝不止"掏钱"这么简单。那么，忠诚的顾客到底会给企业带来什么呢？这就是下面要讨论的内容。

忠诚的价值

我们已经知道满意与忠诚之间的关系，知道在一个高度竞争的行业里，只有高度满意的顾客才会是高度忠诚的顾客。因为，这种高度的满意和愉悦创造了顾客对品牌在感情上的一种共鸣，而不仅仅是一种理性偏好，正是这种共鸣创造了顾客高度的忠诚。

其实，每个商人都在不同程度上知道拥有忠诚的顾客是好事。可是究竟忠诚的顾客对于企业来说有多少价值，可能绝大多数的企业并不知道。企业惯常所使用的会计利润常常掩盖了忠诚顾客的价值。会计报表中的销售收入只能告诉我们量的概念，却缺少质的表达，即无法告诉我们收入中的哪一部分来自忠实的老顾客，更无法让我们知道，一个忠诚顾客的一生将给企业带来多少价值。

研究表明，企业经营在大部分情况下，顾客的利润预期与其停留的时间成正比。失去一个成熟的顾客与争取到一个新顾客，在经济效益上是截然不同的。哈佛学者以美国市场为研究范围，发现在汽车服务业，流失一位老顾客所产生的利润空洞起码要三位新顾客才能填满。同时,由于与老顾客之间的熟悉、信任等原因使得服务一个新顾客的成本和精力要比服务一个老顾客大得多。

除了利润之外,一个对企业高度满意的顾客会做以下的"好事"。

1. 忠诚于品牌更久

每一个购物或购买服务的顾客在没有接触到产品或服务之前都会有期望,也就是对他即将要享受到的服务或(和)产品的品质作出预先的判断。如果最终他得到的服务或(和)产品的品质超过了他的期望值他就满意,超过得越多他就越满意;反之,如果最后他得到的服务或(和)产品的品质不如他的期望值他就不满意,与他的期望值距离越大越不满意。

高度满意带来的不仅是理性的偏好,而且还有情感上的依赖,所以这种关系会比纯粹的理性交易关系维持得更久,因为这种情感不仅指向某个具体产品,还指向该公司的品牌。

2. 提高购买产品的量和(或)等级

因为高度满意的顾客会对品牌有高度信任而不仅仅是对某个产品,所以这种信任会向该企业的其他产品扩张,当消费者想要购买更高等级的产品时,这种信任就降低了他对风险的评估,所以他们更倾向于作出购买该品牌属下的更多产品或高等级产品的选择。

在大多数行业里,顾客的消费量会随时间的推移而增加。例如在汽车行业里,顾客头一次光顾时,可能只是为了校正一下方向盘或添一点机油。如果他喜欢这里的服务,那么他下次可能还会来购买较为贵重的一些物品及服务,例如轮胎和发动机调试等,甚至购买一些附加的产品或服务,例如来这儿进行汽车装潢和光顾维修站的小超市等。据统计,在汽车服务行业中,按顾客对企业的人均贡献分析营业收入,一位 5 年的老顾客能给企业带来的收益通常是一位 1 年新顾客所能带来收益的 3 倍多。

3. 为公司和它的产品说好话

这就是我们已经多次讨论的口碑效应。在某些复杂产品行业和服务行业,他人的意见对购买决策者的影响尤其大,这种正面的口碑首先会促使被建议者将该企业列入考虑的范围,如果正面的口碑有足够的强度,同时又与消费者的经验相符的话,就会促成这个消费者与企业进行交易。

4. 向公司提出产品或服务建议

这是高度满意的顾客所会做的事中最有价值的一件。研究表明,在美国,有 96% 的不满意顾客是不愿意投诉的,其中的原因包括:投诉无门;以前有过不悦的投诉经历;认为更换供应商更省力。如果这样,企业将很少有机会知道自己真正的缺陷,也就没有机会改进和完善自己。高度满意的顾客因为与企业有情感上的联系,希望看到企业的发展,向公司提出产品或服务的建议就是出于这种感情。企业也就因此有了更多改进的机会。

5. 由于交易的惯例化而降低了交易成本

调查表明，争取一个新顾客的成本是与一个老顾客交易的5倍以上。为了把新顾客请进门来，几乎每个企业都得先行投入资金。这部分成本主要包括：针对新顾客展开的广告宣传，向新顾客推销所需的佣金，销售人员的管理费用等等。而与老顾客交易就相对简单和省钱。另一方面，对维修站这样的服务企业而言，预约是很重要的调节需求与供给矛盾的手段，而忠诚的老顾客与新顾客比较，更习惯使用预约服务。

6. 更易接受新产品并推广它

顾客接受新产品是有风险的，在服务行业这种风险更高，只有对品牌信任的老顾客才会将这种风险评估得低些，他们完全有理由将他们对老产品的信任转移至新产品——因为这两个产品出自同一家他所信任的企业之手。

7. 忠诚顾客的行为对员工有激励作用

忠诚顾客是对企业高度满意的顾客，这种高度满意来自于企业员工提供给顾客超过他们期望的服务。雇员之所以会提供超值服务，是因为他们对顾客有感情，这种出自感情的自发行为是最打动顾客的。事实上，人的感情往往是相互的，忠诚顾客更容易对他所忠诚的企业及其雇员产生感情，并会给予他所忠诚的企业及其雇员朋友一样的情感反馈，以此来表达自己对该企业和雇员所提供服务的高度满意。这种来自顾客的关心，让员工觉得自己的工作十分有意义，从而对其产生很大的激励作用。

与CS理论研究相对应的是更早时候取得的研究成果。1985年，巴巴拉·本德·杰克逊强调了“关系营销”，强调的是企业进行销售的目标不仅是为了同顾客达成某种交易，而且是为了建立起对双方都有利的长期而稳定的关系。这使人们了解到关系营销使公司所获得的较之其在交易营销中所得到的更多。有学者认为，关系营销比交易营销更好地抓住了营销的精神实质。

顾客满意理论及忠诚管理的进一步研究对服务营销策略组合作了新的拓展，发展成4P’s＋3R管理。这3R分别指顾客保留管理(retention)，相关销售(或称交叉销售)管理(related sales)和推荐人管理(referrals)。

事实上，无论是关系营销理论、CS理论，还是3R管理的研究成果，都表现出对忠诚顾客的价值的肯定，这促使人们重新计算一位顾客所带来的价值。在这种情况下，人们开始关注顾客终身价值。

顾客终身价值

顾客终身价值(customer lifetime value，CLV)就是指顾客在正常年限内持续购买所产生的利润。如果流失一群顾客，公司失去的不止是一单生意的收入，而是这些顾客的终身价值。早期的估算非常简单，不考虑收入的现金流。比如，假设平均每位顾客每年对公司的收入贡献为3 000元,平均忠诚年限为6年,而公司的毛利水平为15%,则平均每位顾客的终身价值就是2 700元;再假设一个公司年度顾客流失率是10%,年度总顾客数是10 000名,则意味着该公司这一年失去1 000名顾客,所以该公司每年损失270万元顾客终身价值。

上面这个数字不仅没有考虑现金流,而且是被低估的,更为准确的方法应该是记录实际成本和利润流,并且考虑与忠诚顾客有关的所有利益的价值(例如口碑的广告宣传价值、下降的顾客维护费用等),而不仅限于长期收入流。在实际的操作中,最困难的部分是计算出"正常年限"所指的年数,尤其对新兴的行业,该数值就更没有参照和经验积累。但无论怎样,顾客终身价值的提出,使人们对有利可图的顾客有了更精准的理解,也对顾客流失问题更加重视。

与顾客终身价值相对应的是"顾客资产"(customer equity)概念的提出,即公司所有顾客终身价值的贴现总计[3]。有关顾客资产的研究成为营销管理中较有发展前景的领域。

第三节　顾客关系管理系统

20世纪90年代,企业界对一个新名词越来越感兴趣,那就是顾客关系管理(customer relationship management,CRM),也有人称之为顾客关系营销(customer relationship marketing)。这一发展一方面同满意与忠诚的研究有关,另一方面与信息技术的突飞猛进也有很大的关系。在过去,企业通过单一的渠道接近顾客,即通过销售队伍、分支机构、经销商、电话或邮件;但是随着信息技术的发展,企业增加了营销渠道,包括呼叫中心、网站、自动柜员机、自动售货机等。问题是,要获得顾客的忠诚,也就是长时期地保留顾客,必须将这些渠道综合起来,使企业对不同渠道的顾客有全面的了解。于是,有敏感嗅觉的软件公司如Siebel、Oracle和SAP这样的企业成为CRM应用软件设计的领头羊,Sybase、People Soft (Vantive)、Onyx等新兴软件公司在利用互联网构建企业CRM方面表现也十分卓越,一时间CRM风靡全球。

一、顾客关系管理的含义

顾客关系管理的英文原文为customer relationship management,在译成中文时通常有两种称法,一种称为顾客关系管理,另一种称为顾客关系营销。有的学者认为要严格区分顾客和客户的概念,认为顾客是指最终消费者,客户是指包括消费者和机构顾客在内的"大客户"的范围。我们认为,没有必要进行这样严格的区分,顾客的概念本身就是随着营销学理论与实践的不断深入而扩大,忠诚管理甚至已经将顾客这一概念内部化,提出雇员是“内部顾客”的概念。所以,我们只要清楚顾客关系管理所涉及的顾客范围主要是消费者、机构顾客和分销商就可以了。

顾客关系管理(CRM)是企业以提高核心竞争力为直接目的,确立以顾客为导向的发展战略,并在此基础上展开的包括评估、选择、开发、发展和保持顾客关系的整个商业过程。它意味着企业经营以顾客关系为重点,通过开展全面的顾客研究,优化企业组织体系和业务流程,以提高顾客满意度和忠诚度为目的,最终实现企业效率和效益的双重提高。在顾客关系管理的过程中需要借助先进的信息技术、数字化硬件,以及优化管理方法,CRM 概念同时也指这些设备、技术和方法的总和。

CRM 这一概念是一个综合性的概念,它包含了人们在三个不同层面的理解。

1. CRM 是一种战略

CRM 首先是一种战略理念。在后工业化时代,随着信息技术的飞速发展,随着服务业在国民经济中所占的比重日益占据主导,也随着消费者的不断成熟,企业需要一种新的战略导向,这便是 CRM 诞生的背景。

作为一种战略,CRM 并非直接以提高利润为目的,而是以提高企业的核心竞争力为目的,遵循以顾客为导向的原则,主张对顾客信息进行系统化的分析和管理,通过改进产品、服务及其品质,同时与顾客建立起个别化的关系,提高顾客的满意度,从而提高他们的忠诚度,最终实现企业长期利润得以增长的目的。

从这种角度来理解 CRM,是实施 CRM 的基础,它在理念的层面建立起了导向和原则,主张摒弃原先以利润为直接目的的做法,将利润视为顾客高度忠诚的自然结果。

2. CRM 是一种经营管理模式

CRM 意味着管理模式和经营机制的改革。作为一种旨在改善企业与顾客之间关系的新型管理机制,它的实施要跨部门进行,这些部门包括营销、销售、生产(制造)、服务与技术支持等部门。当然,CRM 的成功推进也是各部门合作的结果,并非一个项目小组就能推进。

在整个 CRM 流程中,营销部需要对顾客的需求进行测量,对顾客进行评估和选择,并且对分类后的顾客的喜好和购买习惯进行深入的研究。这些信息都将与销售部、制造部、服务与技术支持等部门共享。

CRM 管理模式的一个重要突破是在于其所创造的顾客价值最大化的决策和分析能力,管理者可以通过管理流程和决策模型来“驾驶”企业,及时了解业务信息并调整业务计划。CRM 系统主要集中在业务操作管理、顾客合作管理、数据分析管理和信息技术管理四个方面,它使顾客数据得以全面储存和分析,消除了信息交流和共享的障碍与消耗。该系统实现了以顾客价值对顾客的优先级进行划分,并根据顾客满意度和重购情况的分析来确定其忠诚度,还能与顾客进行深入的交流以发现企业的问题。重要的是这个管理模式强调在信息的基础上提供即时的业务分析和建议，反馈给管理层和各职能部门，保证决策的全面性和及时性。

3. CRM 是一种应用系统、方法和手段的综合

在操作层面上，CRM 是一个信息产业的术语，它是先进的信息技术、数字化硬件，以及优化管理方法等设备、技术和方法的总和，这个应用系统通过整合企业资源、实时沟通和电子化、自动化业务流程，不断改进企业与顾客的关系，从而为企业创造利润。

Sybase 公司在其网站上将 CRM 解决方案界定为七个方面：

(1)顾客概况分析(profiling)，包括顾客所属的细分市场、层级、爱好、习惯及该顾客的诚信与风险等；

(2)顾客忠诚度分析(persistency)，即顾客对某个产品、品牌或机构的忠实程度、持续购买程度和变动情况等；

(3)顾客利润分析(profitability)，指不同顾客所购买产品或服务的边际利润、总利润和净利润等数据的分析；

(4)业绩分析(performance)，这是指不同顾客所购买的产品或服务按其种类、购买渠道、销售地点、合约年限等指标划分的销售金额；

(5)顾客预估分析(prospecting)，也就是对顾客的数量、类别、行为特点等情况的未来发展趋势进行预测和分析，以得出划分、获得顾客及发展顾客关系的手段；

(6)产品分析(product)，即就有关产品或服务设计、产品关联性和供应链设计等方面向有关部门提出分析结论和建议；

(7)顾客沟通分析(promotion)，包括就传播工作的各个方面，如广告、营业推广、公共关系和人员销售等活动提出分析结论和建议。

CRM 软件系统的基本架构

(一)Oracle 的 CRM 产品的模块

为了对 CRM 应用系统的基本模块有一个全面的认识，我们先来看一下 Oracle 的 CRM 产品的主要模块。

1. 销售模块

销售模块旨在提高销售过程的自动化和销售效果。销售活动是销售模块的基础，用来帮助决策者管理销售业务，它包括的主要功能有：

(1) 现场销售管理。为现场销售人员设计，主要功能包括联系人和顾客管理、机会管理、日程安排、佣金预测、报价、报告和分析。

(2) 现场销售(掌上工具)。这是销售模块的新成员。该组件包含许多与现场销售组件相同的特性，新的发展是该组件使用的是掌上型计算机设备。

(3) 电话销售。可以进行报价生成、订单创建、联系人和顾客管理等工作。还有一些针对电话商务的功能,如电话路由、呼入电话屏幕提示、潜在顾客管理以及回应管理。

(4) 销售佣金。它允许销售经理创建和管理销售队伍的奖励和佣金计划,并帮助销售代表了解各自的销售业绩。

2. 营销模块

营销模块对直接市场营销活动加以计划、执行、监视和分析。主要功能包括:

(1) 营销部件。营销部门实时跟踪活动的效果,执行和管理多样的、多渠道的营销活动。

(2) 其他功能。可帮助营销部门管理其营销资料;列表生成与管理;授权和许可;预算;回应管理。

3. 顾客服务模块

顾客服务模块的目的在于提高那些与顾客支持、现场服务和仓库管理相关的业务流程的自动化,并在此基础上加以优化。

(1) 服务。可完成现场服务分配、现有顾客管理、顾客产品生命周期管理、服务技术人员档案、地域管理等。通过与企业资源计划(ERP)的集成,可进行集中式的雇员定义、订单管理、后勤、部件管理、采购、质量管理、成本跟踪、发票、会计等。

(2) 合同。此部件主要用来创建和管理顾客服务合同,从而保证顾客获得的服务水平和质量与其所花的钱相当。它可以使得企业跟踪保修单和合同的续订日期,利用事件功能表安排预防性的维护活动。

(3) 顾客关怀。这个模块是顾客与供应商联系的通路。此模块允许顾客记录并自己解决问题,如联系人管理、顾客动态档案、任务管理、基于规则解决重要问题等。

(4) 移动现场服务。这个无线部件使得服务工程师能实时获得关于服务、产品和顾客的信息。同时,他们还可使用该组件与总部进行联系。

4. 呼叫中心模块

呼叫中心模块利用电话来促进销售,其主要功能包括:

(1) 电话管理员。呼入呼出电话处理、互联网回呼、呼叫中心运营管理、图形用户界面软件电话、应用系统弹出屏幕、友好电话转移、路由选择等。

(2) 开放连接服务。支持绝大多数的自动排队机,如 Lucent, Nortel, Aspect, Rockwell, Alcatel, Erisson 等。

(3) 语音集成服务。支持大部分交互式语音应答系统。

(4) 报表统计分析。提供了很多图形化分析报表,可进行呼叫时长分析、等候时长分析、呼入呼叫汇总分析、坐席负载率分析、呼叫接失率分析、呼叫传送率分析、坐席绩效对比分析等。

(5) 管理分析工具。进行实时的性能指数和趋势分析,将呼叫中心和坐席的实际表现与设定的目标相比较,确定需要改进的区域。

(6) 代理执行服务。支持传真、打印机、电话和电子邮件等,自动将顾客所需的信息和资料发给顾客,可选用不同配置使发给顾客的资料有针对性。

(7) 自动拨号服务。管理所有的预拨电话,仅接通的电话才转到坐席人员那里,节省了拨号时间。

(8) 市场活动支持服务。管理电话营销、电话销售、电话服务等。

(9) 呼入呼出调度管理。根据来电的数量和坐席的服务水平为坐席分配不同的呼入呼出电话,提高了顾客服务水平和坐席人员的生产率。

(10) 渠道接入服务。提供与互联网和其他渠道的连接服务,充分利用话务员的工作间隙,收看 E-mail、回信等。

5. 电子商务模块

(1)电子商店。此部件使得企业能建立和维护基于互联网的店面,从而在网络上销售产品和服务。

(2)电子营销。与电子商店相联合,电子营销允许企业能够创建个性化的促销和产品建议,并通过 Web 向顾客发出。

(3) 电子支付。这是 Oracle 电子商务的业务处理模块,它使得企业能配置自己的支付处理方法。

(4) 电子货币与支付。利用这个模块后,顾客可在网上浏览和支付账单。

(5) 电子支持。允许顾客提出和浏览服务请求、查询常见问题、检查订单状态。电子支持部件与呼叫中心联系在一起,并具有电话回拨功能。

(二)Oracle 的 CRM 系统的功能

从 Oracle 的 CRM 软件模块构成中我们可以看到,CRM 系统的主要功能表现为以下 12 个方面。

1. 顾客联系人管理

主要包括顾客方联系人基本概况的记录、存储和检索;跟踪同顾客的联系时间、联系经过与结果描述等,并可以把相关的文件作为附件以备检索;顾客方各个职能部门的设置及其关系、顾客方各职能部门关键人物在决策中的角色等信息。

2. 销售人员时间管理

主要包括日历功能、设计约会和访问活动计划,当这些活动之间有冲突时,系统会自动提示;进行事件安排,如洽谈、拜访、电话、信函、电子邮件和传真;查看顾客关系管理团队中其他人的安排,把事件的安排通知相关的人,以免发生冲突。

3. 顾客信息管理功能

主要包括顾客基本信息、交易历史的记录；顾客联系人的信息与变更情况；顾客订单的输入和跟踪；销售建议书和销售合同的最后生成。

4. 潜在顾客管理

主要包括曾有的业务线索（访问、联系、意见征询或接入的咨询电话等）的记录、升级，以及这些业务线索的分配；销售机会的评估、升级和分配；潜在顾客的跟踪。

5. 顾客服务

主要功能包括：服务协议和合同；服务项目的快速录入、调度和重新分配；搜索和跟踪与某一业务相关的事件；生成服务事件报告和服务事件的升级；订单管理和跟踪；问题及其解决方法的数据库。

6. 电话营销和电话销售

主要功能包括：生成电话列表，并把它们与顾客、联系人和业务建立关联；把电话号码分配到销售员；记录电话细节，并安排回电；电话录音，同时给出书写器，用户可做记录；通话统计和报告；自动拨号。

7. 呼叫中心（call center）

主要功能包括：呼入和呼出调度管理和电话处理；互联网回呼；电话转移和路由选择；报表统计分析；管理分析工具；通过传真、电话、电子邮件、打印机等自动进行资料发送。

8. 综合销售管理

它意味着综合以上四项功能进行全面的管理。主要包括：组织和浏览销售信息，如顾客概况、业务描述、联系人、交易时间、销售阶段、销售额、可能结束时间等；产生各销售业务的阶段报告，并根据企业所设计的标准评估业务所处阶段、交易成功的可能性、历史销售状况评价等信息，从而对销售业务进行指导；销售地域的重新设置和销售权限的重新分配，但同时保持对地域信息（省市、邮编、行业、相关顾客、联系人）的维护；根据利润、领域、优先级、时间、状态等标准（这些标准的具体数值由使用系统的企业制定），定制关于将要进行的销售活动方面的报告；提供类似 BBS 的功能，用户可把销售秘诀贴在系统上，还可以进行某一方面销售技能的查询；销售费用管理；销售佣金管理。

9. 整合传播管理

主要功能包括：提供类似公告板的功能，可张贴、查找、更新营销资料，从而实现营销文件、分析报告等的共享；在进行营销活动（如广告、邮件、研讨会、网站、展览会等）时，能获得预先定制的信息支持；把营销活动与业务、顾客、联系人建立关联；显示任务完成进度；跟踪特定公关事件，并安排新事件，如研讨会、会议等；关系营销的相关工作，如顾客信息储存，信函书写、批量邮件，并将这些信函或邮件与合同、顾客、联系人、业务等建立关联。

10. 合作伙伴关系管理

主要功能包括:对公司数据库信息设置存取权限,合作伙伴通过标准的 Web 浏览器以密码登录的方式对顾客信息、公司数据库、与渠道活动相关的文档进行存取和更新;合作伙伴通过浏览器使用销售管理工具和销售机会管理工具,如销售方法、销售流程等,并使用预定义的和自定义的报告;产品和价格浏览。

11. 系统运营信息管理

主要功能包括:在站点上显示个性化信息;把一些文件作为附件贴到联系人、顾客、事件概况等上;根据要求对竞争对手的 Web 站点进行监测,如果发现变化的话,会向用户报告;根据用户定义的关键词对 Web 站点的变化进行监视。

12. 智能化图表管理

主要功能包括:预定义查询和报告;用户定制查询和报告;以报告或图表形式查看潜在顾客和业务可能带来的收入;通过预定义的图表工具进行潜在顾客和业务的传递途径分析;将数据转移到第三方的预测和计划工具;系统运行状态显示。

CRM 项目的实施步骤

CRM 的成功实施必须有一些前提和基础,其中最重要的是首先必须得到高层领导的理解和支持。一般情况下企业的销售副总、营销副总或总经理本人应该是项目的支持者,他为 CRM 项目设定明确的目标,并为项目提供达到目标所需的时间、资金和其他资源的支持,而且在项目的进行中,特别是遇到困难和问题时,要坚持对项目小组的激励和支持。

其次,CRM 的实施队伍应该是一个组织精良的团队。这个团队的成员不仅要对企业的业务流程充分了解,对技术解决方案充分了解,而且要善于将技术与需要改善的特定问题联系起来,根据问题来选择合适的技术,而不是一味地调整流程来适应技术的要求。另一方面,小组成员还要擅长于沟通,以使项目小组能掌握更全面的事实,这样才能保证开发的 CRM 系统能最大限度上适应本企业的需要,使用户更快地适应和接受未来的新业务流程。

再次,CRM 是一个全员项目。CRM 事实上并不是哪个项目小组的事,而是全员的工作。企业全体员工都能认识到顾客关系管理系统的价值,并且身体力行,全力配合,才能使 CRM 项目成功推进。如果其中某些个人或群体消极对待,CRM 项目的价值将无法得到充分体现。例如,如果顾客经理觉得顾客资料并不重要,不愿详细录入也不愿及时更新,那么客服中心就无法取得正确的资料进行联络和分析;又如果产品研发人员认为客服中心统计的顾客意见不值一提,那么新产品中就无法融入真正的顾客需要。

在这三个前提之下,CRM 项目实施的基本步骤如下[5]:

1. 确立业务计划

企业要清楚地认识到自身对于 CRM 系统的需求,以及 CRM 系统将如何影响自己的商业活动。在准确把握和描述企业应用需求的基础上，企业应制定一份最高级别的业务计划，力争实现合理的技术解决方案与企业资源的有机结合。

2. 建立CRM团队

企业在CRM项目成立之后，应当及时组建一支团队。团队可以从每个拟使用CRM系统的部门中抽选出得力的代表组建。为保证团队的工作能力，应当进行计划的早期培训和CRM概念的推广。

3. 分析顾客需求，开展信息系统初建

CRM项目团队必须深入了解不同顾客的不同需求或服务要求，了解企业和顾客之间的交互作用有哪些，以及人们希望它如何工作。顾客信息的收集工作和信息系统的初步建设就是建立顾客信息文件，一般包括客户原始记录、统计分析资料和企业投入记录。企业应该根据自身管理决策的需要、顾客特征和收集信息的能力，选择确定不同的顾客档案内容，以保证档案的经济性和实用性。

4. 评估销售、服务过程，明确企业应用需求

在清楚了解顾客需求的情况下，对企业原有业务处理流程进行分析、评估和重构，制定规范合理的新业务处理流程。在这个过程中，应该广泛地征求员工的意见，了解他们对销售、服务过程的理解和需求，并确保企业管理人员的参与。重构流程后，应该从各部门应用的角度出发，确定其所需各种模块的功能，并让最终使用者寻找出对其有益的及其所希望使用的功能。

5. 选择合适方案，投入资源全面开发，分段推进

企业在考虑软件供应商对自己所要解决的问题是否有充分的理解和解决的把握，并全面关注其方案可以提供的功能的前提下，选择应用软件和实施的服务商。然后，投入相应的资源推进软件和方案在企业内的安装、调试和系统集成，组织软件实施。

应该以渐进的方式实现CRM方案，因为这样企业可以根据其业务需求随时调整CRM系统，而不会打断最终用户对系统的使用。所谓渐进的方式，是指分段地实现某一方案，当需要更多的功能时，再不断向系统添加，这样可以避免系统实现上的混乱。如有必要，可以针对某用户群进行测试以确定新的功能是否必要和有效。这样通过在企业内依需要、分部门地部署软件系统，然后才与其他应用系统集成。

6. 组织培训

企业应该针对CRM方案实施相应的培训，培训对象主要包括销售人员、服务人员以及管理人员，培训目的主要是使系统的使用对象掌握使用方法，了解方案实现后的管理与维护方面的需要，以使CRM系统能成功运行。

7. 使用、维护、评估和改进

企业通过使用新的系统，如通过衡量管理绩效的数据监控体系、内部管理报表体系、

决策数据及分析体系对企业经营状况作出分析，在此过程中，企业要与系统的供应商一起对系统应用的有效度进行评估，在使用中发现问题，对不同模块进行修正，不断提高其适用程度。

CRM和数据库营销

与CRM相关的另一个重要概念就是数据库营销，我们在本章的结尾作简单的介绍。

CRM软件的核心组成要素——顾客数据库(customer database)，有助于实现产品和服务销售，也有助于分析与维护顾客，这是一个关于个人或预期顾客的综合性信息集合。数据库营销(database marketing)是一个为了实现接洽、交易和建立顾客关系等目标而建立、维护和利用顾客数据库与其他顾客资料(产品、供应商、零售商)的过程。

公司利用顾客数据库，开展营销活动主要可以达到如下五个方面的目的：确定预期顾客、决定哪些顾客应收到特定的报价单、强化顾客忠诚、促进顾客购买和避免重大的失误。

并不是所有公司都值得去建立昂贵的数据库，对如下四种公司而言，数据库营销是不值得的：产品在顾客一生中只会购买一次的公司、顾客不具备品牌忠诚度的公司、每次的单位销售量微乎其微的公司和信息收集成本过高的公司。[5]

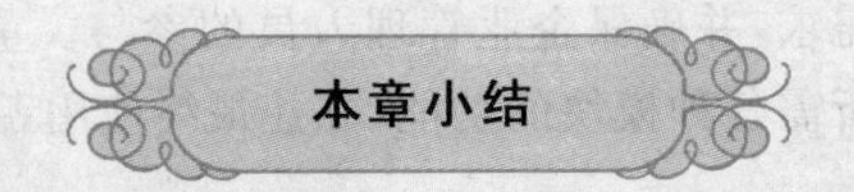

本章小结

顾客关系管理问题已成为市场营销学研究的热点问题。顾客价值理论是顾客关系管理的理论基础。“顾客让渡价值”即顾客总价值(其获得的全部利益，包括产品价值、服务价值、人员价值和形象价值)与顾客总成本(其支付的全部成本，包括货币成本、时间成本、体力成本和精神成本)之间的差额。顾客让渡价值为正时，购买行为很有可能实现；顾客让渡价值为负时，购买行为则很难发生。

顾客满意是一个人通过对一个产品的可感知的效果(或结果)与他的期望值相比较后，所形成的愉悦或失望的感觉状态。消费者的满意或不满意的感觉及其程度受到产品和服务让渡价值的高低、消费者的情感、对产品和/或服务购买成功或失败的归因、对平等或公正的感知等因素的影响。

顾客忠诚对于企业十分重要，保留一个老顾客给企业带来的效益大于争取一个新顾客。顾客终身价值就是指顾客在正常年限内持续购买所产生的利润。必须持续不断地提高顾客的满意度，增加完全满意的顾客的比率，才能使忠诚顾客的数量不断增多。企业应在一定的资源限度内，在保证其他利益攸关者至少能接受的满意水平的前提下，尽量提供一个高水平的顾客满意。

顾客关系管理(CRM)是企业以提高核心竞争力为直接目的，确立以顾客为导向的发展战略，并在此基础上展开的包括评估、选择、开发、发展和保持顾客关系的整个商业过程。它意味着企业经营以顾客关系为重点，通过开展全面的顾客研究，优化企业组织体系和业务流程，以提高顾客满意度和忠诚度为目的，最终实现企业效率和效益的双重提高。在顾客关系管理的过程中需要借助先进的信息技术、数字化硬件，以及优化管理方法，CRM 概念同时也指这些设备、技术和方法的总和。

1. 什么是顾客让渡价值？为什么影响顾客购买决策的不仅仅是产品效用和价格的比较？
2. 什么是顾客满意？影响顾客满意的因素有哪些？
3. 如何测量顾客的满意度？
4. 满意与忠诚之间的关系怎样描述？
5. 顾客忠诚与否对企业有何重要意义？
6. CRM 系统涉及哪些主要模块？怎样实施 CRM 项目？
7. 什么是数据库营销？

注释：

[1]瓦拉瑞尔·A. 泽丝曼尔、玛丽·乔. 比特纳著，张金成、白长虹译：《服务营销》(原书第 3 版)，机械工业出版社 2001 年版，第 59～60 页。

[2]詹姆斯·赫斯克特等著，牛海鹏等译：《服务利润链》，华夏出版社 2001 年版，第 88～89 页。

[3]Robert C. Blattberg and John Deighton, "Manage Marketing by the Customer Equity Test", *Harvard Business Review*, July/Aug. 1996, pp. 136－144.

[4]王广宇：《顾客关系管理——网络经济中的企业管理理论和应用解决方案》，经济管理出版社 2001 年版，第 228～230 页。

[5]菲利普·科特勒、凯文·L. 凯勒著，梅清豪译：《营销管理》(第 12 版)，上海人民出版社 2006 年版，第 178～181 页。

第十九章

营销组织与控制

学习目的与要求

1. 认识营销策划的意义
2. 了解营销策划的内容
3. 掌握营销管理的基本方法
4. 掌握营销效果的评价方法
5. 了解企业营销组织的各种类型
6. 了解营销咨询公司的性质和职能

企业的营销活动，从营销策划到营销目标的实现，是一个完整的过程。其中包括：对将开展的营销活动进行创造性的谋划；采取各种有效措施去协调各方面力量，努力实现目标；对企业实施的一系列营销行为进行检查、评价；密切注视环境的变动趋势，迅速而准确地反馈相关信息，根据事实进行判断，并随时采取措施进行调整，以保证最终营销目标的实现。因此，企业通过对营销组织和营销活动的管理与控制，尽可能地把握和推动营销活动状态，以发展和维持市场营销资源与目标的平衡，与变化多端的市场相适应，是企业营销活动成功与否的基本保证。

第一节　营销策划

策划有策略、对策、筹划、出主意、想办法、出谋划策之意。美国哈佛管理丛书编纂委员会认为:“策划是一种程序,在本质上是一种利用脑力的理性行为。策划是针对未来要发生的事情做出当前的决策。换言之,策划是找出事物的因果关系,衡量未来可采取的途径,作为当前决策的依据,亦即策划是预先决定做什么,如何做,何时做,谁来做。”

一、营销策划的含义

策划本质上是一种脑力的理性思维活动。策划的定义可归纳为:通过收集客观事物的各种信息和预测发展变化趋势来确定目标,进行创造性的谋划,设计能产生最佳效果的资源配置与行动方式,为科学决策提供依据的复杂的脑力劳动过程。由一般策划的含义我们可以得出,所谓营销策划(marketing planning),是指在营销原理的正确指导下,对将开展的营销活动进行创造性的谋划,并设计出营销活动方案的脑力劳动过程。

(一)营销策划是营销活动成功的基础

商场并不亚于战场,有时候市场上的争夺与较量也是你死我活的。竞争双方的成败荣辱并不完全取决于双方实力的差距,而取决于双方在营销战略策划上的智慧与胆略。

从营销活动的全过程看,营销策划处于营销调查研究之后和营销实务运行之前的关键环节,起着承上启下的核心作用。

(1)营销调查是为营销策划服务的,调查分析所发现的问题以及所收集的相关信息为营销策划确立目标和策划方案所用,营销调查必须接受营销策划的指导,只有按照营销策划所确定的调查目的、范围和方法去进行,才能具有目的性、针对性和科学性。

(2)营销策划围绕着企业的营销目标进行,营销活动只有在营销策划的指导下开展才能有明确的方向、强大的动力和科学的方法,才能彼此配合,有条不紊地进行下去。

(3)营销策划决定了营销活动的评估效果,它预先确定了检测营销活动效果的标准、原则和方法,评估过程也只有在营销策划的指导下进行,才能客观公正地评价营销活动的成效,为下一轮营销活动的开展提供事实依据和有益的借鉴。

(二)营销策划是为营销决策谋划

营销策划与营销决策既有联系又有区别:营销策划是为营销决策谋划,设计营销活动方案,重点在“谋”;营销决策是对营销方案进行选择和决断,重点在“断”。在决策科学化的现代社会,“谋”就成为专门的策划职能,而“断”则成为专门的决策职能。但两者的目标相同,相互制约、相互补充,共同发挥企业营销决策的管理作用。

1. 营销决策是企业营销目标的确定

一般情况下,决策活动包含着目标的确定、方案的选择和行为的调整,而策划则是在目标既定情况下,对实现目标的行动方案的设计和规划(见图19－1)。

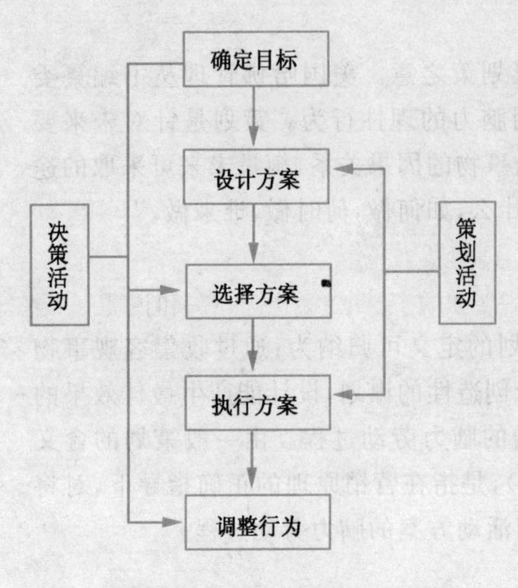

图19－1 决策与策划过程

企业的营销活动首先必须进行目标的选择,这是一种决策行为。在企业的营销战略活动中,决策可能是最为重要的。因为正确的决策可以使企业及时抓住市场机会,获得良好的市场地位和经济效益,并由此而形成经营活动上的良性循环;错误的决策,则可能给企业带来巨大的经济损失。

2. 营销策划是企业营销目标的设计

在目标确定的情况下,对如何实现目标还要进行具体的设计和规划,这就是策划。一般在重要的营销目标或在环境因素比较复杂的情况下,策划的方案可能不止一个,此时就面临第二轮决策,即行动方案的选择。对于确定了的行动方案,如何具体实施,可能又会需要进行一些策略或方法上的设计,这也属于策划的范畴,至于在方案执行过程中,出现偏离目标的行为或发生环境变化的情况,是否需要对行为进行调整,何时进行调整,调整的程度如何,又会引发一系列的决策。

(三)营销策划是营销计划的依据

在目标既定的情况下,策划的成功与否对于营销活动的成败和企业竞争能力的强弱有着至关重要的影响。有人把营销策划简单地理解为对营销活动阶段和程序的计划与安排,这实际上并未真正认识策划的内涵。策划并不等同于我国传统意义上的计划工作,而是为实现某一既定目标(这由决策而定)而对行动方案进行全面设计,对行动步骤进行衔接协调,对行动结果进行预测应变的谋略活动。策划与计划是两个不同的概念,策划在前,计划在后。

1. 策划是计划的依据

策划是指根据营销目标对营销方案的谋划和设计,可以说,策划就是为营销活动提供指南,为营销活动提供切实可行的计划。策划与计划根本的不同在于:其要求根据目标和环境的变化不断地进行创新,以使行动能产生最佳的效果。在营销策划过程中,创意只是提出一种思路和想法,它还需要转化为具体的营销方案的制定,是一个由抽象到具体,由感性到理性的过程。

2. 计划是策划的产物

计划是指根据被审定的营销方案的要求,对方案的实施做具体的安排。营销方案通常是由一系列相互连贯的营销活动计划组合而成的。

营销计划书是营销策划的书面表达形式,也是营销策划的具体成果。营销计划书编写的规范性有助于营销决策人员和组织实施人员最大限度地认识策划者的意图和策划思想,在充分理解的基础上选择和执行营销方案,使策划的效果尽可能得以实现。规范的营销计划书应包括以下几个部分。

计划纲要:对营销方案的要点和特征进行提要式的说明。

环境分析:对营销方案产生的背景条件及影响因素进行分析。

机会/问题和优势/劣势分析:对营销的机会及企业的资源特征进行分析和说明。

目标描述:对营销方案所要达到的目标加以说明。

战略说明:对营销策划的战略意图以及实现战略目标的各个阶段加以说明。

行动方案:对所设计的营销方案进行详细的描述和论证。

效益分析:对营销方案的预期效益进行分析和说明。

控制应变措施:对营销方案的实施风险进行预期,并对控制方法和应变措施加以说明。

营销策划的内容

市场机会是企业生存和发展的生命线。企业的全部生产经营活动都必须有一定的市场需求来吸纳。市场上尚未满足的各种需求便构成了企业发展的市场机会。然而,由于市场供求关系和市场环境的不断变化,市场机会往往是稍纵即逝的,而且它也是众多企业争夺的焦点。所以若缺乏高度的敏感性和准确及时的战略策划,就很难把握住有利的市场机会。

(一)营销策划是全方位的谋略活动

如果掌握了现代营销战略策划的理论与方法,就能帮助企业在变幻莫测的市场风云中,及时发现和准确把握对企业发展有利的市场机会。在企业的营销活动中,需要进行战略策划的方面很多。诸如:市场机会的寻求和把握,产品决策与市场开发的策划,渠道决策与市场布局的策划,促销决策与市场扩展的策划,竞争决策与市场竞争的策划等等。这些关键问题的决策正确与否往往对企业营销的成败产生重大的影响,具有重要的战略意义。

1. 产品决策与市场开发的策划

现代的市场是一个产品日益丰富、竞争日益激烈的市场。往往是只要人们产生了某种需求兆头,很快就会有相应产品出现,而且仿制、更新的产品就会接踵而来,从而又会使这一产品市场很快趋于饱和。在这种急剧变化、急剧更新的市场上,企业面临着不开发产品就没有生路，产品无特色就没有竞争优势的局面。因此，积极进行产品和市场开发的决策与策划便显得尤为重要。把握产品开发的正确方向，同时在产品的市场进入、市场开发等方面进行认真的策划，是企业经营活动不可缺乏的基本技能，也是企业获取市场竞争优势的首要环节。

2. 渠道决策与市场布局的策划

在现代化的大生产和大市场中，企业占领市场的另一重要因素就是销售渠道，这是企业同市场沟通的桥梁与纽带。销售渠道的畅通与否，市场分布面的广阔或狭窄，对于企业的竞争能力和发展前景有着重要影响。同时，企业对于销售渠道的选择策略，还会在一定程度上影响企业及其产品的声誉，所以必须在销售渠道的选择和布局上进行认真的决策和策划。

销售渠道的选择和策划并不是可有可无的事情，企业不仅要找到能够销售其产品的合适渠道，而且要对怎样能充分利用各种销售渠道促进产品的销售、维护和提高企业与产品的声誉，进行周密的策划。

3. 促销决策与市场扩展的策划

在激烈的市场竞争中要促进企业产品的销售和扩大企业的市场占有率，更需要进行认真的策划，在各种广告活动和促销手段层出不穷、铺天盖地的情况下，策划出具有强大的吸引力和刺激度的新颖促销活动，是扩展企业市场、增强竞争实力的重要方面。促销策划的创新意识是至关重要的。要促进企业的销售增长和扩大企业的影响，必须进行精心的设计和周密的策划，才可能取得一鸣惊人的效果，并能最大限度地防止负面效应的出现。

在企业遇到势均力敌的竞争对手，或面临命运攸关的市场争夺之时，营销策划便显得更为重要，正确的决策与巧妙的策划可使自己的竞争地位得到大大加强；否则，就可能“一失足而成千古恨”。

(二)营销策划必须遵循的原则

大多数成功的营销策划并不是完全靠拍脑袋拍出来的，也不是一种偶然的巧合，而是某些客观规律的体现，是在现代科学原理指导下的产物。

1. 营销策划必须以全面信息为依据

营销策划要求通过建立广泛的信息网络，尽可能全面地收集同决策与策划有关的各种资料，以增加决策与策划的准确性，而减少其盲目性和风险度。

2. 营销策划必须以科学技术为手段

营销策划要求不仅要充分运用同营销策划有关的各种学科的原理与方法，而且应尽可能利用电子计算机等现代高科技手段来辅助营销的决策与策划，以充分提高其效率和准确性。

3. 营销策划必须以专家咨询为骨干

营销策划要求尽可能地利用各方面的专家参与营销策划，或者是委托专业咨询机构进行营销策划，从而使经营者能集思广益，能对各种不同的营销策划方案进行准确的评估和选择，以保证营销策划质量的最优化。

营销策划的组织

营销策划是为企业的市场营销活动方案进行全面的设计，包括对营销行动步骤进行衔接安排，对行动可能出现的结果进行预测应变的谋略活动。这种为实施营销目标而对营销策略进行实际运用的活动，是营销管理全过程的重要组成部分。要使营销策划充分发挥作用，其组织与管理是不容忽视的重要问题。

从微观角度来看，市场营销是一个企业通过市场的媒介，获取最大效益的各种活动，是一种有序的管理过程（见图 19－2）。

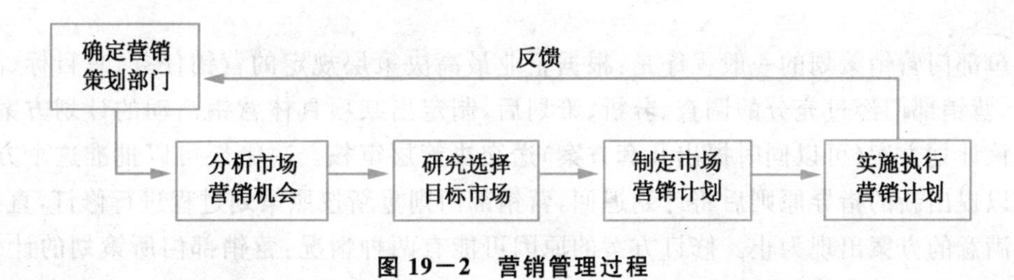

图 19－2　营销管理过程

承担营销策划的部门对企业营销活动的成败与否具有重要的作用。因为企业从分析市场营销机会开始，到选定自己的目标市场，确定具体的营销战略战术，以及落实整个营销计划的实施和将采取的各种保证措施等等，整个有序的活动过程源于科学的营销策划。因而，确定具体进行营销策划行为的部门，是一件需要慎重对待的事情。

从企业实际的营销活动来看，实施营销策划一般有三种状态。

（一）单部门进行营销策划

营销部门按企业决策层的意图，制定具体的营销方案，而后经过相关部门选择确定后执行（见图 19－3）。这是被许多中小型企业所采用的一种营销策划形式。

市场营销的基础是满足消费者的需求。要真正实现企业整体和长远的营销目标，必须通过详尽的市场调查、预测，进行营销策略的策划、营销计划的制定和控制等措施手段的综合运用。企业的营销部门，是企业实施市场营销活动的主体，承担营销策划的任务是理所当然的。由营销部门单独进行的营销策划项目，一般属于企业市场营销活动中具体营销职能范围内，如广告策划、公关活动策划、促销策划以及销售人员培训策划等。

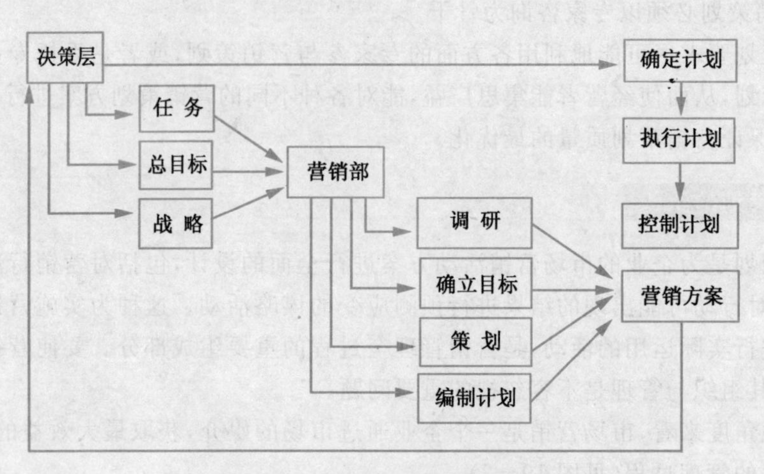

图 19—3 单部门营销策划流程

单部门营销策划的一般程序是：根据企业最高决策层规定的营销任务、总目标、战略方向，营销部门经过充分的调查、分析、策划后，制定出某项具体营销活动的计划方案，并提出该计划方案(可以同时提出几套方案)送交决策层审核。决策层可以批准这个方案，也可以提出新的指导原则后将计划退回，营销部门则重新按照策划过程进行修订，直至上下都满意的方案出现为止。修订方案的原因可能有两种情况：营销部门所策划的计划方案不符合企业总体营销目标的要求；营销部门所策划的方案使企业决策层改变了原先的初步设想和战略。

(二)多部门进行营销策划

由企业特设的战略计划部门，根据企业总体营销目标，并听取营销部门及企业其他各部门意见后，策划与制定营销计划方案，经决策层选择确定后执行(见图 19—4)。

企业的实际营销活动是一复杂的系统工程，因为一个企业的正常运行机制并非单个营销部门独立构成，而是由各自承担着不同职能的多部门组织结构构成，尤其是大型企业，往往还会由若干个不同层次组成。很显然，企业营销目标能否实现，不仅仅依赖于营销部门的努力，同时还取决于企业中从事产品开发、生产、财务、后勤以及行政等所有职能部门的通力协作。事实上，不同的职能部门有各自承担的任务，整个企业的营销总目标往往被分配成若干个专门化的目标，落实到各职能部门以及每个员工的身上。在许多情况下，营销方案的策划需要由企业的多部门来共同进行。必须使企业的全体员工都明确：企业的各个职能部门都是企业组成所不可缺少的，各自所采取的每个行动都与实现企业总体营销目标密切相关。

多部门营销策划的一般程序是：企业设立代表决策层的战略计划部门，负责听取营销

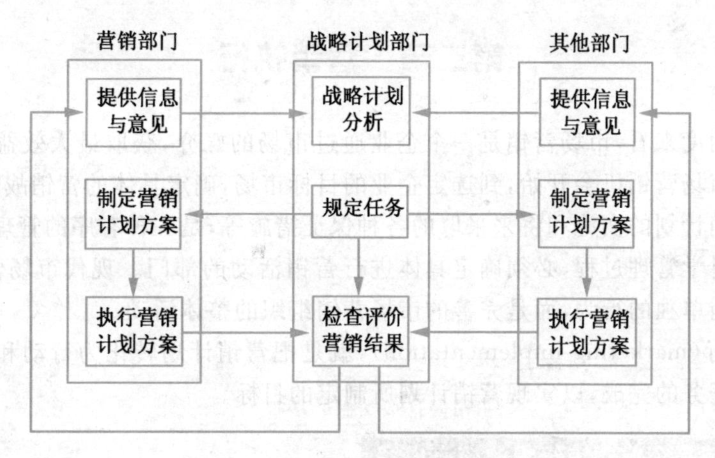

图 19－4 多部门策划的相互关系

部门及其他职能部门的意见，然后对企业的市场营销活动进行战略计划分析，规定在企业总体营销策划中各部门的任务与必须达到的目标，并承担对企业营销策划实施的评价与控制。营销部门和各职能部门则根据自己应该承担的任务和规定目标，制定各自具体的营销计划方案，经确定后执行并随时接受相关部门的评价与控制。

（三）借用“外脑”进行营销策划

在现代社会中，由于高度发展的商品生产形成了错综复杂的社会关系，加上市场营销的特殊性，使企业在决策时必须考虑自己所处的环境。否则，就会受制于没有理顺的社会关系，或者由于对形势发展的估计错误而丧失社会适应能力。因此，企业在营销策划前就需要广泛收集信息，密切监察社会环境的变化，调查竞争者的状况，预测社会公众的需求，以及了解外部政治、经济、时尚潮流等各种影响企业管理因素的情况。

这显然并非易事，对一个企业而言，无论在精力和技巧方面，都会显得极其有限。同时，营销任务和营销策划是一种专业水准、实战能力要求都相当高的工作。营销方案的策划过程要考虑许多实质性的问题，营销策划不仅是对企业营销任务和营销目标的选择，而且还包括企业对实现目标的机会、威胁的分析，以及具体操作手段的确定。因此，一般大型企业除组织自己的策划班子外，同时还聘请专业营销咨询公司的营销顾问协助；也有些企业将一些技术性较强的营销实务的策划，如市场调研、预测、广告项目的策划等，委托营销咨询公司进行。

借用“外脑”进行营销策划的一般程序是：营销咨询公司根据企业委托的咨询项目内容，或授予的顾问权限进行营销策划。策划方案得到企业认可后，营销咨询公司按规定收取咨询服务费（营销咨询公司相关内容将在本章第四节中详细论述）。

第二节 营销执行

从微观角度来看，市场营销是一个企业通过市场的媒介，获取最大效益的各种活动。包括从分析市场营销机会开始，到选定企业的目标市场，确定具体的营销战略、战术，以及落实整个营销计划的实施和将来采取的各种保证措施等，是一种有序的管理过程。显然，要完成这种科学管理过程，必须确定具体进行营销活动的部门。现代市场营销已经不是企业某个部门单独的行为，而是完善的市场营销组织的整体活动。

营销执行(marketing implementation)，就是把营销计划转化为行动和任务的过程，并保证这种任务的完成，以实现营销计划所制定的目标。

整体营销是企业营销组织的核心内容

所谓企业营销组织是为了实现企业的营销目标，而对企业的全部营销活动从整体上进行平衡协调的有机结合体。其能集中所有的力量，对企业营销战略进行具体的规划与控制，是企业充分利用营销力量的基础。

(一)整体营销是企业营销成功的基础

1. 实现企业营销目标不能靠单部门的努力

企业的实际营销活动是一个复杂的系统工程，因为一个企业的正常运行机制并非只是单个营销部门独立构成，而是由各自承担着不同职能的多部门组织结构构成。事实上，企业的营销目标体系最终必然形成若干个专门化的目标，落实到各职能部门以及每个员工的身上。因此，营销并非单个部门的事情，只靠“营销部门”的孤军奋战，是根本无法实现企业营销目标的。

2. 营销导向是企业职能部门共同努力的方向

事实上，绝大部分企业内部各职能部门的管理人员和员工，都会十分注重本部门决策及具体实施的效果。而这种普遍把部门行为中心凝聚于本部门的目标行为，必然会导致疏于从全局角度考虑企业整体利益的不良后果。

比如，当一个营销策划方案问世时，生产部门会为其中生产线的调整而争执；财务部门会为坚持某种促销手段运用时必须更合乎严格的信用标准而争议；运输部门会由于新的运货方式造成成本上升而拒绝合作等等。一系列部门之间的矛盾，使方案具体的实施显得困难重重，或者可能由于某一道环节的强力制约，而最终使该项营销策划方案流产。这种情况产生的根本原因，是企业内各部门都倾向于更强调自身的重要性和本部门的利益。其中，不可否认确实也会存在营销部门策划方案立足点片面性的原因。只有当企业各部门的行为建立在营销导向基础上，才能真正使企业全体力量互相配合协调，最终形成以整体营销为核心内容的企业营销组织有机结合体。

(二)企业营销组织有机结合体形成的途径

只有在将顾客作为营销核心和营销作为整体功能的情况下,企业的全部职能才真正围绕使顾客满意的宗旨而展开。这是通过企业营销部门把顾客需求传递给企业,并控制、协调企业的其他职能部门都"为顾客服务"。

1. 引导企业各级主管树立营销导向的经营观念

在企业实际营销活动中,营销部门主管不可能直接要求其他部门把为顾客提供服务作为他们的工作中心。只有在企业最高主管重视营销导向的基础上,给营销部门以发言和决策的重要地位,或者总经理在为顾客提供良好服务方面做出表率,并说服企业各级主管树立以营销为导向的经营观念时,才有可能使企业的全部职能真正围绕使顾客满意的宗旨而展开。

2. 明确企业各级主管均对市场营销负有责任

从企业的最高主管到各职能部门主管都要了解市场需求,并参与制定企业营销目标体系,检查计划实施情况。企业内应该强调对完成战略目标的贡献,提倡部门之间尽可能多地相互了解和共同协作。要经常把各部门在完成企业总目标中所作的贡献通报全体,并定期对成绩优秀的部门和员工进行适当的奖励。

3. 组建较为完善的营销工作班子

包括总经理,销售副总经理,负责研究与开发、采购、制造、财务、人事等各部门的副总经理,以及其他一些关键人物在内,形成较为完善的营销工作班子。聘用、提拔能人作为营销部门主管,该主管不仅能管理好本部门,而且还能影响企业高层领导,并与其他职能部门保持良好关系。同时还可以寻求外部营销咨询专家的帮助,从而在企业内逐步贯彻、落实营销思想,建立企业营销文化。

4. 建立现代营销计划体制

这是培养企业各级主管接受营销导向思想的一个有效措施。现代营销计划体制要求主管们必须首先和经常考虑营销环境、营销机会、竞争趋势以及其他营销问题,分析并了解本部门在企业总体营销目标中应该承担的任务和规定的目标。同时结合具体情况,制定本部门的营销计划方案,经确定后严格执行并随时接受相关部门的评价与控制。

5. 完善企业内部营销培训措施

企业要为包括各级主管、营销人员、制造人员、研究开发人员等在内的管理层和相关员工精心设计相应的营销培训措施。通过这些培训措施,不断向企业员工传播营销知识、营销技术和营销观念,逐渐在企业内树立营销导向的经营观念,从根本上改进企业各部门的行为方式。

总之,即使一个企业已经设置了所谓的现代营销部门,并不意味着它就是以营销导向运行的企业。只有在企业员工认识到了企业所有部门的任务都是为"消费者服务","市场营销"不仅仅是企业的某个部门的名称,而是整个企业经营运作的宗旨时,企业才真正形成了以整体营销为核心内容的企业营销组织。这是企业营销活动的合力体现。

企业营销部门的类型

营销部门是企业营销活动的主体,必须具有对企业营销总体战略的策划、实施、控制能力和具体业务管理能力,这样才能以市场为导向,与企业的其他部门共同努力,从而顺利实现企业营销目标。营销部门的结构要根据企业所处环境、企业营销目标及企业自身条件而定。

(一)职能分工型组织(functional organization)

这是最常见的营销部门组织类型,即按不同的营销功能建立各职能部门,各司其职。由企业负责营销的副总经理统一领导,协调各部门的活动(见图 19—5)。

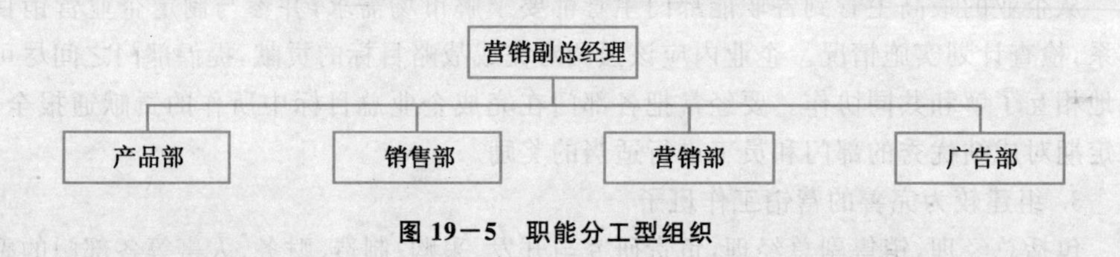

图 19—5 职能分工型组织

1. 产品部

其职能范围是使企业的产品(服务)的构成,顺应消费者的需求及市场的动态变化,从而达到企业提高营销效益、实现营销目标的目的。

产品部的职能通过从采购开始到保证销售部门的供应,以及对产品(服务)的售后保证等一系列操作程序来体现。包括产品的材料、样式、规格、包装等的设计;研究如何追求产品更价廉、更优质、效用性更强的全面发展;重视发现所经营产品新用途的开拓,用新的产品引导消费者需求,全方位考虑企业的产品组合等。

2. 销售部

其职能范围是与其他职能部门积极配合,在不断满足市场要求的服务过程中,实现企业的销售收入。

销售职能是企业营销的主要职能,现代营销的销售职能除了向消费者推销商品、送货、收款以外,还应包括以下内容:密切监察竞争者及商品动态;指导消费者合理使用商品;协助消费者解决使用商品时发生的问题;担负"活广告"的责任;充当消费者与企业间的纽带;随时留意其他有关营销活动的问题,并主动协助解决。

3. 营销部

其职能范围是组织、分析、策划、控制、改善其他营销职能部门的活动，同时对企业营销活动实行日常性管理。

营销部应承担的具体职能包括：通过营销信息的收集，分析与评价在各种营销状态下所面临的市场机会与竞争威胁；制定能满足顾客和企业两方面需求的产品最佳计划；进行营销渠道的维持、管理和促进活动；承担对促销对象、促销目标、促销手段的选择与确定等多因素的管理，以及营销日常行政事务、营销预算、营销绩效管理、人员培训、运输库存等日常营销行为等。

4. 广告部

其职能范围是单独拟制或与专门广告策划公司合作完成企业的促销宣传广告。

广告部也是企业营销中重要的职能部门，具体承担包括广告内容、广告对象、广告目标、广告时限等的选择与限定；对广告费用的预算；确定广告媒体、实施广告的基本手段；组织人员或委托代理单位设计和制作广告，以及广告前期调查、广告方案执行、广告方案实施后的效果调查等。

职能分工型营销组织结构能提高工作效率，是专业化分工的产物。但存在由于各部门人员只关心自己的业务，职能部门之间的协调比较困难的情况，没有一个部门对任何产品或市场负完全的责任。这种结构类型较适用于那些产品种类不多、市场相对集中的中小型企业。

（二）目标导向型组织

这是按企业不同性质的营销目标和任务进行营销的组织安排。可以根据不同产品、不同地区或者不同消费者群体来设置营销组织，其中每一个分支部门相对独立，建立在自己的产品、销售、营销、广告等职能部门基础上（见图 19－6）。

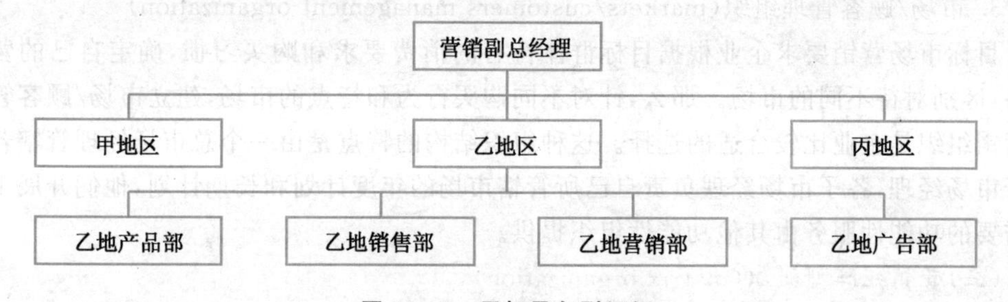

图 19－6 目标导向型组织

目标导向型组织的营销部门形成后，其每一个相对独立的分支部门的职责有四个方面内容。

(1)制定产品（品牌），或地区，或目标群体的长期发展战略。

(2)制定目标年度计划,如产品年度销售计划,并做出销售预测。

(3)采取相应措施,管理好属下各职能部门。如,鼓励刺激销售人员及经销商推销产品的积极性等。

(4)认真协调与其他分支部门的关系,如共同研究广告设计、宣传活动;注意产品改进、新产品开发等。

目标导向型组织有专人负责某一产品、某一地区或某一顾客群,本部门内能较好协调,有利于提高营销业绩。但同时由于重复设置各个职能部门,人员数的增加,会造成费用开支的增加,从而提高企业的营销成本。一般适用于经营多种类或多品牌的企业,或是营销区域广泛且复杂的企业。在具体操作中有以下几种情况。

1. 地区性营销组织(geographic organization)

营销范围比较大的企业,会按地理区域设立营销组织,安排自己的销售队伍。在营销总监下面,按层次设全国销售经理、大区销售经理、地区销售经理、分区销售经理、销售人员等。如一位负责全国销售的销售经理领导4位大区销售经理,每位大区销售经理领导6位地区销售经理,每位地区销售经理领导8位分区销售经理,每位分区销售经理直接领导10位销售人员。一般而言,地区性营销组织各级经理的管理幅度逐级增大,呈"金字塔"形组织结构。

2. 产品/品牌管理组织(product/brand management organization)

拥有多种产品或多种不同品牌的企业,可以按产品或品牌建立营销组织。在营销总监下面设产品经理,产品经理下面按产品线分别设产品线经理,在产品线经理下,再按产品品种分别设产品经理或品牌经理。这种营销组织实行分层管理 ,产品经理或品牌经理能很快对市场情况作出反应,所以比较适合那些产品组合差异性大的企业。

3. 市场/顾客管理组织(markets/customers management organization)

目标市场营销要求企业根据目标群体特有的消费要求和购买习惯,确定自己的营销策略,区别对待不同的市场。那么,针对不同购买行为和特点的市场,建立市场/顾客管理型营销组织是企业比较合适的选择。这种组织结构的特点是由一个总市场经理管辖若干个子市场经理,各子市场经理负责自己所管辖市场的年度计划和长期计划,他们开展工作所需要的功能性服务由其他功能性组织提供。

(三)营销矩阵型组织(matrix organization)

这是在职能分工管理的基础上,根据企业的具体情况,同时设置特需的各产品项目主管的组织安排。各职能部门仍各司其职,由负责营销的副总经理统一领导协调各部门的活动(见图19-7)。

在营销矩阵型结构中,特设的产品项目部对其所有产品项目负有完成的责任,其他职能部门则必须为各具体的产品项目配备必要的执行人员,协助该产品主管的工作。各职

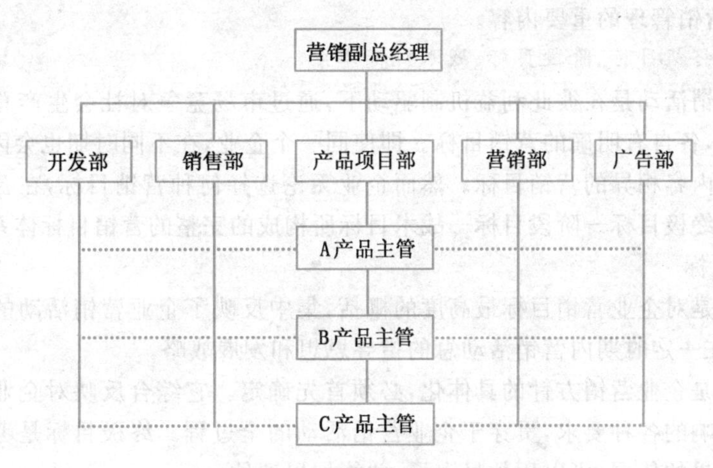

图19—7　营销矩阵型组织

能部门和产品项目部都直接受负责营销的副总经理领导，职能部门配备的产品项目执行人员则受双重领导，即在执行产品项目方面受产品项目部领导，而在执行其他日常工作方面，仍受其原职能部门领导。由于各职能部门的垂直系统和各产品项目的水平系统组成了一个矩阵，所以这种营销部门结构就称为营销矩阵型结构。

营销矩阵型结构可以加强企业内各职能部门之间、职能部门与产品项目之间的协作，将企业内各部门有机地联系起来。然而在企业实际营销活动中，由于员工须受双重领导，所以可能会感到无所适从。而且和传统职能分工型结构相比，各职能部门领导的绝对权威性较弱。

第三节　营销控制

营销管理是把管理的技术（组织、分析、计划、执行、控制）应用到企业营销活动中去的过程，从规定企业的营销目标开始，直到为实现目标的战略规划与战术方案的实施、控制与评价，是一种系统有序的科学活动。下面从对营销目标的控制和对营销效果的评价两个方面，论述企业具体的营销管理方式。

营销目标的控制

现代营销活动的一般程序，即在分析企业面临的市场机会基础上，确定营销的基本任务和战略目标，以战略目标的实现为目的，规划企业的营销战略，选择相应的营销策略加以有机组合。因此，营销目标是企业进行营销活动的依据，是评价企业营销活动成效的标准，也是企业营销管理的重要内容。

（一）形成终极目标、阶段目标、战术目标体系

企业的营销活动是在彼此利益机制驱动下，通过市场竞争对社会生产总任务加以具体分工而形成，各自有明确的营销目标。即使同一个企业，在不同时期也会因承担不同营销任务而确定内容相异的营销目标。然而企业无论选择何种营销目标，在营销管理过程中必须形成由终极目标—阶段目标—战术目标所构成的完整的营销目标体系。

1. 终极目标

终极目标是对企业营销目标最高度的概括，集中反映了企业营销活动的重点和主攻方向，是企业在一定时期内营销活动总的指导思想和发展战略。

终极目标是企业营销方针的具体化，必须首先确定。它综合反映对企业完成营销任务有决定性影响的各种要求，贯穿于企业营销活动的全过程。终极目标是考核企业营销活动效率和成果的依据，可以用数量表示，并能加以评估。

表19－1表示某企业2008年营销终极目标，包括13项具体数量化指标和可评估的目标值。

表19－1　　某企业营销终极目标（2008年）

<table>
<tr><th>目标方向</th><th>目标内容</th><th>目标值</th></tr>
<tr><td>平民化
（大众化经营）</td><td>销售</td><td>1. 商品销售量
2. 商品销售额
3. 商品销售品种</td></tr>
<tr><td rowspan="2">保五争六
（利润指标）</td><td>质量</td><td>4. 返修率
5. 投诉率
6. 优质品牌</td></tr>
<tr><td rowspan="2">财务
福利
双佳</td><td>7. 实现利润
8. 销售利润率</td></tr>
<tr><td>创“双佳”
（利润佳、社会效益佳）</td><td>9. 全员劳动生产率
10. 资金周转天数
11. 营销成本率
12. 为员工做实事
13. 社会效益</td></tr>
</table>

2. 阶段目标

阶段目标是有计划、有步骤实现企业营销终极目标的切实保障，它规定了企业营销活动在具体时限内必须完成的营销任务。

阶段目标是对企业营销终极目标的分解，使人们对目标有明确的时间概念。它规定了企业营销活动在某一个具体时间段中的运行内容，便于考核营销终极目标的执行情况，

掌握实现目标的现实程度。阶段目标能帮助企业发现问题，及时采取必要措施，以保证营销目标的实现。

以某企业 2007 年营销终极目标中销售部分为例，为保证商品销售量、商品销售额、商品销售品种等营销目标的实现，企业必须制定一整套阶段目标，如其中的促销宣传部分：

阶段目标方向：企业将利用一切可利用的手段扩大知名度，宣传费用比 2006 年增加 20 万元。

阶段目标内容：一季度，春节大型促销活动。

二季度、三季度，报刊促销广告。

四季度，为消费者服务系列活动。

3. 战术目标

战术目标是以一定时期内企业预定的营销目标为中心，使企业各项工作都围绕如何保障实现这一目标的统筹运动。

企业的营销活动，归根结底就是使与实现营销目标相关的各种因素之间达到最佳的运行状态。包括选择达到目标的方法、途径和各项资源配置在内的行动方案。战术目标正是这种努力的具体化，它是能够指导企业营销活动的具体方案。战术目标把企业营销目标分解成基本的操作目标，落实到每一个环节，甚至每个人，是如何实现营销目标的具体对策和措施。

仍以某企业 2007 年营销目标为例，其阶段目标还必须化解为战术目标。如每一季度促销活动的战术目标必须包括：活动的内容、名称、时间、费用、操作程序等具体的执行方案。

（二）明确目标责任

企业营销目标的实现依赖于部门、班组、个人目标的完成，营销总目标分解为各个职能部门乃至每个员工的具体目标。每个分目标都是总体目标要求和考核的依据，同时也是各个环节对完成总目标的贡献。

要对企业营销目标实行控制，必须使责任指标化，从营销目标出发规定目标责任在范围、内容、数量、质量、时间、程度等各方面的具体要求。要让每个部门、班组、员工都明确自己在实现企业营销目标过程中应尽的责任，明确要干什么，怎么干，干到什么程度，达到什么要求。

（三）监督目标实施

在企业实际操作过程中，营销目标体系形成后并非一成不变，而是需要结合环境的变化要求随时做出必要的修正，因为企业营销活动受到诸多因素的影响，如政府的政策、社会观念的更新、市场需求的变化以及企业本身的营销能力、经营管理手段等都会对企业的营销活动产生影响。企业要随时跟踪掌握营销情况，对营销实绩与目标计划的偏离行为做出判断，采取措施改进实施方案或修正目标本身，以弥补目标与实际执行结果之间的差距。

营销目标或方案的修正主要包括两种情况：

(1)由于客观环境发生了重大变化，目标责任者无法实施原目标，要求修正目标。

(2)目标责任者在实施目标过程中，发现原预测有误，遇到障碍，为保证原定目标的实现，需要采取一定的补救措施。

营销效果的评价

不同企业都有各自特定内容的营销目标，然而对于营销活动而言，内外部环境因素是动态的，经常会发生营销目标或者是企业营销行为无法适应形势发展的状态，企业必须定期对本身营销活动实绩进行评价，从中发现问题，及时调整行为或者计划，从而保证营销目标的实现。

(一)目标达成率

营销目标是企业营销活动的努力方向，目标达成率是其内容的数量表现形式，通过评价具体的目标值，可以从最直观的角度说明企业营销目标的完成情况。

1. 企业营销业绩目标达成

常用的目标项目值是：总资本利润率、销售利润率、资本保值率、销售增长率、利润增长率、资产增长率、市场占有率、企业产品品牌、企业形象知名度和美誉度、资产负债率、流动资金比率、应收账款周转率、存货周转率、盈亏平衡点等。

2. 企业营销能力目标达成

常用的目标项目值是：战略决策能力、集团组织力、企业文化、专利数量、技术创新能力、新产品比率、成本降低、质量水平、合同执行率、推销能力、市场开发能力、服务水平、职工安定率、职务安排合理性、劳动生产率、资金效率、资金筹集能力等。

3. 企业环境适应目标达成

常用的目标项目值是：分红率、股票价格、股票收益性、战略测定能力、经营与组织能力、员工能力开发、工资水平、职工福利、凝聚力、参加工会人数、工会参与管理程度、提高产品(服务)质量、改善服务水平、业务往来条件、销售条件、利息水平、信用度、预贷款、公害防治程度、缴纳税金、执行政策程度、国际间协作关系等。

一般而言，企业在制定营销目标时规定了什么内容，评价目标达成率时就依照这个内容。但是由于企业营销活动过程会受到多方面因素的影响，营销情况会经常发生变化，因此需要实事求是地对某些目标值进行适当的调整。对目标达成率的评价标准，除了包括初期目标值以外，还应该包括企业在营销活动中新增加的目标值，同时扣除因为某种原因而减少的目标值。

如对市场占有率的目标达成评价。市场占有率越高，说明企业的市场地位越稳固。所以无论是何种企业，都希望最大可能提高自己的市场占有率。确定企业的市场占有率目标值，主要以过去的趋势为基础，然后制定稍高的目标值，再根据行业的整体销售收入预测，求出新的企业市场占有率目标值。

$$市场占有率目标达成率=\frac{本企业销售收入}{行业全部销售收入}\times 100\%$$

在对企业所有目标达成率进行评价时，对于那些无法定量的目标值，如战略决策能力、经营与组织能力、国际协作关系等，可以采用问卷调查、意向调查以及同其他企业对比等方法进行综合评价。

（二）效果递进率

在企业的实际营销活动中，营销效果的优劣表现不一定完全反映在一定时限的营销实绩上。如一个零售企业的某个销售部门，由于突然而至的机会，取得了短期的销售高增长率，然而这并不能代表这个部门已经具备了优质的营销管理水平。当然，如果该部门能借此机会，进一步改善自身的营销活动质量的话，则完全有可能将部门已经取得的良好营销实绩，推向更高级的阶段。

营销效益等级评价（见表19－2），动态地观察企业的营销实绩，它是由营销导向的5种主要属性的不同程度所反映出来的：顾客宗旨、整体营销组织、充分的营销信息、战略导向和营销效率。每一种属性都是可以衡量的，而且通过对它们的具体分析，可以从中发现企业具体营销活动取得不同程度绩效的要素。这种效果递进率的评价，有助于企业纠正自身主要的营销缺点，从而保证营销目标的最终实现。

表19－2　营销效益等级评量表

第一部分：顾客宗旨	
分值	A. 是否认识到根据目标需要确定企业营销计划的重要性
0	营销重点把现有产品或新产品出售给任何愿意购买的人
1	考虑对范围广泛的市场和服务给予同等效率的服务
2	营销重点在经过慎重选择而定的目标市场
分值	B. 是否认识到根据不同细分市场制定不同营销组合策略的重要性
0	没有
1	做了一些工作
2	做得相当好
分值	C. 是否认识到规划业务活动时着眼于整体营销系统观念（供应商、渠道、竞争者、顾客）
0	不是。只致力于向当前的顾客出售和提供服务

续表

1	有一点。致力于向当前的顾客出售和提供服务，也从长远的观点考虑了它的渠道
2	是的。从整体营销系统观点出发，充分了解系统中每个部分变化可能对企业带来的影响
第二部分：整体营销组织	
分值	D. 对于各个重要的营销功能是否有市场层次的营销控制
0	没有。并由此产生一些非生产性的摩擦
1	有一点。但缺乏令人满意的合作和协调
2	是。各重要营销部门被高度有效地控制在一起
分值	E. 是否有效地和企业其他各部门进行合作
0	没有。其他部门对营销部门的要求觉得不合理
1	还可以。在各部门立足于维护本身利益基础上，相互之间关系还是融洽的
2	是的。各部门都从企业全局利益出发考虑问题，并进行有效的合作
分值	F. 新产品制作过程是如何组织的
0	制度未明确规定，管理不善
1	制度形式上存在，但缺乏有经验的人员
2	制度结构完善，配备专业人员
第三部分：充分的营销信息	
分值	G. 最近一次营销调研是何时进行的
0	若干年前
1	一二年以前
2	最近
分值	H. 在衡量不同营销支出的成本效益方面采取了什么措施
0	一无所知
1	略有所知
2	了如指掌
分值	I. 在衡量不同营销支出的成本效益方面采取了什么措施
0	很少或没有措施
1	有一些措施
2	大量措施
第四部分：战略导向	
分值	J. 正规营销计划的策划情况
0	很少或没有正规的营销计划工作

续表

1	制定年度营销计划
2	制定详细的营销目标体系,并不断修正
分值	K. 现有营销战略的质量如何
0	现有战略不明确
1	现有战略明确,但只代表传统战略
2	现有战略明确,富有创新性,根据充足,合情合理
分值	L. 有关意外事件的考虑和计划做得如何
0	很少或不考虑意外事件
1	有一定考虑,但没有正式的应急计划
2	重视对意外事件的辨认,并制定应急计划
第五部分:营销效率	
分值	M. 在传播和贯彻企业决策层的营销思想方面做得如何
0	很差
1	一般
2	很成功
分值	N. 是否有效利用了各种营销资源
0	没有。相对于所要完成的工作而言,营销资源是不足的
1	做了一些。营销资源足够,但没有得到充分的利用
2	是的。对充分的营销资源进行了有效的部署
分值	O. 是否具有对环境变化迅速有效的反应能力
0	没有。营销信息不及时,企业反应迟钝
1	有一点。一般能获得现时的营销信息,相关部门的反应快慢不一
2	是的。企业有科学的营销信息系统,并能及时做出反应

总得分: 评价:

说明:对量表中的每一部分总是选定一个适当的答案,然后把各题所得分数相加,不同分数表示不同水平的营销效益。

0~5 分=无 6~10 分=差 11~15 分=普通 16~20 分=良 21~25 分=很好 26~30 分=优秀

(三)营销审计(marketing audit)

营销审计就是对一个企业或一个业务单位的营销环境、目标、战略和活动所作的全面的、系统的、独立的和定期的检查,目的是找出问题,发现机会,提出行动计划,从而提高企业的营销业绩。这种评价不需要十分精细,但抓住相关的评价项目,可由此评价出企业营销的优劣势所在，从而帮助企业研究如何从整体发展上考虑，在及时抓住外部环境的机会或避免外部环境威胁的同时，发挥企业的优势，避开自身的不足之处，从而顺利达到营销目标。

1. 对企业营销理念的评价

营销理念是团结企业全体成员的精神纽带，是涉及企业生死存亡的关键。评价的中心内容是：企业是干什么的？（过去干什么？现在干什么？将来干什么？为什么要这样干？）企业的营销理念是什么？是否正确？企业的现行营销业务如何？（目标公众需求是什么？规模有多大？）

2. 对企业竞争能力的评价

这是建立在对企业市场营销宏观环境和行业环境分析的基础上，进一步对企业自身的营销竞争能力进行评价，不仅可以从整体上把握企业和产品的发展，而且可以从中发现对企业真正有价值的战略机会。评价的中心内容是：企业的历史如何？（为何创设？获利能力？新产品开发？行业竞争如何？）企业管理水平如何？（领导层素质如何？企业管理体制对执行营销计划的影响？）企业经营水平如何？（生产能力？技术能力？销售能力？财务状况？）企业结构如何？（职工队伍状况？企业文化建设？人事管理？收入分配？）

（四）营销效果评价具体方法列举

销售分析一般由中层经理具体负责，目的是检查和监督年度的销售和利润目标是否顺利完成，其中心是目标管理。主要任务是：分解年度计划指标，跟踪实施情况，对出现的偏差进行分析，提出改进意见，必要时，可以根据客观变化情况修订目标。

1. 销售分析（sales analysis）

销售分析是指对照销售目标，检查和评价营销实绩，判断各种因素对计划完成情况的影响。

［例 19－1］ 某企业根据年度计划要求，第一季度销售额为 12 万元，而实际销售额仅为 7.5 万元，销售绩效差距 4.5 万元，比计划销售额减少了 37.5%。经过分析，找出其原因来自两个方面：销售量不足和售价下降。计划销售量为 4 万件，实际销售量为 3 万件；计划每件售价为 3 元，实际每件售价为 2.5 元。通过计算可知这两种因素分别对销售差额的影响程度为：

销售量不足造成的差额＝3×(4－3)＝3(万元)　3/4.5＝66.7%

售价下降造成的差额＝(3－2.5)×3＝1.5(万元)　1.5/4.5＝33.3%

由此可见，造成销售量下降，近 2/3 是由于销售量未达目标所致，故该企业密切注意它未达预期销售量目标的原因；另外，对于该商品价格的调整效果也应该进行分析。

2. 盈利性控制

盈利性控制一般由财务部门负责，目的是检查不同的销售领域，如不同产品、地区、细分市场和分销渠道的盈亏情况，从而使企业决定营销活动哪些应扩大，哪些应缩减甚至放弃。

盈利性控制的主要环节是进行盈利能力分析。盈利能力分析就是通过对有关财务报表和数据的处理，把所获利润分摊到产品、地区、渠道、顾客等方面，从而衡量出每一因素对企业最终获利贡献的大小以及其获利能力的高低。营销管理者可考虑利用财务部门提供的报表和数据，重新编制出各类营销损益表，并对各表进行分析。

［**例 19－2**］　某企业的分销渠道盈利分析(见表 19－3)。

表 19－3　　**某企业分销渠道盈利分析**　　单位：元

项目＼渠道名称	百货商店	专业商店	便利商店	总　额
销售收入	40 000	10 000	20 000	70 000
销售成本	29 500	7 500	14 000	51 000
销售毛利	10 500	2 500	6 000	19 000
营业费用：				
推销	4 000	1 300	400	5 700
广告	1 550	620	350	2 520
物流	3 500	1 380	900	5 780
费用总额	9 050	3 300	1 650	14 000
净利润	1 450	－800	4 350	5 000
销售收益率	3.6％	－8％	21.8％	7.1％

通过数据分析可以看到，尽管便利商店不如百货商店的销售额高，但其获利能力却远远高于百货商店；而造成专业商店亏损 800 元的主要原因，是其营业费用过高，如果企业采取相应措施后还不能扭转亏损，就应该考虑原来渠道结构的适当调整。

渠道损益分析可作为企业进行分销渠道决策的重要依据。同样，通过产品组合、细分市场等方面的损益分析，可以帮助企业做出全面、正确的营销决策。

第四节　营销咨询公司

高度发达的商品经济和错综复杂的社会关系，使企业市场营销活动面临着变化多端的营销环境。企业要实现营销目标，往往会遇到许许多多的障碍。现实中一般的企业很难面面俱到配备各种各样的专家，因而就会在一些意外情况下显得应付乏力。营销咨询公司正是适应这种形势发展应运而生的组织。

营销咨询公司的作用

所谓的营销咨询公司是由若干各具专长的营销专家组成，专门从事营销咨询，或受具体企业委托，为企业开展营销工作的社会服务性机构。

营销咨询公司看问题比较客观，因为它与大量的企事业单位发生联系，活跃在社会中，能够广泛地反映市场的意见，从而有助于克服单个企业由于接触面窄而容易形成的偏颇态度和倾向。同时，由于外聘的营销顾问看问题会较少带有主观或者感情色彩，而且他的工资、人事也不受制于委托企业，没有根本的利益冲突，因而他更敢于公正、客观地直抒己见。正因为如此，营销顾问的建议会比本单位员工的意见更有说服力，更容易为企业各个部门所接受。

营销咨询公司受到普遍欢迎的另一原因是，它以提供营销咨询工作为职业，配备有各种各样的专门人才，具有应付复杂局面、解决不同难题的丰富经验。它可以针对客户所委托的不同任务，组织相对集中的精锐力量，并打出漂亮的"歼灭战"。

营销咨询公司的职能范围

营销咨询公司的基本职能是对委托人的营销活动予以指导、建议和监督，为委托人提供服务，以利于委托人的营销发展和营销目标的实现。一般而言，营销咨询公司的职能范围有三个方面。

(一)调研咨询

在实际营销活动中，进行市场调查、营销调研往往需要丰富的经验和专门的技术。如通过民意测验、座谈、访问、资料分析等调查手段的运用，可以保证企业获得具有较高质量的调查结果。因此，许多企业除了自己进行营销调查研究外，还会委托营销公司进行调研咨询。双方签订协议后，根据委托人的具体要求，由营销咨询公司拟订调研计划，并实施具体的营销调查，分析调研资料，写出调研报告。

(二)项目咨询

营销咨询公司可以接受企业委托完成某项营销工作，一旦该项具体工作内容完成，即自行解聘。如公共关系作为一种特殊的管理职能，是现代企业营销活动中不可缺少的重要组成部分。它能通过多种手段与企业的目标公众沟通，树立企业的良好形象，为企业的生存与发展创造和谐的环境条件。然而对于中小型企业而言，可能自身没有条件建立专门的公关职能部门，或者虽然有公关部门但无法承担全面的公共关系活动。由于营销咨询公司拥有各类专业人才，他们具有高超的专门技巧，企业可以委托营销咨询公司完成各项公共关系活动。它可以承担从营销项目策划开始，直到圆满完成项目策划方案的任务。

(三)全权代理

营销咨询公司还可以按照委托人的要求,在一年至数年中,负责合同规定的部分营销职能的全部工作内容。如广告宣传是企业营销活动不可缺少的组成部分,而广告策划又是专业性要求相当高的活动,尤其是对于一些系统性的、较大规模的,对同一目标进行多种广告活动的整体广告策划。一般企业的广告部门往往无法胜任,于是企业就会将一段时限中的广告策划,全权委托实力雄厚的专业营销咨询公司完成。营销咨询公司根据委托人的具体要求,从市场调研与市场分析开始,针对消费者的需求,对企业的营销活动全面协调,使企业真正为市场需求而营销运作。并通过公司所承担的具体营销职能,如广告策划,为企业的营销活动服务。同时,根据市场对企业营销活动的反应,组织信息反馈,为企业下一步的营销目标和营销策略提供进一步的信息和咨询。

营销咨询公司的业务执行

(一)营销咨询公司的工作程序

营销咨询公司的一般工作程序如下:接受委托—提出工作计划—签订协议—开展调查—制定方案—进行论证—投入实施。

大多数营销咨询公司没有现成的营销项目供企业"现货购买"。一般都是在委托人提出咨询要求以后,根据委托人的具体情况提出与咨询项目相关的工作计划,经委托人确认后,双方签订合作协议。

咨询合作协议的签订可以是正式合同形式,也可以通过简单的书信或口头达成协议。合同、协议的主要内容是规定任务的性质、主要项目的收费以及完成任务的时限。

协议达成以后,营销咨询公司立即组织力量对委托人相应的营销情况进行系统、周密的调查研究。充分了解委托人的员工、历史、营销现状、优势、劣势、机会、威胁、需要及存在的问题等。然后根据委托人的具体要求,成立工作小组,确定目标、制定计划方案、编制预算。并将计划方案、预算等送至委托人处及审计部门。经有关部门论证确定后,工作小组立即组织力量尽快将计划付诸实施。

(二)营销咨询公司的收费情况

营销咨询公司是专门接受企业委托,提供营销咨询的社会服务性机构,因此它在为委托人提供了技术性服务后,必然要收取一定的费用。

营销咨询公司的收费方式主要有两种。

1. 项目收费

大多数营销咨询公司是于每月初预收双方商定的最低劳务费,到月底实报全部费用。也有的营销咨询公司是预收项目委托人的项目所需开支。

项目收费有以下内容:

(1)咨询服务费。包括委托项目期间工作小组全体成员的工资,与项目有关的高级管理人员、专家和文秘人员的工资。

(2)顾问行政管理费。包括营销咨询公司在承担项目期间所需的房租、水电费、取暖费、电话费等。

(3)顾问的报酬。指扣除各种税收以后,营销咨询公司应该得到的纯利润。

(4)顾问的项目开支。指营销公司在承担委托项目期间所需要的印刷费、邮费、差旅费等向委托人实报实销。

2. 计时收费

即按照参加委托工作的营销咨询公司各级各类人员的不同标准,根据各自的工作时间收费。一般而言,每小时的收费标准是具体工作人员每小时基本工资的2.5倍到3倍。也有采取每小时收取固定费用的方法,如在美国,采取这种办法收费的营销咨询公司,其每小时的收费标准是35～50美元。

3. 影响收费标准的因素

目前,营销咨询公司的收费标准还没有统一的规定,各咨询公司的标准是不同的。一般而言,在确定收费标准水平时,要考虑下列五种因素:

(1)咨询公司的声望和顾问人员的专业水平。

(2)顾问人员在咨询活动中所花费的成本。包括服务时间费用、材料费用,其他差旅费、服务费等,以及机会成本。

(3)营销咨询行业的供求状况和收费标准。

(4)营销咨询公司之间的竞争状况。

(5)营销活动的复杂程度和效果等。

(三)对营销咨询公司的选择

一般可以邀请目标公司提交竞争性计划进行招标,让初选的咨询公司有机会提出机构所需的初期甚至持续的研究报告,然后由机构择优选择。这样能保证营销咨询公司提供更加切合实际、更令人满意的服务。

1. 选择的标准

(1)营销咨询公司的信誉、成立时间、规模、在咨询业的影响力、服务项目、著名的咨询案例等。

(2)咨询人员素质。专业水平、专门训练,时间的充裕情况。

(3)营销咨询公司现有的客户。其社会地位如何,对其的服务满意程度有多高。

(4)收费标准情况。一般而言,信誉良好的公司可能是收费较高的公司,同时服务水平比较好。但企业选择时需针对切实需求来确定,无须一般的活动也请大公司咨询。

2. 聘用营销咨询公司时应注意的几个问题。

聘用营销咨询公司时，企业如何使活动的效果最佳和成本最低，则需注意以下几个问题。

(1)必须清楚企业要从营销咨询专家那里得到什么。如果仅希望营销咨询专家认可你做出的决策，意义不大，应该得到简单而又实际的解决方法，而不是单单的理性指导。

(2)成本—效益分析。营销咨询公司的服务是要收费的，因此企业在进行咨询时，次数尽量少，可使时间长一些，这比分次简短咨询有效且经济。

另外，企业在聘请时，总是偏爱于得到最好的营销咨询专家服务，但成本一定很高，如果只是一般性的营销活动，一般咨询人员就能胜任，而不需高级专家。

(3)注意营销活动的连续性。有许多企业的管理层虽同意营销咨询专家的计划，但是在实际操作中却又按照自己的喜好只遵循其中的几步，结果导致整个计划的失败。另外营销咨询公司的服务是按其所得报酬提供的，因此企业要根据活动开展的实际需要，找到最佳结合点，而不是做了一段时间就停止。

(4)保持与外界联系。企业在聘请营销咨询公司的同时，要多和外界保持交流，从而提高企业的营销活动水平。这样对于监督、参与营销咨询公司的方案、活动都是大有帮助的。

总而言之，在现代社会中的企业营销活动十分复杂，必须广泛收集信息，密切监察社会环境的变化，调查竞争者的状况，预测社会公众的需求，以及了解外部政治、经济、时尚潮流等各种影响企业营销因素的情况。同时，企业的营销活动不仅包括对企业营销目标的选择，还包括企业对实现目标的机会、威胁的寻求、把握和避免。这一切并非易事，对相当一部分企业而言，无论在精力和技巧方面，都会显得极其有限。营销咨询公司则是辅助企业营销成功重要的“外脑”和力量。

本章小结

营销策划，是指在营销原理的正确指导下，对将开展的营销活动进行创造性的谋划，并设计出营销活动方案的脑力劳动过程，营销策划是营销活动成功的基础。营销策划与营销决策既有联系又有区别：营销策划是为营销决策谋划、设计营销活动方案，重点在“谋”；营销决策是对营销方案进行选择和决断，重点在“断”。营销策划与营销计划是两个不同的概念，策划在前，计划在后。营销策划是全方位的谋略活动，包括市场机会的寻求和把握、产品决策与市场开发的策划、渠道决策与市场布局的策划、促销决策与市场扩展的策划、竞争决策与市场竞争的策划等等。从企业实际的营销活动来看，实施营销策划一般有单部门营销策划、多部门营销策划、借用“外脑”营销策划三种状态。

现代营销组织是建立在整体营销观念基础之上的，只有当“市场营销”不仅仅是企业的某个部门的名称，而是整个企业经营运作的宗旨时，企业才真正形成了以整体营销为核心内容的企业营销组织。这是企业营销活动的合力体现。营销部门的结构要根据企业所处环境、企业营销目标及企业自身条件而定，一般可有职能分工型、目标导向型和营销矩阵型等结构。

企业对营销活动的有效管理与控制，是企业能否实现营销目标的基本保证。营销管理是把管理的技术(组织、分析、计划、执行、控制)应用到企业营销活动中去的过程。从规定企业的营销目标开始，直到为实现目标的战略规划与战术方案的实施、控制与评价，是一种系统有序的科学活动。

营销目标控制是营销管理的重要内容，包括建立目标体系，明确目标责任，监督目标实施；营销效果评价也是营销管理的重要内容，包括对目标达成率，效果递进率和战略影响等方面的检查与评价。

营销咨询公司是辅助企业营销成功重要的"外脑"和力量。

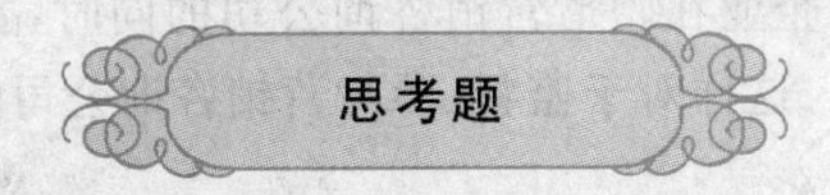

思考题

1. 营销策划有什么重要的意义？必须遵循什么原则？
2. 企业如何通过对营销目标的控制和对营销效果的评价，进行具体的营销管理？
3. 企业实现整体营销的途径有哪些？
4. 不同营销组织结构的特点何在？
5. 营销咨询公司的职能范围有哪些？

第二十章

全球营销

学习目的与要求

1. 了解全球营销的发展背景
2. 掌握全球营销观念的内涵
3. 掌握全球企业的含义和特征
4. 认识构成全球市场环境的基本要素
5. 了解全球营销战略组合的特征
6. 了解全球企业组织结构的特点

经济全球化是当前世界发展的大背景。科学技术的进步缩短了人与人之间的距离，简化了数据传递、处理和应用的程序，大大方便了企业的生产经营活动，加速了企业进入全球市场的进程。为了更快地适应多变的市场环境，全球营销应运而生。所谓全球营销是指企业全球性的布局与协调，企业通过制定全球性的战略，使世界各地的营销活动趋向一体化，以获得全球范围内的竞争优势。

我国已经加入了 WTO，为了加快社会的发展，提升国家的竞争力，许多企业也渐渐走出国门，走向世界。在经济全球化的背景下，如何更有力地开展全球营销，也成为了这些企业面临的重要课题。本章就以全球营销为主要研究对象，对全球营销的基本知识以及全球营销的战略实施进行阐述。

第一节 全球营销概述

全球营销的发展背景

促进全球营销诞生与发展的因素是多方面的，主要可以归纳为以下三点。

(一)信息技术的进步

最近一百年的科学技术的进步是人类史上的任何时代都无法企及的。尤其是从第二次世界大战结束以来的计算机和通信技术的发展，彻底改变了人们的生活习惯和行为方式，同时也使企业的运作模式经历了一次翻天覆地的变革。互联网技术贯穿了企业生产、经营、管理的每一个环节。企业通过网站可以最低成本发布相关信息、树立企业形象；运用先进的统计软件可以准确地分析并利用各种大量复杂的数据；借助 E-mail 可以接受来自世界各地的订单；利用网上交易则可以减少交易的环节，简化交易的手续；使用快捷廉价的通讯设备可以与地球上任意一家子公司进行沟通与协调。而对于消费者来说，无论处于什么时候、身在什么地方，消费者都可以与企业取得联系，购买产品和服务。信息技术的进步使企业开展全球业务不再只是梦想，全球营销的时代已经到来。

(二)国际经济活动的频繁

目前，一个公司进行国际经济活动可以主要以以下几个方面的形式展开。

1. 出口

出口又可以分为间接出口和直接出口两种。间接出口是公司利用设立在母国的代理商将产品销售到国外市场的行为；而直接出口则是公司自己建设独立的代理商或分销商在国外市场上销售产品，也可以是公司所有的子公司直接与国外的购买者交易联系。

2. 承包经营

它可以使企业通过在国外市场上建立据点的方式来打入国际市场。主要的形式有许可、制造合同和特许经营。许可是指本公司向国外的公司提供技术和专利，自己则收取一定的费用和利润作为酬金。制造合同就是公司将自己设计好的产品承包给国外的制造商生产，并销售给制造承包商所在国家的市场。这种形式可以避免产品因为在母国生产而与目标市场的文化习惯有所脱节的问题。特许经营通常应用于连锁餐饮企业或集团，如麦当劳等，它是指公司向国外的转售商提供专业技术，并给予特许经营管理方面的帮助。

3. 外商直接投资

通常是指外国企业和经济组织或个人(包括华侨、港澳台胞以及我国在境外注册的企业)按我国有关政策、法规，用现汇、实物、技术等在我国境内开办外商独资企业，与我国境内的企业或经济组织共同举办中外合资经营企业、合作经营企业或合作开发资源的投资(包括外商投资收益的再投资),以及经政府有关部门批准的项目投资总额内企业从境外借入的资金。其中外商独资企业,又称外资企业,是指依照中国法律在中国境内设立的全部资本由外国投资者投资的独立核算、自负盈亏的企业。中外合资经营企业是由中国投资者和外国投资者共同投资、共同经营、共同管理、共负盈亏、共担风险的企业。中外合作经营企业是根据平等互利原则由中方与外方自行协商成立的有限责任公司,合营双方的责任、义务、权利由双方通过协议合同加以明确。反之,中国企业向海外或国外直接投资的类似企业形式,我们称为本国企业的对外直接投资。

4. 跨国公司和全球企业

跨国公司简单地说是由设在两个或更多国家的实体所组成的企业,从第一次世界大战结束至今,跨国公司已有一百年的历史。全球企业是在近二三十年才发展起来的。两者的联系与区别将在后文展开。跨国公司和全球企业在世界范围内利用并配置生产要素和生产资源,使资本和技术在全球范围内流动,对提高各国的竞争力、推动经济全球化具有重要的作用。

这些日益频繁的国际经济活动推动了全球化的进程,也促进了全球营销活动的发展。

(三)国内市场的饱和与全球市场的形成

早期企业总是把自己的母国视为最重要的市场,而国外市场只是对母国市场的一个补充。但是随着社会的发展与进步,一些重要的发达国家的市场已经逐渐趋向饱和,而许多发展中国家则以其欣欣向荣的态势表现出不断增长的市场繁荣和社会需求,这使得许多企业开始转而关注其所在国之外的国家市场。

另一方面,得益于信息技术的发展,地球正变得越来越小,当我们每天面对着同样的新闻、同样的电视节目,接受同样的文化教育的时候,人与人之间的差异也在逐渐地减小。同时,国家与国家、民族与民族之间的日益频繁的经济、文化和政治的交流,也使我们在很多方面,包括产品的评价和品牌的认识等问题上达成了一致,共同的需求已经跨越了国家的界线而浮出了水面,并加速了全球市场的形成。所谓全球市场,也就是指各国顾客具有相似偏好的市场。在这个市场中,可以存在多个细分市场,但是与以往不同的是,国界不再是划分市场的边界,尤其当贸易壁垒被渐渐破除之后,国界的概念将日趋淡化。

全球营销观念

(一)全球营销观念的演变

美国哈佛大学的 Perlmutter 教授总结了全球营销观念形成所经历的四个阶段,即母国中心主义、多元中心主义、区域中心主义和全球中心主义,简称 EPRG 模式。

在母国中心主义营销观念的指导下,国内的公司把国际市场看作是本国市场的延伸,它们认为只要它们所生产的产品在本国市场上畅销无阻、所制定的营销方案在国内可行有效，那么这些产品和营销方案同样可以应用到国外的市场上去。国外业务在这些公司里并不得到重视，它们常常只是隶属于国内业务。对某些公司，尤其是制造公司而言，它们开展国外业务的动机只是为了解决国内生产力过剩的问题。

多元中心主义又称多国中心主义，它恰好与母国中心主义背道而驰。这种观念承认世界上各个国家和民族之间存在着差异，因此管理者必须对每一个不同的国家制定独立的计划。持有多元中心主义营销观念的国际公司，其分布在不同国际市场上的子公司在制定营销计划的时候都是独立的，相互之间很少影响，它们只是强调自己的产品要适应所在国家的市场。

在区域中心主义中，企业的管理层将每一个地区看作是一个独特的整体，如北美地区、欧洲大陆等。在同一个区域中，管理层寻找所有市场存在的共性，制定一个适用于整个地区的营销战略。

全球中心主义将整个世界看作统一的市场。全球企业在世界范围内进行市场的细分，尽一切可能推出标准化的全球产品，并采用全球营销计划和全球营销方案的组合。当然，全球中心主义也认识到了各个国家存在的差异，因此它们在追求标准化效益的时候也会针对文化的独特性适当地对产品进行调整。

值得指出的是，这些观念并不存在孰优孰劣的区别，对于处在不同的发展环境之下，具有不同的目标追求的不同公司，它们完全可以采取不同的营销观念。

（二）全球营销观念的重要性

1. 有利于公司实现规模经济

所谓“规模经济”是指由于产出水平的扩大，或者说生产规模的扩大而引起的产品平均成本的降低。采用全球营销观念可以帮助全球企业节省在生产、研发、销售等方面的成本。覆盖全球的市场需求比单一的国内市场更为有效地消化这种大规模的生产能力，在全球取得规模经济。

2. 有利于实现资源的共享与合理配置

全球营销观念将世界看作一个整体，因此世界范围内的劳动力、资金、经验技术以及原材料等都是公司可利用的资源。公司可以选择最合适的地方进行研发、生产、融资等功能的经营。而对于经验技术来说，全球性公司可以利用在任何市场上已经获得的知识，将其推广到更广泛的地域中，使各个子公司得以共享。因此，全球营销观念帮助公司合理地利用和配置资源，使其在世界竞争中获得有利的地位。

3. 有利于树立全球品牌

所谓全球品牌(global brand)，是指在全世界范围内使用的名称、术语、符号和设计的某些或所有组合。品牌的作用主要是为了将自己与竞争对手区别开来。当公司使用全球品牌的时候，它可以在全球范围内进行统一协调的促销活动，也容易打开销售的渠道，更可以树立公司的形象。世界上的一些知名品牌，如可口可乐、微软、迪斯尼、柯达等本身就是公司的无形资产，具有很高的价值。品牌的实力证明了公司的实力，品牌的形象也树立了公司的形象。全球品牌是公司获得全球化顾客、取得规模经济的有力法宝。

全球企业

(一)从跨国公司到全球企业

早期我们在表述跨国公司的时候常常有很多不同的说法，如跨国公司、多国公司、国际公司、全球公司等等，然而事实上，这些名称的含义是各不相同的。由于人们在称谓上的混用，使我们容易将这些相似的企业形式混为一谈，直到 1986 年联合国在《跨国公司行为守则》中才给出了跨国公司的完整定义，即跨国公司(multinational firm)是指由分设在两个或两个以上国家的实体组成的企业，而不论这些具体的法律形式和活动范围如何；这种企业的业务是通过一个或多个活动中心，根据一定的决策体制经营的，可以具有一贯的政策和共同的战略；企业的各个实体由于所有权或别的因素相联系，其中一个或一个以上的实体能对其他实体的活动施加重要影响，尤其可以与其他实体分享知识、资源以及分担责任。而我们目前所说的全球公司或全球企业则是近二三十年在跨国公司的基础上发展起来的，它的层次要高于跨国公司。从字面上区别，跨国公司着眼于“不同的国家”，全球企业强调“统一的世界”。具体而言，我们可以从以下几个方面理解两者的区别。

1. 营销观念的区别

跨国公司以多元中心主义为指导，它们认为各个国家市场之间是不同的，因此针对不同的市场应该制定不同的营销策略。而全球企业则是以全球中心主义为理念，它们在制定营销策略的时候总是力图寻找世界上所有国家市场之间的共性，尽可能地达到全球标准化的要求。例如，同样是进行市场细分的时候，跨国公司是将国界看作了细分全球市场的首要变量，而全球企业则在世界范围内寻找顾客之间的共同点，以确定全球目标市场。

2. 营销组合的区别

跨国公司在进行产品设计的时候主要以适应各国市场的需求为准则，因此在产品的外观、性能、式样和形象上各个国家都会表现出不同的特征。同样，它们在进行市场调查、制定营销计划以及实施营销战略的时候，各国市场都相互独立、互不干涉。而全球企业在产品的设计上则遵循国际标准，产品适应的是全球市场的需要。它们在选择分销渠道的时候同样也寻求一致性，对地方市场环境不具备太多的敏感性。

3. 组织结构的区别

跨国公司与全球公司尽管在地理分布上都具有跨越国界的特征，但是跨国公司仍旧具有很强的“国籍属性”。跨国公司的海外经营是以子公司的形式展开的，母公司与子公司的关系是管理与被管理、控制与被控制、指挥与被指挥的关系，它们的分工有国内和国外的区别。而全球企业则大大淡化了“国别”的观念。本国公司与国外子公司都隶属于世界总部的管理，它们之间是平等的关系，只是在职能上有所区别而已。

4. 战略导向的区别

跨国公司在进行竞争的时候是以国家为单位的。每一个国家市场上的子公司各自成为独立经营的中心，它们从自身所在的市场出发，相互之间很少有关联。因此，跨国公司的竞争其实是各个子公司在国别市场上与其他跨国公司和地方性公司展开的，其竞争地位仅仅受到国别市场上的行业和竞争情况的影响。全球企业在制定竞争战略的时候则是立足于公司整体的战略目标，各个子公司是否盈利无关紧要，关键的是看子公司对整体所起的作用。同时，子公司的竞争地位会受到其他国家市场竞争情况的影响，而且也会反过来影响其他市场的竞争。

(二)全球企业的概念与特征

通过对跨国公司和全球企业之间的比较，我们对全球企业(global firm)的概念可以有一个比较清晰的轮廓。根据菲利普·科特勒的定义：“全球性企业是指企业在一个以上国家经营，以在营销、生产、研发以及融资方面获得那些单纯在本国经营的竞争对手所无法获得的优势。全球性企业将世界看成一个市场，它降低了国界的重要性，企业在任何最适宜的地方集资、获取原料和零部件、生产并销售产品。”

全球企业的特征主要可以概括为以下几个方面：

(1)针对全球市场生产标准化的全球产品，使产品获得全球消费者的认同；

(2)采用全球一致的竞争战略，并具有一个整合的全球战略远景，全球竞争力与地方性的竞争优势互为联动；

(3)将不同的生产经营活动及职能行为，包括金融、财务、法律、培训等安排在最有利的市场上进行，各种资源可以在世界范围内得到交换与共享；

(4)所有国家或地区的子公司一律平等，公司总部负责加强各个子公司之间的协调与联系。

当然，我们在一再强调标准化、一致性的同时，必须指出所谓的标准化和一致性只是指一种思考的方式，并不是说全球企业在其产品生产中一成不变，也不是说它们在营销的时候使用一种完全相同的营销方式。尽管麦当劳已经遍布了全球几十个国家，其金色拱门的标志也已为世界各地的消费者所熟知，然而麦当劳在针对不同市场的时候仍然会根据当地人的口味进行调整，比如日本的烤鱼汉堡包、拉美的香蕉水果派、新西兰的 kiwi 汉堡包、德国的啤酒、菲律宾的麦克斯巴盖蒂面条、墨西哥的辣椒酱等等。这就是常说的“思维全球化，行动本土化”，也是绝大多数全球企业开展生产经营活动的主要指导思想。

第二节 全球营销的市场环境分析

文化环境

文化是生活方式的总和，它包括知识、信仰、艺术、道德、法律、风俗习惯等要素，是某区域内人们的价值观、特性或行为特征的表现。通常在研究营销学时，文化总是同经济、政治、法律等被看作一个宏观的市场环境进行分析。然而文化可以引导个体行为，决定需求和经营方式，具有超出一般环境的意义，因此我们首先对文化进行探讨。

在全球营销中，跨文化的现象是不可避免地存在的。对于一个全球企业来说，从市场的调查、产品的设计、员工的管理，到价格的制定、分销渠道的选择以及售后服务等所有环节，无不与文化息息相关。任何看似平常的选择在另一个文化环境中可能会被视作异端行为而产生冲突或损失，这是值得我们深思和重视的。

具体而言，文化在全球营销中的影响主要表现在以下多个方面。

1. 价值观的差异

价值观是人们关于基本价值的立场、取向、态度。比如，东方人重视集体的观念，因此行事处处讲究团队精神，重视亲情，相互间的关系是以情感为纽带的；而西方人则追求自由和个性，尤其是美国人，喜欢标新立异，他们的关系通常是需要依靠契约来维系。又比如，东方人习惯于勤俭节约的生活作风，厌恶风险，因此他们不喜欢贷款而偏爱储蓄，把贷款看作是寅吃卯粮的行为；而在西方，贷款、分期付款、信用卡结算等消费方式却是一种习以为常的行为。

2. 宗教信仰的差异

地区间的冲突中有很大一部分都是因为宗教信仰方面的因素而引起的，因为不同的信仰直接影响着人们的思维方式、行为准则和价值判断。在全球市场上进行营销时，如果不理解具体民族的宗教文化，也必定会引起冲突，造成损失。

3. 语言沟通的差异

语言是一个民族文化的重要体现。不同的语言除了在信息沟通上会产生障碍之外，在文化表述上可能会带来更大的误解，这通常是由于翻译不当引起的。同样是龙，中国人将它看作民族的象征，而简单地将其翻译成英语的 dragon，在西方会使人联想到邪恶与魔鬼，于是就造成了对中国文化的误解。又如我们现在熟知的可口可乐，早期进入中国时，它的名字是“苦口蝌蚪”，这个称谓显然难以与味道甜美、舒爽解渴的饮料联系起来。

4. 审美意识的差异

审美主要表现在人们对美术、音乐、舞蹈等艺术形式的鉴赏与评判之中。在营销学里，审美差异更多地体现为人们对不同色彩、图案、形状以及数字的不同理解上。在西方，“蓝色”代表忧郁，而中国人把它看作平和。“13”在西方是个忌讳的数字，而中国的传统并不排斥。

5. 教育水平的差异

教育水平直接影响着消费者的消费观念和消费行为。不同教育层次的人在选择产品时都会表现出不同的倾向。一般来说，接受过较高层次教育的人更容易去购买一些高档而复杂的新产品，如高科技产品。

6. 民族习俗的差异

民族的行为习惯决定了做事的风格。比如东方人讲究含蓄，因此喜欢开门见山的美国人对日本人在商务谈判中所表现出来的沉默极不理解，而反过来日本人也极不欣赏美国人的这种单刀直入的说话方式，在他们看来，这是一种无礼的行为。

7. 社会组织结构的差异

社会组织是一个社会中人与人发生关系的方式，它是人们社会行为的基础。家庭关系是最基础也是最重要的社会组织形式。早期的家庭一般以几代同堂的大家庭较为常见，相比之下，现在的家庭规模则小得多。西方发达国家都以父母和子女组成的小家庭为基本形态，但许多受东方传统儒家文化影响的国家包括我国以及日本、韩国等还很大程度地保持着大家庭的组织结构。除了家庭以外，社会群体也是一种形式的社会组织，如一些行业协会、工会等。

由于世界各地民族在文化上存在着各种方面的差异，因此跨文化问题是我们在进行全球营销中无法避免的，也是一个非常重要的问题。如何更好地应对这些问题是所有全球企业的管理者和营销人员值得认真思考的。在此我们提出了以下几个方面的策略。

(1)尊重地方风俗，客观地评价海外顾客对产品的感知和认识。营销者不能以自己的文化为标准去审视他人的文化，文化间的差异是客观存在的，但是并非表现为孰优孰劣，不能妄加判断。海外顾客对于事物的认识和感知可能完全出乎我们的意料，这是正常现象，因此也需要我们做深入的市场调查，进一步了解消费者。

(2)加强企业员工在跨文化方面的培训。在员工的培训方面除了要求他们掌握必要的经营管理和专业知识以外，对于全球企业来说，文化方面的培训也必不可少。帮助员工了解国际市场的主要文化，对于他们在进行生产经营或制定营销策略时具有重要意义。

(3)直接聘用当地员工。土生土长的当地员工对于当地的文化习俗具有更强的认识，直接知道什么可以做，什么不可以做。公司的其他员工通过与当地员工的交流，也能够更好、更快地了解地区文化，占有市场。

(4)全球营销的本土化策略。尽管全球营销将世界看作统一的市场，但是完全相同的标准化产品和标准化营销显然不能够满足文化背景差异的民族。标准化只是思考的出发点，在不能满足标准化的地方，细微的改动和本土化的经营更为重要。

经济环境

对经济环境我们主要把握的是它的经济体制以及所处的市场发展阶段。

从市场配置的角度来看，世界上主要的经济体制形态包括资本主义、社会主义和混合经济。美国及欧洲的发达国家大多属于资本主义体制，需求和供给决定了资源配置和市场竞争，国家和政府的作用主要在于规范市场秩序、推动竞争。社会主义形态下的经济体制多数采用计划配置，生产什么产品完全是由国家决定的。在这种情况下，消费者往往不能购买到称心如意的商品，国家的经济发展不活跃，如古巴、朝鲜等国家仍旧沿用这一体制。相比之下，很多原先实行计划经济的国家开始转型，并逐渐走入了市场的轨道，其中就包括我国和印度，其资源配置包括计划和市场两种形式，因此企业和个人都能取得相当程度的自由，商业也越发地繁荣。

从市场发展的阶段来看，人们通常以国民生产总值和国民收入作为衡量的标准。约翰·邓宁根据人均国民生产总值将市场发展划分为四个阶段：人均 GNP400 美元以下、人均 GNP400～2 500 美元、人均 GNP2 500～4 750 美元以及人均 GNP5 000 美元以上。他认为国民生产总值的不同对国际投资活动有直接的影响：当国家处于第一阶段时，国家只有少量的外国直接投资且没有对外直接投资，随着人均国民生产总值的增长，一国的外国直接投资与对外直接投资之间的差距经历一个先拉大后缩小的过程，最后在第四阶段实现国家对外投资的正数增长。

随着信息技术的发展，目前世界经济正面临着全球一体化的局面。各个国家市场的开放度不断地提高，开放的领域也日益扩大。生产自由化、贸易自由化和金融一体化不断推动着世界经济的前进。这对全球市场的形成和全球企业的经营无疑起到了很大的作用。但是另一个方面，新的保护主义也层出不穷，也把各种新的困难摆在了我们的面前。因此作为一个具有全球营销眼光的经营者，我们必须对全球经济的发展有一个很好的把握，精通国际营销惯例才能使自己立于不败之地。

世界上的各种经济合作推动着经济全球化的前进，各种贸易组织打破了组织内部的贸易壁垒，推动了成员之间经济和贸易的交流与合作。其中 WTO 是一个全球性的贸易组织，它的前身是关贸总协定(GATT)，但是它比 GATT 更具有法人地位，在调解成员争端方面更具有权威性和有效性。WTO 的基本原则包括最惠国待遇、国民待遇原则、互惠原则、关税减让原则、市场准入原则、公平交易原则、透明度原则以及鼓励发展和经济改革的原则，其宗旨是推动和实现世界贸易自由化，其主要职能是制定和规范国际多边贸易规则，组织多边贸易谈判并解决成员之间的贸易争端。WTO 的最高决策权力机构是部长大会，可以对多边贸易协议的所有事务做出决定；下设总理事会和秘书处负责日常会议和工作。各成员方在享有一定的权利的同时，还必须履行相应的义务，以保持贸易的平衡。除了世界贸易组织之外，世界上重要的区域性经济组织还包括欧洲联盟(EU)、北美自由贸易协作(NAFTA)、亚太经合组织(APEC)、东南亚国家联盟(ASEAN)、南部地区共同市场(Mercosur)等。

在世界经济趋向一体化的同时，反对经济全球化的浪潮也不断涌现。许多国家贸易保护主义有增无减，而一些区域性组织不可避免地也对组织以外的国家树立起了贸易壁垒，除了关税壁垒之外，还包括复杂的技术标准、繁琐的海关手续、配额、贸易禁运、本地成分要求等等，使得全球营销不得不面对各种新的变化和挑战。

政治和法律环境

要研究全球营销背景下的政治和法律环境，必须从三个范围来考察：母国的政治法律环境、东道国(目标市场)的政治法律环境以及国际大背景中的政治法律环境。

研究一个国家的政治环境，首先包括这个国家政府的类型，是计划经济国家还是市场经济国家，对于前者，政府在经济运行中的参与度很高，而后者的经济运行主要还是依靠市场调节为主。其次政党体制也是一个关键的考察对象，因为不同的政党所代表的是不同的阶级或者社会团体的利益，并且他们在制定政治纲领和政策法规时都会采取不同的态度。同时我们还必须关注政局的稳定性，因为政局的稳定与否关系到政策所能够持续的时间的长短，对企业的营销策略能否长期执行会产生直接影响。最后，一个国家的民族主义也会反映出人们对外来经营活动的抵触情绪。由于民族主义的存在，国民被更多地号召去买“国货”，使得跨越国界的营销成为了一种具有威胁的外来力量。

对全球营销活动产生重要影响的法律环境包括贸易壁垒、外汇管制等。

以贸易壁垒为例，通常贸易壁垒可以分为关税壁垒和非关税壁垒。当国外的产品进入一个国家的时候都需要缴纳一定的赋税，这样做的目的为了保护国内的厂商，同时也可以增加国家的财政收入。在 WTO 中，关税被肯定为唯一合法的保护手段，因为它的透明度较高，但是 WTO 仍旧鼓励成员方之间能够在互惠的基础上借助多边谈判来削减关税，以促进国际贸易的发展。除了关税壁垒之外，还有很多非关税的壁垒，比如进口配额、产品本地化、标准和检定等。进口配额是一国限制向国外购买某种产品的数量，进口配额的极端行为也就是禁运。产品本地化是指法律规定外国的企业出口本国产品或服务中必须包含一定数量的由本国国内生产商提供的产品或服务。标准和检定则是对产品中必须含有或不能含有某种或某些特定原料的规定，也可以是产品必须经过测试并检定该产品符合某些标准的规定。此外，还有一些壁垒相对隐蔽些，比如故意放慢海关程序以及官僚作风等，使得产品进入一国市场变得更加困难。壁垒的存在加大了进入的经济成本，当企业把这些成本转嫁给消费者后，意味着消费者必须为此承担更高的价格。

此外，在全球营销中国家与国家间在经济贸易方面的争端也会必然存在。国际法庭在裁定这些冲突的时候通常会使用国际公约和国际惯例。因此全球营销人员在进行全球营销的时候也必须了解这些国际公约和国际惯例以及仲裁和诉讼的程序。

人口与自然环境

从第二次世界大战结束至今，人口的过增、环境的恶化已经成为了摆在世界健康稳定发展面前的一大难题，越来越多的学者和专家给予了极大的关注。对于具有全球营销观念的全球企业来说，这一难题同样也考验着它们的生存与发展。目前，我们所面对的世界人口与自然环境问题主要表现在以下几个方面。

1. 人口总量增长过快，各国人口发展不均衡

根据联合国所显示的数据，从 1987 年到 1999 年，世界人口仅仅用了 12 年就从 50 亿增长到了 60 亿，人口基数迅速扩大，增长速度正越来越快。然而另一方面，世界经济发展水平不同的地区，人口增长也呈不同的态势。发达国家的人口增长缓慢，有的甚至出现负增长，人口老龄化、劳动力短缺等问题突出；而相比之下，发展中国家的人口则增长迅猛，人均收入低、人均粮食少，同时也引发了教育、就业和医疗方面的问题。

2. 全球环境污染严重

人口的增长导致了许多生态环境的失调。为了大量使用耕地和牧场，人们不惜毁林造田、大兴土木，导致了水土的流失、土地荒漠化、洪水泛滥等环境问题。而人类生存本身又必须排放大量的废弃物，包括生活垃圾和生产垃圾，以及一些有害有毒的农药和工业化学品等。这些废弃物严重地污染了环境，引起全球温度的升高、温室效应、臭氧层遭破坏、酸雨等一系列问题。受到污染的环境同时也会反过来影响人口的素质和人类的身体健康，成为一种恶性循环而愈演愈烈。

3. 以水资源为代表的各种资源面临短缺

人口的增长使得全世界的用水量需求激增，而另一方面可供人类饮用的淡水资源本身就不多，再加上许多地区的水污染严重，进一步引发了淡水资源的危机，许多地区已经面临着缺水和荒漠的威胁。与水资源面临同样问题的是许多其他的资源，如森林、石油、煤炭以及一些金属矿藏等。这些资源中有些是不可再生的资源，一旦失去，就意味着人类永远不可能再获得它们了。

在这一背景下，1987 年人类正式提出了关于“可持续发展的概念”。所谓可持续发展就是要既能满足现代人的需求，又不损害后代人满足需求的能力，它是自然、社会和经济的统筹发展。同时，绿色运动也随之发展起来。许多国家和国际组织为了保护生态环境还制定了环保公约、环保法规和标准，提出了检验和检疫的要求，在一定程度上对贸易起到了限制的作用，形成了“绿色壁垒”。绿色壁垒的主要表现形式有绿色关税制度、市场准

入制度、绿色技术标准制度、绿色环境标志制度等。

为了应对这些绿色壁垒,也为了更好地做到可持续发展,绿色营销的概念应运而生。绿色营销要求企业在营销过程中能够充分体现环境意识和社会意识,从市场的选择、产品的设计和生产以及废弃物的处理,直到销售,整个过程都必须有利于环境的保护和社会的和谐发展。它的核心是按照环保和生态原则来选择并确定营销组合战略,它的目的是要达到企业、环境与社会的和谐均衡的发展。

第三节 全球营销战略的实施与控制

一、全球营销战略组合

(一)全球产品(global products)

与一般国内经营者不同的是,全球经营者在进行全球产品的设计与生产的时候,要考虑的不仅仅只是产品的外观、功能、成本等方面的问题,还需要考虑不同市场的文化以及各国的法律规定。当产品与当地的文化传统、价值观、风俗习惯背离时,外来企业和外来产品必定是遭到反对的。印度的一家麦当劳餐馆就曾经因为使用牛油而被查封。同样,各国的法律法规对产品的影响也是直接的,一些涉及健康安全或技术标准的条例会造成产品生产成本的提高。

在全球营销中选择标准化产品还是本土化产品一直是具有争议的问题。显然,标准化产品可以降低产品的生产成本,帮助企业获得规模经济,也有利于获得全球的客户,但是它的设计缺少独特性和针对性,要使其成功地接受本土竞争对手的挑战也绝非易事,更何况,全球统一的标准化产品还要面对来自不同国家和区域组织的贸易壁垒。因此,不少人从文化差异的角度来看待这个问题,他们认为只有生产不同的产品才能够适应一个市场所独有的文化传统和民俗习惯。

这两种说法代表了一个问题的两个方面。事实上,我们也很难真正找出有什么是完全统一的标准化产品。即使像可口可乐这样的全球企业,尽管它在世界大多数地方推出的产品是标准化的,但是根据具体情况某些细节还是会进行改变。比如,西班牙人喜欢使用小冰箱,因此在西班牙市场上我们就无法看到 2L 装的大瓶可乐。所以适合采取的态度是尽可能地标准化,在实在需要满足当地特殊需求的时候,必须能够灵活地调整。

(二)全球定价(global pricing)

作为营销组合的另一个重要环节,如何制定有利的价格在全球营销中所要考虑的因素同样要比在国内营销复杂得多。从生产成本的角度看,定价就必须涉及关税、税收、中间商和运输成本以及通货膨胀、币值波动等;从市场的角度看,还必须考虑市场需求、市场竞争以及全球的市场价格。当然,定价还离不开政府的干预,倾销就是一例。当某一产品在国际市场上的销售价格要低于国内市场的价格时,就有可能被视为"倾销"行为,这样它们就能够以较低的价格迅速拓展国外市场。倾销会损害当地企业的正常发展,因此一些国家通过制定反倾销法来保护本国企业。美国政府就对在美国市场上实施倾销的公司的产品征收进口附加税,从而使进口产品的价格与美国国内生产的产品的价格一致。

全球企业在制定价格时一般可以有三种导向。第一种是母国导向,在这种定价政策的引导下,企业在世界各地的价格保持一致,这样做可以帮助企业在全球范围内树立一个比较好的形象。第二种是东道国导向,也就是全球企业将价格的制定放手给各个市场上的子公司来完成,子公司会根据不同的市场情况采取不同的价格。这种定价的方法会导致某些人在低价的市场上买进产品,然后再到高价市场上卖出来赚取利润。第三种是全球导向,既不制定全球的单一价,也不完全听任于子公司的行为。这是一种折中的方法,企业会考虑到不同市场上的不同因素而制定出整体的定价策略。

(三)全球分销(global placing)

分销渠道,又称为营销渠道,它是产品从生产者向最终用户转移的过程中所经过的途径。全球营销渠道跨越了国家的边界,它是指产品从一个国家的生产者向另一个国家或多个国家的最终消费者转移的过程,其间包括了相应设置的中间机构和设施等。

作为一家全球企业,它必须根据产品特征、销售区域、市场情况等一系列因素选择合适的中间商。从中间商所在的国家来看,可以分为母国中间商和国外中间商。当企业选择了母国中间商时,它就把向国外分销的任务转交给了另一家公司,这可以避免企业在全球营销时产生的一系列风险。当然,如果全球企业为了缩短分销渠道、接近目标市场,也可以雇用国外分销商。国外中间商包括销售代理人、外国分销商以及进口批发商和零售商等,如沃尔玛、家乐福就是常见的全球零售商。戴尔公司在营销渠道的选择上一直为人们津津乐道,它的直销和个性化定制服务使得全球各地的消费者都能够快速便捷地获得他们所期望配置的电脑。

由于科学技术和社会发展的不断进步,许多新的分销渠道逐渐涌现,并取代了传统的销售方式,比如直销、折扣商店、邮购、电子营销等。所谓电子营销,也就是融入了信息技术和互联网的营销方式。它虽然诞生不过短短几年,但是所表现出的无穷威力已经使一些全球企业直接获利。亚马逊网上图书销售公司就是一例,它将图书提供商和消费者紧密联系在一起,通过向顾客提供最新的出版信息,帮助顾客方便而又廉价地获得他们需要的图书,目前,它的顾客遍布了欧美以及亚洲的一些国家。

(四)全球促销(global promotioning)

与一般的国内营销一样,全球营销的促销战略可以有全球广告、公共关系、人员销售等多种形式。值得注意的是,由于全球营销是一种跨国界和跨文化的行为,因此在进行促销战略组合的时候必须首先考虑各民族文化和各国法律规定之间的差异。

以广告为例，采取统一的全球广告可以帮助企业节约大量的制作成本，但是要使广告在不同国家和不同文化市场中都能起到有效的作用却并不是一件容易的事，除了在语言的翻译上不能产生歧义之外，还要考虑到个别市场所处的特殊文化背景。同时，各个国家的法律条文也限制了某些内容的广告，如烟草广告的限制在世界上不同的国家就各不相同。

同样，在其他形式的促销手段中，也会遇到类似的问题。当采取人员销售的时候，销售人员对当地语言、文化以及礼节必须了如指掌。但实际情况是，本国许多优秀的销售人才一旦踏入异国领土时，他们的业务水平会受到很大的影响，其中最大的困难就是来自东道国在文化和法律方面的障碍，因此很多企业会雇用当地员工从事海外营销的工作。但是要招聘到合格的地方性人才也不是一件容易的事情，各国教育背景不同以及语言的差异，使得当地培育出来的人才不一定能够为全球企业所用。现在许多全球企业和跨国公司都鼓励将自己的员工委派到重要的目标市场国家去生活工作一段时间以熟悉当地的文化法律环境。另一方面，全球企业尽量选拔一些既具备东道国文化背景，又具有国际先进的管理和销售知识的人才，以适应企业的需要。

全球营销的组织机构

全球企业在进行营销的过程中所遇到的一大问题就是如何在全球化与本土化之间取得平衡。由于全球企业是一个超越国家的实体，它们在生产经营和销售的过程中努力寻求同一策略，以获得规模经济并分享技术经验。但是另一方面，各个本土市场在文化、法律、政治、经济等方面表现出的不同个性，使得全球企业下属的子公司在产品、定价、分销、促销等战略选择方面都必须服从并符合地方当局的管制和地方文化的规范，所以它们又需要具备一定的自主适应能力。

为了使这一对矛盾达到最大限度的调和，全球企业的组织结构也就必须寻求一体化与自适性之间的平衡。作为公司的总部，它必须便于信息的交流和传递，加大办事的透明度，促进经验和技术的分享，使这些知识能很快地传达给分布广泛的子公司。子公司除了要具备总公司在生产、营销和管理方面的基本知识之外，还必须掌握全球不同市场的政治、经济、文化、法律以及国际法律、国际经济走向、国际政局变动等一系列知识。

随着科学技术的进步和全球企业自身的发展需要，全球企业的组织结构形式逐渐向扁平化和网络化发展。原本需要大量的人力和物力才能够进行的信息收集、处理和传递，现在通过计算机和网络就可以更快、更准确地完成，这就缩短了基层与高层之间的信息传送渠道，使企业可以省去许多不必要的中间层次。同时，各地市场的子公司与总部的联系方便，构成了以公司总部为核心、子公司为节点的网状结构。

全球营销的管理与控制

一个完整的管理循环过程，包括计划、实施、控制和处理四个阶段。当一个详细的营销计划被制定出来并付诸实施之后，企业有必要对计划实施的整个过程进行监督与控制，这样做的目的是为了及时发现该计划可能存在的漏洞，并立即做出反应和调整，防止一错再错而造成不必要的损失，使企业的营销活动能够顺利展开并达到预期目标。因此，在管理与控制过程中，我们要注意以下两点。

首先，过程控制重于结果控制。有些产品尽管在国内取得了良好的销售业绩，但是一旦输出到全球市场上，未必能取得同样的效果。国际市场上的未知因素更多，企业也将面临各方面的风险，包括政治风险、经济风险、金融外汇风险以及文化差异带来的不确定因素等等。企业面对新的环境，必须对原有的计划进行实时的监控与调整。

其次，建立适当的评价指标体系作为营销管理的依据。传统情况下，我们对国际营销战略的评价主要集中于一些财务指标，如销售额、利润、股东报酬、股票价格、每股净利等。作为一个完整的营销过程，评价的内容还应该涉及更广的范围，如消费者认知、消费者行为、中间商的作用、市场竞争情况等。要正确考察这些对象就必须考察诸多非财务指标，包括顾客满意度、顾客对品牌的忠诚度、企业形象、企业知名度、销售量、市场份额、市场渗透水平、竞争优势、新产品的开发情况等等。惟有如此，才能够使评价更有意义，使其能正确并全面地反映企业全球营销的状况，为企业实施、调整营销战略提供坚实有力的依据。

本章小结

随着全球信息技术的不断进步、国际经济活动的日趋频繁，全球竞争也经历着深刻的变化，国内市场正在趋向饱和，而全球市场已逐渐形成，国界的概念已越来越淡化。全球营销的观念正是在这样的背景下诞生的，它对于公司实现规模经济、合理配置资源、树立全球品牌具有重要意义。

全球企业虽然是在跨国公司的基础上发展而来的，但是它与跨国公司在营销观念、营销组合、组织结构、战略导向等方面都有着很大的区别。全球企业将世界看作一个市场，降低了国界的重要性，强调了公司整体的战略目标。

全球企业所处的环境更加复杂、多变。企业在全球营销中更需要考虑文化、经济、政治、法律、人口、自然等种种环境因素。在制定全球营销方案中，对任何一个环境因素的忽略都可能导致巨大的损失。

全球企业在进行营销活动时，也必须注意全球营销的战略组合，制定有关的产品战略、价格战略、分销渠道战略和促销战略。由于营销环境的不同，这些战略的着眼点会更高、更广阔，与传统的国际营销有所区别。

目前全球企业的组织结构逐渐走向了扁平化和网络化，使信息传递的速度更快、知识共享的程度更高，形成了以总部为核心、各市场子公司为节点的网状结构。

全球营销的管理与控制是一个完整的循环过程，由计划、实施、控制和处理四个阶段构成。全球企业通过对整个管理循环过程进行监督与控制以确保营销活动能够顺利开展并达到预期目标。

思考题

1. 一个公司在参与国际经济活动时的主要形式有哪些？各有什么特征？
2. 全球营销观念是如何演变的？与传统营销观念相比，它有哪些优势？
3. 跨国公司和全球企业的含义是什么？两者有什么联系和区别？
4. 如何理解“思维全球化，行动本土化”的含义？
5. 全球营销战略组合有什么特点？

主要概念检索(按章节排列)